D1993267

Knaur.

Knaur.

*Im Knaur Taschenbuch Verlag sind bereits*
*folgende Bücher der Autorin erschienen:*
Die Wanderhure
Die Kastellanin
Das Vermächtnis der Wanderhure
Die Tochter der Wanderhure
Die Goldhändlerin
Die Kastratin
Die Tatarin
Die Löwin
Die Pilgerin
Die Feuerbraut
Dezembersturm
Aprilgewitter

*Über die Autorin:*
Hinter dem Namen Iny Lorentz verbirgt sich ein Münchner Autorenpaar, dessen erster historischer Roman *Die Kastratin* die Leser auf Anhieb begeisterte. *Die Wanderhure* wurde zu einem Millionenerfolg.
Seither folgt Bestseller auf Bestseller, die Iny Lorentz zur erfolgreichsten deutschen Autorin im Bereich historische Unterhaltung machten und in zahlreiche Länder verkauft wurden.
Besuchen Sie die Autorin auf ihrer Website www.iny-lorentz.de

Iny Lorentz

# *Juliregen*

Roman

Knaur Taschenbuch Verlag

**Besuchen Sie uns im Internet:**
**www.knaur.de**

FSC
www.fsc.org
MIX
Papier aus verantwortungsvollen Quellen
FSC® C083411

Originalausgabe Juli 2011
Copyright © 2011 by Knaur Taschenbuch.
Ein Unternehmen der Droemerschen Verlagsanstalt
Th. Knaur Nachf. GmbH & Co. KG, München
Alle Rechte vorbehalten. Das Werk darf – auch teilweise – nur mit Genehmigung des Verlags wiedergegeben werden.
Redaktion: Regine Weisbrod
Umschlaggestaltung: ZERO Werbeagentur, München
Umschlagabbildung: Vittorio Matteo Corcos/
Fine Art Photographic Library/CORBIS
Satz: Adobe InDesign im Verlag
Druck und Bindung: CPI – Clausen & Bosse, Leck
Printed in Germany
ISBN 978-3-426-50415-4

2 4 5 3 1

# Erster Teil

## *Der Brand*

# I.

Ununterbrochen flammten Blitze auf und tauchten den Himmel in blendend grelles Licht. Donnerschläge wurden zu einem schier endlosen Grollen und Krachen. Kreischend vor Angst, rannten die Mägde quer über die Felder auf den Gutshof zu, während die Knechte verzweifelt versuchten, das letzte Heu auf den Wagen zu laden und die Ernte zu retten. Auch sie zuckten bei jedem heftigeren Schlag zusammen und flehten Gott und alle Mächte des Himmels an, sie zu verschonen.

»Verdammt, wollt ihr wohl arbeiten!«, brüllte Ottwald von Trettin, doch seine Stimme ging im infernalischen Lärm der entfesselten Elemente unter. Mit einer heftigen Bewegung stieß er seinem Wallach die Sporen in die Seiten und galoppierte auf die Knechte zu.

»Macht schneller, ihr Hunde! Sonst ziehe ich euch die Peitsche über!«

Hannes, der Vorarbeiter, stemmte eben eine volle Gabel Heu in die Höhe, doch eine Windbö erfasste die Halme und riss die meisten mit sich. Der Rest fiel auf dem Wagen von der Gabel, da die oben stehende Magd ihn nicht festhalten konnte.

»So wird das nichts mehr, Herr«, rief Hannes zu Ottwald von Trettin hinüber. »Wir sollten zusehen, dass wir nach Hause kommen, bevor der Regen fällt!«

Als Antwort erhielt er einen scharfen Hieb mit der Reitpeitsche.

»Mach, dass du weiterschaffst! Den Mägden, die weggelaufen sind, ziehe ich den halben Wochenlohn ab. Das wird sie lehren, wegen so eines kleinen Gewitters das Feld zu verlassen. Los, ran an die Arbeit, oder ihr lernt mich kennen!«

Der Vorarbeiter rieb sich die Stelle, an der ihn sein Herr mit der Peitsche getroffen hatte, und starrte auf das Heu, das die Mägde fein säuberlich zu Schwaden zusammengerecht hatten. Weiterzuarbeiten war sinnlos, denn der böige Wind riss die Schwaden immer wieder auseinander. Unter diesen Bedingungen war es unmöglich, den Wagen vollzuladen. Doch wenn er das dem Gutsherrn sagte, würde es ihm nur weitere Hiebe einbringen. Daher spießte er so viel Heu wie möglich auf die Gabel und reichte es nach oben.

»Reiß dich zusammen, Ursel!«, schrie er durch das Donnergrollen zu der Magd hoch.

Die Frau greinte vor Angst und wäre am liebsten den Mägden gefolgt, die sich bereits auf halbem Weg zum Gut befanden. Doch ohne Hilfe der Knechte konnte sie den bereits hoch beladenen Wagen nicht verlassen.

»Wir müssen heimfahren, Hannes«, flehte sie.

»Wenn es nach mir ginge, wären wir schon unterwegs. Aber er will es nicht.« Hannes deutete auf Ottwald von Trettin, der gerade um den Wagen herumritt und die Knechte auf der anderen Seite anschrie, das Heu aufzuladen.

»Mach schon, Mädchen! Hilf uns, den Wagen vollzuladen. Umso schneller sind wir fertig und können die Fuhre ins Trockene bringen.«

Kaum hatte Hannes das letzte Wort hochgerufen, da schoss ein Blitz geradewegs über sie hinweg auf den Gutshof zu. Die Knechte duckten sich unwillkürlich, und Ottwald von Trettin hatte Mühe, sein scheuendes Pferd zu bändigen. Im nächsten Moment krachte ein Schlag über das Land, der die Menschen für eine Weile taub machte.

Oben auf dem Wagen hatte Ursel den besten Ausblick und nahm das Unglück als Erste wahr. Wild fuchtelnd deutete sie auf die große Scheune des Gutes. »Da hat es eingeschlagen!«

Rauch und erster Flammenschein zeigten auch den anderen, was geschehen war. Während Hannes voller Entsetzen den Heiland anrief, fluchte der Gutsherr gotterbärmlich. »Verdammt, es brennt! Los, Leute! Wir müssen sofort löschen!«

Während die Knechte ihre Heugabeln beiseitewarfen, um schneller rennen zu können, ritt Ottwald von Trettin in vollem Galopp auf den Gutshof zu. Der Rossknecht versuchte noch, die wild ausschlagenden und dann antrabenden Pferde vor dem Heuwagen zu bändigen, wurde aber von den Tieren mitgerissen. Einen Moment lang hielt er die Zügel in der Hand. Dann musste er loslassen, um nicht unter den Wagen zu geraten.

»Wollt ihr wohl stehen bleiben, ihr Schindmähren!«, brüllte er hinter ihnen her.

Da versetzte ein weiterer gewaltiger Donnerschlag die Pferde endgültig in Panik. Sie rasten los und zogen den Heuwagen hinter sich her, so dass er wie ein betrunkener Matrose schwankte. Ursel klammerte sich verzweifelt auf dem Wagen fest, fand aber in dem rutschenden Heu keinen Halt und stürzte hinab.

Mittlerweile hatte Ottwald von Trettin das Gut erreicht und sprang von seinem schäumenden Pferd. »Warum löscht ihr nicht, ihr Hunde?«, fuhr er die Knechte an, die wie zu Salzsäulen erstarrt auf die Flammen starrten.

Nun erst setzten sich die Männer und die vor dem Wetterschlag geflohenen Mägde in Bewegung, holten Eimer und bildeten eine Kette vom Teich bis zu dem brennenden Gebäude. Doch das

Wasser, das sie auf diese Weise herbeischafften, verdampfte in der Hitze, ehe es den Boden erreichte.
»Jetzt bräuchten wir die Spritze!«, rief einer der Männer mit einem verzweifelten Blick auf den Gutsherrn.
Diesem zuckte es in den Händen, den Mann zu schlagen, doch er unterließ es, um die Löschkette nicht zu unterbrechen. Der Vorwurf des Knechts hatte ihn getroffen. Seit mehr als einem Jahr war die Löschspritze von Trettin defekt, doch er hatte sie immer noch nicht reparieren lassen. Daher blieb ihm nichts anderes übrig, als zu warten, bis der Brand auf den Nachbargütern und in Bladiau bemerkt wurde und von dort Hilfe kam.
Malwine von Trettin, die Mutter des Gutsherrn, eilte händeringend auf ihren Sohn zu. »Wo bleibt denn die Feuerwehr? Uns brennt noch die ganze Scheuer mit all dem Heu ab, das wir heuer bereits eingefahren haben!«
»Verdammt! Kann denn keiner nach Elchberg reiten, um die Leute dort zu alarmieren?«, brüllte Ottwald von Trettin, ohne auf das Gejammer seiner Mutter einzugehen.
Doch niemand wagte es, sich aus der Löschkette zu lösen und ein Pferd aus dem Stall zu holen. Nur ein paar halbwüchsige Bengel, die aus dem Dorf Trettin herbeigeeilt waren, rannten querfeldein, um das Nachbargut schneller zu erreichen.
»Schlag Alarm!«, rief Hannes der Köchin zu, die sich in die Löschkette einreihen wollte. Sie machte sogleich kehrt, und kurz darauf bimmelte die Glocke. Doch in dem pausenlosen Grollen und Rumpeln der Donnerschläge erreichte ihr Ton kaum den Hof.
Der böige Wind fachte das Feuer immer stärker an, und so mussten Hannes und die beiden Knechte, die mittlerweile der

Scheuer am nächsten standen, Schritt für Schritt vor den Flammen zurückweichen. Obwohl sie einen Eimer nach dem anderen in die tosende Glut schütteten, wussten sie längst, dass sie auf verlorenem Posten standen.

Mittlerweile brannte die Scheune auf der gesamten Länge. Die ersten Teile des Daches brachen ein, und der Funkenregen trieb die Helfer noch weiter zurück. Hannes sandte einen verzweifelten Blick gen Himmel, auf dem sich schwarze Wolkenberge von Horizont zu Horizont türmten. »Wenn es doch endlich regnen würde!«, stöhnte er, obwohl er ahnte, dass auch ein Wolkenbruch nichts mehr würde retten können.

Die Mutter des Gutsherrn rief noch immer nach den Feuerwehren des Umlands und verfluchte im nächsten Atemzug die Nachbarn, die sie im Stich ließen. All ihre Worte konnten jedoch nicht verhindern, dass die riesige Scheuer schließlich zusammenbrach und bis auf die Grundmauern in Flammen stand.

Als ein weiterer Funkenregen über dem Hof niederging, gab Hannes den nutzlosen Versuch auf, noch etwas retten zu wollen. Da der Wind mit einem Mal drehte, wies er das Gesinde und die Dorfbewohner an, sich um den Stall und das Gutshaus zu kümmern, denn die Gebäude liefen nun ebenfalls Gefahr, vom Funkenflug erfasst und in Brand gesetzt zu werden.

## *II.*

Ottwald von Trettin starrte auf die glühenden Überreste der Scheune und fühlte eine Wut in sich aufsteigen, die sich gegen Gott und die gesamte Menschheit richtete.

»Verdammt, verdammt, verdammt!«, schrie er. »Warum muss das ausgerechnet mir passieren? Es gibt doch genug Gutshöfe in der Gegend, in die der Blitz hätte einschlagen können!«
Die Knechte und Mägde sahen sich erschrocken an. Schlimm genug, dass dieses Unglück Trettin ereilt hatte, das Feuer jedoch den Nachbarn zu wünschen, forderte ihrer Meinung nach Gott heraus. Verängstigt sammelten sie sich um Hannes und richteten sich nach dessen Anweisungen, da der Gutsherr in seiner kopflosen Wut nicht mehr in der Lage schien, vernünftige Befehle zu erteilen.
Die Dorfbewohner, die über die Verhältnisse auf Trettin nicht auf dem Laufenden waren, sahen zum Haus des Inspektors hinüber und wunderten sich, dass dieser sich nicht blicken ließ. Tatsächlich hatte der Mann den Kopf kurz aus der Tür seines Wohnhauses gestreckt, um zu sehen, was draußen vorging. Da er sogar mit seinem alkoholumnebelten Kopf begriff, dass die große Scheune niederbrannte, beschloss er, Ottwald von Trettin in dieser Situation lieber nicht begegnen zu wollen. So kehrte er in sein Wohnzimmer zurück, um auf diesen Schreck ein paar weitere Schnäpse zu trinken.
Hannes hatte das kurze Auftauchen des Inspektors ebenfalls wahrgenommen und machte eine verächtliche Handbewegung.
»An dem hat der Gutsherr gerade die richtige Unterstützung!«
Die Köchin, die es aufgegeben hatte, die Glocke zu läuten, und sich wieder unter das Gesinde auf dem Hof einreihte, verzog das Gesicht. »Der Inspektor braucht seine ganze Kraft für die gnädige Frau. Bei der ist er sehr fleißig.«
»Sei still!«, wies Hannes sie zurecht.
Es war ein offenes Geheimnis, dass die Mutter des Gutsherrn ein

Verhältnis zum Gutsinspektor pflegte, doch da ihr Sohn nichts dagegen unternahm, wagte das Gesinde es normalerweise nicht, Kritik zu äußern.

Hannes zuckte mit den Achseln. »Das ist immer noch besser, als wenn er den Mägden nachstellen würde«, murmelte er vor sich hin und lief zur Straße, die vom gleichnamigen Dorf zum Gut Trettin hochführte. Tatsächlich näherten sich endlich Gespanne im raschen Tempo. »Die Spritze von Elchberg kommt, ebenso die Feuerwehr von Bladiau. Jetzt können wir wenigstens den Stall und die anderen Gebäude sichern!«

Er warf einen kurzen Blick auf die Scheune, über deren Resten immer wieder Flammen aufloderten, und ging dann den Helfern entgegen.

Noch während er die Knechte aus Elchberg und die übrigen Feuerwehrleute begrüßte und sie anwies, die Mauern und Dächer der anderen Gebäude zum Schutz gegen den starken Funkenflug feucht zu halten, raste ein letzter Blitz durch den Äther. Kaum war der folgende Donnerschlag verhallt, öffnete der Himmel seine Schleusen, und ein Wolkenbruch ergoss sich über das Land. Innerhalb weniger Augenblicke waren alle Anwesenden bis auf die Haut durchnässt. Die Glutnester in der Scheuer zischten. Nach verbranntem Heu riechender Dampf stieg auf und legte sich wie eine erstickende Dunstglocke über das Gut.

»Tut mir leid für Sie, Trettin. Wir sind gekommen, sobald wir die Flammen entdeckt haben. Aber ein Blitz ist nun einmal schneller als ein Mensch!« Graf Elchberg, ein älterer, hagerer Mann, streckte Ottwald von Trettin die Hand hin.

Der Gutsherr achtete jedoch nicht auf ihn, sondern fluchte unflätig. »Das muss mit dem Teufel zugegangen sein!«, schrie er

schließlich mit zurückgeworfenem Kopf, so als wolle er den Himmel anklagen.
»Nicht mit dem Teufel, sondern mit dieser Hexe da!«, stieß seine Mutter aus und zeigte auf eine alte Frau, die sich humpelnd dem Gutshof näherte.
Die Greisin war dürr wie ein Zweig. Dünnes weißes Haar klebte nass an ihrem ausgemergelten Kopf, und ihre Kleidung bestand aus Fetzen, die sie aneinandergenäht hatte. Als sie sich der Brandstelle näherte, leuchteten ihre Augen triumphierend auf.
»Sieh auf deine Scheuer, Malwine! Das ist die Strafe des Himmels für das Feuer an jener Stelle.« Die Alte wies auf ein Haus, das aus Backsteinen errichtet worden war und ein Dach aus Schieferplatten trug. Es handelte sich um das Wohnhaus des Lehrers, das gleichzeitig als Schulhaus diente. Die meisten Knechte und Mägde konnten sich noch gut daran erinnern, dass dort einmal ein kleineres Haus mit einem Reetdach gestanden hatte, und auch an das schreckliche Unglück, dem dieses samt seinen Bewohnern zum Opfer gefallen war.
»Hörst du in den Nächten das Schreien der Menschen, die dort verbrannt sind, weil dein Mann ihr Haus angezündet hat, Malwine?«, fragte die alte Frau mit schriller Stimme. »Voller Neid und Gier hat er seine eigenen Verwandten umgebracht! Viel hat es dir damals nicht gebracht, denn du bist rasch Witwe geworden. Doch ein Leben kann die Schuld von damals nicht tilgen! Noch steht die letzte Abrechnung des Herrn aus, und sie wird keine Gnade kennen. Höre meine Worte, Malwine! Dieses Feuer hier ist nur der Anfang. Der Tag wird kommen, an dem auch dich die Flammen verschlingen und in die Hölle senden!«
Malwine von Trettin hatte einige Augenblicke mit bleichem Ge-

sicht zugehört, aber bei den letzten Worten der Alten entriss sie ihrem Sohn die Reitpeitsche und ging auf die Greisin los.
»Du elende Hexe! Dich sollte man ins Irrenhaus sperren! Ich werde dich lehren, meinen toten Gemahl und mich zu beleidigen.«
Obwohl jeder ihrer Ausrufe von einem heftigen Peitschenhieb begleitet wurde, lachte die Alte nur und wies auf das Haus des Inspektors. »Auch wenn du mich schlägst, kannst du nicht aus der Welt schaffen, dass dein Mann ein Mörder war und du eine Hure bist, die es mit dem Suffkopf dort drüben treibt.«
Rasend vor Wut, schlug Malwine wieder und wieder zu. Nun stöhnte die alte Frau vor Schmerz, schrie der Mutter des Gutsherrn aber weitere Vorwürfe ins Gesicht.
Hannes stieg von einem Bein auf das andere. »Die schlägt die Miene noch tot«, flüsterte er der Köchin zu, wagte aber ebenso wenig wie die anderen Knechte, Malwine in den Arm zu fallen.
Auch ihr Sohn sah tatenlos zu. Er kannte die Wutanfälle seiner Mutter und verspürte wenig Lust, ihrem Rasen selbst zum Opfer zu fallen. Stattdessen wandte er sich schließlich ab und starrte wie gebannt auf die niedergebrannte Scheune, mit der der größte Teil des Wintervorrates vernichtet worden war.
Schließlich ging Graf Elchberg auf die tobende Malwine zu, packte ihren Arm und entwand ihr die Reitpeitsche. »Jetzt ist es genug!«, herrschte er die Frau an. »Lass die alte Miene gehen. Du weißt, sie ist nicht mehr ganz richtig im Kopf.«
Entgegen dieser Behauptung wusste Irmfried von Elchberg nur zu gut, dass die Anschuldigungen der Alten der Wahrheit entsprachen. Malwines Ehemann Ottokar von Trettin hatte tatsächlich das Haus seiner Kusine angezündet und damit deren

Tod, den ihres Mannes und den von vier ihrer fünf Kinder verschuldet. Ottokars Kutscher war damals Zeuge geworden und hatte später, nachdem sein Herr versucht hatte, ihn als Mitwisser aus dem Weg zu räumen, diesen erschossen und anschließend Selbstmord begangen.

Auch wusste Irmfried von Elchberg von Malwines Liebschaft mit dem Trettiner Gutsinspektor. An der Stelle ihres Sohnes hätte er den Kerl längst zum Teufel gejagt – und das nicht nur dieses anstößigen Verhältnisses wegen. Der Kerl war ein Säufer und unfähig, einen Gutshof dieser Größe zu führen. Doch dieses Problem war Gott sei Dank nicht seine Angelegenheit. Ohne Malwine und deren Sohn noch eines Blickes zu würdigen, warf er die Reitpeitsche fort und wandte sich seinen Knechten zu, die untätig neben ihrer Spritze standen. Es war nichts mehr zu tun, das Wetter selbst verhinderte, dass ein weiteres Gutsgebäude in Flammen aufgehen konnte.

»Kommt, Leute, wir kehren nach Hause zurück. Dort zieht ihr euch trockene Kleidung an, und danach gibt es in der Gesindeküche einen Imbiss und einen Krug Bier für euch!« Irmfried von Elchberg klopfte jedem Knecht, der mit ihm gekommen war, anerkennend auf die Schulter, schwang sich in den Sattel und ritt davon.

Hannes sah ihm nach und seufzte. Der Graf wäre ein Herr nach seinem Geschmack, doch der Himmel hatte ihn auf Trettin zur Welt kommen lassen und nicht auf Elchberg. Seinen jetzigen Dienst aufzusagen und drüben anzufragen, ob man ihm Arbeit geben würde, wagte er nicht, denn so etwas wurde nur ungern gesehen.

# III.

Nachdem auch die Feuerwehrleute aus Bladiau das Gut wieder verlassen hatten, erinnerte sich Hannes an den Heuwagen und sah sich suchend um. Beim Anblick der Wiese zuckte er zusammen. Der Starkregen hatte das restliche Heu mit sich geschwemmt und in den Bach gespült. Dann entdeckte er eine auf dem Boden liegende Gestalt, die den Oberkörper mit einem Arm abstützte und mit dem anderen verzweifelt winkte.

»Ursel!« Hannes rief einem Knecht zu, mit ihm zu kommen, und rannte los. Nun sahen die beiden auch den Wagen. Dem Rossknecht war es gelungen, die Pferde einzufangen, und er führte die triefnassen Tiere durch tiefe Pfützen auf den Gutshof zu. Der Wagen hing schief über den Rädern, und selbst auf die Entfernung war zu sehen, dass eine Achse gebrochen war.

»Hat das auch noch sein müssen?«, stöhnte Hannes, vergaß das Gespann aber wieder, als er die greinende Magd erreichte.

»Was ist passiert?«, fragte er besorgt.

Ursel brachte zunächst kein Wort heraus. Dann zeigte sie auf ihren linken Oberschenkel. »Ich bin vom Wagen gefallen und habe mir das Bein gebrochen.«

»Herrgott im Himmel, nur das nicht!« Hannes' Stoßgebet kam zu spät, denn es war unschwer zu erkennen, dass das Bein der Magd unnatürlich verdreht war.

»Wir brauchen eine Trage. Lauf zum Gut und hol eine!«, wies er den Knecht an und kniete neben Ursel nieder. Sie war völlig durchnässt und zitterte vor Kälte.

»Es wird schon wieder alles gut, Mädchen«, tröstete er sie und

schrie hinter dem davoneilenden Knecht her: »Sorge dafür, dass der Doktor geholt wird!«
Ursel fasste nach seiner Hand. »Du bist ein guter Mann, Hannes, und hättest einen besseren Dienst verdient als hier auf Trettin.« Sie begann zu stöhnen und bat den Vorarbeiter, ihr einen Zipfel seines Hemdes in den Mund zu stopfen, damit sie darauf beißen konnte.
»Es tut so weh«, flüsterte sie unter Tränen.
Hannes hätte gerne mehr für sie getan. Doch er konnte nur ihren Oberkörper stützen, damit sie nicht auf den nassen Boden zurücksank, und seinem Boten schnelle Beine wünschen, damit bald Hilfe kam.
Da tauchte wie aus dem Nichts Miene neben ihnen auf, Gesicht und Arme waren von Malwines Peitschenhieben gezeichnet. Die Alte ging noch krummer als sonst, doch in ihren Augen las Hannes eine grimmige Zufriedenheit.
»Gottes Mühlen mahlen langsam, aber sie mahlen trefflich fein«, sagte sie mit einem Seitenblick auf das Gut, das nun, da die große Scheune mit ihrem hohen Dach fehlte, auf einmal fremd wirkte.
Hannes schüttelte den Kopf. »Du bist dumm, Miene! Was musstest du die Herrin auch so reizen?«
»Kord hat mir vor seinem Tod aufgetragen, Malwine ihre Schlechtigkeit so oft wie möglich vor Augen zu führen. Darum lebe ich ja noch! Ich werde nicht eher sterben, als bis sie samt ihrer Brut zugrunde gegangen ist.«
»Warum hasst du sie so?«
»Bist du nicht selbst beim Lehrer Huppach in die Schule gegangen, Hannes?«, fragte die Alte. »Er war der Schwiegersohn des wahren Herrn auf Trettin! Hätte es diese Majoratsregel nicht

gegeben, wäre er nach Wolfhard von Trettins Tod hier Gutsherr geworden. Malwine und ihr Ehemann Ottokar, der Neffe des alten Herrn, hatten nicht warten wollen, bis sein Onkel gestorben war, sondern haben ihn mit Hilfe ihrer Freunde bei Gericht um seinen Besitz gebracht. Danach befürchteten sie, Wolfhard von Trettin könnte seiner Tochter und seinem Schwiegersohn das wenige zukommen lassen, das er vor ihren gierigen Klauen gerettet hatte. Deshalb hat Ottokar das Lehrerhaus angezündet und die ganze Lehrerfamilie umgebracht.«

»Alle nicht«, wandte Ursel ein. »Eine Tochter soll überlebt haben.« Im nächsten Moment stöhnte sie wieder auf.

»So habe ich es auch gehört«, stimmte Hannes ihr zu.

»Damit habt ihr recht!« Die alte Miene grinste mit ihrem fast zahnlosen Mund. »Die Lore ist davongekommen und hat später den zweiten Neffen ihres Großvaters geheiratet, den jungen Herrn Fridolin. Was aus ihr geworden ist, weiß ich nicht, denn sie ist seit elf Jahren nicht mehr hier gewesen. Solange der jetzige Gutsherr noch nicht volljährig war, ist Herr Fridolin einmal im Jahr gekommen, um die Bücher zu prüfen. Doch das ist schon einige Zeit her. Nun regieren Malwine und ihr Sohn das Gut nach Belieben. Doch lange werden sie ihren Raub nicht mehr genießen können. Der Brand der Scheuer war nur der Beginn, das Flammenzeichen des Herrn, dass die Rache sein ist und noch nicht vollendet!«

Nach diesen Worten hinkte die alte Frau auf den Saum des Waldes zu, in dem das alte Jagdhaus des früheren Gutsbesitzers stand. Dort bewohnte sie ein Kämmerchen, das sie davor bewahrte, ins Arbeitshaus gesperrt zu werden.

Hannes sah ihr nach und schüttelte sich. »Wenn man der Miene

Glauben schenkt, beschleicht einen das Gefühl, als gäbe es auf der ganzen Welt nur Betrug und Mord.«
»Aber was sie sagt, stimmt! Meine Mutter hat mir ebenfalls erzählt, dass Herr Ottokar das damalige Lehrerhaus angezündet hätte.« Ursel stöhnte unter einer neuen Schmerzwelle, doch kaum war diese ein wenig abgeebbt, kam sie wieder auf das Thema zurück. »Ich glaube daran, dass Miene so lange leben wird, bis sich das Schicksal der Herren auf Trettin vollendet hat. Sie muss steinalt sein! Meine Großmutter ist fast sechzig, und die sagt, sie hätte mit Mienes ältester Enkelin zusammen als Kleinmagd auf dem Gut angefangen.«
Hannes nickte nachdenklich. »Ich habe gehört, sie ginge auf die hundert zu. Wie es heißt, betet unser Pastor heimlich, dass der Herrgott sie vor ihrem hundertsten Geburtstag von dieser Welt holt. Sonst muss er nämlich diesen Ehrentag mit ihr feiern! Dann kämen gewiss der Landrat aus Heiligenbeil und vielleicht sogar der Herr Oberpräsident aus Königsberg hierher. Wenn Miene dann geradeheraus so redete wie gerade, gäbe es einen fürchterlichen Skandal! Aber nun lass uns zusehen, wie wir dich ins Trockene bringen.«
»Weh tun wird der Brand dem Herrn schon. Doch er ist selbst schuld! Er hätte nur im letzten Herbst die Feuerspritze richten lassen müssen«, stieß Ursel unter Schmerzen aus. Wieder biss sie in den Stofffetzen, den Hannes ihr gereicht hatte.
Der Großknecht blickte zum Gut hinüber und betrachtete die niedergebrannte Scheune. Es war, als wollte der Himmel die düsteren Prophezeiungen Lügen strafen, denn der Regen hörte auf, und in den Wolken öffnete sich eine Lücke, durch die das Sonnenlicht wie ein Versprechen einer besseren Zeit auf das Gut fiel.

»Herr Ottwald wird den Verlust verschmerzen, denn er wird jetzt viel Geld von der Versicherung erhalten. Ich hoffe nur, er lässt wirklich eine neue Scheuer errichten und kauft bei den Nachbarn Heu. Wenn er es nur für sich und seine Mutter ausgibt, hat das Gut keine Zukunft mehr. Aber so unvernünftig wird selbst er nicht sein.«

## *IV.*

Ottwald von Trettin hatte sich umgezogen und betrat die Räume seiner Mutter. Auch diese trug nun trockene Kleider, war aber noch nicht dazu gekommen, sich die Haare richten zu lassen. Jetzt starrte sie mit verbissener Miene durch das Fenster auf die Scheune, deren verkohlte Balken im hellen Sonnenschein feucht glänzten. Ihre Gedanken galten jedoch nicht dem Unglück, sondern der alten Frau, die mit ihren Beschimpfungen die Wunden der Vergangenheit wieder aufgerissen hatte.
»Miene muss weg!«, erklärte sie kategorisch.
»Wie stellst du dir das vor? Das Jagdhaus von Doktor Mütze gehört nicht zu Trettin, und dieser Schleicher hat ihr das Wohnrecht dort bis zu ihrem Tod zugesichert. Wie wir erfahren mussten, ist das sogar beim Notar in Heiligenbeil hinterlegt.« Ottwald von Trettin blickte seine Mutter fragend an. »Soll ich sie für dich erschießen, so wie Vater es mit seinem Kutscher vorgehabt hatte?«
»Ich wollte, er hätte es getan. Doch nicht einmal dazu war er Manns genug!« Malwine schnaubte, goss sich ein Glas Likör ein und trank es in einem Zug leer. »Irgendwie werde ich diesem

Miststück den Mund stopfen, und wenn ich ihr eigenhändig das Genick brechen muss!«, fügte sie hinzu, als sie das Glas wieder auf das Intarsien-Tischchen stellte.

»Wir haben derzeit wahrlich andere Sorgen als diese verrückte Alte.« Ottwald von Trettin holte sich ebenfalls ein Glas aus dem Schrank.

Während er es füllte, schüttelte seine Mutter stöhnend den Kopf. »Es ist verflucht ärgerlich, dass die Scheuer niedergebrannt ist. Wir hätten doch dem Vorschlag des Vertreters der Berlinischen Feuer-Versicherungs-Anstalt folgen und die Versicherungssumme erhöhen sollen. So können wir von Glück sagen, wenn das Geld für eine neue reicht. Das verbrannte Heu wirst du nur dann ersetzen können, wenn du einen Teil des Viehs verkaufst.«

Ottwald von Trettin trank sein Glas leer, bevor er antwortete. »Es tut mir leid, Mama, aber wir werden kein Geld von der Versicherung bekommen!«

Seine Worte trafen seine Mutter wie ein Schlag. »Was sagst du da?«

»Ich habe vergessen, die Versicherungsprämie zu zahlen.« Es fiel Ottwald von Trettin nicht leicht, dies zuzugeben, doch er wagte nicht, sein Geständnis hinauszuzögern. Erfuhr seine Mutter es von anderer Seite, war es noch weitaus schlimmer.

Malwine war so entsetzt, dass sie keine Kraft für einen Wutausbruch aufbrachte. »Aber wie konntest du nur … Du hattest dir das Geld dafür doch extra aus der Kasse genommen!«

Ihr Sohn lachte bitter auf. »Ich wollte die Summe ja einzahlen, aber dann musste ich dringend nach Königsberg und habe das Geld für diese Fahrt verwendet. Danach habe ich nicht mehr daran gedacht.«

Das war gelogen. Nachdem so viele Jahre lang nichts auf dem Gut passiert war, hatte Ottwald von Trettin geglaubt, er könnte sich das Geld für die Versicherung sparen und es für seine eigenen Bedürfnisse ausgeben.

Malwine ahnte dies und funkelte ihren Sohn, außer sich vor Zorn, an. »Du hast das Geld verlumpt!«

»So würde ich es nicht nennen. Ich habe es gebraucht, um standesgemäß auftreten zu können. In dem Hotel, in dem ich übernachten musste, befand sich eine junge Dame, die ich gerne zur Ehefrau gewonnen hätte«, antwortete Ottwald von Trettin gelassen.

»Was hat diese Dame ausgezeichnet, Schönheit oder …«

»Geld!«, unterbrach der junge Mann seine Mutter. »Sie ist eine schwerreiche Erbin, aber leider verlobt. Als ich das erfahren habe, war der Champagner bereits getrunken.«

Malwine konnte sich denken, dass es nicht bei Champagner geblieben war. Wahrscheinlich hatte ihr Sohn die junge Dame in die teuersten Restaurants von Königsberg eingeladen und auch sonst noch einiges an Geld ausgegeben. In der Hinsicht war er das genaue Gegenteil ihres ermordeten Ehemanns, zu dessen hervorstechendsten Charaktereigenschaften eine kräftige Portion Geiz gezählt hatte. Doch das war im Augenblick nicht wichtig.

»Wovon willst du dann eine neue Scheuer errichten lassen und Heu kaufen, damit unser Vieh über den Winter kommt?«, fragte sie mit eisiger Stimme.

Ihr Sohn verzog das Gesicht. »Ich habe keine Ahnung. Ich wäre schon froh gewesen, wenn wir heuer die Zinsen hätten zahlen können, die auf uns lasten. Jetzt kann ich nicht einmal mehr das!«

»Dann musst du mit deinen Bankiers reden, damit sie dir die Zinsen stunden und einen neuen Kredit geben.«

Ottwald von Trettin stieß ein höhnisches Lachen aus. »Die Herren Bankiers empfangen mich nicht einmal mehr, sondern lassen sich verleugnen, wenn ich erscheine. Wir sind nicht mehr kreditwürdig, meine liebe Mama.«

»Aber du musst doch etwas tun!«

»Ich hatte die Hoffnung, dieses Jahr überstehen und im nächsten einen der Kredite ablösen zu können. Aber das ist jetzt nicht mehr möglich. Wir sind am Ende, liebe Mama! Wenn wir nicht wollen, dass Trettin unter den Hammer kommt, muss ich nach Berlin fahren und Onkel Fridolin um Geld bitten. Da ein Zusammenbruch des Gutes auch seinen Namen beschädigen würde, wird ihm nichts anderes übrigbleiben, als mich zu unterstützen.«

»Du wirst nicht zu diesem Lumpen fahren!«, brach es aus Malwine heraus. »Dieser verfluchte Fridolin und seine Frau Lore sind ganz allein an unserem Unglück schuld. Ich wollte, sie wären tot.«

»Das herbeizuführen, hast du schon einmal vergeblich versucht«, antwortete ihr Sohn ungerührt. »Heute bin ich froh, dass dein Plan gescheitert ist. Einen Toten könnte ich nämlich nicht mehr um Geld angehen.«

Malwine fuhr zornig auf. »Du wirst Fridolin um gar nichts angehen! All das, was er erreicht hat und jetzt ist, hat er dem Geld zu verdanken, das sein verfluchter Onkel unserem Gut entzogen und seiner Enkelin zugesteckt hat. Wir werden ihn anzeigen und fordern, uns diesen Betrag mit Zins und Zinseszinsen zurückzugeben. Danach steht unser Gut wieder herrlich und in Freuden da! Du wirst sofort morgen nach Königsberg zu unserem Anwalt reisen und …«

»Meine liebe Mama, Hirngespinsten zu folgen ist der sicherste Weg in den Untergang. Wenn wir Fridolin und dessen Ehefrau verklagen, erinnern diese sich gewiss daran, dass die im Familiengesetz derer von Trettin festgeschriebene Mitgift für die Tochter beziehungsweise in diesem Fall die Enkelin des Majoratsherrn beim Wechsel des Gutes auf einen anderen Zweig der Familie niemals ausbezahlt worden ist. Wenn Fridolin diese Summe mit Zins und Zinseszinsen von uns fordert, können wir ihm gleich das ganze Gut schenken. Uns bliebe dann nämlich gar nichts mehr.«
Malwine war den Ausführungen ihres Sohnes mit wachsender Erregung gefolgt. Ihr Hass auf Fridolin und Lore hatte in den letzten Jahren sogar ihre Träume beherrscht. Nun brachte sie der Gedanke, dass es ihren Verwandten sogar möglich wäre, sie mit einem Federstrich vom Gut zu verjagen, derart in Rage, dass sie die Likörflasche packte und gegen die Wand schleuderte. Die Flasche zerplatzte klirrend, und der dickflüssige Likör spritzte durch den halben Raum.
Ottwald von Trettin bekam ebenfalls ein paar Tropfen ab und entfernte diese mit seinem Taschentuch. »Du solltest dich nicht so echauffieren, meine liebe Mama, sondern besser daran denken, wie wir in diese Situation geraten konnten.«
»Wie anders als durch das Geld, das der alte Trettin dem Gut gestohlen und seiner Enkelin zugesteckt hat!«, blaffte Malwine ihn an.
»Contenance, meine liebe Mama! Mit deinen Wutanfällen konntest du vielleicht Papa beeindrucken, aber an mich sind sie verschwendet. Ich habe die Bücher des Gutes genau studiert. Lores Großvater Wolfhard Nikolaus von Trettin hat vielleicht nicht

alles getan, um das Gut auf der Höhe zu halten, aber keinesfalls jene Märchensummen der Kasse entnommen, die du dir in deiner Phantasie vorstellst. Als mein Vater das Gut übernahm, war es in einem stabilen Zustand, und das hätte auch so bleiben können, wenn du nicht unseren Inspektor dazu gebracht hättest, die Bücher zu fälschen und dir den größten Teil der unterschlagenen Summen zu überlassen. Damit hast du vor einigen Jahren in Berlin die große Dame gespielt und auch deinem damaligen Liebhaber einiges an Geld zugesteckt.«

Malwine empfand die Anklage ihres Sohnes als so unverschämt, dass sie mit der Hand ausholte, um ihm eine Ohrfeige zu geben. Doch Ottwald entzog sich mit einer geschickten Bewegung und verschränkte die Arme vor der Brust.

»Das ist die Wahrheit, meine liebe Mama! Immer, wenn Onkel Fridolin Maßnahmen angeordnet hat, die die Ertragsfähigkeit des Gutes erhöhen sollten, hat der Inspektor auf deine Veranlassung hin nur einen Teil davon ausführen lassen und das restliche Geld unterschlagen. Du wirst einsehen, dass mir dies als Nachfolger meines Vaters als Gutsherr auf Trettin äußerst missfallen muss.«

»Du tust ja gerade so, als wäre nur ich allein an unserer beschämenden Situation schuld!«, rief Malwine empört. »Dabei vergisst du, dass du ebenfalls kräftig die Hand aufgehalten hast, weil dir das Taschengeld, das Fridolin dir zugebilligt hat, zu gering war. Seitdem du das Gut selbst führst, hast du ebenfalls nicht gerade sparsam gelebt.«

»Ich hätte es mir leisten können, wenn du das Gut nicht um eine große Summe gebracht hättest«, antwortete ihr Sohn ungerührt. »Daher wirst du erlauben müssen, dass ich Onkel Fridolin um Geld angehe. Um die Reinheit des eigenen Namens zu wahren,

wird er sich meiner Forderung beugen müssen.« Ottwald von Trettin lächelte so zufrieden, als hätte er die niedergebrannte Scheune schon vergessen.
Ihn reizte nicht nur das Geld seines Verwandten, der in Berlin lebte und ein reicher Bankier geworden war, sondern auch die Reise dorthin. Gegen die Reichshauptstadt war Königsberg nur ein Provinznest, und er ging davon aus, dass Berlin weitaus größere Chancen bot, eine reiche Erbin für sich zu gewinnen.
Malwine begriff, dass sie ihren Sohn nicht umstimmen konnte, und packte die chinesische Vase, die seit mehreren Generationen ein wertvolles Besitztum derer von Trettin darstellte, und zerschmetterte auch diese.
»Das solltest du in Zukunft lassen, meine liebe Mama«, ermahnte ihr Sohn sie. »Diese Vase hätten wir gut verkaufen können. Wir werden ohnehin einiges veräußern müssen, damit ich das Reisegeld für Berlin zusammenbekomme. Als ein Trettin auf Trettin kann ich dort nicht wie ein Bäuerlein vom Land auftreten.«

## V.

Lore von Trettin krauste die Stirn, als Komtess Nathalia bereits das dritte Mal mit Leutnant von Bukow tanzte, und diesmal sogar einen Walzer. Zwar war Bukow ein eleganter Offizier und ein ausgezeichneter Tänzer, aber in Lores Augen alles andere als ein wünschenswerter Bewerber um die Hand ihrer Freundin. Mit seiner Uniform und dem schneidigen Schnurrbart sah er blendend aus und war auch ein angenehmer Gesprächspartner, doch Lore hatte von einigen Frauengeschichten des Leutnants

gehört. Schon so mancher Erbin sollte er eifrig den Hof gemacht haben.
Während sie überlegte, wie sie Nathalia von ihrer Vorliebe für den Offizier abbringen konnte, sprach jemand sie an. »Sie haben sich mit diesem Fest wieder einmal selbst übertroffen, liebste Gräfin Trettin. Aber finden Sie nicht, dass Komtess Nathalia Leutnant von Bukow gegenüber etwas zu zuvorkommend ist?«
Als Lore sich umdrehte, sah sie Rodegard von Philippstein vor sich, eine füllige Matrone, die nach Berlin gezogen war, um für ihre älteste Tochter einen passenden Bräutigam zu finden. Lore wusste daher, wie die Bemerkung zu verstehen war. Frau von Philippstein nämlich schien durchaus an dem jungen Mann interessiert. Auch wenn von Bukow nicht als vermögend galt, so hatte er doch angeblich die besten Aussichten, von seinem Großonkel, dem steinreichen Grafen Grimbert von Nehlen, als Erbe eingesetzt zu werden.
Mit einem vor dem Spiegel eingeübten Lächeln blickte Lore die Dame an. »Leutnant von Bukow ist ein ausgezeichneter Tänzer, finden Sie nicht auch, liebste Frau von Philippstein? Da ist es für mich kein Wunder, dass Nathalia gerne mit ihm ihre Runden dreht. Ihre Gottlobine hat sich vorhin bereits das zweite Mal von ihm auffordern lassen, und wie ich hörte, will er es auch noch ein weiteres Mal tun.«
»Hoffentlich«, murmelte Rodegard von Philippstein und enthüllte damit unbewusst ihre Pläne. Lore schenkte ihr ein mildes Lächeln und zog sich von dieser unangenehmen Frau zurück. Ihr Entschluss, ihrem Schützling Nathalia noch am selben Abend den Kopf zu waschen, stand fest. Leider kannte sie keinen jungen Mann, den sie ihr als ernsthaften Bewerber empfehlen konnte.

»Was ist dir für ein Läuschen über die Leber gelaufen, meine Liebe?«, hörte sie ihren Ehemann fragen.
»Nur ein Leutnant, der sich etwas zu aufdringlich um Nathalia bemüht«, antwortete Lore und gab dann zu, sich über Rodegard von Philippstein geärgert zu haben. »Denk dir nur, sie hat mir Vorwürfe gemacht, weil Nati schon das dritte Mal mit von Bukow tanzt. Dabei würde sie Beifall klatschen, wenn dieser den ganzen Abend nur für ihre Gottlobine Augen hätte. Mein Gott, wie kann man einem Kind nur so einen Namen geben? Würdest du von mir verlangen, eine Tochter so zu nennen, müsste ich mir überlegen, ob ich nicht die Scheidung einreichen sollte.«
Während Lore den Kopf schüttelte, lachte Fridolin leise auf. »Das ist der Fluch der Tradition, meine Liebe. Du solltest heutzutage aber auch nicht auf der Straße rufen: Wilhelm – oder Friedrich – zu mir! Du könntest zertrampelt werden.«
»Auf jeden Fall wünsche ich Gottlobine von Philippstein eine erfolgreiche Werbung durch Leutnant von Bukow. Nathalia sollte der Mann jedoch in Ruhe lassen.«
»Ich glaube nicht, dass er das tun wird. Schließlich ist sie eine ungewöhnlich reiche Erbin. Auch wenn er selbst nicht gerade am Hungertuch nagt, stellt ein Mädchen wie sie eine große Verlockung für ihn dar, zumal Nati auch noch ausnehmend hübsch ist und Gottlobine in den Schatten stellt. Wir müssen achtgeben, dass alles im Rahmen bleibt. Erinnere dich an den jungen Studenten, der Nati im letzten Jahr dazu überreden wollte, mit ihm durchzubrennen. Der Bursche hatte sich ganz schön in Unkosten gestürzt, um eine Kutsche und einiges mehr zu besorgen. Doch als er damit zum Treffpunkt kam, erwartete ihn Johann dort mit der Nachricht, die Komtess habe es sich anders überlegt

und wolle noch ein paar Jahre warten, bevor sie in den Stand der Ehe eintrete.«

Der Anflug eines Lächelns erschien auf Lores Gesicht. Der enttäuschte Freier hatte Nathalia zwar einen Brief geschrieben, sie habe ihm das Herz gebrochen, doch im Grunde war die ganze Sache harmlos gewesen. Bei von Bukow sah das schon anders aus. Offiziere wie er würden sich nicht so leicht abspeisen lassen.

»Ich werde noch heute Abend mit Nati sprechen und ihr klarmachen, dass sie Bukow nicht ermutigen darf.« Sie lehnte sich gegen ihren Mann. »Und was ist mit dir? Gehen wir nach dem Fest gemeinsam zu Bett?«

Fridolin schüttelte bedauernd den Kopf. »Dohnke und Grünfelder haben vorhin angekündigt, dass sie noch heute Abend wichtige geschäftliche Dinge mit mir besprechen müssten. Es soll um eine bedeutende Summe gehen – das kann länger dauern.«

»Aber du wirst sie gewiss nicht noch irgendwohin begleiten?«

Fridolin glaubte, einen Hauch Eifersucht in Lores Stimme zu vernehmen. Dabei gab es dafür wahrlich keinen Grund. Männer wie Grünfelder und dessen Schwiegersohn mochten gelegentlich ein Bordell wie das *Le Plaisir* aufsuchen, um dort Entspannung zu finden. Er brauchte das nicht. Nachdenklich betrachtete er seine geliebte Frau und dachte nicht zum ersten Mal, dass sie mit den Jahren immer schöner wurde. Obwohl sie zwei Kinder geboren hatte, hatte sie eine schlanke Figur und musste den Busen auch nicht mit so einem Wunderkorsett stützen, wie es letztens in der Zeitung angepriesen worden war. Ihr Gesicht wirkte immer noch mädchenhaft, auch wenn sie im Augenblick eher nachdenklich aussah. Das elegant frisierte Haar war in den letzten Jahren ein wenig dunkler geworden, leuchtete aber im Schein der Kerzen, die Fridolin der elektrischen Beleuchtung vorzog, wie Bernstein, und was ihre Garderobe betraf, so war ihr Geschmack vortrefflich.

»Ich wüsste gerne, was du gerade denkst.« Lore stupste ihm in die Seite und riss ihn aus seinem Sinnieren.

Lächelnd drückte Fridolin ihre Hand. »Ich habe mir eben gedacht, wie glücklich ich mich schätzen kann, dich zur Frau gewonnen zu haben. Du bist wunderschön!«

»Das hört man gerne, besonders vom eigenen Ehemann.« Lore fand, dass auch sie sich nicht beschweren konnte, denn Fridolin sah gut aus und kleidete sich stilvoll und elegant. Zwar trug er einen ähnlichen Rauschebart wie Kronprinz Friedrich, während sein Kompagnon Emil von Dohnke ebenso wie Leutnant von Bukow jenen schneidigen Schnurrbart vorzog, den Prinz Wilhelm, der Sohn des Thronfolgers, in Mode gebracht hatte. Doch daran hatte sie sich mittlerweile gewöhnt. Außerdem verlieh der Bart, wie ihre Freundin Mary Benecke zu sagen pflegte, Fridolin jene Gediegenheit, die er als erfolgreicher Bankier benötigte.

»Ich glaube, der Tanz ist zu Ende«, hörte sie ihren Mann sagen und drehte sich um.

Eben verbeugte Adolar von Bukow sich elegant vor Nathalia und führte sie zu Lore, die zufrieden feststellte, dass ihr Schützling dem jungen Offizier nur die Fingerspitzen gereicht hatte.

»Gnädige Frau!« Leutnant von Bukow setzte ein strahlendes Lächeln auf, dem die Frauen selten widerstehen konnten, und verbeugte sich.

»Ich danke Ihnen, Leutnant, dass Sie mein Mündel unbeschadet zurückgebracht haben!« Lores Lächeln fehlte die Wärme, die

Bukow sich erhofft hatte, und sie wandte sich sofort an Nathalia. »Du siehst erhitzt aus, meine Liebe. Du solltest für den restlichen Abend auf weitere Tänze verzichten.«
»Das wäre grausam, gnädige Frau!«, rief Bukow aus. »Ich hatte die Hoffnung, das gnädige Fräulein zum Abschlusstanz führen zu dürfen.«
»Dieses Vergnügen wird Ihnen nun leider verwehrt bleiben.« Lores Miene zeigte dem Leutnant deutlich, dass er für diesen Tag keinen weiteren Erfolg erwarten konnte. Daher verbeugte er sich erneut und bat, sich verabschieden zu dürfen.
»Ich hoffe, Sie bleiben noch ein wenig. Fräulein von Philippstein hat für den nächsten Tanz noch keinen Kavalier gefunden.« Um Lores Lippen spielte ein amüsiertes Lächeln, als der Leutnant kurz durchatmete und auf Gottlobine zuging.
Für einige Augenblicke waren Lore und Nathalia allein. »Was hast du eigentlich gegen Bukow?«, fragte das Mädchen sogleich.
Lore wusste, dass sie mit Nathalia offen reden konnte. »Er hat mir ein paar Frauengeschichten und Skandale zu viel auf dem Kerbholz! Außerdem halte ich ihn für einen Mitgiftjäger, denn so gewiss, wie er immer tut, scheint ihm das Erbe seines Oheims nicht zu sein.«
»Es gibt noch zwei Mitbewerber, doch der Leutnant glaubt, beide mit Leichtigkeit ausstechen zu können. Sollte dies der Fall sein, wäre Herr von Bukow auch für eine Komtess Retzmann die passende Partie«, erklärte Nathalia leichthin.
Lore glaubte nicht recht zu hören. »Du hast dich doch nicht etwa in Bukow verliebt?«
»Was heißt schon verliebt? So etwas gibt es nur in Romanen. Ich prüfe die Herren, die sich um mich bewerben, ob sie meinen An-

sprüchen genügen. Tun sie das, überlege ich mir, wer sich am besten als mein Gatte eignet. Für Bukow sprechen einige Gründe, allerdings auch genügend dagegen. Übrigens verbringt er seine Ferien auf dem Gut seines Erbonkels – gemeinsam mit seinen beiden Konkurrenten, wie er zu seinem Leidwesen erfahren hat. Nun möchte er, dass ich ihn dort besuche. Du hast gewiss nichts dagegen, dass ich diese Einladung in unser beider Namen angenommen habe. Es ist nur etwa zehn Kilometer von meinem eigenen Gut entfernt, und die Fahrt dorthin wird ein gemütlicher Nachmittagsausflug werden.« Nathalia zwitscherte wie ein Vogel, so schien sie sich auf diesen Besuch zu freuen.

Lores Sympathie für diesen Herrn sank weiter. Wie kam von Bukow dazu, ihren Schützling einzuladen. Schließlich war er weder der Besitzer des Ritterguts Nehlen noch der ausgewiesene Erbe, auch wenn er sich über seine Konkurrenten erhaben zu fühlen schien. Doch da sie Nathalia kannte, verkniff Lore sich jede weitere Kritik. Denn wenn sie ihrem Schützling etwas verbot, pflegte dieser ihre Worte eher als Aufforderung aufzufassen, es nun erst recht zu tun.

»Also gut, schauen wir uns dieses Gut an. Schließlich musst du dich ja überzeugen, ob es einer Komtess Retzmann angemessen ist.«

»So sehe ich es auch!« Nathalia lächelte ihr zu, entdeckte dann einen anderen jungen Offizier, der schnurstracks auf sie zueilte, und seufzte. »Ich habe ganz vergessen, dass ich Hauptmann Gierke auch einen Tanz versprochen habe. Wenn er nur nicht so langweilig wäre.«

Ihren Worten zum Trotz neigte sie freundlich den Kopf und reichte dem Offizier die Hand. Als sie an dessen Arm über die

Tanzfläche schwebte, sah sie in Lores Augen ganz und gar nicht so aus, als langweile sie sich in von Gierkes Gegenwart. Sie lachte sogar mehrfach über dessen Komplimente und bot genau das Bild, das Frauen wie Rodegard von Philippstein als ungezügelt bezeichneten.

»Wie es aussieht, habe ich wieder einige Arbeit vor mir, was Natis Erziehung angeht«, seufzte Lore.

Im nächsten Augenblick wurde sie von Wilhelmine von Dohnke in Beschlag genommen, der Ehefrau von Fridolins Kompagnon Emil. Während sie mit der Bankiersgattin plauderte, hielt sie Ausschau nach ihrem Ehemann. Doch wie es aussah, hatte dieser sich bereits mit seinen Geschäftspartnern zurückgezogen und es ihr überlassen, das kleine Fest mit Anstand zu beenden.

## VI.

Fridolin von Trettin wartete, bis ein Diener Zigarren und Likör bereitgestellt und das Zimmer wieder verlassen hatte, dann sah er Emil von Dohnke und dessen Schwiegervater auffordernd an.

»Nun sagen Sie bitte, was Sie auf dem Herzen haben. Ihren Mienen zufolge muss die halbe Bank zusammengebrochen sein.«

»Das nicht gerade«, antwortete Dohnke. »Trotzdem ist die Sache in höchstem Maße ärgerlich. Es geht um einen sehr hohen Kredit an einen Herrn, der sich bisher als zuverlässiger Kunde erwiesen hat.«

»Heißt das, er ist es jetzt nicht mehr?«

»Leider ja«, bekannte der alte Bankier. »Ich hatte diesem Kunden bereits vor Jahren mehrere Kredite erteilt und mir nichts dabei gedacht, als er im letzten Jahr erneut um einen bat. Die mir gebotenen Sicherheiten schienen mir über jeden Zweifel erhaben.« Dohnke sprang seinem Schwiegervater bei. »Der Herr besitzt eines der größten Güter in der Nähe von Bremen und wollte für dessen Erzeugnisse eine Konservenfabrik errichten. Die Rendite erschien uns hoch genug, um den Kredit bewilligen zu können. Vor ein paar Wochen schickte der Mann seinen Sohn zu uns und ließ ihn erklären, es seien Probleme aufgetaucht, die er jedoch bewältigen könne. Er bräuchte allerdings weiteres Geld, damit die Situation nicht eskaliere. Als Sicherheit hat er uns den Erbschmuck seiner Familie angeboten.«

»Ich begreife immer noch nicht, was daran schlimm sein soll«, warf Fridolin ein.

»Der Schmuck ist falsch!« Es fiel August Grünfelder sichtlich schwer, dies zuzugeben.

»Haben Sie ihn nicht vorher schätzen lassen?«, fragte Fridolin verblüfft.

»Selbstverständlich! Und zwar von einem Juwelier mit dem besten Ruf. Auf dem Weg von dort in unsere Bank muss der Schmuck ausgetauscht worden sein. Um zu erfahren, auf welche Weise das vonstattengegangen ist, habe ich einen Detektiv beauftragt. Der Mann soll sich auch auf die Suche nach dem faulen Kunden machen.«

»Also ist der verschwunden!« Nach Grünfelders Bericht hatte Fridolin nichts anderes erwartet.

»Ja, das ist er – und zwar unter Zurücklassung gewaltiger Schulden!« Emil von Dohnke ballte die Faust, doch es gab nichts, an dem er seinen Zorn hätte auslassen können.

»Wie steht es mit seinen Sicherheiten?«, wollte Fridolin wissen.

»Schlecht! Um es genau zu sagen, sehr schlecht. Der Mann hat außer uns noch vier weitere Banken um ein Vermögen betrogen. Das Ganze wird natürlich äußerst diskret behandelt.« Dohnke rieb sich über die Stirn und trank seinen Cognac auf einen Zug leer, ohne das Aroma des Getränks zu genießen.

Die Sache setzt ihm arg zu, dachte Fridolin, doch um Mitleid zu haben, war er zu verärgert. »Das Ganze ist wohl so diskret abgelaufen, dass ich nichts davon erfahren durfte!«

Dohnke hob hilflos die Hände. »Herrgott, wir dachten, es wäre nur so ein Kredit, wie ihn jeder von uns allein bewilligen kann. Sie waren zu dem Zeitpunkt in England, und wir sahen keinen Grund, Ihnen deswegen zu telegrafieren. Bei Ihrer Rückkehr war das Ganze bereits abgeschlossen, und wir haben der Expertise des Juweliers vertraut.«

»Wie sicher können Sie sich dieses Mannes sein?«

»Absolut sicher! Er hat uns doch erst auf den Betrug aufmerksam gemacht. Eine andere Bank, die von Baron Klingenfeld ebenfalls Schmuck als Sicherheit erhalten hatte, wollte diesen verkaufen, als die Rückzahlung des von ihnen nur kurzfristig gewährten Kredits fällig wurde und keine Zahlung erfolgte. Um den höchstmöglichen Erlös zu erzielen, ließen sie ihn ein zweites Mal schätzen, und zwar bei dem Juwelier, der uns die Expertise erstellt hat. Dieser hat die Fälschung erkannt und sich erinnert, dass der Betrüger uns dieselben Schmuckstücke übergeben hatte. Als wir den Safe öffneten und ihm die Stücke präsentierten, konnte er uns auf Anhieb sagen, dass wir ebenfalls auf Falsifikaten saßen. Wie es aussieht, hat Richard von Klingenfeld beziehungsweise dessen Sohn Anno den letzten Kredit bereits in betrügerischer Absicht beantragt.«

Dohnkes Ausführungen klangen schlüssig, dennoch fragte Fridolin sich, weshalb ihm seine Kompagnons das so spät am Abend noch hatten mitteilen wollen. Außerdem ärgerte es ihn, dass man ihn bislang im Unklaren gelassen hatte. »Sie hätten mich spätestens zu dem Zeitpunkt informieren müssen, als der Betrug offenbar war«, tadelte er seine Geschäftspartner.

»Das haben wir auch überlegt, aber ich dachte, ich könnte die Sache auf eigene Faust bereinigen. Heute hat sich jedoch gezeigt, dass dies nicht möglich ist. Daher wollten wir unbedingt mit Ihnen sprechen.« Grünfelder war das schlechte Gewissen anzumerken, doch so einfach wollte Fridolin ihn nicht davonkommen lassen. »Hätte dies dann nicht Zeit bis morgen gehabt? Wir hätten dann in aller Ruhe im Büro darüber sprechen können.«

»Die Zeit drängt mehr, als Sie sich vorstellen können«, erklärte Dohnke. »Es geht um die letzte Sicherheit, über die wir verfügen, und das ist die Hypothek auf Gut Klingenfeld und die halbfertige Konservenfabrik. Wenn wir den Besitz bis Montagmittag nicht selbst übernehmen, kommt beides unter den Hammer. Dann addiert sich zu dem Verlust durch den falschen Schmuck auch noch ein Großteil der alten, an und für sich sicheren Kredite.«

»Ich habe Baron Klingenfeld vertraut und damit gerechnet, er werde seine Verbindlichkeiten trotz gewisser Probleme erfüllen. Deshalb habe ich ihm immer wieder neue Fristen eingeräumt. Andere Kreditgeber, deren Sicherheiten aus weiteren Liegenschaften des Barons bestehen, haben bereits die Zwangsvollstreckung beantragt. Wenn wir nicht rasch handeln, kommt auch der Gutshof mit allen zugehörigen Ländereien unter den Hammer, und was das bedeutet, können Sie sich vorstellen.«

Grünfelder klang verzweifelt, und das konnte Fridolin ihm nachfühlen. Bei einer Zwangsversteigerung wurde selten der volle Preis erzielt. Wahrscheinlicher war, dass jemand das Gut für einen Bruchteil seines Wertes erstand. Da er den Schaden der Bank so gering wie möglich halten wollte, fragte er nach Einzelheiten, mit denen Dohnke so rasch bei der Hand war, als hätte er sie auswendig gelernt. Grünfelders Schwiegersohn zog sogar ein paar Blätter aus einer Innentasche seiner Weste, auf denen er die Größe, den wahrscheinlichen Ertragswert des Gutes sowie dessen Lage notiert hatte.

»Es ist bedauerlich, dass Klingenfeld nicht in der Nähe von Berlin liegt. Hier hätten wir leicht einen Industriebaron gefunden, der Interesse an einem standesgemäßen Landsitz hat. Klingenfeld befindet sich jedoch keine acht deutschen Meilen von Bremen entfernt, übrigens nicht sehr weit von dem Gutshof Ihres Mündels Nathalia«, sagte August von Grünfelder, um die Ausführungen seines Schwiegersohns zu ergänzen.

Die beiden benehmen sich, als wollten sie einem zögerlichen Kunden einen Kauf schmackhaft machen, fuhr es Fridolin durch den Kopf.

Ehe er etwas einwerfen konnte, setzte Dohnke seine Ausführungen fort. »Weder mein Schwiegervater noch ich können das Gut übernehmen, also müssen wir einen Käufer dafür finden. Nun sind die Preise für landwirtschaftliche Güter in den letzten Jahren stark gefallen, und wir würden einen herben Verlust erleiden. Daher haben wir gedacht, Sie könnten …«

Jetzt ist die Katze aus dem Sack, sagte Fridolin sich. Da Grünfelder die Verträge mit diesem Kunden in alleiniger Verantwortung unterzeichnet hatte, wäre es an ihm gewesen, den größten Teil des Verlustes aus seiner Einlage in der Bank zu begleichen. Damit aber wäre der Anteil des Seniors unter jenen gefallen, den er selbst besaß, und er an die erste Stelle der Direktoren gerückt. Für einen Augenblick reizte Fridolin es sogar, es darauf ankommen zu lassen. Dann aber dachte er daran, dass ihm eine weitere vertrauensvolle Zusammenarbeit mit Grünfelder und Dohnke lieber war. Doch war das Grund genug, sich ein so riesiges Anwesen zu kaufen?

»Wissen Sie«, sagte er gedehnt, »ich bin auch nicht mit einem grünen Daumen geboren worden, sondern als Sohn eines Soldaten.«

»Aber Sie stammen aus einer Familie von Landedelleuten und können daher abschätzen, ob man Ihnen ein X für ein U vormachen will. Außerdem tragen mein Schwiegervater und ich bereits größere Verluste wegen des falschen Schmucks. Wenn wir jetzt auch noch das Gut behalten müssten, könnten wir die Summe, die nötig ist, um die Bank zu stützen, nicht mehr aufbringen«, erklärte Dohnke, dessen Stimme vor Nervosität schwankte.

»Es ist ja nicht so, dass Sie die Liegenschaft sogleich komplett bezahlen müssten«, sprang Grünfelder seinem Schwiegersohn bei. »Wir haben an einen Zahlungsrahmen von zehn Jahren gedacht, natürlich zinslos, außerdem zeichnen wir Ihnen eine fünfprozentige Erhöhung Ihrer Anteile ab.«

Fridolin blickte noch einmal auf das Blatt mit den Informationen über das Gut und blies langsam die Luft aus den Lungen. Obwohl er in Berlin aufgewachsen war, hatte er seinen Onkel auf dessen Gut in Ostpreußen oft genug besucht, um am Landleben Gefallen zu finden. Auch hatte er bereits Überlegungen angestellt, sich in der Umgebung Berlins einen kleinen Landsitz zuzulegen, auf dem Lore und die Kinder ihre Ferien verbringen konnten. Doch es war etwas anderes, ein Anwesen mit vielleicht zwanzig oder dreißig Morgen Land zu erwerben als ein Gut der Größe Klingenfelds. Allerdings wusste er, dass er sich dem Drängen seiner Geschäftspartner nur schwerlich entziehen konnte. Wenn er den gesamten Grundbesitz übernahm, würden sich Grünfelders und Dohnkes Verluste um mehr als die Hälfte verringern und der Wert seiner Einlage wiederum um fünf Prozent wachsen.

»Wir sollten es ins Auge fassen, meine Herren. Sie werden erlauben, dass ich mir Klingenfeld ansehe, bevor ich eine Entscheidung treffe«, sagte er daher.

»Aber wir müssen bis Montag Bescheid geben, ob das Gut versteigert werden soll.« Dohnke wollte noch mehr sagen, doch sein Schwiegervater hielt ihn zurück.

»Herr von Trettin hat recht. Er wäre ein schlechter Geschäftsmann, würde er sich jetzt und auf der Stelle entscheiden. Wir werden dem Gericht auf jeden Fall erklären, dass wir das Gut selbst übernehmen. Sollte Herr von Trettin es dann nicht wollen, trage ich persönlich die Folgen, ebenso die Verluste.«

Fridolin sah den aufgewühlten alten Mann an und empfand Mitleid mit ihm. Fürs Geschäft waren solche Gefühle jedoch nur hinderlich, und daher erklärte er nur, dass er mit diesem Vorgehen einverstanden sei.

## VII.

Lore verabschiedete den letzten Gast und sah sich in dem leeren Saal um, der immer noch von Kerzen in ein goldenes Licht getaucht wurde. Das Parkett glänzte ebenfalls golden, und die fein gemusterte Tapete warf den Schein der Flammen sanft zurück. An Möbeln gab es nur einige bequeme Sessel für die Großmütter, die ihren Enkelinnen beim Tanzen zusehen wollten. Für Gäste, die nicht tanzten, standen drei weitere Räume zur Verfügung. In dem kleinsten konnten die Herren Zigarre rauchen und Cognac trinken, der nächste stand den Damen zur Verfügung, die sich bei leichtem Wein unterhalten wollten, und im dritten waren all jene Leckerbissen gereicht worden, die Lore von den führenden Feinkostgeschäften Berlins hatte besorgen lassen.

»Bist du nicht zufrieden mit dem heutigen Abend?«, fragte Nathalia angesichts der nachdenklichen Miene ihrer Freundin und Mentorin.

Mit einer beruhigenden Geste wandte Lore sich zu ihr um. »Oh doch! Es war ein schönes Fest.«

Dabei betrachtete sie das Mädchen mit forschendem Blick. Während sie selbst für eine Frau hochgewachsen war, reichte Nathalia ihr gerade bis zum Kinn und wirkte in ihrem weißen Abendkleid wie eine Elfe. Lore wusste jedoch nur zu gut, dass in der teuren Seide mehr ein Kobold als ein Elflein steckte.

»Und du? Hast du dich amüsiert?«, fragte sie.

»Es geht. Die meisten Leute sind stocklangweilig, ungeheuer von sich eingenommen und strohdumm.«

Nathalias Urteil mochte hart sein, doch Lore war klar, dass mindestens einer dieser Punkte auf jeden ihrer Gäste zutraf. Bei einigen sogar alle drei. Sie kicherte und wies auf einen der beiden Kronleuchter, die den Saal erhellten. »Wir werden bald eine elektrische Beleuchtung brauchen, sonst halten unsere Gäste uns noch für altmodisch, und das will in Berlin heutzutage niemand mehr sein.«

»Ich mag Kerzen viel lieber als diese komischen Glühlampen«, antwortete Nathalia naserümpfend.
»Es geht nicht darum, was uns gefällt, sondern was in Mode ist.«
»Pah! Ich halte mich hier an Seine Majestät, König Wilhelm. Der hat für solch modernen Schnickschnack auch nichts übrig. Lässt er sich die Wanne eigentlich immer noch aus dem Hotel de Rome kommen, wenn er baden will?« Nathalia lachte, denn an ein eigenes Badezimmer gewöhnt, kam ihr eine solche Haltung archaisch vor.
Lore gluckste leise bei der Vorstellung, die kaiserliche Badewanne würde unter militärischem Geleit vom Hotel zum Palast und wieder zurückgebracht werden, wischte diesen Gedanken jedoch beiseite, da es Wichtigeres zu besprechen gab. Obwohl sie wusste, dass ihre junge Freundin auf Belehrungen äußerst widerspenstig reagieren konnte, war ihr die Angelegenheit zu wichtig, um darauf Rücksicht nehmen zu können.
»Ich hoffe, du denkst nicht ernsthaft daran, Leutnant von Bukow zu ermutigen. Er wäre dir kein guter Mann.«
Nathalia antwortete mit einer wegwerfenden Handbewegung. »Ich würde ihn mir schon erziehen! Zudem gedenke ich noch lange nicht, in den Hafen der Ehe einzulaufen.«
»Nati, du vergreifst dich im Ton«, mahnte Lore ihre junge Freundin.
»Das muss an der Erziehung liegen, die Tante Dorothea und du mir habt angedeihen lassen. In Bremen war ich meistens von Seebären umgeben und hier von Militärs, die nicht weniger aufschneiden.« Nathalia lachte, entdeckte dann in einer Ecke einen Diener, der noch frische Gläser und eine Flasche Champagner auf einem Tablett trug, und winkte ihn zu sich heran.

»Ich glaube, das haben wir beide verdient«, sagte sie zu Lore, während sie zwei Gläser eingießen ließ und eines davon weiterreichte.

»Salut, wie Tante Lianne sagen würde!« Damit stieß Nathalia mit Lore an und schlürfte genussvoll den Champagner.

»Sag bloß, dir schmeckt das Zeug?«, fragte Lore, die alkoholischen Getränken noch nie etwas hatte abgewinnen können.

»Es geht, aber ich kann hier ja schlecht einen doppelten Rum kippen, wie es sich für eine Reederin eigentlich gehört.«

Lore überlegte nicht zum ersten Mal, wie sie Nathalias Übermut bremsen konnte, denn allmählich wurde ihr das Fräulein zu keck. Daher setzte sie eine ernste Miene auf und fixierte ihren Schützling mit einem scharfen Blick. »Ich muss sagen, du enttäuschst mich, Nathalia, und Tante Dorothea gewiss nicht minder. Immerhin bist du eine junge Dame von bald neunzehn Jahren. In deinem Alter war ich schon fast drei Jahre verheiratet.«

»Ich hätte auch mit sechzehn geheiratet, aber du hast mich ja davon abgehalten«, antwortete Nathalia in gespielter Empörung.

Zuerst begriff Lore nicht, was ihre Freundin meinte, musste dann aber lachen. »Oh Gott, musst du wieder damit anfangen? Der Mann war mehr als dreimal so alt wie du, Jahrmarktsschausteller und – wie ich erfahren hatte – bereits verheiratet.«

»Aber er sah sehr gut aus und hatte Muskeln wie ein griechischer Gott!«

»Da ich noch keinen griechischen Gott gesehen habe, kann ich das nicht beurteilen. Auf jeden Fall war dieser Jahrmarktsringer kein geeigneter Ehemann für dich.« Lore wollte noch mehr sagen, merkte dann aber, dass ihr Schützling sie nur zum Narren gehalten hatte, und schüttelte den Kopf.

»Bei dir ist wirklich Hopfen und Malz verloren. Dabei haben Dorothea und ich alle Mühe darauf verwandt, dich in eine wohlerzogene junge Dame zu verwandeln. Wenn ich daran denke, wie oft ich in die Schweiz fahren musste, um die Direktorinnen der Internate davon abzubringen, dich umgehend von der Schule zu verweisen.«

»Ich erinnere mich auch noch gut daran«, erklärte Nathalia lachend. »Einem dieser Drachen hast du an den Kopf geworfen, dass er besser Feldwebel in der preußischen Armee hätte werden sollen, als kleine Mädchen zu erziehen, und bei einer Zweiten dachte ich im ersten Moment, du würdest ihr den Rohrstock abnehmen und ihr die Schläge heimzahlen, die sie mir verpasst hat. Schade, dabei hätte ich gerne zugesehen. Und die Dritte …«

Lore schnaubte und versetzte Nathalia einen Klaps. »Tu nicht so, als wärst du stets nur die verfolgte Unschuld gewesen. Jemand eine tote Ratte unter die Bettdecke zu stecken, ist äußerst ungehörig!«

»Aber es hat Spaß gemacht«, antwortete Nathalia mit blitzenden Augen. »Wie gerne würde ich es wieder tun. Zur Not tut es auch ein Frosch. Du magst doch Frösche, oder?«

»Nicht in meinem Bett!« Lore überkam das Gefühl, Windmühlen zu predigen. Daher richtete sie ihre Gedanken auf etwas anderes und winkte ihre Mamsell zu sich.

»Sie können jetzt aufräumen und die Möbel wieder hereinbringen, Frau Knoppke. Unser nächstes Fest wird Gott sei Dank erst im Herbst stattfinden.«

»Gnädige Frau können sich auf mich verlassen. Wenn Sie morgen …«

»Heute, Jutta! Es ist schon Mitternacht vorbei«, korrigierte Nathalia die Frau lachend.

»Es ist ungehörig, die Mamsell mit dem Vornamen anzusprechen«, wies Lore ihren Schützling zurecht.
»Jutta gefällt mir aber besser als Frau Knoppke. Außerdem habe ich sie bereits früher so genannt«, antwortete Nathalia, sah dann aber selbst, dass sie den Bogen nicht überspannen durfte, und hakte sich bei Lore unter.
»Sehen wir noch nach den Kleinen?« Nathalia wusste aus Erfahrung, dass der Hinweis auf Lores Kinder ihre ältere Freundin versöhnlich stimmen würde, und so war es auch diesmal.
»Frau Knoppke, ich verlasse mich ganz auf Sie!« Lore nickte ihrer Mamsell zu und ließ sich von Nathalia mitziehen. »Es wird Zeit, ins Bett zu gehen. Aber wir sollten tatsächlich zuerst nachsehen, ob bei den Kindern alles in Ordnung ist.«
Sie verließen die Repräsentationsräume der Villa und stiegen die Treppe zum nächsten Stockwerk hoch. Lore ging an den eigenen Räumen vorbei, blieb vor der Tür des Kinderzimmers stehen und lauschte.
»Drinnen ist alles ruhig.« Sie öffnete vorsichtig die Tür und blickte hinein.
In dem großen Raum standen mehrere Schränke und Kommoden, die nicht allein für die Kleinen gedacht waren. Die Kinder lagen in zwei Himmelbetten, die etwa zwei Meter auseinander standen. Im Schein des durch die Tür fallenden Lichts konnte Lore sehen, dass sowohl der vierjährige Wolfhard wie auch die zweijährige Dorothea süß und selig schliefen.
Erleichtert schloss Lore die Tür und nickte Nathalia zu. »Wolfi und Doro weilen im Traumland.«
»Das tun wir beide in Kürze ebenfalls«, erklärte Nathalia. »Wo ist eigentlich Fridolin? Ich habe ihn zuletzt nicht mehr gesehen.«

»Grünfelder und Dohnke wollten ihn noch sprechen. Wer weiß, welche Geschäfte die beiden ihm diesmal unterbreiten.« Lore ärgerte sich noch immer, dass die Kompagnons ihres Mannes diesen auch nachts in Beschlag nahmen, hatte sie doch gehofft, sich mit Fridolin ein wenig über den Festabend und die Gäste unterhalten zu können. Doch wie es aussah, ließen seine Geschäftspartner ihn nicht aus den Klauen.

Kaum hatte sie diesen Gedanken gefasst, vernahm sie Emil von Dohnkes Stimme an der Tür des Rauchzimmers aufklingen. »Dann sind wir uns ja einig, Graf Trettin! Ich wünsche Ihnen eine gute Reise und hoffe, Sie treffen alles so an, wie es Ihren Vorstellungen entspricht. Ihre Entscheidung können Sie uns telegrafisch mitteilen. Jetzt aber wäre ich Ihnen dankbar, wenn Sie mir Ihren Wagen zur Verfügung stellen könnten, denn mein Schwiegervater will heute Nacht seiner eigenen Wege gehen.«

Wohl ins *Le Plaisir*, dachte Lore. Sie hatte sich gelegentlich mit Hede Pfefferkorn – oder Laabs, wie diese seit ihrer Heirat hieß – getroffen. Dies war zwar für eine Dame ihres Standes ausgesprochen ungehörig, doch sie mochte Hede, seit diese ihr einmal in höchster Not beigestanden hatte. Von ihr hatte sie auch erfahren, dass August von Grünfelder ihr Etablissement in regelmäßigen Abständen aufsuchte, um dort das zu finden, was seine Ehefrau ihm nicht mehr zu geben bereit war.

# VIII.

Als Fridolin ins Schlafzimmer kam, hatte Lore sich bereits zur Nacht zurechtgemacht. »Ist etwas passiert?«, fragte sie besorgt, denn ihr Mann sah aus wie ein kleiner Junge, der etwas ausgefressen hatte.

Fridolin ließ sich tief durchatmend auf dem Bettrand nieder. »Es kann sein, dass du mich einen Narren nennen wirst, der sich von seinen Geschäftspartnern über den Tisch hat ziehen lassen.«

»Wie meinst du das?«

»Ich habe vielleicht einen Riesenfehler begangen, aber ich wusste mir nicht anders zu helfen. Es geht um einen Kredit, der geplatzt ist. Eigentlich müsste Grünfelder die Verluste alleine tragen, denn er hat die Summen bewilligt.«

Fridolin überlegte, wie er Lore die Sache am einfachsten erklären konnte. Von den Regeln interner Verrechnungen verstand sie nichts, ebenso wenig von den gesetzlichen Vorgaben in einem solchen Fall.

»Haben Grünfelder und Dohnke dich aufgefordert, den Verlust mitzutragen?«, fragte Lore schließlich, der Fridolins Schweigen zu lange dauerte.

»So könnte man es sagen.« Da die Geschichte nicht mit einigen wenigen Worten zu erklären war, holte Fridolin etwas weiter aus und berichtete Lore von dem gefälschten Schmuck.

»Wie es aussieht, hat Baron Anno von Klingenfeld, der im Namen seines Vaters aufgetreten ist, den Schmuck mehrfach kopieren lassen, die Originale jeweils auf dem Weg von den schätzenden Juwelieren zu den Banken gegen die wertlosen Falsifikate ausgetauscht und den echten Schmuck behalten. Er muss dabei ein Vermögen ergaunert haben! Zwar hat Grünfelder einen Detektiv damit beauftragt, Klingenfeld zu suchen. Doch ich glaube, der Mann wird weit reisen müssen, vielleicht sogar in die USA oder nach Argentinien. Geld genug, um sich dort anzusiedeln und den großen Herrn zu spielen, hat der Betrüger zusammengerafft.«

»Dann wollen wir hoffen, dass dieser Detektiv den Mann trotzdem findet und das Geld und den Schmuck zurückbringt«, antwortete Lore und fand, dass dieses Thema bei weitem nicht so interessant war, wie Fridolin zu küssen.

Ihr Ehemann umarmte sie und erwiderte den Kuss. Doch dann hielt er inne. »Du kannst mir glauben, dass ich jetzt auch Besseres zu tun wüsste, als weiterzureden. Doch es liegt mir am Herzen, dir alles zu berichten. Was würdest du sagen, wenn du dich bald Gutsherrin nennen könntest?«

»Gutsherrin! Wie kommst du denn darauf?«

»Es geht um das einzige Pfand, das Grünfelder in dieser Sache noch besitzt, nämlich um ein Gut unweit von Bremen. Es soll ganz in der Nähe von Nathalias Besitz Steenbrook liegen. Grünfelder und Dohnke haben mich gefragt, ob ich es übernehmen will, da es, wenn es unter den Hammer kommt, nur einen Bruchteil seines Wertes einbringen wird. Sie haben mir ein Zahlungsziel von zehn Jahren zugebilligt – ohne Zinsen. Außerdem werden meine Anteile an der Bank auf ihre Kosten um fünf Prozent erhöht. Auf diese Weise kann es sich für uns sogar lohnen, diesen Besitz zu übernehmen.« Fridolin lächelte ein wenig gezwungen. »Allerdings werden wir uns in den nächsten zehn Jahren arg einschränken müssen. Das Geld für einen Gutshof dieser Größe schüttelt man nun einmal nicht aus dem Ärmel.«

»Vielleicht hätten wir uns dieses große Haus nicht kaufen sollen«, antwortete Lore nachdenklich.
»So schlimm sehe ich die Sache nicht. Immerhin haben wir das Haus günstig von Rendlinger erwerben können, da es seiner jüngsten Tochter, für die er es hat bauen lassen, nicht prunkvoll genug war. Für uns ist es jedoch ideal. Wir können hier Festlichkeiten abhalten und Persönlichkeiten von Stand bei uns empfangen, die ein Bankhaus niemals betreten würden. Daher macht sich das Haus schon bezahlt, aber …«
Fridolin brach ab, denn im Grunde wusste er nicht, worauf Lore und er verzichten sollten. So üppig lebten sie wahrlich nicht, und Feste wie an diesem Abend waren ein Muss, um den Kunden zu zeigen, dass das Bankhaus Grünfelder und Kompagnons auf stabilen Säulen ruhte.
Er rettete sich in ein Lachen und küsste Lore hinter dem rechten Ohr. »Du wirst mir gar nicht glauben, wie froh ich um dein und Marys Modeatelier bin. Müsste ich deine Roben zum normalen Preis kaufen, könnte ich mir dieses Gut nicht leisten.«
Lore schob ihn mit einer entschiedenen Bewegung von sich. »Jetzt sage nur nicht, dass ich dein Geld verschleudere! Ich gebe weit weniger aus als Wilhelmine von Dohnke. Dabei verdient deren Ehemann nicht so viel wie du, weil seine Anteile an der Bank geringer sind.«
»Allerdings hat Wilhelmine einen in sie vernarrten Vater, der sie am liebsten mit Gold und Diamanten behängen würde. Ich bin sicher, er hat diesen Schmuck nur deshalb als Pfand angenommen, weil er gehofft hat, ihn auf Dauer behalten und ihn seiner Tochter schenken zu können. Stattdessen ist er einem Betrüger aufgesessen.«

Auch wenn er selbst im Gegensatz zu Grünfelder und Dohnke an diesem Desaster schuldlos war, ärgerte Fridolin sich über dieses Schurkenstück und sagte sich, dass er seinen Kompagnons jede Unterstützung zukommen lassen würde, um Anno von Klingenfeld ausfindig zu machen und zur Rechenschaft zu ziehen. Er wischte diesen Gedanken jedoch rasch beiseite und widmete sich seiner Frau.

»Ich hoffe, du hast nichts dagegen, dass ich morgen Richtung Bremen fahre, um mir dieses Gut anzusehen. Ich soll bis Montag entscheiden, ob ich uns die Übernahme antue oder nicht.«

»Welchen Grund gäbe es für dich, es nicht zu tun?«, wollte Lore wissen, die spürte, dass er die Entscheidung bereits getroffen hatte.

»Wenn das Gut so weit herabgewirtschaftet ist, dass es nur weitere Kosten verursachen würde, wäre das ein Grund, darauf zu verzichten. In dem Fall würde ich mich an den Verlusten meiner Kompagnons beteiligen und dafür einen höheren Anteil an der Bank verlangen.«

Lore nickte. »Wenn du morgen in die Nähe von Bremen fahren willst, könnten Nati, die Kinder und ich doch mitkommen. Ob wir unsere Ferien ein paar Wochen früher beginnen oder nicht, bleibt sich gleich.«

Zuerst wollte Fridolin ablehnen, da er die wenige Zeit für die Besichtigung des Gutes aufwenden und nicht den Reisemarschall für Frau und Kinder spielen wollte. Dann aber sagte er sich, dass Lore gewiss verstehen würde, dass er sich um dieses Geschäft kümmern musste. Wenn er nach Absprache mit Grünfelder und Dohnke in Kürze Ferien machen würde, konnte er ganz für seine Familie da sein.

Er streichelte sie und hob dabei ihr Nachthemd, so dass sie es schließlich abstreifte und ihn lächelnd ansah.
»Nun komm schon. Dieses dumme Gut läuft dir schon nicht davon!«
»Das tut es wirklich nicht.« Auch Fridolin zog sich aus. Einen Augenblick lang dachte er daran, dass er die Kleidungsstücke hinterher sorgfältig weghängen musste, um in den Augen seines Kammerdieners Kowalczyk oder der Zimmermädchen nicht als Wüstling dazustehen. Dann aber ließ er sich von seiner Leidenschaft hinwegtragen und genoss das Zusammensein mit seiner Frau.
Lore erwies sich erneut als variationsreiche Geliebte, und so kam ihm der Verdacht, dass sie bei ihren Gesprächen mit Hede Pfefferkorn auch gewisse Dinge ansprach, die eine Dame nach Möglichkeit zu meiden hatte. Im nächsten Moment wunderte Fridolin sich, dass er ausgerechnet jetzt an die Besitzerin des Edelbordells *Le Plaisir* denken musste. Zwar war diese mittlerweile verheiratet und hieß jetzt Laabs, dennoch führte sie ihr Etablissement weiter, um das Geld zu verdienen, das ihr Ehemann ausgab. Welchem Beruf Laabs nachging, hatte er bisher nicht herausfinden können.
Für einige Augenblicke war seine Leidenschaft ein wenig geschwunden, und er vernahm Lores enttäuschtes Stöhnen, dann aber ließ er sich wieder ganz auf ihr Liebesspiel ein.
»Ich hoffe, du bist mit mir zufrieden?«, fragte er schließlich lächelnd und wurde mit einem innigen Kuss belohnt.
»Das bin ich doch immer, wenn wir zwei zusammen sind«, flüsterte Lore ihm ins Ohr und kuschelte sich eng an ihn. Da ihm ein wenig kühl wurde, zog er die Decke hoch und spielte mit ihren

Locken. Ein paar Minuten schwiegen sie in trauter Zweisamkeit, dann hob Lore den Kopf. »Weißt du, was schade ist?«

»Was?«

»Dass das Gut, das du erstehen willst, nicht in Ostpreußen liegt. Das ist halt doch meine Heimat.«

»Für mich ist das eher ein Vorteil, denn so bleibt uns erspart, durch einen dummen Zufall unseren dortigen Verwandten zu begegnen.« Fridolin verzog das Gesicht, als er an Ottokar, den vorherigen Gutsherrn auf Trettin, und dessen Frau Malwine erinnert wurde. Die beiden hatten Lore mit ihrem Hass verfolgt und versucht, ihr alles abzunehmen, was sie tatsächlich oder angeblich von ihrem Großvater bekommen hatte. Nachdem Ottokar Lore gezwungen hatte, mit ihm nach Ostpreußen zurückzukehren, war er von einem Mann ermordet worden, auf den er selbst einen Anschlag verübt hatte. Nach seinem Tod hatte Malwine den Familienkrieg sogar hier in der Hauptstadt gegen Lore fortgeführt, bis sie selbst so in Verruf geraten war, dass man sie in Berlin nirgends mehr empfing.

Auch Lore hing diesen Erinnerungen nach. »In der Hinsicht hast du recht. Ich bin froh, dass viele Kilometer zwischen uns und Malwine liegen. Würde ich ihr begegnen, glaube ich nicht, dass ich mich beherrschen könnte.«

»Gott sei Dank haben wir mit dieser Sippschaft nichts mehr zu tun. Mein lieber Neffe zweiten Grades hat mir bei meinem letzten Aufenthalt auf Trettin deutlich erklärt, dass er, sobald er volljährig wäre, die Hunde auf mich hetzen würde, sollte ich mich jemals wieder in der Nähe seines Gutes sehen lassen. Damit hat Ottwald auch den letzten Faden durchtrennt, der uns noch mit ihm verband. Aber sprechen wir lieber von angenehmeren Dingen – oder besser, wir drehen uns um und schlafen. Wenn wir morgen den Zug nach Bremen erreichen wollen, wird dies eine kurze Nacht.«

## IX.

Lore erwachte früh genug, um die vor dem Bett liegenden Kleidungsstücke ihres Mannes aufzusammeln und zu verräumen. Lächelnd lief sie ins Badezimmer hinüber, putzte sich die Zähne und wusch sich. Nachdem sie sich angezogen hatte, suchte sie als Erstes Jutta Knoppke, um sie über die neuen Pläne zu informieren.

Auch wenn die Mamsell sich wunderte, ließ sie sich nichts anmerken. »Wenn Sie heute abreisen wollen, sind noch einige Vorbereitungen zu treffen, gnädige Frau. Die Koffer müssen gepackt werden, und ich werde einen Diener zum Bahnhof schicken, um ein Abteil für Sie und Ihre Begleitung reservieren zu lassen.«

»Tun Sie das!«, sagte Lore lächelnd und ging ins Frühstückszimmer, wo Fridolin bereits in seine Zeitung vertieft war und ihr fröhliches »Guten Morgen!« mit einem kurzen Brummen beantwortete.

»Möchtest du frühstücken?«, fragte Lore freundlich.

Erneut brummte Fridolin. Sie nahm es als Zustimmung und ließ die kleine Glocke ertönen, die auf dem Tisch stand.

Kurz darauf steckte Jutta Knoppke den Kopf herein, nickte und befahl einem Diener, das Frühstück aufzutragen.

»Soll ich die gnädige Komtess wecken?«, fragte sie.

»Tu das bitte, und richte Nathalia aus, sie solle sich beeilen!«

Die Mamsell verließ eilig das Zimmer und machte zwei Bediensteten Platz, die Kaffee, Hörnchen, Butter und Marmelade brachten sowie etwas Käse und Schinken für Fridolin. Lore goss ihm Kaffee ein und schnitt eines der Brötchen auseinander.
»Möchtest du Schinken oder Käse?«, fragte sie freundlich, nachdem sie Butter aufgestrichen hatte.
Sie interpretierte sein Brummen als Schinken und legte zwei Scheiben darauf. »Lass es dir schmecken!«
Als hätten ihre Worte einen Impuls in Fridolins Gehirn ausgelöst, tastete dieser nach der Kaffeetasse und trank einen Schluck. Danach nahm er das erste halbe Brötchen und begann zu essen, ohne von seiner Zeitung aufzusehen.
»Was gibt es denn so Interessantes zu lesen, mein Brummbär?«
Endlich senkte er die Zeitung und sah sie an. »Ein gewisser Emil Berliner, trotz seines Namens ein Amerikaner, hat letztens ein von ihm erfundenes Gerät vorgeführt, das er Grammophon nennt. Es soll angeblich ebenso Musik erzeugen können wie eine Kapelle.«
»Was es nicht alles gibt!«, rief Lore verwundert aus.
»Das hier könnte dich auch interessieren. Die Schriftstellerin Eugenie Marlitt ist gestorben. Du hast doch ein paar ihrer Romane gelesen.« Fridolin war nicht anzumerken, ob er diese Literatur für lesenswert hielt oder nicht. Wie die Werke etlicher anderer Schriftsteller und Schriftstellerinnen zählten auch Eugenie Marlitts Romane zu jenen, die von der kulturbeflissenen Oberschicht im besten Fall ignoriert, zumeist aber verachtet wurden. In Kreisen des Kleinbürgertums und der Dienstmädchen erfreuten sie sich jedoch großer Beliebtheit.
Lore hatte vor einigen Jahren einen von Marlitts Romanen bei

ihrer Zofe Nele entdeckt und eigentlich nur ein wenig darin blättern wollen. Die Geschichte hatte sie jedoch rasch gefesselt, und so hatte sie Nele Geld zugesteckt, damit diese weitere Romane dieser Autorin besorgen konnte, und sie als Erste gelesen.
Nun bedauerte sie den Tod dieser Frau und bemerkte dann verblüfft, dass sie nicht das Geringste von ihr wusste. »Schade, ich hätte Eugenie Marlitt gerne kennengelernt. Sie schreibt so lebendig, was man von den Autoren, die en vogue sind, nicht unbedingt behaupten kann.«
»Sag das bloß nicht in der Öffentlichkeit. Man wäre entsetzt«, antwortete Fridolin mit einem Schmunzeln.
»Gut, dass du Frau Marlitt erwähnt hast. Ich muss mir unbedingt noch etwas zu lesen einpacken. Immerhin schickst du die Kinder und mich zwei Wochen länger in Urlaub als geplant!«
Es ist fast wie ein Ritual, das sich jeden Morgen wiederholt, dachte Lore. Zuerst las Fridolin schweigend die Zeitung, aber irgendwann brauchte er jemand, mit dem er über die Themen reden konnte, und das war sie.
»Ich habe leider kaum Zeit zu lesen!« Fridolin klang betrübt, ließ sich aber nicht seinen Appetit verderben, sondern aß das zweite halbe Brötchen auf.
Da stürmte Nathalia wie ein Wirbelwind herein und setzte sich. »Guten Morgen!«, rief sie, während sie zur Teekanne griff, um ihre Tasse zu füllen. Anders als Fridolin und Lore zog sie dieses Getränk dem Kaffee vor. Daher hatte Lore sich angewöhnt, ihr immer eine Kanne aufschütten zu lassen. Gelegentlich trank auch sie mit, vor allem, wenn sie unter sich waren oder bei ihrer Freundin Mary speisten.
Ein Brötchen wanderte auf Nathalias Teller. Sie bestrich es dick

mit Butter und belegte es mit dem Käse, den Fridolin verschmäht hatte.
Nach dem ersten Bissen sah sie Lore neugierig an. »So, und jetzt erzähl mir, was los ist! Jutta – ich meine Frau Knoppke – klang ganz so, als würde heute noch der halbe Haushalt umziehen.«
»Der halbe Haushalt nicht, aber wir beide, Wolfi, Doro, unsere Zofen und das Kindermädchen«, erklärte Lore.
»Und wohin geht es?«, fragte Nathalia verblüfft.
»Auf dein Gut! Fridolin muss dort in der Nähe etwas erledigen und bringt uns deshalb hin. Ich hoffe, es ist dir so recht!« Lore war etwas unwohl, weil ihr Mann und sie diese Entscheidung getroffen hatten, ohne Nathalia zu fragen.
Diese kaute genüsslich ihr Käsebrötchen, bevor sie Antwort gab. »Also, ich habe nichts dagegen. Leutnant von Bukow will nämlich bereits nächste Woche zu seinem Onkel nach Nehlen reisen, und dann können wir ihn da schon besuchen.«
Nathalias Bemerkung hätte Lore beinahe dazu gebracht, die geplante Reise abzusagen. Da sie ihren Schützling kannte, wusste sie jedoch, dass Nati notfalls auf eigene Faust losfahren würde, um den Leutnant zu treffen. Aus diesem Grund tat sie so, als wäre dieser Besuch für sie nebensächlich.
»Natürlich können wir das! Allerdings erfordert die Höflichkeit, einen Boten zu Graf Nehlen zu schicken und anzufragen, ob unser Besuch auch erwünscht ist.«
»Bukow sagt, sein Großonkel frisst ihm aus der Hand. Der alte Herr ermöglicht es ihm, in Berlin stationiert zu bleiben, obwohl die Ausgaben für einen Leutnant hier exorbitant hoch sind.«
Lore wunderte sich, dass Nathalia dieser Besuch so wichtig schien, und fragte sich besorgt, ob ihrer Freundin tatsächlich so

viel an Adolar von Bukow lag. Dieser sah zwar schneidig aus, hatte aber bereits zwei Duelle hinter sich, über die der Mantel des Schweigens gebreitet worden war. Zudem wurde er mit mindestens drei Damen in Verbindung gebracht, die nicht unbedingt der besten Gesellschaft angehörten. Dies Nathalia zu sagen, wäre jedoch ähnlich wirkungsvoll, wie ihr den weiteren Umgang mit dem Leutnant zu verbieten, nämlich überhaupt nicht.

Lore schluckte den Ärger, der sich in ihr breitzumachen drohte, hinunter und aß ihr halbes Brötchen auf. Hunger hatte sie mit einem Mal keinen mehr, im Gegensatz zu Nathalia, die beherzt zugriff und diesmal Kirschmarmelade als Aufstrich wählte.

»Wann brechen wir auf?«, fragte das Mädchen und wandte sich Fridolin zu. »Du gehst heute nicht mehr in die Bank?«

Fridolin schüttelte den Kopf. »Nein! Allerdings werde ich spätestens am Montag wieder nach Berlin zurückkehren. Daher kann ich euch leider nirgendwohin begleiten, denn ich reise nicht zum Vergnügen nach Steenbrook.«

»Wenigstens begleitest du uns auf der Hinfahrt«, erklärte Nathalia und wiederholte ihre Frage nach der genauen Abreisezeit.

Ein Blick auf die große Standuhr verriet Lore, dass es höchste Zeit war, das Frühstück zu beenden. »Wir sollten uns umziehen und in der Zeit den Wagen anspannen lassen. Für das Gepäck und die Kinder benötigen wir zusätzlich noch eine Droschke.«

»Ich habe bereits eine rufen lassen, gnädige Frau«, erklärte Jutta Knoppke, die gerade ins Zimmer gekommen war und Lores Bemerkung gehört hatte.

»Sehr gut! Wie steht es mit den Kindern?«

»Fräulein Agathe zieht sie gerade für die Reise an, gnädige Frau.«

Jutta deutete einen Knicks an und verließ das Frühstückszimmer, um draußen dafür zu sorgen, dass alles für die Abreise der Herrschaften vorbereitet wurde.

In Lores Zimmer wartete bereits ihre Zofe Nele mit dem ausgesuchten Reisekleid auf sie. Im Nebenraum wurden die Koffer gepackt und von den Dienern nach unten geschafft. Kurz darauf war auch Lore fertig angekleidet und ging wieder hinunter.

Wie meist war Nathalia schneller gewesen als sie und sah in ihrem hellgrünen Reisekleid und dem dunkelgrünen, mit einer Federapplikation versehenen Hut einfach entzückend aus. In der Hand hielt sie einen ebenfalls grünen Sonnenschirm, und an ihrem Arm hing ein winziges grünes Täschchen.

»Willst du auf die Pirsch gehen, weil du dich in den Farben eines Waidmanns kleidest?«, fragte Lore mit einer winzigen Spur Spott.

Damit konnte sie Nathalia nicht verunsichern. »Das Grün kleidet mich, findest du nicht auch?«

»Das tut es, doch du hättest bei Schirm und Hut andere Farben wählen können. So finde ich deinen Aufzug ein bisschen arg grün.«

»Ich nicht«, antwortete Nathalia unverbesserlich und musterte nun ihrerseits Lore, die wie immer mit ausgesuchter Eleganz gekleidet war. Sie trug ein rosa Jäckchen zu einem beigen Rock, und den Kopf beschirmte ein Strohhut mit Blumenbesatz.

»Schick!«, befand Nathalia und tänzelte auf die Tür zu.

Im Flur wartete bereits das Kindermädchen mit den beiden Kleinen an der Hand. Doro riss sich beim Anblick ihrer Mutter los, stapfte auf sie zu und streckte fordernd die Arme aus.

Lore hob ihre Tochter lachend auf und gab ihr einen Kuss. »Na, mein Schatz? Jetzt fahren wir Eisenbahn. Ich hoffe, es wird dir gefallen.«

»Mir gefällt es nicht«, meldete sich Wolfi mit missmutig vorgeschobener Unterlippe. Er hatte nicht vergessen, dass ihm während der letzten Bahnreise übel geworden war. Nun klammerte er sich an das Kindermädchen und kämpfte mit den Tränen.
Da war Nathalia mit einem raschen Schritt bei ihm und zupfte ihn am Ohr. »Wenn du brav bist, bekommst du morgen zu Mittag ganz viel Nachtisch!«
»Wirklich?«, fragte Wolfi skeptisch, der seiner Erfahrung nach nie so viel Kuchen oder Pudding erhielt, wie er glaubte, essen zu können.
»Ganz großes Ehrenwort!« Nathalia hob ihn auf und trug ihn zur Tür hinaus. Lore folgte ihr, und Fridolin verließ schmunzelnd als Letzter das Haus.
Der Landauer war bereits vorgefahren. Während Lore, Nathalia und Fridolin samt den Kindern einstiegen, wurde das Gepäck in die Droschke geladen. Dort nahmen auch Fridolins Kammerdiener Kowalczyk, Lores Zofe Nele, Natis Zofe Christa und Fräulein Agathe Platz.
»Auf geht's!«, sagte Fridolin fröhlich, als der Kutscher die Peitsche über den Köpfen der Pferde knallen ließ und diese antrabten.

## X.

Die Reisegesellschaft erreichte glücklich den Lehrter Bahnhof und wurde dort von einem Schwarm Dienstmänner empfangen, die das Gepäck zum Zug brachten. Ein Kondukteur führte die Herrschaften, ein anderer Schaffner das Dienstpersonal zum jeweiligen Abteil, und kurz nachdem das Trinkgeld verteilt war, begann die Fahrt.

Der Zug hatte Berlin kaum hinter sich gelassen, da hielt eine Droschke vor Lores und Fridolins Haus. Beim Anblick der stattlichen Villa, die einen das Dach überragenden Turmerker und große Fenster bis hinauf in die höchste Etage aufwies, verzog sich das Gesicht des Fahrgasts vor Neid.

»Wie es aussieht, ist Onkel Fridolin noch reicher geworden«, murmelte Ottwald von Trettin. Dann aber sagte er sich, dass ihm dies nur recht sein konnte. Immerhin war er nach Berlin gekommen, um seinen Onkel zu melken. Je mehr Milch – oder besser gesagt: Markscheine – dabei im Eimer blieben, umso besser. Der Gutsherr auf Trettin hatte längst verdrängt, dass er von seinem Onkel in Unfrieden geschieden war. Fridolin trug denselben Familiennamen wie er und war damit in der Pflicht, ihn zu unterstützen.

»Da wären wir!« Der Droschkenkutscher hatte Ottwald von Trettin als einfachen Landedelmann eingestuft und gab sich keine Mühe, höflich zu sein. Fahrgäste wie dieser beschwerten sich zumeist über den Fahrpreis und geizten mit Trinkgeld.

So war es auch diesmal. Während der Kutscher knurrend die Münzen in die Tasche steckte, die Ottwald von Trettin ihm gegeben hatte, trat dieser auf den Eingang des Hauses zu, stieg die Treppe zum Portal hoch und schlug den Bronzeklopfer an. Den Klingelzug neben der Tür ignorierte er.

Wie erwartet, öffnete ihm ein Diener und sah ihn fragend an. Bevor der Domestik auch nur ein Wort sagen konnte, schob der Gutsherr ihn beiseite und trat ein. »Ich will meinen Onkel sprechen!«

Der Diener versuchte, eine unbewegte Miene beizubehalten. »Darf ich dies so verstehen, dass Sie mit Graf Trettin verwandt sind?«

Graf Trettin! Das war ein weiterer Stich in Ottwalds von Neid vergiftete Seele. Er fand es empörend, dass er als Trettin auf Trettin nur einen Freiherrentitel trug, während sein verachtenswerter Onkel sich mit dem Rang eines Grafen schmücken konnte.

»Fridolin von Trettin ist mein Onkel zweiten Grades und mein engster Verwandter. Ich bin Ottwald von Trettin, der Gutsherr auf Trettin und Oberhaupt der Familie«, stellte Ottwald sich hochmütig vor.

»Ich bedauere, Ihnen mitteilen zu müssen, dass Graf Trettin sich außer Haus befindet«, antwortete der Diener eingeschüchtert.

»Ist wohl in der Bank, was? Wird schon noch kommen! Lassen Sie inzwischen meinen Koffer ins Haus bringen. Dieser elende Droschkenkutscher hat ihn einfach am Straßenrand abgestellt.«

Damit brachte Ottwald von Trettin den Pförtner in arge Verlegenheit. Da er ebenso wie die restliche Dienerschaft im Haus nichts von der Feindschaft wusste, die zwischen dem Teil der Trettins in Ostpreußen und dem in Berlin herrschte, gab es keinen Grund, den Gast abzuweisen. Andererseits hatte er bislang nur dessen Wort, ein Verwandter seiner Herrschaft zu sein.

»Wenn Sie bitte im kleinen Salon Platz nehmen würden. Ich werde inzwischen dem Majordomus Ihre Karte überbringen und Ihren Koffer versorgen lassen.«

Ottwald von Trettin reichte dem Diener eine Visitenkarte. Der Name Trettin auf Trettin in Golddruck wirkte ein wenig protzig, passte aber zu dem ländlich gekleideten Besucher. Beinahe devot führte der Pförtner diesen in den kleinen Salon, der mit exquisiten Möbeln ausgestattet war, wie Malwine und Ottwald sie sich schon lange nicht mehr leisten konnten.

Während ein Diener Ottwald ein Glas Wein brachte, zerfraß sich dieser vor Neid auf seine Verwandten. Von einer solchen Stadtresidenz vermochte er nur zu träumen, konnte er sich doch nicht einmal ein bescheidenes Haus in Königsberg leisten, geschweige denn eines hier in der Reichshauptstadt.

Die gebetsmühlenhaft vorgetragenen Anschuldigungen seiner Mutter, Lores Großvater habe hohe Gelder vom Gut abgezogen und seiner Enkelin zukommen lassen, kamen ihm wieder in den Sinn. Obwohl er die Bücher mit eigenen Augen überprüft und für korrekt befunden hatte, packte dieser Verdacht ihn nun selbst. Das Eintreten des Majordomus beendete Ottwald von Trettins Grübeln.

Der Mann verbeugte sich kurz. »Herr von Trettin, ich bedaure, Ihnen mitteilen zu müssen, dass Graf Trettin sich auf Reisen befindet und erst in etlichen Tagen zurückerwartet wird.«

Das war eine herbe Enttäuschung. Ottwald fing sich jedoch rasch wieder und sah den Majordomus über den Rand seines Weinglases an. »Dann werde ich hier auf meinen Onkel warten. Ich will die weite Fahrt von Ostpreußen hierher nicht gemacht haben, um unverrichteter Dinge wieder zurückzukehren. Lassen Sie meinen Koffer in eines der Gästezimmer bringen!«

Der Gutsherr war nicht bereit, Geld für ein Hotel auszugeben, das in Berlin noch um einiges teurer sein würde als in Königsberg, solange sein Verwandter eine so feudale Residenz besaß und überdies so ausgezeichnete Weine in seinem Keller hatte wie den, den er gerade genoss.

Johann Ferber, der sich selbst in jüngeren Jahren Jean genannt hatte, um vornehmer zu wirken, blickte noch einmal auf die Visitenkarte des Gastes und musterte dann diesen selbst. Auch wenn er nicht wusste, ob es zwischen den beiden Zweigen der Familie Trettin ein Zerwürfnis gab, so war ihm natürlich nicht entgangen, dass seine Herrschaft keinerlei Kontakt zu den Verwandten in Ostpreußen pflegte. Vor diesem Hintergrund kamen ihm Zweifel, ob dieser Besuch Graf Fridolin recht wäre. Andererseits konnte er einen Freiherrn von Trettin auf Trettin nicht wie einen lästigen Bittsteller vor die Tür setzen.

»Ich werde veranlassen, dass ein Zimmer für Sie bereitgestellt wird, Herr von Trettin!«, sagte er und wandte sich zur Tür.

Ottwald hielt ihn auf. »Veranlassen Sie auch, dass ich bald zu Mittag essen kann. Die Fahrt von Ostpreußen hierher war lang, und die Angebote der Bahnhofsrestaurationen entsprachen nicht unbedingt meinen Vorstellungen.«

»Das wird sofort geschehen.« Johann Ferber glaubte sich endlich entlassen, als Ottwald von Trettin noch etwas einfiel.

»Und lassen Sie nach dem Mittagessen einen Wagen für mich anspannen! Ich will Freunde besuchen.«

»Sehr wohl!« In Johann Ferbers Augen forderte dieser Gast mehr, als ihm zustand, und trat überdies auf, als wäre er der Hausherr persönlich. Doch solange Ottwald von Trettin nichts Unbilliges verlangte, durfte er sich nicht weigern, seine Wünsche zu erfüllen. Verunsichert verließ er den Salon, um der übrigen Dienerschaft die entsprechenden Befehle zu erteilen. Dabei überlegte er, ob er Graf Trettin telegrafieren sollte, dass sein

Neffe eingetroffen war, ließ diesen Gedanken jedoch wieder fallen. Sein Herr hatte erklärt, er würde nicht lange ausbleiben, daher wollte er ihn nicht mit solchen Kleinigkeiten belästigen.

## XI.

Das Essen war ebenso ausgezeichnet wie der Wein. Anstatt es zu genießen, ärgerte Ottwald von Trettin sich über den Luxus, in dem seine Verwandten lebten. Mehrfach schwor er sich, dafür zu sorgen, dass ein Teil dieses Reichtums in seine Taschen flösse. Sein Unmut hinderte ihn nicht daran, kräftig zuzugreifen, und als Ferber meldete, der Landauer stände bereit, war er satt und angetrunken. Ohne dem Majordomus ein Wort der Anerkennung zukommen zu lassen, verließ er das Haus, stieg in den Wagen und nannte dem Kutscher eine Adresse.

Ottwald von Trettin saß so stolz in dem standesgemäßen Gefährt, als sei es sein eigenes, und ließ sich auf einigen Umwegen durch feudale Viertel und quer durch die Innenstadt bis zu einer ruhigen Straße mit altehrwürdigen Häusern kutschieren. Wer in Berlin auf sich hielt, wohnte zwar am Tiergarten oder gar am Grunewald, doch noch eine Generation zuvor hatten auch hier hochherrschaftliche Familien gelebt. Ein wenig von diesem Glanz haftete noch an den Gebäuden.

Der Kutscher hielt vor einem grauen Haus, das dringend getüncht hätte werden müssen, und fragte, ob er warten solle.

»Tu das!«, antwortete Ottwald von Trettin, obwohl er nicht die geringste Vorstellung hatte, wie lange sein Besuch dauern würde. Ohne ein weiteres Wort verließ er den Wagen und stieg die Freitreppe hoch. Dort fasste er den Klingelzug und zerrte kräftig daran.

Das Schellen der Glocke war so durchdringend, dass es ihm in den Ohren gellte. Trotzdem dauerte es geraume Zeit, bis die Tür geöffnet wurde und ein Dienstmädchen den Kopf herausstreckte. Sie fixierte den Gutsherrn mit kurzsichtigen Augen und schien nicht recht zu wissen, was sie von dem Besucher halten sollte.

»Ich will Frau Klampt sprechen oder deren Sohn Gerhard«, erklärte Ottwald von Trettin.

»Dann kommen Sie mal herein!«

Das Dienstmädchen, das nach Ottwald von Trettins Einschätzung mindestens siebzig Jahre alt sein musste, trat beiseite und gab ihm den Weg in einen düsteren Flur frei. Während er kaum die Umrisse seiner direkten Umgebung erkennen konnte, schien die Alte Katzenaugen zu haben, denn sie stieg eine Treppe hoch, die er kaum wahrnahm.

»He! Kannst du kein Licht machen?«, rief er hinter ihr her.

Die Frau drehte sich verwundert zu ihm um. »Warum? Es ist doch noch heller Tag!«

Zu Ottwald von Trettins Rettung war man im Haus auf ihn aufmerksam geworden. Oben auf der Treppe tauchte eine Frau auf, die einen vorsintflutlichen Leuchter mit drei Kerzen in der Hand hielt.

»Sie wünschen, mein Herr?«, fragte sie.

»Ich will zu Frau Klampt oder Herrn Klampt«, antwortete der Gutsherr in dem Glauben, einen weiteren Dienstboten vor sich zu sehen.

»Ich bin Fräulein Klampt«, kam es spitz zurück.

»Mein Name ist Ottwald von Trettin. Ich soll Ihrer Frau Mutter die Grüße meiner Mutter, der Freifrau Malwine von Trettin, überbringen.« Der Gutsherr deutete eine Verbeugung an und ging dann an der alten Dienerin vorbei nach oben.

Armgard Klampt schnaubte kurz in deren Richtung und eilte dann voraus. »Wir freuen uns sehr über Ihren Besuch, Herr von Trettin. Das Leben ist ja so öde hier! Würde uns nicht die Armut zwingen, Zuflucht bei Friederike Fabarius, unserer engsten Verwandten, zu suchen, so wäre mir jeder andere Ort dieser Welt lieber, und wenn es drüben in Amerika wäre.«

»Was wollen Sie denn mit den USA? Dort läuft doch nur das arbeitsscheue Gesindel herum, das hier keiner mehr haben will«, antwortete Ottwald von Trettin in verächtlichem Tonfall.

»Wie recht Sie haben!« Armgard Klampt seufzte tief, blieb vor einer Tür stehen und klopfte.

Als ein »Herein!« ertönte, öffnete sie und ließ dem Gutsherrn den Vortritt.

»Mama, du glaubst nicht, wer uns heute besuchen kommt«, rief sie ihrer Mutter zu, die breit und wuchtig auf einem Sessel thronte und ihnen neugierig entgegensah.

»In besseren Zeiten wurden uns die Visitenkarten der Herren gereicht, die zu uns kamen. Doch jetzt sind wir nur noch Bettler, die für die Brosamen dankbar sein müssen, die von Tante Friederikes Tisch für uns abfallen«, antwortete Ermingarde Klampt ungehalten.

»Ich bitte Sie, dieses Versäumnis zu verzeihen, doch mir erschien Methusalems Tante nicht die geeignete Person zu sein, mich bei Ihnen anzumelden. Sie sehen Ottwald von Trettin vor sich, den Sohn Ihrer lieben Freundin Malwine!«

Da etwas mehr Licht durch die Fenster dieses Raumes fiel, verbeugte sich der Gutsherr mit einem Lächeln, als sähe er eine Dame von Stand vor sich und keine verarmte Bürgerliche.
»Setzen Sie sich doch!«, forderte Ermingarde Klampt ihn auf und zeigte auf einen Stuhl in ihrer Nähe. Unterdessen holte Armgard eine Karaffe Wein und ein Glas und stellte beides auf den Tisch.
»Bedauerlicherweise untersagt uns Großtante Friederike, ein eigenes Dienstmädchen zu halten, so dass wir ganz auf uns allein gestellt sind«, sagte sie in klagendem Ton.
»So ist es«, stimmte ihre Mutter zu. »Das Schicksal meint es schlecht mit uns! Dabei hätte es alles ganz anders kommen können. Aber diese Lore Huppach – Ihre Mutter wird es Ihnen gewiss erzählt haben – hat mich meiner Großnichte, der Komtess Retzmann, entfremdet, so dass wir nun unter so unwürdigen Umständen leben müssen. Dabei hatte ich dieses üble Mädchen nach jenem schrecklichen Schiffsunglück im Dezember 1875 aus Gnade und Barmherzigkeit in mein Haus aufgenommen! Leider ist mir zu spät aufgegangen, welche Schlange ich da an meinem Busen genährt habe. Ihre Frau Mama hat ähnlich Schlimmes mit dieser entsetzlichen Person erlebt. Ich sage Ihnen, die Welt ist ungerecht! Haben Sie den Palast gesehen, den sich der Ehemann dieses Weibsbilds am Rande des Tiergartens hat errichten lassen?«
Ermingarde Klampt redete wie ein Wasserfall. Das meiste von dem, was sie erzählte, kannte Ottwald von Trettin bereits von seiner Mutter. Von ihr wusste er auch, dass die Klampts Bremen ihrer wegen Schulden hatten verlassen müssen und bei Friederike Fabarius untergekommen waren, der einzigen Verwandten,

die bereit und in der Lage gewesen war, sich ihrer anzunehmen. Die alte Dame mochte zwar exzentrisch sein, doch hungern mussten die Klampts bei ihr nicht. Der Wein, den Armgard ihm kredenzte, war von guter Qualität, und die Kleidung der Damen sah zwar nicht übertrieben modisch aus, war aber von einer passablen Schneiderin gefertigt worden.

Dies zu sagen hütete Ottwald sich jedoch. »Ich habe das Haus meines Onkels gesehen. Sehr feudal, wohl wahr! Er muss als Bankier etliche Leute geschröpft haben, um sich das leisten zu können.«

»Ich sage Ihnen, das ist von dem Geld meiner armen Großnichte gekauft worden, welches dieser Mann sich angeeignet hat. Nathalia ist sehr reich, aber viel zu jung, um solche Nattern durchschauen zu können. Sowohl Thomas Simmern in Bremen wie auch Ihr Verwandter, der Bankier, haben unsere arme Verwandte ausgenützt, um selbst Reichtümer anzuhäufen. Wenn ich nur einen Beweis in Händen hätte, würde ich gegen diese gierige Bagage vorgehen. Wir leben hier in schlimmster Armut, während diese Menschen sich den größten Luxus leisten können. Die Welt ist wirklich ungerecht! Ihre Mutter wird Ihnen sicher bereits berichtet haben …« Ermingarde hob, schier ohne Luft zu holen, zu einem weiteren Vortrag über die üble Lage an, in der sie sich angeblich befand.

Mit der Zeit verlor Ottwald von Trettin die Geduld und wollte sich verabschieden. Da wurde die Tür geöffnet und ein hagerer Mann mit aufgedunsenem Gesicht trat ein, der knapp unter fünfzig sein mochte. Er musterte Ottwald kurz und streckte ihm dann erfreut die Hand entgegen.

»Sie sind also Ottokar von Trettins Sohn. Willkommen in diesem Haus! Sie sehen Ihrem Vater sehr ähnlich. Er war ebenfalls von solch imponierender Gestalt. Obwohl ich nur für wenige Tage das Vergnügen hatte, ihn kennenzulernen, kann ich mit Fug und Recht behaupten, sein Freund gewesen zu sein.«

Das ist also Gerhard Klampt, fuhr es dem Gutsherrn durch den Kopf. Die Schmeicheleien des Mannes nahm er nicht ernst. Schließlich wusste er, dass er weder die vierschrötige Gestalt seines Vaters noch dessen rundliches, fast immer gerötetes Gesicht geerbt hatte. Ottwald von Trettin war stolz auf seine schlanke Erscheinung und das relativ hübsche Gesicht, welches ihm bei den Damen zugutekam. Gegen den mit abfallenden Schultern und einer fortgeschrittenen Stirnglatze geschlagenen Gerhard Klampt glich er gar einem Adonis.

Ottwald musste sich ein spöttisches Lächeln verkneifen, als er diesem die Hand reichte. »Sehr angenehm! Ich hoffe, Sie gönnen auch mir die Freundschaft, die Sie meinem Vater erwiesen haben.«

»Aber selbstverständlich!«, erklärte Gerhard Klampt und bedachte den Tisch, der bis auf die Weinkaraffe und Ottwalds Glas leer war, mit einem missbilligenden Blick.

»Frau Mama, Armgard, ihr hättet Herrn von Trettin doch einen kleinen Imbiss vorsetzen können!«

Ermingarde Klampt schnaufte grimmig. »Es ist noch nicht Essenszeit. Daher hätten wir unserem Gast höchstens Kuchen anbieten können. Doch das ungenießbare Zeug, das unsere Verwandte ins Haus bringen lässt, wollte ich ihm wirklich nicht zumuten.«

»Ihr hättet ja etwas anderes kaufen können!«, antwortete ihr Sohn und zog einen Schmollmund.

»Wie denn? Unsere Verwandte Fabarius, auf deren Mildtätigkeit wir angewiesen sind, hat uns verboten, ein Dienstmädchen zu halten, und ihr eigenes ist so ungefällig, dass es sich weigert, etwas für uns zu besorgen. Soll ich etwa Armgard in eine Konditorei schicken, um dort Kuchen zu kaufen?«
Während Ermingarde ihrem Unmut Luft machte, lächelte ihr Gast und schwieg. Offenbar versuchten die Klampts verzweifelt, etwas Besseres darzustellen. Dabei war die Stellung, die diese Frau und ihre beiden Kinder derzeit in der Gesellschaft einnahmen, völlig unbedeutend, und die Tochter würde sich nichts vergeben, wenn sie selbst einkaufen ging. Aber das war nicht seine Sache. Er trank den Wein aus und wollte sich eben verabschieden, als Gerhard ihn ansprach.
»Hätten Sie Lust, mich auf ein Glas Bier in die Stadt zu begleiten, Herr von Trettin? Mir ist danach, ein Eisbein zu essen, denn ich habe heute Mittag nur eine Kleinigkeit zu mir genommen.«
Dafür umso mehr getrunken, dachte Ottwald, der die Alkoholfahne seines Gegenübers nun deutlich wahrnahm. »Aber gerne«, antwortete er, da er von Gerhard Klampt mehr über seinen Onkel und dessen kometenhaften Aufstieg zu einem schwerreichen Bankier zu erfahren hoffte. Vielleicht kannte Klampt sogar die Namen einiger Erbinnen, von denen sich eine als Gutsherrin auf Trettin eignen würde. So freundlich, als wäre er heute nicht zum ersten Mal zu ihnen gekommen, sondern bereits ein lieber Gast, verabschiedete er sich von den beiden Frauen und folgte Gerhard Klampt nach unten.
Auf der Straße war er froh, dass er Fridolins Kutscher befohlen hatte, auf ihn zu warten. Gerhard Klampt zeigte sich beeindruckt von dem noblen Gefährt und ließ sich auf dem Weg zu seinem

Stammrestaurant über seine Großtante aus, bei der seine Mutter, seine Schwester und er lebten.
»Friederike Fabarius ist ein alter Drachen und reicher, als man annehmen sollte. Sie könnte sich weitaus mehr Dienerschaft leisten als diese Methusalemine, die bei ihr herumschleicht, aber sie ist geizig bis auf die Knochen. Zum Glück trinkt sie selbst gerne guten Wein, sonst würde sie uns den sauersten Tropfen vorsetzen lassen, den es gibt. Das Essen ist auch nicht so ungenießbar, wie Mama immer tut. Aber es fällt ihr natürlich schwer, sich plötzlich den Launen einer anderen Person beugen zu müssen, nachdem sie lange Jahre ihren eigenen Haushalt geführt hat.«
»Das glaube ich gerne«, antwortete Ottwald von Trettin.
»So schlecht ist es allerdings nicht, in Tante Friederikes Haus zu leben. Immerhin ist sie Mamas nächste Verwandte und steinalt. Wir machen uns große Hoffnungen, sie zu beerben. Aus dem Grund wagt Mama auch nicht, der Alten Widerworte zu geben oder sie auf andere Weise zu reizen. Immer höflich sein, ist das Gebot.«
Und schön erbschleichen, setzte der Gutsherr im Stillen hinzu. »Es würde mich für Sie freuen, wenn Ihnen das Erbe zufallen würde«, sagte er und zwinkerte Gerhard Klampt verschwörerisch zu.
»Mich auch«, erklärte dieser mit einem misslungenen Grinsen. »Allerdings wird es mich wahrscheinlich die Freiheit kosten.«
»Sie wollen die alte Frau doch nicht etwa umbringen?«, spöttelte Ottwald von Trettin.
Sein Begleiter winkte lachend ab. »Natürlich nicht! Dann hätte ich ja selbst nichts von den vielen schönen Talerchen. Aber Frau Fabarius hat noch eine Großnichte mit Namen Philomena und

bereits angedeutet, dass sie eine Heirat zwischen dieser und mir stiften will. Wenn es mir genug Geld einbringt, soll es mir recht sein. Schließlich kann man sein Vergnügen auch anderswo finden als im heimischen Ehebett!«
Ottwald von Trettin begriff, dass der Alkohol den Mann so gesprächig machte, und gedachte dies auszunutzen. Daher bremste er Klampt nicht, sondern redete ihm zu, dieser Philomena den Hof zu machen, und lenkte dann das Gespräch geschickt auf junge Damen, die mehr seinen Vorstellungen entsprachen.

## XII.

Die beiden Herren aßen Eisbein und tranken Bier. Klampt schien einiges zu vertragen, denn er nuschelte nur leicht und erwies sich weiterhin als guter Gesprächspartner. Ottwald von Trettin erfuhr viel über den Umkreis der Klampts, und für kurze Zeit erwog er sogar, sich selbst um jene Großnichte von Frau Fabarius zu bemühen, die sein Begleiter dem Willen seiner Verwandten nach heiraten sollte. Die Frau mochte zwar nicht sonderlich hübsch sein, hatte aber ein größeres Erbe zu erwarten. Doch letztlich schien ihm die Aussicht darauf nach kurzem Überlegen zu unsicher. Unterdessen gestand Gerhard Klampt ihm, dass er von Friederike Fabarius ein regelmäßiges Taschengeld erhielt, das es ihm erlaubte, in bescheidenem Rahmen seinen Interessen nachzugehen.
»Damit lebt es sich nicht einmal schlecht«, bekannte Klampt grinsend. »Die alte Hexe weiß, dass ich als Mann mehr Geld

brauche als zum Beispiel meine Schwester. Bis auf ein paar Kleider und gelegentlich einen Besuch in einer Konditorei hat Armgard keine weiteren Ausgaben. Ich hingegen …«

Damit hatte er sein Gesprächsthema für die nächste halbe Stunde gefunden und erzählte, dass er sich sowohl Pferdewetten in Hoppegarten leisten konnte wie auch gelegentliche Besuche in einem Edelbordell.

»Wenn ein Gaul, auf den ich gesetzt habe, gewinnt, genehmige ich mir eine Nacht mit einer ganzen Schar Mädchen und kann mich dabei wie der Sultan der Osmanen fühlen, nur dass es bei mir kein Wasser zu trinken gibt, sondern Schampus und besten Burgunder!« Gerhard Klampt lachte laut und klopfte dem Gutsherrn auf die Schulter.

Dieser empfand diese Geste als etwas zu vertraulich und schüttelte die Hand ab.

Klampt glaubte, Zweifel bei seinem Begleiter zu spüren, daher zog er ein Bündel Banknoten aus der Tasche. »Das habe ich gestern gewonnen und wollte mir heute etwas gönnen. Da ich Ihren Vater gemocht habe und Sie ebenfalls mag, lade ich Sie dazu ein. Wir trinken noch eine Kleinigkeit, dann schauen wir eine Revue mit hübschen Tänzerinnen an. Entweder suchen wir uns gleich dort etwas aus oder aber wir gehen anschließend in das Bordell meines Freundes Laabs, den ich immer in Hoppegarten treffe. Er wettet ebenfalls, hat aber weitaus weniger Glück als ich, und er verliert meistens.«

Bisher hatte Ottwald von Trettin gelegentlich ein Bordell in Königsberg aufgesucht und es wenig anregend gefunden. Allerdings sollten die Freudenhäuser in Berlin ganz anderes ausgestattet sein als die in der Provinz. Daher nickte er und hatte auch nichts mehr dagegen, dass Klampt ihm den Arm um die Schulter legte und ihn seinen besten Freund nannte.

Um seinen eigenen Vorteil nicht aus den Augen zu verlieren, sah er sein Gegenüber forschend an. »Wissen Sie, dass ich Sie beneide? Sie werden mit Ihrer Heirat Millionär werden.«

»Vielleicht nicht ganz, aber viel wird daran nicht fehlen«, erklärte Klampt selbstzufrieden.

»Ich würde auch gerne Geld heiraten, und zwar möglichst sehr viel Geld. Vielleicht können Sie mir einen Rat geben. Immerhin kennen Sie die bessere Gesellschaft in der Reichshauptstadt.«

Das war übertrieben, denn trotz der angeheirateten adeligen Verwandtschaft und einer großbürgerlichen Erbtante zählten die Klampts höchstens zum Rand der feineren Gesellschaft, und die meisten Haustüren blieben ihnen verschlossen. Ottwald von Trettin hatte jedoch bereits als Kind gelernt, welch starke Waffe Schmeichelei sein kann, und strich Gerhard Klampt genug Sahne um den Bart, um diesen bei guter Laune zu halten.

»Wenn Sie echtes Vermögen erheiraten wollen, müssten Sie Komtess Nathalia von Retzmann nehmen, meine Nichte dritten Grades. Die hat so viel Geld, dass es jeden Tag umgeschaufelt werden muss, damit es nicht zu schimmeln beginnt!« Klampt lachte wiehernd und verlangte das nächste Bier.

»Sie trinken doch auch noch eines?«, fragte er den Gutsherrn. Dieser wies auf sein noch halbvolles Glas, aus dem er in der letzten halben Stunde nichts mehr getrunken hatte. »Es tut mir leid, bei mir geht es nicht so schnell.«

»Sie sind noch jung und müssen erst lernen, ein richtiger Mann zu sein. Heute zeige ich Ihnen, wie das geht!« Feixend nahm

Klampt seinen Bierkrug entgegen und stieß mit Ottwald von Trettin an.
»Prost!« Klampt trank, stellte seinen Krug wieder auf den Tisch und blickte den jungen Gutsherrn auffordernd an. »Meine Nichte Nathalia wäre das Richtige für Sie. Ich würde sie selber heiraten, wenn es möglich wäre, obwohl sie ein elendes Biest ist. Aber das würde ich ihr schon austreiben, jawohl, das würde ich! Aber da ist diese Gräfin Lore davor – und dieser verdammte Simmern aus Bremen, der sich den Posten von Nathalias Vormund erschlichen hat. Meine Mutter wollte ihn damals zum Teufel jagen. Ging aber nicht. Dabei sind wir ihre nächsten Verwandten. Immerhin war meine Mutter mit ihrem Großonkel verheiratet. Hat sich erschossen, soviel ich gehört habe – oder ist er in einem Duell umgekommen? Weiß ich nicht, ist auch egal! Auf alle Fälle war es eine Dummheit von ihm. Ich wäre sonst Graf Retzmann und meine Schwester eine Komtess. So aber sind wir schlichte Klampts ohne Titel und Würden. Das Leben ist ja so ungerecht!«
Ottwald von Trettin war längst klar geworden, dass er für seinen Plan, eine reiche Braut zu finden, einen anderen Protektor gebraucht hätte als einen Herrn Klampt ohne Würden und Adel, und er beschloss, die Unterstützung seines Onkels Fridolin auch in dieser Angelegenheit einzufordern.
Erneut beklagte Klampt sich wortreich darüber, dass er nicht mit der Vormundschaft der Komtess und der Verwaltung ihres Vermögens beauftragt worden war. »Meine Mutter ärgert sich heute noch fürchterlich darüber. Ich wäre dann längst verheiratet und meine Schwester auch. Natürlich nur in den höchsten Kreisen! So aber muss ich mich mit einem späten Fräulein wie Philomena

begnügen, die irgendwo in der Provinz als Gesellschafterin bei einer alten Dame angestellt ist. Habe ein Bild von ihr gesehen. Fad, muss ich sagen! Wenn ich erst einmal verheiratet bin und das Geld unserer Erbtante in Händen halte, werde ich Stammgast im *Le Plaisir.*«

»*Le Plaisir?*«, fragte Ottwald von Trettin. »Gab es dort nicht vor etlichen Jahren einen fürchterlichen Skandal, in den mein Onkel verwickelt war? Aus unerfindlichen Gründen ist er verdammt gut dabei weggekommen und kurz darauf sogar zum Grafen ernannt worden.«

Darüber konnte Gerhard Klampt ihm keine Auskunft geben, denn zu jener Zeit hatte er noch in Bremen gelebt und von dem Skandal um den Mord an dem russischen Fürsten Tirassow in diesem Bordell nichts erfahren.

Aber er war mit dem jetzigen Besitzer gut Freund und kannte jedes Mädchen des Etablissements. Wortreich beschrieb er deren Vorzüge und steigerte auf diese Weise Ottwalds Lust, das Bordell aufzusuchen. Vorher aber drängte er ihn, in eine Revue zu gehen, in der hübsche Mädchen tanzten und dabei die Beine so hoch schwangen, dass man nicht nur ihre Schenkel, sondern auch ihre mit Rüschen verzierten Unterhosen sehen konnte.

Klampt zahlte die Zeche, warf dem Kellner mit großer Geste ein halbes Markstück als Trinkgeld hin und verließ das Lokal mit erstaunlich sicherem Schritt. Tatsächlich wirkte er weniger betrunken als vorher, dafür aber sehr unternehmungslustig. Das bewies er auch sogleich, indem er einen bekannten Gassenhauer pfiff und sich über die Kleidung und Figur einiger Frauen lustig machte, die ihnen begegneten.

Ottwald von Trettin hätte sich ein dezenteres Benehmen seines

Zechkumpans gewünscht. Daher winkte er schließlich den Kutscher heran, der ihnen mit dem Landauer langsam gefolgt war, und bugsierte Klampt mit einiger Überredungskunst in den Wagen. Da der Kutscher auf sein Zeichen hin ein schnelles Tempo einschlug, hatte Ottwalds Begleiter keine Gelegenheit mehr, seine boshaften Bemerkungen anzubringen. Vor dem Varieté angekommen, stiegen sie aus und reihten sich in die Schlange vor der Kasse ein.

»Es wäre besser gewesen, ich hätte die Karten vorher bestellt«, sagte Gerhard Klampt verärgert, während Ottwald überlegte, ob er seinen Stand als Landedelmann herauskehren sollte, um zur Kasse vorgelassen zu werden. Um kein Aufsehen zu erregen, wartete er dann doch geduldig, bis Klampt die Karten gekauft hatte. Dieser bestellte anschließend bei einem Kellner das angebotene Menü samt einer Flasche Wein und folgte einem Anweiser zu ihrem Tisch. Dort setzte er sich, schlug die Beine übereinander und grinste fröhlich.

»Wenn man ein wenig Geld in der Tasche hat, kann man sich in Berlin schon so einiges leisten!«

Ottwald schluckte den Ärger darüber hinunter, dass Klampt sich so benahm, als wäre er ein Neffe vom Land, der zum ersten Mal in die Großstadt gekommen war und nun in eine erregend neue Welt eingeführt werden sollte.

Während die Männer aßen und einen akzeptablen Wein tranken, lauschten sie einem Sänger und einer Sängerin, die zu den Klängen einer Musikkapelle frivole Lieder zum Besten gaben. Gerhard Klampt fühlte sich in seinem Element und berichtete, dass die Sängerin ihm vor wenigen Wochen nach Abschluss der Vorstellung eine unvergessliche Nacht bereitet hatte.

»War verdammt teuer! Da konnte ich auch etwas erwarten«, setzte er lachend hinzu. Herausfordernd sah er Ottwald an. »Na, wie ist es? Wollen wir warten, bis hier das Trottoir hochgeklappt wird, oder sehen wir zu, dass wir spätestens um zweiundzwanzig Uhr ins *Le Plaisir* kommen?«

»Ich wäre fürs *Le Plaisir!*« Zum einen wollte Ottwald von Trettin diesen Tempel der Sinneslust, der seinem Onkel Fridolin beinahe zum Verhängnis geworden war, mit eigenen Augen sehen, und zum anderen war es ihm hier zu laut. Zunehmend störte ihn das rhythmische Klatschen, mit dem die Lieder von einem Teil der Gäste begleitet wurden.

Tatsächlich drehten sich Ottwald von Trettins Gedanken immer stärker um Klampts angeheiratete Nichte, die Komtess Retzmann. Als alleinige Erbin eines riesigen Vermögens schien sie ihm die ideale Braut zu sein. Zudem wusste er, dass sie mit Fridolin und Lore von Trettin eng befreundet war. Also konnte er sicher sein, sie bald kennenzulernen und ihr Interesse zu wecken.

An die Möglichkeit, dass sein Onkel ihn bei einer Werbung um Nathalia nicht unterstützen könnte, verschwendete er nur einen kurzen Gedanken. Auch war ihm der desolate Zustand, in dem Gut Trettin sich befand, keine Überlegung mehr wert. Er hatte nur noch das Ziel, so bald wie möglich reich zu werden, um sich eine andere Gesellschaft suchen zu können als Gerhard Klampt, der sichtlich damit zufrieden war, sein Taschengeld von der Erbtante sowie seine Gewinne aus Pferdewetten in Varietés und Bordellen zu verjubeln.

Trotz der Verachtung, die er für Klampt empfand, klatschte Ottwald von Trettin Beifall, als eine junge Sängerin ein anzügliches

Lied aus Frankreich sang, das mehreren Gästen zu frivol zu sein schien, denn es mischten sich laute Buhrufe unter den Applaus.
»Was meinen Sie, Trettin, wollen wir nicht langsam unsere Zelte hier abbrechen und zum *Le Plaisir* fahren?«, fragte Klampt, nachdem die Sängerin abgetreten war.
Ottwald brachte es zunehmend auf, dass dieser Kerl so tat, als ständen sie auf der gleichen Stufe. Immerhin war er Freiherr und Besitzer eines großen Gutes und Klampt nur der bürgerliche Kostgänger einer wohlhabenden Tante. Dennoch nickte er zustimmend.
Klampt zahlte ihren Verzehr, und als sie aufstanden, freuten sich zwei zu spät gekommene Herren, endlich einen freien Tisch zu finden.

## XIII.

Mit seiner aufwendig gestalteten Fassade glich das *Le Plaisir* den anderen Häusern in dieser Straße. Weder gab es ein Schild, das auf das Bordell hinwies, noch zeigten sich leicht bekleidete Frauen hinter den Scheiben. Stattdessen waren die Fenster mit dicken Vorhängen verhängt, durch die kaum ein Lichtschein nach außen drang. Die Eingangstür wurde durch eine Straßenlampe erhellt und befand sich über einer kleinen Freitreppe. Da Ottwald von Trettin das Bordell nur aus Erzählungen kannte, wusste er nicht, ob es sich noch in demselben Gebäude befand wie vor fünf Jahren oder ob es wegen des damaligen Skandals umgezogen war.
Der Gutsherr befahl dem Kutscher, dem die Müdigkeit anzu-

sehen war, hinter der nächsten Straßenecke auf sie zu warten, und folgte Gerhard Klampt, der bereits den Zug der Türglocke betätigt hatte. Keine fünf Sekunden später schwang die Tür auf, und sie sahen sich einem älteren Mann gegenüber, dessen Uniform an ausländisches Militär gemahnte.

»Ah, der liebe Herr Klampt! Treten Sie doch ein. Sie haben heute einen Freund mitgebracht?« Anton, der Türhüter des Bordells, musterte Ottwald von Trettin mit einem prüfenden Blick und ordnete diesen als kleinen Landedelmann ein, der in der Hauptstadt etwas erleben wollte. Zwar fragte er sich, wie dieser in Klampts Gesellschaft geraten war, weil dieser sich normalerweise nicht in gehobenen Kreisen bewegte und nur Manfred Laabs' wegen, dem Ehemann der Chefin, geduldet wurde. Doch er begrüßte beide Männer höflich und ließ sie ein.

Das also ist der Sündentempel, der Onkel Fridolin beinahe zum Verhängnis geworden wäre, durchfuhr es Ottwald von Trettin, als er durch den schlichten Vorraum auf die Tür zum Empfangssalon zuging. Dort umfing ihn eine andere Welt. Die Tapeten an den Wänden waren in einem sanften Rot gehalten, ebenso die bequemen Ottomanen, auf denen hübsche Mädchen in knappen, flitterbesetzten Kleidern sich um die anwesenden Herren bemühten.

Schräg gegenüber der Eingangstür befand sich ein Tisch mit roter Tischdecke, um den vier Polsterstühle standen, von denen nur einer besetzt war. Der Mann, der dort saß, erhob sich bei Gerhard Klampts Eintritt und begrüßte ihn freudig.

Die braunen Hosen und die dunkelrote Weste gaben ihm das Aussehen eines kleinen Geschäftsmanns. Nur trugen solche keine mit Halbedelsteinen besetzten Ringe an drei Fingern der rechten Hand. Auch wirkte die schwere, goldene Uhrkette viel zu protzig. Der Mann war von mittlerer Größe, schlank und hatte ein hübsches, in Trettins Augen aber zu weichlich wirkendes Gesicht. Sein Alter schätzte der Gutsherr auf knapp unter vierzig.

»Und wen haben wir denn da?« Nachdem Manfred Laabs seinen Freund Klampt begrüßt hatte, wandte er sich dessen Begleiter zu. Im ersten Augenblick hatte er angenommen, es handelte sich um einen dem mittleren Bürgertum entstammenden Angestellten, der bei den Pferdewetten in Hoppegarten genug Geld gewonnen hatte, um sich eine Nacht in einem Nobelbordell leisten zu können. Bei näherem Hinsehen musste er seine Ansicht revidieren. Dieser Gast mochte vielleicht nicht nach der neuesten Mode gekleidet sein, doch der edle Zwirn und die Haltung des Mannes wiesen auf einen Landadligen hin.

Mit einem Blick, der seinem Gegenüber zeigen sollte, dass er sich Vertraulichkeiten verbat, stellte der Gutsherr sich vor. »Ich bin Freiherr Ottwald von Trettin auf Trettin!«

»Trettin! Doch nicht etwa ein Verwandter des Grafen Trettin?«, rief Laabs erstaunt und streckte Ottwald die Rechte hin. »Seien Sie mir willkommen!«

Über Ottwald von Trettins Nasenwurzel erschien eine scharfe Kerbe. »Sie kennen meinen Oheim?«

»Aber ja doch! Früher war er sozusagen ein Stammkunde in diesen Hallen. Jetzt kommt er leider ein wenig seltener.« Manfred Laabs strahlte den Gutsherrn dabei so an, als hätte dieser ihm mit seinem Erscheinen eine große Freude bereitet.

»Kommen Sie, setzen Sie sich zu mir und trinken ein Glas Wein mit mir!«, forderte er Ottwald von Trettin auf.

»Eigentlich bin ich nicht hierhergekommen, um Wein zu trinken.«
»Natürlich nicht! Das könnten Sie auch in einer Gaststätte tun. Sie sind der Mädchen wegen gekommen. Was wollen Sie für eine? Eine Blonde, eine Schwarze? Dick oder dünn? Wir haben für jeden Herrn das Richtige.« Dabei zeigte Manfred Laabs auf ein paar Frauen, die bereits neugierig zu ihnen blickten.
»Ich wüsste schon, welche ich nehmen würde. Aber ich lasse Ihnen die erste Wahl, Trettin!« Gerhard Klampt gab sich großzügig, verärgerte seinen Begleiter mit dieser Vertraulichkeit jedoch noch mehr.
Ohne die Mädchen richtig anzusehen, deutete Ottwald auf eines. »Die könnte mir gefallen.«
»Aber natürlich! Hilma ist eine Spitzenkraft. Ich habe sie selbst ausprobiert. Komm, Hilma, zeige dem Herrn, wo dein Paradies liegt!« Laabs lachte, brach aber ab, als er Ottwald von Trettins empörten Blick bemerkte.
»Viel Vergnügen!«, sagte er noch und wartete, bis Hilma mit dem Gutsherrn in Richtung der Séparées verschwunden war. Dann wandte er sich stirnrunzelnd an Gerhard Klampt. »Dieser Herr scheint nicht sehr umgänglich zu sein.«
»Er ist von uraltem Adel und besitzt ein reiches Rittergut in Ostpreußen. Solche Leute mögen es nicht, wenn man zu persönlich wird«, erklärte Klampt und unterschlug dabei wohlweislich, dass er mit Ottwald von Trettin bereits den ganzen Abend vertraulich verkehrt hatte.
In seinen Augen bestand jedoch ein himmelweiter Unterschied zwischen einem Zuhälter und Bordellwirt und ihm selbst, insbesondere, da er nur durch einen dummen Zufall nicht als Sohn

eines Grafen geboren worden war. Nun war ihm weniger zum Reden zumute als vielmehr, es Ottwald von Trettin gleichzutun und mit einem Mädchen im Séparée zu verschwinden. Er winkte eine dralle Blonde zu sich, steckte mehrere blitzende Markstücke in deren Dekolleté und folgte dem kichernden Ding zu den Séparées. Kurz vor dem Torbogen drehte er sich noch einmal zu Laabs um.

»Sorgen Sie dafür, dass eine Flasche Wein und Gebäck bereitgestellt wird.« Damit hatte er dem anderen den Stand eines Bediensteten zugewiesen und klargemacht, dass er selbst ein Herr war.

Manfred Laabs nahm ihm die kleine Spitze nicht krumm, sondern wies eines der Mädchen an, das Verlangte zu bringen. Daraufhin betrat er einen anderen Flur, öffnete eine Tür und ging in den dahinter liegenden Raum. Darin saß an einem kleinen Sekretär eine Frau zwischen dreißig und vierzig Jahren, deren Schönheit auch von dem schlichten, hochgeschlossenen Kleid aus dunkelblauem Samt und der strengen Frisur nicht beeinträchtigt wurde.

Sie blickte auf. »Gibt es Schwierigkeiten, Manfred?«

»Oh nein, ganz im Gegenteil! Das Haus ist voller Gäste. Nur drei Mädchen haben noch nichts zu tun. Aber das wird sich bald ändern«, erklärte Laabs fröhlich.

Über das Gesicht der Frau huschte ein Schatten. Das kann ich mir denken, dachte sie. Spätestens nach Mitternacht wirst du dir eines davon oder auch zwei aussuchen und ausprobieren – wie du es nennst –, ob sie noch taugen. Sie sagte jedoch nichts, sondern beugte sich wieder über ihr Rechnungsbuch.

»Freut es dich nicht?«, fragte Laabs verwundert.

»Doch!«, kam es kühl zurück. »Schließlich muss das Geld erst verdient werden, bevor du es ausgibst.«
»Da du gerade von Geld sprichst, Hede: Ich könnte ein paar Scheine gebrauchen. Hatte letztens Pech beim Pferderennen. Die Gäule sind nicht so gelaufen, wie ich es erwartet habe.« Laabs legte seiner Frau die linke Hand auf die Schulter, während seine Rechte drohend durch die Luft schwang.
Hede wusste aus leidvoller Erfahrung, dass er jederzeit ohne Vorwarnung zuschlagen konnte. Trotzdem gab sie nicht sogleich nach. »Sagtest du nicht letztens, du würdest bald so viel Geld verdienen, dass du mich und meinen Puff, wie du es nanntest, nicht mehr brauchst?«
Manfred Laabs juckte es in den Fingern, seine Frau zu verprügeln. Doch er hielt sich zurück. Nach dem letzten Mal hatte sie ihm zwar ein paar hundert Mark gegeben, ihn dann aber tagelang ignoriert und sich auch von dem Blumenstrauß, den er schließlich gekauft hatte, nicht versöhnen lassen. Sie zu schlagen, bis sie ihren Widerstand aufgab, wagte er nicht. Auch wenn er nach außen hin als Besitzer des *Le Plaisir* auftrat, so gehörte es doch seiner Frau, und er hatte nur das Anrecht auf einen Teil des Verdienstes. Diesen Ehevertrag hatte Hede vor der Heirat aufsetzen lassen, und er ärgerte sich immer noch, dass er darauf eingegangen war. Obwohl er als Ehemann nach Recht und Gesetz ihr Herr und Gebieter war, musste er um jeden Groschen betteln.
»Ich werde bald Geld bekommen. Aber das dauert noch etwas. Bis dorthin kann ich nicht ohne ein paar Mark aus dem Haus gehen. Das musst du einsehen!«
»Ich habe dir erst letztens Geld gegeben, nachdem du mir einige

Ohrfeigen versetzt hast. Das würdest du doch jetzt auch wieder tun, wenn ich dir nichts geben wollte, nicht wahr?«

In Hedes Stimme schwang abgrundtiefe Enttäuschung mit. Dabei, sagte sie sich, war sie selbst schuld. Niemand hatte sie gezwungen, Manfred Laabs zu heiraten. Doch ihr Wunsch nach einem Kind war einfach übermächtig geworden, und da sie dieses nicht der Schande einer unehelichen Geburt hatte aussetzen wollen, war ihr nur die Heirat geblieben. Vielleicht hätte sie Manfred länger beobachten sollen, bevor sie auf sein Werben eingegangen war. Doch für Selbstvorwürfe war es nun zu spät.

Ohne seine Antwort abzuwarten, erhob sie sich und trat an die Wand. Dort nahm sie ein Bild ab, das im Gegensatz zu einigen Gemälden im Empfangssalon und in besonders ausgestatteten Séparées keine erotischen Szene zeigte, und zog einen Schlüssel unter ihrem Kleid hervor, der an einem goldenen Kettchen an ihrem Hals hing. Damit schloss sie den kleinen Wandsafe auf, der hinter dem Bild zum Vorschein gekommen war, und holte mehrere Geldscheine heraus.

Manfred Laabs fielen fast die Augen aus dem Kopf, als er die dicken Bündel Banknoten sah, und er erlag beinahe der Versuchung, hineinzugreifen und wenigstens die Hälfte davon an sich zu nehmen.

»Weißt du, dass du mich sehr schlecht behandelst?«, maulte er.

»Wieso? Weder schlage ich dich, noch verlange ich von dir, dass du dir eine Arbeit suchst und Geld verdienst!« Hede klang bitter. Immerhin hatte Manfred vor ihrer Ehe so getan, als besäße er genug Geld, um sich in Berlin eine Bierschenke einrichten zu können. Doch mit der angeblichen Höhe seines Vermögens hatte er sie genauso betrogen wie in anderen Dingen. Nun lebte er wie eine Made in ihrem Speck, und sie musste froh sein, dass er gelegentlich bei den Pferdewetten gewann. Sonst würde er noch mehr Geld von ihr fordern.

Manfred Laabs schien ihre Gedanken zu erraten, denn er zeigte naserümpfend auf die Geldscheine, die sie ihm hinhielt. »Das ist aber wenig!«

Seufzend langte sie noch einmal in den Geldschrank und zählte ihm fünfhundert Mark ab. »Das muss für diesen und den nächsten Monat reichen!«

»Oh Himmel, welch ein Schicksal! Ich bin zum Almosenempfänger meiner Frau abgesunken«, rief Laabs theatralisch aus.

»Ich würde eher sagen: zum Kostgänger. Von zehn Mark, die du ausgibst, verdienst du selbst weniger als drei.« Seufzend reichte Hede ihm noch einen letzten Schein, dann schloss sie den Safe wieder zu, steckte den Schlüssel in ihr Dekolleté und hängte das Bild wieder auf.

Laabs überlegte, wie er an diesen Schlüssel kommen konnte. Natürlich konnte er Hede verprügeln, bis sie ihn hergab, aber wie er sie kannte, würde sie anschließend jeden Groschen, den sie besaß, vor ihm in Sicherheit bringen. Am besten erschien es ihm, zärtlich zu ihr zu sein und ihr, wenn sie eingeschlafen war, die Kette über den Kopf zu ziehen, hierherzukommen und einen Teil der Scheine an sich zu nehmen.

Ohne daran zu denken, dass ihr ein solcher Diebstahl auffallen würde, sobald ihr Rechnungsbuch nicht mehr stimmte, beugte er sich über sie und küsste sie in den Nacken. »Du bist eine wunderbare Frau!«

Da war wieder der Charme, dem sie vor ihrer Heirat verfallen war, dachte Hede traurig. Doch der war nur eine Maske, die ihr Mann nach Belieben aufsetzte. Andererseits hatte er sie bisher nur ein einziges Mal heftiger geschlagen und sich für kurze Zeit sogar bemüht, ihrem gemeinsamen Sohn ein guter Vater zu sein.

Der Gedanke an den Jungen ließ sie weicher werden, und sie lehnte sich einen Augenblick gegen ihn. »Du musst verstehen, dass ich dir nicht mehr Geld geben kann. Es kommen immer wieder unerwartete Ausgaben auf mich zu, wenn ein Mädchen krank wird und nicht mehr arbeiten kann oder wenn eines der Séparées oder gar der Salon renoviert werden müssen. Außerdem will ich eine gewisse Summe vorrätig halten, um einige Herren an entscheidender Stelle zu schmieren, damit uns die Sittenpolizei nicht auf die Pelle rückt.«

»Aber das weiß ich doch, meine Liebe«, antwortete Laabs und verfluchte innerlich all diejenigen, die Geld von seiner Frau forderten und ihn selbst damit einschränkten. Doch sobald das große Geschäft, an dem er sich beteiligt hatte, gelaufen war, würde er über genug Geld verfügen, um ein zweites Bordell aufzumachen. Mit der Unmoral der Menschen ließ sich nun einmal mehr verdienen als mit deren Durst in einer schlichten Bierhalle.

Da ihn bei dem Gedanken das Begehren nach einem der Mädchen erfasste, verabschiedete er sich von Hede und kehrte beschwingt in den Empfangssalon zurück.

## XIV.

Lore und Fridolin hatten in Hannover übernachtet und näherten sich am Mittag des zweiten Tages ihrem Ziel. Als der Zug in den kleinen Bahnhof einfuhr und schließlich neben dem aus

Klinkersteinen errichteten Bahnhofsgebäude hielt, konnten sie durch das Fenster bereits die Kutschen und den Frachtwagen sehen, die von Nathalias Gut Steenbrook gekommen waren, um sie abzuholen.

»Na, wer sagt es denn? Meine Leute sind wie immer auf Zack!«, sagte die Komtess lachend.

»Du solltest dir einen etwas weniger burschikosen Wortschatz aneignen«, mahnte Lore in dem Wissen, dass sie genauso gut ihrem Koffer hätte predigen können.

Sie wandte sich an Fridolin, der bereits aufgestanden war und die beiden Dienstmänner, die in den Wagen der ersten Klasse kamen, anwies, ihr Gepäck nach draußen zu bringen. »Kommst du nun noch mit zu Natis Gut oder fährst du gleich weiter?«

Fridolin wischte sich kurz über die Stirn und lächelte. »Ich bin zu dem Entschluss gekommen, Nathalias Ratschlag zu befolgen und erst in der Nachbarschaft von Klingenfeld Auskunft einzuholen.«

»Wenn du denen sagst, dass du von der Bank kommst, der dieses Gut zugefallen ist, werden sie es möglicherweise schlechtreden, weil sie hoffen, es selbst billig kaufen zu können«, wandte Lore ein.

»Da magst du recht haben! Doch ich brauche Informationen, bevor ich das Gut selbst aufsuche. Außerdem möchte ich wissen, wie weit es tatsächlich von Natis Besitz entfernt liegt.«

»Du sagtest doch gestern, es wären etwa zwanzig Kilometer«, sagte Lore verwundert.

»Diese Angabe stammt von Dohnke, und du glaubst doch nicht, dass ich mich blindlings auf seine Auskunft verlasse. Er will unbedingt, dass ich dieses Anwesen erstehe, und redet es daher schön. Deshalb ist mir die Meinung der Gutsbesitzer im Umkreis so wichtig. Doch nun steigt aus! Sonst fährt der Zug weiter, und ihr müsst bis Bremen im Abteil bleiben.«

»Bis Bremen gewiss nicht. Wir würden am nächsten Bahnhof aussteigen und uns ein Fuhrwerk besorgen, das uns an unser Ziel bringt«, sagte Nathalia lachend und ergriff Schirm und Täschchen.

»Wie du siehst, wissen wir Frauen uns zu helfen!« Lore lief lachend aus dem Abteil und stand kurz darauf auf dem Bahnsteig.

Kopfschüttelnd sah Fridolin ihr nach, klemmte sich den Sonnenschirm, den sie vergessen hatte, unter den Arm und folgte ihr mit einem Schmunzeln auf den Lippen. »Was würdest du tun, wenn du mich nicht hättest? Dein Schirm würde ganz alleine nach Bremen weiterfahren, und du wärst Regen und Sonne gleichermaßen hilflos ausgeliefert.«

»Ganz so hilflos auch nicht, denn ich würde meinen Schirm mit Lore teilen.« Nathalia hakte sich bei ihrer Freundin unter.

»Was meinst du? Sollen wir gleich nach Steenbrook fahren oder vorher noch eine Konditorei aufsuchen?«, fragte Lore gut gelaunt.

»Da die Köchin auf dem Gut mit Gewissheit mehrere riesige Kuchen gebacken hat, die wir in den nächsten Tagen aufessen müssen, sollten wir die Konditorei meiden«, erklärte Nathalia und führte sie auf den Bahnhofsvorplatz zu den bereitstehenden Wagen.

Es war ein schöner warmer Sommertag. In einem hellen Blau spannte sich der Himmel über das Firmament, ein leichter Wind ließ die Blätter der Pappeln in der Bahnhofsallee tanzen, und in der Luft schwebte der Geruch nach Heu und Kräutern. Beides erinnerte Lore an ihre Jugend, die sie im fernen Ostpreußen verbracht hatte. Zwar war die Gegend südöstlich von Bremen nicht mit der Provinz im Osten zu vergleichen, dennoch fühlte sie sich hier wohl. Mit einem Mal hoffte sie, dass Fridolin das ihm angebotene Gut in Besitz nehmen würde. Zwar war sie auf Nathalias Steenbrook stets willkommen, doch die Aussicht auf ein Stückchen Erde, das ihr selbst gehörte, und auf Bäume, von denen sie ihr eigenes Obst pflücken konnte, war verlockend.

»He, was ist denn los mit dir? Du läufst ja an den Wagen vorbei!« Nathalias Ausruf brachte Lore in die Gegenwart zurück, und sie lachte über sich selbst. »Das tut mir leid. Ich war eben in Gedanken verstrickt.«

»In angenehmen, wie mir scheint. Das sehe ich dir an.« Nathalia lachte ebenfalls, begrüßte Volkmar Zeeb, den Verwalter ihres Gutes, und wandte sich dann dem Kutscher zu. »Na, Drewes, wie geht es der Stute, die zu Ostern so krank war?«

Der Mann starrte sie mit großen Augen an. »Das wisst Ihr noch, gnädige Komtess? Dabei soll es doch in Berlin so viel zu erleben geben!«

»Warum sollte ich das vergessen? Immerhin hast du mir versprochen, auf Frühlingsmaid zu achten wie auf deinen Augapfel. Da will ich doch wissen, ob es ihr gutgeht«, antwortete Nathalia fröhlich.

»Freilich geht es ihr gut! Sie ist damals rasch wieder gesund geworden.«

»Dank des neuen Tierarztes, der sich in dieser Gegend niedergelassen hat«, warf der Verwalter ein, der das Feld nicht dem Knecht überlassen wollte.

Drewes schüttelte missbilligend den Kopf. »Jo, der Doktor hat ein paar Mittel verschrieben, aber das allein hätte Frühlingsmaid auch nicht gerettet. Da muss man schon ein paar Kräuter nehmen, aufkochen und den Sud mit ganz bestimmten Worten dem Tier einflößen, damit es wieder auf die Beine kommt!«

Der Verwalter sah seine junge Herrin mit einem Blick an, der deutlich machte, was er von dem Aberglauben des Kutschers hielt, und öffnete ihr eigenhändig den Schlag. »Wollen die Damen vorher noch in den Ort gebracht werden oder gleich nach Steenbrook fahren?«

»Wir haben uns für das Gut entschieden. Dort kommt sicher gleich etwas Leckeres auf den Tisch, und wir wollen die Köchin nicht verärgern, indem wir uns hier satt essen.«

Nathalia stieg mit einem strahlenden Lächeln in den Wagen und rückte zur Seite, damit Lore neben ihr Platz nehmen konnte. Das Kindermädchen reichte dieser Doro hoch, da die Zweijährige während der Fahrt leichter zu bändigen war als Wolfi, und ging zu dem zweiten Wagen. Nele und Nathalias stille Zofe Christa kontrollierten zuerst die Dienstleute, die das Gepäck auf das Fuhrwerk luden, und stiegen dann ebenfalls in die Kutsche.

Fridolin hatte noch ein paar Worte mit dem Bahnhofsvorsteher gewechselt und erfahren, dass Grünfelder und Dohnke nicht übertrieben hatten. Klingenfeld befand sich tatsächlich nur zwei Stationen entfernt und konnte auch leicht mit dem Wagen erreicht werden.

Zufrieden mit dieser Auskunft gesellte er sich zu Lore und Nathalia und bat den Verwalter, ihm gegenüber Platz zu nehmen.

Volkmar Zeeb sah ihn mit einer um Entschuldigung bittenden Geste an. »Bedauerlicherweise bin ich zu Pferd gekommen und kann den Wallach schlecht am Zügel neben dem Wagen laufen lassen.«

»Das können Sie natürlich nicht. Aber wenn wir auf Steenbrook angekommen sind, würde ich gerne mit Ihnen reden. Ich hoffe, Sie haben ein wenig Zeit für mich.«

»Selbstverständlich, Herr Graf!« Der Mann deutete eine kurze Verbeugung an, ging dann mit festen Schritten zu dem Pfosten, an dem sein Pferd stand, und band es los. Noch während er sich in den Sattel schwang, trieb Drewes die beiden prachtvollen Rappen vor der Kutsche an und bog auf die Straße ein, die zu Nathalias Gut führte.

# Zweiter Teil

## *Auf Steenbrook*

# I.

Steenbrook lag inmitten ausgedehnter Wiesen und Felder etwa zwei Kilometer von der nächsten Ortschaft entfernt. Waren die Wirtschaftsgebäude wie in dieser Gegend üblich als mächtige Hallenhäuser mit Wänden aus dunkelroten Klinkerziegeln und tiefgezogenen Krüppelwalmdächern aus Reet errichtet worden, wirkte das Herrenhaus wie aus italienischen Landen an diesen Ort versetzt, denn es war im Palladio-Stil mit flachem Dach und von Säulen getragenen Balkonen erbaut worden.

Vor der Freitreppe, die von zwei auf den Hinterpfoten stehenden Steinlöwen flankiert wurde, hatte sich das Gesinde eingefunden, um die Herrin zu begrüßen. Zuvorderst stand der Gutsinspektor, ihm folgten die Eleven, zwei junge, attraktive Männer. Von diesen behauptete die Köchin Gertrud, ihre Väter hätten sie in erster Linie hierhergeschickt, um die Komtess zu beeindrucken. Da die beiden gute Arbeit leisteten, hofften einige auf dem Gut sogar, Nathalia würde an einem der Jünglinge Gefallen finden. Einen arroganten Preußen mit schnarrendem Tonfall wollte keiner als neuen Herrn haben. Hier hatte niemand vergessen, dass sie vor gut zwei Jahrzehnten noch zum Königreich Hannover gehört hatten und nur durch Eroberung an Preußen gefallen waren.

Die Abneigung gegen das Königreich Preußen und seine Bewohner richtete sich jedoch nicht gegen die Gäste der Komtess. Lore hatte ihre Ferien bereits im letzten Jahr zusammen mit Nathalia auf Steenbrook verbracht, und Fridolin war ebenfalls schon hier gewesen. Zudem sprachen beide nicht das abgehackt und überheblich klingende Deutsch der Offiziere, die in den umliegenden Garnisonen das Kommando führten.

Der Inspektor und die Wirtschafterin begrüßten die Gäste ihrer Herrin mit der Ehrerbietung, die Angehörigen des Adels zukam. Während Nathalia die Reihe ihrer Untergebenen abschritt und auf die gebeugten Rücken der Männer und die Schöpfe der knicksenden Mägde niederschaute, atmete Lore genießerisch durch. »Man mag in der Stadt bequemer leben, doch es geht nichts über einen Aufenthalt auf dem Land«, sagte sie zu Fridolin.

Obwohl er eigenen Gedanken nachhing, nickte er. »Es ist wirklich schön hier. Ich bedaure, dass ich dir so etwas nicht schon früher habe bieten können.«

Lore war klar, dass er weniger den Aufenthalt auf Steenbrook meinte, das sie bereits von Bremen aus gelegentlich aufgesucht hatten, als vielmehr jenes Rittergut, das seit zwei Tagen ihrer beider Gedanken beherrschte.

»Die letzten Jahre waren auch schön. Immerhin waren wir einige Male in der Schweiz, einmal sogar in Österreich und mehrmals an der Ostsee. Solche Reisen will ich auch in Zukunft unternehmen, aber die Ferien selbst sollten wir auf dem Land verbringen.« Und zwar auf unserem eigenen Besitz, setzte sie im Stillen hinzu.

»Ihr könnt jederzeit hierherkommen«, bot Nathalia an, die das Begrüßungsritual hinter sich gebracht und sich wieder zu ihnen gesellt hatte.

»Das weiß ich doch«, sagte Lore lächelnd.

Natürlich würde sie Nathalia so oft wie möglich hier besuchen, doch es war etwas anderes, etwas Eigenes zu besitzen. Auf Steenbrook würde sie immer nur Gast sein, zwar stets willkommen, aber eben nur eine Fremde.

Fridolin schien ebenso zu denken, denn er sonderte sich mit dem Gutsverwalter ab und verwickelte den erfahrenen Mann in ein intensives Gespräch. Lore hätte sich gerne eingeklinkt, war ihr doch klar, dass es um Klingenfeld ging, aber sie wollte Nathalia nicht einfach stehen lassen.

Inzwischen hatte die Wirtschafterin die Mägde wieder an die Arbeit geschickt und trat auf Lore und die Komtess zu. »Gewiss werden die Damen nach der langen Fahrt hungrig sein. Daher haben wir einen kleinen Imbiss hergerichtet. Soll ich im Speisezimmer oder auf der Terrasse decken lassen?«

Nathalia sah Lore kurz an und entschied für sie beide. »Wir nehmen die Terrasse! Von dort aus haben wir einen schönen Blick auf den Park und auf die Felder. Bist du damit einverstanden, Lore?«

Ihre Freundin nickte. »Ich würde mich freuen, dort zu speisen. Vorher sollten wir uns aber umziehen und ein wenig frisch machen.«

»Es ist alles vorbereitet«, erklärte die Wirtschafterin und wies eine Magd an, die beiden Damen zu führen. Eine zweite erhielt von ihr den Auftrag, das Kindermädchen bei Wolfis und Doros Betreuung zu unterstützen.

»Wir haben für die Kinder das Zimmer neben dem Ihren vorgesehen, Frau Gräfin. Es ist Ihnen hoffentlich so recht?«

»Aber ja! So haben wir die Kleinen gleich bei uns. Ich habe Wolfi nämlich versprochen, dass wir ganz stramm marschieren werden. In Berlin geht das nicht. Auf den Straßen ist zu viel Verkehr, auf den Trottoirs laufen Passanten dicht an dicht herum, und in den Parks reiten die Leute aus oder flanieren. Für einen Vierjährigen, der seine Kräfte erproben will, bleibt da kaum Platz.«

Lore winkte lächelnd ihren Sohn zu sich. Der zeigte sogleich auf das Stalldach, das hinter den Bäumen zu erkennen war. »Ich will die Kühe sehen!«

»Später, mein Schatz! Erst einmal wirst du mit Fräulein Agathe auf euer Zimmer gehen, dich umziehen und waschen. Dann essen wir etwas, und wenn du brav bist, darfst du mit am Tisch sitzen.«

»Doro auch sitzen!«, klang die fordernde Stimme seiner Schwester auf.

In der Stadt wäre das unmöglich gewesen, doch hier auf dem Land wollte Lore ihre Kinder um sich haben und nickte daher.

»Fräulein Agathe wird euch auf die Terrasse bringen. Aber nun husch ins Haus, damit ihr hinterher auch sauber seid. Schmutzige Kinder dürfen nämlich nicht mit den Erwachsenen essen.«

Nach dieser Aufforderung ließen sich die beiden Kleinen ohne Widerspruch von Agathe und deren neuer Helferin Tinke auf ihr Zimmer bringen.

Lore sah sich auf der Freitreppe noch einmal um und nahm das Bild der sommerlichen Landschaft in sich auf.

»Freust du dich?«, hörte sie Nathalia sagen.

»Ja, sehr!« Tief durchatmend folgte Lore der Freundin ins Haus und stieg die Treppe hoch. Als sie in ihr Zimmer trat, sah sie, dass bereits Wasser zum Waschen, Seife und ein Handtuch für sie bereitlagen.

Nele, die gerade dabei war, ihre Koffer auszuräumen, hielt inne und sah sie fragend an. »Welches Kleid wünschen Sie heute Nachmittag zu tragen, gnädige Frau?«

»Das mit den blauen Blumen«, antwortete Lore und stellte sich so hin, dass die Zofe ihr aus ihrem Reisekleid helfen konnte.

Dabei wanderten ihre Gedanken zu Fridolin und dem Gutsverwalter, und sie fragte sich, was ihr Mann über Klingenfeld erfahren mochte.

## *II.*

Fridolin folgte Volkmar Zeeb in dessen Haus, das seitlich des Hauptgebäudes stand, und wurde in das beste Zimmer geführt. Dort beobachtete er schmunzelnd, wie der Verwalter einen kleinen Hängeschrank öffnete, eine Steingutflasche und zwei silberne Schnapsbecher herausnahm und auf den Tisch stellte.

»Ich darf Ihnen doch einen Korn anbieten, Herr Graf, oder sind Sie von Berlin her so verwöhnt, dass Sie nur noch französischen Cognac trinken?«, fragte Zeeb.

»Ich habe nichts gegen einen guten Korn.« Fridolin nahm das volle Becherchen entgegen und stieß mit dem Verwalter an. »Auf Ihr Wohl, Herr Zeeb!«

»Und das Ihre, Herr Graf.«

Als der Verwalter seinen Becher abgestellt hatte, sah er Fridolin auffordernd an. »Ich habe so das Gefühl, dass Sie etwas Wichtiges mit mir besprechen wollen, Herr Graf. Ist irgendetwas mit Steenbrook?«

Fridolin las Zeeb die Sorge von der Stirn ab und schüttelte den Kopf. »Gott sei Dank nein! Ich hätte gerne eine Auskunft von Ihnen, bitte Sie aber, diese Sache vertraulich zu behandeln. Kennen Sie das Gut Klingenfeld?«

»Kennen direkt nicht. Aber gehört habe ich davon.«

»Genau das, was Sie über dieses Gut und seinen Besitzer gehört haben, würde mich interessieren. Klingenfeld ist an unsere Bank verpfändet worden, und wir überlegen, was wir damit anfangen sollen.«

Der Verwalter kratzte sich am Kopf und stöhnte theatralisch. »Puh! Da bringen Sie mich in Kalamitäten. Bislang habe ich mich nicht um die Sache gekümmert, und ich will nichts sagen, was sich hinterher als falsch herausstellen könnte.«

»Sie sagen: die Sache. Worum handelt es sich?«, bohrte Fridolin nach.

»Na ja, um die Fabrik, die der Vater des jetzigen Herrn von Klingenfeld errichten wollte. Die Landwirte hier in der Gegend waren alle dafür, denn sie haben sich besseren Absatz für ihre Produkte und damit auch höhere Erträge erhofft.« Der Verwalter schenkte sich einen zweiten Korn ein und trank diesen. Dann erst erinnerte er sich daran, dass er seinen Gast hätte fragen sollen, ob dieser auch noch einen Schnaps wollte.

Fridolin wehrte ab. »Später vielleicht! Jetzt würde ich gerne mehr über das Gut Klingenfeld und dessen vormaligen Besitzer erfahren.«

»Na ja …«, begann der Verwalter zögernd. »Der alte Herr – Richard von Klingenfeld – war schon immer etwas eigen gewesen, und es gab Streit, der die Fertigstellung der Fabrik verzögerte. Wissen Sie, Herr Graf, der Baron konnte die Gebäude und die Maschinen nicht aus seinem eigenen Vermögen finanzieren, sondern brauchte Leute, die Anteile zeichneten. Das taten auch einige umliegende Gutsbesitzer, und die wollten natürlich mitreden. Das war dem alten Klingenfeld nicht recht, und so zerfiel die Gesellschaft, die er gegründet hatte, bald wieder. Die Landwirte zogen ihre Anteile zurück, und er blieb auf einem Haufen Schul-

den sitzen. Damit konnte er nicht leben. Später hieß es, es habe einen Jagdunfall gegeben, doch nach Ansicht der Leute hat er sich erschossen. Ich selbst halte mich mit meinem Urteil zurück.«
Der Verwalter schenkte sich und Fridolin erneut ein und stellte die Flasche in den Schrank. »Ich muss heute noch auf die Felder! Da darf ich nicht zu viel trinken. Die Knechte haben keine Achtung vor einem Vorgesetzten, der betrunken vom Pferd fällt.«
Er lachte und kam dann wieder auf Klingenfeld zu sprechen. »Der Sohn – Anno von Klingenfeld – hat den ganzen Kladderadatsch geerbt, und die Leute haben natürlich gehofft, er wäre vernünftiger als der Vater, vor allem, als es hieß, er habe neue Kredite erhalten. Dadurch wäre es ihm möglich gewesen, das Gut wieder auf die Beine zu bringen und die Fabrik mit Unterstützung anderer Gutsbesitzer zu errichten. Aber es geschah gar nichts. Baron Anno hielt sich meist in Berlin auf, und das, was von dort hierherdrang, hat den Leuten nicht besonders gefallen.«
»Dafür, dass Sie sagten, Sie wüssten nicht Bescheid, können Sie sehr viel über Klingenfeld berichten«, erklärte Fridolin.
»Ich sagte, ich kenne das Gut nicht, denn ich habe es nie mit eigenen Augen gesehen. Aber um Gerüchte aufzuschnappen, muss man nicht hinfahren. Die kommen von selbst zu einem. Zudem habe ich mich für die geplante Fabrik interessiert. Sie wäre nahe genug an Steenbrook gelegen, um auch unsere Erzeugnisse dort verarbeiten zu lassen. Daraus ist ja nun leider nichts geworden. Der Alte war trotz seiner Eigenheiten noch ein Landwirt, sein Sohn aber hat von Jugend an mit Ackerbau und Viehzucht nichts am Hut.«
»Ganz direkt gefragt: Welchen Wert hat Gut Klingenfeld – oder, besser gesagt, zu welchem Preis würden Sie es kaufen?«

»Wenn ich das Geld dazu hätte, meinen Sie wohl!« Der Verwalter lachte auf und schüttelte den Kopf. »Tut mir leid, Herr Graf, aber da kann ich Ihnen keine Auskunft geben. Sie sollten besser einen der Gutsherren fragen, die näher an Klingenfeld wohnen.«

Fridolin beugte sich vor und sah den Mann durchdringend an. »Wissen Sie jemand, der mir eine ehrliche Antwort geben würde?«

»Lassen Sie mich überlegen. Vielleicht Gumboldt? Nein, besser nicht! Der hat zwei Söhne und würde versuchen, Ihnen das Gut für einen Appel und ein Ei abzuschwatzen. Am besten, Sie suchen Graf Nehlen auf. Er war mit dem alten Klingenfeld noch am besten Freund, auch wenn die beiden sich zuletzt wegen der Konservenfabrik zerstritten hatten. Von ihm erhalten Sie die ehrlichste Antwort.«

»Und wo finde ich den Herrn?«

»Auf Gut Nehlen! Das liegt etwa auf halbem Weg von hier nach Klingenfeld.«

»Kann ich dieses Gut heute noch erreichen?« Da Fridolin so wenig Zeit wie möglich verlieren wollte, atmete er auf, als der Verwalter nickte.

»Wenn Sie wünschen, lasse ich gleich anspannen, Herr Graf.«

»Tun Sie das!« Eigentlich hatte Fridolin sich umziehen und eine Kleinigkeit essen wollen, doch es drängte ihn, mehr über Klingenfeld zu erfahren. Während er dem Verwalter nach draußen folgte und zusah, wie dieser die Knechte anwies, einen Wagen für ihn bereitzustellen, ertappte er sich bei dem Gedanken, dass der Name Graf Trettin auf Klingenfeld wahrlich einen guten Klang hatte. Mochte sein missratener Neffe Ottwald sich ruhig

Trettin auf Trettin nennen – er selbst hatte für sich, Lore und ihre Kinder seinen eigenen Weg gefunden.

## *III.*

Als Lore ihren Mann aufbrechen sah, hätte sie ihn am liebsten begleitet. Da er jedoch Auskünfte über den Gutshof einholen wollte, war es gewiss besser, es nicht zu tun. Männer sprachen in Gegenwart einer Frau eben nur ungern über Geschäfte. Sie lächelte Nathalia zu, die gerade den »kleinen« Imbiss beendet hatte und sich nun einer Riesenkanne Tee, einer weiteren mit Kaffee und einem Kuchentablett gegenübersah, das für eine halbe Kompanie gereicht hätte.

»Wollen die Leute in der Küche mich mästen?«, fragte Nathalia lachend, während Wolfi die Hand ausstreckte, um nach einem der lecker aussehenden Kuchenstücke zu greifen.

»…meckt«, sagte er mit vollem Mund, was den Wunsch seiner Schwester bestärkte, ebenfalls Kuchen zu wollen. Sie entschlüpfte Fräulein Agathe und kletterte an ihrer Mutter hoch, um ihr Ziel zu erreichen.

»Entschuldigen Sie, Frau Gräfin, ich habe nicht aufgepasst«, rief das Kindermädchen und wollte die Kleine von Lores Schoß heben.

Doro schlug nach ihr und quengelte. »Will Kuchen!«

»Du bekommst ja welchen und dazu auch Saft. Dafür aber musst du brav sein und darfst niemanden hauen!« Lore legte ein Teilchen auf ihren Teller, brach ein kleines Stück ab und steckte es dem kleinen Quälgeist in den Mund.

Doro kaute brav, ignorierte dabei Agathes nach ihr ausgestreckte Hände und beharrte darauf, von ihrer Mutter gefüttert zu werden.

»Die Kleinen sind ja niedlich, aber auch anstrengend!«, stöhnte Nathalia, weil Wolfi nun auf ihren Schoß klettern wollte. Dennoch hob sie ihn lächelnd hoch und reichte ihm ein Stück Kuchen.

»Brav essen!«, befahl sie ihm und wies das Dienstmädchen an, ihr Tee einzuschenken.

»Ich würde es ja selbst tun, aber mit diesem kuchenvertilgenden Monster auf dem Schoß tue ich mich schwer«, sagte sie lachend.

»Wenn Wolfi dir lästig wird, soll Fräulein Agathe ihn wieder an sich nehmen!« Obwohl Lore es nicht wollte, schlich sich ein leicht gekränkter Ton in ihre Worte ein.

»Ich höre die Glucke in dir«, antwortete Nathalia und vertrieb Lores Unmut mit einem Lachen. »Du weißt doch, wie sehr ich Wolfi mag. Zudem zerbröselt er den Kuchen nicht über meinem Dekolleté, wie Doro es letztens getan hat.«

Lore lächelte zwar, konnte sich eine gewisse Kritik allerdings nicht verkneifen. »Als unverheiratete Frau solltest du keine so weit ausgeschnittenen Kleider tragen.«

Nathalia tat ihre Worte mit einer Handbewegung ab. »Ach was! Andere unverheiratete Frauen, wie du sie nennst, zeigen noch viel mehr. Erinnere dich nur an Gottlobine von Philippstein. Deren Dekolleté glich beim letzten Fest einer Auslage ihrer körperlichen Vorzüge. Dagegen sind meine Kleider harmlos. Mary würde niemals zulassen, dass ich ein Kleid trage, das sie *shocking* findet!«

»Das würde sie gewiss nicht.« Das Erwähnen ihrer englischen

Freundin brachte Lore ein Versäumnis in Erinnerung. »Oh Gott, in der Eile haben wir ganz vergessen, Mary und Konrad davon zu unterrichten, dass wir heuer bereits früher zu deinem Gut gereist sind. Dabei hatten wir doch überlegt, gemeinsam mit ihr in die Ferien aufzubrechen.«

»Ich werde Mary heute noch schreiben. Vorher aber muss ich wissen, ob das Pony, das ich ihrem Jonny im letzten Jahr versprochen habe, auch gekauft worden ist. Der Junge wäre mir zu Recht böse, wenn ich mein Versprechen nicht halte.«

Nathalia sah die Chance, Wolfi loszuwerden, und trug ihn zu Agathe, die ihn gerne entgegennahm. Sie überlegte einen Moment und beschloss dann, erst später nach dem Pony zu sehen, denn sonst hätte sie Wolfi gleich wieder am Hals. Sie schickte ein Dienstmädchen ins Haus, um Papier und einen Füllfederhalter zu holen, und rümpfte die Nase, als es mit Feder und Tintenfass zurückkam.

»Ich glaube, ich werde einige Änderungen veranlassen müssen, wenn ich hier behaglich leben will. Man bekommt direkt das Gefühl, als wäre man hier hundert Jahre hinter der Zeit zurück!« Sie seufzte, als sie sich einen Bogen schweres Büttenpapier zurechtlegte und zu schreiben begann.

Lore sah ihr lächelnd zu und freute sich jetzt schon auf Marys Ankunft. In der frischen Luft und einer Umgebung, die Augen und Geist gleichermaßen schmeichelte, konnten sie sich entspannt über die neuesten Modetrends unterhalten und Skizzen anfertigen.

»Was hältst du übrigens davon, wenn wir morgen nach Nehlen fahren, um Graf Nehlen zu besuchen? Der alte Herr ist Leutnant Bukows Erbonkel, musst du wissen. Ich habe mich jetzt daran erinnert, dass ich den Grafen letztes Jahr bei einer Pferdeauktion in Verden getroffen habe. Ein echtes Unikum, der Mann, aber von ausgesuchter Höflichkeit. Er hat es mir nicht einmal verübelt, dass ich ihm Frühlingsmaid vor der Nase weggesteigert habe. Er wollte sie unbedingt für seine Zucht haben, aber mir gefiel sie als Reitpferd. Weißt du was? Ich werde morgen neben dem Wagen herreiten, denn der Graf wird die Stute sicher sehen wollen.«

Während Nathalia fröhlich Pläne für den nächsten Tag schmiedete, wünschte Lore Leutnant Bukow und dessen Erbonkel ins Pfefferland. Auch wenn sie nicht wollte, dass ihre Freundin einen einfachen Landedelmann heiratete, für den bereits ein Ausflug nach Berlin einer Weltreise gleichkam, so gefiel ihr ein berüchtigter Frauenheld noch weniger.

»Nun, wenn Graf Nehlen das Pferd sehen will, solltest du es ihm vorführen.« Im Stillen hoffte Lore, dass Leutnant von Bukow tatsächlich noch in Berlin weilte und der alte Herr Nathalia mit seinen Manieren so abschreckte, dass diese keinen weiteren Besuch auf Nehlen in Erwägung zog.

»Dann lass uns morgen hinfahren. Willst du Wolfi und Doro mitnehmen?«, fragte Nathalia zufrieden.

Im ersten Impuls wollte Lore ablehnen. Dann aber kam ihr ein Gedanke: Ein alter Herr, der auf seine Bequemlichkeit bedacht war, würde kleine Kinder gewiss schrecklich finden und seinen Gästen nahelegen, es bei diesem einen Besuch zu belassen.

Daher wandte sie sich Nathalia mit einem leicht schadenfrohen Lächeln zu. »Oh ja, ich nehme die beiden mit!«

Lores Überlegungen trübten nicht ihre Freude an dem wundervollen Nachmittag, der nun langsam in den Abend überging.

Noch war es hell genug, um Briefe schreiben zu können, und so hielten Lore und Nathalia sich noch auf der Terrasse auf, als Fräulein Agathe die Kinder längst ins Haus gelockt und zu Bett gebracht hatte.
Nachdem die Bediensteten mehrere Lampions entzündet hatten, die mit flackerndem Licht gegen die hereinbrechende Nacht ankämpften, hob Nathalia fragend den Kopf. »Wollte Fridolin nicht heute noch zurückkommen?«
Lore hob bedauernd die Hände. »Er ist so überraschend losgefahren, dass er mir nur zugewinkt hat. Wahrscheinlich hat er etwas Wichtiges von deinem Verwalter erfahren und ist dem nachgegangen.«
»Der gute Zeeb kennt sich in dieser Gegend aus. Doch gerade fällt mir ein, dass Graf Nehlen Fridolin ebenfalls Auskunft über Klingenberg hätte geben können. Daher hätte er ruhig bis morgen warten und uns bei unserem Ausflug Gesellschaft leisten können.«
»Feld!«, wandte Lore ein.
Nathalia hob verwirrt den Kopf. »Was meinst du?«
»Das Gut heißt Klingenfeld, nicht Klingenberg«, erklärte Lore lächelnd.
»Das ist ja auch verständlich. Berge gibt es hier nämlich nicht!« Nathalia lachte und zwinkerte Lore zu. »Ich werde zusehen, dass ich Graf Nehlen morgen ein wenig über dieses Klingenfeld aushorche. Was meinst du, wie Fridolin schauen wird, wenn wir es ihm dann beim Abendessen berichten.«
»Wenn er dabei anwesend ist. Heute hat er uns ja auch allein gelassen.« Lore seufzte, denn sie hätte sich gewünscht, Fridolin würde doch ein wenig Zeit mit ihr verbringen. Andererseits

konnte sie verstehen, dass er in der kurzen Zeit, die ihm zur Verfügung stand, so viel wie möglich über das Gut herausfinden wollte, und wünschte ihm viel Erfolg.

## *IV.*

Trotz seiner Ungeduld genoss Fridolin die Fahrt durch die sommerliche Landschaft. Die Pferde liefen gleichmäßig schnell, und der Kutscher verstand sein Handwerk. Zwei-, dreimal mussten sie hinter langsameren Gespannen herfahren, die Heu oder andere sperrige Güter geladen hatten, doch zumeist konnte der Knecht den Gäulen freien Lauf lassen, so dass sie gut vorankamen.

Als sie die Abzweigung erreichten, bei der ein Schild auf Gut Nehlen hinwies, kehrte Fridolins Anspannung zurück, und er fragte sich, ob der Graf offen mit ihm reden oder sich hinter Ausflüchten verstecken würde.

Nach einem weiteren Kilometer erreichten sie den Gutshof. Obwohl Fridolin kein erfahrener Landwirt war, fiel auch ihm auf, in welch vorzüglichem Zustand sich Nehlen befand. Das Gut stand in nichts dem von Zeeb mustergültig geführten Steenbrook nach. Vor allem aber unterschied es sich stark von Gut Trettin in Ostpreußen, das ihm bei seinem letzten Besuch recht schäbig erschienen war.

Der Kutscher hielt vor dem Hauptportal und meldete dem Diener, der neugierig den Kopf zur Tür herausstreckte, dass Graf Trettin seinen Herrn zu sprechen wünsche.

»Sehr wohl! Wenn der Herr Graf einen Augenblick im vorderen Salon Platz nehmen möchte, werde ich meinem Herrn seine

Ankunft mitteilen.« Der Diener verbeugte sich und wartete, bis Fridolin vom Wagen gestiegen und ins Haus getreten war, dann schlurfte er davon.
Es dauerte einen Augenblick, bis Fridolin sich an das spärliche Licht im Zimmer gewöhnt hatte und sich umsehen konnte. Dann aber nickte er anerkennend. Wände und Decke des Raums waren mit altersdunklem Eichenholz verkleidet, aus dem gleichen Material bestand auch die Bank, die sich um einen grünen Kachelofen zog. In der Mitte des Raumes standen ein fester Tisch mit gedrechselten Beinen und darum herum zwölf Stühle, die ebenfalls so aussahen, als könnten sie etwas aushalten. Eine Anrichte und ein kleiner Hängeschrank an der Wand vervollständigten die Einrichtung, die zwar ländlich, aber gediegen wirkte.
Das Erscheinen des Hausherrn beendete Fridolins Betrachtungen, und er begrüßte seinen Gastgeber so artig, wie es dem alten Herrn zukam. »Ich hoffe, Sie nehmen es mir nicht übel, so unverhofft zu Ihnen gekommen zu sein, Graf Nehlen, aber Sie wurden mir von Volkmar Zeeb, dem Verwalter auf Steenbrook, empfohlen.«
Nehlen, der Fridolin um einen halben Kopf überragte und in dunkles Grün gekleidet war, nickte unwillkürlich. »Ein guter Landwirt, dieser Zeeb! Komtess Nathalia kann sich glücklich schätzen, ihn als Verwalter zu haben. Ihr Gut zählt zu den ertragreichsten in diesem Landstrich – nach dem meinen natürlich.«
Nehlen scheint nicht wenig von sich eingenommen zu sein, dachte Fridolin und wies mit der Hand durch das Fenster auf die Wiesen und Felder. »Ich habe Ihren Besitz bereits bewundert. Er befindet sich in bestem Zustand.«
»Das will ich meinen! Man muss aber auch etwas dafür tun! Nur

Geld herauspressen, wie der Sohn meines alten Freundes Klingenfeld es in den beiden letzten Jahren getan hat, führt schnurstracks in den Untergang.«

Fridolin atmete auf. Sein Gastgeber schien tatsächlich in der Lage und gewillt zu sein, ihm vorurteilsfrei von Klingenfeld zu berichten.

»Gerade wegen Gut Klingenfeld komme ich zu Ihnen, Nehlen. Erlauben Sie, dass ich mich kurz vorstelle? Ich bin Fridolin von Trettin, einer der drei Gesellschafter des Berliner Bankhauses Grünfelder. Baron Klingenfeld hat mehrere hohe Kredite bei unserer Bank aufgenommen ...«

»Und um die zittern Sie jetzt! Würde ich an Ihrer Stelle auch tun, denn der junge Klingenfeld ist ein elender Gauner. Er hat nicht einmal die restlichen Anteilseigner an dem misslungenen Fabrikobjekt seines Vaters entschädigt! Ich wusste schon immer, dass er nichts taugt. Sein Vater hatte gehofft, ihn noch zurechtbiegen zu können, aber das hat nichts gebracht. Der junge Klingenfeld wollte nicht Bauer spielen, wie er es nannte. Daher hat der Vater versucht, einen Fabrikanten aus ihm zu machen, und sich seinetwegen mit zu vielen Leuten zerstritten. Danach ging alles den Bach hinab. Als mein Freund merkte, dass er nichts mehr retten konnte, hat er sich erschossen. Das ist nun zwei Jahre her. Es wundert mich ohnehin, dass sein Sohn bis vor kurzem durchgehalten hat.«

Grimbert von Nehlen wirkte bei diesen Worten so grimmig, dass er seinem Vornamen vollauf gerecht wurde. »Sie haben wenigstens noch das Gut als Pfand, auch wenn es nicht mehr viel einbringen wird. Ich habe zweitausend Mark für die Fabrik bezahlt und bekomme nichts zurück.«

»Sie können versichert sein, dass unser Verlust weit höher liegt als Ihre zweitausend Mark. Klingenfeld hat sich weitere Kredite erschwindelt, die durch nichts gedeckt sind.« Fridolin hatte beschlossen, Graf Nehlen zu vertrauen, und berichtete von dem falschen Schmuck, den Anno von Klingenfeld bei mindestens vier Berliner Bankiers als Pfand für hohe Kreditsummen hinterlegt hatte.

Nehlen hörte ihm aufmerksam zu und trat dann an den Schrank. »Nach dem, was Sie eben erzählt haben, können wir einen Schluck gebrauchen. Was trinken Sie, Korn oder Cognac?«

»Wenn Sie mich so fragen, einen Cognac! Einen Korn habe ich bereits bei Zeeb genossen.« Fridolin wartete, bis sein Gastgeber eingeschenkt hatte, nahm das Glas entgegen und roch das würzige Aroma des Weinbrands. Auch wenn Graf Nehlen stolz darauf war, ein Landwirt zu sein, so verstand er einiges von feiner Lebensart. Der Cognac gehörte zu den besten, die Fridolin in letzter Zeit getrunken hatte.

»Das ist eine ganz üble Sache mit Klingenfeld«, sagte er, nachdem er das Glas wieder abgestellt hatte.

»Das sehe ich auch so! Der alte Klingenfeld hätte seinen Sohn zum Teufel jagen, noch einmal heiraten und Vater werden sollen, denn so klapprig war er auch wieder nicht. Es gibt einige recht stramme Witwen in der Gegend, die sich gerne Baronin Klingenfeld genannt hätten. Aber er hat es anders haben wollen – und jetzt sind wir die Angeschmierten.« Nehlen brauchte einen zweiten Cognac, um seinen Ärger zu verkraften, und klopfte dann auf den Tisch. »Es wird gleich zu Abend serviert. Sie sind selbstverständlich mein Gast!«

»Gerne.« Da Fridolin mehr über die beiden Klingenfelds und

deren Gut erfahren wollte, war er froh, von Graf Nehlen mit offenen Armen empfangen worden zu sein. Dieser enttäuschte ihn auch nicht, sondern berichtete von den gescheiterten Plänen, die Konservenfabrik zu errichten, und machte dabei aus seinem Groll keinen Hehl. Fridolin erfuhr auch einiges über Baron Anno, der bereits in frühen Jahren seinem Vater auf der Nase herumgetanzt war.

»Der Junge musste natürlich in Berlin studieren anstatt in Göttingen, wie es sich für unsereins gehört. Dort hat er zu viele Freunde gefunden, die ebenfalls nichts taugten. Die kamen oft nach Klingenfeld zu Besuch, und dann durfte sich am Abend keine Jungfer auf der Straße sehen lassen. Verdammte Hurenböcke, sage ich! Die Kerle waren hinter den Weibern her wie der Teufel hinter der armen Seele und haben manch hübsche Magd in die Büsche gezerrt. Der alte Klingenfeld hätte mit der Hetzpeitsche dreinschlagen müssen! Stattdessen hat er dem Jungen seinen Willen gelassen. Da wundert es mich nicht, dass dieser schließlich zum Betrüger geworden ist. Seine Berliner Freunde werden ihn bei diesen Schurkenstücken nach Kräften unterstützt haben.«

Fridolin hatte bereits vermutet, dass Klingenfeld seine Betrügereien nicht ohne Komplizen durchgeführt haben konnte. Zu seinem Leidwesen vermochte Nehlen ihm in dieser Angelegenheit nicht weiterzuhelfen, denn der alte Herr kannte weder die Namen der Berliner Freunde, noch wusste er, wo diese zu finden waren.

»Die wenigsten von den Kerlen waren Edelleute«, fuhr er fort, »und mindestens einer sogar ein Zuhälter. Der hat eines der Bauernmädchen beschwatzt, mit ihm nach Berlin zu gehen, weil es dort viel Geld zu verdienen gäbe, und das dumme Ding ist ihm tatsächlich gefolgt. Das Mädchen war noch einmal hier, zu Weihnachten, hat aber nicht viel gesagt und ist schnell wieder nach Berlin entschwunden.«

Graf Nehlen rieb sich über die Stirn, so als wolle er seinen Unmut über diese Bagage vertreiben.

Fridolins Gedanken aber schweiften von seinem eigentlichen Thema ab. Zwar wusste er nicht, wie gut Hede Pfefferkorn – oder Laabs, wie sie jetzt hieß – mit anderen Puffmüttern und Bordellbesitzern in Berlin bekannt war, und ihm war klar, dass eine Suche nach diesem Mädchen der nach einer Nadel im Heuhaufen glich. Dennoch konnte er diese Spur nicht einfach ignorieren. Eine andere hatte er nicht.

»Können Sie mir den Namen des Mädchens beschaffen, Nehlen, und möglicherweise sogar die Anschrift?«

Sein Gastgeber sah ihn verwundert an. »Was wollen Sie denn von der? Sie etwa zurückschicken? Nein, Trettin, hier wird niemand mehr dieses Frauenzimmer aufnehmen.«

»Aber es könnte mich zu dem Mann führen, den Sie einen Zuhälter genannt haben. Solches Gelichter hat seine Hände meist auch in anderen üblen Sachen stecken, vielleicht sogar im Fall des vertauschten Schmucks.«

»Da könnten Sie recht haben! Wenn ich den Namen und die Anschrift des Mädchens in Erfahrung bringe, lasse ich sie Ihnen über Herrn Zeeb zukommen.«

»Danke!« Fridolin hatte endlich das Gefühl, einen Faden in der Hand zu halten, dem er folgen konnte, um dem Betrug gegen die eigene und andere Banken auf die Schliche zu kommen. Aber er ließ sein eigentliches Ziel nicht aus den Augen.

»Sie werden verstehen, dass meine Partner und ich in großer Sorge wegen Klingenfeld sind. Wenn wir es verkaufen oder gar versteigern lassen, würde es nur einen Bruchteil des eigentlichen Wertes erzielen. Aus diesem Grund habe ich schon erwogen, es selbst zu übernehmen.«

Graf Nehlen blickte ihn nachdenklich an und nickte. »Das habe ich mir schon gedacht! Jeder vernünftige Geschäftsmann würde dies ins Kalkül ziehen. Einen Verlust würden Sie damit nicht machen. Allerdings brauchen Sie einen guten Verwalter und ein paar Jahre Zeit, in denen das Gut gerade in der Lage sein wird, sich selbst zu tragen. Sollten Sie aber gar ein wenig Geld investieren und die Konservenfabrik fertigstellen, besitzen Sie in wenigen Jahren eine Goldgrube! Es gibt keinen Landwirt in der Gegend, der nicht froh wäre, seine Erzeugnisse auf diese Weise besser absetzen zu können.«

So weit hatte Fridolin noch nicht gedacht. Auch ging ihm die Sache ein wenig zu schnell. Seine Geldreserven waren nicht unerschöpflich, und über Gebühr verschulden wollte er sich nicht. Doch Nehlen machte ihm mit knappen Worten klar, wie dringend eine solche Fabrik in diesem Landstrich gebraucht wurde. Bisher mussten die Feldfrüchte und auch das Vieh bis nach Bremen oder gar Hamburg geschafft werden. Eine Konservenfabrik mit angeschlossener Schlachterei würde die Wege für die Landwirte enorm verkürzen und damit ihren Gewinn erhöhen.

»Lassen Sie es sich durch den Kopf gehen, Trettin! Ich bin bereit, Ihnen zu helfen, wenn Sie diesen Weg gehen wollen. Es wäre eine Möglichkeit, das Geld wiederzugewinnen, um das mich Anno von Klingenfeld gebracht hat«, schloss er nach einer Weile.

»Diese Schulden …«, begann Fridolin, doch Nehlen unterbrach ihn sofort.
»… gehen nicht auf Ihre Kappe. Ich will dieses Geld nicht von Ihnen, sondern meinen Verlust durch erhöhten Gewinn hereinholen. Die meisten Landwirte hier denken so. Wenn ich mit den bisherigen Anteilsnehmern rede, werden sich die meisten wieder an dem Projekt beteiligen. Wir werden Ihnen auch helfen, den richtigen Verwalter zu finden. Der, den der junge Klingenfeld auf das Gut gesetzt hat, ist nämlich keinen Schuss Pulver wert. Sehen Sie sich die Bücher genau an! Ich bin sicher, dass der Kerl in die eigene Tasche wirtschaftet. Weisen Sie ihm das nach und schmeißen Sie ihn hinaus. Und jetzt kommen Sie! Eigentlich wollte ich schon vor einer Stunde zu Abend essen. Wollen Sie heute noch nach Steenbrook zurückfahren?«
Dies war Fridolins Absicht gewesen, doch nun war er sich nicht sicher. Wenn er blieb, würde er von Graf Nehlen noch so einiges erfahren, das wichtig für ihn sein konnte. Nach kurzer Überlegung schüttelte er den Kopf. »Wenn Sie ein Bett für mich hätten, würde ich mich freuen, hierzubleiben und mich noch ein wenig mit Ihnen unterhalten zu können.«
Auch Nehlen lockte ein ausführliches Gespräch, um mehr über seinen Gast zu erfahren. Wenn der Bankier tatsächlich dazu zu bewegen war, in dieser Gegend zu investieren, würde sich das nicht nur für ihn lohnen.
»Ich habe sogar mehr als ein Bett übrig«, sagte er lachend. »Meine Großneffen kommen ab morgen zu Besuch, und da ist schon alles vorbereitet. Da ich nie geheiratet habe, will ich mir einen davon als Nachfolger aussuchen. Wer auch immer es wird, soll den Namen Nehlen annehmen. Das ist meine Bedingung. Na-

türlich muss er mir passen. Vielleicht können Sie mir helfen! Einer der Burschen lebt in Berlin und ist Leutnant bei den Kürassieren. Als treuer Anhänger des Welfenhauses passt mir das zwar nicht, aber die Musik spielt nun in Preußen, und in Berlin wird besonders kräftig auf die Pauke gehauen.«

Bevor Fridolin darauf antworten konnte, hob Nehlen die Hand. »Erst nach dem Essen! Jetzt bin ich hungrig, und in dem Zustand sinkt meine Laune rasant. Sehen wir zu, dass sie wieder besser wird!«

## V.

Lore war ein wenig enttäuscht, weil Fridolin über Nacht ausgeblieben war und auch am Morgen nicht auftauchte. Aber sie tröstete sich damit, dass er gewiss interessante Neuigkeiten mitbringen würde. Seit sie sich auf Nathalias Gut befand, ging ihr Klingenfeld nicht mehr aus dem Kopf. In den letzten Jahren hatte sie sich immer wieder einen kleinen Landsitz in der Nähe von Berlin gewünscht, manchmal aber auch Sehnsucht nach Ostpreußen empfunden und überlegt, ob sie nicht dort einen Bauernhof erwerben und für ihre Zwecke umbauen sollte.

Ein Gutshof von der Größe Klingenfelds hatte jedoch weit jenseits ihrer Vorstellungen gelegen. Nun freundete sie sich immer mehr mit dem Gedanken an, den Sommer auf einem solchen Besitz zu verbringen und vielleicht sogar reiten zu lernen. Auch Wolfi und Doro würde es dort gewiss gefallen.

Nach dem Mittagessen ließ Nathalia einen leichten Wagen vorfahren und ihre Stute satteln. Da erst spürte Lore, wie nervös sie war. Sie hatte inzwischen vom Verwalter erfahren, dass Fridolin ebenfalls nach Nehlen gefahren war, und hoffte, ihn dort noch anzutreffen. Daher beeilte sie sich, auf den Wagen zu steigen, nahm Doro auf den Schoß und setzte Wolfi zu ihrer Seite. Das Kindermädchen nahm gegen die Fahrtrichtung Platz und behielt die beiden Kleinen im Auge, um sie jederzeit ihrer Herrin abnehmen zu können. Auch Agathe war recht aufgeregt, denn in Berlin hatte sie ihre Gräfin nur selten bei einer Ausfahrt begleiten dürfen.

»Auf geht's!« Nathalia schwang sich fröhlich auf Frühlingsmaid und trabte an. Drewes folgte ihr mit dem Wagen, und nun ging es ein ganzes Stück über Land.

Lore freute sich über den Anblick der Dörfer am Wegesrand, deren Häuser aus Klinkersteinen bestanden und sehr gepflegt wirkten. Auch gab es immer wieder große Bauernhöfe und von Zeit zu Zeit einen Gutshof mit ausgedehnten Wirtschaftsgebäuden und Dutzenden von Knechten und Mägden, die auf den Feldern und Wiesen arbeiteten. Gelegentlich trafen sie auf einen anderen Wagen, und es kostete die Kutscher etliches an Zeit und Können, um auf der schmalen Straße aneinander vorbeizufahren. Allerdings benahmen die Männer sich erstaunlich manierlich und fluchten im Gegensatz zu den Fuhrleuten in Berlin nur selten.

Dennoch konnte Lore den Ausflug kaum genießen. Eine unerklärliche Ungeduld hatte von ihr Besitz ergriffen. Als die Gruppe Nehlen endlich erreicht hatte und sie unter dem Vordach der Remise die kleine Kutsche stehen sah, mit der Fridolin aufgebrochen war, atmete sie erleichtert auf.

»Neugierig, was?«, spottete Nathalia, die das letzte Stück neben dem Wagen geritten war. Sie trug ein fliederfarbenes Reitkleid

aus Marys Salon und einen dunkelblauen Hut, der wie ein Herrenzylinder mit einem hellblauen Schleier aussah. Obwohl sie im Damensattel einen vorzüglichen Anblick bot, stöhnte sie, als ein Knecht sie vom Pferd gehoben hatte.
»Ich weiß nicht, weshalb man als Frau so reiten muss, während Herren weitaus sicherer in ihren Sätteln sitzen. Ich werde mir für den Aufenthalt hier ebenfalls einen solchen Sattel zulegen und Reithosen anfertigen lassen!«
»Aber Liebes, das darfst du nicht! Die Leute wären schockiert, wenn sie dich so sehen würden«, rief Lore erschrocken aus.
Ihre Freundin winkte lachend ab. »Warum sollte ich Konventionen beachten, die nicht nur sinnlos, sondern sogar gefährlich sind? Im Herrensitz zu reiten erachte ich für weitaus sicherer, als auf einer Seite des Pferdes zu hängen. Mir ist mein rechtes Bein eingeschlafen! Hätte Frühlingsmaid auf den letzten Kilometern gescheut, wäre ich aus dem Sattel gestürzt.«
Lore nahm sich vor, darauf zu dringen, dass ihre Freundin zumindest bei Besuchen so auf dem Pferd saß, wie es sich für eine Dame geziemte. Sie hatte allerdings keine Zeit, lange darüber nachzudenken, denn die Tür wurde geöffnet, und Fridolin sah sie entgeistert an. »Lore, du?«
»Da staunst du, was?«, antwortete Nathalia anstelle ihrer Freundin. »Aber Graf Nehlen ist ein alter Bekannter von mir, und da habe ich mir gedacht, wir besuchen ihn heute.«
In dem Moment trat der Gutsherr aus dem Haus. Zuerst wirkte er etwas verwundert, dann aber begrüßte er die neuen Gäste erfreut. »Na, wenn das nicht die kleine Komtess ist, die mir dieses Prachtmädel von Pferd weggeschnappt hat. Willkommen auf Nehlen! Es ist nett von Ihnen, dass Sie einen alten Hagestolz wie

mich besuchen kommen. Bei so schönen Damen fühle ich mich direkt wieder jung!«

Er reichte Nathalia den Arm und blickte wohlgefällig auf die um einiges kleinere, agile junge Frau herab.

Unterdessen war Fridolin zum Wagen getreten, um Lore herabzuhelfen. Doch sie reichte ihm Wolfi und stieg allein hinab. Fräulein Agathe folgte ihr mit Doro auf dem Arm.

»Das ist ja ein richtiger Familienausflug«, sagte Fridolin lachend und stellte seinen Sohn auf den Boden. »Du bist alt genug, um auf eigenen Beinen zu stehen.«

»Aber Doro wird getragen!«, antwortete der Kleine missmutig.

»Die ist auch kleiner als du. Außerdem ist sie ein Mädchen.«

»Trägst du Mama auch?«, fragte der Junge.

»Gelegentlich tue ich das.« Fridolin zwinkerte Lore zu, nahm seinen Sohn bei der Hand und half ihm die Freitreppe hinauf.

Kurz darauf saßen alle in dem Raum, in dem Nehlen am Vortag Fridolin empfangen hatte. Diesmal aber befahl er einem Diener, die Petroleumlampen anzuzünden, damit es für die Damen hell genug war.

»So etwas Neumodisches wie elektrischen Strom haben wir hier nicht. Ich weiß auch nicht, ob ich den will. Was kann man denn schon damit tun? Zum Leuchten reichen Petroleumlampen und für festliche Anlässe Kerzen. Dafür braucht es keine Masten und kein Elektrizitätswerk.«

Obwohl Fridolin bei festlichen Anlässen ebenfalls Kerzenlicht bevorzugte, sah er sich genötigt, die Elektrizität zu verteidigen.

»Man sollte sich nicht gegen die modernen Zeiten stemmen, Nehlen. Ich bin sicher, dass die Elektrizität noch eine sehr große Rolle spielen wird. In Berlin treibt sie auf einigen Linien bereits die Straßenbahn an, und als Straßenbeleuchtung ist elektrisches Licht auch heller als die alten Gaslaternen. Vor allem aber kann Elektrizität nicht aus ihren Leitungen entweichen und durch einen Funken entzündet werden, wie dies bei Gas der Fall ist. Zudem werden auch schon Maschinen statt mit Dampf mit Elektrizität angetrieben, und es ist möglich, dass ich eine solche Einrichtung für die Konservenherstellung benötige.«

»Für Berlin oder eine Fabrik lasse ich das gelten. Aber hier auf unseren Gütern reicht das, was wir haben! Nun aber sollten wir uns um die Damen kümmern! Ihnen hat die Fahrt gewiss Appetit gemacht. Zuvor werden wir eine Kleinigkeit trinken. Schließlich kommen selten so hübsche Frauen zu mir zu Besuch.«

Der Graf lachte erneut und schenkte zwei Cognacs für sich und Fridolin sowie Gläser leichten Likörs für Lore und Nathalia ein. Sein Blick streifte Agathe, und er nahm ein weiteres Glas aus dem Schrank.

»Das Frauenzimmer hier kann auch mittrinken. Soll nicht heißen, der alte Nehlen lässt jemand dürsten.«

»Wolfi will auch trinken!« Der Junge griff nach dem Glas, das der Graf für sein Kindermädchen vorgesehen hatte, doch Nehlen war schneller.

»Aber Junge, du wirst doch nicht das Zeug trinken, das für die Frauen gedacht ist. Ein echter Mann braucht etwas anderes.«

»Ja, braucht er!«, sagte Wolfi und nickte heftig.

Nehlen zerzauste ihm lächelnd den hellen Schopf und füllte ihm dann aus einer unbeschrifteten Flasche eine dunkle Flüssigkeit in ein Schnapsglas. Da auch Doro sehr deutlich machte, dass sie etwas haben wollte, erhielt sie ein Gläschen aus einer anderen Flasche, deren Inhalt hellrot leuchtete.

»Lasst es euch schmecken!«, sagte der alte Graf grinsend.
»Was ist das?«, fragte Lore misstrauisch.
»Schwarzer und roter Johannisbeersaft«, erklärte ihr Gastgeber. »Ich mische ihn gelegentlich mit etwas Korn.«
Er lächelte, als wäre ihm eine gute Idee gekommen, füllte zwei etwas größere Gläser halb mit dem schwarzen Johannisbeersaft, gab einen kräftigen Schuss Schnaps dazu und schob eines davon Fridolin zu. »Auf unsere Gespräche! Und wie versprochen, können Sie jederzeit auf mich zählen.«
»Danke!« Fridolin stieß mit seinem Gastgeber, aber auch mit Wolfi an, der sehr stolz war, bei den Erwachsenen sitzen zu dürfen. Während er trank, sah er Lores fragenden Blick auf sich ruhen. Ihm war klar, dass sie vor Neugier beinahe platzte. Allerdings fragte er sich, wie er ihr alles erklären sollte. Sie waren gekommen, um sich Klingenfeld anzusehen, doch so, wie es aussah, würde er diese Gegend nicht nur als frischgebackener Gutsherr, sondern auch als zukünftiger Fabrikant verlassen. Das aber würde in den nächsten Jahren Opfer von ihnen verlangen, von denen er nicht wusste, ob er sie Lore und den Kindern zumuten konnte.
Graf Nehlen bemerkte Lores Interesse ebenfalls, doch als Mann alter Schule hielt er nichts davon, geschäftliche Dinge in der Gesellschaft von Frauen zu besprechen. Stattdessen fragte er Nathalia nach deren Stute aus, bekannte, dass es ihn immer noch ärgerte, bei jener Pferdeauktion einen Augenblick unachtsam gewesen zu sein, und erzählte schließlich, dass er seine drei Neffen erwartete.
»Die Kerle sollen zeigen, was sie wert sind!«, erklärte er in einem entschiedenen Tonfall. »Es sind die Urenkel dreier Schwestern

meines Vaters und damit meine nächsten Verwandten. Einem werde ich dieses Gut hier hinterlassen. Brauchen könnte es jeder von ihnen, denn keine der Familien ist reich. Ich habe meinen Verwandten bislang immer wieder einmal mit einem kleinen Zuschuss ausgeholfen, wenn Not am Mann war.«

Normalerweise gehörte es sich nicht, solche Familieninterna preiszugeben, und somit ahnte Lore, dass Graf Nehlen die Macht über seine Sippe, die sein Reichtum ihm verlieh, genoss. Beinahe bedauerte sie die drei jungen Männer, die sich nun seiner gestrengen Prüfung stellen mussten, hoffte aber gleichzeitig, dass Leutnant von Bukow nicht derjenige sein würde, der die Siegespalme davontrug.

Während Lore darüber nachsann, wandte Nathalia sich mit einem feinen Lächeln an Nehlen. »Einen Ihrer Neffen kenne ich aus Berlin. Herr von Bukow ist ein schneidiger Offizier, will ich meinen.«

Der Kopf des alten Grafen ruckte herum, und er betrachtete Nathalia durchdringend. »Sie kennen meinen Großneffen Adolar?«

»Wir haben uns bei einigen gesellschaftlichen Anlässen getroffen und gelegentlich miteinander getanzt. Ich glaube, ich kann mir schmeicheln, dass sein Interesse in erhöhtem Maße meiner Person gilt«, berichtete Nathalia freundlich.

Lore hätte sie ohrfeigen können. Dieses verrückte Mädchen tat beinahe so, als habe Adolar von Bukow bereits versprochen, um ihre Hand anzuhalten. Ihr Gastgeber schien es ähnlich zu sehen, denn er unterzog Nathalia einem kurzen Verhör, wie sie denn dieses oder jenes sähe. Das kleine Biest, wie Lore für sich schimpfte, antwortete so geschickt, dass Graf Nehlen mehrmals beifällig

nickte. Als Nathalia erwähnte, dass Bukow sie gebeten hatte, ihn hier auf dem Gut zu besuchen, war er Feuer und Flamme.
»Ein exzellenter Gedanke! Ich hoffe, Sie befolgen ihn auch, Komtess. Frau Gräfin, Sie sind natürlich auch herzlich eingeladen.«
Letzteres galt Lore, die ihren Unmut kaum mehr verbergen konnte. »Ich danke Ihnen, Graf Nehlen. Allerdings könnte Nathalia ohne mich ohnehin nicht kommen. Oder ist es in diesen Landstrichen üblich, dass ein unverheiratetes Mädchen ohne Anstandsdame zu Besuch erscheint?«
»Bei guten Nachbarn ist dies möglich, und ich hätte auch nichts dagegen. Aber ich will Ihr Gemüt nicht belasten. Außerdem genieße ich fröhliche Gesellschaft und würde mich freuen, den jungen Herrn und die kleine Dame hier ebenfalls wieder begrüßen zu können.«
Dies entwaffnete Lore, und sie dankte ihm mit einem Lächeln. »Nicht jeder Herr ist über Kinder erfreut, denn sie können manchmal recht laut sein und sogar bocken.«
Der Gutsherr tat diesen Einwand brummend ab. »Wer sich daran stört, hat vergessen, dass er selbst einmal ein Kind war! Auf jeden Fall hoffe ich, Sie und Komtess Nathalia bald wieder hier begrüßen zu dürfen. Sobald Ihr Ehemann seine Pflichten in Berlin erfüllt hat und ebenfalls aufs Land kommt, um Ferien zu machen, wird er hoffentlich öfter hier zu Gast sein. Vielleicht sehen Sie ihn sogar häufiger hier als drüben in Steenbrook.«
Nehlen lachte dröhnend und zwinkerte Fridolin auf eine Weise zu, die Lore wünschen ließ, endlich zu erfahren, was die beiden miteinander besprochen hatten.

## VI.

Zu ihrem Leidwesen musste Lore ihre Neugier bis zu dem Augenblick zügeln, in dem sie auf Steenbrook aus dem Wagen stiegen und die Kinder der Aufsicht von Fräulein Agathe und deren Helferin Tinke übergeben konnten. Kaum waren diese im Haus, wandte sie sich Fridolin zu und fasste ihn am Revers.

»Jetzt sag schon, was du in Erfahrung gebracht hast!«

Ein Lächeln huschte über Fridolins Gesicht, mit dem er allerdings auch seine Unsicherheit verbergen wollte. »Nun …«, begann er gedehnt, »… Graf Nehlen hat sich als ein Hort des Wissens erwiesen und mir die Zustände auf Klingenfeld besser geschildert, als es jeder andere hätte tun können. Zu Lebzeiten des alten Barons wurde dort gut gearbeitet, doch seit der Sohn das Gut vor zwei Jahren übernommen hat, geht es bergab. Es wird dauern, Klingenfeld wieder so hinzustellen, dass es Gewinn abwirft.«

»Aber es wäre möglich?«

Lore sah so begeistert aus, dass Fridolin nicht wusste, ob er ihren Überschwang begrüßen oder ihn besser dämpfen sollte. »Graf Nehlen ist davon überzeugt. Er will mir einen guten Verwalter besorgen und mir auch sonst helfen.«

»Also werden wir Klingenfeld behalten!«, rief Lore erfreut aus.

»Noch gehört es nicht uns, sondern der Bank«, schränkte Fridolin ein. »Aber im Grunde hast du recht. Ich werde das Gut übernehmen, es sei denn, es sieht bei meinem Besuch morgen so verheerend aus, dass es mich schaudert. Doch das glaube ich nicht. Laut Graf Nehlen sind die Gebäude in Ordnung, und der alte Baron hat zu seinen Lebzeiten alle modernen Maschinen besorgt, die man für die Bewirtschaftung eines solchen Besitzes braucht. Aber …«, er legte eine kurze Pause ein und atmete tief durch, »… das ist noch nicht alles. Graf Nehlen rät mir dringend, die Fabrik fertigstellen zu lassen. Das kostet jedoch viel Geld und würde uns große Opfer abverlangen.«

»Wenn du es für richtig erachtest, solltest du es tun!«

Das Vertrauen, das aus Lores Worten sprach, tat Fridolin wohl. Er zog sie an sich und hauchte ihr einen Kuss auf die Wange. »Weißt du, dass du die beste Frau der Welt bist?«

»Da du es sagst, muss es wohl stimmen!« Lore lachte leise, wurde aber rasch wieder ernst. »Wer hätte damals, als ich Ostpreußen bei Nacht und Nebel verlassen musste, gedacht, dass ich einmal die Ehefrau eines Gutsherrn und Fabrikbesitzers werden würde!«

Fridolin erinnerte sich an die Umstände, die Lore damals zu ihrer Flucht vor den Verwandten auf Trettin gezwungen hatten, und war froh, dass diese weit weg waren.

»Meinetwegen können Malwine und ihr Sohn zum Teufel gehen. Es schert mich nicht!«

»Ich hoffte, wir werden von den beiden nie mehr etwas hören«, seufzte Lore. »Wenn ich daran denke, wie diese entsetzliche Frau Major Palkow dazu benützt hat, uns zu schaden.«

»Schaden!« Fridolin stieß dieses Wort wie einen Fluch aus. »Major Palkow hätte mich um ein Haar aufs Schafott gebracht! Wenn du nicht an meine Unschuld geglaubt und seine Intrigen aufgedeckt hättest, wäre ich heute tot, und du müsstest froh sein, wenn du dir im hintersten Bayern noch ein Stübchen leisten könntest, um dort in aller Abgeschiedenheit zu leben. Palkow hat für sein Verbrechen bezahlt, doch die Anstifterin ist leider allzu glimpflich davongekommen.«

»Irgendwann wird auch Malwine für all das bezahlen!« Damit meinte Lore nicht nur jenen Doppelmord im *Le Plaisir*, den Major Palkow ihrem Mann in die Schuhe hatte schieben wollen. Ihre Gedanken glitten weiter zurück zu ihrem Großvater, der durch Malwines Schliche und die ihres Ehemanns Ottokar zu einem menschlichen Wrack geworden und viel eher gestorben war, als es hätte sein müssen. Damals hatte Ottokar von Trettin nachts ihr Elternhaus angesteckt, und bei dem Brand waren ihre Mutter, ihr Vater und ihre Geschwister umgekommen. Sie selbst hatte nur überlebt, weil sie an jenem Tag ihren Großvater besucht hatte. Bei dem Gedanken an ihre Lieben, die sie damals verloren hatte, traten ihr die Tränen in die Augen.

Fridolin begriff, dass die schlimmen Erinnerungen wieder in ihr aufstiegen, und überlegte, wie er die Schatten der Vergangenheit vertreiben konnte. »Komm, gehen wir ins Haus! Nathalia ist gewiss nicht weniger neugierig als du, weiß es aber besser zu verbergen. Danach möchte ich noch einmal mit Herrn Zeeb über Klingenfeld reden.«

Es gelang ihm mit der Erwähnung des Gutes, Lores Gedanken in andere Bahnen zu lenken, und die Blässe, die sie für einige Augenblicke befallen hatte, wich ihrer normalen Gesichtsfarbe.

»Du hast recht«, sagte sie. »Nati wird wissen wollen, was Graf Nehlen dir erzählt hat. Er ist so ein vornehmer und netter älterer Herr. Ich wünschte nur, dieser unsägliche Bukow wäre nicht sein Neffe.«

»Großneffe zweiten oder dritten Grades«, korrigierte Fridolin sie freundlich. »Mach dir keine Sorgen! Immerhin hat Nehlen noch zwei weitere Großneffen. Wenn einer von diesen sein Gut erbt, wird Nathalia Leutnant Bukow keines weiteren Blickes würdigen.«

»Du tust ja direkt so, als wäre sie nur auf Reichtum aus«, schalt Lore ihn.

»Gott bewahre! Der Leutnant gefällt ihr, weil er so schmuck aussieht und hübsche Komplimente drechseln kann. Doch ihr Herz ist nicht bei der Sache. Würde sie ihn heiraten, dann nur in einer Vernunftehe, und dafür müsste er schon Gutsherr auf Nehlen werden.«

»Ich wünschte, sie würde bald einen Herrn treffen, den sie auch in ihr Herz schließen kann. Bukow würde sie nur unglücklich machen.«

»Vielleicht urteilst du zu hart über den jungen Mann. Er mag leichtsinnig gewesen sein, aber er kann sich durchaus ändern, wenn er erst einmal verheiratet ist, und seiner Frau ein angenehmer Ehemann sein.«

»Bukow?« Allein schon der Tonfall zeigte an, was Lore von diesem Gedanken hielt.

Fridolin lachte leise. »Ich bin es ja auch geworden! Sei versichert, in meinen jungen Jahren war ich nicht weniger begierig als Bukow darauf, eine reiche Erbin zu heiraten. Nur fehlten mir dazu der bunte Rock und das schneidige Auftreten eines Gardeoffiziers.«

»Deshalb musstest du dich auch mit mir zufriedengeben«, gab Lore halb versöhnt zurück. Dann nickte sie, als müsse sie einen Gedanken bestätigen. »Da du es sagst, will ich Leutnant Bukow von nun an ohne Vorurteile begegnen und mir ein Bild von ihm nach seinem künftigen Verhalten machen. Falls du recht behalten solltest, werde ich Nati nicht daran hindern, ihre Bekanntschaft mit ihm zu vertiefen. Ist er jedoch der Taugenichts, für den ich ihn bislang gehalten habe, werde ich alles tun, um Nathalia vor ihm zu bewahren – und wenn ich mit ihr bis nach Amerika reisen muss.«

»Wenn ich Klingenfeld übernehme, wirst du dir eine solche Reise in den nächsten Jahren leider nicht leisten können.« Obwohl Fridolin versuchte, fröhlich zu klingen, sah er doch einen gewaltigen Berg vor sich, den es erst einmal zu erklimmen galt.

## VII.

Nathalia erwartete sie zusammen mit Zeeb auf der Terrasse. Beide hielten ein Glas Champagner in der Hand, und als Lore und Fridolin hinzukamen, reichte eine Bedienstete ihnen zwei Gläser.

»Auf euer neues Gut!«, sagte Nathalia.

Verwundert sah Fridolin sie an. »Wieso bist du dir so sicher, dass ich Klingenfeld übernehmen werde?«

»Ich kenne euch jetzt über ein Dutzend Jahre und glaube, nach dieser Zeit in euren Mienen lesen zu können. Du hast dich entschieden, und so wie Lore aussieht, ist sie damit einverstanden. Auf jeden Fall freue ich mich darüber, dass ihr euch in der Nähe von Steenbrook ansiedeln wollt. Das wird ein hübsches Hin und Her geben! Mal komme ich zu euch, dann ihr zu mir. Außerdem werden wir nahe genug beieinanderwohnen, um gemeinsam Feste und Veranstaltungen besuchen zu können. Bremen ist ebenfalls nicht weit, und das wird Onkel Thomas und Dorothea gefallen.«

»Mir gefällt das auch«, sagte Lore und stieß zuerst mit Nathalia und dann mit ihrem Mann an.
»Darf ich gratulieren?« Volkmar Zeeb hob Fridolin das Glas entgegen und trank mit leicht verzogenem Mund. »Ein ehrlicher Korn ist mir lieber als dieses Schlabberzeug«, meinte er, als er sein Glas abstellte.
Nathalia lachte hell auf. »Sie sollen ihren Korn bekommen, Herr Zeeb. Gisela, bringst du ein, nein zwei Gläser Korn. Fridolin wird das Leibgetränk der hiesigen Bauernschaft gewiss nicht ablehnen.«
Zeeb nickte eifrig. »Es wäre mir eine Ehre, mit etwas Richtigem mit Ihnen anstoßen zu dürfen, Herr Graf! Es ist ja auch ein entsprechender Anlass. Schließlich wird man nicht jeden Tag Rittergutsbesitzer!«
»Besitzer bin ich erst, wenn die Verträge mit meinen Partnern in der Bank ausgehandelt sind und ich im Grundbuch eingetragen bin«, schränkte Fridolin ein, nahm aber das Glas entgegen, welches das Mädchen ihm brachte.
»Ich schwöre Ihnen, Sie werden es nicht bereuen«, versprach der Verwalter.
Um Fridolins Mundwinkel erschienen zwei scharfe Kerben. »Leicht wird es nicht werden. Immerhin will ich die Fabrik fertigstellen und damit die Pläne des alten Baron Klingenfeld verwirklichen.«
»Das wird die Landwirte in dieser Gegend freuen.« Zeeb nickte bekräftigend und fragte sich, ob er um einen zweiten Korn bitten sollte. Er versagte sich diese Frage jedoch und entschuldigte sich mit dem Hinweis auf die Arbeit, die auf ihn warten würde.
»Ich hoffe, Sie finden heute Abend trotzdem die Zeit, ein wenig

mit mir zu reden«, sagte Fridolin, dem sehr an dem Urteil des erfahrenen Landmannes gelegen war.
»Aber natürlich, Herr Graf!«
Nathalia zwinkerte Lore zu. »Wissen Sie was, Herr Zeeb?«, sagte sie. »Essen Sie doch einfach mit uns. Dann haben Sie und Graf Trettin genug Gelegenheit, sich auszutauschen.«
»Gerne, vorausgesetzt, es ist den Damen nicht lästig, wenn wir über Viehzucht und Ackerbau reden.«
Volkmar Zeeb sah ein wenig zweifelnd drein, doch Fridolin musste sich das Lachen verkneifen. Geschickter konnten es die beiden Freundinnen gar nicht anstellen, über alles informiert zu werden. Er war froh darüber, denn damit würde er nicht gezwungen sein, Lore das, was er und Zeeb miteinander besprachen, noch im Bett zu erzählen.
Ganz entkam er der Neugier der beiden Frauen jedoch nicht, denn kaum hatte Zeeb sich verabschiedet, überfielen sie ihn mit Fragen. Fridolin beantwortete sie, so gut er es vermochte, doch als Lore erklärte, dass sie bereit wäre, harte Einschnitte zu ertragen, damit er zum Erfolg kam, wurde Nathalia ärgerlich.
»Ihr tut ja direkt so, als wäre ich gar nicht vorhanden. Wenn ihr Geld braucht, helfe ich euch selbstverständlich aus.«
»Das ist zwar lieb gemeint«, erklärte Fridolin kopfschüttelnd, »aber als einer deiner Vermögensberater bin ich gezwungen, dir zu sagen, dass ich das nicht dulden kann. Thomas Simmern wird dies genauso sehen wie ich.«
»Onkel Thomas mag hundertmal mein Vormund sein, aber es ist *mein* Geld! Wenn ich meinen besten Freunden helfen will, dann tue ich es.« Nathalia funkelte ihn zornig an.
Lore wusste nicht so recht, was sie sagen sollte. Sie verstand, was

Fridolin meinte, begriff aber auch Nathalias Haltung. Um zu verhindern, dass es zum Streit kam, legte sie beiden die Hände auf die Arme. »Jetzt beruhigt euch. Hier ist das letzte Wort noch nicht gesprochen. Wenn Fridolin dringend Geld benötigt, um die Fabrik fertigzustellen, und Onkel Thomas zustimmt, dass Nati sich daran beteiligt, sollte dies doch möglich sein.«

»Eine Beteiligung an der Fabrik würde ich mir eingehen lassen, wenn sie entsprechend beurkundet und verbrieft wird«, antwortete Fridolin besänftigend.

Auch Nathalia lenkte ein. »Wenn es nicht anders geht, soll es mir recht sein. Aber eins sage ich euch: Hungern werden Lore und die Kinder deswegen nicht, und wenn ich sie in Berlin jeden Tag in ein Restaurant einladen muss.«

Nun musste Fridolin doch lachen. »So schlimm wird es hoffentlich nicht kommen! Aber ich danke dir, dass du dieses Angebot gemacht hast. Jetzt, da ich weiß, dass mein Weib und meine Kinder nicht um des Gutes willen hungern müssen, kann ich mich beruhigt an die Arbeit machen.«

Lore sah die beiden an und schüttelte den Kopf. »Wisst ihr was? Ihr seid beide verrückt!«

»Wir passen uns nur dir an«, konterte Nathalia gelassen und ließ die Champagnergläser noch einmal füllen. »Auf uns und unsere Freundschaft!«

»Darauf trinke ich gerne!« Lore stieß mit ihr und Fridolin an, und während sie die im Gaumen kitzelnde Köstlichkeit trank, dachte sie, wie glücklich sie sich schätzen durfte, einen solch unübertrefflichen Ehemann und eine solch wunderbare Freundin zu haben.

# VIII.

Das Abendessen hatte Nathalia wieder auf der Terrasse servieren lassen. Bunte Lampions sorgten für eine stimmungsvolle Atmosphäre, der sich selbst der sonst eher nüchterne Volkmar Zeeb nicht entziehen konnte. Er genoss den jungen Rheinwein, der zum Essen kredenzt wurde, und fand genug Zeit, um Fridolins Fragen zu beantworten. Auch redete er Nathalia zu, sich an der Konservenfabrik zu beteiligen.

»In den Städten werden immer mehr Lebensmittel benötigt. Frisch kann man die Sachen gar nicht mehr hinbringen. Da ist so eine Fabrik ideal! Ich sage Ihnen, die hat sich in weniger als fünf Jahren amortisiert«, erklärte er und sah zufrieden, dass Fridolin und auch Nathalia ihm zustimmten.

Lore legte ihr Besteck weg und sah ihren Mann an. »Notfalls verkaufe ich meinen Anteil am Modesalon an Mary, damit du investieren kannst.«

»Das wird nicht nötig sein!« Fridolin winkte heftig ab, denn er musste daran denken, dass es vor einigen Jahren zwischen Lore und ihm wegen des Modesalons zu einem schlimmen Streit gekommen war. Lore lag viel an dem Geschäft und ihrer Freundin Mary Penn, die offiziell die Inhaberin war. Keinesfalls sollte Lore deshalb ihren Traum seinem Erfolg opfern. Nur im äußersten Notfall würde er auf ihren Vorschlag eingehen.

»Was werdet ihr unternehmen, wenn ich morgen früh weg bin?«, fragte er, um das Gespräch in andere Bahnen zu lenken.

»Da fällt uns gewiss eine Menge ein«, antwortete Nathalia lachend. »Wir können ausfahren, in der nächsten Konditorei Tee trinken und Kuchen essen, Graf Nehlen besuchen oder einfach hierbleiben und den Herrgott einen lieben Mann sein lassen.«

Fridolin wusste, dass Nathalia es keine zwei Tage aushalten würde, ohne etwas zu unternehmen, daher lächelte er nur und sah dann auf die goldene Schweizer Uhr, die Grünfelder ihm anlässlich eines besonders lohnenden Geschäftsabschlusses geschenkt hatte. »Lange kann ich nicht mehr aufbleiben. Ich fahre morgen früh nach Klingenfeld und nehme das Gut in Augenschein. Danach kehre ich gleich nach Berlin zurück.«

»Ohne noch einmal hierherzukommen? Du weißt doch, wie neugierig ich bin«, wandte Lore ein.

Fridolin schüttelte bedauernd den Kopf. »Wenn ich das täte, würde ich einen ganzen Tag verlieren. Doch die Sache brennt mir unter den Nägeln. Ich muss Grünfelder und Dohnke so rasch wie möglich Bescheid geben. Es besteht die Gefahr, dass sonst die Versteigerung des Gutes beschlossen wird, und genau das wollen wir verhindern. Ich gehe also bald zu Bett.«

»Wenn du den Nachtisch noch abwartest, komme ich mit«, bot Lore an.

Fridolin musste lachen. »Keine Sorge, für den Nachtisch und ein Glas Wein habe ich noch Zeit. Hattet ihr noch Pläne für heute Abend?«

»Lore hätte gewiss genäht und ich ein wenig gelesen. Ich glaube, das werde ich auch tun. Und Sie, Herr Zeeb?«

Der Verwalter kratzte sich am Kinn. »Nun, ich glaube, ich werde das Kassenbuch nachtragen. Wenn man da nicht auf dem Laufenden bleibt, hat man leicht einen Fehler darin.«

»Ist das nicht Aufgabe des Inspektors?«, fragte Fridolin erstaunt.

Zeeb zwinkerte ihm grinsend zu. »Eigentlich schon. Aber der

Gute hat eine Hoferbin kennengelernt und um Urlaub gebeten. Jetzt mache ich es, bis ein neuer Inspektor bestellt ist. Einen auf den Schwingen der Liebe schwebenden Mann lasse ich nicht mehr an die Bücher!«

Damit brachte er die anderen zum Lachen. Zeeb fiel in das Gelächter ein und verabschiedete sich. Lore, Nathalia und Fridolin blieben auf der Terrasse sitzen und blickten zu den Sternen hoch, die über ihnen am Firmament glitzerten.

»Das Leben ist schon eigenartig«, entfuhr es Fridolin.

»Weshalb?«, fragte Nathalia.

»Ich hätte mir damals, als Lores Großvater gestorben war und ich in Berlin förmlich von der Hand in den Mund leben musste, nie träumen lassen, einmal reicher zu sein als mein Vetter Ottokar auf Trettin. Doch jetzt sieht es ganz so aus, als würde genau dies eintreten.«

»Und das hast du aus eigener Kraft geschafft und nicht durch irgendwelche windigen Gerichtsentscheidungen!« Lore schüttelte es bei der Erinnerung an jene Tage, an denen ihr Großvater sein Gut an den Neffen verloren hatte. Damals hatte sie tatsächlich befürchtet, der alte Herr würde Ottokar von Trettin einfach über den Haufen schießen. Manchmal wünschte sie sich mittlerweile, er hätte es getan. Zwar wäre das Gut weiterhin im Besitz von Malwine und deren Söhnen geblieben, doch ihre Eltern und Geschwister würden noch leben.

Fridolin spürte, dass sich Lores Gedanken in der Vergangenheit verloren, und zog sie an sich. »Was hast du?«

»Nichts, nur … ich habe an Großvater gedacht und an das, was damals geschehen ist. Ottokar war ein zu leichter Tod beschieden, und Malwine hat noch lange nicht genug gebüßt!«

Der unterschwellige Wunsch nach Rache, den sie seit jenen Tagen im Jahre 1875 empfand, war nie vergangen. Auch wenn sie den Intrigen ihrer Verwandten auf Trettin entkommen und glücklich geworden war, hatten zu viele, die sie geliebt hatte, einen frühen, grausamen Tod gefunden.

»Wir sollten zu Bett gehen. Vielleicht lässt du dir von Nele ein paar Tropfen Laudanum in ein Glas Wasser abzählen, damit du leichter einschläfst«, schlug Fridolin vor.

Lore atmete tief durch und schüttelte den Kopf. »Das mit dem Bett lasse ich mir eingehen, aber ich werde meinen Kopf nicht mit diesem Zeug vergiften. Lieber liege ich die halbe Nacht wach!«

»Ich werde schon dafür sorgen, dass du das nicht musst«, raunte Fridolin ihr leise ins Ohr. Dann wandte er sich Nathalia zu und entschuldigte sich, dass Lore und er sich so früh zurückzogen.

»Es war ein anstrengender Tag für uns alle«, antwortete Nathalia mit einem verstehenden Lächeln. »Gute Nacht! Wir sehen uns sicher morgen beim Frühstück, oder willst du so früh aufbrechen, dass Lore und ich noch nicht aufgestanden sind?«

»Dann solltet ihr um sieben Uhr angekleidet sein. Um acht will ich zum Bahnhof fahren und die zwei Stationen bis Eystrup mit der Bahn zurücklegen. Dort werde ich mir einen Wagen mieten. Wenn ich das Gut besichtigt habe, fahre ich umgehend nach Berlin zurück und bringe die ganze Angelegenheit zu einem hoffentlich guten Ende. Doch nun gute Nacht!«

»Gute Nacht«, wünschte auch Lore und kehrte zusammen mit Fridolin ins Haus zurück.

Nathalia sah den beiden nach und spürte, wie etwas in ihr hochstieg, das ihr an und für sich fremd war, nämlich ein wenig Neid

auf die Vertrautheit, die Lore und Fridolin miteinander verband. So stellte sie sich die Liebe vor. Doch bislang hatte sie noch keinen jungen Mann getroffen, der den Platz bei ihr würde einnehmen können, den Fridolin bei ihrer Freundin innehatte.
Nachdenklich blickte sie zu den Sternen hoch, sah auf einmal eine Sternschnuppe aufglühen und gleich darauf noch eine. Obwohl sie nicht abergläubisch war, wünschte sie sich, bald einem Mann zu begegnen, dem mehr an ihrem Herzen als an ihrem Geld lag. Dann lachte sie über sich selbst. Ein solcher junger Mann musste schon ein Heiliger sein, und die gab es heutzutage nicht mehr.
Auf dem Weg in ihr Schlafzimmer sahen Lore und Fridolin noch nach den Kindern, die friedlich in ihren Betten schliefen, während Fräulein Agathe, hinter einem Wandschirm sitzend, im Licht einer Petroleumlampe in einem Buch las.
Als das Ehepaar eintrat, blickte sie auf und legte lächelnd den Zeigefinger an den Mund. »Die beiden waren heute rechtschaffen müde. Der Tag war aber auch anstrengend für sie«, flüsterte sie.
Lore nickte und strich Doro und Wolfi sanft über die Stirn. Auf dem Flur wandte sie sich an das Kindermädchen, das ihr gefolgt war. »Unsere Schätzchen schlafen hier auf dem Land einfach besser als in der Stadt.«
»Hier sind sie auch mehr an der frischen Luft und können sich bewegen«, erklärte Fräulein Agathe. »Wolfi hat heute Freundschaft mit dem Hund des Verwalters geschlossen. Jetzt will er unbedingt einen eigenen Hund haben. Noch im Nachthemd wollte er zu Ihnen auf die Terrasse laufen, um Ihnen das zu sagen.« Das Kindermädchen zog etwas den Kopf ein, als hätte

sie Angst, die Eltern könnten sie für den Wunsch des Jungen verantwortlich machen.
Fridolin nickte jedoch lächelnd. »Ich hätte nichts gegen einen Hund. Zu Klingenfeld soll nämlich auch eine Jagd gehören. Wer weiß, vielleicht werde ich sogar noch zum Waidmann.«
»Versuche nicht, alles auf einmal zu erreichen«, spöttelte Lore, obwohl sie nicht weniger als Fridolin Gefallen an der Vorstellung gefunden hatte, Gutsherrin auf Klingenfeld zu werden.
»Gute Nacht«, wünschte sie dem Kinderfräulein und wandte sich den eigenen Räumen zu. Fridolin folgte ihr und wollte aus Gewohnheit ins Badezimmer gehen, als sein Blick auf den Waschtisch mit der großen Porzellanschüssel fiel.
»Wenn es in Klingenfeld genauso aussieht, werden wir als Erstes ein richtiges Badezimmer einbauen lassen.«
»Und dürften bei der Nachbarschaft als skurril angesehen werden! Nein, mein Lieber, du wirst unser Geld schön brav in den Ausbau des Gutes und der Fabrik stecken. Erst wenn wir wieder besser dastehen, werden wir uns ein wenig Luxus gönnen.«
»Nathalia könnte sich das auch leisten. Aber ich fürchte, ich habe vorhin Nachttöpfe unter den Betten gesehen«, sagte Fridolin in künstlichem Entsetzen.
»Das ist immer noch besser, als im Nachthemd den dunklen Flur entlanglaufen und die Treppe ins Erdgeschoss hinabsteigen zu müssen, um den Abort aufzusuchen.« Zwar hätte auch Lore sich auf Steenbrook ein Badezimmer mit einem richtigen Spülklosett gewünscht, wie sie es in Berlin besaßen. Doch hier befanden sie sich auf dem Land, und die Menschen waren mit dem zufrieden, was seit Generationen üblich war.
Bei dem Gedanken kicherte sie leise, zog sich aus und wusch

sich. Fridolin tätschelte ihre rechte Pobacke. »Glaubst du, dass wir vor dem Schlafen noch etwas anderes tun könnten?«
»Ich habe nichts dagegen, aber du könntest jetzt auch meine zweite Backe streicheln, sonst ist sie beleidigt!«
Fridolin tat Lore den Gefallen und musste sich anschließend zwingen, sich selbst die Zähne zu putzen und sich zu waschen. Endlich schlüpfte er zu Lore unter die Decke und kitzelte sie am Bauch.
Sie kicherte erneut und versuchte nun, ihn zu kitzeln. Nach einer Weile des Spielens wurden ihre Liebkosungen zielgerichteter, und schließlich glitt Fridolin zwischen ihre Schenkel. In den nächsten Minuten vergaßen sie sowohl Klingenfeld wie auch die Trettiner Verwandtschaft, und als sie eine Weile später Hand in Hand nebeneinanderlagen, fühlten sie sich mit sich und der Welt im Reinen.

## IX.

Am nächsten Morgen sah Fridolin Lore und Nathalia nur kurz, denn die beiden hatten tatsächlich verschlafen. Er neckte sie ein wenig, trank seinen Kaffee aus und machte sich reisefertig. Als er zur Tür hinaustrat, lag sein Gepäck bereits auf dem Wagen. Der Kutscher würde es am Bahnhof den Dienstmännern übergeben, die es in den Zug nach Berlin laden sollten.
Lore und Nathalia sahen vom Frühstückstisch aus seiner davonrollenden Kutsche nach, dann versetzte Nathalia Lore einen leichten Stoß. »Jetzt sind wir allein und können tun und lassen, was wir wollen!«

»Ich habe nicht vor, über die Stränge zu schlagen«, wies Lore sie sanft zurecht.
»Gelegentlich muss man das!« Nathalia zwinkerte ihr zu und befahl, Frühlingsmaid gegen zehn Uhr zu satteln, weil sie dann ausreiten wollte.
»Und was machst du? Du nähst doch hoffentlich nicht schon wieder?«, fragte sie Lore.
Genau das hatte ihre Freundin vor, behauptete aber, auf der Terrasse sitzen und lesen zu wollen.
Nathalia grinste. »Gib doch zu, du nähst!«
Dabei nahm sie sich vor, dafür zu sorgen, dass ihre Freundin genug Bewegung bekam, und griff sich ein Brötchen, das sie dick mit Butter bestrich und anschließend mit einer großen Scheibe Schinken belegte.
Unterdessen genoss Fridolin die Fahrt in dem offenen, wenn auch recht unmodischen Wagen, der, von zwei großen schwarzen Pferden gezogen, in flottem Tempo Richtung Verden fuhr, und freute sich darauf, bald auf Klingenfeld zu sein.
Am Bahnhof reichte er dem Kutscher und den Dienstleuten je eine halbe Mark und fuhr mit dem Zug nach Eystrup. Dort sah er sich vergeblich nach einer Droschke um. Ein zuvorkommender Bahnbeamter schickte einen Jungen los, den Wagen des Wirts zu holen, der sich mit dem Geschäft ein kleines Zubrot verdiente.
Dankbar forderte Fridolin kurz darauf den Wirtsknecht auf dem Kutschbock auf, ihn zum Klingenfelder Gutshof zu fahren. Da kaum Verkehr herrschte und das Zweiergespann den Weg fast von selbst fand, drehte der Wirtsknecht sich immer wieder zu seinem Fahrgast um. »Sie kommen wohl aus Berlin, was?«

Fridolin bejahte die Frage, da er dem Gespräch mit einem Einheimischen nicht abgeneigt war.
»Sind wohl wegen dem Baron Anno hier! Da werden Sie aber Pech haben. Der hat sich schon seit zwei Wochen nicht mehr blicken lassen. Hat zu viele Schulden, heißt es. Auch bei Ihnen?«
Das war Fridolin dann doch etwas zu persönlich. »Ich bin im Auftrag eines Bankhauses hier.«
»Ach, da werden Sie keine Freude haben. Das Gut war mal ertragreich, aber das ist lange her. Hat nichts mehr machen lassen, der Baron Anno. Da war der Vater ein ganz anderes Kaliber. Wollte eine Fabrik bauen, und viele Leute hier haben gehofft, dort Arbeit zu finden. Hat sich aber übernommen, der alte Baron, und diese bucklige Welt schließlich mit einer Kugel im Kopf verlassen. Der hätte sich nicht so mit den Nachbarn streiten sollen! Das war sein Untergang. Der junge Baron ist keiner von hier, auch wenn er auf Klingenfeld geboren worden ist. Das ist ein Städter, sage ich Ihnen, einer von denen, die das Gesicht verziehen, wenn sie ehrlichen Mist riechen. Ich sage Ihnen …«
Fridolin ließ den Kutscher reden und ermunterte ihn zwischendurch sogar mit kurzen Bemerkungen. Es war ihm wichtig, was die einfachen Leute von Klingenfeld und dem letzten Herrn des Gutes hielten. Besonders angesehen war Baron Anno offensichtlich nicht, das konnte er den Ausführungen des Knechts unschwer entnehmen.
»… war auch zu sehr hinter den Weibern her, und zwar nicht nur hinter Mägden, sondern auch hinter ehrsamen Bauerntöchtern. Und seine Freunde erst, die zu Besuch kamen! Die taten direkt so, als wären wir Wilde, die nicht lesen und schreiben können«, berichtete der Mann weiter.

In Fridolin formte sich ein nicht gerade schmeichelhaftes Charakterbild des jungen Barons. Auch dessen Berliner Freunde schienen keine lauteren Menschen gewesen zu sein. Er musste an den angeblichen Zuhälter denken, der eines der hiesigen Mädchen in die Stadt gelockt haben sollte.
»War da nicht mal eine Sache mit einer Magd, die mit nach Berlin gegangen ist?«, fragte er beiläufig.
Der Kutscher spie angewidert aus und schüttelte den Kopf. »Sie meinen Dela, dieses dumme Ding! Hätte den Hinner haben können, den Vorarbeiter auf dem Gut! Aber ein Knecht hat ihr nicht gepasst. Die ist schließlich mit einem der Kerle nach Berlin gegangen, weil sie sich eingebildet hat, dort was Besseres zu finden. Letztes Weihnachten war sie noch einmal bei ihren Leuten. Hat zwar nichts gesagt, die dumme Pute, aber man hat ihr angemerkt, als was sie arbeitet. Dabei haben ihr schon vorher alle prophezeit, dass sie in einem Sündenbabel endet.«
Fridolin wollte den Mann nach dem Familiennamen des Mädchens fragen, doch sie hatten den Gutshof bereits erreicht, und der Kutscher fuhr vor dem Herrenhaus vor.
»So, da sind wir!«
Fridolin nickte angespannt, stieg aus und bat ihn zu warten.
»Ist Ihr Geld«, antwortete der Kutscher und lenkte sein Gespann unter das Vordach der Remise, damit die Gäule nicht in der prallen Sonne stehen mussten.
Fridolin sah sich um und fand den Zustand der Gebäude sowie der meisten Felder und Wiesen nicht so schlimm wie befürchtet. Wie auf Steenbrook bildeten große, reetgedeckte Hallenhäuser aus Klinkersteinen die Wirtschaftsgebäude, während das zweistöckige Herrenhaus aus mit grünem Fachwerk abgesetzten

Klinkern bestand und mit Ziegeln gedeckt war. Die meisten Fensterläden waren geschlossen und gaben dem Bau eine abweisende Note. Dennoch gefiel Fridolin das stattliche Anwesen. Allerdings herrschte nichts von jener Betriebsamkeit, die er von Steenbrook her gewohnt war, und auf den Weiden war kein Vieh zu sehen. Im ersten Augenblick befürchtete er, sich im Tag geirrt zu haben. Doch es war gewiss nicht Sonntag. Lore und er waren am Donnerstag nach Steenbrook gekommen und am Tag darauf in Nehlen gewesen. Also musste Sonnabend sein, und an dem Tag wurde auf Bauernhöfen und Landgütern gearbeitet.

Mit ungewohntem Herzklopfen stieg er die Freitreppe zum Hauptgebäude hoch, das noch von der großen Zeit derer von Klingenfeld kündete, und schlug den Türklopfer an. Es dauerte, bis er innen schlurfende Schritte vernahm.

»Wer ist da?«, fragte eine Frau missmutig.

»Mein Name ist Trettin. Ich komme vom Bankhaus Grünfelder aus Berlin«, antwortete Fridolin mit lauter Stimme.

Die Tür schwang auf, und eine ältere Magd stierte ihn aus kurzsichtigen Augen an. »Wenn Sie Baron Anno suchen, der ist seit zwei Wochen nicht mehr hier gewesen!«

»Ich möchte den Verwalter sprechen«, erklärte Fridolin kurz angebunden.

»Der ist da drüben!« Die Magd wies auf ein kleineres Gebäude, das etwa hundert Meter entfernt lag, und schlug die Tür wieder zu.

Kopfschüttelnd wandte Fridolin sich ab. Hier musste wirklich jemand mit eisernem Besen kehren. Einige Augenblicke zweifelte er daran, dass er fähig war, sich so durchzusetzen, wie dieses

Gut es erforderte. Dann schüttelte er seine Zweifel ab, ging zum Verwalterhäuschen hinüber und klopfte.

Auch hier dauerte es, bis jemand aufmachte. Diesmal war es ein Mann seines Alters, der einen halben Kopf größer und einiges breiter war als er. Das breitflächige Gesicht des Verwalters war gerötet, die blonden Haare hingen ihm wirr ins Gesicht, und die Augen wirkten verschleiert. Vor allem aber strömte er einen so starken Alkoholdunst aus, dass es Fridolin übel wurde.

»Was wollen Sie?«, fragte der Mann mit schwerer Zunge.

»Mein Name ist Trettin. Ich komme vom Berliner Bankhaus Grünfelder. Dieser Besitz wurde uns als Pfand übereignet. Daher will ich nachsehen, mit welchem Wert er zu schätzen ist.«

Der Verwalter verzog das Gesicht zu einer Grimasse. »Du wirst hier überhaupt nichts schätzen, Federkielschwinger! Los, verschwinde! Sonst mache ich dir Beine.«

»Ich glaube, Sie verkennen die Lage. Mein Bankhaus hat einen einlösbaren Titel auf dieses Gut. Es ist meine Pflicht, hier nach dem Rechten zu sehen.« Fridolin dachte nicht daran, zu weichen, und funkelte den Verwalter zornig an. Dabei kam ihm der Ausspruch Graf Nehlens in den Sinn, dass er als Erstes diesen Mann davonjagen solle. Nach dem Auftreten des Kerls war er kurz davor, es jetzt und auf der Stelle zu tun.

Der Verwalter drohte Fridolin mit der Faust. »Mach, dass du fortkommst, und lass dich hier nicht mehr blicken!«

Da Fridolin keine Anstalten machte, dem Folge zu leisten, verschwand er im Haus und kehrte mit einer Jagdflinte zurück.

»Wird's bald!«, herrschte er seinen Besucher an und richtete die Waffe auf ihn.

Fridolin begriff, dass er im Augenblick nichts erreichen konnte,

und kehrte dem Mann voller Zorn den Rücken. Betrunken, wie der Kerl war, traute er ihm zu, auf ihn zu schießen. Doch ungeschoren, das schwor es sich, sollte der Verwalter nicht davonkommen. Um etwas gegen ihn unternehmen zu können, benötigte er jedoch einen vollstreckbaren Titel und ein paar Gendarmen, die dem Kerl zeigen würden, wo der Zimmermann die Tür gemacht hatte.
»Das war aber ein kurzer Besuch«, empfing ihn der Kutscher, der alles mit angehört hatte, mit einem breiten Grinsen.
»Der Mann ist völlig betrunken – und das am helllichten Tag! Wo sind eigentlich die Knechte und Mägde, die zu so einem Gut gehören?«, fragte Fridolin grimmig.
»Die haben fast alle den Dienst aufgesagt, weil sie keinen Lohn mehr erhalten haben. Da auch das meiste Vieh verkauft ist, hat der Herr Verwalter genügend Zeit für seinen Schnaps.« Der Kutscher streckte die Hand aus, um Fridolin in den Wagen zu helfen, doch der missachtete die Geste und stieg ein.
»Bringen Sie mich zum Bahnhof zurück!«, befahl er und legte sich auf dem Weg dorthin die Worte zurecht, mit denen er Grünfelder und Dohnke von seiner Reise berichten wollte. Erst kurz vor dem Bahnhof erinnerte er sich wieder an das Bauernmädchen, das von einem Freund des jungen Barons nach Berlin gelockt worden war, und fragte den Kutscher nach dem Namen.
»Ich sagte schon, sie heißt Dela. Getauft wurde sie auf den Namen Adele. Ein recht neumodischer Name, wenn Sie mich fragen. Normal heißen die Mädchen hier so, wie bereits die Großmütter genannt wurden. Die Eltern hätten auch ihr einen solchen Namen geben sollen. So aber hatte sie von Anfang an das Gefühl, dass sie etwas Besonderes sein müsse.«

Da der Bahnhof immer näher kam, bremste Fridolin die Ausführungen des Wirtsknechts. »Ist ja alles gut und schön, aber können Sie mir den Familiennamen dieser Adele nennen?«

»Wozu brauchen Sie denn den?«, fragte der Mann verwundert.

Der Wagen stand bereits, also stieg Fridolin aus und blieb neben dem Kutschbock stehen. »Ich will wissen, was es mit dem jungen Klingenfeld und dessen Freunden auf sich hat. Immerhin hat der Baron das Gut auf den Hund kommen lassen und damit auch die Bank geschädigt, die den Kredit für eine florierende Landwirtschaft mit intakten Gebäuden, Geräten und Viehbestand gegeben hat.«

»Deswegen wollen Sie Baron Anno nicht davonkommen lassen!«

Für einen Moment kämpfte der Kutscher mit sich, ob er Fridolin helfen sollte, einem Einheimischen Schwierigkeiten zu machen, sagte sich dann aber, dass Anno von Klingenfeld sich nie um die Leute hier gekümmert und ihnen stets seine Berliner Freunde vorgezogen hatte.

»Sie heißt Adele Wollenweber, ist ein hübsches Mädchen und müsste jetzt achtzehn Jahre alt sein. Eine Schande, was aus ihr geworden ist.«

»Danke schön!« Fridolin reichte dem Kutscher ein Zweimarkstück und sah, wie sich dessen Augen beim Anblick der Münze weiteten.

»Aber das ist doch viel zu viel!«

»Sie haben es sich verdient«, antwortete Fridolin und hoffte, dass er sich mit dieser Aussage nicht irrte.

# X.

Während Fridolin nach Berlin fuhr und dabei zwischen dem Ärger über den Verwalter auf Klingenfeld und der Überlegung schwankte, ob er das ungepflegte Gut wirklich übernehmen sollte, verlebten Lore und Nathalia einen angenehmen Tag. Nach dem Frühstück setzten sie sich auf die Terrasse und genossen den Sonnenschein. Dabei zählte Nathalia ihrer Freundin all die Vorteile auf, die eine Übernahme Klingenfelds durch Fridolin für sie beide mit sich brachte.

»Da hast du schon recht«, antwortete Lore schließlich. »Die Landschaft hier ist wunderschön, und wir könnten uns öfter sehen. Aber Klingenfeld ist eine schwere Last, die es zu stemmen gilt. Schließlich geht es ja nicht nur um das Gut, sondern auch um die halbfertige Fabrik, die Fridolin vollenden will. Ich weiß nicht, ob er das finanziell schafft. Schließlich ist er kein Millionär!«

»Wenn es hart auf hart kommt, bin immer noch ich da«, antwortete Nathalia, als wäre sie eine alte Erbtante und kein junges Mädchen.

»Das ist lieb von dir, aber du wirst irgendwann einmal heiraten, und dann verwaltet dein Mann das Geld …«

»… und ich habe nichts mehr zu melden, willst du wohl sagen. Das werden wir doch mal sehen! Wenn mir ein Mann so kommt, werde ich ihn gar nicht erst heiraten.« Nathalia lachte fröhlich und befahl der Bediensteten, die an der Terrassentür stand, ihr und Lore je ein Glas Saft zu bringen.

Dann wandte sie sich wieder ihrer Freundin zu. »Du glaubst doch nicht etwa, dass ich mich der Herrschaft eines Mannes beuge wie ein Schaf seinem Scherer? Nein, meine Gute! Dies mag vielleicht früher der Brauch gewesen sein, doch jetzt leben wir in anderen Zeiten. Es wird nicht mehr lange dauern, dann wird das Wort einer Frau ebenso viel Gewicht haben wie das eines Mannes. Irgendwann werden wir Frauen sogar wählen und selbst gewählt werden können.«

Lore belächelte den Eifer ihrer Freundin. »Du hörst dich an wie eine jener Suffragetten, über die in den Zeitungen immer gespottet wird.«

»Und warum wird in den Zeitungen gespottet? Weil Männer die Artikel darin schreiben! Ich sollte mir eine Zeitungsfirma kaufen und darin für die Belange von uns Frauen eintreten. Was wären denn die Männer ohne uns? Hilflos wie Waisenkinder, sage ich dir!«

»Fridolin wäre nicht hilflos«, versuchte Lore ihren Mann in Schutz zu nehmen, doch Nathalia winkte ab.

»Hättest du ihn damals nicht geheiratet, hätte Onkel Thomas ihm niemals den guten Posten beim NDL verschafft! Und ohne das wäre er nicht August Grünfelders Kompagnon und damit ein geachteter Bankier geworden.«

Damit hatte ihre Freundin zwar recht, aber Lore wurden Nathalias Angriffe auf die Männer in ihrer Gesamtheit zu scharf. Natürlich gab es nicht wenige, die ihre Frauen wie Sklavinnen behandelten, doch die meisten waren Gott sei Dank anders. Fridolin besprach alle seine Pläne mit ihr und korrigierte diese auch, wenn sie ihm gute Gründe dafür nennen konnte. Das erklärte sie Nathalia, doch ihre Freundin sah sich nur in ihrer Meinung bestätigt.

»Fridolin ist doch das beste Beispiel, dass es richtig ist, sich nicht nur auf seinen Verstand, sondern auch auf den seiner Frau zu verlassen. Würdest du ihm abraten, Klingenfeld zu übernehmen, würde er die Finger davon lassen. Natürlich können wir die Gesellschaft nicht auf einen Schlag ändern. In England zum Beispiel löcken beherzte Frauen seit Jahrzehnten gegen den Stachel der Bevormundung durch die Männer, und sie können bereits Erfolge aufweisen. Durch den Married Women's Property Act haben verheiratete Frauen jetzt das Recht auf eigenen Besitz, den ihnen der Mann nicht mehr wegnehmen kann.«

»Dann solltest du bald heiraten, denn bis jetzt stehst du unter Onkel Thomas' Vormundschaft. Du kannst aber nicht behaupten, dass er Dorothea wie eine Sklavin hält.«

»Nein, das tut er nicht. Ganz im Gegenteil! Man hat eher das Gefühl, er ist ihr ergebener Sklave.« Nathalia lachte hellauf und nahm das Glas Kirschsaft entgegen, das ihr die Dienerin reichte.

Auch Lore nahm ihr Glas und musterte ihre Freundin über dessen Rand hinweg. »Ich will nicht sagen, dass du unrecht hast, Nathalia, denn im Grunde stimme ich dir zu. Auch ich wünsche, dass den Frauen mehr Rechte zugesprochen werden. Doch ich würde mich niemals wie diese Engländerinnen der königlichen Kutsche in den Weg stellen.«

»Und wenn es der einzige Weg ist, den Männern beizubringen, uns als gleichwertig zu akzeptieren?«

Nathalias Tonfall ließ Lore befürchten, dass diese wirklich mit dem Gedanken spielte, eine solche Aktion zu unternehmen. Daher beschloss sie, ein unverfängliches Thema aufzugreifen.

»Wolfi hat mich heute Morgen gefragt, ob er reiten darf.«

»Wir könnten ihn auf das Pony setzen, das ich für Marys Sohn gekauft habe«, schlug Nathalia vor.

»Ist das nicht zu gefährlich? Ich dachte, du nimmst ihn zu dir in den Sattel und reitest einmal auf dem Vorplatz herum.«
»Alte Glucke«, spottete Nathalia. »Ich habe mir das Pferdchen angesehen. Es reicht mir kaum bis zum Bauch und ist so gemütlich wie ein Schaukelstuhl. Außerdem kann eine von uns es am Halfter führen und Wolfi sofort herunterheben, wenn es nötig sein sollte. Keine Sorge, es wird ihm sehr viel Spaß machen.«
»Wenn du meinst!« Besonders glücklich sah Lore jedoch nicht aus.
Nathalia schüttelte lachend den Kopf. »Wenn Fridolin Gut Klingenfeld übernimmt, solltest du ebenfalls reiten lernen. Eine Gutsherrin, die mit der Kutsche ausfährt, muss hierzulande die fünfzig überschritten haben, und für dieses Alter fehlen dir noch mindestens dreiundzwanzig Jahre!«
Nun musste Lore ebenfalls lachen. »Es würde mich wirklich reizen«, sagte sie, als sie sich wieder beruhigt hatte. »Aber du musst mir versprechen, ein wirklich zahmes Pferd zu nehmen und kein zu großes.«
»Schade, dass das Pony zu klein ist, sonst könntest du darauf reiten. Aber ich werde schon ein Sofa finden, das dich über das Land trägt. Sollen wir gleich mit dem Unterricht beginnen oder erst gegen Nachmittag?«
»Lieber später. Ich wollte jetzt noch ein paar Modelle skizzieren, die mir seit langem durch den Kopf geistern. Sonst entschwinden sie doch noch meinem Gedächtnis.«
»Dann tu das!«, antwortete Nathalia mit großzügiger Geste. »Ich werde jetzt ausreiten.«
»In der größten Hitze?«
Nathalia tat diesen Einwand mit einer lässigen Handbewegung

ab. »Ich will ja keinen Parforceritt machen, sondern gemütlich durch die Gegend streifen. Zu Mittag bin ich wieder zurück.«
»Vergiss aber nicht, dass hier auf dem Land eine Stunde früher gespeist wird als in Berlin.«
»Mein Magen wird mich daran erinnern.«
Mit den Worten entschwand Nathalia, um sich umzuziehen. Auch Lore kehrte ins Haus zurück, um Zeichenblock und Farbstifte zu holen, machte es sich dann unter dem Sonnenschirm auf der Terrasse gemütlich und begann zu zeichnen. Während ihre Stifte flink über das Papier glitten, dachte sie darüber nach, wie hart es sie ankäme, ihre Anteile an Marys Modesalon aufgeben zu müssen. Sie konnte nur hoffen, dass ihr und Fridolins übriges Vermögen für die kühnen Pläne ausreichen würden, die ihr Mann verfolgte.

## XI.

Zunächst trabte Nathalia mit ihrer Stute die Feldwege entlang, die über ihren Besitz führten, und winkte den Knechten und Mägden zu, die auf den Wiesen und Feldern arbeiteten. Schon bald aber wurde ihr das zu langweilig, und sie ließ das Pferd rascher ausgreifen. Nach kurzer Zeit erreichte sie die Hauptstraße und folgte dieser ein Stück in Richtung Norden. Ein Blick zur Sonne verriet ihr, dass sie bald umkehren musste, wenn sie rechtzeitig zum Mittagessen zu Hause sein wollte.
Sie beschloss, noch bis zur nächsten Kurve zu reiten und sich dann auf den Heimweg zu machen. »Vorwärts, meine Süße«, rief sie Frühlingsmaid zu und kitzelte diese ein wenig mit der Reit-

gerte. Die Stute prustete und wurde schneller. Schon bald hatte Nathalia die ins Auge gefasste Kurve erreicht und zügelte Frühlingsmaid. Im gleichen Moment sah sie einen Wanderer auf sich zukommen, der trotz des warmen Wetters mit einer dicken Jacke bekleidet war und einen unhandlichen Koffer schleppte.

Die Neugier zwang Nathalia zu warten, bis der Mann sie erreicht hatte. Er war noch jung, wahrscheinlich keinen Tag über fünfundzwanzig, ein wenig mager und hielt sich nicht besonders gerade. Das Gesicht war verschwitzt, das Haar klebte nass auf der Haut, und auf der Nase saß eine Nickelbrille.

Noch während ihr Mund sich vor Spott verzog, blieb der Mann stehen und sah zu ihr hoch. »Guten Tag, Fräulein!«, grüßte er. »Könnten Sie so gut sein und mir sagen, wie ich nach Nehlen komme?«

»Nach Nehlen wollen Sie?«, platzte Nathalia heraus.

Von ihrem Gut dorthin waren es zehn Kilometer, und sie hatte noch fünf weitere in die Gegenrichtung zurückgelegt. »Guter Mann, da haben Sie noch mindestens drei Stunden vor sich, wenn Sie den Weg überhaupt schaffen. Es ist sehr heiß heute, und ich glaube nicht, dass es so rasch kühler wird. Es sei denn, es zieht ein Gewitter auf, und das wollen wir doch nicht hoffen.«

»Das wäre etwas zu viel der Abkühlung«, gab der Mann zu und besann sich seiner Manieren. »Verzeihen Sie, mein Name ist Jürgen Göde. Ich bin unterwegs nach Nehlen, bin aber wohl, wie es aussieht, eine Bahnstation zu früh ausgestiegen.«

»Eher zwei«, antwortete Nathalia lachend. »Jetzt befinden Sie sich mitten zwischen zwei Stationen. Sie können entweder zurückgehen und dort auf den nächsten Zug warten, oder weitergehen und im nächsten größeren Ort einsteigen. Allerdings haben Sie, wenn am Zielbahnhof kein Wagen auf sie wartet, noch einmal mehrere Kilometer Fußmarsch vor sich.«

Jürgen Göde überlegte kurz und schüttelte dann den Kopf. »Zurückgehen will ich nicht mehr. Vielleicht treffe ich unterwegs auf ein Fuhrwerk, das mich mitnimmt.«

»Das fährt zumeist nur bis zum nächsten Gut, und damit sparen Sie vielleicht einen oder zwei Kilometer. Nehlen ist dafür zu weit weg.« Nathalia kniff die Augen zusammen und musterte Jürgen Göde genauer. Unsympathisch wirkte der junge Mann nicht, eher hilflos und von dem Marsch durch die Hitze erschöpft. Unwillkürlich empfand sie Mitleid mit ihm und deutete auf seinen Koffer. »Helfen Sie mir vom Pferd. Wir werden das Monstrum, das Sie mit sich schleppen, auf den Sattel schnallen und zu Fuß weitergehen. Sonst brechen Sie mir noch unterwegs zusammen.«

»Aber ich … Das …«, stotterte Jürgen Göde.

»Sind Sie vielleicht zu stolz, sich helfen zu lassen?«, fragte Nathalia scharf.

»Nein, das nicht, aber Sie können doch nicht …«

»Was ich kann und was nicht, entscheide immer noch ich selbst!« Für den Augenblick fühlte Nathalia sich wie eine jener englischen Suffragetten, die sie so bewunderte. »Ich bin übrigens Komtess Nathalia von Retzmann. Mein Gut liegt etwas seitlich der Hauptstraße in Richtung der nächsten Bahnstation. Ich glaube, es ist das Beste, wenn wir dorthin gehen. Sie können sich auf Steenbrook ein wenig ausruhen und anschließend Ihren Weg fortsetzen.«

Während Jürgen Göde nicht so recht wusste, wie er sich zu diesem Vorschlag stellen sollte, ließ Nathalia keinen Zweifel daran, dass es nach ihrem Willen zu geschehen hatte. Der junge Mann war augenscheinlich modisch nicht gerade auf der Höhe, doch die Kleidung und deren Verarbeitung waren von guter Qualität. Er glich einem mittleren Beamten oder dem höherrangigen Angestellten eines ländlichen Geschäftsmannes.

Ein Verdacht keimte in ihr, und sie stellte sich Jürgen neben Adolar von Bukow vor. Natürlich konnte er Letzterem nicht das Wasser reichen, denn der Leutnant war ein schöner Mann mit ausgesuchten Manieren, trotzdem … Was trotzdem?, unterbrach sie sich selbst angesichts dieses eigenwilligen Gedankens. Es gab in ihren Augen nichts, was für Jürgen Göde sprach, am wenigsten die Tatsache, dass er den Zug bei der falschen Bahnstation verlassen hatte, und sie bereute es beinahe, ihm ihre Hilfe angeboten zu haben.

Da stellte er schon seinen Koffer neben der Straße ab und sah sie so fragend an, als könne er nicht glauben, dass sie es ernst meinte. Damit stachelte er ihren Stolz an, und sie forderte ihn auf, ihr vom Pferd zu helfen.

Er fasste sie so sanft um die Taille, dass sie befürchtete, er könne sie nicht festhalten, doch als er sie aus dem Sattel hob, war sein Griff gerade fest genug, um das zu verhindern. Die Herren, die ihr in Berlin bei ihren Ausritten im Tiergarten aus dem Sattel geholfen hatten, waren kühner gewesen. Andererseits hatte ihr gerade das nie so recht gefallen.

»Binden Sie Ihren Koffer am Sattel fest! Was haben Sie da eigentlich hineingepackt, Ziegelsteine?«

Das Letzte kam ihr unwillkürlich über die Lippen, da Jürgen Göde einige Kraft aufwenden musste, um den Koffer hochzustemmen.

»Nein, nur ein wenig Kleidung und ein paar Bücher«, antwortete er, während er den Koffer mit ihren Steigbügelriemen festband. Als dies geschehen war, trat er aufatmend zurück. »So müsste es gehen!«
»Dann sollten wir aufbrechen. Zum Mittagessen werden wir ja nicht mehr rechtzeitig kommen, aber ich lasse uns einen kleinen Imbiss auf der Terrasse servieren.« Mit diesen Worten fasste Nathalia die Zügel ihrer Stute und spazierte davon.
Jürgen Göde überwand seine Verblüffung erst, als sie bereits etliche Schritte voraus war, und folgte ihr zögernd. In ein Buch vertieft, hatte er den Schaffner nicht richtig verstanden und geglaubt, er wäre an seinem Zielbahnhof angekommen. Nun hatte er etliche Kilometer Fußmarsch zurückgelegt und mindestens noch die doppelte Strecke bis zum Gut seines Großonkels vor sich. Der knappe, nicht gerade freundliche Tonfall, mit dem der alte Graf ihn aufgefordert hatte, die Ferien heuer bei ihm zu verbringen, hatten ihn so verärgert, dass er am liebsten gar nicht nach Nehlen gefahren wäre. Doch nach einigem Überlegen hatte er dem Drängen seiner Mutter nachgegeben, die außer ihm noch zwei Töchter zu versorgen hatte. Sie hatte ihn beschworen, alles zu tun, um sich dem reichen Erbonkel angenehm zu machen, aber gleichzeitig erklärt, er habe gegen seine eleganten und sportlichen Cousins wohl ohnehin keine Chancen.
Mit einer heftigen Handbewegung verscheuchte Jürgen diesen Gedanken und schloss zu der Komtess auf. Am liebsten wäre er auf der anderen Seite des Pferdes verschwunden, doch Nathalia führte es so nahe am Straßenrand, dass er notgedrungen neben ihr gehen musste. Dabei musterte er sie verstohlen.
Sie war einen Kopf kleiner als er und hatte eine zierliche, beinahe

elfenhafte Figur, wirkte aber trotzdem sehr weiblich. In ihrem samtgrünen Reitkleid, dessen Schleppe sie kurzerhand über ihre freie Hand gehängt hatte, glich sie der Prinzessin aus einem Märchen. Die keck unter dem Hut hervorlugenden Locken waren dunkelblond, die Augen grünlich schimmernd wie bei einer Nixe. Seine beiden Schwestern waren etwa eine Handbreit größer als die Komtess, etwas fülliger und galten als ausgesprochen hübsche Mädchen. Dennoch verblassten sie gegen die junge Dame neben ihm, deren Gesicht ihn ein wenig an eine Katze erinnerte. Um den Mund lag ein entschlossener Zug, der darauf hindeutete, dass sie gewohnt war, nur nach einem Willen zu handeln, und zwar ihrem eigenen.

Jürgen fragte sich, für was für ein jämmerliches Geschöpf Komtess Nathalia ihn halten musste, weil er zu dumm gewesen war, am richtigen Bahnhof auszusteigen. Doch hätte er diesen Fehler nicht gemacht, wäre er ihr vielleicht nie begegnet, und die Vorstellung gefiel ihm ganz und gar nicht.

»Es tut mir leid, dass Sie sich meinetwegen solche Umstände machen müssen«, entschuldigte er sich, um ein Gespräch in Gang zu bringen.

Nathalia sah mit belustigter Miene zu ihm auf. »Ich muss mir überhaupt nichts machen! Was ich tue, mache ich, weil ich es will. Und ich will nicht, dass Sie sich mit Ihrem Ziegelsteinkoffer über Land schleppen und unterwegs zusammenbrechen. Sie sind doch einer der Neffen von Graf Nehlen, nicht wahr?«

»Einer seiner Großneffen.«

»Einer der drei Auserwählten, aus denen er seinen Nachfolger auf dem Gut auswählen will!«

Nathalias Tonfall meinte er zu entnehmen, dass sie ihn nicht als

Favoriten einschätzte. Und damit hatte sie wohl leider recht. Jürgen hatte seine beiden Vettern auf Familienfeiern kennengelernt und wusste, dass er weder das geschliffene Auftreten eines Adolar von Bukow besaß noch das fachliche Wissen seines zweiten Cousins Edgar von Gademer, der in der Erwartung, der Erbe zu sein, Agrarwirtschaft studiert hatte und nun einen Gutshof im Besitz des Großherzogs von Oldenburg verwaltete. Angesichts dessen schien seine Reise nach Nehlen sinnlos. Doch vielleicht konnte er den Grafen dazu bewegen, wenigstens seinen beiden Schwestern ein paar tausend Mark als Mitgift zu spenden, damit diese heiraten konnten.

»Ich kenne Graf Nehlen gut«, setzte Nathalia das Gespräch fort. »Erst gestern war ich mit meiner Freundin und deren Mann auf Nehlen zu Gast. Es wird Ihnen dort gefallen.«

»Gewiss«, sagte Jürgen mit dem festen Glauben, dass seine selbstbewussten Vettern ihn jeden Augenblick spüren lassen würden, was sie von ihm hielten. In deren Augen war er ein Bücherwurm, der hinter einen Schreibtisch gehörte, aber kein Mann, der einen großen Gutshof führen konnte. Und dann fehlte seinem Namen auch noch das wichtige »von«. Zwar würde Grimbert von Nehlens Nachfolger sich einmal Graf nennen können, dennoch waren seine Vettern ihm auch in dieser Beziehung um mehr als eine Nasenlänge voraus.

Jürgen schob den Gedanken an seine Verwandten beiseite und sagte sich, dass es ein schöner Tag war, er mit einem ausgesprochen hübschen Mädchen spazieren ging und sich dabei wirklich nicht wie ein Tropf benehmen wollte.

»Entschuldigen Sie, Sie sagten, Ihr Gut wäre hier in der Nähe. Aber Sie sehen nicht aus, als würden Sie auf dem Land leben.«

Nathalia schüttelte lachend den Kopf. »Das tue ich auch nicht! Im Allgemeinen lebe ich in Bremen oder Berlin und komme nur in den Ferien aufs Land. Wo wohnen Sie?«
»Mit meiner Mutter und zwei Schwestern zusammen in einer kleinen Altbauwohnung in Hamburg. Ich habe orientalische Sprachen studiert und mich mit antiken Kulturen beschäftigt. Ein Freund unserer Familie hatte nämlich behauptet, er würde nach Mesopotamien reisen, um dort Abrahams Spuren zu entdecken, und dabei müsse ich ihn unbedingt begleiten und unterstützen. Erst als ich mein Studium abgeschlossen hatte, wurde meiner Mutter und mir bewusst, dass der besagte Herr ein Traumtänzer war, der sich diese Expedition gar nicht leisten konnte.«
Jürgen seufzte schwer. »Wäre mir dies früher klar gewesen, hätte ich Jura studieren und in den Staatsdienst eintreten können. So aber lebe ich davon, die Sammlungen reicher Herrschaften zu sortieren und zu katalogisieren und sie beim Erwerb eines neuen Stücks zu beraten.«
Bis zu diesem Zeitpunkt hatte Nathalia alte Steine mit unbekannten Schriftzeichen für langweilig gehalten. Nun aber stellte sie zu ihrer eigenen Überraschung auf einmal Fragen über Ägypten und Mesopotamien und sagte schließlich lächelnd, dass sie gerne in diese Weltgegenden reisen würde.
Alle Männer, die sie kannte, hätten ihr sogleich erklärt, dass dies viel zu gefährlich sei für eine Frau und die hygienischen Verhältnisse dort nur von robusten Männern ertragen werden könnten – und das trotz vieler Reiseberichte von Frauen, die bereits dort gewesen waren. Nun wartete sie gespannt auf Jürgens Antwort.

»Eine solche Reise muss tatsächlich sehr interessant sein. Ich hoffe, dass ich auch einmal in der Lage sein werde, diese Länder aufzusuchen. Einer der Herren, für die ich gelegentlich arbeite, plant eine solche Expedition und hat schon angedeutet, dass ich vielleicht mitkommen darf.«

Nathalia spürte, dass Jürgen auch hier eine Enttäuschung erwartete, und wünschte sich, er wäre mit einem größeren Selbstbewusstsein ausgestattet. »Wer weiß, vielleicht hätten Sie die Güte, mich als Reisemarschall dorthin zu begleiten«, entfuhr es ihr.

»Wirklich?« Für einen Augenblick leuchtete sein Antlitz auf, bekam dann aber wieder einen zweifelnden Ausdruck. »Wird Ihr Vormund denn keine Einwände erheben? Oder Ihr Bräutigam?«

»Mein Vormund weiß, dass er mich von einer Sache, die ich mir in den Kopf gesetzt habe, nicht abbringen kann, und einen Bräutigam, der mir dies verwehren will, würde ich nicht heiraten.«

Jürgen fand die junge Dame bemerkenswert selbstsicher. Weder seine Mutter noch seine Schwestern waren in der Lage, ihren Willen durchzusetzen, sondern warteten stets auf das, was eine männliche Respektsperson bestimmte. Er selbst hatte deshalb schon als Knabe wichtige Entscheidungen treffen müssen und sich dabei vollkommen hilflos gefühlt. Noch schlimmer war gewesen, dass die Mutter jedes Mal hysterische Anfälle bekommen hatte, wenn er aus Mangel an Wissen und Erfahrung etwas Falsches geraten hatte.

Erneut verebbte das Gespräch und wurde auch nicht mehr aufgenommen, denn da tauchte Steenbrook vor ihnen auf, und Nathalia führte ihre Stute und ihren Gast auf den Gutshof.

# XII.

Nachdem Nathalia Frühlingsmaid einem Stallknecht übergeben hatte, befahl sie einer Bediensteten, dafür zu sorgen, dass Jürgen sich erfrischen konnte. Dieser schleppte seinen Koffer mit ergebener Miene hinter dem Dienstmädchen ins Haus. Nathalia sah sich kurz um, fand, dass alles wie am Schnürchen lief, und ging auf ihr Zimmer, um sich umzuziehen.

Als ihre Zofe endlich alle Knöpfe ihres Hauskleids geschlossen und ihr die Frisur gerichtet hatte, suchte sie Lore und fand sie auf der Terrasse über eine neue Modeskizze gebeugt. »Na, du bist aber fleißig! Dabei bist du doch in der Sommerfrische«, sagte sie im gutmütigen Spott.

Lore fuhr herum und sah sie erleichtert an. »Nathalia, endlich! Ich hatte schon Angst, dir wäre etwas passiert.«

»Das Mittagessen habe ich wohl versäumt. Ist die Köchin gekränkt? Nicht, dass sie es mir morgen heimzahlt.« Nathalia lachte kurz, bediente sich ungeniert an Lores Glas mit Saft und setzte sich neben sie.

»Du weißt, dass die Köchin dir alles verzeiht«, antwortete Lore lächelnd.

»Dann ist es gut. Sie soll mir nämlich einen Imbiss bereiten, und zwar für zwei Personen.«

»Hast du einen Gast mitgebracht?«

Nathalia nickte feixend. »Den zweiten Großneffen von Graf Nehlen! Er hatte sich im Zielbahnhof geirrt und ist viel zu früh ausgestiegen. So habe ich ihn mitten auf der Landstraße aufgelesen. Der Ärmste hatte noch mehr als fünfzehn Kilometer vor sich, und das mit einem höllisch schweren Koffer. Übrigens ist er ein Altertumsforscher – zumindest will er das werden. Derzeit hilft er Sammlern und Museen, antike Stücke zu katalogisieren.«

Das klang in Lores Ohren nicht danach, als könnte der junge Mann Graf Nehlens Erbe werden. Trotzdem war sie auf ihn gespannt. Es dauerte auch nicht lange, bis Jürgen durch die Terrassentür trat und sich vor Nathalia und ihr verbeugte.

Nathalia machte die beiden miteinander bekannt. »Darf ich vorstellen, Gräfin Trettin – Jürgen Göde!«

Dabei musste sie ihre Heiterkeit im Zaum halten, denn ihr Gast hatte die Gelegenheit benützt, sich in seinem Koffer zu bedienen und umzuziehen. Doch das Hemd mit dem hohen Kragen und der blauen Seidenfliege, durch die er kaum den Kopf drehen konnte, den kurzen, zweireihigen Rock mit dem abgesetzten Kragen und die engen hellen Hosen hätte man vielleicht bei einem älteren Herrn mit einer gewissen Nachsicht toleriert, doch für einen jungen Mann war die Kleidung unmöglich.

Auch Lore hätte beinahe den Kopf geschüttelt. Jürgen Göde würde gegen Leutnant von Bukow keine Chance haben. Sie ließ sich jedoch nichts anmerken, sondern begrüßte den Gast höflich.

Jürgen Göde lächelte unsicher, entdeckte dann ihre Skizzen auf dem Tisch und beugte sich interessiert vor. »Das sind sehr schöne Zeichnungen und so elegante Garderoben! Die haben Sie sich gewiss aus Berlin schicken lassen.«

Nathalia schüttelte lächelnd den Kopf. »Diese Skizzen hat Lore … – ich meine Gräfin Trettin – selbst erstellt.«

»Oh, verzeihen Sie! Sie verfügen über ein ganz großes Talent!«, beeilte Jürgen sich zu sagen.

»Zeichnen Sie auch?«, fragte Nathalia prompt.
»Selbstverständlich! Es gehört zu den Grundlagen eines Altertumsforschers, entdeckte Artefakte genauestens zu skizzieren. Auf meinen Wanderungen während der Ferien habe ich auch Burgen, romantische Bauwerke und Landschaften gezeichnet. Bedauerlicherweise habe ich meine Skizzen zu Hause gelassen, sonst würde ich sie Ihnen gerne zeigen.«
In einem spontanen Entschluss schob Nathalia ihm Lores Skizzenblock und die Stifte hin. Ihr überhebliches Lächeln erlosch jedoch, als sie sah, wie Jürgen mit geschickten Strichen sie selbst porträtierte – und zwar in dem modischen Kostüm, das Lore auf dem obersten Blatt ihres Stapels liegen hatte.
Unterdessen brachte ein Dienstmädchen ein Tablett mit Schinken, Käse, Wurst und Brot sowie einen Krug Bier für den Gast. Doch weder Nathalia noch Lore achteten darauf. Als Jürgens Zeichnung immer mehr Gestalt annahm, starrte Nathalia ihre Freundin verdattert an. »Das bin ja wirklich ich!«
Lore nickte nachdenklich. »Du bist auf diesem Bild ausgezeichnet getroffen. Außerdem scheint das Kleid wie für dich gemacht zu sein.«
Im Stillen fügte sie hinzu, dass der junge Mann auch das Gesicht Nathalias und vor allem dessen Ausdruck meisterlich wiedergegeben hatte. Auf dem Bild wirkte ihre Freundin stolz und ein wenig herrisch, aber auch liebreizend und schön.
»Ausgezeichnet!«, rief sie begeistert. »Herr Göde, am liebsten würde ich Sie bitten, einiges für mi… meine Freundin Mary Penn zu malen. Sie besitzt in Berlin einen Modesalon. Mit solchen Bildern könnte sie ihren Kundinnen am besten zeigen, wie ihre Kleider wirken.«

Beinahe hätte sie sich als Atelierbesitzerin offenbart, doch noch immer galt die Verabredung, dass Mary nach außen hin als alleinige Chefin des Modeateliers auftrat. Sie selbst spielte in der besseren Gesellschaft nur die großzügige Mäzenin, die es ihrer Schneiderin erst ermöglicht hatte, ihr Talent zu entfalten.

Jürgen hatte den kleinen Beinahe-Fauxpas nicht bemerkt, sondern stellte seine Zeichnung fertig und begutachtete sie nun selbst. »Nun, es ist ganz ordentlich. Aber so richtig habe ich die gnädige Komtess nicht getroffen. Sie ist weitaus schöner, als die Stifte es zeigen können.«

»Sie sind ja direkt ein Charmeur«, lachte Nathalia geschmeichelt. »Aber nun müssen Sie meine Freundin ebenfalls zeichnen, und zwar in …«, sie blätterte Lores Skizzen durch, bis sie auf ein blaues Abendkleid stieß, »… in dieser Robe!«

»Vorher solltet der Herr und du etwas essen. Außerdem werden die Getränke warm«, wandte Lore ein.

»Wo du recht hast, hast du recht«, antwortete Nathalia und griff nach der ersten Scheibe Brot.

Jürgen vermochte sich nicht vom Zeichenblock loszureißen und hörte erst auf, als Lores Porträt fertig war. Mit einer unsicheren Geste legte er den Block auf den Tisch. Zwar hatte er früher auch seine Schwestern und seine Mutter gezeichnet, aber dafür meist nur harsche Kritik zu hören bekommen. Daher wartete er jetzt angespannt auf das Urteil.

Lore starrte das Bild an und fragte Nathalia: »Sehe ich wirklich so schön aus?«

Ihre Freundin nahm das Bild und hielt es neben sie. »Doch, ich finde schon. Herr Göde hat uns beide exzellent porträtiert. Unseren Dank! Dürfen wir Ihnen die Bilder abkaufen?«

Jürgen streckte abwehrend die Arme aus. »Meine Damen, ich habe nie daran gedacht, diese Bilder zu behalten. Sie gehören selbstverständlich Ihnen. Sehen Sie es als kleines Gastgeschenk für Ihre freundliche Bewirtung an.«
»Bis jetzt haben Sie ja noch gar nichts gegessen und getrunken. Das holen Sie erst einmal nach. Später können Sie mich noch einmal zeichnen, wenn Sie möchten, und dieses Bild Ihrer Sammlung hinzufügen«, sagte Nathalia großzügig.
Lore blickte sie verwundert an. Bis jetzt hatte sie gedacht, ihre Freundin würde ihren Spott mit dem jungen Mann treiben. Doch so ganz war das wohl nicht der Fall. Sollte … Sie verwarf diesen Gedanken sofort. Es war wohl mehr eine momentane Laune ihrer Freundin, die aus der Langeweile heraus geboren worden war.
Da Jürgen so aussah, als wolle er sich sofort ans Werk machen, nahm Nathalia ihm Block und Stifte ab und wies auf die Köstlichkeiten auf dem Tisch. »Sie müssen jetzt etwas zu sich nehmen, mein Herr. Tun Sie es um meinetwillen. Ihretwegen habe ich mein Mittagessen versäumt, kann aber als gute Gastgeberin nicht zugreifen, bevor Sie es tun!«
Sofort griff Jürgen zum Besteck und zu einer Scheibe Brot. Da er selbst wenig verdiente und die Mutter auf ihre kleine Rente angewiesen war, gab es in seinem Zuhause nur selten etwas anderes als jene Butter und die Marmeladen, die Bäuerinnen auf dem Markt feilhielten. Wurst oder gar Schinken wurde nur an den heiligsten Feiertagen wie Weihnachten oder Ostern aufgetischt. Er empfand jedoch keinen Neid. Immerhin hatten Komtess Nathalias Vorfahren ihren Besitz zusammengehalten und gemehrt, während sein Großvater alles verlumpt und verspielt und

zuletzt noch seinen Adelstitel an einen neureichen Provinzler gegen Geld abgetreten hatte.
Da er ahnte, dass die Komtess zögerliches Zugreifen als Ziererei ansehen würde, belegte er sein Brot mit zwei Scheiben Wurst, strich Mostrich darüber und biss hinein. Es schmeckte so köstlich, dass er sich zwingen musste, die Brotscheibe nicht heißhungrig zu verschlingen. Zwischendurch trank er von dem Bier, das in dem Tonkrug kühl gehalten wurde, und unterhielt sich dabei mit Lore und Nathalia, als wäre er ein alter Freund der Familie.
Welch ein Unterschied zu seiner Mutter und den Schwestern, dachte er. Diese interessierten sich nicht im Geringsten für Politik und hatten für die Vorkämpferinnen für die Frauenrechte, von denen Nathalia eben erzählte, höchstens vernichtende Bemerkungen übrig.
»Wie halten Sie es, Herr Göde? Glauben auch Sie, dass wir Frauen von Natur aus zu unselbständig sind, um eigene Entschlüsse fassen oder gar an Wahlen teilnehmen zu können?«, fragte die Komtess.
»Würde ich von meiner Mutter und meinen Schwestern ausgehen, müsste ich diesen Worten zustimmen. Die drei wären entsetzt, würde man von ihnen verlangen, sich in die Schlangen vor den Wahllokalen einzureihen. Andererseits aber gibt es Frauen wie Sie, meine Damen, die über das, was auf der Welt passiert, besser Bescheid wissen als viele Männer. Ihnen traue ich es durchaus zu, für sich selbst zu entscheiden.«
Nathalia wusste nicht so recht, was sie von Jürgens Worten halten sollte, und reagierte ein wenig kratzbürstig. »Entweder sind Sie sehr höflich und lügen, was meine Freundin und mich be-

trifft, oder Sie gehören zu den wenigen Männern, deren Verstand nicht durch eigene Dummheit vernebelt wird!«

»Nati!«, mahnte Lore sie wie in ihren Kindertagen. »Das war jetzt sehr unhöflich.«

»Aber ich bitte Sie, gnädige Frau! Die Komtess hat doch nur gesagt, was sie denkt, und ganz unrecht hat sie nicht. So wie es Frauen gibt, die gelernt haben, einen eigenen Willen zu entwickeln, so gibt es auch Männer, die genau das zu verhindern suchen. Selig ist der Mann, dessen Gefährtin sowohl Weiblichkeit wie auch Verstand besitzt!«

Jürgen versuchte verzweifelt, nicht anzuecken. Zu Hause hätte er sich längst einen Vortrag über die Überlegenheit des männlichen Verstands anhören müssen, mit dem er selbst nach Meinung seiner Schwestern allerdings nicht gesegnet war. Hier lächelte Gräfin Trettin nur, und die Komtess riet ihm, von einem bestimmten Schinken zu probieren.

»Oder wollen Sie noch länger darüber referieren, weshalb Männer und Frauen unterschiedlich sind, ohne es wirklich zu sein?«, setzte sie spöttisch hinzu.

»Ich wollte den Damen nicht zu nahe treten«, stieß Jürgen erschrocken aus.

Lore hob in einer beruhigenden Geste die Hand. »Das sind Sie auch nicht. Sie haben die Sache genau auf den Punkt gebracht. Es gibt sowohl bei Frauen wie bei Männern welche, die dumm, und welche, die gescheit sind. Seien wir zufrieden, dass wir dem Durchschnitt angehören, der genug weiß, ohne sich über andere erheben zu wollen.«

»Das, gnädige Frau, würde ich sofort unterschreiben.« Zum ersten Mal lächelte Jürgen, und Lore fand, dass es ihm gut stand.

Auch Nathalia zeigte sich versöhnt und befahl der wartenden Dienerin, auch ihr einen Krug Bier zu bringen.
Während die Frau gehorsam davoneilte, krauste Lore die Nase. »Muss das wirklich sein? Bier ist doch kein Getränk für eine Frau!«
»Einen Krug werde ich mir wohl leisten können! Vielleicht besorge ich mir demnächst eine Pfeife und rauche, so wie die Männer es tun«, stichelte Nathalia grinsend.
»Um Gottes willen! Du würdest als arg exzentrisch angesehen werden«, rief Lore aus.
Ihre Freundin winkte lachend ab. »Ich werde wohl doch darauf verzichten. Nicht, weil es exzentrisch ist, sondern weil ich den Geruch nach Tabak nicht mag. Man muss wirklich ein Mann sein, um diesen Qualm ertragen zu können. Herr Göde, wissen Sie, ob Männer schlechter riechen können als Frauen?«
»Möglich wäre es«, antwortete dieser zögernd und schob den Teller beiseite. »Die Damen mögen verzeihen, aber ich will jetzt das Porträt der Komtess zeichnen und mich dann auf den Weg machen. Es sind ja immerhin noch zehn Kilometer bis Nehlen.«
Nathalia zuckte schuldbewusst zusammen. »Oh Gott, ich habe ganz vergessen, dass Sie noch dorthin müssen! Wissen Sie was, ich lasse einen Wagen anspannen und bringe Sie hin. Das ist am bequemsten.«
»Keinesfalls. Ich will nicht, dass Sie sich meinetwegen noch mehr Umstände machen«, wehrte Jürgen ab.
»Das sind keine Umstände! Ich fahre gerne über Land. Wir nehmen das Gig, und ich werde selbst die Zügel führen.«
Jetzt hielt es Lore für an der Zeit, einzugreifen. »Du kannst nicht

mit einem Herrn allein in einem Wagen fahren. Was würden die Leute von dir denken!«
»Da sind sie wieder, diese Einschränkungen, die uns Frauen auferlegt sind«, rief Nathalia verärgert aus. »Dann kommst du eben mit, damit dem Anstand Genüge getan wird.«
Es klang so bestimmend, dass Lore seufzend zustimmte. Dabei sagte sie sich, dass Nati sich in den fast zwölf Jahren, die sie sie nun kannte, um keinen Deut geändert hatte.

## XIII.

Fridolins Laune besserte sich während der Fahrt nach Berlin, und bald konnte er den Zwischenfall auf Klingenfeld von der humorvollen Seite sehen. Eine besonders heldenhafte Figur hatte er nicht gerade abgegeben. Da war es ganz gut, dass Lore und Nathalia ihn nicht hatten beobachten können. Allerdings würde er sich das unverschämte Verhalten des Verwalters kein zweites Mal bieten lassen. Mit dem festen Vorsatz, das Gut zu übernehmen und als Erstes diesen Mann auf die Straße zu setzen, erreichte er den Lehrter Bahnhof und überlegte, ob er gleich zu Grünfelder fahren und Nägel mit Köpfen machen sollte.
Auf dem Weg zum Droschkenstand entschied er sich jedoch dagegen und gab dem Kutscher seine Privatadresse an. Er wollte sich erst frisch machen und danach seine Partner aufsuchen.
Der Lärm und die Gerüche der Stadt schienen ihm nach dem kurzen Aufenthalt auf dem Land schlimmer als sonst, und er brauchte eine Weile, bis er sich wieder daran gewöhnt hatte. Es wird gut sein, Lore und die Kinder so oft wie möglich auf unser

Gut zu schicken, damit sie sich in gesunder Umgebung erholen können, sagte er sich. Diese Stadt hier wurde immer mehr zum Moloch, die ihren Bewohnern ein Leben aufzwang, für das der Mensch in seinen Augen nicht geeignet war. Dabei hatten er und seine Familie es noch gut. Er mochte sich gar nicht erst vorstellen, wie es den Menschen in den lichtlosen Hinterhofwohnungen der Arbeiterviertel ging.

Als die Droschke vor seinem Haus anhielt, schob Fridolin diese Gedanken beiseite, bezahlte und nahm seinen Koffer an sich. Während der Kutscher hinter ihm seine Pferde antrieb, stieg er die Freitreppe hoch und klingelte.

Sofort öffnete ihm ein Diener und ließ ihn ein. Die Miene des Mannes wirkte so erleichtert, dass Fridolin sich verwundert fragte, was in seiner Abwesenheit vorgefallen sein mochte. Allerdings grüßte der Diener nur, übernahm sein Gepäck und verschwand damit im Haus.

An seiner Stelle trat sein Majordomus Johann Ferber auf ihn zu und verbeugte sich mustergültig. »Willkommen zu Hause, Herr Graf!«

»Sie hören sich an, als wäre ich wochenlang weggewesen«, antwortete Fridolin lachend.

»Wir haben einen Gast im Haus, einen sehr anspruchsvollen, wie ich hinzufügen möchte«, erklärte sein Hausverwalter.

»Einen Gast?« Fridolins Gedanken rasten. Die Herren, die er kannte, verfügten entweder selbst über einen Wohnsitz in Berlin oder über genug Geld, um im Adlon oder in vergleichbaren Hotels zu logieren.

»Es handelt sich um Ihren Verwandten, den Freiherrn Ottwald von Trettin. Er erschien an dem Tag, an dem der Herr Graf mit seiner Gemahlin, der Komtess Retzmann und den jungen Herrschaften aufgebrochen ist, und wollte hier auf den Herrn Grafen warten.«

»Ottwald!« Fridolin bleckte in unbewusster Abwehr die Zähne. Malwines und Ottokars Sohn war nicht gerade der Gast, den er unter seinem Dach zu dulden gedachte. Schon wollte er Ferber fragen, weshalb dieser Ottwald überhaupt eingelassen habe, erinnerte sich aber früh genug daran, dass Lore und er den Streit mit den Trettiner Verwandten nicht an das Personal weitergetragen hatten. Sein Hausverwalter konnte daher nicht wissen, wie wenig willkommen der Freiherr auf Trettin ihm war.

»Ist gut, Ferber! Ich werde mich darum kümmern. Sorgen Sie dafür, dass ich etwas zu essen bekomme. Reisen macht hungrig, vor allem, wenn der Zug nirgends lange genug hält, um unterwegs speisen zu können.«

»Sehr wohl, Herr Graf! Darf ich mir erlauben zu fragen, wann der Kammerdiener des Herrn Grafen eintreffen wird?«

»Ich habe Kowalczyk nach Bremen geschickt, um Herrn Simmern wichtige Unterlagen zu überbringen. Er wird morgen eintreffen. Bis dahin werde ich hoffentlich ohne Kammerdiener auskommen.«

»Ich stehe dem Herrn Grafen selbstverständlich auch in dieser Funktion zur Verfügung.« Ferber verbeugte sich noch einmal und ging gemessenen Schrittes davon.

Unterdessen überlegte Fridolin, wie er seinem Neffen begegnen sollte. Da ihm Streit zuwider war, beschloss er, sich anzuhören, was Ottwald von Trettin zu sagen hatte, und sich dann zu entscheiden. Mit diesem Vorsatz betrat er seine Zimmerflucht, machte sich frisch und kleidete sich um. Als er eine Viertelstun-

de später in den kleinen Speisesalon trat, stand dort ein üppiger Imbiss für ihn bereit.
Allerdings blieb ihm nicht die Zeit, in Ruhe zu essen, denn schon bald hörte er die Türglocke fordernd bimmeln, und kurz darauf trat sein Neffe in den Raum.
»Guten Tag, Oheim!«, grüßte dieser und reichte dem Diener, der ihm gefolgt war, Hut und Stock.
»Guten Tag, Neffe!« Fridolin betrachtete den jungen Mann, der immer noch kaum eine Ähnlichkeit mit dessen Vater aufwies. War Ottokar ein eher grobschlächtig wirkender Mann mit einem breiten, meist hochroten Kopf gewesen, so sah er nun einen schlanken Schönling vor sich, der selbst Leutnant Bukow in den Schatten stellte. Ottwalds kalt blickende Augen bewiesen jedoch, dass er zwar hübsch, aber gewiss nicht weich war.
»Ich hoffe, Sie hatten eine angenehme Reise, Oheim«, eröffnete Ottwald das Gespräch.
»Danke der Nachfrage, ich kann nicht klagen!« Fridolin war nicht bereit, seinem Neffen auch nur einen Schritt entgegenzukommen. Nach Ottwalds Auftritt bei ihrem letzten Zusammentreffen fragte er sich misstrauisch, welchen Grund sein Neffe hatte, unangemeldet bei ihm aufzutauchen.
»Sie werden sicher wissen wollen, was mich nach Berlin führt«, fuhr Ottwald fort.
»Sie sind seit vier Jahren Ihr eigener Herr und können tun und lassen, was Sie wollen. Mir sind Sie keine Rechenschaft mehr schuldig.«
Einem Kunden in der Bank hätte Fridolins Tonfall signalisiert, dass sein Kreditwunsch abschlägig beschieden worden war. An seinen Neffen war diese Andeutung jedoch verschwendet.

»Es geht um Trettin«, erklärte Ottwald. »Es gab einen großen Brand, und dabei wurde die Scheuer zerstört.«
»Wie ich eben schon sagte, bin ich seit vier Jahren nicht mehr Ihr Vormund und habe, wie Sie mir selbst unmissverständlich klargemacht haben, mit Gut Trettin nichts mehr zu schaffen.«
Ottwald stemmte sich mit beiden Händen auf den Tisch und sah seinen Onkel durchdringend an. »Das glaube ich doch! Immerhin wird auch Ihr Name in Mitleidenschaft gezogen, wenn es heißt, Gut Trettin sei verkracht. Die Leute würden sich fragen, was Sie als mein Vormund und Sachwalter unternommen haben, dass es dazu gekommen ist!«
»Soll das eine Drohung sein?«, fragte Fridolin mit einem Lächeln, das allen, die ihn besser kannten, geraten hätte, den Rückzug anzutreten.
Aber Ottwald ignorierte die Warnung. »Es geht um den guten Namen derer von Trettin. Das sollte Ihnen einen Griff in Ihre Geldbörse wert sein, lieber Onkel. Immerhin sind Sie ein erfolgreicher Bankier und wollen doch nicht, dass es heißt, man könne Ihnen nicht mehr vertrauen.«
Dieser Lümmel ist nicht nur dreist, sondern unverschämt, stellte Fridolin erbost fest, und er war weniger denn je bereit, etwas für die Verwandtschaft auf Trettin zu tun. »Wenn Sie gehofft haben, von mir Geld zu erhalten, lieber Neffe, sind Sie umsonst nach Berlin gekommen. Das Tischtuch zwischen Ihnen und Ihrer Mutter sowie mir und meiner Familie ist seit langem zerschnitten. Ich schlage vor, dass Sie dieses Haus verlassen und sich zu einem Ihrer gewiss zahlreichen Freunde begeben. Zudem frage ich mich, weshalb eine niedergebrannte Scheune Sie so in Schwierigkeiten bringt. Ich habe schließlich dafür gesorgt, dass

Ihr Besitz gut versichert ist. Wenden Sie sich an die Berlinische Feuer-Versicherungs-Anstalt, wenn Sie Geld haben wollen. Bei mir sind Sie am falschen Ort.«

Das war an Deutlichkeit nicht zu überbieten. Ottwald verzog das Gesicht jedoch zu einer höhnischen Grimasse. »Was würden Ihre Geschäftspartner und Kunden dazu sagen, wenn die Rechnungsbücher in Trettin beweisen, dass Sie zu Unrecht Geld abgezogen haben?«

Fridolin widerstand nur mit Mühe der Versuchung, den Hausknecht zu rufen und den impertinenten Burschen auf die Straße setzen zu lassen. »Sie können es versuchen, lieber Neffe. Nur habe ich in weiser Voraussicht die Rechnungsbücher Ihres Gutes kopieren und notariell beglaubigen lassen. Es ist mir daher ein Leichtes, in die Zeitungen zu setzen, dass ich für die Schulden meines Neffen zweiten Grades, des Gutsherrn Ottwald von Trettin auf Trettin, nicht aufzukommen gedenke. Was die Rechnungsbücher betrifft, können wir diese Sache gerne vor Gericht ausfechten!«

Da Ottwald wusste, dass die Bücher während Fridolins Vormundschaft exakt geführt worden waren, und eine gerichtliche Untersuchung ergeben würde, dass seine Mutter und sein Verwalter Geld unterschlagen hatten, konnte er sich einen Prozess nicht leisten. Doch nun fielen ihm die Aussprüche Ermingarde Klampts und deren Sohnes Gerhard über das Vermögen der Komtess Retzmann ein.

»Vielleicht reden Sie anders, wenn bekannt wird, dass Ihr Vermögen aus dem Besitz jenes kleinen Mädchens stammt, dessen Besitz Sie und dieser Simmern aus Bremen verwaltet haben. Es gibt Beweise …«

Weiter kam Ottwald nicht, denn jetzt stand Fridolin auf und wies ihm mit eisiger Miene die Tür.

»Sie werden umgehend dieses Haus verlassen. Wenden Sie sich an Ihre Freunde oder die Ihrer Mutter, wenn Sie Hilfe brauchen. Von mir erhalten Sie keinen einzigen Groschen!«

Ottwald starrte ihn an und begriff erst nach und nach, dass es seinem Onkel mit diesen Worten vollkommen ernst war. Mit einem gezischten Fluch stieß er sich vom Tisch ab und funkelte Fridolin feindselig an. »Da ist das letzte Wort noch nicht gesprochen, das schwöre ich Ihnen!«

»Hinaus! Sonst nehme ich die Reitpeitsche und mache Ihnen Beine. Ferber, lassen Sie den Koffer dieses Herrn auf die Straße stellen. Er wird dieses Haus nicht mehr betreten.«

»Sie … Ich …« Ottwald von Trettin ballte die Fäuste und ging ein paar Schritte auf Fridolin zu. Doch bevor er handgreiflich werden konnte, waren Johann Ferber und zwei Bedienstete bei ihm.

»Sie haben den Herrn Grafen gehört. Gehen Sie jetzt, sonst sehen wir uns gezwungen nachzuhelfen!« Da der Hausverwalter so aussah, als würde er sich genau das wünschen, zog Ottwald wutschnaubend ab.

Ferber befahl einem Diener, dafür zu sorgen, dass der Koffer des Gastes gepackt wurde, und wandte sich anschließend an seinen Herrn. »Erlauben mir, Herr Graf, meiner Erleichterung Ausdruck zu geben.«

»Wie meinen?«, fragte Fridolin, dessen Gedanken sich noch immer um die Drohungen seines Neffen drehten.

»Freiherr von Trettin hat sich in den drei Tagen seines Hierseins als äußerst anstrengender Gast erwiesen. Er wollte den besten Wein und den wertvollsten Champagner aus Ihrem Keller kredenzt und die köstlichsten Leckerbissen aufgetischt bekommen. Außerdem hat er, wenn ich das erwähnen darf, dem Dienstmädchen Luise nachgestellt und es durch die Verabreichung von Champagner, Austern und Kaviar dazu gebracht, ihm unschickliche Dinge zu erlauben. Wenn Sie gestatten, werde ich dieses Frauenzimmer umgehend entlassen und die Arbeitsvermittlerin auffordern, uns eine andere Kraft zu schicken.«

»Ist das nicht eine etwas harte Strafe für ein Glas Champagner und ein Löffelchen Fischrogen? Von dem anderen wollen wir lieber gar nicht erst sprechen«, sagte Fridolin.

Sein Hausverwalter erinnerte sich daran, wie knapp er und Nele, Lores jetzige Zofe, vor etlichen Jahren der Entlassung entgangen waren, und zuckte zusammen. »Es tut mir leid, Herr Graf. Ich wollte nicht …«

»Es ist schon gut, Ferber! Halten Sie dem Mädchen eine Gardinenpredigt und lassen es arbeiten. Es wird diesen Fehler nicht wiederholen.«

»Gewiss nicht, Herr Graf. Wenn Herr Graf erlauben, werde ich diesem Geschöpf mitteilen, wie knapp es einer schmachvollen Rückkehr zu seiner Arbeitsvermittlerin entgangen ist.«

»Tun Sie das, Ferber.« Fridolin vergaß die leichtsinnige Dienerin in dem Augenblick, in dem sein Hausverwalter das Zimmer verlassen hatte. Stattdessen dachte er sorgenvoll an seinen Neffen, der gewiss alles daransetzen würde, Geld aus ihm herauszupressen. In der Hinsicht war Ottwald nicht besser als sein Vater, der Lores Eltern und deren Geschwister auf dem Gewissen hatte. Und da war auch noch Malwine, seine und Lores erbitterte Feindin. Wie es aussah, würde er in Zukunft noch mehr auf seine Familie achtgeben müssen.

# XIV.

Ottwald von Trettin war sicher gewesen, seinen Onkel um Geld erleichtern zu können. Stattdessen hatte Fridolin ihn von Domestiken schlichtweg vor die Tür setzen lassen. Eben wurde der Eingang noch einmal geöffnet, und sein Koffer flog auf das Trottoir. Noch während Ottwald dem Diener mit der Faust drohte, schloss dieser das Portal der Villa, und er stand mitsamt Gepäck auf der Straße.

Mit wutverzerrter Miene betrachtete der Gutsherr auf Trettin seinen Koffer, der durch die rauhe Behandlung etliche Kratzer davongetragen hatte. Er hatte ihn erst gestern hier in Berlin gekauft und in die Villa liefern lassen. Da er die Rechnung auf seinen Onkel hatte ausstellen lassen, war der Koffer noch nicht einmal bezahlt. Dies hatte er auch bei einigen anderen Käufen so gehandhabt. Nun dachte er mit einem bösen Lächeln auf den Lippen daran, dass die Geschäftsleute wohl schon bald ihr Geld bei Fridolin einfordern würden. Dann erinnerte er sich an dessen Ausspruch, für keine seiner Schulden aufkommen zu wollen, und fluchte. Diesem Bastard war zuzutrauen, die Rechnungen nach Trettin schicken zu lassen.

Zudem hatte er in Erwartung einer höheren Summe von seinem Onkel die eigenen Geldreserven nicht geschont. Als er sein Portemonnaie aus der Tasche zog und hineinsah, fand er darin nicht einmal genug Geld, um sich eine Bahnreise dritter Klasse nach Heiligenbeil leisten zu können. Dabei reiste ein Trettin niemals anders als erster Klasse.

In Gedanken ging er die Liste derer durch, die ihm vielleicht mit kleinen Summen aushelfen würden. Die Zahl war erschreckend niedrig. Da er seit seiner Schulzeit auf Trettin gelebt und nur in Königsberg ein paar Semester Agrarwirtschaft studiert hatte, hatte er keine Verbindungen nach Berlin knüpfen können. Auch hatten die Bekannten seiner Eltern nach einem Skandal vor sechs Jahren, in den seine Mutter verwickelt gewesen war, ihre Verbindungen zu Trettin abgebrochen.

Im Grunde konnte er nur bei Ermingarde Klampt und deren Kindern Zuflucht suchen. Auf diesen Plebs angewiesen zu sein schmerzte ihn beinahe noch mehr als die Abfuhr durch seinen Onkel. Da er aber schlecht zu Fuß bis nach Trettin gehen konnte, blieb ihm kaum etwas anderes übrig.

Ottwald nahm seinen Koffer, schritt eilig die Straße entlang und opferte schließlich ein paar Groschen, um mit einer Droschke zu dem Haus zu fahren, in dem die Klampts wohnten. Bei dem Gedanken daran, dass diese von ihrer Verwandten Fabarius nur geduldet wurden, sagte er sich, dass er auf jeden Fall besser dran war als Ermingarde und Gerhard Klampt. Immerhin hatte er neben seinem stark verschuldeten Gut in Ostpreußen noch immer seinen altadeligen Namen.

Diese Erkenntnis machte es ihm leichter, den Türklopfer zu betätigen. Trotzdem war er froh, dass nicht das uralte Hausmädchen der Besitzerin, sondern Armgard Klampt ihm öffnete. Diese sah ihn verwundert an, ließ ihn aber sogleich eintreten.

»Guten Tag, Herr von Trettin. Das ist aber eine Überraschung! Ich glaubte, Sie wären bereits wieder nach Hause gefahren.«

»Wie Sie sehen, bin ich noch in Berlin, und ich gedenke noch ein paar Tage zu bleiben – wenn Sie mir Obdach gewähren, heißt das.« Ottwald fand es beschämend, dass er dieses späte Mädchen, das trotz seiner fortgeschrittenen Jahre noch auf eine annehmbare Ehe hoffte, um ein Quartier bitten musste. Doch eine andere Wahl blieb ihm nicht. Zu seiner Erleichterung bat sie ihn, ihr in den ersten Stock des Hauses zu folgen.

»Mama wird sich gewiss freuen, Sie zu sehen, Herr von Trettin. Sie spielen doch Rommé? Es ist schrecklich langweilig hier, und so sind die Karten die einzige Unterhaltung, die uns noch bleibt. Obwohl es eigentlich gar nicht nötig wäre!« Armgards giftiger Blick streifte die nächsthöheren Stockwerke. Dort lebte die Hausherrin, die ihren Beutel nicht so weit öffnete, wie sie und ihre Mutter es sich wünschten.

»Ich stehe Ihrer Frau Mama selbstverständlich für ein Spiel zur Verfügung«, und werde die alte Tucke sogar gewinnen lassen, damit sie in guter Stimmung bleibt, setzte Ottwald im Stillen hinzu. Dann betrat er Ermingardes Zimmer mit einer weitaus ehrerbietigeren Verbeugung als beim letzten Mal.

»Ah, mein lieber Trettin, was führt Sie heute zu uns?«, begrüßte die alte Frau ihn leutselig.

»Zum einen der Wunsch, Sie, Ihren Sohn und Ihre Tochter wiederzusehen, aber auch, wie ich gestehen muss, die blanke Not. Mein Onkel ist heute von seiner Reise zurückgekehrt. Prompt kam es meiner gerechten Forderungen wegen zu einem Streit, in dem er mich des Hauses verwiesen hat – des Hauses, das er sich von ergaunertem Geld gekauft hat!«

Ottwald bemühte sich, das Geschehen so drastisch wie möglich darzustellen. Wenn er hier Unterschlupf finden wollte, musste die alte Frau ihn als Verbündeten im Kampf gegen ihre verhassten Feinde ansehen.

Dies schien ihm gelungen, denn Ermingarde Klampt stieß ein Zischen aus und befahl anschließend ihrer Tochter, das zweite

Bett in Gerhards Zimmer zu beziehen. »Ich hoffe, Sie haben nichts dagegen, gemeinsam mit meinem Sohn in einem Zimmer zu nächtigen, Herr von Trettin«, sagte sie entschuldigend.

»Ganz im Gegenteil«, beeilte sich Ottwald ihr zu versichern. »Ich bin stolz, von Herrn Klampt als Freund angesehen zu werden. Vielleicht vermag er mir sogar zu raten, was ich weiterhin unternehmen kann. Ich will nicht auf das Geld verzichten, das der Vorgänger meines Vaters als Herr auf Trettin dem Gut widerrechtlich entnommen und seiner Enkelin zugeschanzt hat.«

Immer fett auftragen, fuhr es Ottwald durch den Kopf. Je schlechter er über Fridolin und Lore sprach, umso eher würde er die Sympathie dieser alten Schreckschraube erringen.

»Erinnern Sie mich bitte nicht an dieses impertinente Weibsstück!«, rief Ermingarde aus. »Mit Lore Huppach begann unser Unglück. Hat diese intrigante Heuchlerin sich doch die Zuneigung meines lieben Schwagers, des Grafen Retzmann, erschlichen und ihn dazu gebracht, sein Testament zu ihren Gunsten zu ändern. Dann hat sie gemeinsam mit diesem unsäglichen Thomas Simmern mir und meinen Kindern jedes Recht, das wir als Mitglieder der Familie derer von Retzmann besaßen, entziehen lassen. Nur durch die Umtriebe dieser Frau sitzen wir heute in diesem elenden Haus und sind den Launen des Drachens ausgeliefert, dem es gehört und der uns jeden Augenblick fühlen lässt, wie sehr wir auf ihn angewiesen sind.« Ermingarde kamen die Tränen, und sie schneuzte sich in ein Seidentaschentuch.

Ottwald von Trettin versagte sich ein zufriedenes Grinsen. Wie es aussah, war der Hass der Klampts auf Lore mit den Jahren noch gewachsen. Wenn er es geschickt anfing, konnte er Ermingarde und deren Brut sogar für seinen Rachefeldzug gegen Fridolin ein-

setzen. Zwar wusste er noch nicht, wie er seinem Onkel am Zeug flicken konnte, doch irgendwie würde es ihm gelingen. Um diesem Ziel näher zu kommen, schmeichelte er der alten Frau und verlor pflichtgemäß die Partie Rommé, zu der sie ihn aufforderte.
Unterdessen holte Armgard Wein und einige Delikatessen aus der Küche, um für ihr leibliches Wohl zu sorgen.
Dabei wurde sie von dem alten Dienstmädchen ihrer Verwandten misstrauisch beäugt. »Sie haben wohl Besuch?«
»Es handelt sich um den Freiherrn von Trettin. Er wird einige Tage bei uns bleiben«, erklärte Armgard nicht ohne Stolz. Sollte die Alte dies ruhig ihrer Herrin vermelden. Dann erfuhr Friederike Fabarius wenigstens, dass ihre Mutter und sie weiterhin Kontakt zu höchsten Kreisen unterhielten.

## XV.

Während Ottwald von Trettin mit Ermingarde Klampt Karten spielte, stand Gerhard Klampt zwei Etagen höher wie ein getadelter Schüler vor seiner Gastgeberin. Bisher hatte Ermingardes Sohn geglaubt, hoch in Friederike Fabarius' Gunst zu stehen, denn er erhielt ein gutes Taschengeld von ihr. Nun aber saß die alte Frau, ganz in Schwarz gekleidet, in ihrem Ohrensessel, den Krückstock in der Hand, und dennoch verschaffte sie ihm das Gefühl, als sähe sie auf ihn herab.
»Ich bin sehr enttäuscht von dir, Gerhard«, erklärte sie gerade mit tadelnder Stimme. »Ich dachte, du wärst ein Ehrenmann, doch der Brief meiner Großnichte Philomena hat mir die Augen geöffnet!«

Friederike Fabarius schwenkte mit der Linken ein Blatt Papier vor Gerhards Nase, während dieser im Geiste deren Großnichte das Genick umdrehte. Wie es aussah, betätigte sich Philomena als Erbschleicherin und versuchte, ihn in ein schlechtes Licht zu setzen.

»Liebste Tante, ich begreife Ihren Unmut nicht. Ich für meinen Teil habe mir nicht mehr vorzuwerfen als andere Herren auch.« Es klang jämmerlich, aber Gerhard Klampt wusste, dass er bei seiner Erbtante mit Vorwürfen nicht weit käme.

»So? Warum schreibt Philomena dann, du wärst ein Wesen bar jeder Moral und würdest dein Geld mit Kartenspielen und schlechten Frauenzimmern vergeuden?«

Gerhard Klampt gelang es sogar, ein wenig zu lachen. »Meine liebe Tante, das sind doch Hirngespinste! Was Karten betrifft, so spiele ich höchstens eine Partie Rommé mit meiner Mutter und meiner Schwester. Sonst wette ich gelegentlich mit fünf oder höchstens zehn Mark bei den Pferderennen im Hoppegarten. Das ist eine Freizeitbeschäftigung, die ich mit Herren der höchsten Stände teile, nur dass diese ganz andere Summen einsetzen als ich und im Gegensatz zu mir meist verlieren.«

»Und was ist mit den Frauen?«, fragte Friederike Fabarius, bereits halb versöhnt.

»Meine liebe Tante, darf ich Sie darauf hinweisen, dass ich noch unvermählt bin. Leider kann ich meine Natur, ein Mann zu sein, nicht verleugnen. Daher suche ich, wenn ich beim Pferderennen einen guten Gewinn durch einen Außenseiter erzielt habe – und nur dann! –, zur Erhaltung meiner Gesundheit ein Haus auf, in dem auch die höchsten Herren unserer Gesellschaft verkehren.«

Nicht entschuldigen, sondern angreifen, sagte sich Gerhard Klampt. Diese elende Philomena mochte tausendmal recht haben, aber er wusste aus Erfahrung, dass seine Erbtante sich im Zweifelsfall auf die männliche, sprich auf seine Seite schlagen würde. Seine Hoffnung wurde nicht enttäuscht, denn der verbiesterte Ausdruck auf dem Gesicht der Greisin verlor sich, und sie sah ihn halbwegs freundlich an.

»Heißt dies, du wirst jenes entsetzliche Haus nicht mehr aufsuchen, sobald du in den heiligen Stand der Ehe eingetreten bist?«

»Aber das ist doch selbstverständlich, liebste Tante! Es ist doch nur aus der Not heraus geboren. Sobald ich verheiratet bin, werde ich meiner Gattin ein fürsorglicher und treuer Gatte sein.«

Die alte Dame nickte zufrieden. »Dann werde ich der lieben Philomena in diesem Sinne schreiben und sie auffordern, baldmöglichst zu erscheinen, damit ich eure Vermählung in die Wege leiten kann.«

»Ich bitte darum. Richten Sie der lieben Philomena meine ergebensten Grüße aus und teilen Sie ihr mit, dass ich mich darauf freue, ihr beweisen zu können, wie sehr ich bei ihr verleumdet worden bin.«

Gerhard Klampt atmete auf. Wenn Großnichte Philomena glaubte, ihn auf diese Weise ausbooten zu können, hatte sie sich geirrt. Ihr würde nichts anderes übrigbleiben, als hierherzukommen und ihn zu heiraten, damit sie wenigstens einen Teil ihres Erbes abbekam. Auch wenn ihn die Ehe mit dieser sich so tugendhaft gebenden Frau nicht reizte, so hätte er auch einen Besenstiel geehelicht, um auf diesem Weg an das Geld der alten Frau zu kommen.

Friederike Fabarius stand auf. Die Bewegungen fielen ihr sichtlich schwer, doch Gerhard Klampt machte nicht den Fehler, ihr helfen zu wollen. Die Alte konnte sehr zornig werden, wenn man ihr das Gefühl gab, man sähe sie als gebrechlich an. Mit grimmiger Zufriedenheit sah er zu, wie sie zu ihrem Schrank humpelte, diesen öffnete und einen alten Lederbeutel herausholte. Penibel zählte sie mehrere Münzen ab und steckte sie ihm zu. »Ein Mann braucht Geld für Tabak und einen gelegentlichen Krug Bier.«

»Ich danke Ihnen, liebste Tante! Vergessen Sie nicht, Fräulein Philomena meine aufrichtigste Verehrung zu übermitteln.« Gerhard Klampt verbeugte sich vor seiner Großtante und verließ erleichtert das muffige Zimmer.

Als er zu seiner Mutter zurückkehrte, entdeckte er dort Ottwald und begrüßte ihn begeistert. »Sie wissen gar nicht, wie sehr ich mich freue, Sie zu sehen, Herr von Trettin.«

»Herr von Trettin wird etliche Tage unser Gast sein. Sein unmöglicher Onkel hat ihn nicht nur um eine große Summe betrogen, sondern ihn, als er diese eingefordert hat, durch seine Lakaien aus dem Haus weisen lassen«, erklärte seine Mutter mit zornbebender Stimme.

»Natürlich bleiben Sie bei uns! Sie müssen erlauben, dass ich Sie später unserer lieben Verwandten Friederike Fabarius vorstelle.« Gerhard Klampt hoffte, mit dieser Bekanntschaft seinen Stand bei der Erbtante weiter zu verbessern. Nun aber interessierte er sich mehr für das, was Ottwald von Trettin zu berichten hatte, und er bat diesen, ihn in sein Zimmer zu begleiten.

Ottwald von Trettin folgte Klampt und fand sich in einem großen Raum wieder, der von einem breiten altmodischen Himmelbett und einem riesigen Schrank beherrscht wurde. Die

Teppiche auf dem Boden mussten noch aus den Kindertagen der Hausherrin stammen, so abgetreten waren sie, und die Vorhänge an den Fenstern hatten ebenfalls schon bessere Tage gesehen. Die Bettüberzüge aber waren noch recht neu, denn sie stammten, wie Gerhard Klampt erklärte, noch aus dem eigenen Haushalt in Bremen.

»Aber kommen wir jetzt zu Ihnen, lieber Trettin. Ihr Verwandter hat Sie also an die frische Luft gesetzt.«

»Das können Sie laut sagen, Klampt! Doch das zahle ich diesem Kerl heim, das schwöre ich Ihnen.«

»Ich würde es Ihnen gönnen, denn mit Fridolin von Trettin haben wir ebenso wie mit dessen Freund Simmern noch eine Rechnung offenstehen. Bisher war ich leider noch nicht in der Lage, diese einzutreiben. Doch zu zweit werden wir einen Weg finden.« Gerhard Klampt holte eine Cognacflasche aus dem Schrank, schenkte zwei Wassergläser doppelt Fingerbreit voll und reichte eines seinem Gast.

»Auf Ihr Wohl und darauf, dass wir Ihrem Onkel und dessen Freund ein Bein stellen können! Allerdings sollte sich das auch für mich lohnen. Der alte Drachen Fabarius steckt mir sonst noch das Gebetbuch unter die Nase, und ich darf alles aufgeben, was das Leben für einen Mann reizvoll macht.«

Klampt verzog das Gesicht und beugte sich vertraulich zu Ottwald hinüber. »Ich schlage vor, wir gehen heute Nacht zu meinem Freund Manfred Laabs ins *Le Plaisir*. Er hat mir schon ein paarmal gute Ratschläge erteilt. Vielleicht kann er uns auch in dieser Angelegenheit weiterhelfen.«

»Bedauerlicherweise habe ich nicht genug Geld, um mir einen Aufenthalt in diesem Luxusbordell leisten zu können. Um es ehrlich zu sagen, würde sogar eine Hure an der Friedrichstraße meine Börse sprengen.«

Ottwald von Trettin griff sich bei diesen Worten an seine Krawatte, um sie zu richten, und fühlte einen festen Gegenstand. Schnell nahm er ihn ab und starrte auf eine goldene Krawattennadel, die er am Morgen der Schatulle seines Onkels entnommen hatte, und grinste. Die würde er natürlich nicht zurückgeben, sondern sie gewissermaßen als Anzahlung behalten. Mit einem Hauch von Zufriedenheit, Fridolin einen ersten fühlbaren Schaden zugefügt zu haben, wandte er sich an Klampt. »Ganz mittellos bin ich doch nicht. Ich werde diese Krawattennadel verkaufen oder versetzen.«

»Ein schönes Stück und gewiss sehr teuer«, sagte Klampt mit Neid in der Stimme.

»Das hoffe ich doch!« Ottwald von Trettin lächelte höhnisch, denn mit dem Geld, das er für diese Krawattennadel erzielte, konnte er lange genug in Berlin bleiben, um seine Pläne voranzutreiben.

Unterdessen betrachtete Klampt das Schmuckstück und stupste dann seinen Gast an. »Sie sollten damit aber nicht zum Juden gehen. Dort erhalten Sie höchstens ein Viertel des Wertes. Wir zeigen das Ding dem guten Laabs. Der hat in solchen Fällen schon öfters als Mittelsmann gedient.«

# Dritter Teil

## *Nefilen*

# I.

Voller Anspannung trat Fridolin auf Grünfelders Haus zu, denn sein Ärger über den Verwalter auf Klingenfeld war noch nicht geschwunden. Zwar wollte er das Gut übernehmen, aber er war nicht bereit, den Preis, den Grünfelder ihm genannt hatte, ohne weiteres zu akzeptieren. Er sah harte Verhandlungen voraus, die er so würde führen müssen, dass seine beiden Partner sich hinterher als Gewinner fühlten, ohne es tatsächlich zu sein. Mit einem Seufzer betätigte er den elektrischen Klingelknopf. Grünfelder hatte sein Haus so modern wie möglich eingerichtet, um, wie er sagte, auf der Höhe der jetzt herrschenden Zeiten zu sein. Fridolin liebte es ein wenig altmodischer und behaglicher, aber das stand ihm als Vertreter eines alten, angesehenen Adelsgeschlechts auch zu.
Ein Diener in grüngoldener Livree öffnete und verbeugte sich.
»Darf ich den Herrn Grafen in diesem Haus willkommen heißen?«
»Sie dürfen!«, antwortete Fridolin und brachte den guten Mann damit aus dem Konzept. Der Diener hatte sich rasch wieder gefangen und forderte Fridolin auf, im Rauchsalon zu warten, bis er ihn bei seinen Herrschaften angemeldet habe.
»Gerne.« Fridolin folgte dem Mann in einen Raum, in dem Grünfelder einige seiner bedeutendsten Geschäfte getätigt hatte. Kisten mit erlesenen Zigarren standen auf den Borden bereit, ebenso eine Karaffe mit Cognac bester Qualität. Obwohl Fridolin sich hätte bedienen können, setzte er sich nur in einen Sessel, nahm das aktuelle *Berliner Tageblatt,* das auf einem Tischchen lag, und blätterte es durch. Ein Kommentator beschäftigte sich

noch einmal mit der Affäre Schnaebelé und nannte den französischen Zollinspektor einen üblen Spion, der zu Recht verhaftet worden sei. Ein anderer konstatierte zufrieden, dass Papst Leo XIII. den Kulturkampf gegen das Reich als beendet erklärt habe und wohl bald Verhandlungen zwischen dem Deutschen Reich und dem Heiligen Stuhl folgten, um das Verhältnis zueinander neu zu gestalten.

Viel Zeit zum Lesen blieb Fridolin nicht, denn nach kurzer Zeit ging die Tür auf, und seine Kompagnons traten ein. Grünfelder und Dohnke begrüßten ihn überschwenglich.

»Nun, mein lieber Trettin, wieder zurück aus Klingenfeld? Na, was sagen Sie zu dem Gut? Es ist doch wie für Sie gemacht!«, rief Grünfelder, der ihn offenbar mit seiner Begeisterung anstecken wollte.

Fridolin wiegte zweifelnd mit dem Kopf. »Die Gebäude sind noch halbwegs in Ordnung, doch nach zwei Jahren Misswirtschaft ist das Gut arg heruntergekommen. Das Vieh wurde verkauft und muss teuer ersetzt werden, und was von den landwirtschaftlichen Maschinen, die so ein großes Gut braucht, noch vorhanden ist, kann ich nicht sagen. Mein Gespräch mit dem dortigen Verwalter verlief nämlich äußerst unerquicklich. Um es deutlich zu sagen: Ich halte ihn für einen Gauner, der mit Baron Anno von Klingenfeld gemeinsame Sache gemacht hat.«

»Schon wieder Anno von Klingenfeld«, stellte Grünfelder unwillig fest. »Eigentlich ist das nur der Sohn des Gutsherrn, der die Geschäfte im Namen seines Vaters führt.«

»Das gilt schon seit zwei Jahren nicht mehr. Damals ist Richard von Klingenfeld gestorben – oder, besser gesagt, er hat sich erschossen, als ihm seine Schulden über den Kopf gewachsen sind.«

»Was sagen Sie da? Der alte Baron Klingenfeld soll tot sein? Und so lange schon? Davon hat der Sohn uns nicht unterrichtet!« Grünfelder schien schockiert.
»Bedauerlicherweise ja! In der Zwischenzeit hat sein Sohn alles verkauft, was sich irgendwie zu Geld machen ließ. Sie können sich vorstellen, wie das Gut jetzt aussieht.«
»Das heißt, Sie haben kein Interesse daran, es käuflich zu erwerben«, antwortete Grünfelder geknickt. Er schüttelte mehrmals den Kopf, weil er nicht darüber hinwegkam, dass Anno von Klingenfeld ihm den Tod des Vaters verschwiegen und so getan hatte, als handele er in dessen Namen.
»Das habe ich nicht gesagt«, antwortete Fridolin. »Allerdings bin ich sehr im Zweifel, ob ich das Gut übernehmen soll. Lore würde sich darüber freuen, denn sie ist auf dem Land aufgewachsen. Aber ich weiß nicht, ob ich sowohl Gut Klingenfeld wieder aufrichten und gleichzeitig weiterhin Anteilseigner des Bankhauses Grünfelder bleiben kann.« Fridolin entging nicht, dass Grünfelder und sein Schwiegersohn erschreckt zusammenzuckten.
»Aber Sie werden doch gewiss nicht Ihre Anteile an der Bank zurückziehen«, rief Dohnke aus.
Wenn dies geschah, ging es dem Bankhaus an die Substanz, das war Fridolin ebenso bewusst wie seinen Kompagnons. Grünfelder und Dohnke waren nicht solvent genug, um die hohen Verluste aus dem geplatzten Klingenfeld-Kredit zu tragen und gleichzeitig ihn auszahlen zu können. Wenn er, was sie nun befürchteten, seine Anteile einem anderen Berliner Bankier anbot, würden sie in Zukunft nur noch dessen Juniorpartner sein – und das wollte keiner von ihnen.

»Jetzt lassen Sie doch erst mal die Kirche im Dorf, mein lieber Trettin. Wir haben Ihnen ja bereits angeboten, dass Sie den Kaufpreis für das Gut in kleinen Raten über Jahre hinweg begleichen können. Wenn wir gleichzeitig Ihre Anteile um fünf Prozent erhöhen, erhalten Sie auch mehr von dem Überschuss der Bank. Damit können Sie Gut Klingenfeld schon fast allein abzahlen«, beschwor Dohnke ihn eindringlich.
Ganz so leicht würde es nicht sein, das wusste er ebenso wie sein Schwiegervater. Doch beide waren bereit, Fridolin diese bittere Pille ein wenig zu verzuckern.
»Was halten Sie von einem Zuschuss von zweitausend Mark, damit Sie Vieh kaufen können?«, bot Grünfelder an.
Fridolin tat so, als müsse er über diesen Vorschlag nachdenken. »Nun, es wäre eine gewisse Hilfe«, antwortete er zögernd, um sogleich eine Einschränkung zu machen. »Es würde trotzdem Jahre dauern, bis das Gut sich wieder selbst tragen kann. Bis dahin hätte ich einen schweren Mühlstein am Hals.«
»Vielleicht sollten Sie daran denken, Ihre Einlagen in der Bank um zwanzig Prozent zu verringern und dieses Geld als Anzahlung für das Gut zu verwenden«, schlug Dohnke zu.
Fridolin schüttelte den Kopf. »Dann gerate ich Ihnen gegenüber endgültig ins Hintertreffen und stehe nicht besser, als wenn ich mich mit dem Geld an einer der anderen großen Berliner Banken beteiligen würde.«
Bei dem Gedanken, Fridolin könnte seine Gelder tatsächlich aus dem Bankhaus herausziehen, wurde Grünfelder flau im Magen. »Aber wir werden doch gewiss zu einer Übereinkunft kommen!«
»Wie wäre denn Folgendes: Sie zahlen zu Beginn kleinere Raten«, bot Dohnke an. »Damit hätten Sie jetzt Geld, um es in das

Gut zu stecken, und können später die Gewinne daraus verwenden, es ganz abzuzahlen.«

An diese Möglichkeit hatte Fridolin bereits gedacht. Allerdings konnte er nicht das Gut auf Vordermann bringen und gleichzeitig die Fabrik fertigstellen. »Ich habe bereits einige Überlegungen angestellt«, setzte er an. »Zuerst kam mir der Gedanke, das Gut zu übernehmen, wenn Sie mit achtzig Prozent des Schätzwerts als Kaufpreis einverstanden sind.« Er sah Dohnke wie auch dessen Schwiegervater aufatmen. Achtzig Prozent des Schätzwerts waren weitaus mehr, als sie bei einer Versteigerung erwarten konnten. Bevor einer der beiden jedoch etwas sagen konnte, hob er die Hand.

»Dies war, wie gesagt, meine erste Überlegung. Nur befreit mich dies nicht von dem Problem der Anschubfinanzierung, die das Gut dringend benötigt.«

»Wir sagten doch bereits, dass wir dreitausend, vielleicht auch fünftausend Mark für Vieh- und Gerätekäufe zur Verfügung stellen könnten«, trumpfte Grünfelder auf.

»Darüber ließe sich reden. Allerdings brauche ich die doppelte, nein, die vierfache Summe, nicht geschenkt, sondern als Kredit mit geringen Zinsen. Die Sicherheit wäre ein Teil meiner Einlagen bei der Bank«, antwortete Fridolin zögernd.

»Darauf können wir uns einigen. Sie zahlen achtzig Prozent des Schätzwerts innerhalb von zehn Jahren ab – und zwar ohne Zinsen – und erhalten zusätzlich einen Kredit über zwanzigtausend Mark zu geringen Zinsen. Wenn Sie damit einverstanden sind, lasse ich morgen die entsprechenden Papiere vorbereiten.«

Dohnke lächelte zufrieden, denn damit sparten sein Schwiegervater und er das Viehgeld, wie er es für sich nannte.

»Sie haben die fünfprozentige Aufstockung meiner Anlagesumme vergessen«, erinnerte Fridolin ihn freundlich.
»Ganz bestimmt nicht! Die bekommen Sie wie vereinbart. Was ist, Trettin, sind Sie damit einverstanden?«
»Bereiten Sie die Verträge vor. Sollten sich bis morgen noch Einwände ergeben, werden diese nur einzelne Punkte betreffen. Darf ich die Herren bitten, mich bei Ihren Damen zu entschuldigen? Ich bin müde von der Reise und werde mir erlauben, ihnen morgen Nachmittag meine Aufwartung zu machen.« Fridolin wollte sich erheben, doch so leicht entkam er Grünfelder nicht.
»Mein lieber Trettin, sollten wir unsere Übereinkunft nicht mit einem Cognac begießen? Übrigens hoffe ich, dass Sie morgen zu Mittag unser Gast sind. Zu Hause wird es Ihnen ohne Ihre Frau Gemahlin und die Kinder gewiss langweilig sein.«
»Ich werde gerne kommen, und ich habe auch nichts gegen einen Cognac einzuwenden.« Die Sache war in so vollem Umfang nach seinen Vorstellungen abgelaufen, dass Fridolin beinahe wie ein satter, zufriedener Kater geschnurrt hätte. Er bekam nicht nur das Gut zu einem vertretbaren Preis, viel wichtiger war ihm, dass er nun über zwanzigtausend Mark freies Geld verfügte, das er sofort in die Konservenfabrik stecken konnte. Kühe würde er sich davon keine kaufen. Das hatte Zeit, bis die Fabrik arbeitete und das erste Geld hereinkam. Davon ließ er jedoch nichts verlauten, als er den Cognacschwenker entgegennahm und mit seinen Geschäftspartnern anstieß. Ihren Mienen nach glaubten Grünfelder und Dohnke, ihn über den Tisch gezogen zu haben. Das entlockte ihm unwillkürlich ein Lächeln. Wer das bessere Geschäft gemacht hatte, würde sich in ein paar Jahren zeigen.

## II.

Kaum hatte Fridolin das Haus verlassen, streckte Dohnke seinem Schwiegervater die Hand hin. »Ich gratuliere Ihnen! Sie haben eben unseren gemeinsamen Verlust entscheidend verringert. Ich hatte ja die Hoffnung, dass Trettin das Gut kaufen würde, glaubte aber, ihm noch ganz andere Zugeständnisse machen zu müssen.«

Grünfelder lächelte geschmeichelt. »Nun, mein lieber Dohnke, schließlich bin ich ein Mann mit langjähriger Erfahrung als Geschäftsmann und weiß, wie weit ich meinem Gegenüber entgegenkommen muss. Natürlich bin ich froh, dass es so gut gelaufen ist. Doch Trettin wird ebenfalls seinen Gewinn dabei machen. Dies ist auch wichtig, denn sonst kommt er noch auf den Gedanken, wir hätten ihn betrogen.«

»Das bessere Los haben auf jeden Fall wir gezogen«, erklärte Dohnke selbstzufrieden. »Mit diesem Vertrag minimieren wir nicht nur unseren persönlichen Verlust, sondern binden Trettin auf lange Jahre an unser Bankhaus. Seine Fähigkeiten im Umgang mit Kreditnehmern sind unübertroffen. So mancher große Bankier hätte ihn liebend gerne abgeworben und zu seinem Partner gemacht. Dieser Gefahr haben wir jetzt ein für alle Mal einen Riegel vorgeschoben.«

Grünfelder nickte. »So ist es, und das ist auch die paar Mark Zinsen wert, die wir Trettin schenken. Ohne ihn hätten wir einen weitaus höheren Verlust. Dennoch schmerzt es mich, dass ich mich von Anno von Klingenfeld zum Narren habe halten lassen. Ich wusste nichts vom Tod seines Vaters, sondern glaubte, er würde in dessen Auftrag handeln. Die Fabrik, die der alte

Klingenfeld errichten wollte, wird nun für immer ein Traum bleiben.«

»Trettin hat wohl nicht das Geld, diese Pläne zu realisieren. Doch sollte uns das nicht bekümmern. Gehen wir zu den Damen! Sie warten gewiss schon auf Nachricht.« Dohnke trank sein Glas leer und wandte sich zur Tür.

Sein Schwiegervater folgte ihm mit erleichterter Miene. Da Fridolin sich bereit erklärt hatte, Gut Klingenfeld zu übernehmen, musste er nicht mehr so tief in seine Privatschatulle greifen, um die Verluste auszugleichen. Dennoch ärgerte er sich über den wertlosen Tand, den Anno von Klingenfeld ihm statt des echten Schmucks als Sicherheit unterschoben hatte, und er hoffte, dass der Detektiv, den er darauf angesetzt hatte, schon bald Erfolge vorweisen konnte.

Als Grünfelder den Salon seiner Frau betrat, hatte er sich wieder in den erfolgreichen und jovialen Geschäftsmann verwandelt, den darzustellen zu seiner zweiten Natur geworden war. Er küsste Juliane auf die Wange und freute sich gleichzeitig auf seinen nächsten Besuch im *Le Plaisir.* Nach den Aufregungen der letzten Zeit benötigte er dringend ein wenig Entspannung. Jetzt aber ließ er sich von seiner Tochter ein Glas Likör reichen, nippte daran und zwinkerte seinem Schwiegersohn zu, als wolle er sagen, dass Männer doch stärkere Getränke gewöhnt waren als dieses süße, nach Kaffee schmeckende Gesöff.

»Nun, meine Lieben, wie habt ihr den Tag verbracht?«, fragte er.

»Wir waren zuerst beim Gottesdienst und haben anschließend Frau von Stenik besucht. Einige interessante Damen waren dort. Wir hatten gehofft, auch Gräfin Trettin dort zu treffen, doch diese ließ sich leider entschuldigen«, antwortete seine Frau.

»Verzeih, meine Liebe! Ich habe vergessen, dir zu berichten, dass Trettin seine Frau und deren Freundin, die Komtess Retzmann, bereits aufs Land gebracht hat.«

»Gräfin Trettin weilt auf dem Land? Aber davon hat sie bei unserem letzten Zusammentreffen gar nichts gesagt!«

Wilhelmine von Dohnke verzog das Gesicht. Immerhin hielt sie sich für die beste Freundin der Gräfin, doch diese Einschätzung hätte Lore höchstens ein Lächeln entlockt. Grünfelders Tochter war ein zu verwöhntes Ding, um irgendjemandes Freundin sein zu können. Vor einigen Jahren hatte sie Lore noch glühend gehasst, nur aus dem einen Grund, weil diese Fridolins Ehefrau war und sie den schmucken Freiherrn unbedingt für sich selbst hatte gewinnen wollen. Mittlerweile war sie mit Emil von Dohnke verheiratet, sehr glücklich, wie sie überall erzählte, und seit einem Jahr Mutter einer Tochter. Den ersehnten Erben hoffte sie innerhalb der nächsten zwei, drei Jahre zu gebären. Nun lehnte sie sich gegen ihren Mann, der gutmütig auf sie herabsah.

»Es war gewiss keine böse Absicht der Gräfin Trettin, denn die Abreise aufs Land ergab sich ganz überraschend«, erklärte er. »Ihr Gatte musste im Auftrag der Bank ein Gut in der Nähe von Komtess Retzmanns Besitz aufsuchen und wollte die Damen persönlich zu ihrem Feriendomizil geleiten. Er selbst wird sich ebenfalls dorthin begeben, sobald es ihm möglich ist.«

»Ich möchte auch aufs Land!«, sagte Wilhelmine mit einem seelenvollen Seufzen.

Dohnkes Lächeln nahm einen leicht spöttischen Zug an, denn im Grunde verabscheute seine Frau das Landleben. Hähne, die in aller Herrgottsfrühe krähten, waren ihr ein Greuel, und von

dem Geruch nach Dung, der bei der Feldbestellung nicht zu vermeiden war, bekam sie Migräneanfälle.
Noch während er überlegte, was er antworten sollte, ergriff sein Schwiegervater das Wort. »Ich habe bereits ein passendes Anwesen in der Umgebung von Berlin ins Auge gefasst, meine Liebe. Es handelt sich um ein schmuckes Landhaus, das dir gewiss gefallen wird. Kühe und Schweine werden dort keine gehalten, ebenso wenig Hühner und anderes nutzloses Geziefer. Es gibt nur einen Stall für Pferde. Diese Tiere braucht man, wenn man ausfahren will, und sie stinken nicht. Es wird dir gefallen!«
»Oh, wirklich?« Wilhelmine klatschte vor Begeisterung in die Hände, während Dohnke sich vornahm, ein ernstes Wort mit seinem Schwiegervater zu sprechen.
Grünfelder hatte den Plan, einen Landsitz zu kaufen, zu einem Zeitpunkt ins Auge gefasst, an dem Anno von Klingenfelds Betrügereien noch nicht aufgedeckt worden waren. Zwar gehörten zu dem Anwesen nur ein paar Morgen Land, aber seiner begehrten Lage wegen würden sie eine erkleckliche Summe für Haus und Grund aufbringen müssen. Andererseits wiederum, dachte Dohnke, würde der Erwerb eines solchen Landsitzes sowohl ihren Kunden als auch der Konkurrenz zeigen, dass ihr Bankhaus das Klingenfeld-Desaster gut überstanden hatte.
»Wenn du magst, meine Liebe, können wir das Anwesen in den nächsten Tagen aufsuchen, um zu sehen, ob es dir gefällt.« Dohnke hatte seine Entscheidung getroffen und erhielt dafür von der hocherfreuten Wilhelmine einen Kuss.
Grünfelder räusperte sich angesichts dieser intimen Geste, war aber mit seinem Schwiegersohn vollauf zufrieden. Manchmal nämlich konnte er sich des Verdachts nicht erwehren, dieser habe

statt eines Herzens ein Rechenbrett im Leib. Doch wenn es darauf ankam, seiner Wilhelmine eine Freude zu bereiten, handelte Emil genau so, wie er es sich wünschte.

»Ist euch Mittwoch recht?«, fragte er. »Am Nachmittag habe ich keine Termine in der Bank, und Emil ebenso wenig. Wenn doch etwas anfällt, kann Trettin es für uns übernehmen.«

»Ich würde mich freuen!« Wilhelmine wirkte so glücklich, dass ihr Mann nicht anders konnte, als seinem Schwiegervater zuzustimmen.

»Dann fahren wir hin, das heißt, wenn es Ihnen recht ist, liebste Schwiegermama!« Die letzte Einschränkung war rein rhetorischer Natur, da Juliane von Grünfelder niemals eine Entscheidung ihres Mannes zu kritisieren oder gar umzustoßen wagte. Auch diesmal stimmte sie sofort zu und erklärte, wenn es der Herzenswunsch ihrer lieben Tochter sei, einen solchen Landsitz ihr Eigen zu nennen, wäre sie die Letzte, die sich dagegen sträube.

»Ich wusste, dass du das sagen würdest, meine Liebe.« Grünfelder tätschelte ihr die Hand und teilte den Damen mit, dass er Graf Trettin für den nächsten Tag zum Mittagessen eingeladen hatte.

»Er war kurz hier, um uns von seiner Reise zu berichten, bittet euch aber, ihn zu entschuldigen, weil er sehr in Eile war. Er wird euch morgen zur Verfügung stehen.«

»Graf Trettin ist morgen bei uns zu Gast? Da muss ich ja gleich mit der Köchin sprechen, damit sie nicht das gewöhnliche Essen auftischt, das es sonst hier gibt!« Juliane nickte Mann, Tochter und Schwiegersohn kurz zu und rauschte aus dem Raum.

Da das Essen im Haus im Allgemeinen ausgezeichnet war, hielt Dohnke ihr Verhalten für Ziererei. Er gönnte ihr jedoch die

Freude und besprach mit seinem Schwiegervater und seiner Frau den geplanten Ausflug zu dem kleinen Landsitz bei Köpenick.

## III.

Auf Steenbrook bedachte Nathalia um die gleiche Zeit Lore mit einem nachsichtigen Lächeln. »Du musst entspannt und gerade im Sattel sitzen, meine Liebe. Auch brauchst du keine Sorge zu haben, dass Sofa unter dir durchgehen könnte. Ein gelinder Trab ist das Äußerste, was diese Stute zustande bringt, und das auch nur, wenn du ihr die Sporen gibst und sie gleichzeitig an einer delikaten Stelle von einer Bremse gestochen wird.«

Die Komtess musste sich das Lachen verkneifen. Zwar stand die Stute unter einem anderen Namen im Zuchtbuch, doch ihr Temperament hatte ihr den Spitznamen Sofa eingetragen, da sie angeblich genauso feurig sei wie dieses Möbel.

Während ihre Freundin sich amüsierte, versuchte Lore deren Ratschlag zu befolgen. Der Damensattel erschien ihr jedoch fürchterlich unbequem, und da sie zu verkrampft saß, rutschte sie immer wieder nach unten. Daher stemmte sie sich mit dem linken Fuß gegen den Steigbügel, verlor ihn aber und geriet in Gefahr, vom Pferd zu fallen.

Sofort war Nathalia bei ihr, legte ihr beide Hände unter das Gesäß und stemmte sie wieder nach oben. Dann stellte sie ihr den linken Fuß wieder in den Steigbügel und sah kopfschüttelnd zu ihr auf.

»Ich dachte, du wärst ein Landmädel! Warum hast du denn auf dem Gut deines Großvaters nicht reiten gelernt?«

»Als kleines Kind hat der Stallknecht mich genau wie meine Brüder so aufs Pferd gesetzt, dass die Beine an den Seiten herabhingen. Doch als mein Großvater das entdeckte, hat er es verboten, weil es unschicklich sei, als Mädchen so zu reiten. Ich solle bis zu meiner Einsegnung warten und dann einen Damensattel benützen. Doch als es so weit war, lag er bereits mit Ottokar im Streit um das Gut und hat es kurz darauf an seinen Neffen verloren. Daher habe ich nie reiten gelernt.«

»Das ist zu dumm, denn andernfalls würdest du dich jetzt leichter tun. So, und jetzt setz dich richtig hin, stemme dich mit dem linken Fuß nur leicht gegen den Steigbügel, so dass du ihn nicht mehr verlierst, und halte den Rücken gerade. Du bist eine Dame und keiner dieser Jockeys, die für Geld Pferderennen bestreiten!«

Nathalia wurde energisch, denn zum einen sah sie sich als Lehrerin von Lore nicht richtig gewürdigt, und zum anderen wollte sie am Nachmittag nach Nehlen fahren, um den alten Grafen zu besuchen und die übrigen Neffen unter die Lupe zu nehmen, die an diesem Tag eintreffen sollten. Zwar verspürte sie den Wunsch zu heiraten in weitaus geringerem Maße als ihre gleichaltrigen Freundinnen, aber noch weniger hatte sie vor, als alte Jungfer zu enden, die irgendeinen entfernten Verwandten als möglichen Erben ins Haus holen musste.

»So ist es schon besser!«, lobte sie Lore, als diese sich mehr als zwanzig Meter weit so im Sattel hielt, wie sie es ihr erklärt hatte.

Ein vertrautes Jauchzen brachte Lore dazu, sich Nathalias Lehren noch mehr zu Herzen zu nehmen. Es gelang ihr sogar, sich auf dem Pferd leicht zu drehen, ohne den Halt zu verlieren, und nach ihren Kindern zu sehen, die, von Fräulein Agathe begleitet, näher kamen. Wolfi sah seine Mutter auf dem Pferd sitzen und wollte zu ihr, doch Nathalia fing ihn unterwegs ab.

»Vorsicht, kleiner Mann! Auch wenn die Stute Sofa heißt, hat sie doch Beine, mit denen sie auskeilen kann, wenn du sie erschreckst.«

Wolfi nickte, blickte aber weiterhin sehnsüchtig zu seiner Mutter. »Will auch reiten!«

»Wie heißt das?«, fragte Nathalia nach.

»Ich will bitte auch reiten dürfen«, sagte Wolfi kleinlaut.

»Schon besser! Das machen wir morgen. Es ist gleich Mittag, und danach wollen deine Mama und ich ausfahren.«

Für das Zeitgefühl des Jungen war »morgen« etwa gleichbedeutend mit »nächstes Jahr«, daher verzog er schmollend das Gesicht.

Nathalia musterte ihn amüsiert und versetzte ihm einen leichten Nasenstüber. »So ist es brav! Nach dem nächsten Frühstück werden wir beide Queeny satteln, und dann darfst du auf ihr reiten.«

Der Begriff Frühstück sagte Wolfi schon mehr. Das hieß, dass er nur noch ein Mal schlafen müsste, dann würde er auf dem Pony sitzen. Daher nickte er versöhnt und hielt Nathalia die Hand hin. »Nach dem nächsten Frühstück! Versprochen?«

»Versprochen!« Nathalia schlug ein und wandte sich ihrer Schülerin zu. Sie nickte zufrieden, denn mittlerweile hatte Lore gelernt, aufrecht im Sattel zu sitzen, ohne zu rutschen.

»Na siehst du, es geht doch«, sagte Nathalia mit anerkennendem Spott. »Ich werde dir jetzt beibringen, wie du Sofa lenken kannst. Oder hast du für heute schon genug?«

Lore schüttelte mit zusammengebissenen Zähnen den Kopf. Auch wenn ihr auf dem Rücken des Tieres nicht gerade wohl war, so wollte sie weder Nathalia noch ihre Kinder enttäuschen. Es gelang ihr sogar, Wolfi und Doro zuzulächeln, während Nathalia das Pferd am Halfter fasste und führte. Dabei erklärte diese ihr, wie sie Sofa durch eine leichte Verlagerung ihres Gewichts und kurzen Zügelbewegungen dazu bewegen konnte, sich in Marsch zu setzen und eine gewünschte Richtung einzuschlagen.
»Ich bin froh, dass wir diese Schlafmütze im Stall haben. Mein Stutchen würde dir nämlich lustig zum Tanz aufspielen«, erklärte Nathalia nach einer Weile. Trotzdem lobte sie Lore und gab ihrer Hoffnung Ausdruck, dass sie bald gemeinsam ausreiten könnten.
»Natürlich nicht bis Nehlen«, schränkte sie ein. »Das wäre noch zu weit für dich. Heute Nachmittag nehmen wir das Gig. Ich werde selbst die Zügel führen, und du kannst dich neben mich setzen.«
»Du willst selbst kutschieren? Aber das ist doch …«
Nathalia unterbrach sie lachend. »Ungehörig, willst du wohl sagen! Lorchen, wir sind hier nicht in Berlin, sondern auf dem flachen Land. Hier muss die Gutsherrin einen Wagen selbst lenken können.«
»Trotzdem würde ich für eine solch weite Fahrt dem Kutscher die Zügel überlassen!« Lore gefiel weniger, dass Nathalia selbst kutschieren wollte, als dass diese an dem Tag nach Nehlen fahren wollte, an dem Leutnant Bukow eintreffen sollte.
Doch es gelang Lore auch diesmal nicht, Nathalia von etwas abzuhalten, was diese sich in den Kopf gesetzt hatte. Ihre Freundin führte Sofa gut gelaunt zum Stall zurück, half ihr vor dem Tor

aus dem Sattel, ohne auf den herbeieilenden Stallknecht zu warten, und befahl dem Mann, den kleinen Zweisitzer für zwei Uhr nachmittags anzuspannen.

»Wir brauchen weniger als zwei Stunden bis Nehlen, halten uns vielleicht zwei Stunden dort auf, und sind gegen acht Uhr wieder zurück.«

Lore verzog das Gesicht. »Ist das nicht etwas arg spät?«

Nathalia schüttelte den Kopf. »Aber wieso denn? Es bleibt doch lange hell.«

»Und was ist, wenn ein Gewitter kommt?« Am liebsten hätte Lore eines bestellt, damit Nathalia nicht fahren konnte.

Ihre Freundin lachte hell auf und befahl, das Mittagessen umgehend zu servieren, so dass Lore nur wenige Minuten Zeit blieb, sich umzuziehen. Als sie auf die Terrasse kam, war ihre Freundin bereits bei der Suppe.

»Wo bleibst du denn, du Trödlerin? Beeil dich, sonst wird es noch später, bis wir wieder nach Hause kommen.«

»Es ist ja noch nicht einmal halb eins«, stöhnte Lore.

»Das schon, aber je eher wir von hier fortkommen, umso länger können wir in Nehlen bleiben und mit den Herren sprechen.«

»Ich hätte nie gedacht, dass du dich von einer schmucken Uniform und ein paar abgeschmackten Komplimenten beeindrucken lässt!«

»Du meinst Leutnant Bukow? Der gäbe sicher einen stattlichen Gutsherrn ab. Allerdings müsste er dafür die Uniform ausziehen und einige – nun ja – unnötige Gepflogenheiten ablegen.« Nathalia sagte es in einem Ton, als wäre der Offizier ein Baum, den sie nach ihren Vorstellungen beschneiden konnte.

Lore schüttelte den Kopf. Nathalia war schon immer ein wenig exzentrisch gewesen, doch anstatt diesen Charakterzug mit wachsender Reife abzulegen, pflegte sie ihn mit Begeisterung.

»Vielleicht gefällt dir auch der andere Herr, der heute kommen soll«, sagte sie in dem Versuch, Nathalias Gedanken von dem Leutnant abzulenken.

»Du meinst Herrn von Gademer, den großherzoglich-oldenburgischen Gutsverwalter? Nun, ich werde ihn auf jeden Fall unter die Lupe nehmen. Er versteht etwas von der Führung eines großen landwirtschaftlichen Besitzes, während der Leutnant dies noch lernen müsste.«

»Weißt du, wie du dich anhörst? Wie jemand, der ein Pferd auf der Auktion ersteigern will und sich überlegt, welches die meisten Vorzüge aufweist.«

Nathalia lachte auf. »Was ist eine Ehe denn anderes, als den Mann zu heiraten, an dem man die meisten Vorzüge zu finden glaubt? Man kann hier Glück haben wie du mit Fridolin oder Dorothea mit Onkel Thomas. Doch die Liebe, wie sie in den Romanen beschrieben wird, die du so gerne liest, gibt es nicht. Und wenn es sie gäbe, wäre sie gewiss nichts für mich. Im Grunde kaufe ich mir mit meinem Vermögen einen Bräutigam. Dafür hat dieser genau das zu tun, was ich von ihm verlange.«

Obwohl Lore von Nathalia schon häufig ähnliche Überzeugungen gehört hatte, erschrak sie nun doch über die Vehemenz. »Wenn du so über die Ehe denkst, solltest du besser nicht heiraten.«

»Ich muss, denn ich bin die letzte Retzmann auf Steenbrook. Es ist meine Pflicht, Kinder in die Welt zu setzen, und du willst doch nicht, dass ich das tue, ohne verheiratet zu sein. Das wäre wirklich ungehörig!« Es gelang Nathalia ausgezeichnet, den Tonfall ihrer Freundin zu kopieren.

Lore musste kichern. »Du bist einfach unmöglich! Ich weiß nicht, was Dorothea und ich bei deiner Erziehung falsch gemacht haben. Jedenfalls haben wir auf ganzer Linie versagt.«
»Selbsterkenntnis ist der halbe Weg zu Besserung«, sagte Nathalia lachend.
»Bei dir nicht! Fast möchte ich dir wünschen, dass du dich in einen absolut unmöglichen Mann verliebst.«
»Wenn es dein Herzenswunsch ist, verspreche ich dir, es zu tun«, antwortete Nathalia lächelnd.
Lore gab auf. Diesem kleinen Frechdachs war sie einfach nicht gewachsen. Sie widmete sich ihrer Suppe, die bereits kalt zu werden begann, während Nathalia munter und fröhlich wie ein Vögelchen berichtete, welche Anforderungen sie an jenen Mann zu stellen gedachte, dem sie vielleicht nicht ihr Herz, aber doch ihre Hand schenken wollte.

## *IV.*

In einem gelang es Lore dann doch, sich durchzusetzen. Zwar hatte Volkmar Zeeb nichts dagegen, dass seine Herrin die Zügel übernahm, schlug aber vor, dass der Kutscher Drewes sich hinten auf den Platz des Grooms stellte, um jederzeit eingreifen zu können. Nathalia blies zwar die Backen auf, akzeptierte diese Lösung jedoch um des lieben Friedens willen, wie sie sagte.
Sie und Lore gaben ein hübsches Bild ab. Nathalia hatte ein eisblaues Kleid gewählt, das ihr einen kühlen Anstrich verlieh, und im Gegensatz dazu hatte Lore sich für einen warmen Gelbton

entschieden, der ihr ausgezeichnet stand und von dem sie behauptete, er ließe sie jünger erscheinen.
Nathalia tippte sich an die Stirn. »Jünger? Jetzt tu nicht so, als wärst du schon Großmutter! Bis Wolfi und Doro einmal so weit sind, dich dazu zu machen, wird noch einiges Wasser die Weser hinab in die Nordsee fließen.«
»Immerhin werde ich nächstes Jahr achtundzwanzig«, wandte Lore ein. »Wilhelmine ist ein Jahr jünger als ich und wirkt bereits wie eine Matrone.«
»Die Frau futtert einfach zu viele Süßigkeiten und bewegt sich so gut wie gar nicht. Würden wir genauso viel naschen wie Grünfelders Tochter, gingen wir auch aus dem Leim!« Nathalia war stolz auf ihre schlanke Figur und fand, dass auch Lore ausgezeichnet aussah. Was Wilhelmine von Dohnke betraf, würde diese bereits in wenigen Jahren wie eine jüngere Ausgabe ihrer breit gebauten Mutter wirken.
»Wir sollten aufbrechen!« Nathalia stieg auf den Wagen und nahm von Drewes die Zügel entgegen. »Setz dich doch«, sagte sie zu Lore. Während diese der Aufforderung folgte, nahm auch Drewes seinen Platz ein und zwinkerte Nathalia zu.
»Na, Komtess, dann zeigen Sie mal, wie gut ich Ihnen das Kutschieren beigebracht habe. Aber werfen Sie mich nicht wieder in den Graben wie beim letzten Mal!«
»Daran war das Schlagloch schuld, welches ich nicht früh genug erkennen konnte«, antwortete Nathalia lachend und hob die Peitsche.
Der schwarze Wallach lief los, sobald er den Luftzug der Peitschenschnur über seinen Ohren spürte. Nathalia gab ihm den Kopf frei, und so trabte das wuchtige Tier mit den großen Hufen

und der auffälligen Fesselbehaarung im schnellen Tempo aus dem Hof und lief den Weg zur Landstraße entlang. Da die Straße unbefestigt und nicht ganz eben war, schwankte das Gig so, dass Lore sich festhalten musste.

»Müssen wir so rasch fahren?«, fragte sie Nathalia.

Diese schüttelte lachend den Kopf. »Nein, nötig ist es nicht, aber es macht Spaß. Pass auf deinen Hut auf, sonst weht es ihn noch davon!«

Erneut tanzte die Peitschenschnur über den Ohren des Wallachs, und dieser griff noch stärker aus. Jetzt musste Lore sich mit einem Arm an den Wagen klammern und das luftige Gebilde auf ihrem Kopf mit der freien Hand festhalten. Als sie sich kurz umdrehte, sah sie Drewes breit lächeln. Offenbar hatte er Spaß daran, seine Schülerin so schneidig fahren zu sehen.

»Wenn Sie wollen, Komtess, läuft der Wallach in diesem Tempo bis Nehlen«, rief er Nathalia zu.

Diese lachte erneut, schüttelte dann aber den Kopf. »Ich will ihn nicht zu sehr erschöpfen, sonst kann er auf dem Heimweg nur noch kriechen.«

»Der nicht«, antwortete der Kutscher ein wenig gekränkt, schließlich war das Wagenpferd von ihm ausgebildet worden.

Nathalia bog knapp vor einem Heufuhrwerk auf die Landstraße ein und überholte kurz darauf einen anderen Wagen so scharf, dass Lore schon glaubte, das Gig würde ihn streifen. Doch Nathalia gelang das Kunststück, sowohl dem anderen Gefährt auszuweichen wie auch so knapp am Straßengraben vorbeizufahren, dass zwar ein Teil des Rades überragte, aber nicht abrutschte. Gleich darauf hatten sie wieder freie Bahn, und der Wallach trabte übermütig vor dem kleinen Wagen dahin.

»Das war schneidig, Komtess«, lobte Drewes, obwohl er ebenso wie Lore für einen Moment den Atem angehalten hatte.
»Das ist auch kein Wunder. Immerhin hast du mich kutschieren gelehrt«, gab Nathalia das Kompliment zurück und wies dann mit dem Kopf auf Lore. »Du wirst auch Gräfin Trettin darin unterrichten müssen, Drewes.«
»Wenn Komtess es wünschen.« Drewes zeigte sich nicht übermäßig begeistert, denn er hielt Lore für eine der Stadtdamen, in deren Augen ein Pferd ein wildes Raubtier war, das nur von einem todesmutigen Kutscher gebändigt werden konnte.
Lore wollte schon ablehnen, dachte aber im nächsten Moment, dass Nathalia sie als feige verspotten würde, und sagte mit zusammengebissenen Zähnen: »Es würde mich freuen.«
Während der nächsten Kilometer fand sie jedoch tatsächlich zunehmend Gefallen an der Ausfahrt. Noch während sie darüber nachsann, hörte sie Nathalia leise schimpfen.
»He, kannst du nicht zur Seite fahren?«, rief die Komtess schließlich laut, doch der Lenker des Fuhrwerks vor ihnen blieb mitten auf der Straße, so dass nicht einmal Nathalia ein Überholmanöver wagte.
»Dem Kerl sollte man die Peitsche um die Ohren schlagen!« Nathalia schnaubte zornig, doch blieb ihr nichts anderes übrig, als den Wallach zu zügeln und hinter dem anderen Wagen herzufahren. Kaum war der Weg nach Nehlen erreicht, gab sie dem Rappen wieder den Kopf frei und bog schließlich in forschem Tempo auf die Allee zum Gutshof ein.
Auf dem Vorplatz standen bereits etliche Kutschen und Fuhrwerke. Nathalia bremste im letzten Moment, warf Drewes die Zügel zu und sprang leichtfüßig vom Wagen. Lore zögerte je-

doch, denn sie hatte bereits gesehen, dass nicht nur Graf Nehlen, Leutnant Bukow und Jürgen Göde vor dem Gutshaus standen, sondern ein weiterer Herr im grünen Lodenanzug sowie mehrere Frauen, in denen sie auf den zweiten Blick Rodegard von Philippstein und deren Tochter Gottlobine erkannte. Die verkniffene Miene der älteren Frau zeigte deutlich, wie wenig sie von Nathalias Fahrkünsten hielt.

Lore seufzte. Wie sie Frau Rodegard kannte, würde diese nach ihrer Rückkehr nach Berlin nach Strich und Faden über Nathalia herziehen. Während Lore noch darüber nachsann, wie es die beiden Großstadtdamen hierher verschlagen haben mochte, trat Graf Nehlen auf Nathalia zu und reichte ihr die Hand. »Willkommen, Komtess! Es freut mich, Sie hier zu sehen, und Sie natürlich auch, Gräfin Trettin!«

Mit den Worten trat er an das Gig und reichte Lore die Hand, um ihr beim Aussteigen zu helfen. Lore lächelte den alten Herrn warmherzig an. »Danke, Graf Nehlen! Wir dachten, an einem so schönen Tag wäre ein Ausflug hierher genau das Richtige.«

»Vor allem, weil die beiden Neffen heute eingetroffen sind«, raunte Rodegard von Philippstein ihrer Tochter verärgert zu. Sie hatte eine entfernte Verwandtschaft zu Grimbert von Nehlen zum Anlass genommen, sich selbst einzuladen, denn sie beabsichtigte, jenen Großneffen, der einmal der Erbe des Grafen sein würde, als Ehemann für ihre älteste Tochter zu gewinnen. Umso mehr ärgerte sie sich, Nathalia von Retzmann hier auftauchen zu sehen. Die Komtess war nicht nur um einiges hübscher als Gottlobine, sondern besaß auch ein Vermögen, das selbst den ehrenwertesten Mann dazu bewegen mochte, die vielen Fehler dieses Frauenzimmers zu übersehen.

Ihren schwarzen Gedanken zum Trotz begrüßte sie Lore scheinbar erfreut, sah dann aber Nathalia missbilligend an. »Ich finde es bereits bei einem Herrn äußerst ungehörig, mit seinem Wagen ein Tempo einzuschlagen, das zwangsläufig einen Unfall nach sich ziehen muss. Eine junge Dame sollte sich, wenn sie überhaupt die Zügel in die Hand nimmt – was ich keineswegs gutheiße –, noch viel mehr eines gemächlichen Schrittes befleißigen.«

Nathalias Augen blitzten angriffslustig auf, und Lore befürchtete, sie würde Rodegard von Philippstein in einer Weise antworten, die diese als beleidigend empfinden musste.

Doch da griff Graf Nehlen ein. »Gräfin, Komtess, Sie sind zu einer guten Zeit gekommen! Heute sind meine beiden Großneffen Adolar und Edgar eingetroffen und werden ebenso wie Jürgen einige Wochen bleiben. Wenn sie wieder abreisen, werde ich einen von ihnen zu meinem Erben bestimmt haben.«

Diese Worte empfand Lore als arg unverblümt, doch sie sagte sich, dass die Menschen auf dem Land nun einmal direkter waren als Städter und unnötige Ziererei mieden. Sie bedachte Leutnant von Bukow mit einem knappen Gruß und wandte sich dann Edgar von Gademer zu. Dieser überragte sie ein ganzes Stück, obwohl sie selbst nicht gerade klein war, Nathalia aber reichte ihm gerade bis zur Brust. Dazu hatte Gademer breite Schultern und große Hände, die wie geschaffen dafür schienen, die Zügel eines Vierer- oder gar eines Sechsergespannes zu führen. Auf dem breiten Nacken saß ein wuchtiger Kopf mit einem nicht sonderlich hübschen, aber auch nicht hässlichen Gesicht. Lore hätte es offen genannt, hätte nicht ein lauernder Ausdruck in den wasserhellen Augen gelegen. Wie es aussah, hatte er die Konkur-

renzsituation mit seinen beiden Vettern angenommen und war bereit, alles zu tun, um als Sieger daraus hervorzugehen.
Je länger sie ihn betrachtete, desto weniger gefiel er ihr. Da war ihr sogar Adolar von Bukow noch lieber. Während dieser in schmucker Uniform erschienen war, den Schnurrbart schneidig gezwirbelt, und jene blasierte Miene zur Schau trug, die Städter in einer ländlichen Umgebung so gerne aufsetzten, wirkte von Gademer verbissen. Als er Nathalia anblickte, geschah dies auf eine abschätzende Weise, so als hätte er ein Stück Milchvieh vor sich, das er zu bewerten hatte. Wie es aussah, hielt er gleich Rodegard von Philippstein wenig von jungen Damen, die schneidig kutschieren konnten.
Jürgen Göde, der dritte Großneffe des alten Grafen, stand unbeachtet im Hintergrund. Weder seine beiden Verwandten Bukow und Gademer noch die Damen Philippstein schienen ihn wahrzunehmen.
Gerade das reizte Lore, auf ihn zuzugehen und ihm die Hand zu reichen. »Ich freue mich, Sie wiederzusehen, Herr Göde. Haben Sie sich bereits ein wenig auf Nehlen eingelebt?«
»Danke der Nachfrage, gnädige Frau! Nachdem Komtess Retzmann und Sie so freundlich waren, mich nach Nehlen zu bringen, habe ich hier einen angenehmen Aufenthalt gefunden. Mein Herr Onkel hat mir in seiner Güte erlaubt, seine Bibliothek zu benützen. Es sind etliche wundervolle Bücher vorhanden, die zu lesen mir eine Freude sein wird.«
Lore begriff, dass Jürgen nach der Begegnung mit seinen Vettern keinerlei Hoffnung mehr hegte, aus dem Wettbewerb um das Erbe als Sieger hervorzugehen, und er daher das Beste aus seinem Aufenthalt auf Nehlen zu machen gedachte. Dies verstärkte

ihre Sympathie für ihn, und sie bedauerte, dass er so stark im Schatten seiner beiden adeligen Vettern stand.

Im Gegensatz zu ihr kümmerte Nathalia sich nicht um Jürgen, sondern verwickelte Leutnant von Bukow in ein Gespräch. Dieser antwortete höflich, verkniff sich aber jegliche Komplimente, da er noch nicht wusste, wie er die Anwesenheit Rodegard von Philippsteins und deren Tochter einschätzen sollte. Da die beiden ebenfalls mit seinem Großonkel verwandt waren, bestand durchaus die Möglichkeit, dass Graf Nehlen eine Heirat zwischen seinem erkorenen Erben und Fräulein Gottlobine plante. Daher durfte er die Damen Philippstein keinesfalls gegen sich aufbringen, indem er Nathalia zu vertraulich behandelte. Andererseits jedoch stellte diese einen Notnagel dar, wenn es mit dem eigenen Erbe nichts werden sollte.

Gewohnt, in den Berliner Salons zu glänzen, versuchte er diese Klippe elegant zu umschiffen und widmete sich beiden jungen Frauen gleichermaßen.

Doch als Rodegard von Philippstein sich räusperte, wandte er sich ihr zu. »So ein Aufenthalt auf dem Land hat seinen eigenen Reiz. Nicht wahr, gnädige Frau?«

»Wenn man nicht von Leuten totgefahren wird, die besser nicht die Zügel in die Hand nehmen sollten.« Frau von Philippstein warf Nathalia einen vernichtenden Blick zu. Ihr gefiel es ganz und gar nicht, dass die reiche Erbin hier ein und aus zu gehen schien.

Da das Gespräch zu erlahmen drohte, machte Graf Nehlen den Vorschlag, ins Haus zu gehen und eine Erfrischung zu sich zu nehmen.

»Aber nur zu gerne, lieber Onkel«, erklärte Frau Rodegard und reichte ihm den Arm, so dass er nicht umhinkonnte, sie ins Haus zu führen.

Leutnant Bukow war um einen Lidschlag langsamer als sein Vetter Gademer, der sofort Gottlobines Arm ergriffen hatte. Doch als er die leicht schmollende Miene des Mädchens bemerkte, war er sogleich versöhnt. Auch wenn sein Vetter eine Handbreit größer war als er, machte er selbst eine weitaus bessere Figur. Er versuchte nun, Nathalia als Begleiterin zu gewinnen, doch da schob Lore sich vor diese, und er musste dieser den Arm reichen, wollte er nicht als ungezogen gelten. Als Letzte folgten Nathalia und Jürgen Göde, die anders als die anderen Paare schweigend nebeneinander hergingen.

## V.

Graf Nehlen ließ Getränke und einen kleinen Imbiss in der etwas düsteren Kammer servieren, die er dem großen Saal und dem Speisezimmer vorzog. Zwar hätte Rodegard von Philippstein sich einen weniger bäuerlich wirkenden Rahmen gewünscht, doch als ein Diener einen Kandelaber mit drei Kerzen auf den Tisch stellte, war sie versöhnt. Zudem stellte sie wohlwollend fest, dass Edgar von Gademer ihrer Tochter nach wie vor den Hof machte und Nathalia von Retzmann gar nicht wahrzunehmen schien, während Leutnant Bukow sich zwar neben Lore gesetzt hatte, aber immer wieder zu ihr und Gottlobine herüberblickte, als zöge er ihre Gesellschaft vor.

»Sie haben einen ansehnlichen Besitz, mein lieber Großonkel!« In Rodegards Stimme schwang nicht wenig Neid mit.

Dieser nickte gnädig. »Nehlen ist das drittgrößte Gut in diesem Landstrich nach Komtess Nathalias Besitz Steenbrook und Gut Klingenfeld. Und was den Ertrag betrifft, steht es sogar an zweiter Stelle.«
Sogleich ruckte der Kopf seines Großneffen Gademer herum. »Sie sind Herrin über ein eigenes Gut?«, fragte er Nathalia.
»So kann man es nennen.« Um Nathalias Lippen spielte ein boshaftes Lächeln. Sie hatte längst begriffen, dass Rodegard von Philippstein dem Vetter, der Gnade vor den Augen seines Großonkels finden würde, die Tochter als Ehefrau andienen wollte. Da sie sich nicht zum ersten Mal über die Dame ärgerte, nahm sie sich vor, ihr diese Suppe zu versalzen. Daher erzählte sie von Steenbrook und setzte wie nebenbei hinzu, dass dieser Besitz nur einen kleinen Teil ihres Vermögens ausmache.
Rodegard von Philippstein schnappte nach Luft. Die Herren von Bukow und von Gademer hingegen waren ganz Ohr. Obwohl der Leutnant mehrfach vernommen hatte, die Komtess sei eine reiche Erbin, war ihm nicht bekannt gewesen, dass deren Vermögen so gewaltig war.
»Das ist ja kolossal!«, rief er aus, als Nathalia erklärte, der größte Teil ihres Erbes bestünde aus Anteilen am Norddeutschen Lloyd in Bremen.
»Daneben hat mein Vormund Teile meines Vermögens in einer Werft und einer kleineren Reederei angelegt«, setzte Nathalia stolz hinzu.
»Man kann mit Fug und Recht behaupten, dass Komtess Nathalia eine ausgezeichnete Partie ist. Wäre ich nur ein paar Jahre jünger, würde ich mein Glück bei ihr versuchen!« Grimbert von Nehlen war über den Besuch der beiden Damen Philippstein

nicht besonders erfreut und ging daher bereitwillig auf Nathalias Spiel ein.
Diese musterte ihn kurz und nickte lächelnd. »Eine solche Ehe wäre eine Ehre für mich. Vor allem aber würde sie zwei große Vermögen zusammenführen und uns unbestreitbar auf den ersten Platz der Besitzenden im weiten Umkreis setzen.«
Lore schloss die Augen und hoffte, dass dieser Nachmittag bald vorüber sein würde, denn Nathalia benahm sich einfach schamlos. Gleichzeitig empfand sie Verachtung für Leutnant Bukow und dessen Vetter Gademer, die an den Lippen der Komtess hingen, als könnten sie nicht genug über deren Besitzverhältnisse erfahren. Jürgen Göde hingegen saß als stiller Beobachter in einer Ecke.
Schließlich hielt Rodegard von Philippstein es nicht mehr aus. »Es ist gewiss sehr angenehm für Sie, Komtess Nathalia, über solche Reichtümer zu verfügen. Doch können alle Schätze der Welt nicht die Herzensbildung einer jungen Frau ersetzen, so wie sie meine Gottlobine auszeichnet. Sie ist …«
Es folgte ein längerer Vortrag, in dem die Dame die Vorzüge ihrer Tochter aufzeigte. Dies geschah nicht nur für die beiden jungen Herren, die sich offen Chancen ausrechneten, den alten Grafen einmal beerben zu können, sondern auch für diesen selbst.
Grimbert von Nehlen lauschte auch eine Zeitlang geduldig, hob dann aber die Hand. »Es ist gewiss ein Segen, so eine gehorsame, bescheidene und sittsame Tochter sein Eigen nennen zu können, meine liebe Nichte. Doch erlauben Sie mir, Sie und die anderen Herrschaften jetzt zu verlassen. Ich muss mich mit meinem Gutsinspektor beraten. Sie können entweder hier bleiben, im Park spazieren gehen oder sich auf Ihre Zimmer zurückziehen.«

»Ich darf Sie doch begleiten, verehrter Onkel?«, fragte Edgar von Gademer.
Der Graf überlegte kurz und nickte. »Warum nicht? Dann können Adolar und Jürgen auch mitkommen. Ich will sehen, wie viel sie von den Pflichten eines Gutsbesitzers verstehen.«
Von Gademer lächelte selbstzufrieden. Schließlich hatte er nicht zuletzt deshalb Agrarwirtschaft studiert, um seinem Erbonkel schönzutun.
Unterdessen wandte Rodegard von Philippstein sich an Graf Nehlen. »Meine Tochter und ich würden gerne ein wenig im Park lustwandeln. Gibt es dort eine Stelle, die vor der Sonne geschützt ist? Ich will nicht, dass Gottlobine einen Teint wie eine Bäuerin bekommt.«
»Wenn Sie über die Terrasse hinausgehen, meine Liebe, und den zweiten Parkweg nach links wählen, treffen Sie bei dem kleinen See auf einen Pavillon«, erklärte der Graf zuvorkommend.
Gottlobine hob erschrocken die Hände. »Am See? Da gibt es gewiss Bremsen!«
»Dann gehen Sie eben statt nach links nach rechts und setzen sich in die Gartenlaube mitten im Park. Dort sind Sie sowohl vor den Strahlen der Sonne wie auch vor Bremsen gefeit.« Graf Nehlen verbeugte sich kurz und sah dann Lore und Nathalia an.
»Kann ich für Sie noch etwas tun?«
Bevor Lore etwas sagen konnte, schüttelte Nathalia den Kopf. »Wir werden in aller Ruhe unsere Gläser austrinken und uns dann verabschieden, Graf Nehlen. Schließlich will Gräfin Trettin noch bei Tageslicht nach Hause kommen.«
»Das gelingt Ihnen auch noch, wenn Sie erst in zwei Stunden aufbrechen!« Der alte Herr lachte kurz und bedachte Lore mit

einem Blick, der ihr verriet, dass er sie für arg zaghaft hielt, lächelte dann aber Nathalia zu. »Rufen Sie nach mir, wenn Sie abfahren wollen, damit ich mich verabschieden kann.« Er winkte seinen Großneffen, ihm zu folgen, und verließ das Haus.

Rodegard von Philippstein warf Lore und Nathalia einen missbilligenden Blick zu und stand auf. »Ich werde mich bereits jetzt von Ihnen verabschieden, Gräfin Trettin, und auch von Ihnen, Komtess. Kommen Sie gut nach Hause!«

Ihrer Miene nach wünschte sie sich eher, dass die beiden unwillkommenen Besucherinnen mit dem Gig verunglückten und sie dadurch die Zeit gewann, ihre Pläne durchzuführen.

»Auf Wiedersehen, liebe Frau von Philippstein«, antwortete Lore lächelnd, während Nathalia sich mit einem knappen Knicks begnügte.

Doch kaum waren Frau Rodegard und deren Tochter gegangen, huschte Nathalia hinter den beiden her.

»Was machst du?«, wollte Lore noch rufen, doch da lief Nathalia bereits über die Terrasse in den Park hinein.

Voller Schrecken sah Lore, wie ihre Freundin auf die Gartenlaube zuhielt und sich dieser vorsichtig von hinten näherte. Wie es aussah, wollte Nathalia Rodegard von Philippstein und deren Tochter belauschen. Bei dem Gedanken, was die Damen sagen würden, wenn sie ihre Freundin entdeckten, wurde Lore flau im Magen. Nathalia galt in der tonangebenden Gesellschaft von Berlin bereits jetzt als Freigeist. Hetzten die beiden Philippsteinerinnen noch mehr gegen sie, würden sich ihr etliche Türen verschließen. Zu ihrem Leidwesen blieb Lore jedoch nichts anderes übrig, als sich von der Terrassentüre zurückzuziehen und zu hoffen, dass ihre Freundin unbemerkt blieb.

## VI.

Nathalia wusste selbst nicht recht, was sie antrieb, den Philippsteinerinnen zu folgen. Es mochte der Ärger sein, weil diese ihr die kalte Schulter gezeigt hatten, aber auch Neugier. Des Risikos war sie sich dabei durchaus bewusst. Wurde sie entdeckt, musste sie mit bösen Worten und Verleumdungen rechnen.

Sie verließ den Kiesweg und schlich über den Rasen auf die Gartenlaube zu. Zu ihrem Glück war die Hecke, die diese umgab, sehr dicht und verbarg sie vor den Augen der beiden Frauen, die sich auf einer hölzernen Bank im Schatten niedergelassen hatten. Dabei achteten die Philippsteinerinnen ohnehin kaum auf ihre Umgebung, stattdessen redete die Mutter eifrig auf Gottlobine ein. Obwohl sie leise sprach, konnte Nathalia das meiste verstehen.

»Du wirst genau das tun, was ich dir sage, hast du mich verstanden?« Frau Rodegard machte eine kurze Pause, als erwarte sie eine Antwort.

Das »Ja, Mama!« erahnte die Lauscherin jedoch mehr, als sie es hörte.

»Sehr gut«, fuhr Rodegard von Philippstein fort. »Es ist nämlich äußerst wichtig, sowohl für dich selbst wie auch für die gesamte Familie. Als Gräfin Nehlen hast du ganz andere Möglichkeiten als ich, deine beiden Schwestern in die Gesellschaft einzuführen und ihnen höherrangige Ehemänner zu verschaffen. Es ist ein Glücksfall für uns alle, dass sich dir diese Gelegenheit eröffnet hat. Doch wir müssen klug vorgehen und jeden Fehler vermeiden.«

»Ja, Mama!« Diesmal sprach Gottlobine etwas lauter.

Nathalia meinte zu spüren, wie intensiv Gottlobine darauf hoffte, eine Ehe mit dem Erben des alten Grafen einzugehen, und konnte sie sogar verstehen. Mit einer solchen Heirat würde die junge Frau endlich der Fuchtel ihrer Mutter entrinnen.

»Es passt mir gar nicht, dass diese impertinente Nathalia von Retzmann hier aufgetaucht ist! Ihr Reichtum könnte die Herren verlocken, ihr mehr Aufmerksamkeit zu schenken als dir. Du wirst dich daher so benehmen, wie es einem bescheidenen und sanften Mädchen zukommt, auf dass du dich wohlgefällig von diesem Trampel unterscheidest.«

Ein Trampel bin ich also, fuhr es Nathalia durch den Kopf, während Gottlobine erneut »Ja, Mama« hauchte.

»Ich werde den Herren von Bukow und von Gademer im Vertrauen mitteilen, dass Graf Nehlen von seinem Erben erwartet, dich zu heiraten. Damit werde ich ihre Aufmerksamkeit von Komtess Retzmann weg und wieder auf dich lenken. Gleichzeitig werde ich den Grafen in diesem Sinne beeinflussen. Immerhin sind wir ebenfalls mit ihm verwandt, und es wäre ausgleichende Gerechtigkeit, wenn du die Gattin seines Erben würdest.«

Nathalia schwankte zwischen Lachen und Zorn. Am liebsten hätte sie dieser intriganten Dame sehr deutlich erklärt, was sie von ihr hielt.

Diese war noch nicht am Ende angelangt. »Ich habe mich über alle drei Großneffen informieren lassen«, erklärte Rodegard selbstzufrieden. »Diesen Göde wirst du ignorieren, soweit es die notwendigste Höflichkeit zulässt. Rede nur dann mit ihm, wenn es unumgänglich ist. Er ist nicht einmal von Adel und wird mit Sicherheit nicht der Erbe werden. Von den beiden anderen

Bewerbern würde ich Herrn von Gademer den Vorzug geben, denn er ist gelernter Landwirt. Allerdings dürfen wir Leutnant von Bukow nicht außer Acht lassen. Es mag durchaus sein, dass sein Auftreten dem alten Herrn gefällt. Du wirst daher beide ein wenig ermutigen, dich aber bei keinem exponieren. Hast du mich verstanden?«

»Ja, Mama!« Unversehens hatte Nathalia Gottlobines Part übernommen und legte sich erschrocken die Hand auf den Mund. Zu ihrer Erleichterung hatten die Damen in der Gartenlaube es nicht gehört. Dennoch zog sie sich leise über den Rasen zurück und trat ins Haus.

Lore wartete bereits auf sie. »Bist du denn total verrückt geworden? Stell dir bloß vor, sie hätten dich bemerkt?«

»Haben sie aber nicht«, gab Nathalia feixend zurück. Dann griff sie sich an den Kopf. »Bei Gott, was für ein Weib! Rodegard von Philippstein ist verlogen und intrigant wie kaum eine Zweite. Es ist wirklich bedauerlich, dass uns Frauen so viele Einschränkungen auferlegt sind. Wären diese Harpyie und ich Männer, könnte ich sie vor meinen Lauf fordern und ihr mit Genuss ein Loch in die Stirn stanzen!«

Trotz des nicht gerade damenhaften Wortschatzes sah Lore sie neugierig an. »Was hat sie gesagt?«

»Das erzähle ich dir auf dem Heimweg.«

»Auch wenn Drewes dich hören kann?«

Nathalia wischte diesen Einwand mit einer lockeren Handbewegung beiseite. »Der gehört doch zu uns! Nun lass uns von Graf Nehlen Abschied nehmen. Sonst kommen wir wirklich noch zu spät nach Hause.« Damit eilte sie auf die Tür zu und stand Augenblicke später auf dem Hof. Lore folgte ihr etwas langsamer, während sie sich besorgt fragte, was ihre Freundin wohl in der Gartenlaube erlauscht haben mochte.

## VII.

Fridolin näherte sich einem bescheiden wirkenden Haus und fand erst beim zweiten Hinsehen das unauffällige Emailleschild mit der Aufschrift »D. Maruhn – Auskunftei«. Bereits die ganze Woche hatte er den Detektiv aufsuchen wollen, den Grünfelder mit der Suche nach den vertauschten Schmuckstücken betraut hatte, aber ein Übermaß an Arbeit hatte dies verhindert. Zum einem galt es, die Übernahme Klingenfelds in die Wege zu leiten, zum anderen musste er bis zu seinen Ferien, die er in einer Woche anzutreten gedachte, noch etliche Kreditanfragen bearbeiten.

An diesem Tag hatte er sich endlich die Zeit genommen, Dirk Maruhn aufzusuchen. Außer dem Namen wusste er nichts über diesen Mann und konnte nur hoffen, dass Grünfelders Vertrauen in dessen Fähigkeiten begründet war. Er läutete, doch zunächst tat sich nichts. War der Detektiv etwa unterwegs?, fragte er sich. Wenn ja, dann hoffentlich in Sachen Klingenfeld. Er zog ein zweites Mal am Klingelstrang und nahm sich vor, noch ein wenig zu warten.

Da vernahm er unregelmäßige Schritte hinter der Tür, und es wurde geöffnet. Vor ihm stand ein hagerer Mann mittleren Alters. Er trug einen grauen Gehrock und gleichfarbige Hosen und musterte seinen Besucher über den Rand einer Nickelbrille hinweg.

Nach kurzem Zögern nahm er das Gestell ab, wischte sich kurz über die Augen und sah Fridolin forschend an. »Sie wünschen?«
»Mein Name ist Trettin. Ich bin einer der beiden Kompagnons des Bankiers August von Grünfelder und wollte mich erkundigen, was Sie bis jetzt in Erfahrung gebracht haben.« Fridolin klang nicht sehr freundlich, denn der Mann flößte ihm wenig Vertrauen ein.
Seine schlechte Meinung verstärkte sich noch, als der Mann ihn brummig ins Haus bat und dabei das rechte Bein auffällig nachzog.
»Sind Sie wirklich Herr Maruhn?«, fragte er.
»In eigener Person«, antwortete der Detektiv und führte ihn in eine kleine Kammer, in der neben zahlreichen Wandschränken lediglich ein Stuhl und ein mit Mappen, Zeitungsausschnitten und Büchern übersäter Tisch standen.
»Was darf ich Ihnen anbieten, Herr Graf, Cognac oder eher etwas Ostpreußisches wie Goldwasser oder Bärenfang?«
Damit überraschte er Fridolin. Anscheinend hatte Maruhn sich über Grünfelders Bank kundig gemacht. Nun ja, aber das brachte ihn nicht weiter. Schließlich ging es weniger um den Seniorchef des Bankhauses, dessen Schwiegersohn oder ihn selbst als vielmehr um den Betrüger Anno von Klingenfeld.
»Cognac, bitte«, antwortete er. Da er dem Versehrten nicht den einzigen Stuhl wegnehmen wollte, blieb er stehen.
Maruhn kramte in einem Schrank, bis er die Cognacflasche fand, nahm zwei Gläser heraus und füllte sie. »Auf Ihr Wohl, Herr Graf!«
»Auf das Ihre!« Fridolin nahm das Glas zur Hand, schnupperte daran und fand, dass dieser Cognac es mit denen, die er gewohnt

war, nicht aufnehmen konnte. Er trank aber trotzdem einen Schluck und blickte anschließend den Detektiv auffordernd an. »Welche Ergebnisse kann ich Herrn von Grünfelder übermitteln?«

Maruhn stellte sein Glas ab und hob abwehrend die Hand. »Solange ich diese Sache untersuche, kann ich keine Auskünfte geben. Zwar vertraue ich Herrn Grünfelder und Ihnen voll und ganz, doch vermag kaum ein Mensch eine unbedachte Äußerung zu vermeiden, und das könnte sich gerade in diesem Fall fatal auswirken.«

Fridolin konnte seinen wachsenden Ärger nicht unterdrücken. »Sie werden wohl noch erlauben, dass wir nachfragen, ob Sie in unserem Sinne handeln!«

»Wenn Sie darauf bestehen … Ich habe bisher mit den Juwelieren gesprochen, die den Klingenfeld-Schmuck schätzen sollten. Nachdem die Herren den Schmuck beurteilt haben, wurde dieser Baron Klingenfeld übergeben, der ihn selbst in Begleitung eines zuverlässigen Angestellten des jeweiligen Juweliers zu den entsprechenden Bankhäusern gebracht hat. Ich darf hinzufügen, dass die anderen Bankiers, die betrogen wurden, ebenfalls Detektive mit der Suche beauftragt haben.«

Im Grunde sagte der Mann nicht mehr, als Grünfelder bereits von seinem Juwelier erfahren hatte. Fridolin fragte sich, ob Maruhn das Geld wert war, das er verlangte. Da ein Einbeziehen der Polizei jedoch unweigerlich zu einem Skandal führen würde, der auf das Bankhaus zurückschlagen musste, waren sie auf solche Leute angewiesen.

»Ich war letzte Woche auf dem ehemaligen Sitz derer von Klingenfeld. Wie ich dort erfahren konnte, hat Baron Anno auch dort Betrügereien begangen«, sagte Fridolin mit einer gewissen Schärfe.

»Sobald ich mit meinen Ermittlungen hier in Berlin zu einem Ergebnis gekommen bin, werde ich mich nach Klingenfeld begeben und dort weiterforschen«, beschied ihn Maruhn.

»Ich habe mit mehreren Herren dort über Baron Anno gesprochen und würde Ihnen gerne mitteilen, was ich erfahren habe. Doch vorher werden Sie erlauben, dass ich Ihnen ein paar Fragen bezüglich Ihrer Qualifikation stelle.«

»Das ist verständlich. Wie ich schon sagte, lautet mein Name Dirk Maruhn. Ich war Leutnant im Vierten Grenadierregiment und wurde anno 71 bei Sedan verwundet. In Folge meiner Verletzung musste ich aus dem Dienst ausscheiden, wurde aber als Polizeioffizier übernommen. Zwei Jahre später wurde ich wegen meines lahmen Beins in Pension geschickt. Da ich nicht als Krüppel nur die Wände meines Zimmers anstarren wollte, habe ich es übernommen, für andere Leute Erkundigungen einzuziehen.«

»Sie leben allein hier?«, fragte Fridolin weiter.

»So gut wie«, antwortete der Detektiv.

»Was heißt das?«

»Meine Haushälterin bewohnt ein Zimmer im oberen Stock. Sie ist derzeit einkaufen. Doch wollen wir nicht lieber über den verschwundenen Schmuck sprechen?«

Fridolin begriff, dass Maruhn ungern über seine privaten Verhältnisse sprach, und erwog, anderswo Erkundigungen über ihn einzuholen. Der Gedanke, einen Detektiv auf einen Detektiv anzusetzen, amüsierte ihn so, dass er schmunzeln musste.

»Sie wollten erzählen, was Sie in der Umgebung Klingenfelds in

Erfahrung gebracht haben«, fragte Maruhn ein wenig ungeduldig.

»Baron Anno soll dort häufig Besuch von Berliner Freunden erhalten haben, und unter diesen waren wohl einige, die ich zur Halbwelt rechnen würde«, berichtete Fridolin.

Maruhn warf ihm einen fragenden Blick zu, suchte dann unter der Masse beschriebener Zettel einen, der noch eine freie Stelle aufwies, und notierte die wesentlichsten Punkte.

Fridolin erwähnte den angeblichen Zuhälter und das Bauernmädchen, das diesem nach Berlin gefolgt war. »Ich glaube, wenn wir die beiden fänden, könnten wir herausfinden, wo Baron Anno von Klingenfeld und damit auch der verschwundene Schmuck zu finden ist.« Mit diesen Worten schloss Fridolin und versuchte vergeblich zu entziffern, was der Detektiv aufgeschrieben hatte. Außerdem hatte Maruhn einen Teil des leeren Blattes dafür verwendet, ein Männchen zu zeichnen, das eine fatale Ähnlichkeit mit Grünfelder aufwies.

Auf diese Weise, sagte Fridolin sich, würde der Detektiv den betrügerischen Baron niemals finden. Das Gefühl, hier seine Zeit zu verschwenden, verstärkte sich.

»Ich danke Ihnen, Graf Trettin. Vielleicht ist die Spur, auf die Sie mich hingewiesen haben, für uns brauchbar. Doch nun bitte ich Sie, mich allein zu lassen. Ich will noch in meine Unterlagen schauen und heute noch weitere Erkundigungen einziehen.«

»Ich hoffe sehr, dass Sie Erfolg haben, Herr Maruhn. Auf Wiedersehen!« Fridolin nickte dem Detektiv kurz zu und verließ das Zimmer. An der Tür drehte er sich noch einmal um und sah, wie Maruhn eine große Stadtkarte auf dem Tisch ausrollte, auf der er rechts unten den Namen Berlin lesen konnte.

Als Fridolin aus dem Haus trat, kam ihm eine untersetzte Frau um die vierzig entgegen, die ohne ersichtliche Anstrengung einen vollen Einkaufskorb trug. Sie wich ihm aus, stieg die Treppe hoch und zog zwischen dem Gemüse und den anderen Waren einen Schlüssel heraus, um aufzuschließen.

Seine Haushälterin wirkt um einiges tüchtiger als Maruhn selbst, dachte Fridolin verärgert. Dann aber sagte er sich, dass er den Mann nicht von vorneherein verdammen durfte. Immerhin vermochte auch ein blindes Huhn ein Körnchen zu finden, und größer als ein Korn war Baron Anno Klingenfeld auf jeden Fall.

## VIII.

Nachdem Frida, Maruhns Haushälterin, ihren Einkaufskorb in der Küche abgestellt hatte, betrat sie das Arbeitszimmer des Detektivs. Dort stand dieser über die Berlin-Karte gebeugt und folgte mit dem Zeigefinger mehreren Straßenzügen.

»Wer war der Herr, der eben aus dem Haus kam?«, fragte sie.

»Grünfelders Kompagnon Graf Trettin. Wollte nachsehen, ob ich auch etwas mache. Ein verdammt scharfsinniger Bursche, wenn du mich fragst! Mit dem alten Bankier nicht zu vergleichen. Dem hätte Anno von Klingenfeld kein X für ein U vormachen können.«

»Dann sei froh, dass der betrügerische Baron nicht an diesen Grafen geraten ist, sonst hättest du den Auftrag nicht erhalten. Wenn du Erfolg hast, bekommst du so viel Geld, dass wir mehr als ein Jahr gut davon leben können – und das, ohne Schmalhans als Küchenmeister anstellen zu müssen.« Frida küsste ihn auf die Wange. »Du wirst es schon schaffen!«

»Ich kann es mir nicht leisten zu versagen. Mir schenken nicht so viele Leute ihr Vertrauen, als dass ich wählen könnte, welchen Fall ich übernehmen sollte. Die meisten halten einen Krüppel wie mich für unfähig.«

Die Frau lachte leise und berührte mit ihrer Hüfte die seine. »Bei mir bist du kein Krüppel! Und du wirst das schaffen, da bin ich sicher.«

»Trettin wollte wissen, wer außer mir noch hier wohnt. Da du ihm begegnet bist, war es gut, dass ich gesagt habe, meine Haushälterin. Dabei bist du doch so viel mehr für mich!«

Maruhn schenkte Frida einen Blick voller Liebe. Dann wandte er sich wieder dem Stadtplan zu, auf dem rote Kreuze die Juweliergeschäfte kennzeichneten, in denen Anno von Klingenfeld den Schmuck hatte schätzen lassen, und blaue die jeweilige Bank, für die dieser Schmuck als Sicherheit bestimmt gewesen war.

»Ich finde es nach wie vor äußerst verwirrend«, sagte er mehr für sich als zu seiner Hausgenossin. »Klingenfeld hat den Schmuck bei anerkannten Juwelieren schätzen lassen, und zwar jedes Mal bei einem anderen.«

»Hätte er es immer bei demselben getan, wäre dies wohl aufgefallen«, warf die Frau ein.

»Das sehe ich auch so. Doch sieh dir das an! In dieser Straße liegt Grünfelders Bank und in dieser der Juwelier, bei dem der ihm zugedachte Schmuck geschätzt worden ist. Dabei hätte Anno von Klingenfeld den Schmuck genauso gut zu dem Juwelier bringen können, der nur hundert Meter von Grünfelders Bank entfernt sein Geschäft betreibt. Genau dort aber hat er den Schmuck für eine andere Bank schätzen lassen, die ebenfalls ein ganzes Stück davon entfernt liegt. Bei den beiden anderen Banken ist er genauso vorgegangen. Klingenfeld hätte Juweliere nehmen können, die weitaus näher bei der jeweiligen Bank liegen. So musste er mit dem Schmuck jedes Mal eine ziemlich große Strecke zurücklegen!«

Maruhn rollte die Karte zusammen. »Ich werde heute etwas später zum Abendessen kommen, denn ich möchte noch etwas nachprüfen.«

»Bis wann kann ich dich erwarten?«

»Frühestens um acht. Gib lieber noch eine halbe Stunde hinzu! Ich bringe uns auch eine Flasche Wein zum Essen mit.«

»Hättest du mir das früher gesagt, hätte ich sie eben schon kaufen können«, wandte die Frau ein.

Maruhn tätschelte ihr die Wange. »Du bist so tüchtig, dass ich oft genug mein Bein verfluche, das mich zu einem hinkenden alten Esel macht.«

»Bade nicht gleich wieder in Selbstmitleid. Das hast du wirklich nicht nötig!« Die Frau klang harsch, doch sie kannte den Detektiv und wusste, wie er zu behandeln war.

Er nickte mit zusammengekniffenen Lippen und forderte sie auf, ihm seinen Stock zu bringen. »Nicht, dass ich ihn wirklich brauchen würde«, behauptete er. »Doch ich fühle mich sicherer, ihn bei mir zu haben.«

Seine Hausgenossin lächelte und brachte ihm das Verlangte zusammen mit einem leichten Mantel. »Es kann heute Abend kühl werden und vielleicht sogar regnen.«

»Danke!« Der Detektiv hängte sich den Mantel über den rechten

Arm und nahm den Stock in die Linke. »Bis heute Abend, meine Liebe.«

Er küsste die Frau auf die Wange und zog sie kurz an sich. »Vielleicht sollten wir doch heiraten!«

»Das wäre was! Ein Offizier a. D. und ein einfaches Dienstmädchen, das gerade mal den eigenen Namen schreiben kann«, antwortete sie mit einer abwehrenden Handbewegung.

Frida wusste ebenso wie Maruhn, dass er seine Reputation mit einer solchen Heirat endgültig verlieren würde. Solange er darauf angewiesen war, zu seiner mageren Militärpension Geld als Detektiv hinzuzuverdienen, konnte er sich das nicht leisten. Oder zumindest erst dann, wenn er einen so spektakulären Fall aufklärte, dass er sich einen guten Ruf in Berlin und darüber hinaus erwarb. Bis dahin jedoch sah man in ihm nur den Krüppel und versuchte bestenfalls, den Preis für seine Arbeit zu drücken.

»Wir sind auch so zufrieden«, sagte sie daher und verschwand in der Küche.

Maruhn sah ihr nach und sagte sich, dass sie ein besseres Leben verdient hätte als das, welches er ihr bieten konnte. Doch dafür brauchte er dringend die Erfolgsprämie, die Grünfelder ihm versprochen hatte. Mit dem festen Willen, alles zu tun, um sich diese zu verdienen, verließ er das kleine Haus, das er als einziges Vermögen besaß, und humpelte die Straße entlang. Ein Stück weiter entdeckte er eine leere Droschke und rief dem Kutscher zu, auf ihn zu warten.

Der Mann hielt an und sah zu, wie Maruhn sich abmühte, den Wagen zu erreichen. »Wohl nicht jut zu Fuß der Herr, wa?«, fragte er grinsend.

»Sedan 71!«, erklärte der Detektiv, und das Grinsen des Kutschers erlosch.
»Wo wollen der Herr hinjebracht werden?«
Maruhn stieg ein und nannte ihm eine Adresse. Dann lehnte er sich zurück und schloss die Augen, um besser nachdenken zu können. An ihrem Ziel angelangt, verblüffte er den Kutscher, indem er diesen aufforderte, ihn auf schnellstem Weg in die Leipziger Straße, Ecke Jerusalemer Straße zu fahren. Er zog seine Uhr aus der Tasche und notierte sich die Abfahrtszeit. Vierzig Minuten später hielt der Droschkenkutscher an dem genannten Platz.
Der Detektiv zückte Papier und Bleistift und notierte sich Fahrstrecke und Zeit. Dann wandte er sich wieder an den Kutscher.
»Jetzt fahren wir zum Stralauer Platz.«
»Wenn Sie meinen!« Der Mann auf dem Bock schüttelte den Kopf über den Mann, der sich von einer Straße zur anderen fahren ließ, ohne auszusteigen.
Nachdem sie den Stralauer Platz erreicht hatten, forderte Maruhn den Kutscher auf, auf dem kürzesten Weg zur Tieckstraße zu fahren. Auch hier notierte er sich die Zeit. Von der Tieckstraße ging es weiter die Friedrichstraße entlang bis zum Blücherplatz. Dort nannte der Detektiv ein weiteres Ziel und notierte auch hier Abfahrt, Ankunft und die gefahrenen Minuten. So ging es noch ein paarmal kreuz und quer durch die Stadt, bis er die Droschke in der Nähe der Stelle halten ließ, an der er sie bestiegen hatte. Dort bezahlte er den verwirrten Kutscher, legte einen Groschen als Trinkgeld hinzu und kehrte in sein Haus zurück.
Frida hatte bereits für das Abendessen gedeckt, doch Maruhn warf nur einen kurzen Blick in die Essecke und hinkte in sein

Büro. Dort fand seine Haushälterin ihn eine Viertelstunde später wieder über den Stadtplan von Berlin gebeugt. Dabei machte er sich Notizen und murmelte leise vor sich hin. »Das wäre eine Möglichkeit!«

»Was?«

Mit dieser Frage riss Frida Maruhn aus seiner Konzentration, der für einen Augenblick so wirkte, als wisse er nicht, wo er sei. Dann lachte er kurz auf. »Ich habe den Fahrstrecken von den Juwelieren zu den jeweiligen Banken nachgespürt. Für jede davon benötigt eine Droschke mehr als dreißig Minuten. Das ist genug Zeit für ein Schurkenstück. Doch nun komm und lass uns essen. Droschkenfahren macht hungrig und Nachdenken gleich noch mehr.«

Maruhn wirkte so zufrieden wie lange nicht mehr, wie Frida erleichtert feststellte. Da er mit seinem verkrüppelten Bein keinem Ganoven hinterherlaufen konnte, musste er sich auf seinen Verstand verlassen. Zwar zweifelte er selbst immer wieder an seinen Fähigkeiten, doch ihr Vertrauen in ihn war ungebrochen, wenn auch nicht in allen Dingen.

»Hast du die Flasche Wein mitgebracht?«, fragte sie mit einem sanften Lächeln.

»Oh Gott, die habe ich vergessen!«

Da Maruhn Anstalten machte, das Haus zu verlassen, hielt Frida ihn auf. »Das habe ich mir schon gedacht und selbst eine gekauft. Sie steht bereits auf dem Tisch. Wir werden jetzt ganz gemütlich speisen und hinterher zu Bett gehen. Du weißt doch, wenn du dich ein wenig entspannt hast, kommen dir die besten Ideen.«

Maruhn lachte erneut und schlang den rechten Arm um sie. »Was wäre ich ohne dich, Frida? Du gibst mir immer wieder neuen Mut und bist dir auch nicht zu schade, dafür zu sorgen, dass ich mich bei dir als Mann fühlen kann.«

»Das ist kein großes Opfer. Du bist ein echter Kavalier und weißt, dass es auch der Frau Freude machen muss. Außerdem will es die Natur, dass Männer und Frauen gewisse Dinge miteinander tun. Zwar können wir vor der Welt nicht heiraten, aber Gott weiß, dass wir uns lieben, und wird uns verzeihen.«

Mit diesen Worten zog sie ihn mit sich in das kleine Speisezimmer. Sie kannte ihn gut genug und wusste, dass er, wenn sie ihn jetzt allein ließ, erneut die Karte zur Hand nehmen und mindestens eine Stunde nicht mehr davon loskommen würde.

Das Essen war einfach, aber schmackhaft, und so aß Maruhn mit gutem Appetit. Dabei dachte er immer wieder an den vertauschten Schmuck. Schließlich nahm er die noch mehr als halbvolle Weinflasche in die Hand.

»Sieh mich an und lass mich nicht aus den Augen«, befahl er Frida.

Diese gehorchte lächelnd, aß dabei aber weiter. Es dauerte eine Minute, dann zwei Minuten, da hörten sie von draußen das Schimpfen eines Droschkenkutschers, dem in der beginnenden Dunkelheit ein Passant vor die Gäule gelaufen war. Unwillkürlich wandte Frida den Kopf zum Fenster, und als sie sich wieder dem Detektiv zuwandte, hielt dieser nicht mehr die Weinflasche, sondern die Suppenterrine in der Hand.

»Hast du das gemerkt?«, fragte er.

Verwirrt schüttelte Frida den Kopf. »Was soll ich gemerkt haben?«

»Wie ich die Weinflasche mit der Suppenterrine vertauscht habe!«

»Nein, ich habe nichts gesehen.«
»Obwohl ich dir befohlen hatte, mich nicht aus den Augen zu lassen?« Maruhn lachte leise und stellte die Terrine zurück auf den Tisch. »So muss es gewesen sein. Anno von Klingenfeld hat den Koffer mit dem echten Schmuck während der Droschkenfahrt mit einem identisch aussehenden Koffer vertauscht. Deshalb hat er darauf geachtet, dass zwischen den Juwelieren, die den Schmuck geschätzt haben, und den Banken jeweils eine Wegstrecke von mehr als einer halben Stunde lag. Niemand kann einen Gegenstand so lange lückenlos im Auge behalten. Beim ersten ungewohnten Geräusch wendet man sich ab – wie man an dir gesehen hat!«
»Aber wäre es nicht aufgefallen, wenn Baron Klingenfeld einen Koffer der gleichen Größe mit sich geführt hätte?«, fragte Frida nachdenklich.
»Das Ding muss bereits in der Kutsche versteckt gewesen sein. Für dieses Manöver hätte der Betrüger einen Komplizen gebraucht. Das ist ein Geheimnis, welches es zu ergründen gilt. Fülle meinen Teller bitte noch einmal! Wenn wir uns ins Bett zurückziehen, werde ich meine ganze Kraft brauchen.« Maruhn grinste anzüglich, trank einen Schluck Wein und grübelte weiter.
Das Problem des verschwundenen Schmucks hinderte ihn jedoch nicht daran, etwas später Frida ins Schlafzimmer zu folgen. Dort beobachtete er, wie sie sich auszog, die Zähne putzte und sich kurz wusch. Sie hatte eine stämmige Figur mit kräftigen Schenkeln und großen, festen Brüsten, deren aufragende Spitzen ihm zeigten, dass sie bereits in Stimmung dafür war, ihn in sich aufzunehmen.
Trotzdem ließ er sich Zeit und machte sich erst selbst zur Nacht

fertig, bevor er sich zu ihr gesellte und seine Hände über ihren Leib wandern ließ. Es gab vielleicht schönere Frauen als Frida, dachte er, aber keine, mit der er diese intime Zweisamkeit lieber teilte. Sie schnurrte wie ein Kätzchen, als er sich zwischen ihre Schenkel schob, und streckte ihm auffordernd die Hände entgegen. Etliche Minuten lang gab es für sie nichts als sich selbst und ihre Lust. Doch als sie beide zur Erfüllung gekommen waren, stützte Maruhn sich mit den Händen ab, um nicht so schwer auf ihr zu liegen.

»Das war jetzt gerade richtig. Morgen werde ich nämlich ins Bordell gehen!«

»Ins Bordell?« Frida schnaubte empört und wollte ihn von sich wegdrücken.

Doch Maruhn lachte nur und knabberte mit den Lippen an ihrem Ohr. »Nur rein dienstlich, meine Liebe. Trettin hat mir einen Hinweis gegeben, dass der Betrüger Klingenfeld Bekannte in diesem Milieu haben muss. Von dort ist der Weg zu kriminellen Handlungen nicht weit.«

»Da hast du recht! Doch du solltest jetzt zusehen, dass du noch einmal deinen Mann stehen lässt. Ich will dich so erschöpfen, dass du morgen selbst der schönsten Hure keinen einzigen Blick schenken wirst.«

## IX.

Die Unterredung mit Maruhn hatte Fridolin in seiner Überzeugung bestärkt, sich nicht auf die Findigkeit des Detektivs zu verlassen. Daher wollte er an diesem Abend zum ersten Mal seit längerer Zeit wieder das *Le Plaisir* aufsuchen. Auch wenn Hede selbst nicht jener Halbwelt angehörte, zu der er Klingenfelds Berliner Freunde rechnete, so konnte sie doch etwas erfahren haben.

Um Gerede zu vermeiden, nahm er nicht den eigenen Wagen, sondern eine Droschke. In der Stallschreiberstraße angekommen, bezahlte er den Kutscher und ging das letzte Stück zu Fuß. Dabei bemerkte er einige Gestalten, die sich rasch in einen Hauseingang drückten. Früher war dies nicht so, dachte er. Da hatte man Hedes Bordell betreten können, ohne befürchten zu müssen, unterwegs angebettelt oder bestohlen zu werden. Er selbst hatte keine Angst, denn in seiner Tasche steckte die kleine doppelläufige Pistole, die ihm schon mehrfach gute Dienste geleistet hatte.

Einer der Kerle kam nun direkt auf ihn zu. Obwohl Fridolin ihm auswich, prallten sie zusammen. Doch als der andere blitzschnell unter seine Jacke greifen und die Brieftasche herausziehen wollte, hielt Fridolin ihn mit der linken Hand auf und zog mit der Rechten seine Pistole.

Der Kerl keuchte, als die Doppelmündung auf seine Stirn zeigte. »Ick hab's nicht so jemeint, Meister, ehrlich!«

Statt einer Antwort spannte Fridolin die Waffe, und das Knacken ging dem anderen durch Mark und Bein. »Sie werden mir doch deswejen nicht erschießen wollen? Ick habe Ihnen doch jar nichts jetan!«

Fridolin überlegte, ob er den Ganoven der Polizei übergeben sollte, doch das hätte wieder eine Menge Formalien und sehr viel verschwendete Zeit bedeutet. Daher versetzte er dem Kerl einen Stoß und sah zu, wie dieser über das Trottoir auf die Fahrbahn stolperte.

»Ich zähle bis fünf! Bist du dann nicht außer Schussweite, knallt es! Eins, zwei …« Weiter brauchte er nicht zu zählen, denn der verhinderte Dieb sauste wie ein Blitz davon.

Fridolin warf ihm einen kurzen Blick hinterher und sah sich um. Doch es war niemand mehr zu sehen. Die anderen Gauner verspürten ebenfalls keine Lust, eine Kugel in den Schädel zu bekommen.

Rasch legte Fridolin die letzten Schritte zum *Le Plaisir* zurück und wollte aus alter Gewohnheit den Türklopfer anschlagen, als er im Licht der Straßenlaterne einen Klingelzug entdeckte. Er betätigte diesen, und gleich darauf wurde die Tür geöffnet.

Vor ihm stand Anton, wie immer in eine prachtvolle Phantasieuniform gehüllt. Er brauchte einen Moment, um Fridolin zu erkennen, dann huschte ein Lächeln über das faltig gewordene Gesicht. »Willkommen, Herr von Trettin …, ich wollte sagen, Herr Graf! Sie wollen wohl mit der Prinzipalin reden. Dachte ich es mir doch. Sie sind keiner, der hierherkommt, um sich ein Mädchen auszusuchen. Nicht bei einer so schönen Frau wie Ihrer Frau Gemahlin. Entschuldigen Sie, dass ich sie erwähnt habe. Soll nicht mehr vorkommen.«

»Na, mein Guter? Wie geht es? Was ist eigentlich hier los? Ich musste eben einen Dieb mit der Pistole in der Hand daran hindern, sich zu intensiv mit meiner Brieftasche zu beschäftigen.«

Antons Gesicht nahm einen düsteren Zug an. »Ich will ja nichts sagen, aber diese Kerle sind wahrscheinlich im Gefolge von Laabs' Freunden hier aufgetaucht. Das sind keine Leute, die ich in ein ehrenwertes Bordell lassen würde. In meinen Augen sind das Gossenratten. Das ist sehr ärgerlich, denn bisher genoss unser Etablissement einen ausgezeichneten Ruf, den wir auch erhalten wollen. Wir haben schon einen Burschen angestellt, der die Droschken für die Gäste holt, die uns nach ihrem Vergnügen wieder verlassen wollen, damit sie nicht von diesen Lumpen belästigt werden. Die Prinzipalin hätte Laabs nicht heiraten sollen. Der Mann hat ihr kein Glück gebracht. Aber jetzt muss sie und müssen wir mit ihm leben.«

Es war offensichtlich, dass Anton sich Sorgen um seine Herrin machte. Fridolin hatte Hede damals beim Entwurf des Ehevertrags beraten, ohne ihren Bräutigam kennengelernt zu haben. Soviel er wusste, hatte es sich um einen Gastwirt aus der Provinz gehandelt, der in der Reichshauptstadt sein Glück machen wollte. Nun erst fragte er sich, wieso ein solcher Mann wohl eine Bordellbesitzerin heiraten würde, auch wenn diese nicht unvermögend war.

»Ja, ich würde gerne mit Hede reden.« Fridolin klopfte Anton auf die Schulter. »Kopf hoch! Die Zeiten werden schon wieder besser.«

Als er in den Empfangssalon trat, blieb er verwundert stehen. Früher war ihm die Einrichtung des *Le Plaisir* nicht so schäbig vorgekommen. Der Glanz des Bordells hatte seit seinem letzten Besuch arg abgenommen. Auch die Mädchen waren nicht mehr dieselben. Zwar waren sie alle hübsch, zum Teil sogar eine wahre Augenweide, doch es fehlten jene eleganten Huren wie Gerda, Hanna oder Lenka, an die er sich noch gut erinnerte. Deren Nachfolgerinnen konnten vermutlich einem Mann Vergnügen im Bett bereiten, aber der Gast würde sie bereits vergessen haben, wenn er das *Le Plaisir* verließ.

Drei von ihnen kamen sofort auf Fridolin zu und präsentierten dabei recht unverhohlen ihre Reize. Als eine sich an ihn drängte

und ihm zwischen die Beine langen wollte, schob er sie zurück.
»Ich will Frau Pf… Laabs sprechen!«
Die drei Huren zogen enttäuschte Gesichter. »Die Chefin ist in ihrem Büro. Wir holen Sie, wenn Sie bei uns gewesen sind.«
»Tut mir leid, ich brauche keine Hure, sondern will mit eurer Prinzipalin sprechen.« Fridolins Eindruck, dass diese drei Frauen keinerlei Klasse hatten, verfestigte sich. Sobald sie nicht mehr hübsch genug für das *Le Plaisir* waren, würden sie an der Friedrichstraße stehen und sich für ein paar Groschen verkaufen müssen. Er fragte sich, ob Hedes Bordell und die Huren früher gepflegter gewirkt hatten oder ob er selbst kritischer geworden war. Mit dem festen Willen, das Gespräch mit Hede so rasch wie möglich hinter sich zu bringen, trat er in den Gang und blieb vor der Tür ihres Büros stehen.
Als er klopfte, vernahm er ein kühles »Herein!«.
Fridolin öffnete und sah Hede an ihrem Schreibtisch sitzen.
»Was willst du?«, fragte sie, ohne aufzusehen.
»Dir erst einmal einen guten Abend wünschen!«
Jetzt riss es Hede beinahe von ihrem Stuhl. »Fridolin, du? Welch eine Freude! Oder muss ich Herr Graf zu dir sagen?«
»Untersteh dich!«, antwortete Fridolin lächelnd. »Ich freue mich auch, dich zu sehen.«
Hede bat ihn, die Tür zu schließen, und als dies geschehen war, umarmte sie ihn. »Entschuldige, aber es gibt ein paar unter meinen Mädchen, die mich sofort bei meinem Ehemann anschwärzen würden, wenn ich einen Herrn so begrüße. Lass dich anschauen. Gut siehst du aus! Das Leben als Bankier scheint dir zu bekommen.«
»Du siehst auch gut aus«, erklärte Fridolin.

In gewisser Weise stimmte das. Zwar war Hede ein wenig hager geworden, aber sie war immer noch ungewöhnlich schön, zumindest für eine Frau, die auf die vierzig zugehen musste. Er nahm aber auch die dunklen Schatten unter ihren Augen wahr, die ihm früher nicht aufgefallen waren, und den herben Zug um ihren Mund. Anton hatte recht – glücklich schien Hede nicht zu sein.

»Was darf ich dir anbieten, Cognac oder ein Glas Wein?«

»Ein Glas Wein!«

»Ich muss erst eine Flasche holen.« Hede wollte das Zimmer verlassen, doch Fridolin hielt sie auf.

»Keine Umstände! Ich nehme auch Cognac, wenn du welchen hier hast.«

»Den habe ich.« Hede trat an das kleine Hängeschränkchen und nahm die Karaffe und zwei Gläser heraus. Dabei dachte sie daran, dass sie vor ihrer Heirat jederzeit eines ihrer Mädchen rufen und diesem den Auftrag hätte erteilen können, eine Flasche Wein aus dem Keller zu holen. Nun aber würde ihr Mann es in dem Moment erfahren, in dem er den Fuß in die Tür gesetzt hatte.

»Ich möchte mich bei dir bedanken, Fridolin«, sagte sie aus ihrer trüben Stimmung heraus.

»Bedanken? Weshalb?«

»Für die Ratschläge, die du mir vor meiner Heirat erteilt hast. Wäre ich ihnen nicht gefolgt, wäre ich jetzt in meinem eigenen Bordell eine bessere Putzfrau, und mein Mann würde hier das große Wort führen. Das tut er zwar auch so, aber ich habe zumindest die Herrschaft über das Geld. Noch etwas: Manfred darf niemals erfahren, dass du für mich eine hübsche Summe bei eurer Bank angelegt hast. Er würde glatt von mir verlangen, es zurückzuholen, um einen richtigen Puff an einer verkehrsreichen

Straße aufzumachen. Damit meint er ein Haus, in dem die Laufkundschaft die Mädchen zugrunde rammelt.«

»Wollte dein Mann denn nicht ein Bierlokal eröffnen?«, fragte Fridolin verwundert.

Hede antwortete mit einem bitteren Auflachen. »Das hat er behauptet. Damit hat er mich angeschwindelt, genau wie mit seinem angeblichen Vermögen. Um es offen auszusprechen: Er lebt von dem, was ich ihm gebe, und von den Gewinnen seiner Pferdewetten. Dabei redet er immer davon, bald genug Geld in Händen zu halten, um sich einen Palast leisten zu können.«

Nicht zum ersten Mal sann Hede einen Moment darüber nach, auf welche Weise ihr Mann wohl an eine größere Summe zu kommen gedachte, wischte den Gedanken jedoch rasch beiseite und sah Fridolin fragend an. »Du bist doch sicher nicht ohne Grund zu mir gekommen. Ist etwas mit deiner Frau?«

»Nein, Lore geht es prächtig! Sie macht mit den Kindern Ferien auf Nathalias Landgut. Sobald ich meine Aufgaben an Grünfelder und Dohnke übergeben kann, werde ich ihnen folgen und ebenfalls eine Weile dortbleiben.«

»Da bin ich beruhigt. Ich mag Lore nämlich sehr, auch wenn sie durch ihre bloße Existenz verhindert, dass meine Mädchen etwas an dir verdienen können.« Hede lachte, um zu zeigen, dass sie das nicht ernst meinte, und führte das Glas zum Mund. »Auf Lores Wohl und das Deine! Und jetzt sag frei heraus, was dich zu mir führt.«

Auch Fridolin trank einen Schluck Cognac. »Ich bin auf der Suche nach einem Mädchen, das wahrscheinlich als Hure arbeitet. Sie heißt Adele Wollenweber und stammt aus Eystrup bei Hoya. Diese Adele wurde von einem Freund des Gutsherrn auf

Klingenfeld verführt und dazu gebracht, mit ihm nach Berlin zu gehen.«
»Muss sie deshalb gleich eine Hure sein?«
»Natürlich nicht! Aber der Mann, der sie mitgenommen hat, soll ein Zuhälter gewesen sein. Das Mädchen kam letztes Weihnachten noch einmal nach Hause, wurde aber von ihren Leuten als Hure beschimpft.«
Hede winkte lachend ab. »Bei Gott, das passiert vielen, die das Leben als Bauernmagd satthaben und in die Stadt ziehen, um dort in den Fabriken zu arbeiten. Die wenigsten von ihnen landen auf dem Strich.«
»Da magst du recht haben. Aber ich will trotzdem herausfinden, wo dieses Mädchen sich aufhält. Der Gutsherr auf Klingenfeld hat unsere Bank um eine hohe Summe betrogen und ist seitdem nicht mehr aufzufinden.«
»Und da willst du jeden Strohhalm nützen, das kann ich verstehen. Nun gut, ich werde mich nach dieser Adele Wollenweber umhören.«
Besorgt hob Fridolin die Hand. »Bitte sei vorsichtig! Ich will nicht, dass du in Gefahr gerätst. Der Kerl, der seine Hand im Spiel hat, ist ein Gauner, und solch Gelichter ist nicht wählerisch, wenn es darum geht, lästige Mitwisser auszuschalten.«
»Glaubst du, es ist so schlimm?«
»Ich weiß es nicht. Aber ich möchte nichts riskieren. Ich danke dir schon jetzt. Wenn du Hilfe brauchst, weißt du, wo du sie finden wirst.«
Über Hedes Gesicht huschte ein Lächeln. »Sollte es je so weit kommen, werde ich mich an deine Worte erinnern. Und noch einmal zu diesem Mädchen: Sollte ich etwas erfahren, schicke

ich dir eine Nachricht. Doch jetzt lebe wohl! Es hat mich gefreut, dich wiederzusehen.«
»Mich auch.« Fridolin reichte Hede die Hand und wünschte ihr Glück.
»Ich kann es gebrauchen, wie jeder Mensch. Wenn ich meinen Sohn nicht hätte …« Hede brach ab, doch ihr verzweifelter Blick sagte Fridolin genug. Er bedauerte, dass er nicht mehr für sie tun konnte, als ihr Hilfe für den Notfall zu versprechen, und verließ ihr Büro. Draußen stieß er mit einem Mädchen zusammen, das ganz offensichtlich gelauscht hatte.
Hede fuhr wie von der Tarantel gestochen auf und hob die Hand, als wolle sie das Mädchen ohrfeigen. Sie besann sich jedoch eines Besseren und winkte es zu sich. »Komm herein, Hilma! Ihnen, Herr Graf, wünsche ich eine gute Heimfahrt.«
»Danke!« Fridolin neigte kurz den Kopf und verließ das *Le Plaisir* mit dem Gefühl, dass sich in Hedes Bordell tatsächlich vieles geändert haben musste, denn früher hatte Hede sich nicht gescheut, ihn auch vor ihren Mädchen beim Vornamen zu nennen.

## X.

Hede schloss die Tür hinter Fridolin und musterte Hilma mit finsterem Blick. »Du hast gelauscht! Warum?«
»Ich …, ich …«, begann die Hure, besann sich dann aber und sah ihre Herrin trotzig an. »Ich habe nicht gelauscht!«
»Ach nein?« Hede kam um den Schreibtisch herum und packte die Schulter des Mädchens mit hartem Griff. »Rede! Sonst kannst du was erleben.«

»Es gibt nichts zu sagen. Ich bin zufällig an Ihrem Zimmer vorbeigekommen.«
Hedes Augenbrauen hoben sich. »Mit Frechheit kannst du bei mir nichts erreichen. Wenn du es nicht anders haben willst, wirst du ab sofort den untersten Rang unter meinen Mädchen einnehmen und den Herren zur Verfügung stehen, die etwas ausgefallenere Wünsche äußern! Hast du mich verstanden?«
»Das wird der Prinzipal nicht zulassen. Er mag mich nämlich!«
Obwohl Hede das Mädchen am liebsten geohrfeigt hätte, beherrschte sie sich und nahm ihr Rechnungsbuch zur Hand. »Also gut, dann ziehen wir andere Saiten auf. Mein Mann kann dich und die anderen Huren stoßen, wenn ihm danach ist. Doch das *Le Plaisir* ist immer noch mein Bordell, und ich bestimme, was hier zu geschehen hat. Da du das nicht einsehen willst, musst du die Folgen tragen. Du stehst bei mir noch mit einhundertdreiundsechzig Mark in der Kreide. Die wirst du auf der Stelle bezahlen, deine Sachen packen und dieses Haus heute noch verlassen.«
»Aber das können Sie nicht machen!«, rief Hilma erschrocken.
»Wer sollte mich daran hindern? Mein Mann vielleicht? Der wird sich hüten, weil er weiß, dass ich sonst den Geldbeutel fester zuhalte. Und jetzt verschwinde und hol das Geld, das du mir schuldest! Hast du es nicht, behalte ich deine Kleider und das, was du sonst noch besitzt, und du kannst so, wie du jetzt bist, in die Nacht hinausgehen!«
Obwohl Hede zur Tür wies, blieb das Mädchen im Raum stehen. Auch wenn sie als Hure für die ehrbaren Bürger zum Abschaum zählte, wusste Hilma nur zu gut, dass es in diesem Gewerbe große Unterschiede gab. In Hedes Haus musste sie sel-

ten mehr als zwei oder drei Freiern pro Nacht zu Willen sein. In den Arbeiter- und Soldatenbordellen hingegen standen vor den Verschlägen, in denen die Huren arbeiten mussten, dreißig bis vierzig Männer an. Das hielt keine Frau lange ohne gesundheitliche Schäden aus, von den Geschlechtskrankheiten, die sie sich dabei zuziehen konnte, ganz zu schweigen. Noch schlimmer war es, auf der Straße nach Freiern Ausschau halten zu müssen und diese in irgendwelchen Ecken zu bedienen, ohne dass es auch nur einen Mindeststandard an Hygiene gab. Dieser Gedanke gab den Ausschlag.

Hilma sank vor Hede in die Knie. »Bitte, Frau Laabs, jagen Sie mich nicht fort! Ich will nicht in einem dieser Puffs arbeiten müssen, in denen man zuschanden geritten wird. Wenn Sie wollen, tue ich alles für Sie. Ich lasse mich sogar schlagen und …«

Hilma erstarb die Stimme, und sie brach in Tränen aus.

Hede musterte sie nachdenklich und verspürte mit einem Mal Mitleid. Sie brachte es nicht über sich, Hilma halbnackt auf die Straße zu jagen. »Sag mir, warum du gelauscht hast!«

Einen Augenblick lang sah es so aus, als wollte das Mädchen es wieder leugnen, doch dann brach es wie ein Wasserfall aus ihr heraus. »Ihr Mann hat mir und zwei anderen Huren den Auftrag erteilt, Sie zu überwachen. Da der Herr, der eben da war, früher anscheinend öfter hier zu Gast war, wollte ich hören, aus welchem Grund er zu Ihnen gekommen ist.«

Diese Aussage erschien Hede stimmig. Auch wenn ihr Mann sich das Recht herausnahm, sich jedes Mädchens im Bordell zu bedienen, war er äußerst eifersüchtig. Das lag weniger an Hedes Aussehen, denn auf diesem Gebiet konnte sie mittlerweile nicht mehr mit den jungen Huren ihres Hauses konkurrieren. Vielmehr wollte Manfred Laabs um jeden Preis verhindern, dass sie an einem anderen Mann Gefallen fand und ihn kurzerhand zum Teufel jagte.

»Also gut! Tun wir mal so, als würde ich dir glauben. Was würdest du meinem Mann über meinen Besucher berichten?«

»Ich hätte ihm gesagt, dass ein Herr bei Ihnen gewesen ist und mit Ihnen gesprochen hat, aber nichts anderes passiert wäre.«

Dies wöge in Manfreds Augen womöglich noch schwerer als eheliche Untreue, dachte Hede und wollte Hilma bereits auffordern, Fridolins Besuch zu verschweigen.

Doch die junge Hure fuhr bereits fort. »Ich kann Herrn Laabs aber auch sagen, dass ein früherer Stammkunde hier war und nach einem damals in Ihrem Haus beschäftigten Mädchen gefragt hat, und als er hörte, dass es nicht mehr hier sei, enttäuscht gegangen sei.«

Auf den Mund gefallen war Hilma nicht, sagte Hede sich und wurde verbindlicher. »Damit bin ich einverstanden. Aber vergiss nie, dass ich die Besitzerin dieses Hauses bin und mein Mann hier nichts zu sagen hat. Und jetzt noch zu etwas anderem: Ihr habt doch Kontakt zu anderen Huren und trefft euch gelegentlich in einem Bierlokal.«

»Ja, aber nicht oft, denn wer hier bei Ihnen arbeitet, will nicht zusammen mit anderen Huren gesehen werden. Immerhin ist es einigen Mädchen, die hier genug verdient haben, gelungen, in ein anständiges Leben zurückzukehren.«

»Ja, ich weiß. Dafür aber haben sie Preußen verlassen müssen und sind zum Teil bis Amerika gefahren, um dort ein neues Leben zu beginnen. Hast du auch schon an so etwas gedacht?«

Hilma nickte. »Ja! Aber es wird mir wohl nicht gelingen, denn mir rutscht das Geld, das ich verdiene, sofort wieder durch die Finger.«

»Dann solltest du sparen lernen. Ich bin bereit, die Hälfte des Geldes, das du verdienst, einzubehalten und es dir mit Zins und Zinseszins an dem Tag zu geben, an dem du mein Bordell verlässt. Doch nun noch einmal zu anderen Huren. Du bekommst ein Zwanzigmarkstück von mir, wenn du etwas über ein Mädchen namens Adele Wollenweber herausbringst.«

»Dela?«, fragte Hilma verblüfft.

»Du kennst sie?«

»Na ja, direkt kennen tu ich sie nicht. Aber ich habe sie ein paarmal in einem Lokal getroffen. Es ist kein sehr vornehmes Lokal, und ich würde normalerweise auch nicht hineingehen. Aber der Prinzipal, ich meine, Ihr Ehemann, hat mich und ein paar Mädchen dorthin eingeladen. Wir mussten dafür im Hinterzimmer ein paar seiner Freunde zur Verfügung stehen.«

Hilma sah nicht so aus, als hätte ihr das gefallen, und Hede versuchte, ihren Ärger nicht offen zu zeigen. Auch wenn sie mit Manfred Laabs verheiratet war, hatte dieser kein Recht, über ihren Kopf hinweg über ihre Mädchen zu bestimmen. Sie sagte jedoch nichts dazu, sondern forderte die junge Hure auf, von Adele Wollenweber zu berichten.

»Viel weiß ich nicht. Herr Laabs hat sie bei einem Aufenthalt auf dem Land getroffen und überredet, mit ihm in die Stadt zu kommen. Angeblich wollte er sie ins *Le Plaisir* bringen, hatte dann aber Angst, Sie könnten eifersüchtig sein und Dela schlecht behandeln. Deswegen schafft sie jetzt in einem anderen Bordell für ihn an.«

Hede atmete tief durch. So schnell hatte sie nicht geglaubt,

Fridolin Auskunft geben zu können, und sie bedauerte es, dass er schon gegangen war. Also würde sie ihm das, was sie erfahren hatte, schreiben müssen.

»Danke«, sagte sie zu Hilma und drückte ihr ein Zwanzigmarkstück in die Hand. »Du kannst jetzt wieder in den Salon gehen und sehen, ob Kundschaft für dich kommt. Das, was ich dir vorhin angedroht habe – was die besonderen Wünsche betrifft – kannst du vergessen. Es bleibt alles so, wie es ist!«

»Vielen Dank. Ich mag solche Dinge gar nicht. Ein Mann sollte sich mit dem begnügen, was die Natur für ihn vorgesehen hat.«

Hilma atmete auf, fasste dann spontan nach Hedes rechter Hand und drückte sie sich kurz an die Lippen. »Jetzt ist mir leichter, denn als Spionin eigne ich mich nicht besonders!« Damit verschwand sie und ließ ihre Herrin nachdenklich zurück.

## XI.

Während Hede Hilma zur Räson brachte, saß Manfred Laabs in einem Hinterzimmer des Roten Ochsen vor einem Krug Bier und musterte die drei Männer um ihn herum mit einem zufriedenen Grinsen. Neben Gerhard Klampt saßen sein neuer Bekannter, der eingebildete Freiherr, und sein alter Freund Rudi Pielke, der mit seinen gestreiften Hosen und der karierten Weste in der besseren Gesellschaft sofort aufgefallen wäre.

Ottwald von Trettin war die Gegenwart des gestreift-karierten Mannes, der unverkennbar aus der Unterschicht stammte, so zuwider, dass er ihm die Schulter zukehrte.

Gerade bedachte Pielke Laabs mit einem missbilligenden Blick.

»Du weißt doch, dass du keine Fremden ohne Voranmeldung zu mir bringen sollst!«
Hedes Ehemann, der sich sonst stets so gab, als wäre das Leben für ihn nur ein lustiges Spiel, zog den Kopf ein. »Es tut mir leid, Rudi …«
»Keine Namen, du Narr!«, unterbrach ihn Pielke.
»Tut mir leid, ich … Es ist so, dass die beiden Herren hier eine helfende Hand suchen.«
»Wenn sie Geld brauchen, sollen sie zum Juden oder zum Pfandleiher gehen!«
Nun fand Ottwald von Trettin es an der Zeit einzugreifen. »Was ist, wenn man nichts mehr besitzt, das man verpfänden kann?«
Pielke sah ihn an und lachte höhnisch. »So wie du aussiehst, bist du einer von den Fatzkes, die vor Geld nur so stinken!«
»Ich bin …«, begann Trettin, erinnerte sich dann aber an Rudis Warnung, keine Namen zu nennen, und setzte den Satz anders fort als geplant, »… ein Mann, der zwar einen guten Anzug besitzt, aber von diesem nichts abbeißen kann. Es soll heißen: Ich bin vollkommen pleite.«
»Und ich nicht der Wohltätigkeitsverein! Wenn Geld fließt, dann gefälligst in meine Richtung.« Trotz seiner abweisenden Worte war Rudi Pielke neugierig geworden. Er kannte Laabs gut genug, um zu wissen, dass dieser die beiden Männer nicht hierhergebracht hatte, um gemeinsam mit ihnen einen Krug Bier zu trinken.
»Also, was willst du?«, ranzte er Ottwald von Trettin an, als wäre dieser sein Untergebener.
Der Freiherr legte die Fingerspitzen gegeneinander und lächelte freundlich, auch wenn es ihm schwerfiel. »Geld, und zwar viel

Geld! Es steckt derzeit in den Taschen eines anderen, doch Ihr Freund Laabs meint, dies wäre kein Problem.«

»Was plauderst du Idiot meine Geschäftsgeheimnisse aus!«, schnauzte Pielke den Zuhälter an, beugte sich dann aber vor und machte die Geste des Geldzählens. »Wie viel würde für mich herausspringen?«

»Genug, um nach Amerika auswandern und dort ein Leben als respektabler Geschäftsmann führen zu können!«

Pielke winkte ab. »Amerika? Pah! Da wird mir zu viel geschossen. Wenn, will ich das Geld hier und jetzt haben.«

»Hier ist möglich, jetzt nicht. Ich sagte ja, es gehört noch einem anderen«, antwortete Ottwald von Trettin mit ruhiger Stimme.

»Soll ich vielleicht bei ihm einsteigen und seinen Geldschrank aufbrechen? Das ist nicht mein Geschäft. Da musst du dir schon einen anderen Dämlack suchen.«

Nun mischte sich Laabs ein. »Rudi, du darfst die Sache nicht so negativ sehen. Die beiden Herren haben echt Sorgen. Böse Verwandte enthalten ihnen Geld vor, das ihnen zusteht. Es wäre ein Akt der Gerechtigkeit, ihnen dazu zu verhelfen, zumal es sich für uns beide lohnen würde.«

»Akt der Gerechtigkeit! Der Witz ist gut. Den muss ich mir merken!« Pielke lachte erneut, bekam aber gierig glitzernde Augen. »Also, wer ist der Mensch, dem ich auf diese Weise Nächstenliebe beibringen soll?«

»Eigentlich sind es zwei. Der eine ist ein echter Graf und Bankier, und bei der anderen Person handelt es sich um eine Komtess, die so reich ist, dass ihre Leute die Geldscheine auf dem Speicher mit Gabeln umschaufeln müssen, damit das Zeug nicht zu schimmeln beginnt«, erklärte Laabs eifrig.

»Und ich soll die Herrschaften um das Geld bringen? Nee, sage ich! Das ist mir zu viel Risiko. Wenn ich Geschäfte mache, dann solche, die hundertprozentig sicher sind. Ich will doch nicht, dass die Gendarmen hinter mir her sind.« Mit diesen theatralischen Worten wollte Pielke die beiden Bittsteller einschüchtern und seinen Anteil in die Höhe treiben.

Dies begriff Ottwald von Trettin durchaus, aber er wusste auch, dass ihm nichts anderes übrigblieb, als auf die Hilfe solcher Halsabschneider zurückzugreifen. Zwar hatte er seiner Mutter geschrieben, dass Fridolin ihn aus dem Haus gewiesen hatte und er nun auf dem Trockenen saß. Aber selbst wenn sie ihm das Fahrgeld anweisen ließ, bestand sein gesamter Besitz aus einem schuldenbeladenen Gut, das nach dem Verlust der großen Scheuer nicht mehr zu halten war. Daher benötigte er dringend Geld, und zwar eine stattliche Summe. Zwar hätte er die Sache am liebsten ohne so zwielichtige Gestalten wie Rudi oder Laabs durchgeführt. Doch er war auf Leute angewiesen, die es mit dem Gesetz nicht so genau nahmen.

Mit entschlossener Miene beugte er sich zu Rudi Pielke hinüber. »Hören Sie mir gut zu, mein Freund! Wenn Sie mir helfen, wird es sich für Sie lohnen. Tun Sie es nicht, werden wir die Aktion auf andere Weise durchführen, und Sie haben nichts davon.«

»Jetzt mal ganz mit der Ruhe. Ich werde mir doch wohl Gedanken machen dürfen!«

Pielke begriff, dass mit diesem Adelsbürschchen nicht gut Kirschen essen war. Einen Augenblick lang schwankte er, ob er mit diesem geschniegelten Kerl zusammenarbeiten oder ihn zum Teufel jagen sollte. Nun, bevor er das entschied, wollte er wissen, wie viel für ihn bei der Sache herausspringen würde. Vielleicht bekam er genug Geld, um sein jetziges Leben aufgeben und irgendwo anders neu anfangen zu können. Es war noch nicht lange her, da hatte es so ausgesehen, als könne er die Hände auf einen großen Geldsack legen, und da war auch so ein Edelfatzke im Spiel gewesen. Aber der hatte ihn betrogen, und das sollte ihm diesmal nicht passieren.

Er trank sein Bier aus und schickte Laabs los, um ein weiteres zu holen. Als der Zuhälter den Raum verlassen hatte, lehnte Pielke sich in seinem Stuhl zurück und sah Ottwald von Trettin grinsend an. »Und jetzt erzähle mir, wie du dir das Ganze vorstellst.«

»Ich würde es vorziehen, wenn Sie mich siezen würden, wie es sich gehört«, forderte der Gutsherr mit unbewegter Stimme.

»Von mir aus. Ich sage immer, jedem Tierchen sein Pläsierchen!«

»Was mich an das *Le Plaisir* erinnert. Wir sollten nachher noch dahin gehen und uns was gönnen«, schlug Gerhard Klampt vor.

Pielke winkte ab. »Zu vornehm für mich – und eigentlich auch für unseren Freund Laabs. Aber das will er sich nicht eingestehen. Ich geh doch in keinen Puff, in dem ich dem Staatsanwalt oder gar dem Polizeipräsidenten begegnen kann! Die haben nämlich etwas gegen mich.« Er lachte wie über einen guten Witz, winkte dann ab und trommelte mit den Fingern auf die Tischplatte. »Jetzt spucken Sie es endlich aus und sagen, was Sie wollen. Schließlich bin ich nicht zum Vergnügen hier.«

»Es gibt zwei Vermögen, das der Komtess Retzmann, auf das mein Freund Klampt ein gewisses Anrecht hat, und das des Grafen Trettin, seines Zeichens Miteigentümer des Bankhauses Grünfelder.«

»Grünfelder!« Pielke schnaufte erregt.
»Sie kennen Herrn von Grünfelder?«
»Flüchtig, sehr flüchtig! Eigentlich habe ich mit diesem Mann nie etwas zu tun gehabt.«
»Dann wird es Sie sicher nicht schrecken, dessen Kompagnon Fridolin von Trettin um eine nicht unerhebliche Summe zu bringen. Ich war vor kurzem in seinem Haus und habe mich gründlich umgesehen. Der Schmuck seiner Frau befindet sich in einer lederüberzogenen Kassette in deren Schlafzimmer, und zwar im untersten Schubfach der Kommode. Ich konnte die Kassette zwar nicht öffnen, aber als ich sie hochgehoben habe, erschien sie mir sehr schwer.« Während er sprach, beobachtete Ottwald von Trettin sein Gegenüber sehr genau. Aus dem wenigen, das Manfred Laabs angedeutet hatte, schloss er, dass Pielke sich als Hehler betätigte. Deshalb war die Zusammenarbeit mit diesem Mann notwendig. Außerdem brauchte er jemand, der des Nachts in Fridolins Haus einstieg und die Schmuckkassette herausholte. Laabs zufolge kannte sein Freund genug kleine Ganoven, die dazu bereit waren.
»Ich könnte Ihnen helfen«, sagte der Hehler nach einer kurzen Pause. »Allerdings müssen Sie bedenken, dass gestohlener Schmuck schwer zu verkaufen ist und nur einen Bruchteil des eigentlichen Wertes einbringt.«
Da Ottwald von Trettin den Schmuck nur stehlen lassen wollte, um selbst wieder flüssig zu sein, störte ihn das nicht. Seine wahren Pläne zielten auf etwas anderes, das ihm viel mehr einbringen würde. Doch das ging den Gauner nichts an.
»Was danach folgt, werden Sie rechtzeitig erfahren. Sind Sie dabei oder nicht?«

Rudi Pielke wiegte den Kopf und nickte dann. »Also gut! Aber wenn Sie falschspielen …« Er beendete den Satz nicht, sondern legte ein großes Klappmesser auf den Tisch.
Obwohl der Gauner herausfordernd grinste, ließ Ottwald von Trettin sich nicht beeindrucken. Seine Gedanken weilten bereits in der Zukunft, und er sah sich als reichen Mann, vor dem auch sein verhasster Onkel Fridolin den Hut ziehen musste.

## XII.

Lore ahnte nicht, dass in Berlin finstere Pläne gegen sie und Fridolin geschmiedet wurden, und genoss den Aufenthalt auf Steenbrook in vollen Zügen. Unter Nathalias Aufsicht lernte sie reiten, wurde von Drewes darin unterrichtet, den kleinen Einspänner zu fahren, und erfreute sich an den gemeinsamen Spaziergängen durch die Natur. Meist war auch Fräulein Agathe mit den Kindern mit von der Partie. Da das Kindermädchen genug damit zu tun hatte, die umtriebige Doro zu bändigen, kümmerte Lore sich selbst um ihren Sohn. Mit seinen vier Jahren konnte Wolfi bereits stramm marschieren und musste oft genug eingefangen werden, wenn er in Gefahr geriet, in einen Graben zu fallen, oder sich unvorsichtigerweise einem Wespennest näherte.
An diesem Tag hatte ihn eine Wespe gestochen, und er zerfloss in Tränen. Lore nahm ihn auf den Arm und versuchte ihn zu trösten. »Komm, mein Kleiner, wir gehen jetzt nach Hause. Dort legen wir ein wenig essigsaure Tonerde auf den Stich, und dann schauen wir, was Gertrud Gutes in ihrer Küche hat. Sie wollte doch einen Pudding kochen, aber den gibt es nur für tapfere Jungs.«

Wolfi schniefte und sah sie mit feuchten Augen an. »Ich bin tapfer. Aber es tut so weh! Diese Wespe war ganz böse. Sie darf doch keine Leute stechen.«
Nathalia musste lachen. »So darfst du das nicht sehen. Es liegt in der Natur einer Wespe zu stechen, wenn man ihr oder ihrem Nest zu sehr auf den Pelz rückt.«
»Haben Wespen Pelze?«, fragte der Junge interessiert. »Da muss man aber sehr viele Wespen fangen, um aus ihren Fellen einen Pelzmantel zu machen!«
»Mindestens zehntausend«, erklärte Nathalia lachend.
Nun fand Lore es an der Zeit einzugreifen. »Bitte, setze Wolfi keine Flausen in den Kopf. Nicht, dass er auf die Idee kommt, ein Wespenjäger zu werden, um mir oder dir einen Pelzmantel zu verschaffen!«
Nathalia konnte nicht mehr aufhören zu lachen. »Oh Gott, was wäre das für ein Liebesdienst! Kein Sohn könnte mehr für seine Mutter tun. Aber du hast recht. Wir sollten Wolfi klarmachen, dass sich keine von uns einen Wespenpelzmantel wünscht. Außerdem sind die Ferien viel zu kurz, um so viele Wespen zu fangen.«
»Ich habe nächstes Jahr doch auch Ferien«, wandte der Junge ein, der sich durchaus mit dem Gedanken anfreunden konnte, ein großer Wespenjäger zu werden.
Es kostete die Frauen einiges an Überredung, ihn von diesem Vorhaben abzubringen. Ein Gutes hatte die Sache jedoch, denn während des Gesprächs hatte er den Stich und die Schmerzen vergessen.
Als sie zum Gut zurückkamen und die Köchin tatsächlich Pudding gekocht hatte, war für Wolfi die Welt wieder vollkommen in

Ordnung. Während er begeistert löffelte, blickte Nathalia nachdenklich zum Fenster hinaus. »Was hältst du davon, wenn wir morgen früh einen Ausflug nach Klingenfeld machen und uns das Gut ansehen? Wir müssten sehr früh aufbrechen, könnten aber sowohl auf dem Hinweg wie auch zurück auf Nehlen haltmachen und uns erfrischen.«

Auch Lore hatte sich schon darüber Gedanken gemacht, wie sie es anstellen konnte, sich das Gut anzusehen, das bald in ihren und Fridolins Besitz übergehen würde. Der Gedanke, die Fahrt in Nehlen zu unterbrechen, missfiel ihr jedoch. Nathalia und sie waren ein weiteres Mal dort gewesen, und dabei hatte sie sich ein endgültiges Urteil über Leutnant von Bukow und dessen Vetter von Gademer bilden können. Beide lagen in einem heftigen Wettstreit um die Gunst des alten Grafen und machten Gottlobine von Philippstein heftig den Hof. Gleichzeitig war den Herren anzumerken, dass ihnen Nathalias Vermögen als Ersatz für das entgangene Erbe gerade recht käme. Das hatte sie ihrer Freundin auch gesagt, aber nur ein Lachen geerntet.

Da Nathalia die Ehe mehr wie ein Geschäft anzusehen schien, bei dem die Partner von vorneherein ihre Aufgaben und Pflichten bestimmten, interessierte es sie wenig, wer einmal ihr Gatte sein würde, Hauptsache, er ordnete sich ihrem Willen unter. Lore aber kannte die Menschen besser und sah Streit und Hader voraus. Eine solche Beziehung würde für ihre Freundin in einer großen Enttäuschung enden.

»Also, hast du Lust?«, fragte Nathalia nach, die Lores Schweigen leid wurde.

»Nun, wieso nicht. Aber wir müssen nicht den Wagen nehmen,

sondern könnten die zwei Stationen mit dem Zug fahren und uns dort eine Droschke mieten.«

Nathalia schüttelte heftig den Kopf. »Liebes, wir sind hier auf dem Land. Da fährt man doch nicht mit der Eisenbahn, wenn man die Strecke mit dem eigenen Wagen bewältigen kann. Außerdem ist es eine gute Gelegenheit für dich zu üben, denn einen Teil des Weges wirst du die Zügel führen.«

Wie meist gab Lore nach. »Also gut! Aber ich fahre nur, wenn Drewes mitkommt.«

»Das ist doch selbstverständlich«, antwortete Nathalia lächelnd.

Wolfi sah von seinem Pudding auf. »Will auch mit!«

Lore überlegte kurz und schüttelte dann den Kopf. »Es tut mir leid, mein Kleiner, aber die Fahrt ist zu lang für dich und Doro. Ihr würdet euch unterwegs langweilen.«

»Und dabei furchtbar quengeln und uns auf die Nerven gehen«, setzte Nathalia leise hinzu.

Lore vernahm es trotzdem und bedachte ihre Freundin mit einem tadelnden Blick. Allerdings machte Nathalia ihren Ausspruch sofort wieder gut, indem sie Wolfi versprach, ihm beim nächsten gemeinsamen Ausflug beim Konditor einen besonders großen Windbeutel zu kaufen. Unterdessen hatte Fräulein Agathe die kleine Doro ebenfalls mit Pudding gefüttert und wischte ihr nun den verschmierten Mund ab.

Lore sah sich lächelnd um und verschränkte die Hände hinter dem Kopf. »Wir beide haben wahrlich ein schönes Leben, Nathalia, findest du nicht auch?«

# XIII.

Nathalia hatte den Ausflug nach Klingenfeld gut vorbereitet. Als sie mit Lore nach dem Frühstück aufbrach, standen ein Korb mit Butterbroten unter dem Sitz sowie ein Krug leichten Bieres. Diesem hatte sie den Vorzug vor Saft gegeben, weil es in der Hitze des Tages nicht zu gären begann. Auch Drewes hatte sich ein Stück harter Wurst, etwas Graubrot und zwei Flaschen Bier als Mundvorrat eingesteckt, und so brachen sie unbeschwert auf.

Wie von Nathalia angekündigt, musste Lore unterwegs immer wieder die Zügel in die Hand nehmen und den großrahmigen, pechschwarzen Wallach lenken. Die Sonne schien von einem hellblauen Himmel, auf dem nur wenige weiße Wolkenfetzen zu sehen waren, und auf den Feldern und Wiesen arbeiteten Knechte und Mägde, wie sie es seit jeher getan hatten.

»Sobald Klingenfeld dir und Fridolin gehört, werden wir diese Strecke oft fahren«, rief Nathalia nach einer Weile aus.

Lore hätte ihr am liebsten geantwortet, dass es ihr immer noch lieber wäre, den größten Teil des Weges mit der Eisenbahn zurückzulegen, wollte aber ihre Freundin zu keiner spöttischen Bemerkung reizen. Und sie musste zugeben, dass auch sie die Fahrt über Land zu genießen begann, die sich stark von den Ausfahrten in Berlin unterschied. Sie trafen nur auf wenige andere Fahrzeuge, und die meisten Fuhrknechte und Kutscher gaben anstandslos den Weg frei, was in der Reichshauptstadt so gut wie nie der Fall war.

Da der Wallach den leichten Wagen leichtfüßig zog und immer wieder in einen munteren Trab verfiel, erreichten sie Nehlen frü-

her als erwartet. Kurz vor dem Gut sah Nathalia Lore lächelnd an. »Wollen wir die Damen Philippstein schockieren?«
Noch während Lore »Nein!« rief, drückte Nathalia ihr die Zügel in die Hand und ließ gleichzeitig die Peitsche knallen. Der Wallach sah dies als Aufforderung an, noch schneller zu werden, und fegte wie ein Wirbelwind auf den Vorplatz.
Zu Lores Erleichterung war dieser leer. Nur Graf Nehlen, der gerade aus der Tür getreten war, sah ihnen erstaunt entgegen und zog den Hut, als sie den Wagen zum Stehen gebracht hatte. »Respekt, Gräfin, für eine Großstädterin fahren Sie recht forsch!«
»Lore stammt nicht aus der Stadt, lieber Nehlen, sondern aus Ostpreußen, und wenn es einen Ort im Reich gibt, an dem ähnlich gute Pferde wie hier gezüchtet werden, ist es dort«, rief Nathalia und sprang vom Wagen. »Wir hoffen, Ihre Gastfreundschaft ist groß genug, uns einen kühlen Trunk und einen kleinen Imbiss zu verschaffen. Wir sind nämlich auf dem Weg nach Klingenfeld, da Gräfin Trettin sehen will, wo sie in Zukunft einen Teil ihres Lebens verbringen wird.«
»Auf ein Glas Saft und eine Butterstulle soll es mir nicht ankommen«, erklärte der alte Herr vergnügt.
Dann zog er die Stirn kraus. »Nach Klingenfeld wollen Sie? Dann sollten Sie sich vorsehen. Ich habe gestern einen Gutsnachbarn von dort getroffen und von ihm einiges über den Verwalter gehört. Der Mann lebt dort mittlerweile allein mit ein paar alten Dienstboten, denn alle anderen sind davongelaufen, weil der Kerl sie schlecht behandelt und ihnen den Lohn vorenthalten hat. Außerdem hat seit Wochen keiner mehr den Mann nüchtern gesehen. Er soll sich dem Vernehmen nach sehr grob

aufführen, wenn er gestört wird, und ich weiß nicht, ob Sie sich seinem Geschimpfe und seinen Drohungen aussetzen sollten.«

Für Nathalia verstärkte die Warnung eher ihre Absicht, hinzufahren, und auch Lore schüttelte abwehrend den Kopf. »Wir wollen uns nur das Gut ansehen und nicht mit diesem unleidlichen Menschen sprechen.«

»Das wird auch besser sein. Trotzdem gefällt es mir nicht, dass Sie beide allein dorthin fahren wollen.«

»Wir sind nicht allein«, sagte Nathalia und wies auf Drewes.

»Der Mann ist ein guter Kutscher, aber keine Respektsperson. Ich werde Ihnen einen meiner Neffen mitgeben, damit er Ihnen zur Seite stehen kann. Wo stecken die Kerle nur?« Der alte Herr drehte sich um und brüllte zum Herrenhaus hinüber. »He, Adolar, Edgar, Jürgen, kommt raus!«

Es dauerte eine Weile, dann erschien als Einziger Jürgen Göde.

»Sie haben gerufen, Onkel?«

»Ja, das habe ich, laut und deutlich! Wo sind die anderen?«

»Fräulein von Philippstein wollte nach Hoya fahren, werter Onkel, und da Leutnant von Bukow und Herr von Gademer sich nicht einigen konnten, wer sie begleiten darf, sind beide mitgeritten.«

Graf Nehlen verzog das Gesicht. »Ein Trabant hätte für Gottlobine wohl gereicht. Die beiden Damen hier bedürfen des männlichen Schutzes mehr als jenes Fräulein. Daher wirst du sie begleiten! Los, sattle einen Gaul für meinen Großneffen!« Das Letzte galt einem Stallknecht, der neugierig den Kopf zur Stalltür herausgesteckt hatte und sofort wieder verschwand.

Während Nathalia leise gluckste und Lore Mitleid mit Jürgen empfand, stand dieser wie ein begossener Pudel vor seinem

Großonkel. Seine Reitkünste waren eher rudimentär, doch er wagte es nicht, dem alten Herrn zu widersprechen.

»Wo wünschen die Damen hinbegleitet zu werden?«, fragte er stattdessen.

»Nach Klingenfeld«, zwitscherte Nathalia.

Jürgen schluckte. Bis dorthin waren es gut zehn Kilometer, und die auf einem Pferderücken zu bewältigen erschien ihm unmöglich. Doch als er Nathalias belustigten Blick auf sich gerichtet sah, straffte er die Schultern. Seine Vorfahren waren gute Landwirte und Offiziere des Kurfürstentums und Königreichs Hannover gewesen, und etwas von ihrer Art mussten sie ihm doch vererbt haben. Als der Knecht einen großen Hengst herbeiführte, stieg Jürgen, ohne zu zögern, auf und wandte sich an Lore.

»Wenn Sie wünschen, können wir aufbrechen, gnädige Frau.«

»Die Damen wollten noch eine kleine Erfrischung zu sich nehmen«, wandte sein Großonkel amüsiert ein.

Als Jürgen wieder vom Pferd steigen wollte, hob Nathalia die Hand. »Das kann warten, bis wir zurück sind. Immerhin haben wir ein wenig vorgesorgt.«

Sie stieg wieder auf den Wagen und holte den Bierkrug hervor. »Zum Wohl«, sagte sie, setzte den Krug an und trank einen gehörigen Schluck, bevor sie ihn an Lore weiterreichte.

Graf Nehlen nickte lachend. »So ist es richtig! Hier auf dem Land ist man nicht so etepetete wie in der Stadt. Viel Vergnügen auf dieser Fahrt! Und du, Jürgen, pass gut auf die Damen auf, damit ihnen nichts zustößt.«

»Das werde ich, Oheim.« Jürgen hielt es für wahrscheinlicher, dass er die Damen mit seinen geringen Reitkünsten behinderte, dennoch folgte er dem Wagen auf die Straße hinaus.

Da Lore noch immer die Zügel führte, ließ sie den Wallach ein eher gemächliches Tempo einschlagen, dem Jürgen gut folgen konnte. Nathalia lag zwar auf der Zunge, die Freundin aufzufordern, schneller zu werden, aber sie unterließ es und beobachtete ihren Begleiter, der sich besser im Sattel hielt, als sie es erwartet hatte.

Nach einer Weile sprach sie ihn an. »Nun, Herr Göde, gibt es etwas Schöneres als so einen gemütlichen Ausflug?«

Zwar konnte Jürgen sich im Augenblick tausend Dinge vorstellen, die diesen Ausritt übertrafen, doch er nickte bejahend. »Da haben Sie recht, gnädige Komtess. Der Anblick der Natur ist wunderbar, und vom Sattel aus überblickt man die Landschaft weitaus besser als zu Fuß!«

Da er bisher nur auf den Hals seines Hengstes gestarrt hatte, brachte diese Behauptung Nathalia zum Lachen. Dann aber streifte sie mit glitzernden Augen den sich unterfordert fühlenden Hengst. »Wenn Sie wollen, können Sie meinen Platz auf dem Gig einnehmen, und ich reite Ihr Pferd. Seien Sie versichert, ich kann es beherrschen.«

Jürgen schüttelte den Kopf. »Das glaube ich Ihnen gerne. Aber wenn ich das täte, würde ich mich endgültig als der Wackelwurm fühlen, für den meine Vettern mich halten.«

»Es ginge auch nicht, Nati. Du kannst mit deinem Kleid nicht im Herrensattel reiten«, wandte Lore ein.

»Das heißt, ich muss mir schnellstens ein Paar Hosen oder zumindest so einen Reitrock anfertigen lassen, wie ihn diese Frau bei der Reiterschau in Berlin trug«, gab Nathalia kichernd zurück. »Zur Not können wir beide ja noch ein wenig zusammenrücken, damit Herr Göde Platz findet, wenn er nicht mehr im

Sattel sitzen kann. Oder aber er tauscht mit Drewes den Platz. Was ist, Herr Göde, würde es Sie nicht verlocken, unser Groom zu sein?«

»Ich stehe Ihnen gerne zur Verfügung, aber ein andermal. Jetzt ist es mein Auftrag, die Damen zu Pferd zu eskortieren, und das werde ich zu Ihrer Zufriedenheit tun«, antwortete Jürgen mit heldenhafter Selbstüberwindung.

Seine Worte reizten Nathalia, und ehe Lore sichs versah, nahm sie dieser die Zügel ab und ließ die Peitsche über die Ohren des schwarzen Wallachs pfeifen. Das Tier wurde sofort schneller und ließ Jürgen und seinen Hengst ein ganzes Stück hinter sich.

Lore funkelte ihre Freundin zornig an. »Das ist nicht sehr nett!«

»Ich habe nie danach gestrebt, als nett zu gelten«, gab Nathalia unbekümmert zurück. »Außerdem will ich sehen, wie unser Begleiter sich macht.«

»Für einen Bücherwurm recht ordentlich«, sagte Drewes, der den jungen Mann nicht aus den Augen ließ.

Eben gab Jürgen dem Hengst die Sporen, tat allerdings des Guten zu viel, denn das Tier fiel ansatzlos in den Galopp. Zwar gelang es Jürgen, im Sattel zu bleiben, doch schoss er an Lores und Nathalias Wagen vorbei und brachte sein Pferd erst ein ganzes Stück weiter vorne zum Stehen.

Lachend ließ Nathalia den Wallach schneller traben und holte Jürgen in wenigen Minuten ein. »So ein Galopp ist doch etwas Schönes, nicht wahr, Herr Göde?«, fragte sie spöttisch.

Lore hätte ihr dafür ein paar Ohrfeigen verpassen können, denn Jürgen sah aus, als wäre er eben dem Teufel von der Schippe gesprungen.

Trotzdem versuchte der junge Mann zu lachen. »Mit einem forschen Galopp hapert es bei mir noch arg. Doch ich hoffe, während meines Aufenthalts auf Nehlen besser reiten zu lernen. Dies wäre nicht zuletzt im Hinblick auf meine Teilnahme an archäologischen Expeditionen von Vorteil.«

»Das lernen Sie schon, junger Mann«, erklärte Drewes gönnerhaft und gab Jürgen ein paar Anregungen, wie er sich das Reiten erleichtern konnte. »Sie wollen ja gewiss nicht – die Damen mögen verzeihen – mit wundgerittenem Hintern nach Nehlen zurückkehren.«

»Darüber möchte ich lieber nicht sprechen!« Jürgen verspürte bereits ein gewisses Brennen auf dem genannten Körperteil, war aber nicht bereit, dies zuzugeben.

Nathalia bedachte ihn mit einem anerkennenden Blick. »Sie machen sich für einen Stadtfrack wirklich ganz ordentlich, Herr Göde. Ich kenne Männer, die schon deutlich länger reiten als Sie und immer noch wie nasse Säcke auf ihren Gäulen hängen.«

»Danke, das hört man gerne!« Jürgen straffte sich unwillkürlich, und als es weiterging, fühlte er sich im Sattel nicht mehr ganz so fremd. Da Nathalia nun ein gemächlicheres Tempo einschlug, konnte er sich sogar an dem gemeinsamen Gespräch beteiligen und war wohl von allen am meisten überrascht, als nach nicht allzu langer Zeit die Gebäude von Klingenfeld vor ihnen auftauchten.

## XIV.

Lore kannte das emsige Treiben, das auf Steenbrook und Nehlen herrschte. Dagegen erschien Klingenfeld so verlassen, als hätte eine Seuche alle Bewohner dahingerafft. Im ersten Augenblick war sie erschrocken, doch dann beruhigte sie sich wieder und betrachtete in Ruhe das Herrenhaus und die Wirtschaftsgebäude. Diese befanden sich in einem halbwegs guten Zustand, und sie sagte sich, dass es ihr wenig Mühe bereiten würde, hier einzuziehen. Aber als ihr Blick über die Wiesen und Felder schweifte, stellte sie fest, dass dort seit etlichen Wochen nichts mehr getan worden war. Auch gab es keine Kühe und Pferde auf den Weiden. Leicht würde es nicht werden, dieses Gut wieder aufzurichten, sagte sie sich, und sie zweifelte daran, dass Fridolin und sie die Richtigen dafür waren. Im Grunde wussten sie viel zu wenig von den Belangen der Landwirtschaft.

Dann aber entdeckte sie hinter einer Doppelreihe noch recht junger Bäume die halbfertigen Gebäude der geplanten Konservenfabrik. Mit einem Mal war sie davon überzeugt, dass es Fridolin gelingen würde, hier etwas Großes aufzubauen.

Als Lore den Wallach auf dem Vorplatz anhielt, stachen ihr die Unterschiede zu Nehlen und Steenbrook noch stärker ins Auge. Die Fenster des Herrenhauses waren verhüllt, aus dem Stall drang kein Laut, und bei den wenigen Fuhrwerken, die in der Remise standen, hatten die Eisenringe der Räder Rost angesetzt.

»Das sieht alles sehr vernachlässigt aus«, sagte Jürgen verwundert.

»Weniger vernachlässigt als verlassen«, entgegnete Nathalia und rief: »He! Ist da jemand?«

Es dauerte eine Weile, dann wurde die Tür des Herrenhauses geöffnet, und eine alte Magd steckte den Kopf heraus. »Was wollt ihr denn hier? Verschwindet! Hier gibt es nichts zu gaffen!«

»Gute Frau, wir sind zufällig vorbeigekommen und haben Durst. Könnten wir eintreten und einen Schluck Wasser bekommen?« Lore hatte gehofft, auf diesem Weg ins Haus zu gelangen, doch die Magd schüttelte den Kopf.

»Der Brunnen ist dort hinten. Pumpen müsst ihr selbst, und zum Trinken müssen euch eure Hände reichen. Und damit auf Nimmerwiedersehen!«

Während die Magd die Tür ins Schloss warf, begann Nathalia zu kichern. »Die wird sich wundern! Aber ich glaube, ich werde dir einige Leute von meinem Gut mitgeben. Sonst musst du dein Wasser wirklich selbst pumpen und aus den Händen trinken.«

Lore seufzte und schüttelte den Kopf. »Ist es nicht seltsam, dass Leute ihr Hab und Gut so zugrunde gehen lassen?«

»Sei froh! Allein deswegen kommt Klingenfeld in deinen und Fridolins Besitz. Hast du genug gesehen, oder sollen wir absteigen und ein wenig umhergehen?« Nathalia wollte eben den Wagen verlassen, da hörten sie jemand brüllen.

»Verschwindet, Gesindel! Sonst brenne ich euch eine Kugel auf den Pelz!«

Die Tür des Verwalterhauses stand nun offen, und ein schwer gebauter Mann taumelte mit einer Büchse unter dem Arm heraus. Noch während er drohte, richtete er die Waffe auf den Wagen und schoss.

Nathalia hörte die Kugel an ihrem Kopf vorbeipfeifen und zuckte erschrocken zusammen. Doch bevor der Mann den zweiten

Lauf abfeuern konnte, gab Jürgen seinem Hengst die Sporen, stürmte auf den schießwütigen Verwalter zu und entriss ihm das Gewehr. Der Mann wollte die Waffe festhalten, wurde aber umgerissen und stürzte zu Boden.

»Das wirst du mir büßen, du Mistkerl!«, schrie er und kämpfte sich schwankend auf die Beine.

Jürgen hatte unterdessen genug zu tun, seinen Hengst zu bändigen. Die Büchse war ihm dabei im Weg und er wollte sie schon fallen lassen. Dann aber dachte er daran, dass der Verwalter die Waffe packen und erneut schießen konnte. Daher lenkte er den Hengst unter Aufbietung aller Kräfte auf das Gig zu und streckte Nathalia die Waffe hin.

»Können Sie sie mir abnehmen? Ich brauche beide Hände für mein Reittier.«

»Das sehe ich«, antwortete Nathalia und packte das Gewehr. Dann sah sie Lore an. »Es ist besser, du nimmst das Ding und gibst mir die Zügel. Ich habe das Gefühl, wir sollten den Rückzug antreten, bevor der Feind sich neu bewaffnen kann!«

Da der Verwalter eben unter wüsten Drohungen ins Haus wankte, gab Lore gerne die Zügel preis und hielt sich mit einer Hand am Wagen fest, während sie mit der anderen die Büchse packte.

Diesmal ließ Nathalia die Peitschenschnur nicht nur über dem Wallach knallen, sondern versetzte diesem auch noch einen Hieb auf das wuchtige Hinterteil. Sofort zog das Tier an und fiel in einen so schnellen Trab, dass Jürgen ihnen nicht folgen konnte.

»Kannst du dich umsehen, ob Herr Göde im Sattel bleibt? Nicht, dass der Hengst ihn abwirft und dieser üble Kerl ihn erschießt«, bat Nathalia, die ihr ganzes Augenmerk auf Pferd und Wagen richten musste.

Lore wollte sich umdrehen, wurde aber durch das Gewehr behindert.
»Wirf das dumme Ding ins Gebüsch! Bis der Kerl es findet, sind wir in Sicherheit«, rief Nathalia ihr zu.
Lore schleuderte die Büchse in eine ungemähte Wiese. Als sie nach Jürgen Ausschau hielt, hing dieser zwar wie ein Sack auf seinem Pferd, hatte es aber in der Gewalt und holte bereits auf.
»Festhalten!«, schrie Nathalia und lenkte das Gespann in voller Fahrt auf die Landstraße. Ihr Warnruf kam im letzten Augenblick, denn Lore konnte gerade noch verhindern, aus dem Wagen geschleudert zu werden. Sie sagte aber nichts, sondern atmete auf, als Gut Klingenfeld weit hinter ihnen zurückgeblieben war.
»Der Kerl hätte uns wahrhaftig erschossen«, sagte sie empört.
Nathalia nickte mit verkniffener Miene. »Hätte er eine Handspanne weiter links gezielt, bräuchte ich mir keinen Gedanken mehr über meinen zukünftigen Ehemann machen. So ein Kerl gehört eingesperrt und sollte nach Möglichkeit nicht mehr freigelassen werden. Aber wie geht es Jürgen … ich meine Herrn Göde?«
»Dem fehlt nichts – außer einem wundgerittenen Hinterteil, wie ich annehme«, antwortete Drewes an Lores Stelle. Der Kutscher hatte sich krampfhaft am Wagen festgehalten, um nicht herabzufallen.
Da die Gefahr nun gebannt schien, zügelte Nathalia den Wallach, hielt schließlich an und sprang vom Wagen. »Es tut mir leid, dass ich dich schlagen musste, mein Guter. Aber ich wollte nicht, dass dieser Schurke noch mal auf uns schießen kann. Immerhin war die Gefahr für dich noch größer als für uns, denn wir sind um einiges schwerer zu treffen.« Mit diesen Worten streichelte

sie den Hals des Rappen. Dieser drehte zuerst den Kopf weg, sah sie dann aber doch an und prustete ihr ins Gesicht.

»Dafür bekommst du heute Abend doppelten Hafer, und ich bringe dir eigenhändig deinen Nachtisch in Form einiger besonders knackiger Möhren«, versprach Nathalia ihm und sah dann Jürgen entgegen, der mit schmerzlich verzogener Miene sein Pferd neben ihr zügelte. »Lieber Herr Göde, ich danke Ihnen! Sie sind doch nicht so ganz der Bücherwurm, für den alle Sie halten«, sagte sie mit einem herzlichen Lächeln.

Dann stieg sie auf den Wagen und bat Lore, das nächste Stück zu kutschieren, denn plötzlich zitterten ihr die Knie.

## XV.

Als sie nach Nehlen zurückkamen, war der erste Schreck überwunden, und sie vermochten sogar ein wenig über ihr Abenteuer zu spotten.

Kopfschüttelnd lauschte der alte Herr ihrem Bericht. »Wenn ich gewusst hätte, dass der Kerl gemeingefährlich geworden ist, hätte ich euch niemals erlaubt, dorthin zu fahren.«

»Es ist ja glücklicherweise nichts passiert, nachdem Herr Göde so kaltblütig war, diesem elenden Menschen das Gewehr abzunehmen, und wir den Rückzug antreten konnten«, antwortete Nathalia und schenkte Jürgen einen Blick, in dem tiefe Verwunderung über die unerwarteten Facetten lag, die sie an ihm entdeckt hatte.

»Bitte, Komtess, das war doch nicht der Rede wert«, wehrte der junge Mann ab.

»Nun stell dein Licht nicht unter den Scheffel, Großneffe! Deine Vettern tun das nämlich auch nicht. Aber die führen lieber Fräulein von Philippstein in die Konditorei, als zur Stelle zu sein, wenn sie gebraucht werden. Sei's drum! Wir setzen uns jetzt in die Stube und essen etwas. Ein kräftiger Imbiss stärkt die Nerven, und die Damen sehen so aus, als hätten sie das nötig.« Graf Nehlen befahl einem Knecht, das Gig auszuspannen, dem Wallach ein ordentliches Maß Hafer zuzumessen und Drewes in die Küche zu bringen, damit auch der Kutscher einen Krug Bier und etwas zu essen bekam. Dann führte er Lore und Nathalia ins Haus.

Jürgen folgte ihnen mit zusammengebissenen Zähnen, um nicht vor Schmerz zu schreien, denn die Innenseite seiner Oberschenkel und sein Hinterteil brannten nun wie Feuer. Als er sich seinem Großonkel gegenübersetzte, stöhnte er einen Augenblick auf, konnte sich dann aber beherrschen und trank das Bier, das der Graf auf den Tisch stellen ließ. Auch aß er ein Stück Schinken mit gutem Appetit.

Während des Essens herrschte Schweigen, doch danach machten Lore und Nathalia ihrem Unmut über den Verwalter von Klingenfeld Luft. Der Graf erklärte, er werde ihre Klagen an die zuständigen Polizeibehörden in Hoya weiterleiten. »Ein weiteres Verbleiben dieses Mannes auf Klingenfeld ist nicht zu verantworten. Er schießt sonst tatsächlich noch jemand über den Haufen«, erklärte er in grimmigem Ton.

Kurz darauf führte er Lore und Nathalia wieder auf den Hof. Dort hatte der Wallach inzwischen seinen Hafer und einiges an Heu gefressen, und Drewes kam noch auf beiden Backen kauend aus dem Gesindeeingang.

Der Graf half Lore auf den Wagen und zwinkerte ihr zu. »Dann wünsche ich eine gute Rückkehr. Wenn Sie das nächste Mal nach Klingenfeld fahren wollen, komme ich mit und blase diesem närrischen Verwalter so den Marsch, dass ihm Hören und Sehen vergeht!«

»Und ich schlage die große Pauke dazu«, rief Nathalia lachend und drehte sich noch einmal zu Jürgen um, der in der Haustür stehen geblieben war.

»Auf Wiedersehen, Herr Göde! Da Sie heute den Ritt nach Klingenfeld so exzellent überstanden haben, hoffe ich, Sie bald als Gast auf Steenbrook begrüßen zu können.« Mit einem Lachen, von dem sie selbst nicht wusste, ob es nun spöttisch oder fröhlich gemeint war, nahm sie Zügel und Peitsche zur Hand.

Der Wallach äugte misstrauisch zurück, als wolle er wissen, ob er auch diesmal einen Hieb erhalten würde. Doch Nathalia ließ die Peitsche nur spielerisch über seinem Rücken kreisen und steckte sie wieder in die Halterung.

Graf Nehlen sah dem Gig nach, bis es hinter den Hecken verschwand, und drehte sich zu seinem Neffen um. »Und? Ist es schlimm?«

»Was, Herr Onkel?«, fragte Jürgen.

»Dein Allerwertester! Wenn ein ungeübter Reiter zwanzig Kilometer im Sattel zurücklegt, dürfte es dort ganz schön brennen, zumal die Komtess, wie ich sie kenne, die Strecke gewiss nicht im Schritt zurückgelegt hat.«

»Das hat sie wahrlich nicht!« Jürgen versuchte sich an einem kläglichen Lächeln und wollte ins Haus zurückkehren.

Da stand auf einmal der alte Herr neben ihm, und er spürte dessen Hand schwer auf seiner Schulter. »Vor mir musst du dich nicht genieren, die Wahrheit zu bekennen. Ich habe auch einmal mit dem Reiten begonnen und weiß, wie sich ein richtiger Wolf anfühlt. Komm mit!«

Grimbert von Nehlen schob seinen Großneffen vor sich her in sein Schlafzimmer und holte dort eine Blechdose aus dem Schrank. »Zieh jetzt die Hosen herunter und leg dich bäuchlings aufs Bett, damit ich deine wunden Stellen einreiben kann. Sonst kannst du morgen nicht einmal mehr auf einem Daunenkissen sitzen.«

Als der junge Mann zögerte, versetzte er ihm einen leichten Backenstreich. »Jetzt stell dich nicht an wie eine empfindliche Jungfer! Immerhin bin ich dein Großonkel. Vor dem Arzt müsstest du die Hosen auch herunterlassen.«

»Jawohl, Herr Oheim!«, antwortete Jürgen und öffnete seinen Gürtel.

# Vierter Teil

## *Berlin*

# I.

Rudi Pielke achtete stets darauf, kein unnötiges Risiko einzugehen. Daher ließ er Ottwald von Trettin einen exakten Plan des Hauses zeichnen, in dem Lore und Fridolin lebten, und stellte dem Gutsherrn noch etliche Fragen.

»Ich muss wissen, wo sich die Bediensteten in der Nacht aufhalten und welche Fenster vergittert sind und welche nicht.«

Um Ottwald von Trettins Lippen spielte ein hochmütiges Lächeln. »Das werde ich alles in Erfahrung bringen!«

Er dachte an das junge Dienstmädchen, das ihm während seines Aufenthalts in Fridolins Villa zweimal das Bett gewärmt hatte. Gegen eine kleine Summe würde Luise ihm gewiss alle notwendigen Informationen liefern. Doch dafür musste er zuerst herausfinden, wo er sie treffen konnte.

»Sind Sie in der Lage, das Haus heimlich überwachen zu lassen?«, fragte er Pielke. Als dieser nickte, fuhr er fort: »Ihre Leute müssen mir die Information verschaffen, wann ein gewisses Dienstmädchen das Haus verlässt und wohin es in seiner Freizeit geht.«

»Wenn Sie mir sagen, wie die Kleine aussieht, lässt sich das bewerkstelligen.«

Ottwald von Trettin blickte Pielke verblüfft an. »Woher wollen Sie wissen, dass es sich um ein junges Mädchen handelt und nicht um eine alte Schachtel?«

»Weil einer wie Sie sich gewöhnlich nicht für altgediente Besendragoner, sondern für junge, hübsche Dienstmädchen interessiert«, antwortete Pielke lachend.

Trettin fiel in das Gelächter ein. »Sie sind ein guter Menschenkenner, wissen Sie das?«

»Das ist mein halbes Geschäft. Ich muss wissen, wem ich vertrauen kann und wem nicht. Allerdings ist nur Christus unfehlbar. Ein Mal habe ich mich geirrt, und das ärgert mich immer noch höllisch.« Pielke sah Trettin nachdenklich an. »Sie sind doch auch ein Nobler, oder nicht? Vielleicht könnten Sie mir einen Gefallen erweisen. Wenn es klappt, wird es sich für Sie lohnen.«

Ottwald von Trettin runzelte missbilligend die Stirn. Er war zu dem Kerl gekommen, damit dieser ihm half, seine Pläne auszuführen, aber nicht, um ihn bei irgendwelchen halbseidenen Vorhaben zu unterstützen. Da er Pielke im Augenblick noch dringend benötigte, gab er sich jedoch konziliant. »Gerne, wenn es in meiner Macht steht.«

»Es handelt sich um einen anderen Noblen, einen gewissen Klingenfeld. Ich habe dem Kerl einen Gefallen getan, der ihm zu einem Haufen Geld verholfen hat. Doch anstatt mir den vereinbarten Anteil auszuzahlen, hat dieses Schwein sich in die Büsche geschlagen.«

Ottwald von Trettin hatte den Namen Klingenfeld noch nie gehört und fragte, was es mit diesem Mann auf sich habe.

»Das will ich Ihnen gerne sagen! Der Bursche hat über meine Verbindungen seinen Familienschmuck kopieren lassen. Den falschen Schmuck hat er verschiedenen Bankiers als Sicherheit für hohe Kredite angedreht, darunter auch dem Kompagnon dieses Fridolin von Trettin.«

Während Pielke berichtete, wie es Anno von Klingenfeld mit seiner Hilfe gelungen war, den Schmuck auszutauschen, nahm in Ottwald von Trettins Kopf der Plan Gestalt an, wie sich seine Beute noch vervielfachen ließe. Er grinste. »Dasselbe werden wir mit dem Schmuck tun, den Ihr Mann aus Fridolin von Trettins Haus herausschaffen wird.«

»Ich weiß nicht so recht«, antwortete Pielke. »Ein Krug geht so oft zum Brunnen, bis er bricht, und das will ich nicht riskieren.«

»Warum nicht? Wir nehmen andere Banken und Juweliere als Klingenfeld, gehen vielleicht sogar in die Provinz. Dort kann ich mich problemlos für Fridolin von Trettin ausgeben. Wenn ich entsprechend auftrete, wird niemand Verdacht schöpfen.«

Pielke wiegte unschlüssig den Kopf. »Schön und gut, aber bevor wir den Schmuck kopieren können, was übrigens eine Stange Geld kostet, müssen wir ihn erst einmal haben. Also erzählen Sie mir, welchem Mädchen meine Leute nachspüren sollen.«

Diesen Gefallen tat Ottwald von Trettin ihm gerne, und als die beiden voneinander schieden, taten beide es mit der Vorfreude auf ein gewaltiges Vermögen.

## *II.*

Als Ottwald von Trettin Ermingarde Klampts Zimmer betrat, erwartete ihn diese bereits mit Sohn und Tochter.

»Und? Was haben Sie erreicht?«, fragte ihn die alte Frau.

Trettin begriff, dass Gerhard Klampt den Mund nicht hatte halten können, und drehte diesem in Gedanken den Hals um. Nach außen hin aber tat er so, als begreife er die Frage nicht.

»Was soll ich erreicht haben? Ich bin nur ein wenig spazieren gegangen.«

Sofort traf ihn Ermingardes vorwurfsvoller Blick. »Ich weiß von Gerhard, dass Sie ein wichtiges Gespräch mit jemandem hat-

ten, der Ihnen helfen soll, sich an Lore und deren Mann zu rächen!«
»Dann werde ich Ihrem Sohn in Zukunft meine Pläne verschweigen müssen, damit er nichts weitererzählen kann«, antwortete Trettin mit einem verächtlichen Zug um den Mund.
»Jetzt haben Sie sich nicht so!«, schalt ihn die alte Frau. »Sie wissen genau, dass wir ebenso wie Sie Grund genug haben, diese impertinente Person zu hassen. Wäre sie nicht gewesen, hätte mein Sohn die Vormundschaft über diese Kröte Nathalia übernehmen und ihr Vermögen verwalten können.«
Armgard Klampt wischte sich eine Träne aus den Augen und schniefte. »Wäre es uns gelungen, die Hand auf Nathalias Vermögen zu legen, hätte ich mich mit einer entsprechenden Mitgift versehen können und wäre längst mit einem passenden Herrn vermählt. So aber habe ich ein Dutzend Jahre verloren, und das tut weh!«
Ihr Bruder rutschte nervös auf seinem Stuhl. »Bitte nehmen Sie es mir nicht übel, Herr von Trettin. Meine Mutter, meine Schwester und ich haben so lange unter den Umständen gelitten, dass ich es ihnen einfach sagen musste, um etwas Freude in ihr Leben zu bringen.«
»Und mich bringen Sie damit in Teufels Küche!«
Da hob Ermingarde lachend die Hand. »Jetzt fahren Sie doch nicht auf wie ein gereizter Stier! Wir sind auf Ihrer Seite. Von meinem Sohn weiß ich, dass Ihre Pläne weit darüber hinausgehen, als nur Ihre lumpigen Verwandten um ein paar Mark zu erleichtern. Und dabei möchten wir Ihnen behilflich sein. Ich habe immer noch Freundinnen in Bremen, die mich über alles auf dem Laufenden halten, was dort geschieht. Vergessen Sie

nicht, Nathalia ist in Bremen zu Hause, auch wenn sie sich häufig in Berlin aufhält, und ihr Sommersitz liegt kaum fünf deutsche Meilen von der Hansestadt entfernt.«

Um seine Pläne in die Tat umzusetzen, brauchte Ottwald von Trettin tatsächlich Helfer. Allerdings schreckte ihn der Gedanke, dass er diese auch später am Hals haben würde. Zudem würden die Klampts gewiss einiges für ihre Dienste verlangen, womöglich weitaus mehr, als er Rudi Pielke zukommen lassen musste. Trotzdem war auch ein geteiltes Vermögen immer noch ein Vermögen und würde ihn von einem verkrachten Gutsbesitzer wieder zu einem angesehenen Mann machen.

»Also gut«, sagte er zögerlich. »Ich bin bereit, Ihre Unterstützung anzunehmen. Doch ich erwarte absolute Verschwiegenheit. Haben Sie das verstanden?«

Die drei Klampts nickten eifrig, doch Ottwald von Trettin hätte keinen schimmeligen Pfennig darauf gewettet, dass sie auf Dauer den Mund halten würden. Die Alte vielleicht, aber die Tochter und vor allem der Sohn, der bereits nach ein paar Gläsern Wein arg redselig wurde, würden die Geschehnisse kaum für sich behalten können. Dem würde er später einen Riegel vorschieben müssen. Zuerst einmal galt es, seine Pläne voranzutreiben.

»Um Ihre erste Frage zu beantworten: Ja, ich habe mit diesem Herrn gesprochen«, erklärte er. »Er muss mir noch ein paar Informationen besorgen, dann kann es losgehen. Wir selbst werden vorerst noch nichts gegen meinen Onkel und dessen Frau unternehmen. Das erledigen zunächst einmal andere für uns.«

Ermingarde schnaufte enttäuscht, hätte sie doch zu gerne mitgeholfen, Lore und Fridolin zu schaden. Ihr Sohn jedoch wirkte erleichtert. Für ihn war es eine Sache, von Nathalias Vermögen, das er gerne verwaltet hätte, einen Teil in die eigene Tasche abzuzweigen, und eine ganz andere, sich mit Ganoven vom Schlag eines Rudi Pielke zusammenzutun, wie Ottwald von Trettin es anscheinend vorhatte. Für einen Augenblick ärgerte er sich über seinen Freund Laabs, der den Gutsherrn und den Ganoven miteinander bekannt gemacht hatte. Dann aber dachte er an das Geld, das in seine Tasche fließen würde, und nickte Trettin zu. »Das ist exzellent eingefädelt, muss ich sagen, direkt kolossal!«

»Der Plan stammt ja auch von mir«, erklärte Ottwald von Trettin ohne falsche Bescheidenheit. »Da Sie Ihre Mutter und Ihre Schwester davon informiert haben, sollten wir ein Glas auf ein gutes Gelingen trinken.«

Während Armgard auf einen Wink ihrer Mutter das Zimmer verließ, um aus Friederike Fabarius' Vorräten eine Flasche Wein zu holen, stellte ihr Bruder vier Gläser auf den Tisch und zwinkerte Trettin verschwörerisch zu. »Ich werde froh sein, wenn diese Sache so viel Geld in unsere Kassen gespült hat, dass ich nicht darauf angewiesen bin, die ehrpusselige Großnichte der alten Fabarius zu heiraten. Die würde mir doch glatt verbieten, zum Pferderennen und ins – äh, Sie wissen schon, was ich meine – zu gehen! Wissen Sie was? Ich freue mich darauf, der Alten das ins Gesicht sagen zu können.«

»Auch wenn es dich reizt, diesem Drachen die Meinung zu sagen, sollest du nicht übereilt handeln. Friederike Fabarius ist sehr reich und sehr alt. Daher halte ich es für klüger, weiterhin gute Miene zu machen, damit wir die Hand auch auf deren Vermögen legen können«, mahnte Ermingarde Klampt.

Sie wollte nicht lange Jahre gewartet haben, um dann den ansehnlichen Spatz, den sie in der Hand zu halten glaubte, für eine ferne Taube aufzugeben. Selbst wenn es ihnen gelang, einen Teil von Nathalias Besitz zu erhalten, so schadete ein weiterer Vermögenszuwachs keineswegs.

Unvermittelt schlug sie sich gegen die Stirn. »Herr von Trettin, beinahe hätte ich es vergessen. Vorhin ist ein Telegramm für Sie abgegeben worden, von Ihrer Mutter!«

Ermingarde stand schwer atmend auf, ging zu dem dunkelbraunen, schon arg zerkratzten Schrank, der ihr wie die meisten anderen Möbel von Friederike Fabarius zur Verfügung gestellt worden war, und holte ein Blatt heraus. »Hier!«, sagte sie und reichte es Ottwald von Trettin.

Dieser starrte darauf, als könne er nicht glauben, was da zu lesen stand. »Komme nach Berlin, deine Mutter!«

Bei seinem Einzug in dieses Haus hatte der junge Mann nach Trettin geschrieben, er sei mit Fridolin aneinandergeraten und mit leerer Börse in Berlin gestrandet. Daher hatte er gehofft, seine Mutter würde ihm über eine Bank Geld anweisen lassen. Stattdessen wollte sie selbst kommen.

Verärgert wandte der Gutsherr sich seiner Gastgeberin zu. »Sie kennen das Telegramm?«

»Da ich zuerst dachte, es sei an mich gerichtet, habe ich das Kuvert geöffnet und dann erst bemerkt, dass es für Sie ist«, log Ermingarde ungerührt.

»Nun, ich hoffe sehr, dass Sie sich in der Lage sehen, auch meiner Frau Mutter Unterkunft zu gewähren.«

»Aber gerne!« Normalerweise hätte Ermingarde sich über eine weitere Kostgängerin empört, doch mit Malwine von Trettin einte sie der Hass auf Lore und Fridolin, und sie freute sich darauf, mit ihrer alten Bekannten Pläne auszuhecken, wie man den beiden noch mehr schaden konnte.

»Dann ist es gut.« Ottwald von Trettins Gedanken eilten nach vorne, und er fieberte dem Augenblick entgegen, an dem ihm Pielke mitteilen würde, wo er Lores Dienstmädchen am unauffälligsten begegnen konnte. Er musste an die bevorstehende Ankunft seine Mutter denken. Diese würde begeistert sein, wenn sie erfuhr, dass er den verhassten Verwandten einen so harten Schlag versetzen würde.

## III.

Zur selben Zeit saß Fridolin in seinem Büro im Bankhaus Grünfelder und rechnete aus, wie viel Geld er benötigte, um Klingenfeld samt der halbfertigen Fabrik zu erwerben. Er hätte Grünfelder und Dohnke fragen können, ob sie sich an der Fabrik beteiligen würden, doch er wollte nicht erneut nur Teilhaber sein, sondern derjenige, der zumindest auf Klingenfeld die Fäden in der Hand hielt. Da war es besser, sich kleinere Summen von den benachbarten Bauern und Gutsbesitzern zu leihen und diese mit dem steigenden Gewinn der Fabrik zu begleichen.

Es war eine Kalkulation auf Messers Schneide. Er würde alles Geld brauchen, das er auftreiben konnte. Wahrscheinlich musste er sogar auf Lores Angebot eingehen und deren Anteile an Mrs. Penns Modesalon verkaufen. Auch würden sie einen Teil ihres Schmucks verkaufen oder beleihen müssen.

Im nächsten Moment sagte er sich, dass Lores Schmuck eine Notreserve darstellen sollte, die sie nur im äußersten Notfall angreifen durften. Es drängte ihn, mit seiner Frau darüber zu sprechen. Es war ärgerlich, dass seine Pflichten ihn mindestens noch eine Woche in der Bank festhalten würden. Erst dann würde er seine Geschäfte an Dohnke abgeben und ebenfalls Ferien machen können.

»So in Gedanken, Trettin?« Dohnke war in sein Büro getreten und wunderte sich über Fridolins angespannte Miene.

Dieser drehte sich mit einem missglückten Lachen um. »Es ist nicht gerade einfach, all das zu bewältigen, was die Übernahme Klingenfelds mit sich bringt. Da sind die Forderungen der anderen Banken, die ebenfalls auf den falschen Schmuck hereingefallen sind, sowie die von etlichen Gläubigern, die Anno von Klingenfeld und vorher schon dessen Vater Geld geliehen hatten und die sich nun an dem Gutshof und seinen Ländereien schadlos halten wollen.«

»Unser Anrecht auf Gut Klingenfeld ist gerichtlich anerkannt. Das müssen alle einsehen!« Emil von Dohnke fürchtete schon, Fridolin könnte einen Rückzieher machen und das Gut doch zur Versteigerung freigeben. »Wie heißt es so schön? Frisch gewagt ist halb gewonnen!«, fügte er mit gespielter Fröhlichkeit hinzu.

»Aber auch viel verdorben«, antwortete Fridolin und wies auf mehrere Blätter Papier. »Mit den anderen Banken komme ich zurecht. Zwar sind sie von Baron Anno betrogen worden, doch das war ihr eigenes Risiko. Anders ist es mit den Forderungen einiger Nachbarn. Ich kann nicht alles ignorieren, wenn ich mir diese Leute nicht von Anfang an zu Feinden machen will. Dafür bin ich zu sehr auf deren Rat und wohl auch auf deren Unterstützung angewiesen.«

»Um wie viel Geld geht es?«, fragte Dohnke.

Als ihm Fridolin die Summe nannte, winkte er lachend ab. »Machen Sie sich da keine Sorgen, Trettin. Bieten Sie diesen Leuten an, ein Drittel oder notfalls die Hälfte ihrer Forderungen zu begleichen, und man wird Ihnen dafür die Füße küssen. Wie wir diese Summe verrechnen, machen wir beide unter uns aus. Da müssen wir meinen Schwiegervater nicht noch zusätzlich belasten. Er trägt ohnehin schwer genug daran, auf Baron Anno hereingefallen zu sein.«
»Darüber können wir reden.« Fridolin hatte Mühe, sich seine Zufriedenheit nicht anmerken zu lassen. Auch wenn er später einen Teil der versprochenen Summe selbst begleichen musste, verschaffte sie ihm jetzt den Spielraum, den er brauchte.
»Ich danke Ihnen, Dohnke. Empfehlen Sie mich Ihrer Frau Gemahlin und Ihrer Schwiegermutter und richten Sie ihnen bitte aus, ich werde den Damen vor meiner Abreise nach Steenbrook auf jeden Fall noch meine Aufwartung machen. Jetzt aber muss ich außer Haus, um einige Dinge zu regeln.«
»Viel Glück!« Dohnke reichte ihm die Hand und verließ nach einem kurzen Gruß das Büro.
Einen Augenblick lang sah Fridolin ihm nach, dann widmete er sich wieder seinen Papieren. Nachdem er bei seinen Berechnungen zu einem für ihn befriedigenden Ergebnis gekommen war, atmete er tief durch und legte den Schreibstift beiseite. Die Unterlagen, die er vor den Augen seiner beiden Kompagnons verbergen wollte, schloss er in seinen Schrank ein. Den Rest legte er in einer Mappe ab.
Auf dem Weg nach draußen begegnete ihm Grünfelder, der gerade von einem Arztbesuch zurückkehrte und sichtlich erleichtert wirkte, als er stehen blieb und Fridolin ansprach. »Es ist Gott sei

Dank nicht so schlimm, wie ich befürchtet habe. Die Leber ist ein wenig belastet, meint der Arzt. Aber wenn ich Diät halte und etwas weniger Cognac trinke, kann ich steinalt werden.«

»Das freut mich! Sie werden allerdings erlauben, dass ich Ihrer Frau sage, sie soll auf Ihre Gesundheit achten«, erklärte Fridolin freundlich.

»Keine Sorge, das mache ich schon!« Dohnke hatte die Worte seines Schwiegervaters vernommen und trat aus seinem Büro. »Auch Wilhelmine wird dafür Sorge tragen, dass Herr Grünfelder die Anweisungen des Arztes befolgt. Schließlich ist er die Säule unseres Bankhauses. Ich wüsste nicht, was wir ohne ihn täten.«

Dieses Lob tat Grünfelder sichtlich wohl. »Ich werde die Anweisungen des Äskulapjüngers befolgen, schon damit ihr Grünschnäbel noch ein paar Jahre habt, um trocken hinter den Ohren zu werden. Ich hoffe, Sie nehmen mir diese Bemerkung nicht übel, Trettin.«

Fridolin schüttelte lachend den Kopf. »Aber natürlich nicht, Grünfelder. Doch nun Gott befohlen, die Pflicht ruft!« Mit diesen Worten verließ er das Bankgebäude.

Auf der Leipziger Straße winkte er eine Droschke heran und ließ sich in die Ottostraße kutschieren. An deren Einmündung in die Turmstraße gebot er Halt, bezahlte den Kutscher und betrat das Haus, in dem Mary Benecke, Lores Teilhaberin bei Mrs. Penns Modeatelier, zusammen mit ihrem Mann Konrad und den Kindern lebte.

Konrad, der früher Matrose und dann Thomas Simmerns Kammerdiener gewesen war, empfing ihn fröhlich und führte ihn in die gute Stube. »Was darf es sein? Bier, Wein oder Cognac?«

»Wenn es recht ist, ein Bier. Das erfrischt wenigstens. Bei der Hitze sind Wein und Cognac nicht die geeigneten Getränke.«
»Ich werde mir trotzdem einen kleinen Rum genehmigen, sozusagen als Reminiszenz an meine Zeit als Seemann.« Konrad seufzte ein wenig, als trauere er dieser Zeit nach, lachte dann aber über sich selbst. »Für einen Mann meines Alters bekomme ich zusehends Grillen. Mary meint schon, ich solle mir eine Beschäftigung suchen, da mich das Führen der Bücher ihres Modesalons nicht auszufüllen scheint.«
Fridolin sah ihn nachdenklich an. »In einer Woche kann ich meine Pflichten in der Bank Herrn Dohnke übergeben und zu Lore und Nathalia nach Steenbrook fahren. Ich will dann auch gleich Gut Klingenfeld übernehmen. Dort könnte ich jemand brauchen, der für mich nach dem Rechten sieht. Wenn du also Lust hast, die Arbeiten zu kontrollieren, würde es mich freuen.«
»Nun, das könnte ich tun!« Begeistert klang Konrad allerdings nicht, denn er würde Mary und die Kinder in Berlin zurücklassen müssen. Andererseits wollte er Fridolin nicht enttäuschen. Zudem war es die Abwechslung, die er sich so dringend wünschte. Nach einer kurzen Überlegung nickte er deshalb deutlich und streckte Fridolin die Hand hin. »Ich mache es. Mary kann allerdings erst später mit den Kindern nachkommen, da Jonny noch keine Ferien hat.«
Als hätte er seinen Namen gehört, steckte Marys und Konrads Ältester, ein putzmunterer Achtjähriger, den Kopf zur Tür herein. »Guten Tag, Onkel Trettin! Papa, ich bin vom Unterricht zurück.«
»Und, was hast du heute gelernt?«, fragte Fridolin neugierig.
»Unser Lehrer sagt, dass Deutschland Kolonien braucht, um

nicht hinter England und Frankreich zurückstehen zu müssen. Wenn ich einmal groß bin, werde ich ganz Afrika für Seine Majestät, den Kaiser, erobern.«

»Das lass mal lieber sein. Es wäre ein zu großer Bissen!« Konrad schüttelte den Kopf und sah Fridolin an. »Was heutzutage den Kindern in der Schule in die Köpfe geblasen wird! Das gab es zu unserer Zeit nicht. Wir haben schreiben, lesen und rechnen gelernt, aber nicht, irgendwelche Neger mit der Flinte in der Hand zu braven Untertanen des Kaisers zu machen.«

Fridolin ging mit einem Achselzucken darüber hinweg. In Berlin aufgewachsen, hatte er den preußischen Patriotismus in der Schule so mit dem Rohrstock eingebleut bekommen, dass es ihn angewidert hatte. Nun war es eben der deutsche Patriotismus, der den Kindern beigebracht wurde, und die Feinde waren nicht mehr die Dänen, Österreicher oder Bayern, sondern Frankreich und England, die dem Deutschen Reich in den Augen mancher den berechtigten Platz an der Sonne verwehrten.

»So ist eben die Welt«, meinte er. »Wenigstens einen Vorteil hat es für uns. Wenn sich die Großmächte um Einfluss in Afrika und Asien raufen, geben sie zu Hause Ruhe.«

»Wenn dem mal so ist!« Ganz konnte Konrad das schlechte Gefühl nicht verhehlen, welches dieser übertriebene Nationalstolz ihm einflößte. Er fasste sich aber rasch und sah seinen Sohn auffordernd an. »Jonny, bring Onkel Fridolin einen Krug Bier und mir einen Rum.«

»Darf ich auch einen trinken?«, fragte der Junge. »Seeleute tun das, und ich will doch auch ein Seemann werden.«

Konrad versetzte Jonny einen leichten Klaps. »Erst mal gehst du brav zur Schule, und dann wird es noch ein paar Jährchen dauern, bis du als Leichtmatrose anheuern kannst. Und vorher gibt es keinen Rum! Verstanden?«

Der Junge nickte und sauste davon. Kurz darauf kehrte er in Begleitung des Dienstmädchens der Familie zurück. Diese trug ein Tablett mit einem Krug Bier und einem Rumglas herein und stellte es auf den Tisch. »Guten Abend, Herr Graf. Entschuldigen Sie, Herr Benecke, aber ich hatte Angst, Jonny würde wieder das Tablett fallen lassen wie letztes Mal.«

»Schon gut«, beschied Konrad sie.

Jonny verzog das Gesicht. »Ich habe das Tablett nicht fallen gelassen.«

Fridolin musste lachen. »Vielleicht nicht beim letzten Mal, aber ich kann mich noch gut daran erinnern. Mein ganzes Hosenbein war nass vom Bier!«

»Da bin ich gestolpert!« Der Junge grinste und wollte an dem Bier nippen, doch da wies ihn sein Vater energisch zur Tür. »Hast du deine Schulaufgaben bereits gemacht, Jonny?«

Der kleine Mann schüttelte unglücklich den Kopf. »Nein, das wollte ich später machen.«

»Nichts später! Du weißt doch: Was du heute kannst besorgen …«

»… das verschiebe nicht auf morgen!« Jonny stöhnte theatralisch auf, verließ aber gehorsam das Zimmer, um sich an seine Aufgaben zu machen.

»Er findet es ungerecht, dass er zur Schule muss und Pru noch nicht«, erklärte Konrad augenzwinkernd, um dann eine ernste Miene aufzusetzen. »Was führt Sie mitten am helllichten Tag hierher?«

»Ich würde gerne auf Mary warten und mit euch beiden reden!«

Fridolins Miene verriet, wie zwiegespalten er sich fühlte, Lores Traum beenden zu müssen, um seinen eigenen erfüllen zu können.
Dies begriff Konrad und nahm sich vor, dem Freund keine Steine in den Weg zu legen. Seit Fridolin ihnen geschrieben hatte, dass er Gut Klingenfeld übernehmen wollte, waren sie sich bewusst gewesen, dass dieser Augenblick kommen würde.

## IV.

Bis Mary kam, unterhielten Fridolin und Konrad sich über belanglose Dinge und versuchten, ihre Anspannung zu verbergen. Daher waren beide froh, als die Tür aufging und Lores Partnerin erschien. Mary hatte bereits von ihrem Dienstmädchen gehört, welcher Gast in der Wohnung weilte, und begrüßte Fridolin lächelnd. »Gibt es Neuigkeiten von Lore, Herr Graf?«
Während sie mit Lore von gleich zu gleich sprach, weigerte sie sich, dies auch bei Fridolin zu tun. Erstere war ihre Freundin, er aber ein Edelmann.
»Sie hat gestern geschrieben. Unser Sohn will ein berühmter Wespenjäger werden«, sagte Fridolin mit zuckenden Mundwinkeln.
»Ein Wespenjäger! Wie das?«
»Nathalia hat ihm beigebracht, dass Wespen Pelze hätten, und nun hat Wolfi den Ehrgeiz, seiner Mutter einen Mantel daraus machen zu lassen.«
Mary und ihr Mann mussten herzhaft lachen, und Konrad fügte hinzu, dass man dies Jonny um Himmels willen nicht sagen

dürfe, da dieser sich ansonsten ungesäumt auf Wespenjagd begeben würde. Dann sah er seine Frau mit nachdenklicher Miene an.
»Graf Trettin hat mich gebeten, mich ein wenig um den Aufbau des Gutes zu kümmern, sobald er es übernommen hat.«
»Es ist also so weit!« Mary atmete tief durch und starrte auf ihre Finger, die so meisterlich mit Nadel und Faden umzugehen wussten. »Konrad und ich haben uns schon Gedanken gemacht und alles Geld zusammengerechnet, das wir zur Verfügung haben.«
»Ich habe auch Herrn Simmern geschrieben. Er will uns den Rest, der noch fehlt, leihen, damit wir Lore auszahlen können«, setzte ihr Mann hinzu.
Fridolin sah die beiden liebenswürdigen Menschen an und fühlte sich schlecht, von ihnen das Geld zu verlangen, das Lore in den gemeinsamen Modesalon gesteckt hatte. Mit einem Mal hieb er auf die Stuhllehne, so dass Konrad und Mary aufschreckten, und sah sie mit entschlossener Miene an.
»Warum nicht?«, sagte er, mehr für sich als die anderen gedacht. »Lore liebt euer Modeatelier und würde sich ungern davon trennen. Außerdem ist es ein Symbol eurer Freundschaft. Lassen wir die Anteile also, wo sie sind, und ihr steckt das Geld, das ihr erübrigen könnt, in das Gut und die Fabrik. Damit sind wir doppelt verbunden, und Konrad gibt dann besonders gut acht, weil es auch um euer Geld geht.«
»Als wenn ich das nicht auch so täte«, erklärte Marys Ehemann ein wenig pikiert.
Fridolin klopfte ihm auf die Schulter. »Das weiß ich doch. Aber was sagt ihr dazu, wäre das eine Idee?«
»Wenn es schiefgeht, haben wir unsere ganzen Ersparnisse verloren«, wandte Mary ein.

»Aber wenn es gutgeht, könnt ihr euch in fünf oder zehn Jahren eine Villa am Grunewald leisten und aus dem Geschäft eine große Textilfabrik machen.« Fridolin benötigte dringend das Geld der beiden für seine Pläne, das war allen bewusst, aber er wollte auf keinen Fall, dass Lore auf den Modesalon verzichten musste.

Während Mary noch schwankte, wie sie darauf reagieren sollte, gingen die Gedanken ihres Mannes in eine andere Richtung. »Bei Gott, die Lösung ist doch ganz einfach. Sie bekommen von uns, was wir Ihnen geben können, und wir bitten Thomas Simmern, sich ebenfalls an Ihrer Fabrik zu beteiligen. Was halten Sie davon?«

Ein paar Jahre zuvor hätte Fridolin noch abgelehnt, da er nicht weiterhin von Simmern hatte abhängig sein wollen. Mittlerweile aber war er Miteigentümer des Bankhauses Grünfelder und fühlte sich auf einer Stufe mit seinem früheren Mentor.

Daher nickte er und streckte Konrad die Hand hin. »Das ist ein Rat, der mir sehr gut gefällt. Mit Simmern als Geschäftspartner gewinnen wir gleichzeitig ausgezeichnete Kontakte nach Bremen und Bremerhaven, und dort werden sehr viele haltbare Lebensmittel für die großen Dampfer im Liniendienst benötigt. Mit etwas Glück haben wir damit gleich die ersten Abnehmer für unsere Konserven.«

Konrad schenkte Fridolin einen anerkennenden Blick. Dieser war mit den Jahren wahrlich zu einem Mann gereift, der Großes vollbringen konnte. Da sich auch Mary mit dieser Lösung einverstanden zeigte, rief sie nach dem Dienstmädchen und trug ihr auf, die beste Flasche Wein aufzumachen, die es in ihrem Haushalt gab. »Auf diese Einigung sollten wir anstoßen, Herr Graf! Finden Sie nicht auch?«

»Natürlich!« Fridolin trank sein Bier leer und reichte Mary die Hand. »Es wird nicht leicht werden, meine Lieben, aber wir werden es schaffen!« Bei sich dachte er, dass er Lore schreiben würde, ob er vor seiner Reise nach Steenbrook nicht doch ein paar ihrer Schmuckstücke beleihen durfte, um mehr flüssiges Geld in Händen zu halten.

## V.

Dirk Maruhn, seines Zeichens Detektiv und von August Grünfelder damit beauftragt, Anno von Klingenfelds verschwundenem Schmuck nachzuspüren, dachte nicht zum ersten Mal, dass sein Beruf manchmal mehr an Selbstbeherrschung erforderte, als er glaubte aufbringen zu können. Dies war wieder so ein Tag. Er starrte die fette Bordellwirtin an, die sich ihm gegenüber wie ein gereiztes Huhn aufplusterte, und ließ deren Wortschwall kopfschüttelnd über sich ergehen. Dabei war ihr Mundwerk ebenso ordinär wie ihr rotes Rüschenkleid, dessen Ausschnitt die fleischigen Brüste kaum zu bändigen vermochte.
»Entweder du machst einen richtigen Stich, damit eines meiner Mädels was verdienen kann, oder du verschwindest, bevor ich dir nachhelfe! Kerle, die nur gaffen und quatschen wollen, brauchen wir hier nicht!« Nach diesen Worten streckte sie Maruhn auffordernd die Hand hin.
Der Detektiv zog seine Börse und ließ ein Zehnmarkstück in seiner Hand aufblitzen. »Das ist für Sie, wenn Sie mir meine Fragen beantworten!«
Diese Summe würde er Grünfelder aufs Spesenkonto schreiben.

Die Puffmutter starrte die Münze an und sah sich dann kurz um. Da einige ihrer Mädchen nach getanem Werk wieder in den Empfangssalon kamen, befand sie, dass ihr eigenes Mitwirken im Augenblick nicht vonnöten war, und streckte die Hand nach dem Geldstück aus. »Was willst du wissen?«

»Ich suche ein junges Mädchen, das nach Berlin gegangen ist. Es heißt Adele Wollenweber.«

»Nie von ihr gehört«, antwortete die Frau und wand ihm die Münze aus der Hand.

»Sie wird auch Dela genannt«, fuhr Maruhn fort.

»Keine Ahnung! Und jetzt sag, ob du ein Mädel willst, sonst zieh Leine!«

Da Maruhn immer noch keine Anstalten machte zu gehen, wandte sich die Frau an ein paar junge Soldaten und wies mit der Hand auf den Detektiv. »Jungs, wollt ihr mir einen Gefallen tun und den Kerl mit nach draußen nehmen?«

»Gerne, Frau Fuchs. Na, was ist, wollen Sie gehen oder müssen wir nachhelfen!« Zwei Burschen kamen drohend auf Maruhn zu und hoben die Fäuste.

»Zurück, ihr Kanaillen! Bin Leutnant Seiner Majestät, des Kaisers und Königs von Preußen a. D. Wurde bei Sedan verwundet und ausgezeichnet. Werde mit euch wohl noch fertig!« Wie von selbst verfiel Maruhn in den schnarrenden Kasernenhofton, der bei preußischen Offizieren üblich war.

Sofort wichen die Soldaten zurück. »Verzeihung! Wollten Sie nicht behelligen, Herr Leutnant!«

»Will nicht so sein. Schwamm drüber! Und was Sie angeht, wissen Sie etwas über Adele Wollenweber oder nicht?«

Das Letzte galt der Bordellwirtin, die nun sichtlich eingeschüchtert war. Ihr Etablissement gehörte zu den schlichteren seiner Art, in dem meist nur kleine Angestellte und Soldaten verkehrten. Ein Feldwebel war schon selten, und sie konnte sich nicht erinnern, dass je ein leibhaftiger Leutnant – wenn auch außer Dienst – es betreten hatte.

»Also, ich habe von dieser Adele Wollenweber noch nie gehört«, sagte sie um einiges verbindlicher.

»Kennen Sie denn jemand, der es wissen könnte?«, bohrte Maruhn weiter.

»Vielleicht fragen Sie zwei Häuser weiter nach, außerdem vielleicht …« Die Frau nannte in schneller Folge mehrere Bordelle, die der Detektiv sich notierte. Zum Abarbeiten dieser Liste würde er etliche Tage benötigen. Dabei sprach die hiesige Puffmutter immer noch weiter. »Wenn diese Adele ein besonders hübsches Mädchen ist, kann sie auch in einem Edelbordell gelandet sein.«

»Und in welchem?«

Die Frau seufzte, denn so ein nobles Haus zu führen war auch einmal ihr Traum gewesen. Die Wirklichkeit jedoch sah anders aus. Nun musste sie zusehen, dass sie genug einfache Mädchen fand, die bereit waren, jedem Mann zu Diensten zu sein, der seine paar Mark Hurenlohn aufbringen konnte.

»Mit den Puffs für die höheren Herrschaften habe ich wenig zu schaffen. Ich kenne im Grunde nur einen, und den auch nur, weil ein guter Freund von mir die dortige Besitzerin geheiratet hat. Es wird *Le Plaisir* genannt und befindet sich in der Stallschreiberstraße. Die Hausnummer weiß ich nicht, aber Sie müssen nur darauf achten, vor welchem Haus die meisten Droschken und Fiaker halten und Herren aussteigen.«

»Danke!« Maruhn nickte der Frau kurz zu, deutete in Richtung der Soldaten einen militärischen Gruß an, und hinkte zur Tür. Es war ein Jammer, dass Fridolin von Trettin ihm Adele Wollenweber nicht hatte beschreiben können. Seinen Überlegungen zufolge konnte das Mädchen nicht unansehnlich sein, sonst hätte kein Zuhälter sich die Mühe gemacht, sie in die Stadt zu locken. Die Eisenbahnzüge, die in Berlins Bahnhöfen hielten, spuckten genug junge Frauen aus, die dem Dasein als Magd entrinnen und hier ein neues Leben beginnen wollten. Nicht wenige davon fielen auf die Luden herein, die die Züge beinahe wie Wegelagerer abpassten. Für diese Kerle war es einfacher, sich dort zu bedienen, als zu riskieren, auf dem Land mit ein paar kräftigen Knechten aneinanderzugeraten.
»Also auf ins *Le Plaisir!*«, sagte Maruhn zu sich selbst, als er auf der Straße stand. Doch dann wurde ihm klar, dass es ihm dort wohl nichts nützen würde, den ehemaligen Kriegshelden hervorzukehren. Zudem schätzte er, dass er für Auskünfte mehr bezahlen musste als die zehn Mark, die er dieser Puffmutter gegeben hatte. Es war eine Zwickmühle. Solange er keine sichtbaren Erfolge aufzuweisen hatte, konnte er sein Spesenkonto bei Grünfelder nicht bedenkenlos überziehen. Aus diesem Grund humpelte er weiter zu dem nächsten Bordell und fragte nach der vermissten Frau. Auch dort wollte niemand Adele Wollenweber kennen.
Erneut erwog er, doch das *Le Plaisir* aufzusuchen, aber der Gedanke an die besseren Herrschaften und Offiziere, die dort ein und aus gingen, hielt ihn davon ab. Bevor er Männern über den Weg lief, denen das Schicksal einen besseren Weg beschert hatte als ihm, wollte er alle anderen Möglichkeiten ausschöpfen.

Nachdem er weitere vierzig Mark ausgegeben und dabei von zwei Frauen erfahren hatte, die eventuell Adele Wollenweber sein konnten, fühlte Maruhn sich müde und erschöpft und beschloss, die Suche am nächsten Tag weiterzuführen.
Er war nicht gerade in den besten Gegenden Berlins gelandet. Das bewiesen ihm die Männer, die sich in düsteren Hauseingängen und dunklen Ecken herumdrückten und die Huren überwachten, die ein Stück weiter auf jene Freier warteten, die betrunken oder gleichgültig genug waren, um für billigen Geschlechtsverkehr in einem Hinterhof oder einem dunklen Hausflur einen Tripper zu riskieren.
So weit würde Adele Wollenweber bestimmt noch nicht gesunken sein. Er wich daher einer mageren Frau aus, die auf ihn zukam und fragte, ob er nicht mit ihr Verkehr haben wolle.
»Danke, kein Bedarf«, antwortete er und beschleunigte seinen Schritt. Sein schleppender Gang fiel jedoch auf, und an der nächsten Hausecke schälten sich zwei wenig vertrauenerweckende Gestalten aus der Dunkelheit.
»He, Mann, wenn du nicht bumsen willst, dann brauchst du auch kein Geld. Also her mit der Kohle, sonst helfen wir nach!«
Zwei Messer blitzten auf und machten Maruhn klar, dass es den Kerlen ernst mit ihrer Drohung war. Rasch fasste er seinen Gehstock mit beiden Händen, zog am Griff und hielt einen Degen in der Rechten. Bevor der erste Angreifer sichs versah, schlug der Detektiv zu und verletzte den Kerl am Arm.
»Verdammt!«, schrie der Getroffene. »Der Kerl ist bewaffnet!«
»Und bereit, euch beide zur Hölle zu schicken, wenn ihr nicht auf der Stelle verschwindet!«, setzte Maruhn mit eisiger Stimme hinzu.

Während der Verletzte blutend zurückwich, überlegte sein Kumpan, ob er es nicht doch mit dem Versehrten aufnehmen sollte. Er sprang jedoch erschrocken zurück, als die Klinge wie eine Schlange auf ihn zuglitt. Sekunden später war er in der Dunkelheit des Häusergewirrs untergetaucht.
Auch der zweite Schurke hatte das Weite gesucht, und so ging der Detektiv aufatmend weiter zum nächsten Droschkenstand, an dem nur ein einziger Wagen stand. Der Kutscher schlief, wachte aber auf, als Maruhn mit dem Griff seines Stockdegens gegen die Seitenwand klopfte.
»Wo wollen der Herr hinjebracht werden?«, fragte er noch halb benommen.
»Nach Hause«, antwortete der Detektiv und nannte ihm die Adresse, während er in den Wagenkasten stieg und auf den Polstern Platz nahm.

## VI.

Als Fridolin nach Hause kam, wartete sein Kammerdiener Krysztof Kowalczyk bereits auf ihn. Der Pole, der nach einer langen Dienstzeit in der preußischen Armee in den Ruhestand versetzt worden war, grüßte mit militärischer Disziplin.
»Melde Herrn Hauptmann gehorsamst, Auftrag ausgeführt. Bin gewesen in Bremen und habe Herrn Simmern Briefe von Herrn Hauptmann übergeben. Habe Antwort an Herrn Hauptmann dabei. Auf dem Rückweg in Steenbrook Station gemacht und Brief von Frau Gräfin an Herrn Hauptmann entgegengenommen!«

Es war Fridolin nicht gelungen, Kowalczyk dazu zu bewegen, ihn wie einen Zivilisten anzusprechen. Für den ehemaligen Feldwebel war er Hauptmann der Reserve und stand damit meilenweit über jedem, der nie eine Uniform getragen hatte. Manchmal fand Fridolin dies etwas störend, doch an diesem Tag interessierten ihn die Briefe, die sein Kammerdiener bei sich trug, weitaus mehr.

»Danke, Kowalczyk. Gut gemacht! Geben Sie mir die Briefe.«

»Mit Verlaub, Herr Hauptmann!« Der Pole deutete auf den Tisch, auf dem ein dicker Umschlag mit Thomas Simmerns Absender und ein etwas dünnerer von Lore lag.

Einen Moment lang überlegte Fridolin, mit welchem er beginnen sollte, öffnete dann den seiner Frau und musste lächeln. Lore beschrieb sehr lebendig die neuesten Abenteuer ihres ältesten Sprösslings, der mittlerweile seine Absicht, ein berühmter Wespenjäger zu werden, aufgegeben hatte und nun Kutscher oder gar Postillion werden wollte. Auch von Doro wusste Lore lebhaft zu berichten. Das kleine Mädchen hatte sich in ein Kätzchen verliebt, und Lore erklärte, sie wisse nicht, wie sie Doro daran hindern könne, es mit nach Berlin zu nehmen.

»Für eine Katze wird in diesem Haus doch wohl noch Platz sein«, murmelte Fridolin vor sich hin.

Kowalczyk fühlte sich angesprochen und nickte. »Melden gehorsamst, Herr Hauptmann, wir haben Platz. Eine Katze ist sehr gut. Fängt Mäuse. Hatten Katze in Schwadron. War ausgezeichnete Mäusejägerin. Hätte Orden verdient gehabt.«

Wie es aussah, stand Kowalczyk mit Doro im Bunde, dachte Fridolin und lachte leise vor sich hin, während er weiterlas. Lore berichtete von Ausflügen nach Nehlen und von einer Fahrt in die Lüneburger Heide, die Nathalia und sie mit den Kindern bei

gutem Wetter am Sonntag machen wollten, und erst zuletzt kam sie auf etwas zu sprechen, was ihr wohl sehr am Herzen lag.
»Mein Geliebter«, las Fridolin. »Scheue Dich nicht, meine Anteile an Mrs. Penns Modesalon aufzulösen und das Geld für unseren gemeinsamen Traum zu verwenden. Onkel Thomas hat versprochen, den beiden zu helfen, damit sie die Summe aufbringen können. Auch bitte ich Dich, die wertvolleren Schmuckstücke, die Du mir im Lauf der Jahre geschenkt hast, zu verkaufen oder zu beleihen, damit Du genug Geld für Dein großes Vorhaben in die Hand bekommst.«
Es wurden ihm noch Grüße von allen ausgerichtet, dann schloss der Brief mit den Worten: »Ich harre voller Sehnsucht der Stunde, in der auch Du Ferien machen und zu uns kommen kannst. In Liebe, Deine Lore.«
Fridolin empfand ein tiefes Glücksgefühl, eine solch tapfere und selbstlose Gefährtin als Ehefrau gefunden zu haben, und küsste den Brief. Danach faltete er ihn sorgfältig zusammen und steckte ihn in seine Brusttasche, damit Lores Zeilen nah an seinem Herzen lagen.
Unterdessen hatte Kowalczyk ein Glas Wein gebracht und wartete an der Tür auf weitere Befehle. Fridolin trank einen Schluck und nahm sich Thomas Simmerns Brief vor. Schon bei den ersten Zeilen entspannte sich seine Miene. Sein Bremer Freund lobte die Pläne für den Ausbau der Fabrik und bot an, sich mit einigen Bekannten daran zu beteiligen. Er schlug vor, das Gut Klingenfeld von der Fabrik zu trennen, damit es ganz in Fridolins Besitz bliebe. Die Überlegungen für die Fabrik sahen eine Gesellschaft vor, deren größter Anteilseigner und Präsident ebenfalls Fridolin sein sollte.

Dieses Angebot konnte Fridolin nicht ablehnen. Er bat Kowalczyk, ihm Schreibpapier zu reichen, nahm seinen Füllfederhalter zur Hand und schrieb an Simmern, dass er einverstanden sei.

»Kowalczyk, können Sie dafür sorgen, dass dieser Brief heute noch zur Post geht?«, wandte er sich kurz darauf an seinen Kammerdiener.

»Mit Selbstverständlichkeit, Herr Hauptmann!«, antwortete dieser und verabschiedete sich mit militärischem Gruß.

Fridolin ging hinauf in das Schlafzimmer, das er mit Lore teilte. Sie fehlte ihm, und er freute sich darauf, sie wiederzusehen. Zudem hatte er gute Nachrichten für sie, konnte sie doch ihren Anteil an Mrs. Penns Modeatelier behalten. Es würde auch nicht mehr notwendig sein, dass sie ihren Schmuck verkaufte.

Bei diesem Gedanken ging er zu Lores Kommode, öffnete die unterste Schublade und nahm das Schmuckkästchen heraus. Mit einem Mal erschien ihm die Kommode als ein viel zu unsicheres Versteck. Zwar besaß seine Frau keine mit Diamanten besetzten Diademe oder schweren Colliers, aber doch einige hübsche Schmuckstücke, die einigen Wert hatten.

Kopfschüttelnd sah er, dass Lore den Schlüssel für die lederüberzogene Schatulle wie gewöhnlich in ihrem Schrank verwahrte, statt ihn mit nach Steenbrook zu nehmen. Jedes Dienstmädchen, das einmal hier Staub gewischt hatte, wäre in der Lage gewesen, das Schmuckkästchen zu öffnen.

»Ich werde Lore sagen, dass sie in Zukunft besser achtgeben muss«, murmelte Fridolin, war sich jedoch darüber im Klaren, dass er nicht unschuldig daran war. Immerhin hatte er Lore und Nathalia mehr als zwei Wochen vor dem geplanten Zeitpunkt nach Steenbrook gebracht, und Lore musste den Schlüssel in der Hast des Aufbruchs vergessen haben.

Nachdenklich öffnete er das Kästchen und musterte den Schmuck. In der Hinsicht war Lores Geschmack ebenso untadelig wie bei ihrer Garderobe. Nichts wirkte protzig oder überladen, wie es bei anderen Frauen der besseren Gesellschaft oft der Fall war. Diese Damen schmückten sich mit Diademen, Colliers und Pfauenfedern, bis sie Weihnachtsbäumen glichen.

»Jetzt überhebe dich nicht über andere Menschen wie ein Pharisäer«, rief sich Fridolin zur Ordnung und wollte die Schmuckstücke wieder zurück in die Schatulle legen. Doch dann überlegte er es sich anders und nahm die wertvolleren Stücke an sich. Wenn er kurzfristig weiteres Geld brauchte, war es besser, diese zu beleihen. Außerdem erschienen sie ihm im Tresor der Bank besser aufgehoben als hier im Schlafzimmer.

Fridolin ließ nur einige kleinere Schmuckstücke in Lores Schmuckkästchen liegen, von denen er wusste, dass seine Frau sie gerne bei Ausfahrten und Besuchen anlegte, steckte die anderen in seine Tasche und verließ das Schlafzimmer.

Kurze Zeit später kam Kowalczyk zurück. »Melden Herrn Hauptmann, Brief zu Post gebracht.«

»Danke«, antwortete Fridolin und rieb sich kurz über die Stirn. »Lassen Sie meinen Wagen anspannen. Ich muss noch einmal zur Bank.«

# VII.

Es dauerte einige Tage, bis Ottwald von Trettin endlich die ungeduldig erwartete Nachricht erhielt. Rudi Pielkes Schnüffelnasen war es gelungen, das junge Dienstmädchen ausfindig zu machen und dessen Wege zu verfolgen. Darüber hinaus hatte der Hehler sogar den Namen der Frau in Erfahrung gebracht, was Ottwalds Aussichten, die Kleine für seine Pläne einspannen zu können, um einiges erhöhte.

Luise hatte am Sonnabend Ausgang und ging jedes Mal in eine Konditorei an der Tiergartenstraße. Dort gönnte sie sich ein Stück Kuchen und eine Tasse Schokolade. Für Ottwald von Trettin war dies die günstigste Gelegenheit, sie zu treffen, und so machte er sich zur richtigen Stunde auf den Weg.

Er fand die Konditorei ohne Probleme, trat ein und bestellte sich ein Kännchen Kaffee und ein Stück Marmorkuchen. Er wurde schon ungeduldig, als endlich die Tür aufging und das Mädchen hereinkam. Luise hatte sich für den Ausflug in die Stadt fein gemacht, und so brauchte Ottwald von Trettin einen Augenblick, um sie zu erkennen. Dann aber winkte er ihr freundlich zu.

Luise machte zunächst eine abweisende Miene, bis sie ihn erkannte. Dann trat sie an seinen Tisch. »Sie, Herr von Trettin? Das ist aber eine Überraschung!«

»Hoffentlich eine erfreuliche«, antwortete er mit einem Lächeln, das ihm schon so manchen Sieg bei schönen Damen eingetragen hatte.

»Nun ja, das schon, obwohl ich Ihnen eigentlich böse sein müsste!«

»Du mir böse, weshalb?«

Luise setzte sich zu ihm und sah ihn tadelnd an. »Ihretwegen bin ich von diesem impertinenten Ferber arg gescholten worden, und das nur, weil ich ein wenig nett zu Ihnen gewesen bin.«

Es dauerte einen Augenblick, bis Ottwald begriff, dass mit Ferber der Hausverwalter seines Onkels gemeint war.

Luise berichtete lang und breit, wie unverschämt dieser gewesen sei, und endete mit den Worten, dass Johann Ferber ihr beinahe den Ausgang für diesen und den nächsten Sonnabend gestrichen hätte.

»So ein böser Mensch ist er!«, sagte sie, nachdem sie sich mit einem Schluck Schokolade gestärkt hatte. Der Blick, mit dem sie Ottwald von Trettin streifte, machte wenig Hehl daraus, dass sie nicht nur gute Worte, sondern auch etwas Geld von ihm erwartete.

Luises Verärgerung kam ihm gerade recht, denn nun wäre sie gewiss eher bereit, ihm zu helfen. Als Erstes spendierte er ihr ein großes Stück des teuersten Kuchens und eine weitere Trinkschokolade. Dann bestärkte er sie in dem Glauben, dass Ferber und die anderen Dienstboten in Fridolin von Trettins Haus einfach unmöglich waren, und lenkte ihren Zorn schließlich auf die Herrschaft selbst. »Mein Onkel hätte diese ungehobelten Leute längst entlassen sollen. Aber er wird ja vom Geiz zerfressen und ist ohne jegliche verwandtschaftlichen Gefühle. Ein lauterer Charakter sieht anders aus.«

Zwar hatte Luise sich noch nie über Fridolin beschweren müssen, nickte aber eifrig. »Er ist wirklich kein Mensch, für den man gerne arbeitet!«

»Und seine Frau erst, diese hochgekommene Tochter eines Dorfschullehrers«, stichelte Ottwald von Trettin nun gegen Lore.

»Jetzt muss man Frau Gräfin zu ihr sagen! Dabei hat sie auf Trettin, das damals noch meinem Vater gehörte, als Flickschneiderin gearbeitet. Zusammen mit meinem Onkel Fridolin hat sie meinen Eltern eine Menge Geld gestohlen und ist damit nach England ausgerückt. Da meine Eltern keine stichhaltigen Beweise in Händen hielten, vermochten sie nichts gegen dieses Ganovenpärchen zu unternehmen. Unsere Bitten, wenigstens einen Teil des gestohlenen Geldes zurückzugeben, wurden schnöde abgewiesen. Da hast ja selbst erlebt, wie mich mein Onkel vor die Tür gesetzt hat, obwohl ich nur mein gutes Recht zu erlangen suchte.«

Ottwald von Trettin malte Luise ein Bild von Lore und Fridolin, das diese schaudern ließ. Sie war nicht dumm, aber leichtgläubig und wäre gerne etwas Besseres gewesen. Daher erboste sie es, dass ihre Herrin aus niederen Kreisen aufgestiegen sein sollte und sich nun als Dame von Welt gab, ohne, wie ihr Gegenüber ihr versicherte, auch nur einen Tropfen adliges Blut zu haben.

»Da ich mein Recht nicht mit Hilfe der Behörden durchsetzen kann und jeder Versuch einer gütlichen Einigung gescheitert ist, bleibt mir nichts anderes übrig, als auf mein überschuldetes Gut zurückzukehren und mir wie mein armer Vater eine Kugel in den Kopf zu schießen!« Mit dieser düsteren Prophezeiung beendete Ottwald von Trettin seine Anklage gegen Fridolin und Lore und sah rechtschaffen verzweifelt dabei aus.

Voller Mitleid mit dem Gutsherrn fasste Luise nach seiner Hand. »Tun Sie das nicht, Herr von Trettin! Es gibt sicher einen anderen Weg.«

Ottwald von Trettin sah ihr direkt in die Augen. »Wenn es eine Möglichkeit gäbe, an das Geld zu kommen, das mein Onkel mir gestohlen hat, dann sähe die Sache anders aus. Ich hätte, als ich im Haus war, wenigstens den Schmuck der Ehefrau des Herrn Grafen mitnehmen sollen.«

»Das wäre Diebstahl gewesen!«, wandte das Mädchen erschrocken ein.

Ottwald von Trettin warf einen kurzen Blick in die Runde und stellte erleichtert fest, dass niemand in ihrer Nähe saß. Dennoch senkte er seine Stimme zu einem Flüstern. »Diebstahl? Nein! Ich hätte lediglich Gerechtigkeit geübt. Doch selbst der Schmuck ist nur ein Bettel gegen die Summe, um die der hochlöbliche Herr Graf mich gebracht hat.«

Jeder Schurke in einem Schmierentheater würde vor Neid erblassen, könnte er mich jetzt erleben, dachte Ottwald zufrieden, als auf Luises Gesicht ein entschlossener Zug trat.

»Ich werde Ihnen zu Ihrem Recht verhelfen, Herr von Trettin«, sagte sie leise, aber inbrünstig.

Genau das hatte Ottwald hören wollen. Er schenkte Luise ein betörendes Lächeln, tätschelte ihr die Hand und nannte sie einen Engel. Ihre Wangen erglühten, und als er ihr erklärte, wie dankbar er ihr für ihre Hilfe sei, war sie endgültig bereit, sich ihm mit Leib und Seele zu verschreiben.

»Der Schmuck der gnädigen Frau ist in ihrer Kommode, und sie hat den Schlüssel für die Kassette in ihrem Schrank zurückgelassen«, raunte sie Ottwald zu.

Da er sich während seines Aufenthalts im Haus seines Onkels auch an Stellen umgesehen hatte, die ihn nichts angingen, wusste er dies bereits. Er benötigte daher nur jemanden, der diesen Diebstahl beging. Außerdem war es wichtig, dass er nicht damit in Verbindung gebracht werden konnte. Daher lehnte er Luises

Vorschlag ab, er solle des Nachts an der Hintertür warten, dann würde sie ihm den Schmuck bringen.
»Oh nein, so geht es nicht! Wenn dich jemand sehen würde, hieße es gleich, du wärst die Diebin.«
Das sah Luise ein. Mittlerweile hatte sich zudem ein anderer Gedanke eingeschlichen. Sie streckte Ottwald die offene Hand hin. »Wenn ich etwas für Sie tue, muss es sich auch für mich lohnen!«
»Das wird es, mein Schätzchen, das wird es«, versprach der Gutsherr lächelnd, wobei er dem gierigen kleinen Biest in Gedanken den Hals umdrehte.
Dies hinderte ihn jedoch nicht daran, Luise ein Zehnmarkstück zuzuschieben und traurig zu erklären, dass er, solange er seinen Onkel nicht um das Geld erleichtert hatte, das dieser ihm schuldete, ihr nicht mehr würde geben können.
»Wie wäre es mit einem kleinen Schmuckstück aus der Kassette der Gnädigen, oder vielleicht auch zwei?«, schlug Luise vor.
Ottwald von Trettin hob beschwörend die Hände. »Wenn man so etwas bei dir findet, würdest du umgehend verhaftet und als Diebin verurteilt! Nein, du musst warten, bis ich genug Geld in der Hand halte. Dann erhältst du den dir zustehenden Lohn.«
Luises Gedanken waren schon wieder weitergewandert. »Graf Trettin reist nächste Woche ab, um sich zur Sommerfrische aufs Land zu begeben. Etliche Bedienstete haben für die Zeit, die er und seine Frau fernbleiben, um Urlaub gebeten. Dann könnten wir die Sache über die Bühne bringen.«
»Du wirst ebenfalls um Urlaub bitten. Sonst gerätst du womöglich in Verdacht.«
»Aber …«, wandte Luise ein, doch Ottwald hob die Hand.

»Lass mich nur machen. Du musst mir einen Plan des Hauses zeichnen und aufschreiben, wo die Zimmer des Personals liegen. Außerdem brauche ich eine Zeichnung des Schlafzimmers der Gräfin mit dem genauen Standort der Kommode und des Schranks. Noch etwas: Gibt es im Erdgeschoss ein Fenster, das nicht vergittert ist?«

»Nein, da sind alle Fenster vergittert«, antwortete Luise und sah Ottwald verunsichert an. »Das mit der Zeichnung … Ich weiß nicht, ob ich das kann!«

Mit einigen Schmeicheleien gelang es Ottwald, dass sie schließlich allem zustimmte, was er von ihr verlangte. Zuletzt galt es nur noch einen Ort zu finden, an dem Luise ihren Urlaub verbringen konnte. Verwandte, die sie während dieser Zeit aufnehmen würden, hatte sie ihren Worten nach nicht. Daher beschloss er, dass sie für ihre freien Tage in Ermingarde Klampts Haushalt ziehen würde. Doch zuvor sollte sie ihm noch den Plan erstellen.

Der Glockenschlag der nahen Matthäikirche erinnerte Luise daran, dass sie bereits über die Zeit ihres Ausgangs hinaus weggeblieben war. Nervös sprang sie auf. »Ich muss gehen, Herr von Trettin. Sonst bestraft mich dieser elende Ferber tatsächlich noch.«

»Du musst ihn nicht mehr lange ertragen«, versprach Ottwald lächelnd. Er sah ihr nach, bis sie die Konditorei verlassen hatte, und fragte sich, was er mit ihr anfangen sollte, wenn sein Plan geglückt war. Eines war gewiss: Eine Chance, ihn zu erpressen, würde er ihr ebenso wenig lassen wie den Klampts.

# VIII.

Fridolin hatte Lores wertvollere Schmuckstücke in die Bank gebracht und im Tresor deponiert. Noch wusste er nicht, ob er sie tatsächlich beleihen würde, doch wenn es hart auf hart kam, war dieser Schmuck eine Reserve, auf die er jederzeit zugreifen konnte. Den Rest der Woche widmete er sich ganz der Arbeit, denn es musste noch viel erledigt werden, ehe er in die Ferien aufbrechen konnte.

Als er am Sonnabend vor seiner Abreise seine Aktenmappe zuklappte, tat er es mit einem guten Gefühl. Kaum hatte er sein Büro aufgeräumt, traten seine beiden Geschäftspartner ein.

»Es ist bedauerlich, dass Sie heute Abend nicht bei uns zu Gast sein können. Meine Frau und meine Tochter hätten sich sehr gefreut«, begann Grünfelder und streckte Fridolin die Hand entgegen. »Ab morgen sind Sie nicht nur Bankier, sondern auch Rittergutsbesitzer, wie es einem Herrn Ihres Standes gut ansteht.«

Um Fridolins Lippen spielte ein Lächeln, und er fragte sich, was Grünfelder sagen würde, wenn er erfuhr, dass nicht das Gut, sondern die halbfertige Fabrik für ihn den Ausschlag gegeben hatte, Klingenfeld zu übernehmen. Zwar würde er mit Thomas Simmern und Graf Nehlen als Partner zusammenarbeiten müssen, aber innerhalb des Trios würde er jene Stelle einnehmen, die Grünfelder in der Bank für sich beanspruchte.

»Es ist auf jeden Fall ein seltsames Gefühl, daran zu denken, meine Herren«, antwortete er nach einer kurzen Pause. »Im Grunde wäre ich zufrieden gewesen, nur Bankier zu bleiben. Aber um der Bilanz unseres Hauses willen bin ich bereit, mich zu opfern.«

»Als wenn das so ein großes Opfer wäre!«, spöttelte Dohnke augenzwinkernd. »Sie werden sehen, in zwei, drei Jahren steht Gut Klingenfeld wieder bombenfest da. Außerdem erhöht es das Renommee unseres Hauses, wenn wir unseren Kunden sagen können, unser Teilhaber wäre Graf Trettin auf Klingenfeld.«
In zwei, drei Jahren, dachte Fridolin, würde die Fabrik längst produzieren und er in der Lage sein, die Kredite, die er hatte aufnehmen müssen, wieder zurückzuzahlen. Er reichte jedem der Herren die Hand und wies auf eine Mappe, die auf dem Schreibtisch lag. »Hier sind die Papiere, die während meiner Abwesenheit zu bearbeiten sind. Ich hätte sie Ihnen noch gebracht, Dohnke.«
»Der Gute kann die Mappe gleich mitnehmen. Aber wissen Sie was? Wir gehen jetzt in mein Büro und trinken zum Abschied noch einen Cognac. Sie haben hier ja gewiss keinen vorrätig, wie ich Sie kenne.« Grünfelder fasste Fridolins Arm und zog diesen mit sich, während sein Schwiegersohn sich die Mappe unter den Arm klemmte und ihnen folgte.
Ebenso wie Grünfelder war auch Dohnke mit der Entwicklung sehr zufrieden. Sie hatten Fridolin auf Dauer an das Bankhaus Grünfelder gebunden, ihn aber durch die Kredite für das Gut endgültig zum Juniorpartner degradiert. Damit stieg seine Aussicht, seinem Schwiegervater als leitender Direktor nachzufolgen.
Fridolin las Dohnke diese Gedanken von der Stirn ab, nahm ihm diese Einstellung aber nicht übel. Immerhin hatte Dohnke die Erbtochter des alten Bankiers geheiratet und würde auch Grünfelders Anteile übernehmen. Bis dorthin aber wollte Fridolin auf eigenen Beinen stehen.

Er nahm das Glas, das Grünfelder ihm reichte, und stieß mit den beiden Herren an. »Auf unseren weiteren Aufstieg!«
»Darauf trinke ich gerne«, antwortete Dohnke gut gelaunt.
»Ich trinke darauf, dass dieser Schurke Anno von Klingenfeld erwischt und das ergaunerte Geld samt dem echten Schmuck bei ihm gefunden wird!« Grünfelder blickte Fridolin mit einem befreienden Seufzer an. »Ohne Sie und Ihre Bereitschaft, Gut Klingenfeld zu übernehmen, wäre mein Verlust noch weitaus höher. Lassen Sie mich Ihnen von Herzen danken!«
Die Rührung des alten Herrn war echt, das spürte Fridolin, und das nicht nur wegen des Geldes, das er ihm gerettet hatte. Der Bankier mochte ihn vielleicht sogar einen Hauch lieber als den eigenen Schwiegersohn, den er mehr als ein Mal als Schlitzohr bezeichnet hatte, auf das es ein Auge zu haben gelte. Doch alles in allem war Dohnke in Ordnung. Auch wenn jeder von ihnen seinen eigenen Vorteil zu nutzen wusste, waren sie doch bereit, einander zu unterstützen, wenn es nötig war, und vertrauten sich.

## IX.

Fridolin hatte Grünfelder verschwiegen, warum er seine Einladung zum Abendessen ausschlug, denn dieser hätte ihn nur aufgefordert, trotzdem zu kommen, um dann mit ihm gemeinsam zu jenem Ort zu fahren, den er aufsuchen wollte. Sein Interesse, Grünfelder ins *Le Plaisir* zu begleiten, hielt sich jedoch in Grenzen. Er wollte nur kurz hinfahren, um Hede zu fragen, ob sie schon etwas über die vermisste Adele Wollenweber in Erfahrung gebracht hatte.

Als er die Stufen zum Eingang des Bordells hinaufstieg, dachte er daran, wie oft er in jungen Jahren Herren vom Land, die in Berlin etwas hatten erleben wollen, hierhergeführt hatte. Zum Dank hatten sie ihn zum Essen eingeladen und ihm manchmal sogar Geld zugesteckt.

Er fragte sich, warum er sich ausgerechnet jetzt daran erinnerte. Seit damals hatte sich seine Situation grundlegend geändert. Heute würde er sich jedes Mädchen im *Le Plaisir* leisten können, doch der Gedanke an die Frauen in diesem Haus ließ ihn kalt. Er hatte Lore, und sie genügte ihm vollkommen. Männer, die sich zu sehr von ihren Trieben leiten ließen, machten auch in anderer Hinsicht Fehler.

»Also bin ich doch ein Pharisäer«, verspottete er sich, während er den Klingelzug betätigte.

Anton öffnete und salutierte lächelnd. »Es ist schön, Sie wieder öfter hier zu sehen, Herr Graf, auch wenn Sie unseren Mädchen nichts zu verdienen geben. Aber Sie sind der sympathischste Gast, der je das *Le Plaisir* betreten hat.«

»Danke, Anton, Sie machen mich ja verlegen!« Fridolin nickte dem Türsteher freundlich zu und fragte dann, ob Hede zu sprechen wäre.

»Für Sie doch immer, Herr Graf. Aber passen Sie auf. Er ist da!« Antons Tonfall zufolge schien er nicht viel von Manfred Laabs zu halten.

Da auch Fridolin nicht gerade scharf darauf war, Hedes Ehemann zu begegnen, erwog er schon, ob er umkehren und die Bordellbesitzerin per Brief nach Dela Wollenweber fragen sollte. Dann aber straffte er die Schultern, nickte Anton freundlich zu und betrat den Empfangssalon.

In früheren Zeiten war es hier meist ruhig zugegangen, doch nun saßen vier Männer an einem Tisch und spielten lärmend Karten. Einen davon identifizierte Fridolin der Beschreibung nach, die er von Hede erhalten hatte, als ihren Ehemann. Ein kurzer Blick bewies ihm, dass Hedes Ehemann falschspielte. Das machte ihm den Mann nicht sympathischer. Ob Hede davon wusste?, fragte er sich. Immerhin hatte sie ihn vor Jahren einmal arg gescholten, weil er beim Kartenspiel hier in ihrem Salon den schwerreichen Fabrikbesitzer Rendlinger um einige hundert Mark erleichtert hatte. Das Geld hatte er dem Industriellen bei anderen Spielen mit Zins und Zinseszinsen wieder zukommen lassen, aber die Erinnerung daran beschämte ihn immer noch.
Zwei Mitspieler kannten Fridolin und grüßten freundlich, während Laabs nur kurz den Kopf hob, etwas murmelte, das als »Guten Tag« verstanden werden konnte, und weiterspielte. Mochte der Mann ihn vielleicht nicht, weil Hede und er sich seit vielen Jahren kannten und mehrfach intim miteinander verkehrt hatten?, fragte sich Fridolin und behielt Laabs im Auge. Dieser wirkte auf einmal verbissen und stellte sich beim Mischen der Karten so ungeschickt an, dass der Trumpf, den er sich selbst hatte zuschanzen wollen, aus dem Stapel schnellte und auf dem Tisch liegen blieb.
Sein Verhalten fiel auch Hede auf, die ihren Mann fest im Blick hielt. In den letzten Tagen hatte sie ihn mehrfach auf das verschwundene Bauernmädchen angesprochen, aber nur ausweichende Antworten erhalten. Zuerst hatte Manfred behauptet, das Mädchen gar nicht zu kennen, und nur nach bohrenden Fragen bekannt, sie an ein anderes Bordell vermittelt zu haben.
Wie schon öfter in letzter Zeit fragte sich Hede, wie sie ausge-

rechnet an diesen Mann hatte geraten können, und gab sich im selben Atemzug selbst die Antwort. Eine Bordellwirtin hatte nun einmal keine große Auswahl. Entweder entstammten potenzielle Ehemänner selbst der Halbwelt, oder sie interessierten sich nur für ihr Geld. Daher hatte Manfred mit seinen guten Manieren und seiner angeblichen Herkunft als Gastwirtsohn aus der Provinz leichtes Spiel gehabt. Gute Manieren bewies er immer noch, doch der Rest war eine einzige große Lüge gewesen. Anstatt ein Provinzler zu sein, der genug besaß, um sich in Berlin als Gastwirt niederlassen zu können, war er der verkrachte Besitzer eines kleinen Vorstadtbordells gewesen und hatte ihr nur den Hof gemacht, um sich sanieren zu können.

Mit einem bitteren Lächeln trat sie auf Fridolin zu. »Oh, mein lieber von Tanne, Sie besuchen auch wieder einmal das *Le Plaisir?*«

Sie spielte dabei auf den Tarnnamen an, den er in der Zeit benützt hatte, als sie das Bordell als privaten Club hatte führen müssen.

»Hallo, Hede! Schön und majestätisch wie immer.« Fridolin deutete eine Verbeugung an und führte ihre Hand zum Mund, als wäre sie eine Dame von Stand.

Hede lachte leise und schüttelte den Kopf. »Sie sind noch immer derselbe Tollkopf wie früher, mein lieber von Tanne. Was wünschen Sie heute? Ah, ich weiß, kommen Sie mit. Hilma schminkt sich gerade und wird gleich erscheinen. Bis dorthin trinken Sie mit mir einen Cognac!« Das Aufblitzen in den Augen ihres Mannes bestätigte Hede, dass dieser Hilma hinterher genau ausfragen würde, was in deren Séparée alles geschehen war. Doch da würde Manfred eine Enttäuschung erleben, denn das Mädchen hatte mittlerweile die Seiten gewechselt und würde ihm nur das sagen, was ihre Prinzipalin für richtig hielt.

Während sie in Gedanken bereits die Sätze formte, die Hilma weitertragen sollte, führte sie Fridolin in den gut ausgestatteten Raum, in dem das Mädchen seine Besucher empfing, holte zwei Gläser und die Karaffe mit Cognac aus ihrem Büro und füllte diese.

»Wir müssen leise sprechen, denn die Wände hier sind sehr dünn«, sagte sie.

So ganz stimmte dies nicht, denn sie hatte bei der Einrichtung des Hauses darauf geachtet, dass ihre Gäste auf Diskretion rechnen konnten. Doch sie ging lieber auf Nummer sicher, möglicherweise hielt eine andere Hure ihr Ohr an die Wand, um für Manfred zu spionieren.

»Und, hast du etwas über Adele Wollenweber herausgebracht?«, fragte Fridolin gespannt.

Jetzt hätte Hede ihm sagen müssen, dass ihr eigener Mann dieses Mädchen in die Stadt gelockt hatte und wohl auch in den Betrugsfall verwickelt war. Der Gedanke jedoch, welche Auswirkungen dieser Kriminalfall auf sie und ihren Sohn haben würde, ließ sie zögern.

»Leider nein.« Angesichts von Fridolins enttäuschter Miene gab sie dann aber doch ein Zipfelchen dessen preis, was sie erfahren hatte. »Eines meiner Mädchen glaubt, in einem Gasthaus gehört zu haben, wie ein Mädchen aus einem anderen Haus Dela genannt wurde. Nur weiß sie nicht, in welchem Bordell diese Dela arbeitet. Ich habe dem Mädchen aufgetragen, sich beim nächsten Mal nach ihr zu erkundigen.«

»Tu das bitte!«, erklärte Fridolin, dankbar für jeden Strohhalm.

»Ich gebe dir Bescheid.« Hede fühlte sich schlecht, doch bevor sie mehr preisgab, wollte sie mit ihrem Mann Tacheles reden.

Mit einem gequälten Lächeln trank sie ihren Cognac aus und ging zur Tür. »Ich hole jetzt Hilma. Du musst nichts mit ihr machen. Es soll nur aussehen, als ob.«
»Muss das sein?«, fragte Fridolin unwirsch.
»Ja, wegen …« Hede verschluckte den Namen und machte eine Kopfbewegung in Richtung des Empfangssalons, in dem ihr Mann Karten spielte. »Mach es gut, Fridolin, und grüße Lore von mir.«
Sie verließ das Zimmer in dem Gefühl, ihren besten Freund belogen zu haben. Auch dafür, das schwor sie sich, war Manfred ihr noch Rechenschaft schuldig.
Hilma wartete bereits auf sie und war etwas verwundert, als sie hörte, sie solle diesem Gast nur Gesellschaft leisten, ohne das zu tun, was ihr Beruf war.
»Der Herr soll ein treuer Ehemann sein?«, fragte sie spöttisch. »Gibt es so etwas überhaupt? Die verheirateten Herren, die hier erscheinen, sind sonst doch alle auf Untreue aus.«
Sie erntete eine spielerische Ohrfeige von Hede und bekam den Befehl, eine Flasche Wein für Fridolin und sich zu besorgen.
Kurz darauf betrat Hilma ihr Séparée und sah Fridolin auf der Bettkante sitzen, da er dem filigranen Stuhl nicht traute. Hilma angelte sich diesen, setzte sich rücklings darauf und füllte Wein in die Gläser.
»Wollen Sie wirklich nur reden?«, fragte sie lächelnd und versuchte dabei, ihr Dekolleté noch etwas besser zur Geltung zu bringen.
Fridolin nahm das Weinglas, das sie ihm reichte, und trank einen Schluck. Da er in Hilma die Hure erkannt hatte, die er und Hede beim Lauschen erwischt hatten, war er sich unsicher, was

er sagen durfte und was nicht. Schließlich beschloss er, bei der Wahrheit zu bleiben.

»Eigentlich wollte ich gar nichts, außer kurz mit Frau Pfefferkorn zu reden.« Er unterschlug dabei den Namen Laabs, doch Hilma nahm ihm das nicht übel.

»Und jetzt hat die Prinzipalin Sie dazu verurteilt, noch ein Stündchen oder zwei hierzubleiben, damit es nicht so aussieht, als wären Sie nur ihretwegen gekommen. Das ist allerdings nicht umsonst«, setzte das Mädchen hinzu, um ein kleines Trinkgeld herauszuschlagen.

»Ich glaube, das kann ich mir leisten.« Fridolin musterte die junge Frau. Trotz ihrer burschikosen Art war sie recht hübsch. In früheren Zeiten hätte Hede aus ihr eine Spitzenkönnerin in Liebensdiensten gemacht. Doch die Ehe mit Manfred Laabs war weder seiner alten Freundin noch dem *Le Plaisir* gut bekommen.

»Wir sollten hier nicht stumm wie Fische nebeneinandersitzen«, setzte Hilma das Gespräch fort. »Ich muss sagen, ich bin ganz froh, mal nicht als Matratze dienen zu müssen. Viele der Herren, die hier verkehren, benehmen sich nämlich nicht wie Kavaliere.«

»Sehen Sie zu, dass Sie Bankier Grünfelder als Gast gewinnen – oder Blauwald, wie er in den alten Clubbüchern genannt wird. Er ist ein älterer Herr und freut sich, wenn ein hübsches Mädchen ihm das gewährt, was seine in die Jahre gekommene Ehefrau ihm verweigert.« Fridolin wunderte sich selbst, wieso er Hilma diesen Ratschlag gab, doch letztlich war sie ihm trotz ihres Lauschens sympathisch.

»Ich glaube, den kenne ich. Er soll gute Trinkgelder geben, habe ich sagen hören. Ich selbst hatte ihn noch nicht im Bett. Eigentlich mache ich es ungern mit älteren Herren. Als ich mit diesem Beruf angefangen habe, hatte ich mit einem zu tun. Er war schmierig und ekelhaft, und ich musste einiges anstellen, bis er seinen Mann stehen konnte. Hinterher war er dann noch geizig und wollte den ausgehandelten Preis nicht bezahlen. Trinkgeld hat er auch keines gegeben.«

Hilma verzog ihr Gesicht, lachte aber sofort wieder und prostete Fridolin zu. »Danke für den Rat! Ich werde sehen, ob ich mir dieses Goldschätzchen angeln kann. Ein reicher Stammkunde wäre genau das, was mir zu meinem Glück fehlt. Dann könnte ich bei der Auswahl meiner anderen … äh, Gäste kritischer sein und hätte auch einen besseren Stand hier im Haus. Es ist nicht so, dass alle Mädchen hier gleich wären. Auch hier gibt es Gräfinnen der Liebe, die nur einigen speziellen Herrn zur Verfügung stehen, und Dienstboten, die für alle herhalten müssen.«

Fridolin hatte in all den Jahren etliche Mädchen im *Le Plaisir* kommen und gehen sehen, doch selten war ihm eine wie Hilma untergekommen. Die Diakonissinnen, die gelegentlich die Bordelle aufsuchten, in der Hoffnung, die gefallenen Mädchen aus ihrem sündhaften Leben befreien zu können, würden sich an ihr wohl die Zähne ausbeißen.

»Gefällt dir das Leben, das du führst?«, fragte er sie und erhielt ein Achselzucken als Antwort.

»Gefallen? Ich weiß nicht. Aber wenn Sie glauben, ich würde lieber in einem vornehmen Haus Staub wischen und den halbwüchsigen Söhnen dort als Studienobjekt für ihre ersten Erfahrungen mit dem anderen Geschlecht dienen, sage ich nein. Das hatte ich schon zweimal und fand es nicht gerade angenehm.

Hier habe ich zwar mehr Männer im Bett, werde dafür aber besser bezahlt. Wer weiß, vielleicht verdiene ich einmal gut genug, um ein eigenes Bordell aufmachen zu können. Dazu braucht es natürlich gute Trinkgelder …«

Das Letztere war ein erneuter Hinweis an Fridolin, vor seinem Abschied doch etwas tiefer in seine Geldbörse zu greifen.

Weit davon entfernt, es ihr übelzunehmen, reichte dieser ihr ein Zwanzigmarkstück und machte sich dann zum Gehen bereit.

»Bleiben Sie doch noch ein bisschen, sonst muss ich gleich wieder mit einem Offizier in die Stube, der eine Hure für ein Pferd hält, das er wie auf dem Paradeplatz reiten kann«, bat Hilma.

»Ich dachte, Sie mögen Ihr Gewerbe?«, fragte Fridolin mit leichtem Spott.

»Ich mag es, Geld zu verdienen, und wenn es ein angenehmer Liebhaber ist, macht es sogar Spaß. Allerdings sind das die wenigsten. Am schlimmsten sind die, die sich dafür halten«, antwortete Hilma und musterte ihn keck. »Sind Sie ein guter Liebhaber?«

Das wurde Fridolin dann doch zu viel. Er öffnete die Tür und blickte hinaus. Die anderen Séparées waren geschlossen, wie es hier Vorschrift war, um die Privatsphäre der Gäste zu schützen. In der Hinsicht war auf Hede Verlass.

Doch wie lange wird sie sich noch gegen die Entwicklung stemmen können, die bereits begonnen hat?, fragte sich Fridolin. Irgendwann würde das *Le Plaisir* zu einem gewöhnlichen Bordell absinken, und der Grund dafür war dieser Manfred Laabs, den seine alte Freundin aus einem ihm unverständlichen Grund geheiratet hatte.

Es war jedoch nicht seine Aufgabe, über Hede und das *Le Plaisir*

zu wachen. Außerdem hatte sie über ihn genug Geld im Bankhaus Grünfelder angelegt, um von den Zinsen leben zu können, wenn sie dieses Etablissement aufgeben musste.
Fridolin schüttelte über sich selbst den Kopf, weil die Zustände in diesem Bordell ihn im Augenblick mehr zu interessieren schienen als seine eigenen Pläne. Mit einem knappen Gruß verabschiedete er sich von Hilma, die erst einmal die Weinflasche und die Gläser wegbrachte, bevor sie ihm in den Empfangssalon folgte.
Die Kartenspieler waren mittlerweile entweder gegangen oder hatten sich ein Mädchen ausgesucht. Nur Manfred Laabs saß noch am Tisch und legte eine Patience. Er war so darin vertieft, dass er nicht einmal den Kopf hob, als Fridolin an ihm vorbeiging. Dieser wollte das Haus gerade verlassen, als die Eingangstür geöffnet wurde und ein Mann hereinkam, den er hier im *Le Plaisir* nicht erwartet hätte.

## X.

Nach langer Überlegung hatte Dirk Maruhn entschieden, doch das *Le Plaisir* aufzusuchen. Als er aus der Droschke stieg und auf das Gebäude zutrat, das nach außen hin nicht erkennen ließ, was sich hinter seinen Mauern verbarg, spottete er über die Bedenken, die ihn bisher gequält hatten. Was machte es schon aus, wenn er jemand begegnete, der ihn früher einmal gekannt hatte. Mit diesem Gedanken erklomm er mühsam die Treppe zum Eingang und zerrte am Klingelzug.
Die Tür wurde geöffnet, und er sah sich einem Mann in prächtiger Uniform gegenüber. Wenn diese echt war, musste sie aus

einem weit entfernten Land stammen, denn die in Europa gebräuchlichen Uniformen kannte er. Wahrscheinlich aber hatte der Mann, der darin steckte, sie von einem phantasiebegabten Schneider nähen lassen, um nach etwas auszusehen.

»Guten Tag«, grüßte Maruhn, da Anton ihn nur schweigend musterte. »Ich hätte gerne den Besitzer oder die Besitzerin dieses Hauses gesprochen.«

Anton sah den Gast mit gerunzelter Stirn an. Nichts an dem Mann deutete darauf hin, dass dieser zu der Gesellschaftsschicht zählte, die das *Le Plaisir* im Allgemeinen besuchte. Sein Anzug war zwar sauber, wirkte aber altmodisch und ließ ihn wie einen städtischen Beamten aussehen. Auch seine Bemerkung, die Besitzerin sprechen zu wollen, deutete darauf hin. Kam der Kerl etwa von der Steuerbehörde, um Hede Pfefferkorn zu schikanieren?

»Ich bedauere, mein Herr, aber Gäste, die zu uns kommen, pflegen ihre Visitenkarte zu übergeben«, antwortete Anton daher abweisend.

»Visitenkarte? Ja, natürlich!« Maruhn kramte in seiner Tasche nach dem kleinen Etui, in dem er seine Karten verstaut hatte. Da tauchte auf einmal Fridolin vor ihm auf.

»Ah, Herr Maruhn, guten Abend! Sind Sie wegen dieser bewussten Sache hier?«

Jetzt erst erkannte der Detektiv ihn und kniff die Augen zusammen. »Herr Graf, ich …, ja, deswegen bin ich gekommen.«

»Ihr Weg war leider umsonst. Man weiß hier nichts über das Mädchen.«

»Welches Mädchen?«, fragte Anton, der dem Wortwechsel zwischen Fridolin und Maruhn verwirrt folgte.

»Es geht um Dela Wollenweber, ein Bauernmädchen, das in Berlin verschollen ist, und um Betrug«, erklärte Fridolin leise. »Ich habe mit Frau Pfefferkorn darüber gesprochen. Wenn sie etwas erfährt, wird sie mir Bescheid geben!« Bei den letzten Worten sah er Maruhn direkt an.

Dieser begriff, dass der junge Bankier nicht wollte, dass er selbst hier Nachforschungen anstellte. Noch während er überlegte, ob er dennoch mit der Besitzerin dieses Bordells und ein paar ihrer Mädchen sprechen sollte, fasste ihn Fridolin bereits am Arm.

»Kommen Sie! Ich bringe Sie nach Hause. Unterwegs können Sie mir erzählen, was Sie mittlerweile herausgefunden haben.«

Maruhn verzog das Gesicht. Im Grunde war er genauso weit wie am Anfang. Er wusste nichts, außer, dass Dela Wollenweber in dem halben Dutzend Bordellen, die er in den letzten zwei Tagen aufgesucht hatte, nicht aufzufinden war.

Mit einem Seufzen wandte er sich um und trat durch die Tür, die Anton ihm zuvorkommend öffnete, stieg in die Droschke, die Fridolin hatte warten lassen, und erstattete Bericht.

»Es wird Sie enttäuschen, Graf Trettin, aber die Spur, die Sie mir letztens genannt haben, ist bis jetzt nicht sehr erfolgversprechend. Ich konnte Adele Wollenweber nirgends auftreiben. Da eine weitere Suche in der Stadt der nach einer Nadel im Heuhaufen gleicht, werde ich meine Ermittlungen auf einem anderen Weg fortsetzen.«

»Und was wollen Sie tun?«

»Ich habe mich entschlossen, in die Heimat des Barons Anno von Klingenfeld zu fahren und dort möglichen Hinweisen nachspüren.« Maruhn hatte dies bereits ins Auge gefasst, als Fridolin ihm von dem verschwundenen Mädchen erzählt hatte, und

ärgerte sich nun, weil er sich durch die Suche nach Adele Wollenweber davon hatte abhalten lassen.
»Gut! Zufällig breche ich morgen in dieselbe Richtung auf«, erklärte Fridolin nach einer kurzen Denkpause. »Wenn Sie wollen, können wir die Reise gemeinsam antreten.«
Maruhn lachte leise auf. »Verzeihen Sie, aber Sie vergessen den Unterschied zwischen einem Grafen Trettin und einem kleinen Detektiv. Wäre ich so vermessen, erster Klasse reisen zu wollen, würde Herr Grünfelder mir zu Recht mein Spesenkonto sperren.«
Fridolin musste lachen. Tatsächlich war ihm der Detektiv sehr viel sympathischer als bei ihrer ersten Begegnung. »Ich schlage vor, wir fahren dennoch zusammen mit der Bahn. Wir treffen uns gegen zehn am Lehrter Bahnhof. Für die Fahrkarten sorge ich«, erklärte er und brachte Maruhn nach Hause, bevor er dem Droschkenkutscher den Befehl gab, zu seiner Villa am Tiergarten zu fahren.

## XI.

Hedes Türsteher sah Fridolin und dem Detektiv nach, bis diese in eine Droschke einstiegen und wegfuhren, schloss die Tür und kratzte sich am Kopf. Das Ganze erschien ihm seltsam. Mit dem Vorsatz, seine Herrin zu informieren, verließ er seinen Posten und betrat den fast menschenleeren Empfangssalon. Nur Manfred Laabs saß noch am Tisch und legte seine Patiencen. Anton ging weiter bis zu Hedes Büro und klopfte an.
»Herein!«, klang es barsch zurück.

Anton trat ein und entdeckte Hede neben dem Wandschrank, wie sie prüfend die Cognac-Karaffe in der Hand hielt. Bei seinem Anblick stellte sie diese zurück und setzte sich an ihren Tisch.

»Was gibt es, Anton?«, fragte sie weitaus freundlicher und zeigte damit, dass es nicht der Türsteher war, der sich ihren Zorn zugezogen hatte.

»Graf Trettin ist eben gegangen«, meldete Anton.

»Das habe ich erwartet.« Jetzt fühlte Hede sich doch gestört und wollte Anton schon wegschicken, da setzte dieser seinen Bericht fort.

»Gerade, als Graf Trettin das Haus verließ, kam ein anderer Mann, der Sie sprechen wollte, Madame. Ich hielt ihn für einen kleinen Beamten und wollte ihn abwimmeln. Da begrüßte Trettin ihn wie einen Bekannten. Offenbar suchen beide eine Frau mit Namen Dela Wollen…« Der zweite Teil des Namens war Anton entfallen, und so half Hede ihm aus.

»Wollenweber!«

»Ja, so war der Name. Graf Trettin erwähnte auch noch etwas von einem Betrug. Er sagte auch, er habe mit Ihnen darüber gesprochen«, fuhr Anton treuherzig fort.

Hedes Antlitz nahm einen harten Ausdruck an. »Das hat er. Ich habe ihm auch gesagt, dass ich nichts über dieses Mädchen wüsste.«

»Aber ich weiß etwas!«, rief Anton aus. »Ihr Ehemann hat dieses Mädchen selbst nach Berlin gebracht und in einem Bordell in Schöneberg untergebracht. Dort besucht Herr Laabs sie öfters.«

»Woher weißt du das?«, fragte Hede scharf.

Anton deutete in Richtung Straße. »Wenn Herr Laabs das Haus verlässt, muss ich ihm stets eine Droschke besorgen. Und da höre ich gelegentlich, wenn er dem Kutscher sein Ziel nennt, und er hat sich in letzter Zeit regelmäßig in die Straße fahren lassen, in der dieses Bordell liegt. Den Türsteher dort kenne ich, denn wir waren Regimentskameraden im Dänischen Krieg. Daher habe ich ihn nach Herrn Laabs gefragt und bekam zu hören, dieser würde sich in dem Haus mit einem Mädchen namens Dela treffen.«

Der Bericht des Türstehers war zwar etwas wirr, dennoch vermochte Hede ihm zu folgen. Obwohl sie glaubte, abgehärtet zu sein, schmerzte es sie doch, dass ihr Mann eine junge Frau in einem anderen Bordell aufsuchte. Sie hatte nicht erwartet, dass er ihr ewig treu bleiben würde, doch die Unverfrorenheit, mit der er sie betrog, ging zu weit. Hinzu kam der Betrug, bei dem sie nicht wusste, wie weit ihr Mann darin verwickelt war.

Mit einer energischen Bewegung stand Hede auf und blieb vor Anton stehen. »Höre mir jetzt gut zu! Gleichgültig, wer dich fragen sollte, ob Graf Trettin oder ein anderer, du hast den Namen Adele Wollenweber nie gehört, verstanden?«

»Aber …«, setzte Anton an.

»Kein Aber! Ich weiß, was ich tue!«

Anton kniff die Augen zusammen und schüttelte den Kopf. »Das wird Graf Trettin nicht gefallen. Dabei dachte ich, er wäre Ihr Freund.«

»Das ist er auch, und ich will ihm gewiss nicht schaden. Doch bevor ich ihm etwas mitteilen kann, muss ich mir erst über ein paar Dinge Klarheit verschaffen.«

Anton begann zu verstehen und machte eine verächtliche Handbewegung. »Sie glauben, Herr Laabs könnte bei dieser Sache seine Finger im Spiel haben?«

»Ich glaube an nichts, außer an Gott, unseren Herrn Jesus Christus und den Heiligen Geist«, wies Hede ihn zurecht und zeigte auf die Tür. »Ich habe die Glocke läuten hören!«

»Ich sehe nach!« Anton war erleichtert, ihr Büro verlassen zu können. Auf dem Weg zur Tür gönnte er Laabs keinen Blick. Als er öffnete, stand draußen ein Mann, dem er den mittleren Beamten auf dreißig Schritt ansah.

»Guten Tag. Ich habe heute im Magistrat die Akte über dieses Bordell überprüft und einige Unregelmäßigkeiten entdeckt, die geklärt werden müssen«, erklärte er streng.

Anton sah ihn von oben herab an. »Dann schreiben Sie einen Brief an Madame Laabs, geborene Pfefferkorn, und sie wird sich darum kümmern.«

»Eigentlich wollte ich die Angelegenheit gleich hier klären. Es ist keine große Sache, aber …«

Nun erst begriff Anton, worum es dem Mann ging. Mit Hedes Steuererklärung war mit Sicherheit alles in Ordnung, doch der Kerl war auf einen kostenlosen Bordellbesuch aus und gab daher angebliche Unregelmäßigkeiten vor. Am liebsten hätte Anton ihn gepackt und auf die Straße geworfen. Da aber Schreibtischhengste seiner Art in den Behörden genug Macht besaßen, dem *Le Plaisir* zu schaden, ließ er ihn ein und empfahl ihm mit falscher Freundlichkeit, einen Augenblick zu warten, bis er Madame informiert habe.

Der Beamte folgte ihm in den Empfangssalon und stierte dort die zwei Mädchen an, die mittlerweile ihre Freier verabschiedet hatten.

Unterdessen kam auch Hede herbei, die Anton in aller Kürze eingeweiht hatte. All die Jahre war sie solch anmaßenden Beamten mit Souveränität begegnet, doch jetzt spürte sie, dass ihre Nervenkraft dafür nicht mehr ausreichte. Ohne mit dem Mann zu diskutieren, gab sie einem der beiden Mädchen einen Wink. »Alexandrine wird sich um Sie kümmern, mein Herr.«

»Ich danke Ihnen und werde Ihre Akte mit Nachsicht behandeln«, versprach der Beamte und folgte dem Mädchen in dessen Séparée.

Kaum waren die beiden verschwunden, stieß Hede einen französischen Fluch aus. »Diese Kerle glauben wirklich, sich alles erlauben zu können!«

»Das ist nun einmal der Preis, den wir zahlen müssen, um von diesem Gesindel in Ruhe gelassen zu werden, meine Liebe«, meldete sich Laabs, der das anmaßende Verhalten des Beamten für selbstverständlich zu nehmen schien.

Hede wusste selbst, dass nicht der Mann von der Behörde ihr Problem war, sondern ihr Gatte, dem sie zu früh und zu blauäugig das Jawort gegeben hatte.

»Anton, achte du auf alles, was hier geschieht, und greife ein, wenn es nötig sein sollte. Wir beide«, sagte Hede zu Laabs, »gehen jetzt nach oben. Es gibt einiges zu besprechen.«

»Aber meine Liebe, ich bin mit meiner Patience noch nicht fertig!«

Mit einem Schritt war Hede bei ihm und wischte die Karten vom Tisch. »Ich sagte, es gibt etwas zu besprechen. Also komm mit!«

Diesen Ton hatte Laabs noch nie von seiner Frau gehört. Mit einem missmutigen Stöhnen stand er auf und folgte ihr in den hinteren Teil des Gebäudes. Dort schloss Hede die Tür auf, die ins Treppenhaus führte, und stieg nach oben. Während die Räume des Bordells im Hochparterre lagen, wohnten die Mädchen im ersten Stockwerk. Auch gab es hier einige Räume, in denen Kunden sehr diskret empfangen werden konnten, aber diese wurden nur selten genutzt. Ein Stockwerk weiter oben befanden sich Hedes Privaträume, in denen sie mit ihrem Mann und ihrem kleinen Sohn lebte.

Die Kinderfrau des Kleinen, eine ehemalige Hure, saß im Vorraum des Kinderzimmers und las. Als sie hörte, dass ihre Herrin heraufkam, steckte sie den Kopf zur Tür heraus. »Madame, mit unserem Fritzchen ist alles in Ordnung. Er gedeiht prächtig.«

»Ich werde später nach ihm sehen. Du solltest jetzt in den Keller hinabgehen und ein paar Flaschen Wein hochbringen. Zähle aber nach, wie viel wir von jeder Sorte noch haben, damit ich weiß, was ich bestellen muss!«

Die Frau begriff, dass Hede allein mit ihrem Mann reden wollte, und verschwand mit einem wissenden Lächeln. Wie es aussah, hatte der famose Herr Laabs den Bogen nun doch überspannt.

Kaum war die Kinderfrau die Treppe hinabgestiegen, winkte Hede ihrem Mann, ins Wohnzimmer zu kommen, und stellte sich mit vor der Brust verschränkten Armen vor ihn. »Mein Lieber, es ist wirklich an der Zeit, ein paar ernste Worte miteinander zu wechseln.«

»Also, Hede, ich begreife überhaupt nicht, was du von mir willst!«, begehrte Laabs auf.

»Das wirst du gleich erfahren!« Hede war nicht bereit, ihrem Mann auch nur ein Wort ihrer Strafpredigt zu erlassen. Sie musterte ihn kalt und musste sich zwingen, ihre Verachtung nicht zu offen zu zeigen. »Als Erstes wirst du dieses Bauernmädchen, das du nach Berlin geschafft hast, ins *Le Plaisir* bringen. Meinetwegen kannst du hier die Huren ausprobieren, wie du es nennst, aber nicht in einem fremden Bordell! Hast du mich verstanden?«

Laabs zuckte zusammen, denn er hatte Dela Wollenweber nicht zuletzt mit dem Versprechen ins Dirnengeschäft gelockt, er würde, wenn er genug Geld verdient hätte, sie heiraten und mit ihr zusammen ein eigenes Bordell aufmachen. Gar nicht auszumalen, was geschähe, wenn sie erfuhr, dass er bereits verheiratet war.

Darum bemühte er sich um ein verbindliches Lächeln. »Ich weiß nicht, ob das so gut wäre. Sie ist keine ausgebildete Kraft, sondern ein echter Landtrampel, den man Herren von Stand nicht zumuten kann.«

»Ich kenne einige Männer, denen gerade dieses ländlich Derbe gefällt. Wir werden Dela entsprechend kleiden, und sie wird sich über einen Mangel an Freiern nicht zu beklagen haben.«

»Aber Hede, ich …« Laabs brach ab, als er die spöttische Miene seiner Frau bemerkte. Offenbar war Hede eifersüchtig und wollte Dela demütigen. Nun hätte er aufstampfen und sich wehren müssen, doch wie so oft fühlte er sich Hede nicht gewachsen. »Wenn du meinst, dass Dela eine Bereicherung für unser Bordell ist, dann hole ich sie eben. Aber du musst mir versprechen, sie gut zu behandeln!«

Das ist das Äußerste, was ich noch für das Mädchen tun kann, dachte er und hoffte, wieder nach unten gehen zu können.

Doch Hede war noch nicht fertig. »Da gibt es noch etwas. Du hast Dela aus einem Dorf weggelockt, in dessen Nähe ein gewisser Baron Klingenfeld lebt. Ich habe gehört, du wärst dort zu Gast gewesen.«

Laabs überlegte, wie Hede davon erfahren haben mochte, und wollte es schon ableugnen. Im letzten Moment fiel ihm ein, dass Hede Dela fragen konnte. Und das kleine Miststück würde mit Sicherheit die Wahrheit bekennen, wenn es begriff, dass er sie belogen hatte.

»Nun ja, ich bin entfernt mit Baron Anno bekannt. Er war Student in Berlin und ein eifriger Jünger der Venus. Da sein Vater ihn finanziell kurzgehalten hat, konnte er sich so ein famoses Etablissement wie das *Le Plaisir* nicht leisten, sondern hat Vorstadtbordelle aufgesucht. Da ist er halt öfter auch in das meine gekommen.«

»Endlich gestehst du, dass du mich vor unserer Hochzeit nach Strich und Faden belogen hast«, antwortete Hede zornig.

Laabs zog den Kopf ein und ärgerte sich über sich selbst, dass er sich so simpel hatte aushorchen lassen. »Nun ja, ich hatte die Hoffnung, wir könnten gemeinsam …«

»Was?«, fuhr Hede ihm über den Mund. »Das nur von den Spitzen der Gesellschaft besuchte *Le Plaisir* in ein Vorstadtbordell verwandeln, in dem jedes Mädchen zwanzig und mehr Freier pro Schicht zu ertragen hat? Oh nein, diesen Weg gehe ich nicht mit!«

»Aber Hede!« Der gekränkte Ausdruck, mit dem er seine Frau fast immer zum Einlenken gebracht hatte, verfehlte diesmal seine Wirkung.

»Auch passen deine Freunde aus alter Zeit nicht in dieses Haus! Sie werden es daher nicht mehr betreten. Du kannst dich in einer Gastwirtschaft mit ihnen treffen. Außerdem wirst du nicht mehr mit den Gästen im Salon Karten spielen. Oder hast du geglaubt, ich sehe nicht, dass die Trümpfe auffallend oft zu dir hin wandern? So etwas dulde ich nicht!«

Manfred Laabs war wie vor den Kopf geschlagen. »Aber das kannst du doch nicht verlangen.« Mehr brachte er nicht hervor.

»Ich kann und ich tue es! Außerdem gibt es noch etwas. Dieser Baron Klingenfeld, bei dem du zu Gast warst, ist in einen üblen Betrugsfall verwickelt. Dabei wurde auch das Bankhaus Grünfelder geschädigt. Herr von Grünfelder ist seit vielen Jahren ein gerngesehener Stammgast im *Le Plaisir*, und es betrübt mich, ihn als Opfer eines Verbrechens zu sehen, an dem du Anteil hast!«

Hede musterte ihren Mann scharf und sah, wie er erbleichte.

»Nein, damit habe ich nichts zu schaffen!«, rief er, als er den ersten Schrecken überwunden hatte. »Ich habe Baron Anno nur hübsche Huren zugeführt.«

Hede zweifelte nicht daran, dass er log. Doch als sie versuchte, weiter in ihn zu dringen, stellte ihr Mann sich stur. »Ich weiß nichts, verdammt noch mal! Außerdem frage ich mich, warum ich mich eigentlich vor dir rechtfertigen soll. Immerhin bin ich der Mann im Haus, und du hast mir zu gehorchen.«

Hedes Miene wurde eisig. »So? Habe ich das? Ich könnte jetzt zur Polizei gehen – oder zu Grünfelder – und melden, du wärst mit dem Betrüger Klingenfeld eng bekannt und wahrscheinlich auch ein Komplize. Was glaubst du, wie schnell du in der Criminal-Justiz-Anstalt in Moabit sitzen würdest?«

Laabs ballte die Fäuste. Ihr Blick warnte ihn jedoch davor, handgreiflich zu werden. Wenn er sie schlug, würde sie ihre Drohung wahr machen.

Daher winkte er verärgert ab. »Ich habe mit dieser Sache nichts zu tun. Außerdem muss ich mich nicht von dir beschimpfen lassen.«

Mit diesen Worten drehte er sich um, verließ die Wohnung und stieg nach unten. Im Empfangssalon des Bordells angekommen, befahl er der einzigen dort wartenden Hure barsch, mit ihm zu kommen und ihn zu trösten.

Oben versuchte Hede, der Tränen Herr zu werden. Hatte sie diesen Mann wirklich einmal geliebt?, fragte sie sich und gab sich auch gleich die Antwort. Sie war ebenso auf ihn hereingefallen wie diese Adele Wollenweber und die anderen Mädchen, die er im Lauf seiner Karriere als Zuhälter und Bordellwirt auf die schiefe Bahn gelockt hatte.

Mit diesem bitteren Gedanken verließ sie ihr Wohnzimmer und betrat den Raum, in dem ihr Sohn schlief. Im Schein der abgedunkelten Lampe sah sie den Jungen ruhig und sogar ein wenig lächelnd in seinem Bettchen liegen. Mit den hellblonden Locken und dem hübschen Gesicht sah er aus wie ein kleiner Engel. Bei diesem Anblick schwor sie sich, dafür zu sorgen, dass er niemals in die Fußstapfen seines Vaters treten würde. Schon um Fritz' willen durfte sie ihren Mann nicht an die Polizei verraten. Ihr Kind sollte nicht mit dem Stigma aufwachsen, der Sohn eines Zuchthäuslers zu sein.

Hede kamen die Tränen, als sie an ihren Mann dachte, an den sie mit Ketten geschmiedet war, die zu lösen ihr schier unmöglich erschien. Sollte sie es je wagen, gegen Manfred aufzubegehren, konnte er ihr das Liebste wegnehmen, das sie besaß, ihren Sohn. Da sie als Bordellbetreiberin und ehemalige Hure als moralisch verworfene Person galt, würde ihm bei einer Trennung jedes

Gericht in Preußen den Jungen zusprechen. Doch Fritz aufzugeben war sie nicht bereit.

## XII.

Dirk Maruhn fand sich am nächsten Vormittag zur genannten Stunde am Lehrter Bahnhof ein. Er konnte immer noch kaum glauben, dass Fridolin von Trettin ihm eine Fahrkarte erster Klasse bezahlen würde. Der Graf war zweifelsohne ein bemerkenswerter Mann, der sich, anders als Grünfelder, Gedanken darüber machte, wie der Betrugsfall abgelaufen sein konnte. Zwar hatten Trettins Erkenntnisse bisher zu keinem Ergebnis geführt, doch Maruhn nahm sich vor, die Spur nach seiner Rückkehr aus der Provinz weiterzuverfolgen.

»Guten Tag, Herr Maruhn, ich sehe, Sie sind pünktlich.«

Fridolins Gruß beendete den Gedankengang des Detektivs. »Auch Ihnen einen guten Tag, Herr Graf. Sie hatten mich um diese Zeit hierherbestellt.«

Dann sah Maruhn, dass Fridolin nicht nur von seinem Kammerdiener, sondern von einem weiteren Mann begleitet wurde, dessen Kleidung für einen erfolgreichen Geschäftsmann eine Spur zu flott wirkte.

»Das ist Herr Benecke, ein guter Freund von mir, und das Herr Maruhn, den Herr Grünfelder beauftragt hat, sich um diesen Fall zu kümmern«, stellte Fridolin die beiden einander vor.

»Freut mich!« Konrad streckte dem Detektiv die Hand hin, die dieser nach kaum merklichem Zögern ergriff.

»Wir sind Reisegefährten. Also suchen wir einen Kondukteur,

der uns das Abteil anweist.« Fridolin bat Kowalczyk, sich um das Gepäck zu kümmern, und winkte einen Bahnbeamten heran. Dieser warf einen kurzen Blick auf den Fahrschein erster Klasse und verbeugte sich.

»Wenn die Herren mir folgen wollen!«

»Nichts lieber als das.« Fridolin war bester Laune, weil er endlich seine Familie wiedersehen würde. Zudem wollte er den Besitzwechsel auf Klingenfeld endgültig durchführen und das Gut übernehmen.

Maruhns Gepäck passte in einen kleinen Koffer, den er noch halbwegs bequem tragen konnte. Nun wurde auch dieser von den Dienstmännern der Bahn auf einen Karren gelegt und zusammen mit Fridolins und Konrads Koffern zum Gepäckwagen transportiert.

Fridolin kaufte bei einem fliegenden Händler eine Zeitung und klemmte sie sich unter den Arm. Dann stieg er in den Eisenbahnwaggon und folgte dem Bahnbeamten bis zu dem reservierten Abteil. Unterdessen überwachte Kowalczyk das Einladen der Koffer und nahm seinen Platz in der zweiten Klasse ein, wie es ihm als Kammerdiener zustand.

Kurz darauf fuhr der Zug heftig dampfend los und rollte erst nordwärts und dann nach Westen. Während Maruhn und Konrad interessiert zum Fenster hinaussahen, las Fridolin in der Zeitung. Plötzlich stutzte er. »Alfred Krupp ist gestorben!«

»Der Stahlbaron?«, fragte Konrad.

Fridolin nickte.

»Herr Krupp war ein großer Mann!«, warf Maruhn ein.

»Da haben Sie recht. Ich glaube nicht, dass es in Deutschland viele gibt, die an seine Bedeutung heranreichen.«

In Fridolins Augen war Krupp nicht nur ein steinreicher Fabrikant, sondern in gewisser Weise auch ein Vorbild, dem er in bescheidenerem Maße nacheifern wollte. Krupp hatte sich aus einfachen Verhältnissen emporgearbeitet und ein Industrieimperium errichtet, das seinesgleichen suchte. Er wollte diesem Beispiel folgen und etwas schaffen, auf das seine Nachkommen stolz sein konnten, und Klingenfeld bot ihm die Möglichkeit dazu.

Als Fridolin begriff, wohin sich seine Gedanken verirrten, musste er über sich selbst lachen. Mit einem Alfred Krupp würde er sich niemals messen können. Ihm würde es schon genügen, ähnlich reich zu werden wie Baron Rendlinger, dem er die Villa am Tiergarten abgekauft hatte. Doch selbst um das zu erreichen, hatte er noch ein hartes Stück Arbeit vor sich.

Währenddessen unterhielten Konrad und Maruhn sich über Alfred Krupp und kamen dabei auch auf dessen soziale Projekte zu sprechen. Fridolin hörte interessiert zu und machte sich klar, dass auch er dafür sorgen musste, dass die Arbeiter in seiner zukünftigen Fabrik gut untergebracht und versorgt wurden. Daran hatte er bis zu diesem Zeitpunkt noch gar nicht gedacht. Zwar würde dies zusätzliche Kosten verursachen, sich aber auf die Dauer bezahlt machen.

Berlin blieb hinter ihnen zurück, und der Zug dampfte nun durch die Mark Brandenburg. Die nächste Schlagzeile drängte Alfred Krupps Tod in den Hintergrund, und das Gespräch verlagerte sich auf andere Themen. Nach einer Weile legte Fridolin seine Zeitung zusammen und kam auf den Betrugsfall Klingenfeld zu sprechen. »Ich frage mich, wie dieser Mann erfahrene Bankiers wie Grünfelder an der Nase herumführen konnte.«

Maruhn lächelte verkniffen. »Wahrscheinlich wurden die Herren vom Glanz des Schmucks geblendet, und als die Juweliere ihnen bescheinigten, die Juwelen seien echt und sehr wertvoll, sahen sie keinen Grund, daran zu zweifeln.«

»Könnten die Juweliere mit Klingenfeld im Bunde sein?«, fragte Konrad, doch der Detektiv schüttelte den Kopf.

»Ich habe mit allen Juwelieren gesprochen, die uns bekannt sind. Jeder von ihnen hätte der Bank den Schmuck nach der Schätzung unbesehen abgekauft. Für sie war es erschreckend zu hören, dass die Juwelen auf dem Weg von ihren Geschäften zum Bankgebäude ausgetauscht worden sind, denn sie hatten den Transport ausnahmslos einem höchst zuverlässigen Mann anvertraut, zwei von ihnen sogar den eigenen Söhnen.«

»Sie sagen, der Schmuck sei unterwegs ausgetauscht worden. Also haben Sie doch etwas herausgefunden!« Fridolin beugte sich vor und hoffte mehr zu hören, doch Maruhn schüttelte bedauernd den Kopf.

»Es handelt sich nur um eine Vermutung, da Anno von Klingenfeld stets einen Juwelier als Schätzer auswählte, von dem aus die Droschke mindestens eine halbe Stunde bis zum jeweiligen Bankgebäude benötigte. Stellen Sie sich folgende Situation vor: Sie sind der Angestellte eines Juweliers, sitzen in einem geschlossenen Wagen mit verhängten Fenstern und sollen eine etwa unterarmlange Kassette bewachen, die neben Ihnen auf dem Polster liegt. Plötzlich hören Sie von draußen Lärm. Vielleicht wird sogar gegen den Wagenkasten geklopft. Was tun Sie da?«

»Ich fasse nach der Schmuckkassette und halte sie fest«, antwortete Fridolin.

»Ein löblicher Vorsatz. Doch den führen Sie nur aus, wenn Sie gewarnt worden sind. Ist das jedoch nicht der Fall, werden Sie den Vorhang des Fensters beiseiteschieben und nachsehen, was draußen los ist. Spricht Sie dabei auch noch jemand an, hat jene Person, die mit Ihnen im Wagen sitzt, alle Zeit der Welt, die Kassette mit dem echten Schmuck gegen ein gleich aussehendes Kästchen mit den Falsifikaten auszutauschen!«

Diese Argumentation leuchtete Fridolin ein, und er dachte zum ersten Mal, dass Grünfelder mit Maruhn vielleicht doch den richtigen Mann mit der Suche nach dem Schmuck beauftragt hatte.

## XIII.

Da Maruhn während der interessanten Gespräche die Bitterkeit ablegte, die ihn seit seiner Verabschiedung aus dem Staatsdienst befallen hatte, verlief der Rest der Reise sehr angenehm. Die drei Herren fanden genug Themen, über die sie sich unterhalten konnten, und Maruhns Eindruck verfestigte sich, dass Graf Trettin sich in positiver Weise von anderen Herren von Adel unterschied, die Menschen niedrigeren Standes eher als dressierte Affen ansahen. Auch Fridolin fasste immer mehr Zutrauen zu Maruhns Fähigkeiten. Offensichtlich machte der Detektiv seine körperlichen Einschränkungen durch die Beweglichkeit seines Geistes wett.

Als der Schaffner erschien und als nächste Station Eystrup ankündigte, wandte Fridolin sich lächelnd an Maruhn.

»Fahren Sie doch mit uns bis Steenbrook! Komtess Nathalia wird Ihnen gewiss Gastfreundschaft gewähren. Wir könnten

dann gemeinsam den Umtrieben des betrügerischen Barons nachspüren.«
»Das«, antwortete Maruhn nach einem kurzen Zögern, »halte ich für keine gute Idee. Zum einen befindet sich Gut Steenbrook gut zwanzig Kilometer von Klingenfeld entfernt. Die Leute werden deshalb nicht viel über den Baron wissen. Zum anderen haben Sie gewiss familiäre Pflichten, die Sie in Anspruch nehmen werden, und in dieser Zeit müsste ich entweder auf Sie warten oder allein umherstreifen. Sie werden daher erlauben, dass ich hier aussteige und mich in einem Dorfkrug in der Nähe von Klingenfeld einquartiere. Dort werde ich gewiss mehr über Baron Anno erfahren.«
Obwohl Fridolin sich gerne länger mit Maruhn unterhalten hätte, gab er dem Mann recht. »Es wird wohl besser so sein. Aber melden Sie sich bitte sofort bei mir, wenn Sie Unterstützung brauchen.«
»Das mache ich«, versprach Maruhn und dachte zugleich, dass er ein schlechter Detektiv wäre, wenn es ihm nicht gelingen würde, auf eigene Faust vorwärtszukommen.
Kurz darauf kündigte das Pfeifen der Lokomotive das Nahen des Bahnhofs an. Maruhn stand auf und wollte sich verabschieden, da streckte Fridolin ihm die Hand hin. »Auf Wiedersehen und viel Erfolg!«
»Danke, Herr Graf. Das kann ich gebrauchen!« Maruhn erwiderte den Händedruck und verließ das Abteil.
Kurz bevor sie den Bahnhof Verden erreichten, erschien Kowalczyk und erklärte, dass er sich des Gepäcks annähme.
»Tun Sie das!« Fridolin nickte seinem Kammerdiener zu und stellte sich ans Fenster. Wenig später hielt der Zug, und er sah

Lore auf dem Bahnsteig stehen. So schnell wie diesmal war er wohl noch nie aus einem Zug ausgestiegen. Lachend und winkend eilte er auf seine Frau zu.
Diese kam ihm strahlend entgegen. »Endlich! Wir haben schon so auf euch gewartet. Sind Mary und ihre Kinder auch dabei?«
Konrad hob in einer bedauernden Geste die Arme. »Sie kommen in drei Tagen nach! Da gibt es noch ein Kleid für eine hochgestellte Dame, das unbedingt fertiggestellt werden muss, und Mary will diese Aufgabe nicht ihren Näherinnen überlassen.«
»Das verstehe ich. Aber nun kommt! Wollt ihr noch eine Konditorei oder ein Restaurant aufsuchen, oder können wir gleich nach Steenbrook fahren?«
»Ich glaube, auf Steenbrook bekommen wir alles, was wir uns wünschen, meinst du nicht auch, Konrad?«
»Aber natürlich! Die Köchin dort ist vortrefflich! Ich habe bei meinem Aufenthalt im letzten Jahr mindestens sechs Pfund zugenommen und musste anschließend meine Hosen weiter machen lassen.« Konrad lachte und reichte dann Lore die Hand. »Es freut mich, Sie wiederzusehen, Frau Gräfin.«
»Nenne mich Lore, wenn du willst, dass ich weiterhin Konrad zu dir sage.« Es war ein Ritual, das die beiden immer wieder durchspielten, wenn sie sich länger nicht gesehen hatten.
Konrad ging auch diesmal darauf ein. »Also gut, ich gebe mich geschlagen. Aber Sie bieten mir das Du nicht an, Herr Graf. Wie sähe das aus, wenn ich vor allen Leuten einen echten Bankdirektor anspreche wie einen Leichtmatrosen.«
Fridolin hatte ihm diese Bedenken schon oft ausreden wollen, doch gegen den Bremer Sturkopf kam er nicht an. Daher lächelte er nur, fasste Lore unter und ging mit ihr durch das Bahnhofs-

gebäude auf den Vorplatz. Dort wartete Nathalia hoch zu Ross und in einem Reitkleid auf sie, dessen modischer Schnitt seine Herkunft aus Mrs. Penns Modeatelier nicht verleugnen konnte.
»Hallo, Fridolin! Gut angekommen?«, fragte sie fröhlich.
»Guten Tag, Frechdachs. Was hast du wieder ausgefressen, während ich weg war?«
Auch das war bereits ein Ritual, denn in früheren Jahren hatte Nathalia meist einiges zu beichten gehabt. Nun aber winkte sie lachend ab. »Gar nichts! Immerhin stand ich unter der strengen Aufsicht deiner Frau Gemahlin. Lore meinte nämlich, ich dürfe kein schlechtes Vorbild für Wolfi sein!«
»Wie geht es dem Jungen und Doro?« Fridolin sah sich suchend um.
Lore wies lächelnd auf ein Haus in der Nähe. »Fräulein Agathe und ihre Helferin Tinke sind mit den beiden in die Konditorei gegangen, denn Wolfi hat arg gequengelt, weil der Zug nicht kommen wollte.«
»Aber er war doch pünktlich«, erklärte Konrad nach einem Blick auf seine Taschenuhr.
»Wir waren eine halbe Stunde früher hier, und da ist dem Jungen das Warten lang geworden. Setzt euch schon einmal in den Wagen. Ich hole die beiden!« Lore wollte los, doch da gab Drewes dem Knecht, der das Fuhrwerk mit dem Gepäck kutschierte, einen Wink, und der Bursche sauste davon.
Lore sah ihm nach und stieg kopfschüttelnd in den Wagen. »Irgendwie habe ich das Gefühl, die Leute auf Steenbrook befürchten, mir könne jede kleine Anstrengung schaden.«
»Dabei wolltest du doch nur noch rasch einen Windbeutel mampfen!«, warf Nathalia lachend ein.

»Sei froh, dass Wolfi das nicht gehört hat. Er würde sonst nur noch *mampfen* wollen.« Lore versuchte, strafend auszusehen, doch ihre Mundwinkel bogen sich verräterisch nach oben.
Auch Fridolin lachte, glücklich, wieder bei seiner Familie zu sein. Er strich mit der Rechten über Lores Knie und zwinkerte ihr zu. Heute Abend sind wir wieder zusammen, sagte sein Blick.
Lore deutete eine Kusshand an und hielt dann nach den Kindern Ausschau. Da kamen Agathe und ihre Helferin auch schon herangeeilt. Tinke trug Doro auf dem Arm, und der junge Knecht folgte ihnen mit Wolfi, der stolz auf seinen Schultern thronte.
»Verzeihen Sie, gnädige Frau, aber es hat ein wenig gedauert«, entschuldigte sich das Kindermädchen und versuchte gleichzeitig, Doros Mund mit einem Taschentuch abzuwischen.
Lore sah ihre Tochter an und musste sich das Lachen verkneifen. »Doro, du bist ein Ferkel!«
Die Kleine hatte sich Kinn, Hals und Wangen mit Sahne und Fruchtstückchen beschmiert. Allerdings war sie weit davon entfernt, sich dessen zu schämen, sondern krähte fröhlich: »Ferkel, Ferkel!«
Fridolin sah Konrad mit einem Seufzer an. »Wie man sieht, bin ich wieder mit meiner Familie vereint!«
»Papa!« Wolfis Stimme klang fordernd, und er zählte rasch einige Dinge auf, die er unbedingt brauchte, die die Mutter ihm aber nicht kaufen wollte.
Lore warf Fridolin einen warnenden Blick zu.
»Wenn deine Mama sagt, das bekommst du nicht, darfst du nicht erwarten, dass ich ja sage«, beschied Fridolin Wolfi.
Der Junge verzog das Gesicht und flüchtete sich in die Arme seiner Kinderfrau. Da Agathe nicht so recht zu wissen schien, was

sie mit dem störrischen Jungen anfangen sollte, strich Lore Wolfi über das Haar. »Wenn wir auf dem Gut sind, zeigst du deinem Papa, wie gut du reiten kannst!«

Sofort glätteten sich die Züge des Jungen, und er nickte heftig. »Ich kann so gut reiten wie ein Ulan, sagt Drewes!«

»Du bist doch noch viel zu klein für ein Pferd«, rief Fridolin verwundert.

Nathalia stieß einen leisen Seufzer aus. »Ich habe ein Pony gekauft, das gerade groß genug ist für ein Kind. Eigentlich war es für Jonny gedacht, der im letzten Jahr eines gesehen und den Rest der Ferien über von nichts anderem mehr geredet hat. Nun fürchte ich, dass die beiden Jungen sich darum streiten werden.«

»Sie werden sich das Pferdchen teilen müssen, und das wird für beide eine gute Lehre in Disziplin sein. Keine Sorge, Komtess, die beiden bringe ich schon zum Parieren!« Da sie Konrad kannten, wussten Lore und Nathalia, dass er weniger Gewalt als Überredungskünste anwenden würde.

Lore atmete auf, doch Nathalia hatte noch etwas auszusetzen. »Mein lieber Konrad, sollte es dir entgangen sein, dass du zu der kleinen Gruppe auserlesener Freunde gehörst, denen das Privileg vergönnt ist, mich nicht nur ihre Freundin zu nennen, sondern mich auch mit du ansprechen zu können?«

»Nein! Aber in der Öffentlichkeit …« Konrad versuchte sich zu verteidigen, doch gegen Nathalia kam er nicht an.

»Gerade in der Öffentlichkeit ist es wichtig, Flagge zu zeigen, wie Prinz Wilhelm zu sagen pflegt. Also wage es nicht, mich weiterhin Komtess zu nennen. Ansonsten vergesse ich meine ganze Erziehung und nenne dich vor allen Leuten ›alter Seebär‹ oder, noch besser, ›alter Pirat‹!«

Bei dem Wort Pirat ruckte Wolfis Kopf herum. »Ich will auch Pirat werden!«, rief er und schwang seine Hand, als hielte er einen Entersäbel in der Hand.
»Na ja, immer noch besser als Wespenjäger«, erklärte Fridolin trocken und hatte die Lacher auf seiner Seite.

## XIV.

Während Fridolin ein großer Empfang bereitet wurde, fand Dirk Maruhn sich in fast völliger Einsamkeit wieder. Auf dem Vorplatz des Bahnhofes gab es weder eine Droschke noch ein anderes Fuhrwerk, und bis zu dem Dorf, in dessen Nähe Gut Klingenfeld lag, war es eine gute halbe Stunde zu Fuß.
Ein Junge, der des Weges kam, sprach ihn schließlich an. »Kann ich Ihnen helfen, mein Herr?«
»Ich benötige eine Möglichkeit, nach Klingenfeld zu kommen«, antwortete Maruhn.
»Hm, das ist nicht gerade der nächste Weg.« Der Junge rieb sich das Kinn und tat so, als müsse er überlegen. »Also … wenn ich mich recht entsinne, habe ich einen Bauern aus der Nachbarschaft heute Morgen zum Markt fahren sehen. Er wird seine Küken bald verkauft haben. Wenn Sie wollen, laufe ich hin und frage ihn, ob er Sie mit in sein Dorf nimmt.«
»Das wäre mir sehr angenehm!« Maruhn reichte dem Burschen einen Groschen und sah zu, wie dieser wieselflink davoneilte.
Etwa eine halbe Stunde später kam der Junge über das ganze Gesicht grinsend zurück. »Ich habe mit dem Bauern gesprochen. Er hat nur noch zwei Gänseküken. Wenn er die verkauft hat,

fährt er nach Hause. Ich soll Sie zu ihm bringen, damit er nicht den Umweg über den Bahnhof machen muss. Keine Angst, ich kann Ihren Koffer tragen. Ich bin nämlich schon sehr kräftig!«

Das glaubte Maruhn dem Jungen unbenommen. Obwohl dieser nicht älter als zwölf sein konnte, reichte er ihm bereits bis zur Nase und sah so aus, als würde er noch ein ganzes Stück in die Höhe wachsen.

Daher reichte der Detektiv dem Jungen den Koffer und hinkte, auf seinen Stock gestützt, hinter ihm her, bis sie den Marktplatz erreichten. Die meisten Verkaufsstände waren bereits abgebaut, auf dem gepflasterten Boden lagen Gemüse- und Obstreste sowie einzelne Federn von Hühnern, Enten und Gänsen. An einem der verbliebenen Stände verkaufte eine Frau Käse und geräucherten Schinken. Bei diesem Anblick lief Maruhn das Wasser im Mund zusammen. Er hatte ebenso wie Fridolin und Konrad unterwegs nur einen leichten Imbiss zu sich genommen und spürte nun, wie hungrig er war.

Aber der Junge führte ihn an dem verlockenden Stand vorbei zu einem Karren, auf dem mehrere Käfige standen. In einem davon warteten zwei gelblich gefärbte Gänseküken auf einen Käufer, während der Bauer, ein großer, breitschultriger Landmann mit fahlblondem Haar und rötlicher Gesichtsfarbe, auf der Deichsel des Karrens hockte und Pfeife rauchte. Dabei sprach er immer wieder Passanten an und bot die beiden Küken feil. Sein Gaul streckte unterdessen den Hals, um an Rüben zu gelangen, die halb zerquetscht auf dem Pflaster lagen.

Der Detektiv befürchtete schon, bis zum Abend warten zu müssen, doch da kam eine dickliche Frau des Weges, betrachtete die Tiere und begann zu handeln. Der Bauer nannte seinen Preis und sie den ihren. Das ging im Dialekt und so rasch vor sich, dass Maruhn nicht folgen konnte. Endlich sah es so aus, als wäre die Frau des Feilschens müde geworden. Sie zog ein Portemonnaie aus der Tasche, nahm ein paar Münzen heraus und reichte sie dem Bauern mit einem Ausdruck des Abscheus. »Hier hast du das Geld! Dabei sind die beiden Gössel gar nicht so viel wert. Ich werde froh sein müssen, wenn sie die nächsten Tage überstehen.«

»Aber wenn sie groß sind und du sie geschlachtet hast, ergeben sie einen Festbraten«, antwortete der Bauer und strich das Geld ein. Dann steckte er die beiden Tiere in einen alten Sack und reichte ihn der Käuferin. Er sog noch ein paarmal an seiner Pfeife, sah dann Maruhn an und wies einladend auf das Brett, das er als Kutschbock vorne am Karren festgenagelt hatte. Die Konstruktion wirkte nicht sehr vertrauenserweckend, und der Detektiv überlegte, ob er nicht eine andere Möglichkeit finden könnte, nach Klingenfeld zu kommen. Doch da wuchtete der Junge schon seinen Koffer auf den Karren und sah ihn erwartungsvoll an. »Na, habe ich Ihnen nicht gut geholfen?«

Was er damit sagen wollte, war Maruhn klar: »Habe ich kein gutes Trinkgeld verdient?«

Da er nicht kleinlich sein wollte, wechselte diesmal eine halbe Mark den Besitzer, dann stieg er mit Unterstützung des Bauern auf den Karren und setzte sich auf das Brett. Es war stabiler als erwartet, denn es hielt nicht nur den Fahrgast, sondern auch den Besitzer des Karrens aus, und da das Pferd ein gemächliches Tempo einschlug, war auch nicht zu befürchten, dass es beim nächsten Schlagloch unter ihnen zusammenbrechen würde.

Maruhns Versuch, bereits auf der Fahrt Informationen zu erlan-

gen, scheiterte sowohl an der Schweigsamkeit des Bauern als auch an dessen kaum verständlichen Dialekt. Er bekam lediglich heraus, dass ein Acker des Bauern an das Gut grenzte und dieser hoffte, ein paar Morgen Land von jenen Banken kaufen zu können, denen Klingenfeld nach dem Verschwinden des Barons gehörte.
Im Dorf angekommen, hielt der Bauer vor dem Dorfkrug an, lehnte die Münze, die der Detektiv ihm als Dank fürs Mitnehmen geben wollte, ab und sagte etwas, das Maruhn als »Wenn du mir ein Bier und einen Korn ausgeben willst, sag ich nicht nein« übersetzte.
»Gerne«, antwortete er und wies auf die Tür des Gasthauses.
Der Bauer stieg ab, schlang die Zügel um einen eisernen Haken, der an der Außenwand des Gebäudes eingelassen war, und nahm Maruhns Koffer vom Wagen. »Machen Sie nur langsam. Sie sind ja kein junges Reh mehr, das noch richtig springen kann«, sagte er halbwegs verständlich und trug den Koffer mit einer Leichtigkeit ins Innere des Hauses, die den Detektiv mit Neid erfüllte.
Maruhn folgte dem Mann in die düstere, von einer einzigen Petroleumlampe erhellte Gaststube und brauchte einige Sekunden, um sich an das Dämmerlicht zu gewöhnen. Im Raum standen ein halbes Dutzend Tische, jeder für sechs Mann gedacht, an der hinteren Wand waren Hirschgeweihe und ausgestopfte Fasanen angebracht, und an den beiden anderen Wänden hingen die Fotografien eines älteren Paares in Tracht und eines jüngeren in moderner Kleidung.
Linker Hand befand sich die Schanktheke. Ein kräftiger Mann mit roter Weste und einer flachen Kappe auf dem Kopf putzte dort Zinnbecher. Zwischen den Zähnen stak eine lange Tonpfeife, an der er gelegentlich zog.

Der Bauer grüßte und nahm an einem Fenstertisch Platz. Maruhn setzte sich zu ihm und sah den Wirt auffordernd an. Doch dieser polierte in aller Gemütsruhe zwei weitere Zinnkrüge, legte dann sein Tuch weg und füllte drei Krüge mit Bier. Desgleichen goss er einen scharf riechenden Schnaps in drei Gläser und brachte alles zu den beiden Männern an den Tisch.
Obwohl Maruhn und der Bauer die einzigen Gäste im Dorfkrug waren, schien das Geschäft gut zu gehen, denn der Wirt trug eine goldene Uhrkette an seiner Weste sowie eine weitere, an der große Silbertaler hingen.
»Na denn Prost!«, sagte er und hob eines der Schnapsgläser hoch. Der Bauer stieß sofort mit ihm an, und Maruhn folgte nach einem auffordernden Blick der beiden.
»Zum Wohl!«
Der Schnaps schmeckte so scharf, wie er roch, und versengte auf seinem Weg in den Magen die Speiseröhre. Der Bauer und der Wirt tranken sofort Bier nach, und diesmal mussten sie den Detektiv nicht dazu auffordern, ihrem Beispiel zu folgen.
»So ein richtiger Korn ist schon was Feines«, meinte der Wirt, der sich bemühte, so zu sprechen, dass sein städtischer Gast ihn verstehen konnte.
Maruhn kämpfte immer noch mit seinem brennenden Magen und goss erneut Bier nach, bevor er in der Lage war, ein Wort herauszubringen. »Ganz schön stark, das Zeug!«
»In der Stadt ist man so etwas Gutes nicht mehr gewöhnt, denn dort trinken die Mannsleute nur französischen Cognac. Aber das ist doch Weibergesöff«, erklärte der Wirt.
Wenn es so ist, will ich nicht wissen, was die Frauen hier trinken, dachte Maruhn kopfschüttelnd und trank seinen dritten Schluck

Bier. Danach war sein Magen wieder halbwegs versöhnt und sein Krug leer.
Ehe er sichs versah, füllte der Wirt die Gefäße erneut und stellte sie samt drei weiteren Schnapsgläsern auf den Tisch.
Maruhn fragte sich, wo er hier hingeraten war, hielt aber mit, um die beiden Eingeborenen nicht zu enttäuschen. Diesmal vertrug er den Schnaps besser, brauchte aber trotzdem die Hälfte seines Bieres, um die Kehle und den Magen zu kühlen. Außerdem spürte er jetzt seinen Hunger doppelt.
»Wäre es möglich, um die Zeit noch etwas zu essen zu bekommen?«, fragte er den Wirt.
»Der Herd ist kalt, aber vielleicht ist Ihnen mit Wurst und Brot gedient«, antwortete dieser.
»Gerne!«
Sogleich verschwand der Wirt in der Küche und kehrte kurz darauf mit einem Servierbrett zurück, auf dem ein großes Stück Wurst, mehrere dicke Scheiben Schinken sowie ein Viertellaib Brot und ein Näpfchen mit Butter lagen.
»Lassen Sie es sich schmecken!« Damit stellte er das Brett vor Maruhn auf den Tisch, nahm die leeren Krüge und Gläser und kehrte hinter seine Schanktheke zurück, um dort weiter Zinnkrüge zu polieren.
Auch der Bauer fand, dass er sich lange genug aufgehalten hatte, und verabschiedete sich, nicht ohne Maruhn für die vier Bier und die Schnäpse zu danken, die er in der kurzen Zeit getrunken hatte.
Der Detektiv widmete sich seinem Essen, welches ihm hervorragend mundete. Er beschloss, seiner Frida ein schönes Stück Schinken mitzubringen. Darüber würde sie sich gewiss freuen,

denn in Berlin bekam man Schinken entweder nur sehr teuer oder in weitaus schlechterer Qualität.

Darüber vergaß Maruhn jedoch nicht den Grund für sein Kommen und sprach den Wirt an. »Kennen Sie Baron Anno von Klingenfeld?«

»Und ob ich den Herrn Baron kenne! Der war früher oft in meinem Krug und hat so manche Lokalrunde bezahlt. Ein feiner Herr ist das, wenn Sie mich fragen.«

Der Wirt meint es wirklich ernst, dachte Maruhn verwundert und wollte mehr erfahren. »Ich dachte, er wäre hier nicht so beliebt, weil er das Gut in den Ruin getrieben und etliche Leute dabei um ihr Geld gebracht hat. Auch soll er den Mädchen nachgestellt haben.«

»Na ja, bei den Weibern hat der Baron nichts anbrennen lassen. Aber das ist nicht meine Angelegenheit. Solange sich jemand in meinem Krug gut aufführt, ist er willkommen. Meine Tochter ist erst acht, und das ist auch für den Herrn Baron noch zu jung.« Der Wirt lachte kurz auf und kam dann auf Maruhns zweiten Punkt zu sprechen.

»Das mit dem Gut ist natürlich bedauerlich. Aber dafür kann man Baron Anno nicht verantwortlich machen. Daran war sein Vater mit seiner verrückten Idee schuld, eine Fabrik zu bauen. Wo hat man so was schon gehört? Der hätte bei seinen Rindern und seinem Kohl bleiben sollen. Es heißt nicht umsonst, Schuster, bleib bei deinem Leisten. Hat sich eine Kugel in den Kopf geschossen, der alte Baron, und dem armen Jungen den ganzen Kladderadatsch hinterlassen. Da konnte Anno von Klingenfeld nichts mehr retten, sondern musste sehen, dass er halbwegs ungeschoren aus diesem Schlamassel herauskam. Ein bisschen Geld hat er noch aus dem Ganzen herausgezogen, und jetzt will er nach England zu Verwandten reisen. Er hofft, dort eine reiche Erbin zu heiraten.«

»Woher wissen Sie das?«, fragte Maruhn verblüfft.

»Hat er mir selbst erzählt, als er letzten Dienstag hier war. Sikko, hat er zu mir gesagt, unser Land ist auch nicht mehr das, was es mal war, seit die Preußen es besetzt und unseren guten König Georg vertrieben haben. Ich will mit diesem Gesindel nichts mehr zu tun haben, sondern reise nach England, um dort zu heiraten. Mein Onkel, Lord Wethingdale, will eine Ehe mit einer reichen Frau für mich stiften. Außerdem habe ich dort Ruhe vor meinen Gläubigern, die mir schier noch das letzte Hemd ausziehen wollen. Jawohl, das hat Baron Anno zu mir gesagt.«

Maruhn schwirrte der Kopf. Seit mehr als drei Wochen war er mit diesem Fall befasst und hatte kaum etwas herausgefunden. Dabei hätte er nur hierherkommen müssen. »Sie sagen, Baron Anno war letzten Dienstag hier?«, bohrte er nach.

Sikko nickte. »Er war von Sonntag bis Mittwoch hier. Hab mich schon gewundert, dass er nicht auf dem Gut übernachten wollte, aber er sagte, es wäre zu schmerzlich für ihn. Außerdem gehört es ihm nicht mehr. Irgendein Bankier in Berlin soll es sich unter den Nagel gerissen haben. Der wird sich freuen! Unser Anno hat nämlich alles verhökert, was sich zu Geld machen ließ. Das war auch einer der Gründe, weshalb er noch mal hier war. Er wollte das Geld holen, das dabei herausgekommen ist und das ich für ihn aufbewahrt habe. Ich bin ein vertrauenswürdiger Mann, müssen Sie wissen!«

Was würde der Wirt sagen, wenn man ihn als Hehler beschul-

digte, oder gar als Mittäter, weil er Baron Anno geholfen hatte, dessen Gläubiger zu betrügen?, fragte sich Maruhn.
Er hatte jedoch weder Lust, sich mit dem Mann anzulegen, noch hatte er den Auftrag erhalten, dafür zu sorgen, dass jeder Stuhl und jedes Bild im Gutshaus an seinem Platz blieb. Grünfelders Anweisung war, dem vertauschten Schmuck nachzuspüren, und daher erschien es ihm klüger, den Wirt bei Laune zu halten.
Maruhn lobte daher den Schinken und die Wurst, die der Wirt, wie dieser bekannte, selbst gemacht hatte, und wurde dafür mit einem Bier und einem Korn auf Kosten des Hauses belohnt. Zum Glück besaß er jetzt die entsprechende Unterlage und konnte mit dem Wirt mithalten. Dabei fragte er diesen vorsichtig nach Anno von Klingenfeld und dessen weiteren Plänen aus. Sikko erwies sich als äußerst redselig und berichtete von Klingenfelds Onkel, der ein Herrenhaus mit großen Ländereien unweit von Edinburgh besäße. Die englischen Namen kamen dabei so flüssig aus dem Mund des Wirts, dass Maruhn zunehmend misstrauisch wurde. Kein Mann, der in Berlin mehreren Bankiers mit äußerster Kaltblütigkeit falschen Schmuck als Sicherheit für ein hohes Darlehen untergeschoben hatte, würde seine Pläne so deutlich hinausposaunen, wie Anno von Klingenfeld es hier getan hatte.
Dieser Gedanke verfolgte Maruhn noch, als er den Wirt um ein Nachtquartier bat.
»Wollen Sie billig schlafen, oder soll ich Ihnen das Bett im meinem guten Gästezimmer überziehen lassen? In dem hat zuletzt Anno von Klingenfeld drei Nächte geschlafen!« Sikko war anzusehen, dass er an diesem Zimmer gerne erneut verdienen würde.

Maruhn hörte nur den Namen Klingenfeld und nickte. »Ich nehme das gute Zimmer.«

## XV.

Als der Detektiv endlich allein in dem besten Raum des Gasthauses saß, versuchte er das, was er erfahren hatte, zu ordnen und machte sich Notizen. Dabei überlegte er, was er anstelle des betrügerischen Barons tun würde. Auf eine Seite seines Notizblatts zeichnete er eine grobe Karte der Gegenden, in denen Klingenfeld sich aufgehalten hatte oder die er noch aufsuchen wollte. Dabei glitt sein Blick immer wieder zu den Umrissen von England. Laut Aussage des Wirts wollte Klingenfeld in Southampton an Land gehen und dann quer durch die gesamte Britische Insel bis nach Norden reisen. Das war ungewöhnlich, denn es gab von Bremen und Hamburg aus Schiffsverbindungen bis hoch nach Hull und Glasgow. Von dort aus wäre es nur ein Katzensprung bis zu Lord Wethingdales Besitz.

Plötzlich kniff Maruhn die Augen zusammen. Nichts von dem, was er bisher über Anno von Klingenfeld in Erfahrung gebracht hatte, deutete darauf hin, dass dieser Verwandte in Großbritannien hatte. Er zog einen Strich quer durch die Britische Insel und trennte damit das nördliche Drittel ab. Der Landstrich dort hieß Schottland, und die Bewohner nannten sich Schotten. Keiner von ihnen würde sich als Engländer bezeichnen, so wie sich kein Bayer einen Preußen nennen würde, obwohl sie mit diesen in einem Reich und unter einem Herrscher lebten.

»Southampton kann stimmen«, sagte sich Maruhn und machte unwillkürlich einen Strich, der von dort aus weiter nach Westen führte und am Rand des Blattes endete. Selbst Schottland war nicht so weit entfernt, dass der Betrug, den Klingenfeld begangen hatte, diesen dort nicht einholen konnte. Es wäre für den Baron daher sinnlos, sich in jener Gegend anzusiedeln. Um seine Vergangenheit hinter sich lassen zu können, musste er schon in den Weiten eines anderen Kontinents untertauchen, und dafür eignete sich Amerika am besten.
Eigentlich hatte Maruhn mehrere Tage hier in dieser Gegend bleiben wollen, doch jetzt beschloss er, gleich am nächsten Tag nach Bremen und Bremerhaven weiterzureisen, um dort weitere Nachforschungen anzustellen.
Zufrieden damit, endlich über handfestere Informationen zu verfügen, wollte er seine Kleidung in den Schrank hängen. Da entdeckte er einen Fetzen Papier, der hinter eines der Fachbretter gerutscht war. Gewohnt, sich alles anzusehen, entfernte er vorsichtig das Brett, damit der Zettel nicht zerriss, wenn er an ihm zog, und legte ihn auf sein Nachtkästchen.
Nachdem er das Fachbrett wieder in seine alte Lage gebracht hatte, begutachtete er seinen Fund. Es handelte sich um eine Rechnung, die er auf den ersten Blick für sehr alt hielt, denn sie war vergilbt und die Schrift mit schlechter Tinte geschrieben und daher kaum leserlich. Doch als Maruhn das Datum entzifferte, an dem die Rechnung ausgestellt worden war, stutzte er. Sie stammte vom März des laufenden Jahres und war damit gerade mal ein gutes Vierteljahr alt. Ein weiteres Wort, das er entziffern konnte, elektrisierte ihn. Es hieß Schmuck, und er glaubte, auch Kopie lesen zu können.

War es möglich, dass Anno von Klingenfeld diese Rechnung hier verloren hatte? Vielleicht war sie dem Mann aus einer Tasche gerutscht. Oder hatte er sie dort plaziert, um seine Verfolger zu täuschen?
Um diese Fragen beantworten zu können, hätte Maruhn weitere Fakten gebraucht. In jedem Fall sagte ihm sein Instinkt, dass er mit dieser Rechnung einen wichtigen Beweis in Händen hielt. Er verstaute sie vorsichtig und beschloss, sie zu Hause in Berlin genauer zu untersuchen. Dort verfügte er nicht nur über eine starke elektrische Lampe, die ihm beim Lesen helfen würde, sondern auch über chemische Lösungen, mit denen er verblasste Schriften sichtbar machen konnte.
Vorher aber galt es, nach Bremerhaven zu fahren und sich dort zu erkundigen, ob Anno von Klingenfeld tatsächlich nach England aufgebrochen war.

## XVI.

Am nächsten Tag ließ Maruhn sich vom Knecht des Wirts zur Bahnstation fahren und kaufte dort eine Fahrkarte dritter Klasse nach Bremerhaven. Nachdem er den Weg bisher in der ersten Klasse hatte zurücklegen können, fiel es ihm schwer, sich an die hölzernen Bänke und die eng zusammensitzenden Menschen zu gewöhnen. Außerdem war es laut, und es roch schlecht. Daher war er froh, als er den Zug einige Zeit später in Bremen verlassen und mit der Geestebahn nach Bremerhaven weiterfahren konnte.
Dort führte ihn sein erster Weg ins Kontor des Norddeutschen

Lloyd. Am Empfang übergab er seine Visitenkarte und musste ein wenig warten, bis er zu einem höheren Angestellten der Reederei geführt wurde.
Der Mann in dunkelgrauem Anzug, grauer Krawatte und exakt gescheiteltem Haar sah seinem Besucher mit einer Mischung aus Neugier und Misstrauen entgegen. Maruhn wirkte in seinem altmodischen Anzug und mit seiner Behinderung nicht gerade imposant, dennoch strahlte er eine gewisse Autorität aus, der sich der NDL-Angestellte nicht entziehen konnte.
»Sie wünschen, mein Herr?«, fragte er.
Maruhn kramte umständlich in seiner Brieftasche und legte ihm die Bescheinigung vor, die bewies, dass er im Auftrag des Bankiers August von Grünfelder aus Berlin handelte. »Guten Tag! Ich spüre einem Juwelendieb nach, der unter dem Tarnnamen Baron Klingenfeld reist. Der Mann soll mit einem Ihrer Schiffe nach Amerika unterwegs sein.« Der Detektiv verschwieg bewusst, dass Klingenfeld tatsächlich Baron war, denn dann hätte der Angestellte die gewünschte Auskunft mit dem Hinweis auf seine Verschwiegenheitspflicht möglicherweise verweigert. So aber verließ der Beamte sein Kontor und kehrte kurz darauf mit einem Ordner zurück.
»Hier sind die Passagierlisten. Wissen Sie vielleicht, wann dieser Verbrecher an Bord gegangen sein soll? Ich suche sonst bis morgen früh.«
»Der frühestmögliche Termin war diesen Donnerstag, eventuell auch Freitag. Finden Sie ihn da nicht, können Sie noch Mittwoch nachsehen, falls da ein Dampfer nach zwölf Uhr Mittag abgelegt hat.«
»Nein, nach Mittag ist da keiner mehr«, antwortete der NDL-

Angestellte, während er in seinen Listen blätterte. »Ah, hier ist der Eintrag für Baron Klingenfeld. Er hat eine Passage auf der *Aller* bis Southampton gebucht.«
»Können Sie in Erfahrung bringen, ob Klingenfeld tatsächlich in England von Bord gegangen ist oder dort seine Passage bis nach New York verlängert hat?«
»Das wird etwas dauern, denn dafür muss ich nach Southampton telegrafieren!« Der NDL-Angestellte wollte schon das Zimmer verlassen, da hielt Maruhn ihn auf.
»Einen Moment bitte noch! Sollte Klingenfeld tatsächlich in Southampton das Schiff verlassen haben, fragen Sie bitte bei den anderen Reedereien nach, die diesen Hafen anlaufen, ob er mit einem ihrer Schiffe nach Amerika weitergereist ist.«
»Das wird ein wenig dauern. Soll ich einem der Kaffeemädchen auftragen, Ihnen eine Tasse zu bringen?«
»Ich wäre Ihnen sehr verbunden.«
Während der Mann eilig sein Kontor verließ, rieb Maruhn sich mit den Fingerspitzen die Schläfen. Sein Kopf schmerzte und er atmete auf, als ein junges Ding hereinkam und ihm eine Tasse Kaffee, Milch und Zucker brachte. Den Zucker schob er beiseite, goss aber Milch in den Kaffee, bis die Tasse überzulaufen drohte, und schlürfte das Getränk mit Genuss.
Der Angestellte kehrte früher zurück als erwartet. »Sie hatten recht!«, sagte er noch mit der Türklinke in der Hand. »Der angebliche Baron wollte die *Aller* zwar in Southampton verlassen, hat sich dort aber anders entschieden und ist mit dem Schiff nach New York weitergefahren.«
»Danke! Wenigstens kann ich meinem Auftraggeber etwas mitteilen, auch wenn ihm diese Auskunft nicht behagen wird. Der

Schmuck, den Klingenfeld an sich gebracht hat, war von beträchtlichem Wert!«

»Es ist bedauerlich, denn Sie haben ihn nur um wenige Tage verpasst. Soll ich nach New York telegrafieren lassen, dass der Mann nicht von Bord gehen darf, sondern wieder nach Bremerhaven zurückgebracht wird?«, fragte der NDL-Mann hilfsbereit.

Maruhns Gedanken rasten. Wenn Klingenfeld zwangsweise nach Deutschland zurückgebracht wurde, kam es unweigerlich zu dem Skandal, den Grünfelder und die anderen Bankiers vermeiden wollten. Andererseits konnte so der Schmuck zurückgewonnen werden und wahrscheinlich auch das Geld, das Klingenfeld durch seine Betrügereien an sich gebracht hatte. Da seine Belohnung sich nicht zuletzt danach richtete, wie viel von dem Ergaunerten er für Grünfelder retten konnte, nickte er schließlich.

»Ich bitte darum, mein Herr. Allerdings sollten Sie die amerikanischen Behörden nicht in diesen Fall verwickeln. Ich traue diesen Brüdern nicht. Mein Auftraggeber würde es nicht gutheißen, wenn der Schmuck und das Geld des Verbrechers in New York beschlagnahmt würden und er einen langen Kampf um sein Hab und Gut führen müsste.«

Der Beamte hob beschwichtigend die Hand. »Da brauchen Sie sich keine Sorgen zu machen! Unser Kapitän verfügt über die oberste Polizeigewalt auf seinem Schiff und kann den Verbrecher in Gewahrsam nehmen, ohne dass die Behörden in den USA dies erfahren. Klingenfeld wird auf dem Schiff festgehalten, bis es wieder in Bremerhaven anlegt. Allerdings benötigen wir spätestens bei der Ankunft des Schiffes einen Haftbefehl, um den Mann der Polizei übergeben zu können.«

»Darum werde ich mich sofort nach meiner Rückkehr nach Berlin kümmern«, versprach Maruhn und reichte dem hilfsbereiten Mann die Hand. »Herzlichen Dank! Ich werde Ihre Kooperation an Herrn Grünfelder sowie an dessen Teilhaber, den Grafen Trettin, weitermelden.«

»Trettin? Meinen Sie Fridolin von Trettin? Dieser war bis vor ein paar Jahren mein Vorgesetzter und hat sich, als er nach Berlin ging, dafür eingesetzt, dass ich seine Stelle erhalten habe. Ich freue mich sehr, damit auch ihm einen Gefallen tun zu können.«

Spontan lud der NDL-Angestellte daraufhin den Detektiv zum Abendessen ein. Maruhn ahnte zwar, dass diese Einladung auch deswegen ausgesprochen worden war, da sein Gastgeber möglichst viel über diesen Kriminalfall erfahren wollte, sagte jedoch zu. »Ich komme gerne. Aber ich muss morgen den frühesten Zug erreichen, um in der Hauptstadt alles für den Empfang dieses Schurken vorzubereiten.«

Dabei wunderte er sich, dass Klingenfeld auf der *Aller* geblieben war. Wäre der Betrüger in Southampton ausgestiegen und mit einem Schiff einer anderen Reederei weitergereist, wäre es unmöglich gewesen, seiner habhaft zu werden.

# Fünfter Teil

## *Malwine*

# I.

Malwine von Trettin walzte mit einer Miene auf ihren Sohn zu, als würde sie am liebsten die ganze Welt erwürgen. Während Ottwald zwei Dienstmänner anwies, das Gepäck seiner Mutter aus dem Zug zu holen, fasste sie seinen Arm und presste ihn so fest, dass es schmerzte. »Dieser elende Vertreter der Berlinischen Feuer-Versicherungs-Anstalt war auf Trettin. Ich habe ihm gesagt, wir erwarten, dass sie die Kosten für den Neubau unserer Scheuer und das verlorene Heu übernehmen, denn schließlich haben wir all die Jahre unsere Prämien bezahlt, ohne dass etwas geschehen wäre. Der Lump wagte jedoch zu behaupten, seine Gesellschaft hätte keinen Grund, dies zu tun, weil wir die Versicherung für dieses Jahr nicht bezahlt hätten. Außerdem sei die Prämie bereits im letzten Jahr trotz mehrerer Mahnungen nur zum Teil beglichen worden. Ich habe dem Kerl mit dem Gericht gedroht, doch er meinte, er sähe einem Prozess mit Zuversicht entgegen.«

Da Ottwald das Temperament seiner Mutter kannte, war ihm klar, dass sie sehr laut geworden war. Dabei konnte er sie verstehen. Schließlich hatte die Versicherungsanstalt über Jahre eifrig kassiert und nutzte nun jeden Vorwand, nicht zahlen zu müssen.

Seine Mutter war noch nicht am Ende ihrer Tirade angelangt. »Ich habe diesen Lumpen aus dem Haus werfen und von den Hunden vom Gut jagen lassen. Weißt du, was er danach getan hat?«

»Nein, woher soll ich es wissen?«

»Der Kerl hat vor Gericht eine Klage wegen angeblicher Beleidigung und Körperverletzung gegen mich angestrengt. Dabei haben ihn die Hunde höchstens zwei- oder dreimal gebissen, und die Hiebe, die ihm die Knechte verabreichten, hat er völlig zu Recht erhalten.«

Ottwald wurde blass. Er hatte die Macht des Geldes kennengelernt und konnte nur hoffen, dass der Versicherungsanstalt nicht an einem Prozess gelegen war, in dem ihre Zahlungsbereitschaft in Zweifel gezogen wurde.

»Du sagst nichts? Findest du das Verhalten dieses Mannes nicht auch empörend?«, fragte Malwine scharf.

»Doch, Mama! Aber lass uns aufbrechen. Wir sind als Gäste bei Frau Klampt untergebracht. Ich hoffe, es macht dir nichts aus?«

Ottwald war bewusst, dass sie in stark beengten Verhältnissen würden leben müssen, denn Ermingarde Klampts Tante hatte den Wunsch nach zwei weiteren Zimmern abschlägig beschieden. Daher würde er weiterhin bei Gerhard Klampt schlafen und seine Mutter sich das Bett mit dessen Schwester teilen müssen.

»Ermingarde Klampt ist eine kluge Frau, die weiß, was sie will«, erklärte Malwine zu seiner Erleichterung. »Aber als dein Vater noch lebte, sind wir in den besten Hotels in Berlin abgestiegen!«

Da Ottwald sich noch gut daran erinnern konnte, wie armselig sie vor ihrem Einzug auf Gut Trettin gehaust hatten, wandte er das Gesicht ab, damit seine Mutter nicht sah, was für eine Miene er zog. Damals hatten seine Eltern sich nicht einmal ein mittelmäßiges Hotel leisten können, geschweige denn eines, das mit dem Adlon vergleichbar gewesen wäre. Einen Augenblick lang fragte er sich, ob womöglich alles anders gekommen wäre, wenn sein Vater und seine Mutter versucht hätten, mit dem alten Majoratsherrn auf Trettin einen Konsens zu schließen. Dann wäre er nicht der Leidtragende dieses elenden Streits, das Gut Trettin nicht bis aufs Äußerste verschuldet und sein Verhältnis zur Berliner Verwandtschaft möglicherweise nicht irreparabel zerrüttet.

»Kommt, Frau Mutter! Die Droschke wartet.« Ottwald ging voraus, ohne darauf zu achten, ob sie ihm folgte. In ihm wuchs die Wut über die üble Situation, in der er steckte, auf ein schier unerträgliches Maß, und er empfand Hass auf alle, die es ihm unmöglich machten, so zu leben, wie es seinem Stand zukam. Als Hauptschuldigen sah er seinen Onkel Fridolin an, diesen zu Geld gekommenen Nichtsnutz. Was hätten er und Malwine allein für die zweitausend Taler gegeben, die der alte Herr auf Trettin aufgewendet hatte, um diesen Neffen vor dem Schuldgefängnis zu bewahren. Daher erschien es Ottwald absolut legitim, sich das Geld, das Lores Großvater seiner Enkelin und Fridolin zugesteckt hatte, auf krummen Wegen wiederzuholen.

Die Gepäckträger folgten Ottwald und Malwine und wuchteten die schweren Koffer in die wartende Droschke. Das Trinkgeld für ihre Dienste fiel so bescheiden aus, dass sich einer der Männer an die Stirn tippte. »Wenn ick jewusst hätte, wie jeizig Sie sind, hätte ick Ihnen Ihre Koffer nicht jeschleppt!«

Ohne den Mann weiter zu beachten, gab Ottwald dem Droschkenkutscher das Zeichen zum Aufbruch. Dieser zog ein saures Gesicht, denn aus dem von ihm erwarteten guten Geschäft würde wohl nichts werden angesichts dessen, wie knickrig sich sein Fahrgast bei den Dienstmännern des Bahnhofs gezeigt hatte. Missmutig fuhr der gute Mann auf kürzestem Weg in die Palisadenstraße, hielt vor dem Haus, in dem die Klampts wohnten, und nannte seinen Fahrpreis. Als Ottwald diesen um ein winziges Trinkgeld aufgerundet hatte und ihm in die Hand zählte, blieb er auf seinem Bock sitzen und scherte sich nicht um die Koffer.

»Wollen Sie nicht abladen?«, fragte er, als sein Fahrgast untätig neben der Kutsche stehen blieb.

»Das ist doch deine Aufgabe«, antwortete dieser empört.

Der Droschkenkutscher schüttelte den Kopf. »Ich muss die Zügel festhalten, sonst gehen mir die Gäule durch.«

Da der Mann so aussah, als würde er bis in die Nacht hinein warten, bis jemand die Koffer ablud, biss Ottwald in den sauren Apfel und griff selbst zu. Da auch kein Dienstmann oder Knecht verfügbar war, der die Koffer ins Haus hätte tragen können, blieb ihm nichts anderes übrig, als auch das eigenhändig zu tun.

Auch daran ist dieser elende Fridolin schuld, fuhr es ihm durch den Kopf. Hätte der Kerl ihm die helfende Hand gereicht, müsste er nicht mit jedem Groschen knapsen. Nur der Gedanke, dass dieser Zustand bald der Vergangenheit angehören würde, verhinderte, dass Ottwald zu fluchen begann. Stattdessen überlegte er, wie er Fridolin und Lore am effektivsten demütigen und erpressen konnte.

## *II.*

Ermingarde empfing ihre Besucherin mit einer bitteren Klage über Friederike Fabarius' Ungefälligkeit, weil diese kein einziges ihrer zahlreichen Zimmer für Malwine zur Verfügung gestellt hatte.

»Sie wissen gar nicht, meine liebe Frau von Trettin, wie schmerzvoll es für uns ist, unter solch unwürdigen Verhältnissen dahinzuvegetieren. Friederike gönnt uns gerade das Notwendigste zum Leben. Dabei hätten wir ein Anrecht auf behagliche Verhältnisse! Doch das hat Lore Huppach, diese falsche Schlange, verhindert. Zusammen mit ihrem Mann und diesem elenden Thomas Simmern haben sie uns, die Blutsverwandten der Komtess Retzmann, beiseitegedrückt und das arme Kind unter ihre Vormundschaft gebracht.«

Obwohl Malwine sich nicht für Nathalia interessierte, hörte sie ihrer Gastgeberin aufmerksam zu. Immerhin waren Ermingarde Klampt und deren Kinder derzeit ihre einzigen Verbündeten gegen Fridolin und Lore. Ihr Hass auf die beiden war noch weitaus größer als der ihres Sohnes, machte sie doch das Paar für den Tod ihres Mannes und eines ihr sehr nahestehenden Menschen verantwortlich. Unwillkürlich musste Malwine an jene Szene denken, in der der ehemalige Kutscher ihren Ehemann vor ihren Augen mit einer Jagdbüchse erschossen und sich anschließend selbst das Leben genommen hatte.

Während Malwines Gedanken auf Wanderschaft gingen, berichtete Ermingarde Klampt empört von den echten und eingebildeten Einschränkungen, die Friederike Fabarius ihr und ihren Kindern auferlegte, und setzte immer wieder Spitzen gegen Lore, die ihr zuerst die Liebe und Zuneigung Nathalias und dann deren Vermögen gestohlen habe. Malwine stimmte ihrer Gastgeberin eifrig zu, um sich deren Unterstützung zu sichern. Unauffällig musterte sie dann ihren Sohn, der ausgesprochen interessiert zu lauschen schien.

»Du hast etwas vor! Das sehe ich dir an«, sagte sie, als sie kurz darauf für ein paar Augenblicke alleine waren.

Der junge Mann nickte nachdenklich. »Allerdings! Ich werde Onkel Fridolin und seiner Frau die Demütigungen heimzahlen, die wir ihretwegen erlitten haben, und dafür Sorge tragen, dass wir, die Trettins auf Trettin, die Hauptlinie der Familie bleiben. Außerdem ...« An dieser Stelle machte Ottwald eine kleine Pause, um die Spannung zu erhöhen. »Außerdem werde ich mit Hilfe von Frau Klampt und ihrem Sohn alles daransetzen, um Komtess Nathalia von Retzmann zu heiraten. Wir erhalten zwei Drittel von deren Vermögen, Ermingarde und ihre Familie das letzte Drittel.«

Malwine war beeindruckt, brachte aber trotzdem einen Einwand vor. »Ein ganzes Drittel für die Klampts! Ist das nicht zu viel?«

»Um mein Ziel zu erreichen, benötige ich ihre Hilfe. Ich kann nicht wie ein x-beliebiger Freier um die Komtess werben, denn unsere lieben Verwandten Fridolin und Lore würden mich sofort in ein schlechtes Licht rücken. Daher muss Nathalia von Retzmann in eine Situation gebracht werden, in der sie eine Heirat mit mir nicht mehr ablehnen kann.«

»Eine Entführung also!« Malwine war Feuer und Flamme für eine solche Idee, und Ottwald, der die ganzen Tage bereits mit dieser Möglichkeit geliebäugelt hatte, lächelte geschmeichelt. »So ähnlich habe ich es mir gedacht.«

## *III.*

Unterdessen hatten auf Gut Steenbrook die Ferien so richtig begonnen. Als Mary mit ihren Kindern eingetroffen war, hatte Nathalia neben Tinke ein Mädchen aus dem Dorf als zweite

Helferin für Fräulein Agathe engagiert, damit sich Lores Atelierpartnerin, deren Kindermädchen in Berlin geblieben war, nicht selbst um Jonny und die kleine Prudence kümmern musste. Allerdings zeigte sich rasch, dass der Junge ebenso wie Wolfi mehr hinter den Gutsknechten herlief, als sich von seinen Hüterinnen am Gängelband führen zu lassen. Marys Sorgen, was ihrem Jungen auf dem Gutshof alles zustoßen könnte, versuchte ihr der Verwalter zu nehmen. »Da müssen Sie keine Angst haben. Meine Leute achten schon auf die beiden Jungs.«

»Ich weiß nicht so recht. Wenn ich da an die scharfen Sensen denke und an die Pferdegespanne …«

»Meine liebe Frau Benecke, Sie tun ja gerade so, als gäbe es in ganz Berlin nur Fußgänger. In der Stadt ist es auf den Straßen viel gefährlicher. Die Droschkenkutscher fahren dort, als erhielten sie für jeden, der ihnen unter die Räder kommt, eine Belohnung. Aber wenn es Sie beruhigt, werde ich die Kleinmagd beauftragen, sich um die Knaben zu kümmern.«

Da das Mädchen gerade ihr zwölftes Lebensjahr vollendet hatte, war Marys Vertrauen in diese Person gering, wie in ihrer Miene eindeutig zu lesen war.

Da mischte sich Nathalia ein. »Das Mädchen wird die Kinder wie ihren Augapfel hüten, Mary. Denn sonst müsste sie fest mit anpacken, und dafür ist sie eigentlich noch zu jung. So aber hat sie vier Wochen vor sich, in denen sie nur leichte Arbeit tun muss.«

Noch nicht ganz überzeugt, wandte Mary sich an Lore. »Und was sagst du dazu?«

»Ich bin überzeugt, dass wir die Knaben ein paar Stunden am Tag in der Obhut der Gutsleute lassen können. Natürlich werden auch wir uns um sie kümmern, denn du Glucke könntest doch nicht ohne deinen Jonny bleiben, und ich will Wolfi und Doro auch eine gewisse Zeit um mich haben. Außerdem geht es mir um Fräulein Agathe. Sie hat Erholung ebenso nötig wie wir, und die bekäme sie nicht, wenn sie sich den ganzen Tag auch um unsere Jungen kümmern müsste. Bei den Mädchen können ihr Tinke und Käthe helfen.«

»Das hast du gut gesagt«, lobte Nathalia ihre Freundin und zwinkerte Zeeb zu. »Die Jungen können also mit aufs Feld. Ich verlasse mich auf Sie, dass nichts passiert. Ich könnte unserer lieben Mary sonst nicht mehr in die Augen sehen, und Lore ebenfalls nicht.«

»Komtess können mir vertrauen.« Der Verwalter wollte sich bereits abwenden, als ihm noch etwas einfiel. »Wann will Graf Trettin Gut Klingenfeld übernehmen?«

»Er wird heute nach Hoya fahren, um bei den Behörden die letzten Formalitäten zu klären. Morgen fahren wir alle nach Nehlen, bleiben dort über Nacht und wagen uns tags darauf in die Höhle des Löwen. Allerdings hat Fridolin sich ausbedungen, dass wir Frauen Klingenfeld erst betreten, wenn es vom Feind gesäubert ist. Er will nicht riskieren, dass noch einmal auf uns geschossen wird!«

Nathalia sagte das so leichthin, als wäre es damals ein amüsanter Ausflug gewesen, doch im Grunde zitterte sie noch immer bei dem Gedanken, was alles hätte geschehen können. »Ich werde froh sein, wenn das erledigt ist«, setzte sie hinzu und fragte anschließend Lore, ob diese mit ihr ausreiten wolle. »Keine Sorge, ich passe mich Sofas Tempo an«, sagte sie lächelnd.

Lore wies auf Mary. »Es wäre sehr unhöflich von uns, unsere liebe Freundin allein zu lassen, findest du nicht auch?«

»Aber Laurie!«, rief Mary aus. »Du tust ja gerade so, als wäre ich ein kleines Kind, das man die ganze Zeit im Auge behalten muss. Ich werde ganz gemütlich auf mein Zimmer gehen und meine Sachen einräumen, ein wenig mit Fräulein Agathe plaudern und mich danach in dem herrlichen Park des Gutes ergehen.«

»Bis dorthin sind wir ohnehin wieder zurück«, erklärte Nathalia lachend. »Länger als eine Viertelstunde hält Lore es noch nicht im Sattel aus. Und so etwas ist die Enkelin eines Freiherrn Trettin auf Trettin!«

»Spotte nur, du …« Lore fiel kein Ausdruck ein, der ihr passend erschien, und musste über sich selbst lachen.

»Was ist denn jetzt so amüsant?«, fragte Nathalia verblüfft.

»Nichts! Ich freue mich einfach nur, dass wir drei wieder einmal zusammen sind und vier herrliche Wochen erleben können. Und nun komm, sonst ist Mary von ihrem Spaziergang zurück, bevor du dein Reitkleid angezogen hast.«

»Wir werden sehen, wer von uns beiden schneller ist«, rief Nathalia und lief ins Haus.

## *IV.*

Der nächste Morgen begann strahlend und versprach einen heißen Tag. Lore war daher ein wenig im Zweifel, ob sie für eine so lange Fahrt das Gig benützen sollten. Da Fridolin jedoch, wie er verkündete, Nägel mit Köpfen machen wollte, kehrte sie nach dem Frühstück in ihr Zimmer zurück und zog sich um. Obwohl sie sich sputete, waren die anderen bereits fertig, als sie wieder nach unten kam. Mary und deren Ehemann Konrad luden ge-

rade mehrere Flaschen und einen Korb voll Leckerbissen in den Wagen.
»Verschmachten werden wir unterwegs gewiss nicht«, rief Konrad Lore lachend zu.
»Ich glaube, wir würden auch bis morgen nicht verhungern, selbst wenn Graf Nehlen uns die Gastfreundschaft verweigern würde«, sagte Mary und hob in einer hilflosen Geste die Hände. »Hoffentlich verdirbt uns unterwegs nichts!«
»Keine Sorge! So ein Ausflug macht hungrig. Außerdem sollten wir den Pferden unterwegs eine Pause gönnen. Es ist wirklich arg warm.« Nathalia saß bereits auf ihrer temperamentvollen Stute und bot in dem neuen tiefroten Reitkleid, das Mary aus Berlin mitgebracht hatte, einen fabelhaften Anblick. Ein blauer Zylinder mit gleichfarbigem Schleier vervollständigte zusammen mit den zierlichen blauen Reitstiefelchen ihr Erscheinungsbild und brachte Lore auf eine Idee.
»Mary, was hältst du davon, ein Bild unserer lieben Nathalia, so wie sie jetzt ist, in unserem Modesalon auszuhängen?«
»Aber wer sollte es malen?«, fragte ihre Freundin verwundert.
»Oh, da kennen wir jemand, nicht wahr, Nathalia?« Lore lächelte vieldeutig und erregte dadurch Marys Neugier.
»Wen meinst du damit?«
»Einen der Neffen von Graf Nehlen. Der junge Mann ist im Allgemeinen eher unbeholfen, aber ein ausgezeichneter Maler. Allerdings interessiert er sich zumeist für Damen, die um einiges älter sind als Nathalia.«
»Einiges? Du meinst um sehr viel älter! Am liebsten ist es ihm, wenn diese Damen aus Stein oder Bronze sind. Jürgen Göde ist ein angehender Altertumsforscher, meine liebe Mary. Aber so

unbeholfen, wie Lore behauptet, ist er gewiss nicht. Er hat uns nämlich das Leben gerettet, als dieser verrückte Verwalter auf uns schießen wollte. Das heißt, eine Patrone hatte der Kerl bereits abgefeuert und mich nur um Haaresbreite verfehlt. Da ist Jürgen im Galopp auf ihn zugeritten und hat ihm das Gewehr entrissen, obwohl er dabei selbst in höchste Gefahr geraten ist.«
Nathalia klang so schwärmerisch, dass Mary den jungen Altertumsforscher unbedingt kennenlernen wollte, und Lore spitzte ebenfalls überrascht die Ohren. Wie es aussah, hatte Jürgen Göde mit dieser mutigen Tat gehörigen Eindruck auf ihre junge Freundin gemacht.

Marys Gedanken waren hingegen schon weitergewandert. Und so fragte sie, ob man überhaupt nach Klingenfeld fahren könne, wenn es so gefährlich war. Nathalia tat diesen Einwand mit einer Geste ab, aber Fridolin blieb neben dem Wagen stehen und lächelte beruhigend. »Du musst keine Angst haben, liebe Mary. Diese Sache liegt in der Hand der Behörden. Wir werden das Gut erst betreten, wenn alles ausgestanden ist.«

»Das erleichtert mich, auch der Kinder wegen.« Mary warf einen kurzen Blick auf den zweiten Wagen, in dem Fräulein Agathe, Tinke, Käthe und die vier Kinder Platz genommen hatten.

Da man über Nacht ausbleiben wollte, hatten Mary und Lore beschlossen, Wolfi, Doro, Jonny und Prudence mitzunehmen. Noch war Lore sich nicht im Klaren, ob die Kinder nicht besser auf Nehlen zurückbleiben sollten. Allerdings waren Wolfi und Jonny darauf erpicht, den bösen Verwalter mit ihren hölzernen Gewehren Mores zu lehren, wie der ältere der beiden Jungen es ausgedrückt hatte. Es würden daher etliche Tränen vergossen werden, wenn sie nicht mitkommen durften.

Lore seufzte und lenkte damit Nathalias Aufmerksamkeit auf sich. »Was hast du, meine Liebe? Fürchtest du dich davor, den Gig bis nach Klingenfeld zu kutschieren? Dann werde ich Herrn Zeeb auffordern, uns neben Drewes noch einen zweiten Kutscher mitzugeben.«

»Nein, Nati, es geht schon. Außerdem müssten wir sonst einen anderen Wagen nehmen, und ein größeres Gefährt kann ich noch nicht kutschieren.«

»Das müsstest du ja dann auch nicht, weil der Knecht die Zügel übernehmen würde.« Doch Nathalia beließ es dabei, denn in ihren Augen war es ganz gut, wenn ihre Freundin sich dieser Herausforderung stellte. In den letzten Jahren war Lore ihr zu zaghaft geworden.

Mary hingegen traute den Fahrkünsten ihrer Freundin nicht. »Glaubst du, du kannst dieses Gefährt beherrschen?«, fragte sie Lore und beäugte den großen schwarzen Wallach vor dem Gig misstrauisch.

»Ich habe in der letzten Woche schon einige Male die Zügel geführt!« Marys Zweifel an ihren Fähigkeiten ließ Lore die Federn aufstellen.

Nathalia lächelte. Im Kern war Lore noch immer das unerschrockene Mädchen, mit dem sie als Kind auf der Fahrt nach England haarsträubende Abenteuer erlebt hatte. Diese Zeit war Gott sei Dank vorbei, und nun freute sie sich darauf, neben dem Gig zu reiten und sich gemütlich mit ihren Freundinnen unterhalten zu können.

Für Konrad war ebenfalls ein Pferd gesattelt worden, doch er schüttelte den Kopf. »Nichts für mich! Ich stelle mich lieber auf den Platz des Grooms. Immerhin war ich Seemann und kein

Kavallerist. Ich weiß von einem Gaul gerade so viel, dass er vorne beißt und hinten austritt!« Mit einem Lachen stieg er auf die kleine Plattform am Heck der Gig und zwinkerte Lore fröhlich zu. »Fahr bitte so, dass du mich nicht verlierst. Ich müsste sonst den ganzen Weg zu Fuß laufen.«

»Das wollen wir gewiss nicht, oder, Mary?« Lore stupste ihre in England geborene Freundin an, die in Gedanken schien.

Erschrocken blickte diese auf. »Vielleicht kann Konrad sich doch in den Wagen setzen. Wenn wir beide uns dünn machen …«

Sie konnte den Satz nicht vollenden, da ihr Mann sie grinsend unterbrach. »Das kannst du mir nicht antun, Mary. Ich mag dich so, wie du bist. Dünner solltest du wirklich nicht werden.«

Mary drehte sich kurz zu ihm um und schüttelte den Kopf. »Männer, sage ich da nur!«

»Und ich sage Hü!« Lore versuchte die Peitsche so über dem Wallach knallen zu lassen wie Nathalia, aber die Schnur pfiff mehr als eine Armlänge über dessen Ohren hinweg, ohne auch nur einen Ton von sich geben. Das Pferd begriff jedoch, was von ihm gewünscht wurde, und trabte an. Auch der zweite Wagen setzte sich in Bewegung, und Nathalia und Fridolin folgten ihnen dichtauf. Kurz darauf erreichten sie die Landstraße, und dort musste Nathalia Fridolin ein wenig bremsen.

»Mein Lieber, ich verstehe, dass du so rasch wie möglich dein neues Besitztum erreichen willst, doch solltest du auf uns Frauen und auch auf die Pferde Rücksicht nehmen. Es ist sehr heiß, und du willst doch nicht, dass wir abgetrieben wie alte Gäule auf Nehlen erscheinen!«

Lore lächelte. »Abgetrieben wären zwar nur die Pferde, doch wir wären arg derangiert. Das mag ich nicht, solange Rodegard von

Philippstein mit ihrer unsäglichen Gottlobine auf Nehlen zu Gast ist.«
Nun stöhnte Fridolin theatralisch auf. »Was? Diese Schre… eh, Damen befinden sich auf Nehlen? Ich glaube, wir übernachten in einem Gasthof!«
»Das kannst du Graf Nehlen nicht antun. Immerhin ist er bereit, dir nach Kräften beizustehen«, mahnte Lore ihn.
»Du hast ja recht! Aber müssen wir ausgerechnet den beiden Philippsteinerinnen dort begegnen?«, antwortete ihr Mann mit säuerlicher Miene.
»Es wird dich gewiss freuen, dort auch Adolar von Bukow anzutreffen«, stichelte Lore. »Allerdings wirkt der Leutnant gegen seinen Vetter Gademer geradezu sympathisch. Der älteste Großneffe ist ein sehr von sich überzeugte Streber und hat anstelle des Herzens eine dieser neuen Addiermaschinen in der Brust.«
»Das sind also die Möchtegernerben des Herrn auf Nehlen. Na, dann möchte ich gar nicht erst wissen, wie der Dritte daherkommt!« Fridolin schüttelte den Kopf und achtete einen Augenblick nicht auf seinen Wallach. Dieser machte einen Satz zur Seite und hätte seinen Reiter beinahe abgeworfen. Nachdem er sich mit Mühe wieder gefangen hatte, sah er Nathalias Augen blitzend auf sich gerichtet. »Das war die gerechte Strafe für deine unbedachten Worte, mein Guter. Graf Nehlens dritter Neffe wird das Gut gewiss nicht erben, denn er ist weder ein Landwirt wie von Gademer noch ein schneidiger Offizier wie Leutnant Bukow. Trotzdem hat er etwas, was diesen beiden fehlt!«
»Und das wäre?«, fragte Fridolin erstaunt.
Nathalia nahm die Zügel in eine Hand und berührte mit dem Zeigefinger der anderen ihre Stirn. »Köpfchen, mein Guter! Er

wird gewiss einmal ein berühmter Wissenschaftler werden, während von Gademer seinen Kohl anbauen und von Bukow weiterhin Unter den Linden vor Seiner Majestät paradieren wird.«
Diese leidenschaftliche Stellungnahme verblüffte nicht nur Fridolin, sondern ließ auch Mary und Konrad aufhorchen. »Von wem spricht sie mit so viel Wärme?«, fragte die Schneiderin ihre Freundin Lore leise.
»Es geht wieder einmal um Graf Nehlens Neffen Jürgen Göde. Ihn zu beschreiben ist nicht ganz einfach, meine Liebe. Du musst ihn selbst sehen, um dir ein Bild von ihm machen zu können. Ich vermag nur zu sagen, dass er artige Manieren hat und im Gegensatz zu seinen Vettern nicht ständig seinem Onkel um den Bart geht.«
Marys Neugier war endgültig geweckt, und sie stellte Fragen bezüglich des jungen Mannes, die Lore so gut beantwortete, wie sie es vermochte. Dabei kam sie noch einmal auf den Vorfall auf Klingenfeld zu sprechen, als der betrunkene Verwalter auf sie geschossen hatte. »Jürgen Göde hat kaltblütig und ohne Rücksicht auf sein eigenes Leben gehandelt, um Nathalia und mich zu schützen«, setzte sie wie eine Trumpfkarte hinzu.
Mary sah sich kurz zu Nathalia um, die wie eine Amazone auf ihrem Pferd saß. »Du meinst, der junge Mann könnte mit dieser mutigen Tat das Herz unserer Freundin gewonnen haben?«
»Ob gleich das Herz, vermag ich nicht zu sagen, aber auf jeden Fall ihre Dankbarkeit. Allerdings weiß ich nicht, ob das ausreichen wird, um Natis Interesse an Leutnant Bukow zu beenden. Wünschen würde ich es mir!«
Da Lore den jungen Offizier nicht besonders mochte, wusste Mary nicht, ob dieser Wunsch dieser Abneigung geschuldet war

oder doch einer gewissen Sympathie für Jürgen Göde. Umso gespannter war sie daher, diesen ungewöhnlichen jungen Mann kennenzulernen.

## V.

Etwa auf halben Weg legten sie im Schatten eines kleinen Wäldchens eine Pause ein, um den Pferden ein wenig Erholung zu verschaffen, und rückten den Vorräten zu Leibe, die die Köchin von Steenbrook so sorgsam eingepackt hatte. Als es weiterging, schliefen Doro und Prudence auf den Schößen von Agathe und Tinke ein, während Wolfi und Jonny abwechselnd zu Drewes auf den Bock steigen und die Zügel in die Hand nehmen durften. Der Kutscher machte dies so geschickt, dass keiner der beiden sich benachteiligt fühlte und die Jungen auch nicht übermütig wurden. Zudem hielt er noch ein Auge auf Lore, die mit dem leichten Einspänner jedoch gut zurechtkam.

Als sie schließlich auf Nehlen einfuhren, fühlte Lore sich weitaus sicherer als zu Beginn des Ausflugs. Lachend meinte sie zu Nathalia, dass sie ohne Bedenken bis nach Klingenfeld hätte weiterfahren können.

»Das wirst du auch, allerdings erst morgen, und auch erst dann, wenn das Gut vom Feind geräumt ist. Oder meinst du, ich will noch einmal eine Kugel an mir vorbeipfeifen hören?«, antwortete Nathalia gut gelaunt und blickte dem Empfangskomitee, das eben aus der Tür trat, mit leichtem Spott entgegen.

Rodegard von Philippstein und deren Tochter vermochten ihren Ärger, die Ankömmlinge als Gäste hier zu sehen, kaum zu verhehlen, und Leutnant Bukow, der Nathalia in Berlin engagiert den Hof gemacht hatte, blieb ebenso wie sein Vetter Gademer hinter den beiden Frauen stehen. Nur Jürgen und Grimbert von Nehlen zeigten offen ihre Freude.

»Willkommen, Komtess, Gräfin …« Nehlen sah Mary fragend an, denn deren Kleidung wies sie als wohlhabende Bürgerliche aus. Bevor Nathalia oder Lore ihre Freundin vorstellen konnten, hörten sie aus dem Hintergrund Rodegard von Philippsteins bissige Bemerkung: »Ich würde mich schämen, mit meiner Schneiderin im selben Wagen zu sitzen, geschweige denn, diese auch noch zu kutschieren.« In ihrer Erregung hatte die Dame lauter gesprochen als beabsichtigt.

Mary wurde blass und wollte rasch aussteigen, doch Lore hielt sie fest. Mit einem gefährlichen Lächeln wandte sie sich Rodegard von Philippstein zu. »Ah, meine Liebe, Sie sind ja immer noch hier. Dabei dachte ich, eine Dame wie Sie fühlt sich nur im pulsierenden Berlin wohl und nicht auf einer – wie nannten Sie es doch letztens? – elenden Klitsche auf dem Land!«

Der Hieb saß. Frau von Philippstein wurde weiß vor Zorn, während Grimbert von Nehlen aussah, als wolle er seinem Vornamen alle Ehre machen und seine Verwandte auf der Stelle des Gutes verweisen.

Rodegard versuchte zu retten, was zu retten war, und fuhr Lore erregt an. »Sie wissen genau, dass ich damit nicht den herrlichen Besitz meines lieben Onkels gemeint habe, sondern das jämmerliche Gut eines Herrn, der es gewagt hatte, sich um Gottlobine zu bewerben!«

»Wenn das so ist, muss ich mich wohl verhört haben«, spottete Lore. »Und jetzt wünsche ich Ihnen einen guten Tag! Graf Nehlen, ich hoffe, Sie verzeihen mir meine unbedachten Worte, doch aus einem Wald schallt es nun einmal so heraus, wie hineingerufen wird.«

»Das tut es fürwahr!«, antwortete der Gutsherr trocken und streckte Mary freundlich den Arm entgegen. »Darf ich Ihnen vom Wagen helfen?«

Mary zögerte, doch Lore versetzte ihr einen leichten Stoß. »Du solltest dich bei Graf Nehlen bedanken. Er ist ein Kavalier vom Scheitel bis zur Sohle.«

»Danke! So etwas hört man gerne.« Jetzt musste der Graf doch lachen. Während er Mary beim Aussteigen half, hob Jürgen Nathalia aus dem Sattel und übernahm den Zügel ihrer Stute.

Leutnant Bukow schüttelte höhnisch lächelnd den Kopf. »Sie machen sich gut als Stallbursche, Vetter Jürgen.«

»Ich bin nur höflich, Vetter Adolar!«

Von Bukow deutete eine verächtliche Handbewegung an, während sein Vetter Gademer weiterhin Abstand zu den neuen Gästen hielt. Für seinen Geschmack war Komtess Nathalia zu kapriziös und gewiss nicht die Frau, die er einmal heimführen wollte. Da er mit seinem landwirtschaftlichen Fachwissen seine beiden Vettern weit übertraf und sich bemühte, seinem Großonkel dies auch vor Augen zu führen, sah er sich bereits als neuer Gutsherr auf Nehlen und wollte selbstverständlich auch die letzte Bedingung erfüllen, die dieser laut Rodegard von Philippstein an das Erbe knüpfte, und deren Tochter heiraten.

Die neuen Gäste kamen ihm daher äußerst ungelegen, und er beschloss, sie zu missachten. »Oheim«, sagte er in dem Glauben, dass die altmodische Ausdrucksweise dem alten Herrn schmeicheln könnte, »erlaubt, dass ich wieder auf die Wiesen hinausreite und nachsehe, wie weit die Knechte mit dem Heu sind.«

»Ich dachte ja, du wolltest mit uns speisen. Aber wenn dir die Pflicht über alles geht, will ich dich nicht daran hindern, sie zu erledigen.« Grimbert von Nehlen war zunehmend verärgert über diesen Großneffen, der sein Wissen ständig herausstrich und nicht müde wurde, seine beiden Konkurrenten schlechtzureden. Daher wandte er Gademer den Rücken zu und trat neben Fridolin, der ebenfalls aus dem Sattel gestiegen war. »Willkommen, Trettin! Ich freue mich, Sie zu sehen. Wie sieht es aus? Können Sie die Festung erstürmen?«

»Noch nicht ganz, aber ich werde mir Mühe geben. Doch lassen Sie mich meinen Dank aussprechen, dass Sie mir und meinen Begleitern für diese Nacht Quartier bieten. Ich war ein wenig in Sorge, eine solch große Anzahl von Gästen könnte Ihnen unwillkommen sein.« Fridolin ergriff die ausgestreckte Hand des alten Herrn und vergewisserte sich, dass seine Begleiterinnen und Konrad die Fahrt gut überstanden hatten.

Lore stieg vom Wagen und reichte die Zügel einem Stallknecht. Drewes führte das Gespann weg, während Käthe und Tinke die beiden Mädchen auf dem Arm trugen und Fräulein Agathe die Jungen festhielt, damit diese ihr nicht entwischten.

Lore und Mary eilten ihr zu Hilfe und hoben ihre Söhne auf. »Gleich gibt es etwas Gutes zu essen«, versuchte Lore Wolfi zu beruhigen, der sich ihrem Zugriff widersetzte.

»Hab keinen Hunger«, antwortete der Junge mürrisch und äugte zur Remise hinüber, die ihm weitaus verlockender erschien als der düstere Raum, in dem Graf Nehlen seine Gäste zu empfangen pflegte.

Frau von Philippstein maß Lore mit einem verächtlichen Blick. »In dem Alter habe ich meine Kinder der Gouvernante überlassen. Dafür wird die schließlich bezahlt!«

»Ich finde, dass Kinder eine gewisse Bindung an die Eltern bekommen sollten. Sonst werden sie zu dressierten Affen!«

Diese verbale Ohrfeige kam von Nathalia, die damit Gottlobine von Philippstein treffen wollte. In Berlin hatte das Mädchen sie hinter ihrem Rücken schlechtgemacht und sich selbst als das Idealbild einer sittsamen Jungfrau dargestellt. Wahrscheinlich, sagte sich Nathalia, würde Gottlobine mit den Jahren immer mehr der Mutter gleichen und eine ähnlich bissige Person werden.

Im Gegensatz zu Graf Nehlen und Jürgen, die die Anspielung sogleich begriffen hatten, nahmen die beiden Damen Philippstein sie nicht einmal wahr. Die Mutter verteidigte immer noch mit Verve ihre Ansicht, dass Kinder bis zu dem Alter, in dem sie als vernünftig gelten konnten, in die Obhut von Gouvernanten gehörten, damit sie ihre Eltern nicht behelligten.

»Wie war das mit dem dressierten Affen? Gottlobine scheint mir einer zu sein«, wisperte Lore Nathalia zu, die sich über Rodegard von Philippsteins Vortrag amüsierte und nun zum nächsten Hieb ansetzte.

»Ich muss Ihnen recht geben, gnädige Frau. Wie wohltuend für ein Kind die Erziehung durch eine Gouvernante ist, kann man an mir ersehen. Meine Eltern starben beinahe noch vor meiner Geburt, und mein Großvater folgte ihnen fast auf dem Fuße. Da es keine weiteren Verwandten gab, befand ich mich bis zu dem Tag, an dem ich in die Höhere Töchterschule in die Schweiz geschickt wurde, in der Obhut meiner Gouvernanten.«

Diesmal verstand selbst Rodegard von Philippstein, dass sie veralbert werden sollte, und schnaubte. »Soviel ich gehört habe, sind Sie sehr rasch von dieser Schule entfernt worden.«

»Ich war insgesamt auf fünf verschiedenen Internaten. In einem hatte ich die große Ehre, die Bank mit Ihrer Tochter zu teilen. Sie war eine vortreffliche Schülerin!« Nathalias Stimme triefte vor Hohn, und sie raunte Lore zu, dass Gottlobine die übelste Petze gewesen war, die sie während ihrer Zeit in der Schweiz kennengelernt hatte.

»Ich habe es ihr aber stets mit Zinsen heimgezahlt«, setzte sie ebenso leise hinzu. »Das war ganz leicht, denn Gottlobine ist so dumm wie Bohnenstroh!«

Graf Nehlen, dem die letzte Bemerkung nicht entgangen war, rettete sich in einen Hustenanfall. Als er sich wieder beruhigt hatte, forderte er seine Gäste auf, ins Haus zu kommen. »Ihr werdet gewiss hungrig sein. Daher habe ich einen kleinen Imbiss vorbereiten lassen.«

Zwar hatte die kleine Reisegruppe unterwegs gegessen, doch alle wussten, dass sie den alten Herrn beleidigen würden, wenn sie seine Einladung ausschlugen, und betraten hinter ihm das Haus.

Wie durch Zufall geriet Nathalia an Gottlobines Seite, und diese bekannte wortreich, wie glücklich sie sich schätze, die Bekanntschaft mit ihr auch hier fortsetzen zu können. Nathalia hingegen sah aus, als wünschte sie sich an jeden anderen Ort der Welt.

Um die Situation nicht eskalieren zu lassen, sandte Lore ihrer jüngeren Freundin einen warnenden Blick zu und unterhielt sich dann mit Jürgen Göde, der durch den Aufenthalt auf dem Land eine gesündere Hautfarbe bekommen hatte.

»Wissen Sie«, sagte sie, als Graf Nehlen sie in den Speisesaal führte, »ich habe einen Anschlag auf Sie vor.«
»Auf mich?«
»Ja! Es ist eine etwas ungewöhnliche Bitte. Ich würde mich freuen, wenn Sie ein Bild von Nathalia anfertigen könnten, auf dem sie dieses Reitkleid trägt. Noch lieber wäre es mir, wenn unsere Freundin dabei auf ihrem Pferd sitzen würde.«
Jürgens Wangen färbten sich ein wenig dunkler, während er Nathalia mit einem prüfenden Blick bedachte. »Die gnädige Komtess sieht in diesem Kleid ganz entzückend aus.«
»Das sage ich auch! Aber lassen Sie das ›gnädige‹ bei der Komtess weg. Wenn sie es zu oft hört, kann sie nämlich sehr ungnädig werden.« Lore kicherte ein wenig, als sie das erschrockene Gesicht des jungen Mannes sah.
»Ich wollte der gnä… Komtess nicht zu nahe treten«, sagte er.
»Das tun Sie auch nicht. Aber heben Sie sich das ›gnädige‹ für Frau von Philippstein und deren Tochter auf. Die beiden freuen sich gewiss, es zu hören.«
»Sie können ja direkt freundlich sein«, warf Graf Nehlen lachend ein. Seine Miene wurde aber sofort wieder ernst. »Es ist zwar äußerst ungehörig, dies zu sagen, aber tatsächlich wäre ich froh, wenn Frau von Philippstein und ihre Tochter mein Gut wieder verlassen würden. Sie richten hier ein heilloses Durcheinander an. Schärfer zu werden verbietet mir jedoch die Höflichkeit.«
Lore konnte den alten Herrn verstehen, und wie um dies zu unterstreichen, setzte sich Frau Rodegard ohne Aufforderung an die Stirnseite der Tafel und übernahm die Rolle der Gastgeberin, als wäre dies ihr ureigenstes Recht. Edgar von Gademer wollte neben ihr Platz nehmen, doch da klang die Stimme des alten

Herrn auf. »Wolltest du nicht auf den Wiesen nach dem Rechten sehen?«
Gademer zuckte zusammen wie ein gescholtener Pennäler. »Ich ..., ich dachte ...«
»Wenn du etwas ankündigst, solltest du es auch ausführen, Edgar. Man könnte sonst glauben, du redest nur dummes Zeug!«
Nehlens Hieb saß. Da Gademer den alten Herrn auf keinen Fall verärgern wollte, schluckte er seinen Ärger hinunter und verneigte sich steif. »Ich bitte die Herrschaften, mich zu entschuldigen. Sobald ich meine Aufgaben erfüllt habe, werde ich mich zu Ihnen gesellen.«
Mit langen Schritten verließ er den Saal.
Rodegard von Philippstein bedachte den alten Grafen mit einem tadelnden Blick. »War es nötig, den armen Jungen so anzufahren?«
»So bin ich nun mal! Habe nicht vor, mich jetzt noch zu ändern. Wer mein Erbe sein will, muss das hinnehmen können! Doch nun bitte ich Sie alle zuzugreifen. Das Essen steht nicht auf dem Tisch, damit man es nur ansieht.«
Ohne sich weiter um seine Verwandte zu kümmern, nahm Graf Nehlen den Löffel zur Hand und widmete sich seiner Suppe.
Seine Gäste taten es ihm nach – bis auf Leutnant Bukow, der vorher noch eine Bosheit loswerden wollte und sich zu Gottlobine beugte. »Mein Vetter Edgar benimmt sich nicht wie ein Gutsherr, sondern wie ein Gutsbeamter. Etwas anderes ist er beim Großfürsten von Oldenburg auch nicht.«
In dieser Bemerkung schwang Bukows Ärger mit, dass das Mädchen sich in den letzten Tagen immer mehr seinem Vetter Gademer zugewandt hatte. Das erschien ihm doppelt fatal, weil auch

er die Behauptung für wahr hielt, die Rodegard von Philippstein in die Welt gesetzt hatte, der Erbe von Nehlen müsse ihre Tochter heiraten.
Rodegard hatte Gottlobine zwar befohlen, diese dürfe keinen der beiden Vettern bevorzugen, sondern solle demjenigen, den der alte Graf zum Erben bestimmte, ihre Zuneigung schenken. Aber das Mädchen hatte nicht vergessen, dass Leutnant Bukow sie in Berlin eher kühl behandelt hatte und ihr erst hier auf dem Gut den Hof machte. Auch fühlte sie sich zu dem untadelig erscheinenden Gademer mehr hingezogen als zu dem Leutnant, der Gerüchten zufolge bisher ein sehr flottes Leben geführt haben soll.
Anders als ihre Tochter interessierte Rodegard von Philippstein sich nicht für Bukows Ruf als Frauenheld. Wenn Graf Nehlen ihn erwählte, hatte er ihr Schwiegersohn zu werden. Zog der alte Herr Edgar von Gademer vor, würde sie eben diesen mit Gottlobines Hand beglücken. Allerdings sah sie eine Gefahr für ihre Pläne, und die saß zur Rechten des Grafen. Frau Rodegard mochte zwar den Kopf über die seltsame Vorliebe schütteln, die der Gutsherr für Nathalia von Retzmann hegte, aber sie durfte dieses impertinente Geschöpf bei ihrer Rechnung nicht außer Acht lassen. Immerhin war die Komtess reich wie Krösus, und wenn der Leutnant deren Sympathie errang, konnte dies Nehlen dazu bewegen, Bukow den Vorzug zu geben, damit Geld zu Geld kam.
Mit dem Gefühl, dass die Gaben der Welt äußerst ungerecht verteilt waren, aß Frau von Philippstein ihre Suppe und versuchte, das Gespräch wieder an sich zu reißen. »Während wir hier schwelgen, muss der arme Gademer hungern.«

Nehlen sah mit spöttisch gespitzten Lippen zu ihr hin. »Bei einem Landwirt geht die Arbeit nun einmal vor. Aber keine Sorge! Ich werde den armen Jungen nicht verhungern lassen. Sobald er zurückkehrt, wird ihm aufgetragen.«

»Er ist ein so pflichtbewusster Mann«, seufzte Gottlobine seelenvoll.

»Er ist doch nichts weiter als ein Knecht!«, rief Bukow unbeherrscht.

Da Jürgen sich nicht für den Kampf um das Erbe und noch weniger für Gottlobine interessierte, wandte er sich Lore zu. »Gnädige Frau, Sie sagten vorhin, ich solle für Sie zeichnen.«

»Ja, ein Bild von Komtess Nathalia in ihrem neuen Reitkleid. Ich hoffe, es stört Sie nicht, wenn meine liebe Freundin Mary es in ihrem Modesalon ihren Kundinnen präsentiert.«

»Mir wäre es peinlich, könnte man meine Tochter als Reklamebild bei einer Schneiderin sehen«, warf Rodegard von Philippstein pikiert ein.

»Mir nicht«, gab Nathalia scharf zurück. »Immerhin erlauben hohe Damen und auch Herren ihren bevorzugten Lieferanten, Bilder oder Dankesschreiben in ihren Geschäften aufzuhängen. Das siehst du doch auch so, Lore?«

»Gewiss«, antwortete diese, wurde aber dann von Rodegard von Philippstein übertönt.

»Sie sagen du zu Gräfin Trettin, so als wäre diese Ihre Zofe oder Ihr Dienstmädchen?«

»Zu denen sage ich Sie, denn das Du hebe ich mir für ganz wenige Freundinnen und Freunde auf«, antwortete Nathalia mit einem süffisanten Lächeln.

Frau von Philippstein nahm die Antwort mit einer verbissenen

Miene zur Kenntnis und überlegte, wie sie die nächste Spitze anbringen konnte. Der Gedanke, dass dieses reiche und durchaus hübsche Mädchen, welches ihre eigene Tochter beinahe zu einem Nichts degradierte, an diesem und vielleicht auch noch am nächsten Tag auf Nehlen bleiben würde, brannte wie Feuer in ihr. Läge es in ihrer Macht, würde sie Nathalia samt deren Begleitern aus dem Haus weisen. Doch als sie erneut das Wort an sich zu reißen versuchte, bemerkte sie zu ihrem wachsenden Ärger, dass außer ihrer Tochter und Leutnant Bukow niemand mehr auf sie achtete.

Graf Nehlen besprach mit Fridolin und Konrad das Vorgehen für den nächsten Tag, wie sie den Verwalter auf Klingenfeld daran hindern konnten, tatsächlich noch jemand zu verletzen oder gar umzubringen.

Unterdessen fragte Jürgen Lore, wie genau das Bild aussehen sollte. Sie erklärte es ihm mit Marys Unterstützung, während Nathalia gegen ihre Natur schweigend dabeisaß und den jungen Mann unter gesenkten Augenlidern beobachtete.

Nach einer Weile schüttelte Jürgen den Kopf. »Ich weiß nicht, ob ich mir das zutraue.«

Bukow, der das gehört hatte, verzog verächtlich das Gesicht. »Einmal Memme, immer Memme.«

Da er seiner Stimme keine Zügel anlegte, waren seine Worte am ganzen Tisch zu vernehmen.

Graf Nehlen runzelte die Stirn, sagte aber nichts, sondern behielt Jürgen im Auge. Dieser atmete mehrmals tief durch und blickte Nathalia dann mit ungewohnt entschlossener Miene an. »Ich würde mich geehrt fühlen, wenn ich dieses Bild malen dürfte. Komtess müssten mir aber Modell stehen.«

»Da ich bis heute Abend und morgen bis zum Mittag nichts anderes zu tun habe, tue ich es gerne«, erklärte Nathalia und lächelte zufrieden, in der Hoffnung, die Damen Philippstein damit ebenfalls zu ärgern.
Diese waren jedoch hocherfreut. Da Jürgen in ihren Augen nicht als Erbe in Betracht kam, spielte ihnen dieser Umstand in die Hände. Wie sie Leutnant Bukow kannten, war er niemand, der still danebensitzen würde, während eine Frau gemalt wurde, und was Jürgen selbst betraf, würde er sich mit seiner Kleckserei gewiss die letzte Sympathie seines Onkels verscherzen.

## VI.

Nach dem Essen bat Jürgen Nathalia, das Reiterkleid wieder anzuziehen und sich auf ihre Stute zu setzen.
Die junge Gräfin tat ihm den Gefallen, lachte ihn aber aus, als sie im Sattel saß. »Wenn Sie glauben, mein Pferdchen bleibt so lange zur Salzsäule erstarrt, bis Sie mit dem Bild fertig sind, muss ich Sie enttäuschen. Dafür ist es viel zu temperamentvoll.«
»Ich hatte nicht vor, dem Pferd eine solche Tortur zuzumuten, sondern möchte es in Bewegung sehen. Würde es Ihnen etwas ausmachen, ein paarmal in leichtem Trab hin und her zu reiten?«
»Keineswegs«, antwortete Nathalia übermütig und kitzelte Frühlingsmaid leicht mit ihrem Sporn. Diese kannte das Spiel und trabte mit einem fröhlichen Wiehern an. In der nächsten Viertelstunde durchmaß Nathalia mehrfach den Vorplatz und ließ dabei die Stute sowohl im Trab wie auch im Galopp an Jürgen vorbeilaufen.

Dieser fertigte mit flinken Fingern etliche Skizzen an, forderte Nathalia dabei immer wieder auf, gewisse Gangpassagen zu wiederholen, und klappte schließlich seinen Zeichenblock zu. »Herzlichen Dank, Komtess! Sie waren bewundernswert und Ihre Stute nicht minder.«

Während Nathalia ihm kurz zuwinkte und dann zum Stall ritt, schüttelte Leutnant Bukow, der ihnen von der Freitreppe aus zugesehen hatte, in gespielter Empörung den Kopf. »Ein unmöglicher Mensch, meinen Sie nicht auch, Fräulein von Philippstein? Eine Dame im gleichen Atemzug wie ein Pferd zu nennen, das kann wirklich nur mein Vetter tun. Plebejerblut, sage ich da nur. Von unserer Seite hat er das bestimmt nicht!«

Von einer anderen Stelle aus hatten Graf Nehlen, Fridolin und Konrad zugesehen. »Ein prachtvolles Mädchen! Wenn ich vierzig, meinetwegen auch dreißig Jahre jünger wäre, wüsste ich, was ich zu tun hätte«, sagte der alte Herr mit einem entsagungsvollen Seufzer und wandte sich an Fridolin. »Seien Sie froh, dass Sie eigene Kinder haben. So wissen Sie wenigstens, wem Sie einmal Ihr Vermögen hinterlassen werden. Ich hingegen …«, Nehlen machte eine wegwerfende Geste, »… schlage mich mit diesen drei Großneffen herum. Einer davon ist ein Streber von der Art, die ich bereits in der Schule hassen gelernt habe, der zweite ein Schmarotzer und dem dritten hat die Mutter jegliches Selbstbewusstsein ausgetrieben – wenn er je eins besaß.«

»Ich glaube, Sie sind etwas zu streng mit allen dreien. Gademer scheint ein ausgezeichneter Landwirt zu sein, Bukow gilt als guter Offizier, dem nur wenig fehlt, um zum Oberleutnant befördert zu werden, und Göde hat immerhin meiner Frau und der Komtess auf Klingenfeld das Leben gerettet. Mich überläuft es immer noch heiß und kalt, wenn ich an diese Begebenheit denke.«

»Das mag alles sein! Mir wäre es jedoch lieber, ich hätte meinen Nachfolger selbst erziehen können. So sind es trotz der Verwandtschaft fremde Leute für mich. Sie können sich gar nicht vorstellen, was Gademers Eltern oder auch die Bukows alles aufgewendet haben, damit ihre Söhne einmal mein Erbe antreten können.«

»Und die Eltern von Herrn Göde?«, fragte Fridolin.

Der alte Herr winkte mit einem bissigen Lachen ab. »Jürgens Mutter galt in der Familie als Persona non grata, nachdem sie einen bürgerlichen Beamten geheiratet hatte und dieser so früh starb, dass er sich das begehrte ›von‹ im Namen nicht mehr verdienen konnte. Vielleicht hätte ich ihr damals helfen und den Jungen auf das Gut holen sollen. So aber ist er unter den Einfluss eines Spinners geraten, der ihm oder vielmehr seiner Mutter ins Gehirn geblasen hat, der Junge könnte ein zweiter Schliemann werden. Das ist jener Kerl, der in der Türkei die Stadt Troja ausgegraben haben will. Jürgen hätte besser Agrarwirtschaft studieren sollen.«

»Und wäre vielleicht ein zweiter Gademer geworden«, wandte Konrad ein.

»Oh Gott! Zwei von der Sorte hätte ich keine drei Tage ausgehalten, sondern sofort Bukow zu meinem Erben ernannt!« Nehlen schüttelte im gespielten Entsetzen den Kopf und schlug vor, ihr Gespräch in seinem Lieblingsraum fortzusetzen. »Im Wandschrank ist noch ein Fläschchen Korn, der uns sicher schmecken wird«, setzte er hinzu und machte sich auf den Weg. Bei der Freitreppe traf er auf Bukow, der Gademers Abwesenheit nutzte, um Gottlobine nach allen Regeln der Kunst den Hof zu machen. Er setzte zu einer Bemerkung an, als der Leutnant zu lachen begann. »Jürgen ist wirklich nicht mehr richtig im Kopf. Jetzt schleppt er sogar einen Sattel ins Haus!«

Nehlen drehte sich um und sah den jungen Mann tatsächlich mit Nathalias Sattel herankommen. Jürgens Augen blitzten dabei so energisch, dass er sich jede Frage verkniff. Dabei hätte er zu gerne gewusst, was sein Neffe mit dem schweren Ding vorhatte.

Während Gottlobine und Bukow den alten Herrn, Fridolin und Konrad ins Haus ließen, verlegte der Leutnant Jürgen den Weg. »Mit dem Zeug da kannst du den Dienstboteneingang benützen, wie es sich für einen wie dich gehört!«

Jürgens Kiefer mahlten nach dieser Beleidigung, und für einen Augenblick sah es so aus, als wolle er den Sattel fallen lassen und auf seinen Vetter losgehen. Dann aber drehte er sich auf der Stelle um und stieß dabei mit dem Sattel gegen Bukow. Dieser war darauf nicht vorbereitet und stolperte die Freitreppe hinab. Für Jürgen aber war der Weg frei, und er trat ein, ohne seinen Vetter weiter zu beachten.

Bukow wollte ihm voller Wut folgen, doch da preschte Edgar von Gademer, den es nicht mehr auf den Wiesen gehalten hatte, auf den Vorplatz und blickte spöttisch auf ihn herab. »Wohl ein bisschen zu tief ins Glas geschaut?«

Gademer bemühte sich dabei, den Tonfall des Leutnants nachzuahmen, und trieb diesen bis zur Weißglut. »Du bist wohl auf Maulschellen aus!«

Gademer stieg vom Pferd, warf die Zügel einem Stallknecht zu und baute sich vor dem Leutnant auf. »Du solltest dich eines höflicheren Tones befleißigen, sonst müsste ich dir Manieren beibringen!« Dann blickte er Gottlobine an. »Er hat Sie doch hoffentlich nicht belästigt, gnädiges Fräulein?«

»Nein, im Gegenteil, Leutnant Bukow war sehr artig!« Rodegards Tochter genoss es, von beiden Männern umworben zu werden, und versuchte genüsslich, sie gegeneinander auszuspielen. Dies gelang ihr ausgezeichnet, denn Bukow vergaß seinen Ärger auf Jürgen und plusterte sich wie ein Kampfhahn auf, um gegen den größeren und breiter gebauten Gademer nicht allzu mickrig zu erscheinen.

Unterdessen schleppte Jürgen den Sattel in einen Salon und schob mehrere schwere Stühle in der Mitte des saalähnlichen Raumes so zusammen, dass er den Sattel über ihre Lehnen legen konnte. Nachdem er das Ganze fest verschnürt hatte, damit die Konstruktion auch stärkerer Belastung standhielt, machte er sich auf die Suche nach Nathalia. Er fand sie im Schatten der Pergola auf der Terrasse, wo sie ein Glas mit Wasser vermischten Weines trank.

Unsicher geworden, sprach er sie an. »Komtess, darf ich Sie bitten, mit mir zu kommen? Ich würde gerne weitere Skizzen anfertigen.«

Nathalia schenkte ihm ein Lächeln, erhob sich leichtfüßig und folgte ihm ins Haus. Nach einem kurzen Blickwechsel folgten Lore und Mary den beiden und sahen dann verblüfft auf die eigenartige Anordnung des Sattels auf den Stuhllehnen.

Jürgen trat darauf zu und rüttelte an dem Sattel. »Wie Sie sehen, Komtess, besteht keine Gefahr, das Ganze würde unter Ihnen zusammenbrechen. Also können Sie sich unbesorgt daraufsetzen.«

»Wenn mir etwas passiert, sind Sie schuld!« Trotz dieser kleinen

Bissigkeit kletterte Nathalia auf das improvisierte Gerüst, probierte, ob der Sattel auch stabil genug befestigt war, und setzte sich darauf zurecht.

Unterdessen blickte Jürgen auf seine Skizzen und bat sie, ihre Haltung leicht zu verändern. »So ist es gut! Ich hoffe, es ist einigermaßen bequem.«

»Das kommt darauf an, wie lange ich hier oben bleiben soll. Übernachten will ich nämlich nicht.«

Damit brachte Nathalia nicht nur Lore und Mary, sondern auch Jürgen zum Lachen. »Keine Sorge! Es wird nicht mehr als eine Viertelstunde dauern. Wenn Sie jetzt noch die Reitgerte zur Hand nehmen wollten.«

»Gerne, wenn Sie mir diese geben.«

Jürgen schlug sich mit der flachen Rechten gegen die Stirn. »Oh, das tut mir leid. Ich habe sie im Stall vergessen.«

»Ich hole sie«, bot Lore an und verließ immer noch lächelnd den Raum. Als sie zurückkam, war Jürgen bereits dabei, Skizzen von Nathalia anzufertigen.

Er klappte jedoch sofort den Block zu, als sie neben ihn trat, und auf seinem Gesicht erschien ein schüchternes Lächeln. »Verzeihen Sie, Frau Gräfin, es wäre mir nicht recht, wenn Sie meine rasch hingekritzelten Zeichnungen sehen würden. Ich möchte Ihnen und auch der Komtess erst das fertige Bild zeigen.«

Da Lore und Nathalia von den Fertigkeiten des jungen Mannes mit Zeichenblock und Farbstiften überzeugt waren, hatten sie nichts dagegen. Rodegard von Philippstein jedoch, die den Kopf neugierig zur Tür hereingesteckt hatte, blies verächtlich die Backen auf. Ihres Erachtens hatte Jürgen gerade freiheraus zugegeben, dass er nur Kritzeleien zustande bringen konnte, und sie freute sich schon auf das entsetzte Gesicht, das ihr Gastgeber angesichts eines solchen Machwerks ziehen würde.

## VII.

Am nächsten Morgen nahmen Graf Nehlen, Fridolin und Konrad das Frühstück schon bei Sonnenaufgang ein und brachen anschließend auf. Da man Konrad nicht zumuten wollte, die Strecke bis Klingenfeld im Sattel zurückzulegen, hatte Nehlen den Landauer anspannen lassen. Der Graf wollte selbst die Zügel führen, und so blieb dem Kutscher des Gutes nichts anderes übrig, als steif neben seinem Herrn zu sitzen.

Während sich das Gefährt in flottem Tempo dem Ziel näherte, nannte Nehlen Fridolin die Güter und Höfe der wichtigsten Landwirte auf ihrem Weg. »Ich habe bereits mit etlichen Nachbarn gesprochen. Sie alle sind froh, dass ein Bankier Klingenfeld übernimmt. Einige von ihnen hoffen natürlich, Land von Ihnen pachten oder gar kaufen zu können, weil sie annehmen, Sie würden sich nur für die Fabrik interessieren. Die meisten aber wären hochzufrieden, wenn sie endlich ihre Erzeugnisse hier in der Nähe vermarkten könnten«, berichtete er, als sie in das Dorf einfuhren, das Klingenfeld am nächsten lag.

Vor Sikkos Krug, in dem Dirk Maruhn die entscheidenden Hinweise auf den Verbleib des betrügerischen Barons erhalten hatte, brachte Nehlen den Wagen zum Stehen. Drinnen hatten sich schon etliche Bewohner versammelt, darunter auch der Landrat Leopold Meyer, der zuständige Förster mit seiner Büchse, zwei Polizeibeamte in blauen Uniformen und der Pickelhaube auf dem Kopf sowie mehrere Vertreter der Behörden und die Spitzen der hiesigen Landwirtsvereinigung. Letzteren lag vor allem daran, Fridolin kennenzulernen, da dieser demnächst eine gewichtige Rolle in ihrem Landkreis spielen würde.

Fridolin musste viele Hände schütteln und etliche Fragen beantworten. Dabei vermied er bewusst den Fehler, sich als Städter aufzuspielen, der sich über die Leute in der Provinz erhaben dünkt. Die Herren hier hatten ihren Stolz, und es war nicht ratsam, den zu verletzen. Von Graf Nehlen hatte Fridolin einige gute Ratschläge erhalten und hielt sich eisern daran. Außerdem kannte er bereits die Namen der Männer, die hier in dieser Gegend entscheidenden Einfluss besaßen. Von ihnen würde es abhängen, wie gut oder weniger gut er hier aufgenommen wurde.

Als Erstes wies Fridolin den Wirt an, allen anwesenden Herren einen Krug Bier und einen Korn zu bringen. Damit war das Eis gebrochen. Außerdem bestellte er für alle einschließlich der Gendarmen ein Mittagessen, das eingenommen werden sollte, sobald er Klingenfeld übernommen hatte.

Über den Gesprächen vergaßen die Männer jedoch ihre eigentliche Aufgabe nicht, und so befragte Landrat Meyer den Wirt nach der Lage auf Gut Klingenfeld.

Sikko zuckte mit den Schultern. »Wie es dort aussieht, weiß ich nicht. Ich habe nur mal mit der alten Erna gesprochen, und die hat gejammert, wie schlimm es geworden sei.«

»Haben Sie dem Verwalter mitgeteilt, dass der neue Besitzer das Gut heute übernimmt?«, fragte der Beamte weiter.

Der Wirt wehrte mit beiden Händen ab. »Ich bin doch nicht lebensmüde! Der hätte mir doch glatt eine Kugel auf den Pelz gebrannt. Nein, ich habe es der alten Erna gesagt, und die sollte es dem Verwalter weitermelden.«

»Das heißt, der Mann weiß es vielleicht noch gar nicht. Wir sollten daher vorsichtig sein.« So ganz wohl war dem Landrat nicht. Immerhin war es seine Aufgabe, dafür zu sorgen, dass der Besitzerwechsel glatt über die Bühne ging. Er stärkte sich mit einem weiteren Korn und forderte die beiden Polizisten auf, zum Gut zu gehen und dafür zu sorgen, dass der Verwalter friedlich blieb.

Die Schutzleute sahen nicht gerade glücklich aus. Der Größere von ihnen starrte auf den Schlagstock an seinem Gürtel, mit dem er gegen einen Mann mit einer geladenen Büchse kaum etwas ausrichten konnte, setzte sich dann aber doch in Bewegung, und sein Kamerad folgte ihm im Abstand einiger Schritte.

Fridolin sah den beiden nach und wandte sich an Nehlen. »Wir sollten mitgehen, damit der Verwalter begreift, dass hier etwas Grundsätzliches geschieht.«

Der alte Herr zögerte einen Augenblick und nickte dann. »Sie haben recht, Trettin! Hier zu warten, bis die armen Kerle entweder erschossen worden sind oder den Mann überwältigen konnten, wäre feige. Kommen Sie!«

Die Männer sahen sich fragend an. Nach einer kurzen Bedenkzeit setzten sich immer mehr Gutsherren und Bauern in Bewegung, bis schließlich keiner mehr zurückbleiben wollte, um nicht in den Ruf eines Feiglings zu geraten.

Die beiden Polizisten hatten inzwischen das verlassen scheinende Gut erreicht. Vor dem Herrenhaus sahen sie sich ratlos um. Zum Haus des Verwalters weiterzugehen, wagten sie offensichtlich nicht.

Als Fridolin und die anderen zu ihnen aufschlossen, lachte Nehlen hart auf. »Ein bisschen mehr Mut, Männer! Sonst geht diese Sache hier ebenso aus wie der Krieg anno sechsundsechzig, und wir müssen die Fahne vor dem Feind streichen.«
In dem Moment wurde die Tür des Herrenhauses geöffnet, und die alte Magd steckte den Kopf heraus. »Da seid ihr also! Na ja, alles ist besser als das, womit wir uns derzeit herumschlagen müssen. Ihr braucht keine Angst zu haben. Der Verwalter ist sturzbetrunken und liegt schnarchend im Bett. Ich habe ihm gestern zwei Flaschen Schnaps aus dem Keller geholt, damit er keine Dummheiten machen kann, und die Gewehre aus seinem Haus geschafft.«
»Das war sehr brav von dir!«, lobte Nehlen die Alte und legte Fridolin den rechten Arm um die Schulter. »Die Frau sollten Sie behalten! Sie kann vielleicht nicht mehr arbeiten wie eine junge, aber dafür hat sie das Herz auf dem rechten Fleck.«
»Das können Sie laut sagen!« Fridolin war erleichtert und nickte der Frau freundlich zu. »Sie sind Erna, nicht wahr?«
»So heiße ich, aber Sie können mich ruhig duzen.«
»Das Angebot würde ich annehmen«, sagte Nehlen lachend und zeigte dann auf Fridolin. »Das hier ist Graf Fridolin Trettin, der neue Besitzer des Gutes.«
»Sie werden Ihre Freude daran haben«, antwortete die Frau schnaubend und wollte schon die Tür schließen. Da fiel ihr ein, dass der neue Herr das Recht hatte, hier ein und aus zu gehen, und ließ sie offen stehen.
»Ist außer dir und dem Verwalter niemand mehr auf dem Gut?«, fragte Fridolin.
Erna schüttelte den Kopf. »Keine Kühe, keine Pferde, kein Geld,

kein Knecht. Die meisten Geräte sind auch verschwunden, und die Mägde haben den Dienst aufgekündigt, als sie keinen Lohn mehr erhielten. Aber etliche würden gerne wiederkommen. Die meisten arbeiten jetzt für Kost und Logis bei Verwandten.«

Nach einer kurzen Überlegung nickte Fridolin. »Das wäre mir recht. Es wird zwar dauern, bis das Gut wieder in Schwung kommt, aber dafür muss auch etwas getan werden. Kannst du die Leute zurückholen?«

»Aber natürlich«, antwortete die Frau eifrig. »Ich muss es nur der Krämerin sagen. Da erfahren sie es in kurzer Zeit, und wer will, kann wiederkommen. Allerdings werden Sie einen neuen Verwalter brauchen! Mit dem Suffkopf da drüben kommen Sie auf keinen grünen Zweig. Den hat der junge Baron nur eingestellt, weil ihm der alte Verwalter zu viele Widerworte gegeben hat.«

»Ist der entlassene Verwalter noch in der Gegend?«, wollte Fridolin wissen. Ihm war der Gedanke gekommen, diesen Mann zurückzuholen, denn wenn es jemand gab, der auf Klingenfeld Bescheid wusste, dann er.

Die Frau spürte, dass ein frischer Wind über Klingenfeld blies, und wurde redselig. »Ja, der ist noch da, aber nur als Inspektor auf einem Gut. Gefallen tut es ihm nicht, denn der dortige Verwalter hetzt gegen ihn, weil er die Stelle für seinen eigenen Sohn sichern will, obwohl der nicht der Hellste ist.«

Einige der Herren verwendeten sich nun ebenfalls für den früheren Verwalter. Daher beschloss Fridolin, den Mann aufzusuchen und davon zu überzeugen, dass er hier auf Klingenfeld gebraucht wurde.

Unterdessen hatten die Polizisten das Haus des Verwalters betreten und den Mann tatsächlich schlafend vorgefunden. Als sie ihn zu wecken versuchten, knurrte er nur, drehte sich auf die andere Seite und schnarchte weiter. Graf Nehlen befahl einem der Polizisten, einen Eimer Wasser vom Brunnen zu holen und über dem Mann auszuschütten.

Die Aktion erfüllte ihren Zweck. Der Verwalter setzte sich fluchend auf und starrte die Herren, die sich in seinem Schlafzimmer versammelt hatten, empört an. Einer der Beamten verlas auf Anweisung des Landrats den Gerichtsbeschluss, in dem Fridolin das Gut samt allem beweglichen und unbeweglichen Besitz zugesprochen wurde, dann verließen die meisten Herren die nach Schnaps, Rauch und ungewaschener Kleidung stinkende Kammer.

»In einer Stunde werden wir die Bücher prüfen! Also sehen Sie zu, dass Sie bis dorthin fertig sind«, schnauzte Nehlen den Verwalter an und folgte dem Landrat ins Freie. »Bei Gott, raucht der Kerl einen Knaster! Außerdem stinkt es dort schlimmer als in einem Schweinekoben. Baron Anno muss verrückt gewesen sein, als er diesen Mann eingestellt hat«, sagte er zu Fridolin.

»Wahrscheinlich hat er es getan, um freie Hand zu haben«, antwortete dieser und fand sich bestätigt, als sie das Herrenhaus betraten. Anno von Klingenfeld hatte buchstäblich alles verkauft, was nicht niet- und nagelfest gewesen war, und die meisten Räume vollständig ausgeräumt. Man konnte noch die Umrisse von Möbeln und Bildern an den Wänden erkennen und auf dem Boden die Stellen, an denen einmal Teppiche gelegen hatten.

Fridolin hatte es nicht anders erwartet, aber die Herren in seiner Begleitung sahen sich entgeistert an. Graf Nehlen stieß eine Verwünschung nach der anderen aus, und der Beamte, der für die

Besitzübergabe verantwortlich war, schien mit jedem Zimmer, das sie betraten, kleiner zu werden.

»Laut unseren Anweisungen hätte Baron Anno die Möbel und die Bilder nicht verkaufen dürfen«, sagte er schließlich kleinlaut.

»Wie es aussieht, hat er sich nicht im Geringsten darum geschert. Ich habe nie viel von dem Kerl gehalten, aber das schlägt dem Fass den Boden aus. So leid es mir tut, dies von einem Standesgenossen sagen zu müssen, aber Anno von Klingenfeld ist ein Schurke!«

Da Fridolin anders als die hier versammelten Herren von dem Betrug des Barons an mehreren Berliner Banken wusste, stimmte er Graf Nehlens Urteil voll und ganz zu. Er war ebenfalls verärgert darüber, mit welcher Unverfrorenheit Anno von Klingenfeld vorgegangen war, sagte sich aber, dass Möbel ebenso wie Vieh und Gerätschaften neu gekauft werden konnten. Allerdings würde er vorerst nur die wichtigsten Räume ausstatten können. Der Rest würde warten müssen, bis Geld dafür vorhanden war.

Nun aber erlebte er die erstaunliche Solidarität seiner neuen Nachbarn. Graf Nehlen versprach ihm sofort, mehrere Möbelstücke von seinem Gut bringen zu lassen, und andere Herren erboten sich, Schränke, Tische, Stühle und sogar Betten zu spendieren.

Fridolin spürte, dass es ein Fehler sein würde, diese Angebote auszuschlagen, und bedankte sich bei den willigen Gebern. Auch Landrat Meyer wollte nicht hintanstehen und versprach, ein Nähtischchen und mehrere Biedermeierstühle zu spenden, ohne zu erwähnen, dass diese seiner Gattin schon lange ein Dorn im Auge waren.

Zum Glück waren die Räume der Dienstboten der Plünderung

durch den ehemaligen Besitzer entgangen. Hier musste nur kräftig sauber gemacht werden, dann konnten die Mägde und Knechte wieder einziehen. Auch die Gutsküche war noch in Ordnung, wenngleich sie auf Fridolin wie ein Relikt aus vergangenen Jahrhunderten wirkte. Vorerst aber würde die Einrichtung genügen müssen. Zu viel Geld durfte er nicht in das Herrenhaus oder den Gutsbetrieb stecken. Wichtiger war es, die Fabrik auf Vordermann zu bringen. Nachdem er und seine Begleiter das Gutshaus und daraufhin auch die ausgeräumte Scheune und die gähnend leeren Ställe besichtigt hatten, ging er die etwa fünfhundert Meter zu dem halbfertigen Bau hinüber.

Bereits nach dem ersten Blick fiel ihm ein Stein vom Herzen. Bis auf ein paar Ziegelsteine, die wohl den Weg in die Nachbarschaft gefunden hatten, schien hier alles in Ordnung. Im Keller des Rohbaus standen sogar noch die Maschinen, die der alte Baron vor seinem Selbstmord angeschafft hatte.

»Mit denen wusste Anno von Klingenfeld wohl nichts anzufangen!« Auch Graf Nehlen atmete auf, denn so, wie es hier aussah, konnte die Fabrik ohne Verzug weitergebaut werden.

Auch der Präsident der Landwirtschaftsvereinigung und der Landrat zeigten sich stark interessiert. Ersterer blieb neben Fridolin stehen und wies auf die fast fertigen Mauern. »Wir haben große Hoffnung in die Pläne des alten Barons gesetzt, doch er ist mit zunehmendem Alter immer unleidlicher geworden und wollte auf niemanden mehr hören. Das war wohl kein Wunder bei so einem Sohn. Für uns Landwirte im Landkreis wäre die Fabrik ein Segen.«

»Ich habe mir durchaus überlegt, sie fertigzustellen und den Betrieb aufzunehmen«, antwortete Fridolin, wobei er bewusst etwas zögerte. »Da hatte ich jedoch die Hoffnung, das Gut stünde noch halbwegs gut da, so dass ich den Gewinn in die Fabrik stecken könnte. Aber Sie haben ja mit eigenen Augen gesehen, wie es mit den Ställen bestellt ist. Das Vieh ist restlos verkauft, die moderneren Ackerbaugeräte, mit denen das Gut dem Vernehmen nach ausgestattet gewesen war, sind ebenfalls verschwunden, und das Herrenhaus gleicht einer geplünderten Ruine.«

»Jetzt werfen Sie doch nicht die Flinte ins Korn, bevor Sie das erste Mal damit geschossen haben«, antwortete Graf Nehlen in beschwichtigendem Ton. »Wir alle hier haben großes Interesse daran, dass diese Fabrik fertiggestellt wird, und ich für meinen Teil werde mich auf jeden Fall daran beteiligen!«

Nun gaben mehrere der Herren feste Zusagen, und so bat Fridolin alle trotz der Verhältnisse, die er hier angetroffen hatte, ins Haus. Dort kredenzte Erna Korn aus der gutseigenen Brennerei, den sie vor dem bisherigen Verwalter versteckt gehalten hatte. Von dem Mann war nichts zu sehen, und als Fridolin die Polizisten noch einmal hinüber ins Verwalterhaus schickte, stand es leer.

»Der ist abgehauen, als Sie bei der Fabrik waren«, meldete Erna.

»Er wollte Ihnen wohl nicht Rede und Antwort stehen müssen, oder er hat sogar selbst Geld unterschlagen. Das werden Sie feststellen können, wenn Sie die Rechnungsbücher kontrollieren«, erklärte Nehlen voller Verachtung und meinte dann übergangslos, dass er Hunger habe.

»Ich glaube, so geht es uns allen. Wir sollten jetzt zum Dorfkrug gehen, sonst wird das Essen dort kalt!« Damit gelang es Fridolin, die Stimmung aufzulockern. Als sie kurz darauf in Sikkos Krug zusammensaßen und sich das Essen schmecken ließen, stellte sich das zufriedenstellende Gefühl ein, dass er in den Kreis der Honoratioren dieses Landstrichs aufgenommen worden war.

## VIII.

Dirk Maruhn starrte auf die Tür der prachtvollen Villa, in der August von Grünfelder lebte, und war unschlüssig, ob er nun den Klingelzug betätigen oder wieder gehen sollte, um den Bankier in dessen Geschäftsräumen aufzusuchen. Er stellte sich vor, wie Frida ihm zu Hause das Abendbrot und einen Krug Bier vorsetzen würde, doch das musste warten. Sein Beruf ging vor. Wenn er Grünfelder noch an diesem Tag von seinen Ergebnissen berichtete, konnte dieser umgehend die Behörden informieren, damit bei Anno von Klingenfelds unfreiwilliger Rückkehr ein Haftbefehl vorlag.

Mit diesem Gedanken drückte Maruhn den Knopf der elektrischen Klingel und hielt ihn ein paar Augenblicke fest. Es dauerte nicht lange, da wurde die Tür geöffnet, und ein Diener in einer grün-goldenen Livree blickte heraus. Angesichts des unmodisch gekleideten Detektivs wurde sein Gesicht zu einer hochmütigen Maske. »Der Lieferanteneingang befindet sich um die Ecke. Doch heute wird dort niemand mehr eingelassen!«

»Ich will nicht zum Lieferanteneingang, verdammt noch mal! Ich muss den Bankier von Grünfelder sprechen, und zwar dringend. Richten Sie ihm das aus. Hier ist meine Karte.« Mit einer unwirschen Bewegung zog Maruhn das kleine Etui und reichte dem Lakaien eine Visitenkarte.

Dieser zögerte, sie entgegenzunehmen, doch als er das Wort Auskunftei las, nahm er sie und schloss die Tür vor Maruhns Nase. Der Detektiv kämpfte gegen seinen aufsteigenden Ärger. Immerhin war er direkt nach seiner Ankunft in Berlin hierhergekommen. Und nun ließ Grünfelder seine Bediensteten auftreten, als wäre er der Kronprinz persönlich. Dabei benahmen sich die Lakaien Seiner Königlichen Hoheit, Friedrich von Hohenzollern, soweit Maruhn erfahren hatte, weitaus höflicher als dieser Hanswurst.

Noch während der Detektiv mit Grünfelders Pförtner haderte, kehrte dieser zurück. »Sie können eintreten! Der gnädige Herr wird Sie trotz der späten Stunde empfangen.«

»Es geht ja schließlich um sein Geld«, knurrte der Detektiv, um den Diener daran zu erinnern, dass dessen Herr trotz seines Adelsprädikats nur ein schlichter Geschäftsmann war. Er konnte allerdings nicht sagen, ob der Pfeil getroffen hatte, denn der Mann stolzierte mit unbewegter Miene vor ihm her und öffnete die Tür zu einem kleinen getäfelten Raum, in dem ein zierlicher Sekretär, ein Tischchen und zwei spindelbeinige Stühle standen, die ihrem Aussehen nach bereits ein höheres Alter aufwiesen.

Obwohl ihn das beschädigte Bein schmerzte, wagte der Detektiv nicht, sich auf einen der zerbrechlich wirkenden Stühle zu setzen, sondern wartete, bis sich eine zweite Tür öffnete und Grünfelder eintrat.

»Ah, mein lieber Maruhn! Sie sind wieder zurück? Dabei dachte ich, Sie wollen auf dem flachen Land nach dem verschwundenen Schmuck suchen«, sagte der Bankier anstelle eines Grußes.

Maruhn bemühte sich, seinen Ärger hinunterzuschlucken und höflich zu antworten. »Guten Abend, Herr von Grünfelder. Ich

habe die Suche nach Baron Klingenfeld vorerst abgeschlossen. Nun liegt es an Ihnen und Ihren Beziehungen zu den Polizeibehörden, seiner habhaft zu werden.«
»Aber ich wollte doch keine Polizei dabeihaben!«, rief Grünfelder aus.
»Dann bleibt Ihnen nichts anderes übrig, als nach New York zu telegrafieren, dass Baron Anno von Klingenfeld nicht durch den Kapitän der *Aller* arretiert werden darf und er den Schnelldampfer des Norddeutschen Lloyd unbehelligt verlassen kann.«
Der Bankier starrte Maruhn an. »Was sagen Sie? Der Lump ist nach Amerika ausgerissen? Ich …« Grünfelder verstummte und sah Maruhn hilfeheischend an.
»Baron Klingenfeld hat sich an Bord der *Aller* begeben, zunächst mit dem Ziel Southampton. Dort hat er die Passage nach New York verlängern lassen. Ich kam zwei Tage nach seiner Abfahrt von Southampton in Bremerhaven an und konnte einen der leitenden Angestellten des NDL dazu bewegen, die Anweisung nach New York zu telegrafieren, dass der Kapitän des Schiffes Klingenfeld in Haft nimmt und nach Deutschland zurückbringt. Zwar werden bis zur Ankunft der *Aller* in Bremerhaven noch ein paar Tage vergehen, dennoch sollte der Haftbefehl so rasch wie möglich beantragt werden, und sei es nur, um dem Herrn vom NDL zu zeigen, dass er richtig gehandelt hat.«
Maruhn war müde und hatte Durst, doch Grünfelder dachte nicht daran, ihm etwas zu trinken anzubieten. Stattdessen setzte der Bankier sich auf einen der Stühle und trommelte mit den Fingern auf der Tischplatte herum. »Sie haben also die Spur dieses elenden Schurken gefunden?«, sagte er, mehr für sich als für Maruhn gedacht.

»So ist es«, erklärte dieser.
»Klingenfeld hat durch seine Betrügereien eine nicht unbeträchtliche Summe an sich gebracht. Glauben Sie, dass er dieses Geld bei sich hat?«
»Da fragen Sie mich etwas zu viel, Herr Grünfelder. In Klingenfelds Koffer hineinsehen konnte ich nicht.«
»An seiner Stelle hätte ich es bei mir, und sei es in Form eines Kreditbriefs. Auf jeden Fall sieht es so aus, als könnte ich einen Teil der unterschlagenen Summen zurückbekommen. Sehr gut, Maruhn! Ich wusste doch, weshalb ich Ihnen diesen Auftrag erteilt habe. Wenn diese Angelegenheit jetzt ans Tageslicht kommt, stehen meine Kollegen und ich nicht als die betrogenen Geldleute da, sondern als Männer, deren Arm bis nach Amerika reicht, um einen Schurken dingfest zu machen.«
Bislang hatte Grünfelder die Öffentlichkeit gescheut, um nicht ins Zentrum geschäftsschädigender Gerüchte zu gelangen. Aber da der Betrüger so gut wie gefangen war, beschloss er, offen zu der Sache zu stehen. »Ich danke Ihnen, Maruhn. Sie haben mir sehr geholfen. Ihr Honorar haben Sie auf jeden Fall verdient – und wahrscheinlich auch noch eine hübsche Belohnung!«
Diese, so beschloss Grünfelder, würde jedoch nicht er zahlen, sondern die anderen Bankiers, die gleich ihm von Klingenfeld betrogen worden waren. Zufrieden klopfte er Maruhn auf die Schulter und bat diesen, ihn zu entschuldigen, da er heute noch einen wichtigen Besuch machen müsse.
Maruhn begriff, dass Grünfelder umgehend die Verhaftung Anno von Klingenfelds in die Wege leiten wollte, und sagte sich, dass auch er davon profitieren würde. Wenn Klingenfeld das ergaunerte Geld tatsächlich bei sich hatte, konnte er auf eine

Belohnung hoffen, mit der er und Frida lange Zeit aller Sorgen ledig waren.

»Auf Wiedersehen, Herr von Grünfelder! Ich lasse von mir hören.« Der Detektiv wollte gehen, doch da hielt Grünfelder ihn auf.

»Wollen Sie noch etwas in dieser Sache unternehmen?«

»Es geht mir um den Juwelier, der die Falsifikate angefertigt hat. Ich glaube nicht, dass Klingenfeld in dieser Angelegenheit immer wieder andere Leute ins Vertrauen gezogen hat. Doch jemand, der eine ganze Reihe von Schmuckstücken viermal kopiert hat, muss wissen, dass dies nicht mit rechten Dingen zugehen kann, und möglicherweise selbst mit dem Betrüger im Bunde sein.«

»Gut, gut, tun Sie das!« Grünfelders Interesse für diesen Juwelier war denkbar gering, darum sollte sich die Polizei kümmern. Eine Extrabelohnung würde er Maruhn dafür nicht zahlen.

Der Detektiv unterdrückte ein Kopfschütteln, verließ das Zimmer und wurde von Grünfelders Pförtner ins Freie geführt. Dabei wählte der Lakai aus Bosheit den Lieferanteneingang, so dass Maruhn sich in einer dunklen Nebenstraße wiederfand und mühsam den Weg zur Rankestraße suchen musste. Auch dort dauerte es geraume Zeit, bis er eine Droschke aufhalten und den Kutscher anweisen konnte, ihn zum Lehrter Bahnhof zu bringen.

Dort holte Maruhn seinen Koffer ab, den er bei der Gepäckaufbewahrungsstelle zurückgelassen hatte, und ließ sich von einem anderen Droschkenkutscher nach Hause fahren. Mittlerweile war es vollständig dunkel geworden, und Frida hatte schon die Fensterläden geschlossen. Nur aus dem Küchenfenster drang ein feiner Lichtstrahl und zeigte ihm, dass sie dort saß und entweder

strickte oder Socken stopfte. Maruhn lächelte. Da er den Schlüssel nicht auf Anhieb fand, betätigte er den Türklopfer.
Gleich darauf hörte er innen Schritte, und dann klang Fridas Stimme auf. »Wer ist da?«
»Ich bin's, Dirk«, antwortete er und war zufrieden, dass sie seine Ratschläge auch beherzigte, denn es gab einige Ganoven, die ihm gerne eins ausgewischt hätten. Er lächelte erneut. Ganz so erfolglos, wie er während der Depressionen in den letzten Wochen gedacht hatte, war er doch nicht gewesen, sonst hätte Grünfelder ihn gewiss nicht damit beauftragt, den Betrüger Klingenfeld zu suchen.
Unterdessen hatte Frida die Riegel zurückgeschoben und ließ ihn ein. Sie strahlte, und es fehlte nicht viel, dann hätte sie ihn umarmt. So aber begnügte sie sich damit, ihm den schwer gewordenen Koffer abzunehmen und kurz über seinen Arm zu streichen. »Es ist schön, dass du wieder da bist!«
»Ich freue mich auch. Übrigens, im Koffer befinden sich ein paar Sachen, die ich auf dem Land erstanden habe. Ich glaube, die werden uns schmecken.«
»Du hast doch sicher Hunger. Ich mache dir gleich etwas.« Frida eilte mit dem Koffer voraus, öffnete diesen und schüttelte dann den Kopf über den Unverstand der Männer. Maruhn hatte die fettige Wurst und den Schinken einfach in Zeitungspapier gewickelt und zwischen die Ersatzkleidung gesteckt. Jetzt würde sie diese wieder waschen müssen. Sie sagte jedoch nichts, sondern räumte die Sachen auf und deckte den Tisch.
Der Detektiv setzte sich, goss sich eine Tasse Rübenkaffee ein und trank gierig. Es wurmte ihn, dass er Grünfelder voraussichtlich einen Schaden von mehr als hunderttausend Mark erspart

hatte und diesem trotzdem nicht einmal ein Glas Wasser wert gewesen war. Dann aber dachte er an die Rechnung, die er dem Bankier stellen würde. Da kam es auf ein Glas Wasser wahrlich nicht mehr an.

Der zufriedene Ausdruck, der sich auf seinem Gesicht breitmachte, erleichterte Frida. Oft genug hatte sie Maruhn mit verbissener Miene oder völlig verzweifelt gesehen. »Hattest du Erfolg?«, fragte sie.

»Ja! Wenn ich Glück habe und Klingenfeld noch nicht zu viel Geld ausgegeben hat, können wir den Rest dieses Jahres und einen großen Teil des nächsten gut von dem Honorar leben. Vielleicht bekomme ich sogar eine Erfolgsprämie, dann können wir endlich heiraten und ein Dienstmädchen für dich einstellen.«

Maruhn wollte sich ein Leben ohne Frida nicht mehr vorstellen, und da erschien es ihm als das Beste, ihr Verhältnis zu legitimieren.

Frida lachte, doch als sie etwas dagegen sagen wollte, fielen ihr keine passenden Worte ein. Stumm schnitt sie eine der Würste auf, holte Brot und Mostrich und begann genüsslich zu essen. Zwar kaufte sie auch in Berlin gelegentlich Wurst und Schinken, aber in weitaus kleineren Mengen, und das, was Maruhn mitgebracht hatte, schmeckte um einiges besser.

Das sagte sie auch und brachte ihn damit zum Schmunzeln. »Nun, der Mann, von dem ich die Sachen gekauft habe, ist Wirt und Fleischer zugleich. Er hat die Wurst selbst gemacht und ganz bestimmt nicht mit Kleie oder gar Sägespänen gestreckt, wie es hier Usus ist.«

»Auf alle Fälle hat sich dein Auftrag von diesem Bankier damit schon gelohnt. Wenn du jetzt noch eine hübsche Belohnung bekommst, wäre es kolossal, wie die Herren Offiziere zu sagen pflegen.«

»Noch kolossaler wäre es, wenn wir nach dem Abendessen zu Bett gehen würden. Ich habe dich nämlich vermisst!« Maruhn strich ihr über die Wange und sagte sich, dass er sich glücklich schätzen durfte. Immerhin hatte er einen Beruf, der ihn trotz aller Schwierigkeiten ernährte, ein eigenes Haus und eine Frau, die ihn liebte. Andere, die in den Kriegen zu Krüppeln geschossen worden waren, wohnten in finsteren Löchern zur Miete und mussten sich ihren Lebensunterhalt oft genug erbetteln.

## IX.

Obwohl Ottwald von Trettin nicht mit dem Diebstahl von Lores Schmuck in Verbindung gebracht werden wollte, fühlte er sich zu angespannt, um einfach in Ermingarde Klampts Wohnung zu sitzen und zu warten, bis alles erledigt war. Auch trieb ihn ein nicht unbegründetes Misstrauen ins Freie. Er wollte den Schmuck in die Hände bekommen, bevor der Hehler die schönsten Stücke unterschlagen konnte.

Daher traf er sich an dem Abend, an dem der Diebstahl stattfinden sollte, mit Pielke im Roten Ochsen und musterte den unscheinbaren Kerl in dessen Begleitung mit gerunzelter Stirn.

Pielke lachte. »Maxe ist ein fixer Junge und kann eine Wohnung schneller ausräumen, als ein Schutzmann braucht, um seine Pfeife zu blasen.«

»Ick hole den Schmuck aus dem Haus, und wenn ick ihn jemand unter dem Hintern wegziehen muss«, sagte Maxe grinsend.

Weder er noch Pielke nahmen Ottwald von Trettin ernst. In ihren Augen war er ein Adelsbürschchen, das mit seinen Verwandten im Streit lag und nun verzweifelt an deren Kohle zu kommen suchte. Die wollten sie ihm auch besorgen, aber nicht, ohne sich selbst einen hübschen Anteil zu sichern.

Ottwald war so begierig, Fridolin und Lore zu schaden, dass er nicht auf die Stimmung der beiden Männer achtete. Ihm ging es darum, genug Geld in die Hand zu bekommen, um seinen zweiten Plan ausführen zu können. Mit einem zufriedenen Lächeln schob er Maxe ein Stück Papier hin.

»Das hier ist der Plan des Hauses. Der Schmuckkasten ist in diesem Zimmer im ersten Stock, und zwar in der Kommode, die mit zwei goldenen Greifen verziert ist.«

Maxe beäugte den Plan und grunzte zustimmend. »Nicht übel. Wie komm ick da rein?«

»Die Fenster im Erdgeschoss sind vergittert. Sie könnten an der Fassade bis zum ersten Stock hochklettern und ein Loch in die Scheibe des Korridorfensters schneiden. Aber das wird nicht nötig sein. Ich habe Herrn Pielke gestern den Abdruck des Schlüssels für die Hintertür gebracht. Er meinte, er könnte einen Nachschlüssel anfertigen lassen.«

»Und hier ist er!«, sagte Pielke und schob einen Schlüssel mit einem kompliziert aussehenden Bart über den Tisch.

Maxe nahm ihn mit skeptischer Miene entgegen. »Ick hoffe, er passt.«

»Er wird passen!« Ottwald lächelte zufrieden. Den Schlüsselabdruck hatte das Dienstmädchen Luise angefertigt, die immer mehr in ihrer Rolle als Rächerin des betrogenen Erben aufging. Derzeit hielt sich Luise in der Wohnung der Klampts auf, die für

die vielen Menschen langsam zu klein wurde. Trotz aller Bitten war es Ermingarde immer noch nicht gelungen, die alte Frau Fabarius dazu zu bringen, ihr ein oder zwei der leerstehenden Zimmer für ihre Gäste zu überlassen.
Lange würden er und seine Mutter jedoch nicht mehr in diesem Haus bleiben müssen, dachte Ottwald und blickte auf seine Uhr. Draußen dunkelte es bereits, und in weniger als einer Stunde würden die Bediensteten in Fridolins Villa zu Bett gehen. Zwei Stunden später sollte Maxe den ersehnten Schmuck herausholen.
»Wer wird Schmiere stehen?«, fragte da der Dieb.
Pielke wies mit spöttischer Miene auf Trettin. »Der Herr hier natürlich. Er kennt sich dort aus.«
»So war das nicht abgemacht!«, rief Ottwald empört.
»Wollen Sie vielleicht noch jemanden in die Sache einweihen? Ich nicht! Außerdem können Sie sich verkleiden. Wir haben sogar die Uniform eines Schupos da, die Ihnen passen dürfte. Wäre das nichts?«
Im ersten Augenblick wollte Ottwald empört ablehnen. Dann aber kam ihm der Gedanke, dass Pielke ihm damit sogar einen Gefallen tat, denn auf die Weise konnte er das Schmuckkästchen sofort an sich nehmen und bewachen.
»Also gut! Ich komme als Schutzmann verkleidet mit.«
»Wenn Maxe durch irgendeinen Zufall erwischt wird, sind Sie gleich zur Stelle und tun so, als würden Sie ihn verhaften. Dann sind die Leute zufrieden, und Sie können ihn an der nächsten Straßenecke seiner Wege ziehen lassen.« Pielke grinste dabei, während Maxe empört schnaubte.
»Icke und erwischt werden? Dat jibt et nicht!«
»Ich hoffe, das bleibt auch so«, sagte Pielke und ließ sich das

nächste Bier bringen. Auch Maxe hatte Durst, und so verzog Ottwald von Trettin ärgerlich die Miene.

»Ich hoffe, Ihr Mann ist nicht bereits betrunken, wenn wir uns auf den Weg machen!«

»Ick vertraje schon wat«, antwortete Maxe und blies grinsend den Bierschaum über den Rand des Kruges.

## X.

Ottwald von Trettins Laune schwankte zwischen Ärger und Belustigung. Einesteils freute er sich darauf, seinem Onkel einen Tort antun zu können, zum anderen gefiel es ihm ganz und gar nicht, im blauen Rock eines Schutzmanns die nächtliche Straße entlangzugehen. Dabei war er nicht auf den Schlagstock an seinem Gürtel angewiesen, falls ihn jemand überfallen wollte, denn er hatte seine Pistole eingesteckt. Die wollte er jedoch nach Möglichkeit nicht benutzen.

Um nicht zusammen mit dem Dieb gesehen zu werden, schlug er einen anderen Weg zu Fridolins Haus ein als Maxe. Dort angekommen, warf er einen prüfenden Blick auf das Gebäude. Sämtliche Fenster waren dunkel, also waren die Dienstboten wie erwartet zu Bett gegangen. Kurz überlegte er, ob er Maxe nicht auffordern sollte, im Haus Feuer zu legen, damit Fridolins und Lores Heim ebenso ein Raub der Flammen wurde wie die große Scheune auf Trettin. Doch dann schüttelte er den Kopf. Damit setzte er den Dieb einer erhöhten Gefahr aus, entdeckt zu werden, und wenn er Pech hatte, würde er selbst mit dem Anschlag in Verbindung gebracht.

Ein kurzer Pfiff veranlasste Ottwald, sich umzudrehen. Im Schein der Straßenlaternen sah er Maxe auf dem Trottoir herankommen. Der Dieb gab ihm ein Zeichen, sich eine dunklere Ecke zu suchen, und schloss dort zu ihm auf.

»Ist det dat Haus da drüben?«, fragte er.

Ottwald von Trettin nickte, obwohl der andere es nicht sehen konnte. »Das ist es! Das Eingangstor ist in der Nacht verschlossen, daher wirst du über den Zaun steigen müssen.«

»Wenn et sonst nichts ist. Wo wartest du?«

Es war für Ottwald eine demütigende Situation, von einem polizeilich gesuchten Dieb von Gleich zu Gleich angesprochen zu werden. Doch wenn er Fridolin schaden wollte, musste er in diesen sauren Apfel beißen.

»Du wirst mich vorne an der Ecke zur Großen Sternallee finden«, erklärte er und beobachtete dann, wie Maxe im Schatten der Vorgärten verschwand. Es fiel ihm schwer, seine Ungeduld zu bezähmen, und er musste sich beinahe mit Gewalt zwingen, in die angegebene Richtung zu gehen. Dabei blickte er sich immer wieder um, ohne etwas zu bemerken. Es blieb alles still, kein Hund bellte, und die Straße war ebenso leer wie seine Börse.

## XI.

Maxe gelangte ohne Probleme in den Vorgarten der Villa, doch dort war es so dunkel, dass er das Haus nur schemenhaft erkennen konnte. Vorsichtig schlich er zum Hintereingang, ertastete das Schlüsselloch und steckte den Schlüssel hinein. Dieser passte so gut, dass er ihn ohne Mühe lautlos herumdrehen konnte.

Zufrieden öffnete der Dieb die Tür und drang mit der Erfahrung unzähliger Einbrüche in das Haus ein. Weder stieß er mit den Füßen gegen ein Hindernis, noch riss er mit den Händen ein Bild von der Wand. Unbemerkt erreichte er die Tür zum Treppenhaus und öffnete sie. Noch immer war alles still. Von Ottwald von Trettin wusste er, dass mehr als die Hälfte der Bediensteten entweder mit den Herrschaften aufs Land gefahren waren oder sich ein paar freie Tage genommen hatten, um Verwandte zu besuchen. Gerade deshalb musste er doppelt vorsichtig sein, denn ungewohnte Geräusche würden bei der verbliebenen Dienerschaft Argwohn erregen. Daher zog er seine Schuhe aus, band sie mit den Schnürsenkeln zusammen und hängte sie sich über die Schulter. Auf Strumpfsocken stieg er nach oben, zählte die Türen auf dem Korridor und blieb vor der stehen, hinter der das Schlafzimmer der Hausherrin liegen musste.

Noch einmal lauschte er, dann drückte er kurz entschlossen die Klinke und trat ein. Nachdem er die Türe wieder geschlossen hatte, zog er eine Schachtel Patenthölzchen aus seiner Tasche und rieb eines davon an. Obwohl es nur wenige Sekunden brannte, reichte das Licht aus, um ihm den Schrank wie auch die Kommode zu zeigen. Ein Hölzchen später hielt er den Schlüssel der Schmuckkassette in der Hand. Ein weiteres brauchte er, um die Kassette an sich zu bringen.

Nun hätte Maxe verschwinden können, aber er wollte noch eine falsche Spur legen. Er stellte das Schmuckkästchen ab und nahm seinen Glasschneider zur Hand. Wenn er damit ein Loch in die Fensterscheibe schnitt und die Verriegelung der Fensterläden öffnete, würde es so aussehen, als hätte jemand den nicht richtig geschlossenen Fensterladen geöffnet, ein Stück Glas aus dem

Fenster geschnitten und dann das Fenster aufgemacht. Da hörte er Dielen über sich knarren, als stiege gerade jemand aus dem Bett.

Mit einem lautlosen Fluch verstaute Maxe den Glasschneider wieder in seiner Tasche, nahm die Schmuckkassette an sich und trat auf den lichtlosen Flur. Ohne mehr Lärm zu machen als eine huschende Maus erreichte er den Hintereingang, machte dort kurz halt, um seine Schuhe wieder anzuziehen, und überwand anschließend mit der Kassette unter dem Arm unbemerkt den Zaun.

Die nächsten Minuten waren die heikelsten, denn er musste mehr als hundert Meter mit dem Schmuckkästchen unter dem Arm in Richtung Matthäikirche gehen, um sich dort mit seinem Auftraggeber zu treffen. In Augenblicken wie diesen haderte Maxe mit dem technischen Fortschritt, der so hässliche Dinge wie diese elektrische Straßenbeleuchtung mit sich brachte, welche die Umgebung in beinahe taghelles Licht hüllte. Die alten Gaslaternen waren für seine Zwecke viel besser gewesen.

Maxe eilte weiter, bemerkte plötzlich einen Schatten neben sich und erschrak. Als er Ottwald von Trettin erkannte, atmete er auf.

»Ist alles gutgegangen?«, fragte dieser und starrte auf das unter den rechten Arm des Diebes geklemmte Schmuckkästchen.

»Det war kinderleicht!« Der Dieb grinste und deutete weiter nach vorne. »Dort wartet unsere Kalesche. Die wird uns zu Herrn Pielke bringen!«

Den Hehler behandelt der Kerl wie einen hohen Herrn und mich nennt er du, durchfuhr es Ottwald, und er hätte Maxe am liebsten mit ein paar Ohrfeigen daran erinnert, wer er war. Dann erst drang der Sinn der Worte zu ihm durch, und er sah den Dieb misstrauisch an. »Was ist mit einem Wagen?«

»Ein Freund von uns fährt 'ne Droschke, und der bringt uns jetzt heim.«

Während Maxe durch den erfolgreichen Einbruch wie beflügelt weiterging, ballte Ottwald die Fäuste. Er hatte das Heft des Handelns selbst in der Hand behalten wollen, doch diese Ganoven behandelten ihn wie einen Schuljungen. Zu seinem Leidwesen brauchte er die Kerle aber nicht nur, um an Lores Schmuck zu kommen. Wenn er diesen belieh, konnte er mit dem Geld, das er dafür erhielt, und mit Hilfe dieses Pielke den nächsten Schlag gegen seine Verwandten führen.

Ottwald von Trettins Blick suchte Maxe, der bereits einen schönen Vorsprung gewonnen hatte, und beeilte sich, ihm zu folgen, ohne bei zufälligen Zeugen Argwohn zu erregen. Wenn der Kerl allein mit dem Schmuck davonfuhr, musste er damit rechnen, dass Pielke die wertvollsten Stücke beiseiteschaffte und ihm nur einen kümmerlichen Rest überließ.

Da der Wagen in einem unbeleuchteten Winkel unterhalb der Matthäikirche wartete, hätte Ottwald ihn beinahe übersehen. Zu seinem Glück aber setzte der Gaul einen Huf hart auf den gepflasterten Boden. Dieses Geräusch leitete ihn, und er stieg in dem Moment ein, in dem der Droschkenkutscher die Bremse löste und die Peitsche zur Hand nahm.

»Dachte schon, du willst zu Fuß durch die Stadt schwofen«, sagte Maxe spöttisch, während er die Schmuckkassette so neben sich auf das Sitzpolster legte, dass Ottwald von Trettin sich mit dem schlechteren Platz gegen die Fahrtrichtung begnügen musste.

»Außerdem sollten Sie Ihr Karnevalskostüm ausziehen. Ein Schupo, der um die Zeit noch mit einer Droschke fährt, fällt eher auf als zwei gemütliche Zecher auf dem Weg nach Hause«, meldete sich da der Kutscher.

Der Mann weiß wenigstens, was sich gehört, und siezt mich, dachte Ottwald, während er den Helm ablegte und die Uniformjacke auszog.

Danach überlegte er, wie er verhindern konnte, dass Maxe und Rudi Pielke ihn hinterher, wenn alles vorbei war, erpressten oder gar verrieten. Bei diesem Gedanken streichelte er den Griff seiner Pistole, die er im Hosenbund stecken hatte. Wenn es nicht anders ging, war dies das letzte Mittel. Vorerst aber sollten die Kerle ihm noch wertvolle Dienste leisten.

## XII.

Der Droschkenkutscher wählte nicht den kürzesten Weg zu Pielkes Stammquartier, sondern schlug einen weiten Bogen, um Passanten über ihr Ziel zu täuschen. Einmal sahen sie einen Schutzmann, doch dieser kümmerte sich gerade um einen Betrunkenen, der lautstark seinem Zorn auf die ganze Welt Luft machte und sich dabei auch von der Exekutive nicht bremsen lassen wollte.

»Den werden sie gleich einbuchten«, murmelte der Droschkenkutscher und ließ seinen Gaul antraben, bis sie außer Sichtweite des Gendarmen waren, der eben in seine Pfeife blies, um Unterstützung gegen den renitenten Trunkenbold herbeizurufen.

Einige Zeit später hielt das Gefährt vor einer verschlossenen

Einfahrt. Ottwald von Trettin wollte bereits aussteigen, doch da hielt Maxe ihn zurück. »Noch nicht!«

Im nächsten Augenblick wurde das Tor geöffnet, und der Kutscher lenkte sein Gespann in den Innenhof. »So, mein Guter, für heute hast du Feierabend«, sagte er zu seinem Gaul und begann, diesen auszuschirren.

Maxe nahm die Schmuckkassette an sich und winkte Trettin mitzukommen. Dieser folgte ihm stolpernd durch den schlecht beleuchteten Hof und fand sich kurz darauf zu seiner Überraschung in Rudi Pielkes Stammkneipe wieder, die er bisher immer nur von vorne betreten hatte.

Der Hehler erwartete ihn in dem kleinen Zimmer mit der nicht auf den ersten Blick erkennbaren Tür. Bei ihm waren Manfred Laabs und ein ältlicher Mann mit einem traurig hängenden Schnurrbart, den Pielke nicht mit Namen vorstellte.

»Ist alles gutgegangen?«, fragte der Hehler.

»Ick hatte keine Probleme«, antwortete Maxe und deutete auf Pielkes Bierglas. »So wat hätte ick auch jerne.«

Pielke blickte Laabs auffordernd an. »Besorge eine Runde für uns alle! Geht aber auf deine Rechnung, denn schließlich hast du eine reiche Frau geheiratet!«

»Sie mag ja reich sein, doch mir hängt sie den Brotkorb arg hoch.« Hedes Ehemann schnaubte ärgerlich, trollte sich aber und kehrte mit fünf vollen Bierkrügen zurück.

»Auf unseren Erfolg!« Pielke stieß mit Ottwald von Trettin und Maxe an und trank einen Schluck. Dann wies er auf den Schmuckkasten, den der Dieb vor ihn gestellt hatte.

»Nun, lasst uns doch mal sehen, was es da Schönes zu schauen gibt.« Er streckte Maxe fordernd die Hand entgegen. Dieser

reichte ihm den gestohlenen Schlüssel. Doch als Pielke öffnen wollte, nahm Ottwald ihm den Schlüssel ab.
»Immerhin ist das der Schmuck meiner Tante. Daher werde ich wohl das Recht haben, selbst die Kassette zu öffnen!«
»Tun Sie sich keinen Zwang an!« Pielke lehnte sich gemütlich auf seinem Stuhl zurück und sah zu, wie Ottwald von Trettin das Kästchen aufschloss und den Deckel zurückschlug. Maxe, Laabs und der Alte mit dem Schnauzbart beugten sich neugierig nach vorne und starrten dann Ottwald fragend an.
»Die Kassette ist ja halb leer!«, entfuhr es Maxe.
Der Schnauzbart nahm eines der Schmuckstücke heraus und betrachtete es durch eine Lupe. Dann warf er es mit einem verächtlichen Laut auf den Tisch.
»Das ist billiges Zeug, Silber mit ein paar Halbedelsteinen. Kein Pfandleiher würde mehr als zwanzig Mark dafür geben.«
Ottwald von Trettin starrte in die Kassette und schüttelte unwillig den Kopf. »Nach Auskunft des Dienstmädchens waren mehrere Halsketten, Armbänder und ein Collier darin. Aber die sind weg!« Sein Blick suchte Maxe, der zuerst nicht begriff, was er wollte.
Dann aber tippte der Gauner sich an die Stirn. »Du denkst wohl, ick hätte es jestohlen. Aber das hab ick nicht!«
»Ich werde trotzdem mal in deine Taschen greifen!« Auch Pielke schien dem Dieb nicht so ganz zu trauen und durchsuchte Maxes Taschen. Obwohl er auch noch dessen Kleidung abklopfte, blieb der von Ottwald beschriebene Schmuck verschwunden.
»Verdammt! Für diesen Bettel haben wir die ganze Sache durchgezogen!« Der Hehler bedachte erst den Schmuck, dann Ottwald von Trettin mit einem verächtlichen Blick.

Unterdessen hatte der Schnauzbart die Schmuckstücke geprüft. »Das ganze Zeug ist vielleicht vierhundert Mark wert, wenn es hochkommt, fünfhundert. Geben würde ich euch dafür zweihundert. Nehmt das Geld oder lasst es sein!«

»Zweihundert, sagst du?« Pielke lachte hart auf. »So, wie wir das besprochen haben, wären das fünfzig für Maxe, fünfzig für mich und hundert für den feinen Herrn hier. Nein, dafür habe ich diese Sache nicht durchgezogen!«

Ottwald spürte, wie sich die Stimmung im Raum gegen ihn richtete, und griff nach seiner Pistole. Wenn es hart auf hart kam, wollte er vorbereitet sein. Sein Gesichtsausdruck warnte Pielke jedoch davor, es darauf ankommen zu lassen.

Der Hehler trank sein Bier aus, forderte Laabs auf, Nachschub zu besorgen, und wandte sich dann wieder Ottwald zu. »Mit diesem Geschäft bin ich nicht zufrieden!«

»Meinen Sie, ich wäre es?«, bellte Ottwald wütend. »Mein verfluchter Onkel muss den Schmuck mitgenommen haben, als er aufs Land gefahren ist. Seine Frau hatte ihn jedenfalls nicht dabei.«

Pielke fuhr wütend auf. »Mich interessiert nicht, wer diesen Schmuck weggeschafft hat, sondern wie ich an mein Geld komme. Mein lieber Freund, Sie haben mir einige tausend Mark versprochen, wenn ich Ihnen helfe. Das hier ist eine verdammt elende Anzahlung!«

Ottwald drehte seinem Onkel in Gedanken den Hals um. Die wertvollen Schmuckstücke konnte nur Fridolin entnommen haben. Oder hatte jemand aus der Dienerschaft sie gestohlen? Schon überlegte er, Luise zu fragen, wem sie so eine Tat zutraute, verwarf aber diesen Gedanken wieder. Es galt, den Blick nach vorne zu richten und den nächsten Schritt zu wagen. Nach diesem Reinfall brauchte er Pielke und dessen Kumpane mehr denn je.

Mit einem Lächeln, das ihm seine gesamte Selbstbeherrschung abforderte, schob Ottwald dem schnauzbärtigen Juwelier die Schmuckstücke hin. »Geben Sie mir dreihundert Mark dafür.«

»Ich kann keine dreihundert dafür geben, da verdiene ich ja selbst nichts«, antwortete der Mann.

»Ich brauche das Geld – und überdies einige Männer, auf die ich mich verlassen kann!« Ottwalds Blick streifte Manfred Laabs, dessen Manieren besser waren als die der anderen. »Sie werden Informationen für mich besorgen müssen. Außerdem benötige ich ein Zimmer in Ihrem Bordell.«

»Was haben Sie vor?«, fragte Laabs verblüfft.

Ottwald von Trettin lächelte maliziös. »Das, mein Guter, werden Sie erfahren, wenn es so weit ist. Also, bekomme ich meine dreihundert Mark?« Das Letzte galt dem Juwelier.

Dieser wand sich noch einige Augenblicke und zählte dann zweihundertfünfzig Mark auf den Tisch. »Mehr kann ich nicht geben!«

»Auch gut! Dann verkaufe ich den Schmuck eben selbst. Er ist nämlich um einiges mehr wert, als Sie uns weismachen wollen. Mit Schund gibt mein Onkel sich nicht ab.«

»Haben Sie nicht etwas vergessen?«, fragte Rudi Pielke mit verkniffener Miene.

»Nein, das habe ich nicht. Sie erhalten Ihre Belohnung, sobald mein Vorhaben geglückt ist, und das wird dann um einiges mehr sein als tausend oder zweitausend Mark.«

Pielke musterte Ottwald von Trettin und traf eine Entscheidung.

»Also gut. Ich helfe Ihnen noch einmal. Aber eines möchte ich klarstellen: Wenn dabei wieder so wenig herausspringt, kann ich verdammt rachsüchtig sein.«
»Da habe ich keine Sorge!« Ottwald von Trettin sah lächelnd zu, wie der Juwelier weitere fünfzig Mark aus seiner Börse nahm und sie ihm hinlegte.
»Das mache ich nur aus Freundschaft zu Pielke«, erklärte der Mann säuerlich.
»Und, was wollen Sie jetzt anfangen?«, wollte Pielke wissen.
»Das werden Sie früh genug erfahren. Ich brauche auf jeden Fall Ihre Unterstützung und die Ihrer Leute. Keine Sorge, jeder bekommt dafür mehr Geld, als er auf andere Weise verdienen könnte.« Trotz der Enttäuschung wegen des verschwundenen Schmucks war Ottwald von Trettin zufrieden. Endlich hielt er wieder alle Fäden in der Hand, und die Gauner um ihn herum waren auf ihn und seinen Verstand angewiesen, um an Geld zu kommen. Er steckte die dreihundert Mark ein, nickte Pielke, Maxe und dem Schnauzbart noch kurz zu und befahl Laabs, mit ihm zu kommen.
»Wie ich schon sagte, werden Sie für mich spionieren müssen, damit wir zum richtigen Zeitpunkt zuschlagen können.«
»Ich begreife zwar immer noch nicht, was Sie wollen, aber ich bin dabei. Doch für heute müssen Sie mich entschuldigen. Ich habe meiner Frau versprochen, eine neue Hure ins *Le Plaisir* zu bringen, und das will ich jetzt tun.«
»Es ist doch schon Mitternacht vorbei«, wandte Pielke ein.
»Die Nacht ist die Zeit der Sünde«, gab Laabs zurück und verabschiedete sich.
Ottwald von Trettin verließ zusammen mit ihm die Kneipe und

gab ihm auf der Straße noch ein paar Anweisungen. Dann trennten sich ihre Wege. Während Manfred Laabs sich aufmachte, Dela Wollenweber zu holen, kehrte der Gutsherr in die Wohnung der Klampts zurück, in der er trotz der späten Stunde noch von seiner Mutter, Lores Dienstmädchen Luise und Gerhard Klampt erwartet wurde.

»Und? Hat es sich gelohnt?«, fragte Malwine, die in den Schmuckdiebstahl eingeweiht war.

Ihr Sohn schüttelte den Kopf. »Nein! Die besten Stücke haben sich nicht mehr in der Kassette befunden. Schätze, Fridolin hat sie nach Steenbrook mitgenommen, damit Lore sich das Zeug dort umhängen kann!«

»Verflucht sollen die beiden sein!«, rief Malwine aus.

Gerhard Klampt rutschte unruhig auf seinem Stuhl hin und her. »Aber das ist gar nicht gut. Wie wollen wir die Sache mit der Kom…«

»Wir werden einen anderen Weg finden!«, unterbrach ihn Ottwald, denn von dem Plan, Komtess Retzmann zu ehelichen, durfte Luise nichts erfahren. Die Kleine war in ihn verliebt und machte sich Hoffnungen, er würde sie aus Dankbarkeit heiraten, sobald er sein Recht gegen Fridolin erstritten hatte.

Ich werde mich dieses Weibsstücks ebenfalls entledigen müssen, sagte sich Ottwald und beschloss, Manfred Laabs damit zu beauftragen. Der kannte sicher ein Bordell, in dem man Luise sicher genug verwahrte, so dass sie ihm keine Schwierigkeiten bereiten konnte.

Malwine war alles andere als zufrieden. Für sie ging es nicht nur darum, an Nathalia von Retzmanns Vermögen zu gelangen. Solange Fridolin von Trettin und Lore zu den Spitzen der

Gesellschaft gehörten, würden sie alles tun, um Ottwalds Ehe mit der Komtess zu verhindern oder durch eine Annullierung oder Scheidung zu beenden. Wenn die Umstände, die zur Hochzeit geführt hatten, dabei aufkamen, waren sie und ihr Sohn für immer ruiniert.

»Wir müssen Fridolin und Lore ein für alle Mal vernichten!«, zischte sie voller Hass. »Wenn die beiden stürben, wärst du der Erbe.«

»Du vergisst die Bälger, die die beiden in die Welt gesetzt haben. Die müssten ebenfalls ins Gras beißen.«

»Nein, nicht die Kinder!«, rief Luise erschrocken. »Mord ist kein gutes Mittel. Sie müssen Ihr Recht vor Gericht erringen, Herr von Trettin!«

Ottwald warf seiner Mutter einen warnenden Blick zu. Mit ihren unkontrollierten Ausbrüchen würde diese das Dienstmädchen noch dazu bringen, sich auf Lores Seite zu schlagen.

»Aber was glaubst du denn, Luise. Niemand denkt hier an Mord«, erklärte er besänftigend. »Allerdings werde ich dafür sorgen, dass mein Onkel mir wieder den Respekt entgegenbringt, der mir als Oberhaupt des Stammhauses derer von Trettin gebührt.«

»Und wie?«, schnappte seine Mutter, die in ihrer Wut den dezenten Hinweis ihres Sohnes nicht wahrgenommen hatte.

Um zu verhindern, dass Malwine Luise und vielleicht sogar Gerhard Klampt gegen sie beide aufbringen würde, versetzte er ihr unter dem Tisch einen Stoß. »Das überlasse bitte mir, Mama! Für Frauen ist das nichts.«

An dieser rüden Antwort hatte Malwine zu schlucken. Ottwald begriff jedoch, dass sie nicht aufgeben würde, bis sie alles wusste. Aber die Wohnung der Klampts war zu klein und zu hellhörig, um seine Mutter über seine weiteren Pläne zu informieren. Er überlegte, ob er einen Teil der dreihundert Mark, die er von dem Juwelier erhalten hatte, dafür verwenden sollte, mit ihr in einem Hotel oder einem Gasthof unterzukommen, verwarf das aber wieder. Er würde nur gutes Geld vergeuden und konnte trotzdem nicht sicher sein, ob sie nicht belauscht wurden.

»Es ist spät. Wir sollten zu Bett gehen«, erklärte er.

Luise erhob sich als Erste, knickste und verschwand in dem kleinen Verschlag, den Ermingarde ihr als Übernachtungsmöglichkeit zur Verfügung gestellt hatte. Nach ihr stand Gerhard Klampt auf, wirkte aber verunsichert. »Glauben Sie wirklich, dass alles so klappt, wie Sie es sich vorstellen?«

»Selbstverständlich!«, antwortete Ottwald im Brustton der Überzeugung.

»Wollen wir es hoffen! Sonst muss ich wirklich diese Philomena heiraten, und dann bleiben wir unter Tante Fabarius' Fuchtel, solange diese lebt.«

Gerhard Klampt versuchte zu lachen, aber es klang wie ein trauriges Meckern. »Ich werde noch einmal ausgehen. Mein Freund Laabs sagte etwas von einem neuen Pferd, das heute in seinen Reitstall gekommen sein soll. Das will ich mir ansehen. Kommen Sie mit, Trettin?«

»Sie wollen mitten in der Nacht Pferde mustern?« Malwine zog fragend die Augenbrauen hoch.

Ottwald von Trettin wusste natürlich, dass dieses Pferd zwei Beine hatte und im *Le Plaisir* zu finden war. Seine Lust, das wenige Geld, das ihm der Diebstahl der Schmuckkassette eingebracht hatte, dort auszugeben, war jedoch gering, und daher schüttelte er den Kopf. »Nein danke. Der Tag war heute aufregend genug. Ich werde mich hinlegen.«

»Und Kraft schöpfen für die große Aktion!« Erneut lachte Klampt wie ein meckernder Ziegenbock, machte sich zum Ausgehen fertig und verließ das Haus.

Mit einem spöttischen Lächeln sah Ottwald dem Mann nach. Gerhard Klampt war zu sehr ein Sklave seiner Triebe, um erfolgreich sein zu können. Selbst wenn er einen Teil von Nathalias Vermögen erhielt, würde er es über kurz oder lang vergeuden und anschließend mit weiteren Forderungen zu ihm kommen. Im Gegensatz zu Pielke und seinen Gaunern würde man Klampt Glauben schenken, wenn er anfing zu reden. Also war es dringend notwendig, dass der Mann und seine weiblichen Verwandten für immer den Mund hielten. Diese Angelegenheit musste er ebenso sorgfältig vorbereiten wie seine Heirat, und er wusste auch schon, was zu tun war. Doch zuerst galt es, sich Nathalia von Retzmanns zu versichern und Fridolin so weit zu bringen, dass dieser ihn unterstützen musste.

Malwine saß mit düsterer Miene da und durchbohrte ihren Sohn mit ihren Blicken. »Jetzt sind wir unter uns. Also kannst du mir sagen, was du vorhast!«

Ottwald dachte eine Zeitlang nach und nickte schließlich. »Es wird wohl das Beste sein, damit du in Zukunft den Mund hältst, wenn Schweigen geboten ist. Sonst zerstörst du mit deinen Ausbrüchen noch meine Pläne. Komm mit!« Er stand auf und ging in das Zimmer, das er mit Gerhard Klampt teilte.

Seine Mutter folgte ihm gespannt und sah zu, wie er eine Schublade aufsperrte und unter einen Stapel Hemden griff. Als er den

Arm wieder herauszog, hielt er ein ledergebundenes Album in der Hand und reichte es seiner Mutter.

»Sieh es dir an!«

Diese starrte angewidert auf die Fotografien nackter Frauen, mit denen das Album gefüllt war. »Was soll dieser Schmutz?«

»Nun, was würde mit einer Dame der Gesellschaft geschehen, wenn ein solches Bild von ihr in Umlauf käme?«, antwortete ihr Sohn mit einer Gegenfrage.

»Sie wäre erledigt. Man würde vor ihr ausspucken, und alle Türen blieben ihr fürderhin verschlossen.« Malwine legte den Kopf schief und musterte ihren Sohn, als sähe sie ihn zum ersten Mal. »Das also hast du vor! Wenn du ein solches Bild von der Komtess in die Hände bekämst, müsste sie dir gehorchen wie eine Sklavin und unverzüglich in die Ehe einwilligen. Lore und Fridolin aber könntest du damit endgültig vernichten.«

»Ich will die beiden nicht vernichten, sondern zwingen, uns mit Geld und auch gesellschaftlich zu unterstützen. Nun solltest du in dein Zimmer gehen. Wenn Ermingarde oder ihre Tochter zufällig aufwachen und schauen, warum ihr kostbares Gaslicht hier noch brennt, entdecken sie, was für unanständige Bilder wir betrachten, und denken wer weiß was von uns.« Nach diesen Worten schob Ottwald von Trettin seine Mutter zur Tür hinaus, schloss diese und setzte sich aufs Bett.

Er blätterte noch einmal in dem Album und sagte sich, dass es das schwerste Stück Arbeit sein würde, ähnliche Fotos von Nathalia von Retzmann und Lore von Trettin anzufertigen. Der Aufwand würde sich jedoch lohnen und ihm beide samt seinem Onkel Fridolin in die Hand geben. Mit diesem Gedanken legte er das Album zurück in sein Versteck und machte sich für die

Nacht zurecht. Kaum hatte er sich das Nachthemd übergezogen, fiel ihm ein, dass er Gerhard Klampts Abwesenheit nützen könnte. Er schlich hinaus und klopfte leise an die Tür, hinter der Luise schlief.

## XIII.

Dela Wollenweber empfing Laabs sichtlich erfreut. »Wie schön, dass du doch noch kommst! Jetzt habe ich wenigstens für den Rest der Nacht frei. Ich musste heute schon drei Kerle ertragen, und einer davon hat mir wirklich weh getan. Das muss anders werden! Wenn ich weitermachen soll, muss ich selbst bestimmen können, wen ich in mein Bett lasse.«

Vor einigen Monaten war das Mädchen Laabs mit der Aussicht auf eine herrliche Zukunft nach Berlin gefolgt, hier aber rasch auf dem Boden der Tatsachen gelandet. Da Dela jedoch noch immer an seine unverbrüchliche Liebe glaubte, hatte sie nach einigem Widerstreben darin eingewilligt, für ihn als Hure zu arbeiten. Später, wenn sie beide genug Geld gespart hatten, so hatte Laabs es ihr erklärt, würden sie heiraten und ein eigenes Bordell aufmachen. Dann brauchte sie nur noch die Mädchen zu beaufsichtigen, ohne sich selbst irgendwelchen Freiern hingeben zu müssen.

Laabs sah eine Menge Schwierigkeiten auf sich zukommen. Da war zum einen seine Frau, die das hübsche Mädchen vom Land als Konkurrentin ansehen musste, und zum anderen Dela selbst, die ihm noch lange Vorwürfe machen würde. Daher überlegte er sich seine Antwort sehr genau. »Hallo, liebe Dela! Da es dir hier nicht gefällt, habe ich beschlossen, dich in ein anderes Haus zu bringen, eines, in dem nur die Spitzen der Gesellschaft verkehren. Dort brauchst du nur ein, zwei Männer pro Nacht zu befriedigen und wirst dafür weitaus mehr Trinkgeld erhalten als hier.«

»Mehr Trinkgeld? Das ist gut! Je rascher wir die notwendige Summe ansparen können, umso eher können wir unseren eigenen Puff aufmachen. Dann muss ich mich nicht mehr unter jeden Kerl legen, der gerade mal die paar Mark dafür aufbringen kann.«

Da Delas Hoffnung bald wie Nebel im Wind zerstieben würde, wich Laabs diesem Thema aus und forderte sie auf, ihre Sachen zu holen. »Wir werden zu Fuß gehen müssen. Um die Zeit noch eine Droschke zu bekommen, ist fast unmöglich.«

Er gesellte sich zu der hiesigen Prinzipalin und dachte nicht zum ersten Mal, dass ein gewaltiger Unterschied zwischen dieser Frau und Hede bestand. Seine Frau hätte jemandem wie ihm schon längst ein Glas Wein angeboten. Diese Puffmutter aber murrte nur ausdauernd, weil er ihr das beste Stück ihres Hauses wegnehmen wollte, obwohl ihre Stammkunden gerade auf frisches Fleisch aus waren.

Laabs war froh, als Dela mit einer Tasche erschien, in die sie ihre Habseligkeiten gestopft hatte. »Ich bin so weit«, sagte sie, ohne ihre bisherige Chefin eines einzigen Blickes zu würdigen. Die Frau hatte sie mit Schlägen gezwungen, ihr zu gehorchen, und das würde sie ihr nie verzeihen.

»Dann komm. Gott befohlen!« Laabs machte noch eine grüßende Bewegung in Richtung der Puffmutter und atmete auf, als der erdrückende Geruch schlechten Parfüms hinter ihm zurückblieb.

»Wenn ich gewusst hätte, dass ich in so etwas arbeiten muss, wäre ich niemals mit dir nach Berlin gekommen«, beschwerte Dela sich.

»Wenn man hier Geld machen will, muss man kleinliche moralische Bedenken beiseiteschieben«, antwortete Laabs leichthin.

Dela verzog das Gesicht, denn sie hätte die Arbeit in einer Bierschenke dem Hurenhaus jederzeit vorgezogen. Nun aber hoffte sie, dass es für sie aufwärtsging. »Du sagst, in dem neuen Puff geht es gesitteter zu?«

»Das Haus ist so vornehm, dass sogar Seine Königliche Hoheit, Prinz Wilhelm, dort zu Gast war«, behauptete Laabs, ohne zu wissen, ob das stimmte. »Die Spitzenkräfte erhalten dort jeden Abend mehr als einhundert Mark allein an Trinkgeld.«

»Einhundert Mark, sagst du?« Dela war beeindruckt. Ein guter Handwerker erhielt höchstens das Doppelte im ganzen Monat, und die Arbeiterinnen in den Fabriken Berlins konnten von einer solchen Summe als Monatslohn nicht einmal träumen. Rasch rechnete sie im Kopf aus, wie lange sie dort brauchen würde, um genug Geld für ein eigenes Bordell zusammenzusparen, und kam auf eine recht angenehme Zeit. Mit dem Gefühl, dass sich der Umzug nach Berlin nun doch zu lohnen schien, schritt sie neben Laabs her durch die nächtlichen Straßen. Da ihr Begleiter wusste, welche Ecken man um diese Zeit besser mied, gelangten sie ohne Probleme zur Stallschreiberstraße. Dort war es inzwischen sicherer als noch vor ein paar Wochen, denn einer von Hedes Stammkunden mit guten Kontakten zum Magistrat hatte dafür gesorgt, dass des Nachts Schutzmänner durch diese Straße patrouillierten, ohne den ankommenden und abfahrenden Gästen zu nahe zu treten. Nicht lange darauf hatte sich das Gesindel wieder in seine angestammten Viertel verzogen.

Einesteils war Laabs froh darüber, denn nun kamen wieder mehr Gäste in das *Le Plaisir* und brachten Geld herein. Andererseits fehlten ihm die alten Freunde, die ihm das Gefühl vermittelt hatten, der Herr im Haus zu sein, und er war wieder ganz von Hede und deren schwindender Großzügigkeit abhängig.
Sein Unmut hinderte ihn nicht daran, den Klingelzug zu betätigen und Anton, der ihnen öffnete, fröhlich zu begrüßen. »Na, mein Guter? Wie geht das Geschäft? Ist die Prinzipalin zufrieden?«
Anton nickte, betrachtete dabei das Mädchen, das mit Laabs gekommen war, und sagte sich wieder einmal, dass seine Chefin bei der Auswahl ihres Ehemanns klüger hätte sein sollen. Doch nun hatte sie Laabs am Hals und musste ebenso mit ihm auskommen wie mit der Tatsache, dass eheliche Treue für ihn nicht zu existieren schien. Die Kleine, die Laabs mitgebracht hatte, sah nämlich aus, als sei sie schwer in den Mann verknallt. Das war zum Glück nicht seine Sache, aber die Prinzipalin tat ihm leid und auch der kleine Junge, der im oberen Stock aufwuchs.
»Na, dann komm mal rein!«, forderte Laabs seine Begleiterin auf.
Dela folgte ihm in den Empfangssalon und bestaunte mit offenem Mund die feudale Einrichtung, die sich gänzlich von dem Puff unterschied, in dem sie bisher angeschafft hatte. Anzügliche Bilder, die nicht abstoßend, sondern beeindruckend lebendig wirkten, hingen an den Wänden, und die Kleider der beiden Mädchen, die auf einer roten Ottomane saßen und sie ungeniert musterten, erregten ihren Neid. Im gleichen Moment aber begriff sie, dass sie einer Milchmädchenrechnung aufgesessen war. Sie würde nicht jeden Groschen, der in ihre Hand kam, für ein eigenes Bordell

sparen können. Die Huren hier verdienten zwar viel, hatten aber gewiss auch hohe Ausgaben für Miete, Kleider und ähnliche Dinge. Mit einem Seufzen verdoppelte Dela die Zeit, die sie hier würde arbeiten müssen, und nahm sich vor, sich von den anderen Mädchen nicht die Butter vom Brot nehmen zu lassen.

»Ist Hede in ihrem Büro oder oben?«, fragte Laabs die wartenden Huren.

Eine wies mit dem Daumen in die Richtung das Büros. »Die Prinzipalin ist dort!«

Dela wandte sich mit spöttischer Miene an Laabs. »Die Puffmutter hier muss ja ganz schön eingebildet sein, wenn sie sich Prinzipalin nennen lässt.«

»Geh weiter!« Manfred Laabs schob das Mädchen in Richtung der Tür. Er wusste, dass Dela sich mit dieser Bemerkung einen schlechten Einstand im *Le Plaisir* verschafft hatte. Die Mädchen hier waren von Hede handverlesen und wussten genau, was sie an ihr hatten.

Selbst ihm war es nicht gelungen, Hilma und einige andere auf Dauer auf seine Seite zu ziehen. Jetzt wünschte er sich, eine Gruppe seiner Freunde würde hereinkommen und den Weibern zeigen, wer hier der Herr war. Das hatte er schon einmal veranlasst, um die Besitzerin eines Bordells und deren Huren zur Räson zu bringen. Hier aber würden wahrscheinlich innerhalb weniger Minuten die Gendarmen anrücken und jeden, der mit von der Partie war, wegen Aufruhr ins Gefängnis stecken.

Angespannt klopfte Laabs, hörte Hedes »Herein« und öffnete die Tür. Dela ging an ihm vorbei ins Büro, gewillt, sich von nichts und niemandem den Schneid abkaufen zu lassen, und sah sich einer gouvernantenhaft streng gekleideten Frau gegenüber, deren

Alter sie nicht schätzen konnte. Eines aber sah sie sofort. Anders als ihre bisherige Puffmutter war die Chefin des *Le Plaisir* eine elegante Schönheit und gewiss nicht darauf angewiesen, selbst Kunden in mit schlichten Feldbetten ausgestatteten Verschlägen zu empfangen.

»Das also ist Adele Wollenweber! Mein Lieber, ich muss dir einen gewissen Geschmack zubilligen. Sie entspricht zwar nicht unbedingt dem Standard, den ich von meinen Mädchen erwarte, aber ich bin sicher, dass wir die Kleine hinbiegen können.«

Was bildet die sich ein, dachte Dela empört. Immerhin hatte sie ein hübsches Gesicht und eine gute Figur, und dumm war sie auch nicht gerade.

»Sie soll sich ausziehen! Ich möchte sie nackt sehen«, fuhr Hede fort, als wäre das Mädchen vor ihr kein Mensch, sondern ein technisches Gerät, bei dem ihr Mann nur einen Schalter bedienen musste.

»He, so haben wir nicht gewettet!«, rief Dela empört.

»Ihre Renitenz sollte sie ablegen. Ich mag keine Mädchen, die mir widersprechen«, erklärte Hede scharf.

»Tu es!«, wisperte Laabs Dela zu.

Diese kniff die Lippen zusammen, öffnete nach kurzem Zögern die Knöpfe ihres Kleides und stand kurz darauf im Hemd da.

Hede deutete auf ein paar Schmutzflecke und rümpfte die Nase.

»Wenn sie im *Le Plaisir* arbeiten will, wird sie sich sauberer halten müssen. Außerdem müssen wir sie völlig neu ausstatten. In diesem Fetzen dort«, sie zeigte auf das Kleid, das Dela auf den Boden geworfen hatte, »kann sie vielleicht in einem der Hinterhausbordelle an der Friedrichstraße arbeiten, aber nicht hier im *Le Plaisir.* Und jetzt will ich den Rest sehen.«

Mit einem wütenden Schnauben riss Dela sich das Hemd vom Leib und stand so im Zimmer, wie Gott sie geschaffen hatte.
Laabs spürte, wie seine Erregung stieg, und er hätte sie am liebsten aufgefordert, mit ihm in den Nebenraum zu gehen, in dem eine schlichte Liege stand, auf der Hede sich gelegentlich ausruhte. Doch daran war natürlich nicht zu denken, wollte er nicht Gefahr laufen, noch weniger Taschengeld von Hede zu bekommen.
Dela stand so, dass Hede ihre strammen Schenkel und festen Brüste sehen konnte, und sah ihr frech ins Gesicht. »Damit eines klar ist. Ich gehe nur mit Männern in den Verschlag, die mir passen!«
Hede winkte mit verächtlicher Miene ab. »Hier gibt es keine Verschläge, sondern Séparées sowie ein paar Zimmer, in denen meine besten Mädchen ganz spezielle Herren empfangen. So weit bist du noch lange nicht. Doch selbst um andere Gäste so zu bedienen, damit sie zufrieden sind, wirst du noch einiges lernen müssen. Ich werde dich vorerst Hilma als Gehilfin zuteilen. Sie wird dir ein Fünftel ihres Trinkgelds abgeben, damit du dir neue Unterwäsche, Kleider, Parfüm und einige andere Dinge kaufen kannst. Später wirst du das kleinste Séparée erhalten und dort die weniger anspruchsvollen Gäste empfangen. Hast du spezielle Fähigkeiten oder bist bereit, sie zu lernen?«
Delas verständnisloser Blick sagte Hede, dass das Mädchen nicht die geringste Ahnung hatte, wovon sie sprach. »Wie es aussieht, hat mein Mann dir noch nicht viel beigebracht. Aber das wird er in der nächsten Zeit tun!« Ein scharfer Blick traf Laabs, der am liebsten im Boden versunken wäre, während Dela beinahe die Augen aus dem Kopf quollen.

»Ihr Mann?«

»Hat er dir nicht gesagt, dass er verheiratet ist? Gelegentlich vergisst er das.«

Hede versuchte, sarkastisch zu sein, um das Mitleid mit dem betrogenen Mädchen, das in ihr aufsteigen wollte, zu unterdrücken. Denn Adele Wollenweber war von ihrem Mann im Grunde noch schlimmer betrogen worden als sie selbst. Hede war schon eine Hure gewesen, als sie Manfred kennengelernt hatte, und hätte sich denken können, dass er sie nicht aus heißer Liebe zu ihr, sondern zu ihrem Geld geheiratet hatte. Dieses Mädchen hingegen hatte er mit falschen Versprechungen zur Hure gemacht.

»Du kannst dich wieder anziehen«, sagte sie um einiges freundlicher. »Wir werden später noch einmal miteinander reden und dann bestimmen, was mit dir geschieht, und zwar ohne meinen Mann.«

Letzteres klang so verächtlich, dass selbst Dela es in ihrer Erstarrung bemerkte. Sie drehte sich um, sah Laabs an und schlug ihm mit aller Kraft ins Gesicht.

Er stöhnte schmerzerfüllt auf und wollte zurückschlagen. Doch Hede trat dazwischen. »Du kannst uns allein lassen, Manfred. Draußen ist gewiss ein Mädchen, mit dem du ins Séparée gehen kannst. Es wird übrigens das letzte Mal sein, dass du sie umsonst bekommst. Ab morgen bezahlst du dafür genauso wie jeder andere auch.«

»Aber das kannst du nicht machen!«, rief Laabs empört.

»Und warum nicht? Wenn du mich schon mit anderen Weibern betrügst, soll es sich wenigstens finanziell für mich lohnen.«

»Eher gehe ich in einen anderen Puff!«

Hede zuckte mit den Achseln. »Ich halte dich nicht auf. Ach ja, eines noch: Von heute an ist die Tür meines Schlafzimmers für dich versperrt.«

»Das darfst du nicht! Immerhin bin ich dein Ehemann.« Manfred Laabs schäumte vor Wut, wagte aber nicht, handgreiflich zu werden. Wie er Hede kannte, würde diese sofort Anton und ihre Mädchen zu Hilfe rufen.

»Ich hätte dich niemals heiraten sollen«, sagte er daher mürrisch und zog ab.

Ich dich auch nicht, durchfuhr es Hede. Dann aber dachte sie an ihren Sohn und sagte sich, dass sie für Fritz sogar einen Manfred Laabs als Ehemann ertrug. Sie wischte diesen Gedanken rasch wieder beiseite und sah Dela an.

»Jetzt sind wir unter uns. Ich habe einige Fragen an dich, die ich beantwortet wissen will. Danach kannst du wegen mir nach Hause fahren. Ich zwinge dich nicht, hier zu arbeiten. Das habe ich noch bei keinem Mädchen getan.«

»Ich kann nicht mehr nach Hause! Meine Eltern würden mir die Tür vor der Nase zuschlagen. Das habe ich Ihrem Mann zu verdanken«, sagte Dela gepresst. »Er hat mich zu dem gemacht, was ich bin.«

»Such die Schuld nicht nur bei ihm!«, antwortete Hede kühl. »Du warst bereit, mit ihm zu gehen, und hast dich nicht nur ihm hingegeben, sondern auch zugelassen, dass andere Männer dich benutzen.«

»Ich habe mich von Ihrem Mann dazu überreden lassen. Jetzt trage ich denselben Stempel auf der Stirn wie …«

»… ich, meinst du wohl. Damit hast du recht. Für die Gesellschaft sind wir gefallene Frauen, und man zeigt mit Fingern auf uns. Dabei geraten die wenigsten von uns von selbst auf diese

Bahn, sondern fallen auf Kerle wie meinen Ehemann herein oder auf ach so feine Damen, die angeblich eine neue Zofe suchen. Für die meisten, die als Huren arbeiten, endet ihr Weg in Krankheit und Suff. Daher solltest du den Alkohol nach Möglichkeit meiden. Trinke einen Schluck, wenn die Gäste ein ganzes Glas leeren, und nippe nur am Cognac und anderen starken Getränken. Vor allem aber halte dich stets sauber und wasche dich, wenn ein Mann bei dir war, bevor du den nächsten in dein Séparée lässt.«
Wer bin ich, dass ich diesem kleinen Miststück Ratschläge erteile?, fragte sich Hede, als sie sich reden hörte. Doch sie konnte nicht anders. Dela tat ihr leid, und da ihre Liebe zu ihrem Mann gänzlich erloschen war, fühlte sie nicht einmal mehr Eifersucht auf das junge, blühende Ding.
»Setz dich auf den Stuhl dort. Du wirst in dieser Nacht noch nicht arbeiten. Erzähle mir alles, was in deinem Heimatdorf geschehen ist, und zwar besonders in Bezug auf Baron Anno Klingenfeld. Ich habe sagen hören, dieser Mann habe seine Gläubiger betrogen.«
Jetzt kommt es darauf an, dachte Hede. Sagte Dela die Wahrheit, würde sie ihr helfen, doch wenn das Mädchen log, würde sie in diesem Bordell die unterste Hure in der Hierarchie bleiben.
Dela musterte die Frau, unsicher, ob sie ihr vertrauen konnte. Sie hatte einige von Laabs Freunden kennengelernt und ahnte, dass darunter kaum einer zögern würde, sie in der Spree zu ertränken. Was war, wenn die Chefin dieses Bordells mit jenen Kerlen unter einer Decke steckte und dies alles nur ein Trick war, um herauszufinden, wie viel sie wusste? Dann aber schüttelte sie den Kopf. Diese Frau hatte den Zorn über ihren Mann nicht gespielt. Sie atmete noch einmal durch, zog sich an und begann zu erzählen.

Ein paar Türen weiter befand sich Manfred Laabs in Gesellschaft einer Dirne, war aber mit seinen Gedanken ganz und gar nicht bei der Sache. Wie es aussah, verfolgte Ottwald von Trettin große Pläne, die diesem viel Geld bringen würden. Dafür benötigte er seinen Worten zufolge ein Zimmer in einem Bordell. Doch Hede würde das wohl nicht zulassen, dachte er. Dieses Hindernis machte ihn so wütend, dass er einen Fluch ausstieß.

Die Hure unter ihm zuckte erschrocken zusammen. »Was ist los?«

»Nichts!«, gab Laabs zur Antwort und beschloss, sich diesmal durchzusetzen. Immerhin war er Hedes Ehemann, und sie hatte zu tun, was er wollte.

## XIV.

Lore betrachtete das Zimmer mit einer Miene, die zwischen Lachen und Entsetzen schwankte. »Hast du so etwas schon gesehen, Nati? Anno von Klingenfeld hat buchstäblich alles verkauft, was er irgendwie zu Geld machen konnte. Ich glaube, wenn er für den Fußboden etwas bekommen hätte, lägen die Dielen ebenfalls nicht mehr hier.«

»Du musst das Ganze positiv sehen. Nun kannst du das Herrenhaus so einrichten, wie es dir gefällt«, versuchte Nathalia ihre Freundin aufzurichten.

»Es wird unendlich lange dauern, bis wir das Geld dafür haben. Fridolin muss alles in die Fabrik stecken, und da bleibt für Möbel kaum etwas übrig.«

Lore überlegte, ob sie ihren Mann nicht wenigstens um ein paar hundert Mark bitten sollte, verneinte es aber sofort. Fridolins Situation – und damit auch die ihre – glich derzeit einem Tanz auf einer scharfen Klinge. Er würde die Fabrik nur dann fertigstellen können, wenn sie eisern sparten. Und selbst dann würde es mindestens ein, zwei Jahre dauern, bis diese genug Gewinn abwarf, um an andere Ausgaben denken zu können.

»Jetzt gib dich keinen trüben Gedanken hin. Es hätte ja noch weitaus schlimmer kommen können. Stell dir vor, Baron Anno hätte die für die Fabrik geplanten Maschinen auch noch zu Geld gemacht! Aber zum Glück hat er an die nicht gedacht. Vielleicht war er nie drüben auf der Baustelle und wusste gar nichts von dem Schatz, der dort zu finden ist.«

Nathalia kicherte, denn durch sein Desinteresse an den Vorgängen auf dem Gut hatte der betrügerische Baron Fridolin Investitionen erspart, die in die Zehntausende gegangen wären.

Lores Laune hob sich. »Du hast recht, Nati! Wir wollen nicht klagen. Außerdem haben uns die Nachbarn Möbel versprochen, mit denen wir die wichtigsten Räume einrichten können.«

»Ich beteilige mich übrigens auch an dieser Spendenaktion«, erklärte Nathalia lachend, »und zwar mit den Möbeln des Schlafzimmers, das in meinem Palais in Bremen für euch bereitsteht. Bis es neu eingerichtet ist, werdet ihr, du und Fridolin, wenn ihr Bremen besucht, in einem Gästezimmer oder bei Dorothea und Onkel Thomas schlafen müssen.«

»Nati, du bist ein Schatz!« Ein Schlafzimmer schien Lore das Wichtigste zu sein. Alles andere konnte improvisiert werden. Graf Nehlen hatte ihnen versprochen, die Möbel für das Frühstückszimmer zur Verfügung zu stellen, und Kowalczyk war nach Berlin gefahren, um den Transport einiger Möbel in die Wege zu leiten, die dort nicht dringend gebraucht wurden.

»Irgendwie bekommen wir das hin. Es wird ein lustiger Mischmasch aus verschiedensten Stilen und Zeiten werden. Doch bin ich all den Leuten, die uns nun helfen, sehr dankbar!« Lore umarmte Nathalia und forderte sie auf, weiter mit ihr das Herrenhaus zu erforschen.

Wie Fridolin ihr erklärt hatte, waren die Räume bis auf den Gesindetrakt leer geräumt. Doch als sie die hölzerne Treppe zum Speicher hinaufstiegen, erwartete sie eine Überraschung. Hinter alten Kisten entdeckten sie mit Planen zugedeckte Möbel aus dem Barock, die offenbar schon seit vielen Jahren unberührt waren.

»Baron Anno hat diesen staubigen Speicher wohl ebenso wenig betreten wie die halbfertigen Bauten der Fabrik«, rief Nathalia lachend und wischte sich eine Spinnwebe aus dem Gesicht.

»Vorsicht, auf den Haaren sitzt auch noch etwas.«

»Danke!« Nathalia versuchte, das klebrige Zeug zu entfernen, während Lore trotz der aufstiebenden Staubwolke die Planen noch weiter zurückzog und verblüfft auf die zierlichen Möbel starrte.

»Anno von Klingenfeld kann als Kind hier nicht gespielt haben, sonst hätte er gewusst, was für ein Schatz hier verborgen ist!«

»Auf jeden Fall kannst du die Prachträume des Herrenhauses so einrichten, wie es zu Zeiten Augusts des Starken üblich war. Das mag zwar jetzt nicht in Mode sein, aber es wird Eindruck auf die Nachbarschaft machen. Etliche haben doch gesehen, in welchem Zustand der Betrügerbaron das Gut hinterlassen hat.«

Nathalia klang überaus zufrieden, denn zum einen besaß ihre

Freundin nun Möbel, mit denen sie ihre Gäste in Staunen versetzen konnte, und zum anderen hatte Anno von Klingenfeld sich durch eigene Unachtsamkeit um eine nicht gerade geringe Summe gebracht, die ein Sammler gewiss gerne für die Barockmöbel bezahlt hätte.

»Bevor wir die Stühle und Tische vorzeigen können, müssen sie poliert werden. Außerdem müssen wir die Polster ausklopfen lassen und nachsehen, ob sie Löcher haben. Notfalls bestellst du einen Polsterer, der sie repariert.«

Lore entdeckte nun sogar ein großes Bett, das Platz genug für zwei bot. Es hatte einen Dachhimmel, dessen rechte Pfosten von je einer unbekleideten vergoldeten Nymphe, die linken von zwei ebenfalls nackten und vergoldeten Satyrn gekrönt wurden. Damit verfügten sie und Fridolin nun sogar über ein Ehebett. Allerdings fragte sie sich kichernd, was ihr Mann zu diesem Prachtstück sagen würde.

Nathalia betrachtete das Bett und sah Lore dann verwundert an. »In so etwas haben die Leute damals geschlafen?«

»Ich denke schon. Aber kannst du dir das vorstellen? Der Herr des Hauses liegt, in einen Morgenmantel gehüllt, in seinem Bett und empfängt dort seine Gäste!«

»Das wäre aber sehr ungehörig«, stieß Nathalia in einem Ton hervor, als wäre sie selbst stets ein Vorbild an guten Manieren gewesen.

Lore musste niesen, weil ihr der Staub in die Nase drang, und wich bis zur Treppe zurück. Von dort wies sie noch einmal auf das Bett. »Damals galt das nicht als ungehörig. Man erzählt, der französische König Ludwig IV., den man auch den Sonnenkönig nennt, hätte vom Bett aus sein Reich regiert.«

»Bei den vielen Mätressen, die er hatte, kann er ja auch kaum mal aus dem Bett herausgekommen sein«, antwortete Nathalia amüsiert.

»Du verwechselst ihn mit seinem Urenkel Ludwig XV., der nicht zu Unrecht den Beinamen ›der Vielgeliebte‹ trug. Damals empfingen aber nicht nur die Herren der Schöpfung, sondern auch die Damen ihre Gäste im Bett.«

Kaum hatte sie es gesagt, fand Lore ihren Ausspruch doch zu anzüglich und erklärte, dass die Damen selbstverständlich mit Negligé und Morgenrock bekleidet gewesen wären und nichts Ungehöriges getan hätten.

»Meist nicht, aber gelegentlich doch.« Nathalia kicherte erneut und schüttelte dann den Kopf. »Gut, dass Mary uns heute nicht begleitet hat, denn sie würde uns jetzt gehörig den Kopf waschen. Solche Reden gehören sich nicht für Damen!«

»Dann sollten wir uns in Zukunft besser beherrschen.« Auch wenn Lore ihre Freundin Mary mochte, war ihr diese in ein paar Dingen zu englisch, wie sie es für sich bezeichnete. Dazu gehörte eine gewisse Prüderie, die auch hierzulande immer weiter um sich griff. So war es den Herren streng verboten, in Gegenwart von Damen Anzüglichkeiten von sich zu geben. Stattdessen suchten sie Etablissements wie das *Le Plaisir* auf und lebten dort ihre Triebe aus.

Lore hatte Hede Pfefferkorn seit deren Heirat nur dreimal getroffen, ihre letzte Begegnung lag bereits zwei Jahre zurück. Nun wünschte sie sich, sie könnte diese Bekanntschaft besser pflegen. Doch es war ihr unmöglich, Hede in deren Bordell aufzusuchen, und sie konnte die Bordellbesitzerin nicht offen empfangen, sonst würden etliche Leute sie schneiden.

Während Lores Gedanken sich mit Hede beschäftigten, war Nathalia ihr in das darunterliegende Stockwerk gefolgt und blickte nun durch ein Fenster ins Freie. Plötzlich winkte sie ihre Freundin zu sich. »Wie es aussieht, kommt da jemand. Ach, schau an! Es ist Jürgen Göde. Wahrscheinlich hat Graf Nehlen ihn als Boten geschickt, um uns zu sagen, wann die ersten Spendermöbel kommen.«

»Dann wollen wir nach unten gehen und ihn empfangen. Zum Glück haben wir genug Lebensmittel vom Kaufmann bringen lassen, um ihm einen kräftigen Imbiss vorsetzen zu können.«

Lore wollte sich umdrehen, nahm aber die Spuren an Nathalias Kleid wahr, die der Schmutz vom Dachboden hinterlassen hatte, und blickte an sich herab.

»Bevor wir Herrn Göde empfangen, müssen wir uns zuerst umziehen«, sagte sie lächelnd.

»Das wäre ein guter Gedanke, wenn wir genug Kleider dabeihätten. Aber ich habe nur noch das Reitkleid, und bei dir sieht es nicht anders aus. Weißt du was? Wir klopfen uns gegenseitig den Staub aus den Kleidern, und dann sehen wir wieder präsentabel aus.«

»Und wenn nicht?«, fragte Lore.

»Dann sieht Herr Göde, dass wir nicht auf der faulen Haut herumliegen, sondern etwas tun.« Ohne eine weiteren Einwand abzuwarten, rückte Nathalia den größten Staubflecken auf Lores Kleid zu Leibe und hörte erst auf, als dieses, wie sie behauptete, wieder halbwegs sauber aussah. Danach ließ sie Gleiches über sich ergehen. Da Lores Bemühungen sie kitzelten, kicherte sie und trat so ausgesprochen gut gelaunt ins Erdgeschoss, um Jürgen als ersten Gast auf Klingenfeld zu begrüßen.

»Seien Sie uns willkommen, Herr Göde. Ihr Erscheinen beweist, dass Graf Nehlen uns nicht vergessen hat!« Lore lächelte den jungen Mann freundlich an, denn anders als seine beiden Vettern fand sie ihn sympathisch.

»Guten Tag, Frau Gräfin, Komtess!« Da ihm die zehn Kilometer im Sattel in den Knochen saßen, verbeugte Jürgen sich etwas steif. Außerdem wirkte er niedergeschlagen.

»Ist etwas geschehen?«, fragte Lore besorgt.

Jürgen verneinte. »Es ist nur so«, fuhr er fort, »Graf Nehlen wollte, dass einer von uns dreien nach Klingenfeld kommt und den Damen beisteht, den Haushalt einzurichten. Leutnant Bukow und Herr von Gademer haben sich geweigert, und so hat unser Großonkel bestimmt, dass ich hierherreiten soll.«

»Und das gegen Ihren Willen, wollen Sie wohl sagen. Pfui, Herr Göde! Dabei habe ich Sie für einen Kavalier gehalten.«

Obwohl Nathalia um einiges kleiner war als Jürgen, gab sie ihm das Gefühl, sie sähe auf ihn herab.

Er senkte den Kopf und streckte abwehrend beide Hände aus. »So ist es gewiss nicht, Komtess. Aber ich weiß nicht, ob ich dieser Aufgabe gewachsen bin. Leutnant Bukow ist es gewohnt, zu befehlen, und von Gademer hat sich als Verwalter eines großen Gutes bewährt. Beide wissen gewiss besser als ich, was hier getan werden muss.«

»Jetzt stellen Sie sich nicht an wie ein kleiner Junge, der zum ersten Mal auf die Straße hinausgehen soll. Für das, was hier zu tun ist, sind Sie genau der richtige Mann. Das Herrenhaus von Klingenfeld soll ja schließlich keine Kaserne werden, und wir wollen auch keine Kühe im großen Saal züchten. Daher sind die Herren Bukow und Gademer für unsere Zwecke völlig ungeeignet. Sie hingegen sind sowohl in der Kunst wie auch in der Wissenschaft bewandert und haben den Besitzern großer Häuser geholfen, ihre Sammlungen zu sortieren. Jetzt werden Sie uns helfen, das Sammelsurium an Möbeln zu ordnen, das auf uns zukommen wird. Übrigens können wir Ihnen auf dem Speicher eine Überraschung präsentieren, nämlich Möbel aus einer Zeit, in der die Damen ihre Gäste im Bett empfangen haben. Heute wäre das zwar *shocking*, wie Mary Penn sagen würde, aber einem geschenkten Gaul – oder in dem Fall einem geschenkten Bett – schaut man nicht ins Maul!«

Nathalia brachte das so trocken hervor, dass Jürgens Mundwinkel zu zucken begannen. Auch Lore musste sich das Lachen verkneifen, nahm sich aber vor, ihrer Freundin wieder einmal die Leviten zu lesen. Ganz so frei sollte man auch vor Freunden nicht sprechen. Erst einmal war sie jedoch froh, dass Jürgen seine Unsicherheit ablegte und sie bat, sich die Barockmöbel ansehen zu dürfen.

»Sie dürfen sie nicht nur ansehen«, erklärte Nathalia spöttisch, »sondern auch mithelfen, sie vom Speicher zu schaffen, zu reinigen und zu polieren, auf dass ihr Glanz die Augen der Besucher blenden wird, die, von der Neugier getrieben, bald in großen Scharen hier erscheinen werden.«

Lore warf ihr einen scharfen Blick zu. »Du wirst unsere Gäste gewiss nicht in diesem Bett empfangen!«

»Natürlich nicht! Wenn, wäre dies deine Aufgabe. Schließlich ist es dein Haus und dein Bett«, gab Nathalia lachend zurück.

# Sechster Teil

## *Le Plaisir*

# 1.

Für Hede gab es nichts Schöneres, als ihrem Sohn zuzusehen und sich zu freuen, wie geschickt er für sein Alter war. Eben hatte er die Chaiselongue erklommen und sah mit seinen strahlend blauen Augen zu ihr auf. Gleichzeitig hob er die kleine Hand und strich ihr sanft über das Gesicht.

»Mama lieb«, sagte er.

»Ich habe dich auch lieb!« Hede setzte ihn sich auf den Schoß und küsste das blondgelockte Bürschchen, das so engelsgleich aussah, obwohl es manchmal ein kleiner Teufel sein konnte. Im Augenblick schmiegte der Junge sich an sie und war damit zufrieden, ihre Nähe zu spüren.

»Er wird immer flinker«, erklärte seine Kinderfrau. »Ich muss ganz schön aufpassen, dass er mir nicht ausbüxt und die Treppen nach unten steigt. Dort hat er nämlich nichts verloren.«

»Ich habe mir schon überlegt, eine Wohnung zu mieten, in der du mit Fritz wohnen kannst. Aber dann würde ich ihn nicht mehr so oft sehen können.«

Wieder einmal bedauerte Hede, nur eine Hure zu sein, die durch die Umstände des Schicksals reich geworden war. Dieser Makel würde an ihrem Sohn hängenbleiben und ihn am Fortkommen in diesem Land hindern. Sie hatte gehofft, dies durch ihre Heirat ändern zu können. Doch Manfred Laabs war auch nur ein gescheiterter Bordellwirt und nicht jene bürgerliche Existenz, die er ihr zu Beginn ihrer Bekanntschaft vorgespielt hatte. Noch weniger war er ein treusorgender Vater, denn er hatte mit Kindern nicht viel am Hut. In den ersten Monaten nach Fritz' Geburt hatte Hede sich noch über seine eher gleichgültige Haltung geärgert,

doch mittlerweile war sie froh darüber. Es war besser, wenn ihr Junge sich nicht den Vater zum Vorbild nehmen konnte. Wenigstens jetzt noch nicht, schränkte Hede ein. Doch was war, wenn Fritz größer wurde und ihr Mann ihn in den Kreis seiner Freunde einführte, die sie für Gauner oder Schlimmeres hielt?
»Das darf nicht geschehen«, sagte sie, um sich selbst Mut zu machen.
»Was sagen Sie, Madame?«, fragte ihre Kinderfrau verwirrt.
»Ach, nichts«, antwortete Hede, die sich in diesem Augenblick nichts sehnlicher wünschte, als sich mit ihrem Sohn in die Provinz zurückzuziehen und dort ein bürgerliches Leben beginnen zu können. Dafür aber würde sie das *Le Plaisir* aufgeben müssen, und das würde ihr Mann niemals zulassen. Manfred hatte sich zu sehr daran gewöhnt, das Geld auszugeben, das sie verdiente, und er würde seine Unarten auch anderswo nicht aufgeben.
Doch waren es wirklich nur Unarten?, fragte sich Hede. Von Dela Wollenweber hatte sie erfahren, dass Manfred an Anno von Klingenfelds Betrügereien beteiligt gewesen war. Allerdings hatte der Baron ihn ebenso wie seine anderen Komplizen um den vereinbarten Anteil gebracht und war mit dem ergaunerten Geld verschwunden.
Wie schon mehrfach in den letzten Tagen fragte sich Hede mit schlechtem Gewissen, ob sie nicht Fridolin schreiben und die Schuld ihres Mannes bekennen sollte. Doch um ihres Jungen willen schob sie es immer wieder auf. Aber wie lange würde sie mit dieser Lüge leben können? Fridolin von Trettin war ein alter Freund, und er vertraute ihr. Wie sie es auch immer betrachten mochte – das Leben türmte Probleme vor ihr auf, mit denen sie nicht mehr fertig zu werden glaubte.

»Mama, will Kekse!« Die Stimme des Jungen riss Hede aus ihrem Grübeln, und sie griff in die Schachtel mit den Keksen, wohl wissend, dass Fritz jedes Backwerk mit Begeisterung auf ihrer Chaiselongue zerkrümelte.

Während sie ihm einen Keks reichte, sah sie seine Kinderfrau an. »Ich muss jetzt wieder hinunter. Gib gut auf meinen Sonnenschein acht!«

»Das tu ich gewiss, Madame. Ich werde Ihnen niemals vergessen, dass Sie mich behalten haben, nachdem ich nicht mehr arbeiten konnte. Eine andere hätte das nicht getan!«

Hede hob verlegen die Hand. »Jetzt stelle mich nicht auf ein Podest, das mir nicht zusteht. Ich versuche nur, gerecht zu sein.«

»Sie sind mehr als das, Madame. Sie handeln nicht nur gerecht, sondern auch edel. Dafür danke ich Ihnen!«, sagte die Frau, ergriff Hedes Hand und küsste sie.

Immerhin hatte Hede nicht nur die langwierige Behandlung nach ihrer Verletzung durch einen zu rücksichtslosen Freier bezahlt, sondern ihr auch noch die Aufsicht über ihren Sohn übertragen. In den meisten Bordellen hätte sie ihre Verletzung entweder gar nicht überlebt, oder man hätte sie elend und krank, wie sie gewesen war, auf die Straße gesetzt. Daher versicherte sie Hede noch einmal, dass diese sich voll und ganz auf sie verlassen könne.

»Sie sollten eine eigene Wohnung für Fritz im Auge behalten, Madame. Es wäre für den Jungen nicht gut, in diesem Haus aufzuwachsen. Er könnte sonst so werden …« Die Frau brach ab und schlug sich auf den Mund. »Tut mir leid, ich wollte nichts Despektierliches sagen.«

»Er könnte sonst so werden wie mein Mann, meinst du? Das will ich auch nicht!« Hede küsste ihren Sohn auf die Stirn, reichte ihm einen weiteren Keks und wandte sich noch einmal an die Kinderfrau. »Du solltest die Tür zum Korridor abschließen und den Schlüssel bei dir tragen, damit Fritz nicht ausbüxt und hinunterläuft. Ich habe einen eigenen Schlüssel, und mein Mann – bei Gott, der kann klopfen!« Hede wusste selbst, dass dies auf Dauer keine Lösung war. Irgendwann würde der Junge die Tür offen finden und in jene Räume geraten, die er auf keinen Fall betreten durfte.

Mit der Sorge, ihr Leben nicht mehr meistern zu können, verließ Hede ihre Wohnung im zweiten Stockwerk und trat kurz darauf in den Empfangssalon des *Le Plaisir.* Die meisten Mädchen waren beschäftigt, doch zu ihrer Verwunderung traf sie Hilma und Dela an. Da Hilma sich immer mehr zur beliebtesten Hure ihres Etablissements entwickelte, fragte sie diese verwundert, ob niemand sie hatte engagieren wollen.

»Oh doch«, gab Hilma ungeniert zu. »Aber der Herr Baron Rendlinger hat sich für zehn Uhr heute Abend angemeldet, und den darf ich nicht ermattet empfangen.«

Hede nickte. Der Großindustrielle Rendlinger war einer der ältesten Stammkunden des *Le Plaisir* und besaß das Recht auf eine Vorzugsbehandlung. Dazu gehörte auch, dass das Mädchen, das er sich aussuchte, nicht gerade von einem anderen Kunden kam, wenn er das Bordell betrat. In letzter Zeit hatte Rendlinger eine Vorliebe für Hilma entwickelt, und so war es verständlich, dass diese auf ihn wartete.

»Dann bereite alles für den Empfang des Barons vor«, erklärte Hede und verzog bei dem Titel spöttisch die Lippen.

Auch mehr als zehn Jahre nach der Ausstellung seines Adelsbriefes war Rendlinger alles andere als ein Edelmann, sondern der rücksichtslos agierende Industrielle, der mittlerweile so viele Fabriken sein Eigen nannte, dass er wahrscheinlich kaum noch wusste, wo diese im Deutschen Reich verstreut lagen.

Im Gegensatz zu Hede fand Hilma den Industriebaron aufregend und freute sich auf sein Kommen. Rendlinger wählte sein Mädchen stets für eine ganze Nacht und ließ sich nicht lumpen. Es gab Champagner, Austern und andere Delikatessen, von denen sie früher nicht einmal den Namen gekannt hatte. Natürlich war er sehr anspruchsvoll im Bett, doch sie selbst war nicht prüde und gönnte gut zahlenden Kunden einen besonderen Service. Wie viele andere Huren träumte auch sie davon, einmal Hedes Beispiel zu folgen und ein eigenes Bordell aufmachen zu können. Daher versicherte sie der Prinzipalin, sie habe bereits alles für Rendlinger vorbereitet.

»Sehr gut! Auf dich kann ich mich verlassen. Doch was ist mit Dela?«

»Baron Rendlinger hat uns mitteilen lassen, dass Bankier von Grünfelder ihn begleiten wird. Da dieser bei seinen Besuchen gerne ein frisches Gesicht um sich sieht, habe ich gedacht, Dela wäre gerade richtig für ihn. Er verlangt ja nie etwas Ungewöhnliches von seinen Mädchen, und das, was er erwartet, kann sie gut.«

Hilma zwinkerte Dela zu und verriet Hede damit, dass die beiden sich bereits angefreundet hatten. Das war gut für den Frieden in ihrem Bordell, doch die Erwähnung des Namens Grünfelder erinnerte sie wieder an den falschen Schmuck, mit dem Klingenfeld den Bankier betrogen hatte, und Fridolins Fragen. Jetzt lebte das Mädchen bereits seit Tagen in ihrem Haus, und sie wagte immer noch nicht, dies ihrem Freund zu bekennen.

Hilma durchbrach ihren Gedankengang. »Verzeihen Sie, Madame, aber Ihr Ehemann hat vor seiner Abreise davon gesprochen, dass er bei seiner Rückkehr einen Raum in der ersten Etage benötigt, weil er dort Fotografien anfertigen lassen will. Einige von uns glauben, er will Nacktbilder machen, und sie möchten auf keinen Fall, dass jeder, der die paar Mark übrig hat, sie ohne Kleider sehen kann. Ihnen geht es auch um die Herren, die als Stammkunden zu uns kommen. Diese würde es gewiss nicht freuen, wenn jeder Lümmel den Anblick, für den sie teuer bezahlen müssen, für ein paar Groschen kaufen kann.«

Hede sah Hilma verwundert an. »Mein Mann will Fotografien machen lassen? Davon weiß ich nichts.«

»Es ist ihm vorgestern herausgerutscht und war ihm sichtlich peinlich. Er hat mich und Dela beschworen, nichts zu sagen, aber es haben auch andere Mädchen gehört, und seitdem sind wir in Sorge.«

»Das braucht ihr nicht zu sein. Keine von euch wird gezwungen, sich nackt fotografieren zu lassen, es sei denn, sie will es selbst, um die Bilder ihren Stammkunden zu schenken.«

Da einige Herren dies wünschten, ließ Hede von Zeit zu Zeit einen Fotografen kommen, der bereit war, solche Aufnahmen zu machen. Es empörte sie jedoch, dass ihr Mann das Gleiche vorhatte, ohne mit ihr darüber gesprochen zu haben.

»Ich werde es nicht zulassen«, setzte sie leise hinzu und sah ein weiteres Problem vor sich, denn wenn sie ihrem Mann die Sache verbot, würde es mit Sicherheit wieder zum Streit kommen. Mit einer müden Bewegung wandte sie sich ab. »Wenn etwas ist – ich bin in meinem Büro.«

Kaum hatte Hede den Salon verlassen, reckte Dela sich und sah ihre Kollegin fragend an. »Rendlinger und Grünfelder kommen doch erst später. Da hätten wir uns vorher schon noch ein wenig Geld verdienen können. In dem Puff, in dem ich war, hätte die Chefin es nicht geduldet, dass zwei Mädchen nutzlos herumsitzen.«

»Darum ist das dort auch, wie du richtig sagtest, ein Puff und unser *Le Plaisir* ein Edelbordell. Hier geht es nicht darum, möglichst viele Kerle in möglichst kurzer Zeit zu befriedigen, sondern ausgesuchten Gästen zu Willen zu sein. Der Bankier von Grünfelder zum Beispiel ekelt sich davor, wenn er bei einem Mädchen riecht, dass es gerade von einem anderen Mann gekommen ist. Aus diesem Grund besteht Madame darauf, dass wir uns ausgiebig waschen und stets Parfüm auftragen. Außerdem …« Hilma setzte die Lektion noch eine ganze Weile fort, bis draußen ein Wagen anhielt und die beiden Herren erschienen.

## *II.*

Anton öffnete Rendlinger und Grünfelder die Tür und deutete einen militärischen Gruß an, obwohl die beiden Herren während ihrer Dienstzeit bei der Armee nicht über den Stand eines gemeinen Soldaten hinausgekommen waren. Mittlerweile konnten sie über die Offiziere lachen, die zumeist mit ihrem kargen Sold nicht auskamen. Ihr eigener Reichtum bot ihnen im neuen Deutschen Reich mehr Möglichkeiten als jenen Herren mit alten adeligen Namen, welche nicht durch ein nennenswertes Vermögen unterfüttert waren.

Dieses Selbstbewusstsein strahlte Rendlinger aus, als er ins *Le Plaisir* trat. Sein Blick glitt über Anton hinweg wie über einen Gegenstand, der zwar dazugehört, aber den man selbst nicht mehr wahrnimmt. Als er in den Empfangssalon kam, krauste sich seine Stirn, da er nur die beiden Mädchen sah. Bevor er jedoch seinen Unmut äußern konnte, knickste Hilma vor ihm und gönnte ihm einen tiefen Einblick in ihr Dekolleté.

»Willkommen, Herr Baron. Ich habe bereits alles für Sie vorbereitet. Wenn Sie mir bitte folgen wollen!«

Rendlinger sträubte sein Gefieder, als er das hörte. »Warum glaubst du, dass ich dich auswählen würde? Ich kann mir jede Hure in diesem Bordell leisten. Wenn es sein muss, auch alle zusammen!«

»Wenn Sie das wünschen, werde ich Madame sagen, dass sie dies in die Wege leiten soll. Wir sollten dann allerdings Kostüme tragen, besonders Sie, Herr Baron, und zwar das eines osmanischen Paschas oder gar Sultans. Wir wären dann Ihre Haremsdamen.«

Hilmas flinke Antwort besänftigte Rendlingers Unwillen, und er lachte. »Bei Gott, das wäre wirklich ein Spaß. Aber ein scharfes Kartenspiel wäre mir lieber!«

Wie von Zauberhand tauchte ein Stapel Spielkarten zwischen Hilmas Fingern auf. »Auch darauf bin ich vorbereitet, Herr Baron. Um was wollen Sie spielen? Um die Kleidungsstücke, die ich dabei ausziehen soll?«

Jetzt musste Rendlinger lachen. »Warum soll ich um etwas spielen, was sowieso im Preis inbegriffen ist? Nein, ich spiele nur um harte Mark. Oder traust du dich nicht?«

Einen Augenblick schwankte Hilma. Sie hatte sich zwar ein bisschen Geld gespart, doch wenn sie das jetzt im Kartenspiel an Rendlinger verlor, war sie hinterher schlimmer dran als zuvor. Dann aber straffte sie sich und nickte. »Und ob ich mich traue!«

»Du wirst aber nackt sein, wenn wir spielen. Ich will nicht, dass unter Umständen Karten in deinem Ärmel verschwinden!« Rendlinger sagte es mehr im Scherz, doch Hilma nickte eifrig.

»Gerne, Herr Baron!« Für sich sagte das Mädchen, dass Rendlinger wohl kaum auf seine Karten achten würde, wenn sie unbekleidet vor ihm saß und ihre Reize wirken ließ.

Fröhlich lachend folgte der Industrielle dem Mädchen in das größte und am besten ausgestattete Séparée des *Le Plaisir,* in dem bereits gekühlter Champagner und auf Eis gepackte Austern bereitlagen, und sah mit leuchtenden Augen zu, wie Hilma sich in einem orientalischen Tanz wiegend auszog. Als sie im Schneidersitz auf dem Bett Platz nahm und die Karten mischte, verspürte er eine so starke sexuelle Anspannung, dass er sie beinahe auf der Stelle genommen hätte.

Hilma war jedoch viel zu geschickt, um dies zuzulassen. Sie teilte die Karten aus, verlor zwanzig Mark mit lächelnder Miene und gewann daraufhin fünfzig, um diese umgehend wieder an Rendlinger zu verlieren. So ging es eine ganze Weile hin und her, bis Rendlinger ein unschlagbares Blatt bekam, gegen das Hilma auch mit ihren guten Karten nicht ankam. Jetzt wurde der Stapel Münzen, den sie vor sich aufgebaut hatte, ziemlich klein, und für Augenblicke erfasste sie Panik. Da schob Rendlinger alles Geld zu ihr hinüber und lachte über ihre verblüffte Miene.

»Das hast du dir verdient! Ich hatte schon lange nicht mehr so viel Spaß wie eben. Wenn du im Bett genauso gut bist, werden wir beide uns noch häufig in diesem Séparée treffen.«

»Im Bett bin ich noch viel besser«, erklärte Hilma mit einem schmelzenden Blick und machte sich daran, ihren Gast zu entkleiden. Sie ging dabei so geschickt vor, dass Rendlinger glaubte, vor Lust zu vergehen.

Doch er kam noch immer nicht zum Zug, denn Hilma schenkte ihm Champagner ein und stieß mit ihm an. »Auf noch viele Male in diesem Séparée!«

»Dafür musst du aber gut sein«, sagte er noch und wälzte sich auf sie. Er wog gut zweihundertfünfzig Pfund und presste sie tief in die Matratze. Ein anderes Mädchen hätte sich vielleicht beschwert, doch Hilma feuerte ihn an und krallte dabei ihre langen, scharfen Fingernägel in seinen Rücken.

Rendlinger stöhnte auf, hielt aber nicht inne, sondern verlor sich in einem Taumel der Lust, aus dem er erst nach etlicher Zeit wieder erwachte. Als er keuchend auf dem Bett lag, hob Hilma den Kopf und flößte ihm Champagner ein, so als wäre sie eine Krankenschwester und er ein schwerkranker Mann. Den Rest des Glases goss sie über ihn aus, und was dann folgte, war für Rendlinger wie ein Eintauchen in ein Märchen aus Tausendundeiner Nacht, in dem er Wonnen erlebte, von denen er bislang nicht einmal zu träumen gewagt hatte.

## *III.*

Während Rendlinger von Hilma entführt wurde, blieb Grünfelder im Empfangssalon zurück und sah sich Dela näher an. »Du musst neu sein, denn ich habe dich noch nie gesehen.«

Das Mädchen nickte, blieb aber stumm. Der Mann vor ihr war

sicher über sechzig Jahre und damit mehr als dreimal so alt wie sie. Doch er sah gepflegt aus und wirkte zu ihrer Verwunderung eher hilflos.

»Wie heißt du?«, fragte Grünfelder weiter.

»Adele, ich werde Dela genannt.«

»Dann werde ich dich auch Dela nennen. Wie alt bist du?«

»Ich bin im letzten Februar achtzehn geworden«, bekannte Dela.

»Das ist wirklich noch sehr jung. Die meisten Mädchen hier im *Le Plaisir* sind älter.«

Delas Jugend reizte den Bankier. Auch wenn sie eine Hure war, wirkte sie doch auf eine seltsame Weise unschuldig.

»Wie bist du hierhergekommen?«, wollte Grünfelder wissen.

Dela hätte nun alle möglichen Ausreden anbieten können, doch sie beschloss, sich möglichst nahe an der Wahrheit zu halten.

»Ich bin die Tochter guter Bauersleute und habe gelegentlich auf einem Gut ausgeholfen. Einer der Gäste, die dort verkehrten, machte sich an mich heran, und ich Närrin glaubte ihm, als er sagte, er würde mich in die Stadt mitnehmen und dort heiraten.«

»Und das hat er nicht getan.«

»Natürlich nicht, sonst wäre ich nicht hier. Ich wusste nicht, dass er dumme junge Mädchen für Berliner Bordelle suchte und mich deswegen dazu überredet hat, mit ihm zu kommen. Hier hat er mich in einem angeblichen Gasthof untergebracht, der sich später als Bordell entpuppte, mich betrunken gemacht und dann an die anwesenden Gäste verkauft.«

»So ein Schuft!«, stieß Grünfelder hervor.

»Ich weiß nicht, wie viele Männer an jenem Abend dafür bezahlt haben, um mit mir Verkehr zu haben. Doch als ich am nächsten Tag mit schwerem Kopf erwachte, befand ich mich im Puff, und die Chefin erklärte, ich hätte für sie anzuschaffen, da sie mich für eine hübsche Prämie von meinem feinen Galan abgekauft hätte. Ich war verzweifelt und wusste nicht, was ich tun sollte. Meine Papiere hatte man mir genauso weggenommen wie meine Kleider, so dass ich nur ein Flitterkleid besaß, das nicht einmal den Busen verhüllte. So konnte ich wirklich nicht auf die Straße hinaus. Außerdem gab es da den Türhüter, einen früheren Preisboxer, den die Chefin rief, wenn sie sich über eines der Mädchen geärgert hatte. Was der Kerl mit denen gemacht hat, kann ich nicht genau sagen, da es hinter verschlossenen Türen geschah. Doch wenn die Mädchen zurückkamen, waren sie kleinlaut und gehorchten von da an aufs Wort. Es war schrecklich!«

Dela fasste Grünfelders Arm, als müsse sie sich daran festhalten, und bekannte, dass sie nach drei Wochen in diesem Bordell beschlossen hätte, eher ihrem Leben ein Ende zu setzen, als weiterhin dort tätig zu sein.

»Bevor ich das aber tun konnte, hat meine Chefin mich wegen irgendwelcher Schulden an die Besitzerin des *Le Plaisir* weitergereicht, und die ist gut zu uns Mädchen, sofern wir sie nicht verärgern. Wir haben das Recht, einen Kunden zurückzuweisen, wenn wir uns vor ihm ekeln. Sie schlägt uns auch nicht, wenn wir ein Glas Wein verschütten oder …«

»Ein Glas Wein wäre eine gute Idee«, unterbrach Grünfelder sie, fasziniert von der noch immer vorhandenen ländlichen Unschuld und dem ländlich-derben Vokabular des Mädchens. Dazu war Dela ausnehmend hübsch und erinnerte ihn an Lenka, das erste Mädchen, das er hier im *Le Plaisir* kennengelernt hatte.

»Verzeihen Sie, daran hätte ich gleich denken sollen!« Dela wollte aufspringen, doch der Bankier hielt sie auf.
»Ich würde den Wein gerne in einem intimeren Rahmen genießen. Du hast doch gewiss ein eigenes Séparée?«
Dela nickte verschämt. »Das schon, nur habe ich es bis jetzt noch nicht benützen müssen, da Madame mir Zeit geben wollte, mich hier einzuleben.«
»Du warst also heute noch mit keinem Mann zusammen?« Grünfelder klang erwartungsvoll.
Dela machte eine wegwerfende Handbewegung. »Ich war die ganze Woche noch nicht mit einem Mann zusammen. Wie ich schon sagte, wollte Madame mir Zeit geben, mich einzugewöhnen und zu lernen. Wissen Sie, für so ein vornehmes Haus wie das *Le Plaisir* bin ich noch ein wenig zu bäuerlich und soll daher etwas mehr Schliff bekommen.«
»Ich finde dich entzückend, so wie du bist!«, rief Grünfelder aus.
Anders als Rendlinger erwartete er im *Le Plaisir* keine exotischen Genüsse, sondern eine junge Frau, bei der er sich als Mann beweisen konnte, seit die eheliche Gemeinschaft mit seiner Frau Juliane an der Tür ihres Schlafzimmers endete.
»Es freut mich, dass ich Ihnen gefalle, Herr von Grünfelder. Sie sind nämlich ein besonders erlesener Kunde unseres Etabli… bli…«
»Etablissements«, half der Bankier aus.
»Ja, genau das wollte ich sagen!« Dela strahlte ihn so dankbar an, dass ihm schier das Herz aufging.
»Wollten wir nicht Wein trinken?«, fragte er lächelnd.
»Aber natürlich! Entschuldigung, ich kenne mich noch nicht so

gut aus. Kommen Sie bitte mit.« Dela fasste nach Grünfelders Hand und führte ihn in eines der kleinen Séparées, in denen neben dem Bett nur ein kleines Tischchen und ein Stuhl standen, und verließ es gleich wieder, um Wein und Kekse zu holen.
Bislang war Grünfelder immer in den besseren Séparées empfangen worden. Er ärgerte sich jedoch nicht darüber, sondern sah sich neugierig um. Auch hier hingen Bilder mit kaum bekleideten Frauen an den Wänden, allerdings handelte es sich dabei nicht um griechische Göttinnen wie in den meisten anderen Séparée, sondern um dralle Mädchen in ländlicher Umgebung, die ebenfalls einen verführerischen Reiz ausstrahlten.
Als Dela zurückkehrte und sich, nachdem sie dem Bankier ein Glas Wein eingeschenkt hatte, mit etwas eckigen Bewegungen entkleidete, wirkte sie auf ihren Gast, als wäre sie einem dieser Bilder entstiegen.
»Du gefällst mir«, sagte er mit mühsam unterdrückter Anspannung, stellte den Wein zurück und begann sich auszuziehen.
Erfahrenere Mädchen hätten ihm dabei geholfen, doch Dela sah nur zu und musterte den kleingewachsenen Mann mit dem leichten Spitzbauch und den dünnen Beinen. Ein Adonis ist er wahrlich nicht, dachte sie, während ihr Blick zu der Stelle wanderte, auf die es in ihrem Gewerbe am meisten ankam. In ihrem vorherigen Bordell hatten Mädchen, denen es nicht gelungen war, die Männer in die richtige Stimmung zu versetzen, Schläge erhalten, denn nur zufriedene Kunden zahlten gerne, während unzufriedene schimpften und ihr Geld zurückverlangten. Bei Grünfelder würde dies nicht nötig sein, dachte sie, denn dessen Männlichkeit ragte für einen Mann seines Alters noch recht straff nach vorne.
Er trat auf sie zu und sah zufrieden, wie sie sich auf den Rücken

legte und die Beine einladend spreizte. Als er sich auf sie schob und in sie eindrang, liebte er sie in einer sanften und langsamen Weise – ganz anders, als sie es aus dem anderen Bordell kannte. Dort war sie stets froh gewesen, wenn es vorbei war, doch jetzt verspürte sie ein leichtes Ziehen in der Bauchgegend und stieß vor Überraschung einen leisen Schrei aus.

Grünfelder hielt besorgt inne. »Habe ich dich verletzt?«

Dela schüttelte heftig den Kopf. »Nein, Herr, es ist nur, ich … Bitte machen Sie weiter!«

Es dauerte noch eine Weile, dann sank Grünfelder nach einem letzten Zucken auf sie nieder und schlang die Arme um sie. »Es war wunderschön«, flüsterte er keuchend. »Fast wie damals, als meine Frau und ich noch jung und frisch verheiratet waren.«

»Sie wird sehr zufrieden mit Ihnen gewesen sein«, antwortete Dela, die noch immer ein wenig dem lustvollen Gefühl nachhing, das sie eben erlebt hatte.

»Das weiß ich nicht. Sie hat nie etwas gesagt, sondern ist nur still dagelegen.« Grünfelder klang ein wenig traurig. Dieses Gefühl verlor sich jedoch rasch, als er aufstand und etwas Wein trank.

Auch Dela nahm einen Schluck, um den Mund zu befeuchten, aber nicht mehr, da sie nicht betrunken werden wollte. Grünfelder betrachtete sie und sagte sich, dass er noch für keines von Hedes Mädchen so viel empfunden hatte wie für Dela, nicht einmal für Lenka, der er lange Zeit nachgetrauert hatte. Nachdenklich streckte er die Hand aus und strich über ihren Busen und ihren Bauch.

Da es kitzelte, kicherte sie und sah ihn gleichzeitig mit traurigen Augen an. »Wenn alle Männer, die in ein Bordell gehen, so wären wie Sie, könnte ich mich daran gewöhnen, hier zu arbeiten!«

Grünfelder überkam der Wunsch, sie ganz allein für sich zu haben und zu seiner Geliebten zu machen. Doch nach seinem Pech mit Baron Klingenfeld konnte er sich solche zusätzlichen Ausgaben nicht leisten. Vielleicht ginge es später, wenn er die Verluste wenigstens zum Teil ersetzt hatte. Er trank sein Glas leer, ließ sich neu einschenken und sah Dela nachdenklich an. »Wenn du magst, werde ich mit Madame sprechen und dich alle zwei Wochen für den Dienstag reservieren.«

»Ich glaube, das würde mir gefallen«, sagte Dela und dachte dabei nicht nur an das gute Trinkgeld, das sie von ihm erwarten konnte.

## *IV.*

Manfred Laabs stieg bester Laune aus dem Zug, wartete, bis ein Dienstmann seinen Koffer an sich genommen hatte, und wanderte hinter diesem in den Ort hinein. Bei dem Hotel drückte er dem Kofferträger ein paar Münzen in die Hand und wandte sich an den jungen Mann, der am Empfang saß. »Mein Name ist Monier. Ich habe telegrafisch ein Zimmer bestellt.«

»Guten Tag, Herr Monier! Es ist alles vorbereitet.« Der Hotelangestellte winkte einen Pagen zu sich und befahl diesem, den Koffer des Herrn in die dritte Etage zu bringen. Er schob dem Gast einen Vordruck hin, auf dem dieser Namen, Heimatadresse und den Zweck seiner Reise notieren sollte. Laabs schrieb nicht nur den falschen Namen hinein, sondern auch eine x-beliebige Adresse in Köpenick und setzte als Zweck der Reise »privat« hinzu. Damit war er im Hotel aufgenommen, verließ dieses aber

nach kurzer Zeit wieder und mietete sich einen Wagen, um sich, wie er dem Kutscher sagte, ein wenig die Gegend anzusehen.
»Na, wenn es Ihnen das Geld wert ist«, antwortete dieser kopfschüttelnd.
»Und ob es das ist!« Laabs lächelte. Auch wenn der Mann nicht so aussah, als wäre er ein geborener Redner, hoffte er ihm erste Auskünfte entlocken zu können.
»Es soll einige große Güter in der Gegend geben«, begann er das Gespräch.
»Jo, die gibt es«, klang es einsilbig zurück.
»Was sind das für Herrschaften?«
»Solche und solche!«
Besonders auskunftsfreudig war der Kutscher wahrlich nicht, dachte Laabs und unternahm den nächsten Versuch. »Ich habe reden hören, eine Gräfin Retzmann besäße hier eines der größten Güter.«
»Die ist noch Komtess, keine Gräfin, weil sie noch nicht verheiratet ist. Aber die lebt nicht hier, sondern in Berlin und Bremen.«
Na, es geht doch, sagte sich Laabs und machte sich daran, das Eisen zu schmieden, solange es heiß war. »Ich würde mir das Gut der Komtess gerne ansehen. Es soll prachtvoll sein, habe ich mir sagen lassen.«
»Es macht schon was her«, antwortete der Kutscher und bog gehorsam an der nächsten Straßenkreuzung in Richtung Steenbrook ab. Während der Fahrt gelang es Laabs, dem Mann weitere Informationen zu entlocken. Dieser erzählte vom Reichtum der Komtess, die nicht nur das Gut besaß, sondern auch ein großes Palais in Bremen und weitere Liegenschaften, von denen sich die Leute erzählten.

»Wenn das so ist, wäre die Komtess eine ausgezeichnete Partie«, meinte Laabs nach einer Weile lachend.
»Nicht für unsereinen. Da muss schon ein richtiger Graf kommen oder ein Fürst«, spottete der Kutscher, der seinen Fahrgast als kleinen Geschäftsmann aus der Stadt eingestuft hatte.
»Mir steht auch gar nicht der Sinn danach. Ich bin nämlich bereits verheiratet!« Laabs zwinkerte dem Kutscher zu, der sich zu ihm umgedreht hatte. »Aber wissen Sie, es gibt Herren von entsprechend hohem Stand, die durchaus ein Interesse daran haben, sich um die Komtess zu bewerben. Ein solcher hat mich hierhergeschickt, damit ich mir ein Bild davon machen soll, wie die Komtess lebt und welchen Ruf sie in der Nachbarschaft hat. In Berlin, das muss ich bedauerlicherweise sagen, gilt sie als ein wenig kapriziös.«
»Die Komtess ist in Ordnung«, knurrte der Kutscher, der zwar nicht wusste, was kapriziös hieß, es aber als negativ einstufte.
»Eben das soll ich für meinen Auftraggeber herausfinden«, antwortete Laabs begütigend und brachte den Mann dazu, mehr über Nathalia zu erzählen. So erfuhr er, dass diese in den Ferien auf Steenbrook weilte und Gäste aus der Reichshauptstadt eingeladen hatte.
»Aber derzeit hält sich die Komtess mit ihren Gästen zwanzig Kilometer weiter südlich auf Gut Klingenfeld auf, das ein befreundeter Bankier erstanden hat«, setzte der Kutscher hinzu.
Es war für Laabs von Vorteil, dass der Rosselenker diesmal nach vorne schaute, denn ihm war der Schreck in die Glieder gefahren. Ausgerechnet auf Klingenfeld musste Nathalia von Retzmann sich befinden. Er selbst war in den letzten Jahren mehrfach dort gewesen, durfte sich aber nicht mehr in der Umgebung des Gutes blicken lassen, wenn er nicht riskieren wollte, mit der

männlichen Dorfjugend aneinanderzugeraten. Immerhin hatte er das hübscheste Mädchen aus dem Ort in die Stadt gelockt, und so etwas nahmen die einheimischen Bauernburschen übel.
Da sich das Gerede des Kutschers jetzt in Allgemeinplätzen verlor, überließ Laabs sich seinen eigenen Gedanken und überlegte, wie er den Auftrag, den Ottwald von Trettin ihm erteilt hatte, erfolgreich zum Abschluss bringen konnte. Ganz wohl war ihm nicht dabei. Auch wenn der Gutsherr aus Ostpreußen sich bemühte, seine wahren Absichten zu verschleiern, so ahnte Hedes Mann doch, dass sich diese Pläne nur durch Erpressung oder gar Entführung realisieren ließen. Damit aber sprengten sie den Rahmen der kleinen Gaunereien, die er und seine Freunde begingen, und das konnte sich auch für ihn fatal auswirken.
Mit einer heftigen Handbewegung wischte Laabs diesen Gedanken beiseite. Bisher war es ihm stets gelungen, mit heiler Haut davonzukommen. Auch würde er, anders als bei Anno von Klingenfeld, der sie alle betrogen hatte, dafür Sorge tragen, dass er die versprochene Belohnung wirklich bekam. Dann konnte er Hede endlich zeigen, wer in ihrer Ehe die Hosen anhatte. Um dieses Ziel zu erreichen, würde er auch nach Klingenfeld fahren und dort aufpassen, dass er nicht zwischen ein Paar kräftige Bauernfäuste geriet.

## V.

Wer zwei Wochen zuvor an Gut Klingenfeld vorbeigekommen war und nun wieder den gleichen Weg beschritt, kam aus dem Staunen nicht mehr heraus. Damals hatten Herrenhaus,

Ställe und Scheunen so verlassen gewirkt, als wären alle Bewohner von einer Seuche dahingerafft worden. Nun wimmelte es dort von Leuten, die Wagen abluden und Gegenstände ins Haus trugen.

Lore und Nathalia standen auf dem Vorplatz und wiesen die Knechte an, in welche Zimmer sie die einzelnen Teile tragen sollten, während Jürgen Göde im Herrenhaus dafür sorgte, dass jedes Möbelstück an den Platz kam, den er für geeignet hielt.

Einige Räume waren bereits fertig eingerichtet, darunter das Schlafzimmer, in dem derzeit neben Lore auch Nathalia übernachtete, da Fridolin auf Reisen war, der große Salon, der im klassischen Barock einen prachtvollen Anblick bot, und das kleinste Speisezimmer. Jürgen schlief im Verwalterhaus, das von fleißigen Händen gesäubert und gut gelüftet worden war. Wenn er nicht gerade Knechte und Arbeiter einweisen musste, versuchte er, Ordnung in das Chaos zu bringen, das in den Rechnungsbüchern des Gutes herrschte. Seit zwei Jahren waren kaum mehr Einnahmen verzeichnet worden und als Ausgaben nur gelegentliche Käufe von Lebensmitteln und alkoholischen Getränken.

»Halt, nicht in dieses Zimmer! Das Bett kommt an einen anderen Ort.« Jürgen hatte im letzten Augenblick gesehen, dass zwei Knechte ein noch recht gut erhaltenes Bett in eines der Gästezimmer stellen wollten, fand aber, dass es besser für Fräulein Agathe geeignet war, und führte die Männer in den Trakt des Hauses, in dem die Kinder untergebracht werden sollten. In einem dieser Zimmer stand bereits ein Bettchen für Doro, während das für Wolfi noch fehlte.

»Nun, wie sieht es bei Ihnen oben aus?«, hörte Jürgen Nathalia rufen und trat ans Fenster.

»Sehr gut! Die meisten Möbel, die wir erhalten, sind zwar alt, aber gut erhalten. Gräfin Trettin wird sich zunächst nur einige spezielle Möbelstücke schreinern lassen müssen.«
»Das klingt gut. Allerdings brauchen wir auch Betten für Gäste und deren Kinder. Ich hoffe, wir bekommen welche. Das Kastenbett, das eben hinaufgebracht wurde, würde ich ungern in dem für mich bestimmten Raum sehen. Es erinnert mich zu sehr an meinen Aufenthalt in einem Schweizer Pensionat!«
»Keine Sorge, Komtess. Dieses Bett habe ich eben für die Kinderfrau bestimmt!«
»Sie beweisen Verstand, Herr Göde. Lore und ich sind froh, dass Ihr Großonkel Sie zu uns geschickt hat und nicht einen Ihrer Vettern.«
»Komtess sind zu gütig.« Jürgens Wangen färbten sich vor Verlegenheit rot.
Von Nathalia und Lore war er in den letzten Tagen öfter gelobt worden als von seiner Mutter und seinen Schwestern im ganzen Leben. Dabei übernahmen die beiden Frauen seiner Ansicht nach die meiste Arbeit. Er half ihnen nur ein wenig und gab Ratschläge, wie sie die Möbel vom Speicher und die, die sie von den Nachbarn erhielten, am besten verwenden konnten.
»Ich glaube, wir bekommen Besuch!«
Auf Nathalias Ruf hin sah Jürgen auf. Tatsächlich rollte ein leichter Wagen, von drei Reitern begleitet, auf Klingenfeld zu. Die Lippen des jungen Mannes wurden schmal, als er neben seinem Großonkel seine beiden Vettern, Rodegard von Philippstein und deren Tochter erkannte. Hatte er schon Angst vor Graf Nehlens kritischem Blick, so erwartete er von den anderen nur boshafte und verletzende Bemerkungen. Außerdem stellte ihn

das Erscheinen von fünf Leuten plus Kutscher vor das Problem, wo er diese unterbringen sollte. Um am gleichen Tag noch nach Nehlen zurückzufahren, war die Zeit schon zu weit fortgeschritten.

»Es ist Graf Nehlen mit Begleitung«, rief er Nathalia und Lore zu, verließ seinen Platz am Fenster und eilte durch die Räume, um zu sehen, welche schon eingerichtet worden waren. Zwei Betten, die mit Blumen bemalt waren, passten seiner Ansicht nach für die beiden Damen Philippstein, ein wuchtiges Bauernbett mit Betthimmel bestimmte er für seinen Großonkel, während ihm die beiden Betten in einem Nebenraum des Verwalterhauses für seine Vettern Bukow und Gademer gut genug dünkten.

Jürgen erteilte den Knechten einige Anweisungen, stieg dann die Treppe hinab und erreichte den Vorplatz in dem Augenblick, in dem der Landauer mit Rodegard und Gottlobine von Philippstein vorfuhr. Dies geschah in demselben gemächlichen Tempo, das Frau Rodegard einzuschlagen befohlen hatte und das Graf Nehlens Ansicht nach mindestens ein Viertel mehr Zeit gekostet hatte, als wenn er selbst die Zügel geführt hätte. Da seine Hoffnung, die beiden Damen hätten sich nur für ein oder zwei Wochen bei ihm eingenistet, sich nicht zu erfüllen schien, überlegte er bereits, ob er die Entscheidung, welcher Neffe sein Nachfolger werden sollte, nicht früher bekannt geben sollte. Da er die beiden Frauen jedoch für durchtrieben genug hielt, nur noch diesen Neffen zu belagern, zögerte er. Nun schob er diese Überlegungen beiseite, um sich einen Eindruck davon zu verschaffen, was sich seit seinem letzten Aufenthalt in Klingenfeld getan hatte.

Der Graf schwang sich wie ein junger Mann aus dem Sattel, warf die Zügel einem herbeieilenden Knecht zu und begrüßte Lore und Nathalia, die so aussahen, als wüssten sie nicht, ob sie diese Gäste willkommen heißen oder als Heimsuchung ansehen sollten.

»Einen schönen guten Tag wünsche ich, Gräfin Trettin, Komtess Nathalie und dir natürlich auch, Jürgen. Ich hoffe, du hast die Damen nach Kräften unterstützt. Einen Faulenzer brauchen sie nämlich wirklich nicht!«

Bukow und Gademer lachten, während Rodegard von Philippstein eine verächtliche Miene zog. So wie Graf Nehlen Jürgen behandelte, sah er in ihm wohl mehr einen unerwünschten Gast als einen Verwandten, der als nächster Gutsherr auf Nehlen in Frage kam.

»Ich versuche, mich im Rahmen meiner Möglichkeiten nützlich zu machen«, antwortete Jürgen geknickt.

Nathalias Augen begannen zu funkeln. »Herr Göde ist uns eine sehr große Hilfe, Graf Nehlen. Es war eine hervorragende Idee von Ihnen, ihn zu uns zu schicken!«

Leutnant Bukow fühlte sich trotz aller Bemühungen gegenüber seinem Konkurrenten Gademer bei Gottlobine im Hintertreffen und hatte sich längst wieder Nathalias Vermögen in Erinnerung gerufen. Daher passte ihm deren Lob für seinen zweiten Vetter nicht.

»Pah! Hätte ich besser machen können«, warf er mit einer verächtlichen Handbewegung ein.

Lore gefiel dieses arrogante Auftreten ganz und gar nicht, und sie warf einen Blick auf Nathalia, um zu sehen, ob ihre Freundin dem Offizier Kontra geben wollte. Doch um Nathalias Lippen spielte nur ein seltsames Lächeln. »Wollen wir nicht ins Haus gehen?«, fragte sie. »Die Herrschaften haben doch gewiss nichts gegen einen kleinen Imbiss einzuwenden.«

»Sehr gerne«, erklärte Graf Nehlen, während sein Neffe Gademer spöttisch den Mund spitzte.

»Wird wohl nicht viel geben, nachdem hier alles ausgeräumt worden ist.«

»Es steht Ihnen frei, ins Dorf zu reiten und sich im Krug zu versorgen«, antwortete Nathalia, die immer noch lächelte.

So weit wollte Gademer es dann doch nicht kommen lassen, daher folgte er ihr vor den anderen ins Haus. Drinnen war die alte Erna mit Unterstützung eines im Dorf engagierten Mädchens schon dabei, im kleinen Speisezimmer für die Gäste zu decken. Rodegard von Philippstein fielen beinahe die Augen aus dem Kopf, als sie die prachtvollen Barockmöbel entdeckte, die die Mägde unter Jürgens Aufsicht auf Hochglanz gebracht hatten. Auch bei den angebotenen Leckerbissen konnte sie ihren Schnabel nicht wetzen, denn man aß hier nicht schlechter als auf Nehlen.

Der alte Graf nickte anerkennend. »Nicht schlecht! Wenn das ganze Haus so aussehen würde, wäre es der feudalste Herrensitz im weiten Umkreis.«

»Leider ist dies nicht der Fall«, bekannte Lore. »Der große Saal ist noch völlig leer, ebenso die meisten Zimmer im Obergeschoss, und auch sonst fehlt noch einiges.«

»Da werden wir wohl auf dem Heuboden schlafen müssen!« Rodegard von Philippstein gab sich pikiert, obwohl ihr der Neid auf das fürstlich eingerichtete Speisezimmer aus den Augen sprang.

»Den Herren Gademer und Bukow könnte dieses Schicksal drohen, doch für Sie, liebste Frau von Philippstein, und Ihre reizende Tochter haben wir oben zwei Betten, die uns einer der Bauern in der Nachbarschaft gestiftet hat. Die Strohsäcke sind sogar frisch gefüllt!« Nathalias liebenswert vorgetragener Spott amüsierte den alten Grafen, während die Herren von Bukow und von Gademer Gesichter zogen, als fragten sie sich, wo sie hingeraten waren. Rodegard von Philippstein hob in unbewusster Abwehr die Hände, ihre Tochter hingegen, die bislang geschwiegen hatte, starrte Nathalia entsetzt an.

»Bauernbetten? In denen gibt es gewiss Wanzen!«

»Wenn Sie Ungeziefer fürchten, schlage ich Ihnen vor, Sie folgen Herrn von Gademer zum Dorfkrug und nehmen dort Quartier.«

Lore gingen Nathalias Bissigkeiten mittlerweile ein wenig zu weit, und sie zupfte ihre Freundin am Ärmel. »Nati, bitte! Du bringst uns noch in Verruf. Was ist, wenn Frau von Philippstein zu Hause in Berlin zum Besten gibt, sie hätte nicht auf Klingenfeld schlafen können, weil es hier von Wanzen wimmelt. Wir könnten niemand mehr hierher einladen.«

»Also gut, in den Betten sind keine Wanzen. Ich habe sie extra geprüft.« Nathalias Miene zufolge hätte sie die Damen Philippstein lieber im Dorfkrug einquartiert, doch sie verstand Lores Befürchtung und lenkte ein. Frau Rodegard war tatsächlich zuzutrauen, Lore und Klingenfeld in Berlin anzuschwärzen.

## *VI.*

Rodegard von Philippstein war in dem festen Glauben auf dieses Gut gekommen, eine halbe Ruine anzutreffen, in der Lore ebenso verzweifelt wie vergeblich versuchte, sich häuslich einzurichten. Da sie nicht das erhoffte Chaos vorfand, äußerste sie sich herablassend über die unmodischen Barockmöbel und kritisierte die bereits eingerichteten Zimmer aufs boshafteste, so dass Jürgen immer mehr die Schultern hängen ließ. Auch von Bukow und von Gademer nutzten jede Gelegenheit, die Arbeit ihres Vetters schlechtzumachen. Jeder von ihnen hätte das Herrenhaus natürlich völlig anderes eingerichtet, ohne jedoch sagen zu können, woher er die entsprechenden Möbel genommen hätte.

Obwohl Lore sich zunehmend über dieses Gerede ärgerte, hielt sie den Mund und bedeutete Nathalia, sich ebenfalls aller Widerworte zu enthalten.

»Oh, ich sage schon nichts«, flüsterte ihre Freundin mit einem Lächeln, das nur ein Fremder als freundlich bezeichnet hätte. »Ich bedauere lediglich, dass in den Betten wirklich keine Wanzen sind und ich auch nicht weiß, wo ich welche auftreiben könnte. Es wäre für die beiden Philippsteinerinnen und Graf Nehlens aufgeblasene Neffen gerade die richtige Strafe, eine Nacht in deren Gesellschaft zu verbringen.«

Die Tatsache, dass Nathalia auch über Leutnant Bukow herzog, hätte Lore beruhigen können, denn dieser war wahrlich kein Mann, den sie sich für ihre Freundin wünschte. Da sie Nathalia und deren fatale Vorliebe für unpassende Scherze kannte, war sie jedoch eher besorgt und hätte die Gäste am liebsten noch am selben Tag verabschiedet. Dazu aber war es bereits zu spät, denn sie hätten Nehlen erst in der Dunkelheit erreicht. Daher schärfte sie Nathalia ein, sich aller Bosheiten zu enthalten, die ihr durch den Kopf gehen mochten.

Nathalia seufzte. »Also gut! Dir zuliebe halte ich Waffenstillstand, obwohl Rodegard und ihre Gottlobine ein Regiment blutgieriger Wanzen verdient hätten, und die beiden Herren ebenfalls. Doch nun komm! Graf Nehlen will auch den Rest des Hauses besichtigen, und ich möchte doch hören, was unsere lieben Gäste dazu sagen. Irgendwann kommt ganz sicher die Gelegenheit, ihnen ihre Gemeinheiten zurückzuzahlen.«

Diesen Tag fürchtete Lore fast noch mehr als den heutigen, doch sie wusste, dass sie Nathalia nicht davon würde abhalten können, Rache zu üben. Im Grunde juckte es auch sie in den Fingern, es der impertinenten Rodegard zu zeigen. Doch dafür brauchte sie dringend Möbel, die dem Zeitgeist entsprachen, und vor allem einen vollständig ausgestatteten Ballsaal und eine Einrichtung für den großen Speisesaal, in dem mehr als ein halbes Hundert Gäste verköstigt werden konnten.

»Sehr bäuerlich«, kommentierte Rodegard von Philippstein eben die beiden Betten, die ihrer Tochter und ihr zugedacht waren.

»Wir sind ja auch auf dem Land, liebste Mama. Hier mag dieser Stil passen«, warf Gottlobine säuselnd ein.

»Ich liebe das Land«, antwortete ihre Mutter mit einem berechnenden Seitenblick auf Graf Nehlen, um sich dann erneut Lore zuzuwenden. »Vielleicht werden wir ja bald Nachbarinnen. Meine Gottlobine liebt Nehlen und wünscht sich nichts mehr, als dem Erben unseres lieben Verwandten ihre Hand reichen zu können.«

Kaum hatte sie es gesagt, stellten Gademer und Bukow sich neben dem Mädchen in Positur.

Graf Nehlen musterte beide und schüttelte unmerklich den Kopf. Gottlobine allein hätte er vielleicht noch hingenommen, doch der Gedanke, auch deren Mutter und die Schwestern am Hals zu haben, jagte ihm Schauder über den Rücken. Er enthielt sich jedoch jeglichen Kommentars, betrachtete die bereits ein-

gerichteten Zimmer und machte sich seine eigenen Gedanken. Faul waren Lore, Nathalia und sein Neffe Jürgen wahrlich nicht gewesen, und sie hatten aus den beschränken Möglichkeiten das Beste gemacht. Nun aber glitten Nehlens Überlegungen in eine andere Richtung, und er gab einen ärgerlichen Laut von sich.
»Was ist mit Ihnen, liebster Onkel?«, fragte Gademer sofort.
»Wegen unseres hastigen Ausflugs hierher habe ich etwas Wichtiges zu Hause vergessen.«
Leutnant Bukow schätzte die Zeit ab, die ihm bis zum Einbruch der Dunkelheit noch blieb, und deutete einen militärischen Gruß an. »Stehe bereit, um nach Nehlen zu reiten und es zu holen, liebster Oheim!«
»Das ist nichts, was man einfach mitnehmen kann.« Nehlen schüttelte den Kopf, denn er kannte den Leutnant mittlerweile gut genug, um zu wissen, dass dieser seinen Gaul halb zuschanden reiten würde. »Es geht auch nicht, denn ebenso wie Edgar hast du dich den Damen Philippstein als Kavalier angeboten. Es wäre unhöflich von dir, ihnen deine Gesellschaft zu entziehen.«
»Damit ist es auch mir unmöglich, Ihnen diesen Gefallen zu erweisen, lieber Onkel«, erklärte Gademer sichtlich erleichtert.
»So ist es«, konstatierte Nehlen und sah Jürgen auffordernd an. »So bleibt die Sache wohl an dir hängen!«
»Was soll ich tun, Onkel?«
»Es geht um einen Hirsch in meinem Forst. Das Tier wurde mir als krank gemeldet und müsste dringend geschossen werden. Es kommt jeden Abend bei Dämmerung an den kleinen See. Du kannst den Hirsch nicht verkennen, denn seine linke Geweihstange ist nicht vollständig ausgebildet. Schieß das verkrüppelte Tier und bring es zum Gut. Hast du verstanden?«

»Ja, aber … ich …« Jürgen wollte sagen, dass er noch nie auf ein lebendes Wesen gezielt und es getötet hatte, doch die höhnischen Blicke seiner Vettern ließen diese Worte nicht über seine Lippen kommen. »Wenn es Ihr Wunsch ist, Onkel, werde ich umgehend aufbrechen.«

»Bis dieser Sonntagsreiter Nehlen erreicht, ist die Nacht hereingebrochen und der Hirsch längst wieder im Forst verschwunden«, spottete von Bukow.

Gademer hatte eine ähnlich bissige Bemerkung auf den Lippen, sagte sich jedoch, dass dieses Thema den Damen Philippstein nicht gefallen dürfte, und führte diese in den nächsten Raum, der gänzlich leer war.

Frau Rodegard sah sich um und musste lachen. »Ich bin ja gespannt, ob das Vermögen der Trettins ausreicht, dieses Haus je vollständig einrichten zu lassen. Man hört ja, Graf Fridolin besäße nicht einmal genug Geld, um die Schulden zu bezahlen, die noch auf dem Gut lasten.«

Lore sagte nichts dazu, schwor sich aber, alles zu tun, um Frau von Philippstein so bald wie möglich der Lüge zeihen zu können.

Jürgen achtete nicht auf das Geschwätz, sondern trat auf Lore zu und bat, sich verabschieden zu dürfen. »Verzeihen Sie, Frau Gräfin, aber ich kann mich dem Willen meines Onkels nicht entziehen!«

»Selbstverständlich gebe ich Ihnen Urlaub, bis Sie wieder in der Lage sind, uns zu helfen.« Da sie sich immer noch über Rodegard von Philippstein ärgerte, entging ihr der verzweifelte Unterton in der Stimme des jungen Mannes.

Nathalia aber bemerkte seinen inneren Aufruhr und dachte sich ihren Teil. Jürgen war weder ein strammer Reiter, noch hatte er sich bisher als Waidmann ausgezeichnet. Da Graf Nehlen dies ebenfalls wusste, ärgerte sie sich über den alten Herrn. Bei diesem Auftrag musste Jürgen zwangsläufig scheitern und würde hinterher dem Spott seiner Vettern und der beiden Damen Philippstein ausgeliefert sein.

Mit zusammengebissenen Zähnen sah sie zu, wie Jürgen aus dem Haus trat, seinen Wallach satteln ließ und sich recht kraftvoll auf ihn schwang. Obwohl er bereits um einiges besser ritt als zu Beginn ihrer Bekanntschaft, würde er sich schwertun, rechtzeitig nach Nehlen zu gelangen, um sich dort eine Jagdflinte geben zu lassen.

Während Lore ihre Gäste weiter durch das Herrenhaus führte und Rodegard von Philippstein im Geiste mindestens einmal pro Raum erwürgte, schweiften Nathalias Gedanken immer wieder ab. Sie sah Jürgen vor sich, der schneller über das Land ritt, als er eigentlich verantworten konnte, um eine Aufgabe zu erfüllen, für die er im Grunde vollkommen ungeeignet war. Im Gegensatz zu ihm würden von Gademer und Leutnant Bukow auf jeden Fall rechtzeitig nach Nehlen kommen und den kranken Hirsch erlegen, ohne dabei mit der Wimper zu zucken.

Das Geräusch eines heranrollenden Wagens unterbrach Nathalias Überlegungen. Sie eilte an ein Fenster, blickte hinaus und sah unten eine große Kutsche stehen, der soeben Dorothea Simmern entschwebte.

»Lore, wir bekommen weiteren Besuch«, sagte sie und merkte erst dann, dass sie allein im Zimmer stand.

Sie eilte den Stimmen nach und unterbrach Rodegard von Philippsteins Vortrag über eines der Gästezimmer, das in deren Augen längst hätte eingerichtet werden müssen.

»Liebste Lore, eben ist Dorothea Simmern vorgefahren. Wollen wir sie nicht begrüßen?«

Lore zuckte zusammen. »Dorothea, sagst du? Bei Gott, wir haben kein einziges Bett mehr für sie frei.«

»Du willst sie doch hoffentlich nicht wieder wegschicken?«

»Natürlich nicht! Nur kommt sie heute äußerst ungelegen. Wir werden sehen müssen, wie wir sie unterbringen. Ach, ich weiß es. Sie wird mit dir zusammen im Barockbett schlafen. Ich ziehe mich in eine der Gesindekammern zurück, in der noch ein Bett steht.«

»Ja, mit einem durchgelegenen Strohsack.« Nathalia seufzte, denn sie würde Lore von diesem Plan nicht abbringen können. Oder gab es doch eine Möglichkeit?

»Halt, Frau Gräfin! Du wirst heute mit Dorothea das Bett teilen. Ich reite nach Steenbrook zurück und sehe zu, dass die Schlafzimmer, die ich dir versprochen habe, morgen gebracht werden.«

Lore schüttelte heftig den Kopf. »Dafür ist es zu spät. Du würdest heute nicht mehr bis Steenbrook gelangen. Außerdem kannst du nicht allein reiten!«

»Wir sind hier nicht in der Stadt, wo eine Dame selbstverständlich von einem Kavalier oder Reitknecht begleitet werden muss. Außerdem kann ich unterwegs auf Nehlen übernachten.«

»Ich weiß nicht …«, begann Lore, wurde aber von Nathalia unterbrochen.

»Du weißt sehr wohl, dass es sein muss. Wir brauchen mehr Betten! Denke nur an Fridolin. Er ist zwar nach Bremen gefahren, um mit Onkel Thomas zu sprechen. Aber sobald er zurück ist, brauche ich hier ein eigenes Zimmer und damit auch ein Bett.

Und dann gibt es ja auch noch Konrad! Sollte Onkel Thomas ebenfalls kommen, müssten diese Besucher wirklich im Heu schlafen.«

Lore fielen zehn Gründe ein, die gegen Nathalias Plan sprachen, aber keiner, der handfest genug gewesen wäre, die junge Dame von einem Ritt in die Dämmerung abzuhalten. »Also gut«, sagte sie zuletzt zerknirscht. »Du wirst aber wohl noch die Höflichkeit haben, Dorothea zu begrüßen.«

»Sobald ich mich umgezogen habe!« Mit diesen Worten entschwand Nathalia und ließ Lore mit ihren Gästen allein.

Rodegard von Philippstein warf ihr einen indignierten Blick nach. »Die Komtess Retzmann hat ein sehr spontanes Wesen. So etwas mögen die Herren nicht.«

»Nein, die wollen so eine Transuse wie deine Tochter, bei der man am Morgen schon weiß, was sie beim Abendessen erzählen wird«, durchfuhr es Lore, und für einen Augenblick befürchtete sie, diese Bemerkung laut ausgesprochen zu haben.

Da Frau Rodegard noch immer in die Richtung sah, in die Nathalia verschwunden war, war dies wohl nicht der Fall gewesen. Doch dann sah sie Graf Nehlen amüsiert lächeln und eine Geste machen, als wolle er ihr applaudieren.

Lore hatte jedoch an anderes zu denken als an die boshafte Dame oder den alten Herrn. »Ich bedauere, die Hausführung für den Augenblick unterbrechen zu müssen, doch es ist ein weiterer lieber Gast erschienen, den ich nicht auf dem Hof stehen lassen will.«

Während ihr Graf Nehlen beipflichtete, zeigte Rodegard von Philippstein mit einem Schnauben, was sie von einer Frau bürgerlichen Standes wie Dorothea Simmern hielt, mochte deren

Ehemann auch einer der wichtigsten Repräsentanten des Norddeutschen Lloyds und äußerst vermögend sein.

## VII.

Dorothea Simmern war eine zierliche Frau knapp unter vierzig und trug ein schlicht aussehendes, aber modisches Kleid, das sich vorteilhaft gegen die überladenen Kleider von Mutter und Tochter Philippstein abhob. Ohne ein Zeichen von Ungeduld stand sie auf dem Vorplatz, sah sich interessiert um und lächelte erfreut, als Lore aus dem Portal trat und auf sie zueilte.

»Liebste Dorothea, wie schön, dich hier begrüßen zu können!« Sie schlang die Arme um ihre Freundin und küsste sie auf die Wange.

»Ich bin froh, dich endlich wiederzusehen! Als ich hörte, du wärest auf Klingenfeld und dabei, es einzurichten, musste ich einfach hierherkommen.«

Dorothea lachte, wies dann in die Runde und zwinkerte Lore zu. »Feudaler ging es wohl nicht mehr, was? Dazu will Fridolin auch noch die Fabrik fertigstellen. Wer hätte das gedacht, als ich ihn zum ersten Mal gesehen habe. Er war von der Seereise noch ganz grün im Gesicht und zudem mit einer heftigen Erkältung geschlagen. Aber schon damals sagte ich zu meinem Mann: Schau dir Fridolin genau an, habe ich gesagt. Er wird noch Großes vollbringen. Und nun ist er auf dem besten Wege dazu!«

Empört darüber, missachtet zu werden, machte Rodegard von Philippstein sich durch ein lautes Räuspern bemerkbar.

Dorothea drehte sich zu der Dame um und staunte über deren

Kleidung, die eher für eine festliche Veranstaltung in der Stadt geeignet war denn für einen formlosen Besuch auf dem Land.

»Willst du mir deine Bekannte nicht vorstellen, liebste Lore?«, fragte sie und zeigte durch ein Blinzeln an, wie wenig ihr Rodegard gefiel.

»Aber natürlich! Frau von Philippstein und ihre Tochter Gottlobine – meine Freundin Dorothea Simmern!«

Dorothea gluckste leise, als sie den Namen der jüngeren Philippstein hörte, konnte sich aber beherrschen und neigte freundlich den Kopf. »Angenehm!«

Sie erntete ein weiteres Schnauben von Rodegard, die sich nicht mit einer schlichten Bürgerlichen gemeinmachen wollte, und zeigte dann auf den vollbeladenen Wagen. »Diese Sachen habe ich aus Bremen mitgebracht. Du kannst gewiss Bettwäsche und Ähnliches brauchen, bis du dir neue Sachen in der Stadt kaufen kannst.«

»Um diese Ruine bewohnbar zu machen, braucht Frau von Trettin mehr als nur ein paar Überzüge«, höhnte Rodegard von Philippstein, drehte sich um und kehrte ins Haus zurück. Gottlobine folgte ihr wie ein Schatten, und ihre beiden Verehrer schlossen sich den Damen an.

Graf Nehlen kommentierte die Ungezogenheit seiner Großneffen mit einem Stirnrunzeln und trat nun selbst auf Dorothea zu. »Ich freue mich, Sie kennenzulernen, Frau Simmern. Graf Trettin berichtete bereits, Ihr Gatte und einige andere Herren aus Bremen wollten sich an unserem Projekt beteiligen. Diese Zusagen erleichtern uns, denn wir müssen nun nicht mehr befürchten, dass das Projekt sich doch noch zerschlägt.«

»Ich danke Ihnen für Ihre freundlichen Worte«, antwortete Do-

rothea und sah Lore verstohlen an. »Wer ist dieser Herr?«, fragte ihr Blick.
»Darf ich vorstellen – Graf Nehlen, einer der größten Gutsbesitzer im Landkreis Hoya und einer der eifrigsten Verfechter des Baus der neuen Fabrik«, half Lore ihr aus.
»Sehr erfreut!« Dorothea reichte dem alten Herrn die Hand, die dieser galant küsste. Um zu zeigen, dass er aus einem anderen Holz geschnitzt war als seine Neffen, reichte er ihr den Arm, um sie ins Haus zu führen.
Da wandte sich Dorothea erneut an Lore. »Wo ist eigentlich Nati? Ich kann mir nicht vorstellen, dass sie nicht mit dir gekommen ist.«
»Natürlich bin ich mit Lore gekommen«, klang da Nathalias Stimme auf. Sie war gerade in ihrem eleganten Reitkleid aus dem Haus getreten, fiel Dorothea nun um den Hals und befahl fast noch im gleichen Atemzug einem der neu eingestellten Knechte, ihre Stute zu satteln.
»Willst du schon wieder weg?«, fragte Dorothea verwundert.
»Ich räume das Feld für dich, damit du dein müdes Haupt auf einem weichen Kissen betten kannst, und komme morgen zurück«, lachte Nathalia, küsste sie auf die Wange und ließ sich von dem Reitknecht auf die Stute helfen.
»Bis morgen!«, rief sie noch, dann zog sie das Pferd herum und preschte davon.
Dorothea sah ihr kopfschüttelnd nach. »Sie ist immer noch der gleiche Wildfang wie früher.«
»Die Komtess mag etwas unkonventionell erscheinen, aber sie ist mir immer noch zehnmal lieber als eine gewisse andere Dame, die sich bereits als Gutsherrin auf Nehlen sieht«, sagte der alte

Herr brummig und blickte dann Lore und Dorothea mahnend an. »Das haben Sie nicht gehört!«
»Natürlich nicht!«, versprach Lore lachend und bat den neuen Gast ins Haus. Dabei fragte sie sich besorgt, wie Dorothea auf die vielen leeren Räume und die buntscheckige Ausstattung der bereits eingerichteten Zimmer reagieren würde.

## VIII.

Während Lore Dorothea Simmern durch das Herrenhaus führte und sich an ihrem aufrichtigen Entzücken über die aufpolierten Barockmöbel freute, ritt Nathalia in Richtung Nehlen. Sie wusste im Grunde selbst nicht, was sie dazu veranlasst hatte, Klingenfeld zu verlassen. Es war gewiss nicht nur, um ein Bett für Dorothea frei zu machen. Zu ihrer eigenen Verwunderung hatte sich in ihr der Gedanke festgesetzt, sie müsse Jürgen beistehen. Er war kein Mann, der kalten Blutes ein Tier töten konnte, auch wenn sein Großonkel es ihm aufgetragen hatte.
Nathalia wurde das Gefühl nicht los, dass der alte Herr Jürgen einer Probe unterzog, und sie wollte, dass er diese siegreich bestand. Obwohl ihr die Zeit unter den Fingern brannte, trieb sie ihre Stute nicht zu sehr an, denn Frühlingsmaid sollte nicht unter ihren Launen und Gefühlen leiden. Außerdem lag der kleine See von ihr aus gesehen vor dem Gut Nehlen. Also würde sie dort auf Jürgen warten. Doch was war, wenn er selbst zu lange brauchte und der Hirsch bereits wieder im Wald verschwunden war?
Mit einer missmutigen Handbewegung schob Nathalia diesen

Gedanken beiseite. Dann würde er den Hirsch eben am nächsten Tag erlegen müssen. Wenn sie ihn bat, sie vorher nach Steenbrook zu begleiten, um ein paar Möbel für Lore auszusuchen, fand sie gewiss eine Gelegenheit, ihm Mut zuzusprechen, und den brauchte er dringend.
Nathalia lachte leise, als ihre Stute erneut in Galopp fiel und eine Abkürzung über eine gemähte Wiese nahm, die ihr eine gute Viertelstunde ersparte. Kurz bevor sie jenseits davon die Landstraße erreichte, entdeckte sie frische Pferdeäpfel und sagte sich, dass Jürgen klug genug gewesen war, ebenfalls über die Wiese zu reiten.
Als sie eine Stelle erreichte, an der sie weit übers Land sehen konnte, war keine Spur von ihm zu entdecken. Vermutlich hatte er Gut Nehlen bereits erreicht oder befand sich sogar schon in dem Wäldchen, in dem der See lag. Unbewusst nickte sie. Auch wenn es Jürgen selbst nicht klar war, so hatte er doch einen festen Willen und die Bereitschaft, sich gegen die Widrigkeiten des Lebens zu behaupten.
Während sie die Stute vorsichtig über einen zugewachsenen Pfad zum See hinunterlenkte, fragte sich Nathalia, weshalb sie sich so viele Gedanken um diesen Mann machte. Jürgen war weder eine so blendende Erscheinung wie sein Vetter Bukow, noch trat er so selbstbewusst auf wie Edgar von Gademer, und doch stach er unter diesen beiden heraus. Dabei wirkte er manchmal so hilflos, dass sie glaubte, ihn an der Hand nehmen und führen zu müssen. Andererseits war das, was er sagte, gleichermaßen von Verstand wie auch von großer Sensibilität geprägt.
Außerdem – und das rechnete sie ihm hoch an – war er nicht so dumm, auf Rodegard von Philippsteins Intrigen hereinzufallen

und zu glauben, der Weg zum Gut seines Großonkels führe nur über eine Heirat mit deren Tochter Gottlobine. Die beiden Damen Philippstein mochten zwar glauben, er habe keine Chance gegen seine glänzenden Vettern, doch sie begriffen nicht, dass dieser Glanz vor allem auf Schein beruhte. Ohne seine Uniform wäre Adolar von Bukow ein jämmerliches Nichts. Auch Gademer zeichnete sich nur durch seine Kenntnisse in der Landwirtschaft aus und würde bei jeder anderen Aufgabe schmählich versagen. Jürgen hingegen vermochte sich an vielen Stellen zu behaupten.

»Hast du dich etwa in ihn verliebt?«, fragte Nathalia sich selbst. Im ersten Moment wollte sie den Kopf schütteln, war sich dann aber nicht mehr sicher, welche Gefühle sie dem jungen Mann entgegenbrachte. Himmelhochjauchzende Liebe war es gewiss nicht, doch ein Grundvertrauen in ihn und seine Art, wie sie es bisher nur bei wenigen Menschen verspürt hatte, ganz besonders bei Lore, aber auch bei Marys Mann Konrad und bei Thomas und Dorothea Simmern.

»Nathalia, du träumst! Wach gefälligst wieder auf«, rief sie sich selbst zur Ordnung. Es war auch höchste Zeit, denn links vor ihr lag der kleine See, der zu Nehlen gehörte und unter den langen Schatten der Bäume gleichzeitig anheimelnd und geheimnisvoll wirkte.

Im Osten zogen die Schleier der Dämmerung auf, während weit im Westen die Sonne als großer, roter Ball auf den Horizont traf und diesen in glühende Farben tauchte. Von Jürgen aber war weit und breit noch nichts zu sehen. Nathalia schätzte, dass er höchstens noch eine Viertelstunde Zeit hatte, um sich auf die Lauer zu legen. Wurde der Hirsch durch einen Umstand gewarnt, würde er wieder im Forst verschwinden und sich tagelang nicht mehr blicken lassen.

»Jürgen, beeile dich!«, flehte sie stumm und presste die Hände zusammen. Dann sagte sie sich, dass auch sie selbst den Hirsch nicht warnen durfte. Rasch glitt sie aus dem Sattel, fasste Frühlingsmaids Zügel und führte sie zu einer Stelle, an der man sie vom anderen Ufer des Sees aus nicht entdecken konnte. Dort band sie das Tier an einen Ast und kehrte zum Ufer zurück.

Die untergehende Sonne drang nun durch eine Lücke zwischen den Bäumen, spiegelte sich im glatten Wasser und ließ es blutrot schimmern. Bei diesem Anblick erschrak Nathalia, schalt sich dann aber eine Närrin, die weniger auf ihren Verstand als auf ihre Launen gab. Im Augenblick war ihr nur eines wichtig, nämlich dass Jürgen endlich auftauchte.

Nathalia lief ein paar Schritte hin und her und spähte angestrengt in die Richtung, in der sie Nehlen wusste. In der Ferne entdeckte sie einen Reiter und glaubte schon Jürgen in ihm zu erkennen, doch da bog dieser weiter vorne zu einem der Nachbargüter ab.

»Komm endlich!«, fauchte sie leise und hörte auf einmal Schritte.

Es war Jürgen. Er führte seinen Wallach am Zügel und hatte sie noch nicht entdeckt. Jetzt schlang er die Zügel um einen Ast und schlich zum Seeufer hinunter. Sein Gesicht wirkte trotz des roten Scheins, in den die Sonne die ganze Umgebung tauchte, bleich, und er hielt die Büchse auf eine Weise in der Hand, bei der jedem Waidmann die Tränen kommen mussten.

Da Nathalia nicht rufen wollte, um den Hirsch nicht auf sie aufmerksam zu machen, winkte sie nur. Jürgen sah es jedoch

nicht, sondern blieb neben einer alten Trauerweide stehen, die ihre Äste ins Wasser hängen ließ, und starrte über das Wasser.
Um den jungen Mann nicht zu erschrecken, blieb Nathalia nichts anderes übrig, als ihn vorsichtig anzusprechen. Sie ging so leise wie möglich auf ihn zu und flüsterte: »Herr Göde!«
Jürgen zuckte zusammen und ließ beinahe das Gewehr fallen. Dann drehte er sich langsam um und starrte sie fassungslos an. »Komtess, Sie?«
»Bitte seien Sie ganz leise, sonst verscheuchen Sie den Hirsch«, mahnte Nathalia ihn.
»Aber was tun Sie hier?«, fragte Jürgen.
Nathalia winkte mit beiden Händen ab und zeigte auf die andere Seite des Sees.
Dort tauchte im letzten Schein der Abendsonne ein Hirsch auf, der selbst in dem warmen Abendlicht mager und krank aussah. Zwar war die linke Geweihstange völlig ausgebildet und hätte ihn zu einem prachtvollen Sechzehnender machen können, doch die andere Stange war nur halb so lang und endete in einer formlosen Geschwulst.
Nathalia begriff, warum Graf Nehlen dieses Tier schießen lassen wollte, und stupste Jürgen an. »Jetzt machen Sie schon! Sonst ist er wieder weg.«
Der junge Mann warf dem Hirsch einen traurigen Blick zu und hob seine Büchse an die Wange. Durch das Zielfernrohr war das Tier ganz deutlich zu erkennen. Jürgen wollte abdrücken, begann dann aber zu zittern und sah, wie der Lauf der Büchse wie betrunken hin und her wackelte. Verzweifelt versuchte er sich zusammenzureißen, doch da hob der Hirsch den Kopf und lauschte.

Gleich ist er weg, durchfuhr es Nathalia. Ohne zu überlegen, nahm sie Jürgen die Waffe ab, schlug sie an und feuerte in dem Augenblick, in dem sie durch das Fernrohr das Schulterblatt des Tieres sehen konnte. Der Schuss krachte so laut, dass er sie fast noch mehr erschreckte als Jürgen. Jenseits des kleinen Sees wurde der Hirsch, wie von einer unsichtbaren Faust getroffen, zu Boden geschleudert, schlug noch ein paarmal mit seinen Läufen und blieb dann starr liegen.

»Bei Gott, was haben Sie getan?«, rief Jürgen tonlos.

Nathalia legte die Büchse auf den Boden und schüttelte sich. Dann aber fauchte sie den jungen Mann an. »Ich habe nur das getan, was Sie hätten tun sollen, aber nicht fertiggebracht haben! Graf Nehlen wollte, dass Sie den kranken Hirschbullen schießen. Wäre er Ihnen entkommen, hätten Ihre Vettern Sie vor allen Leuten unmöglich gemacht und Ihr Großonkel wahrscheinlich auch noch die letzte Achtung vor Ihnen verloren!«

»Ich ... aber ..., es tut mir leid, ich wollte Sie nicht kränken, Komtess. Es ist eher ... Ich schäme mich, weil ich es nicht fertiggebracht habe, so dass Sie ...«

»... völlig unweiblich das arme Tier umgebracht haben, wollten Sie sagen?«

Jürgen riss erschrocken die Arme hoch. »Um Gottes willen, nein! Ich fühle mich nur beschämt, weil Sie das getan haben, was eigentlich meine Aufgabe gewesen wäre, und ich wieder einmal versagt habe.«

»Wenn Sie sich wirklich für einen Versager halten, dann springen Sie am besten gleich in diesen See und ertränken sich! Sind Sie jedoch der Mann, für den ich Sie halte, werden Sie Ihr Pferd holen und den Hirsch aufladen. Dabei helfe ich Ihnen, und dann können Sie mit der Jagdbeute nach Nehlen zurückkehren. Ich folge Ihnen im Abstand von einigen Minuten. So wird niemand annehmen können, wir hätten uns hier getroffen. Für Ihren Großonkel und alle anderen muss es so aussehen, als hätten Sie den Hirsch geschossen!« Nathalias Tonfall wurde scharf, weil sie wollte, dass Jürgen sich endlich zusammenriss.

Er sah sie kopfschüttelnd an und begann kläglich zu lachen. »In Ihren Augen muss ich der letzte Schwächling sein. So einen Schuss wie Sie hätte ich niemals hinbekommen.«

»Sind Sie das Schießen gewohnt?«, fragte Nathalia.

Jürgen schüttelte den Kopf. »Nein! Ich habe nur ein-, zweimal auf Scheiben geschossen, und das mit kleinen Kalibern. So schwere Büchsen wie diese habe ich mir nur gelegentlich angesehen, weil es für einen Orientforscher unabdingbar ist, bewaffnet zu reisen.«

»Wenn Sie zu den Beduinen in die Wüste reisen wollen, müssen Sie in der Lage sein, den Löwen im Sprung zu treffen. Sie sollten daher so viel wie möglich üben.«

Langsam ging es Nathalia wieder besser. Das Gefühl, ein lebendes Wesen getötet zu haben, brannte zwar noch immer in ihr, aber sie glaubte, richtig gehandelt zu haben. Der Hirsch war krank gewesen und wäre über kurz oder lang elendig eingegangen. Vorher aber hätte er noch andere Tiere anstecken können. Diese Gefahr hatte sie beseitigt.

Jürgen begriff, dass gekränkter Mannesstolz fehl am Platz war, und konnte wieder lächeln. »Wo haben Sie so gut schießen gelernt?«

Nathalia atmete tief durch und sah zu dem Hirsch hinüber, konnte ihn aber in der rasch zunehmenden Dunkelheit kaum noch ausmachen. »Wir sollten das Tier aufladen, sonst wird es zu dunkel, es zu finden. Aber zu Ihrer Frage: Der gute Volkmar Zeeb war letztes Jahr der Ansicht, dass ich als Gutsherrin die Grundzüge des Waidwerks kennenlernen sollte, und hat mir während der Ferien einiges beigebracht. Dabei habe ich auch mehrmals mit einer solchen Jagdflinte geschossen, allerdings nur auf Scheiben. Ich hätte nie gedacht, dass ich so ein Ding jemals auf ein Lebewesen anlegen müsste.«

Jürgen atmete auf. Also fiel es auch der Komtess nicht leicht, auf ein Tier zu schießen. Er holte nun sein Pferd und führte es um den See herum. Nathalia hob die Büchse auf und folgte ihm.

Der Hirsch wirkte zwar halb verhungert, war aber trotzdem groß und schwer. Daher war Jürgen froh, ihn mit Nathalias Hilfe aufs Pferd wuchten zu können. Das war nicht so leicht, denn der Wallach roch das Blut und wollte nicht stillhalten.

Nathalia versuchte, das Pferd zu beruhigen, und übergab, als es ihr endlich gelungen war, Jürgen die Zügel. Dann wies sie in die Richtung, in der Nehlen lag. »Glauben Sie, dass Sie von nun an allein zurechtkommen?«

»Wenn ich es jetzt nicht tue, bin ich noch jämmerlicher, als Sie jetzt schon von mir denken.« Jürgen atmete tief durch, fasste die Zügel und wollte losgehen, als ihm noch etwas einfiel. »Wo haben Sie Ihre Stute? Ich werde Ihnen in den Sattel helfen!«

Nathalia schüttelte den Kopf, obwohl er diese Geste in der Dunkelheit kaum noch erkennen konnte. »Das ist nicht nötig. Kümmern Sie sich um Ihr Pferd. Ich komme allein zurecht!«

So ganz schien Jürgen ihr nicht zu glauben, denn er folgte ihr und wartete, bis sie ihre Stute erreicht hatte. Sie stellte den Fuß in den Steigbügel und stieß sich mit einem kräftigen Ruck vom

Boden ab. Zwar kam sie in den Sattel, bemerkte dann aber, dass sie in der Anspannung vergessen hatte, die Zügel an sich zu nehmen. »Jetzt brauche ich doch Ihre Hilfe, Herr Göde. Könnten Sie so gut sein, den Zügel vom Ast zu lösen und mir zu reichen. Sonst müsste ich noch einmal absteigen.«
»Aber selbstverständlich, Komtess!« Mit einer Hand den eigenen Gaul haltend, knüpfte Jürgen mit der anderen den Knoten auf und reichte Nathalia den Lederriemen.
»Wäre es nicht besser, Sie begleiten mich zum Gut? Wir könnten ja sagen, wir hätten uns kurz vor Nehlen getroffen.«
Nathalia wollte schon ablehnen, sagte sich dann aber, dass es gewiss angenehmer war, wenn vier Augen in der Dunkelheit auf den Weg achteten. »Also gut, Herr Göde. Machen wir es so! Wenn man uns fragt, so habe ich wenige hundert Schritte vor dem Herrenhaus zu Ihnen aufgeschlossen.«
Das waren für längere Zeit die letzten Worte, die zwischen ihnen fielen. Um sich abzulenken, beschäftigte Nathalia sich mit Lores Problemen. Doch als sie an die Philippsteinerinnen dachte, fragte sie sich, was für eine Art Frau Jürgen in ihr sehen mochte. Immerhin hatte sie ihm die Waffe entrissen und völlig unweiblich ein Wildtier erlegt. Bislang war sie stets stolz auf ihre Kapriolen gewesen, doch nun schämte sie sich, weil sie immer wieder gegen Lores und Dorothea Simmerns Lehren verstieß. Dabei hatten die beiden sich alle Mühe gegeben, sie zu einer Dame zu erziehen.
»Gleich haben wir das Gut erreicht!«
Jürgens Ausruf riss Nathalia aus ihren Gedanken. Sie schniefte ein paarmal und wappnete sich dann mit Trotz. Schließlich hatte sie nur das Beste für Jürgen gewollt. Wenn er sie deshalb gering-

schätzte, war er nicht der Mann, den sie achten konnte. Kurz entschlossen zügelte sie ihre Stute und ritt mehrere Schritte hinter ihm her.

Auf dem Vorplatz brannten Laternen, die die Finsternis der Nacht verdrängten. Ein Knecht erkannte Jürgen, rief etwas in den Stall, und schon kamen mehr und mehr Leute herbei.

Nehlens Verwalter war unter den Ersten. Er musterte den toten Hirsch und begutachtete fachmännisch das Einschussloch. »Ein prachtvoller Blattschuss! Der Herr Graf hätte nicht besser treffen können«, lobte er Jürgen.

Dieser wand sich vor Verlegenheit, verschwieg aber, dass Nathalia die Schützin gewesen war, und wies ein paar Knechte an, den Hirsch wegzuschaffen. Dann fragte er, ob es noch möglich wäre, ein Abendessen zu erhalten.

»Aber selbstverständlich«, erklärte der Verwalter, ohne seinen Blick von dem Hirsch lösen zu können. »Schade um den Burschen. Graf Nehlen hatte im Frühjahr gehofft, er würde sich wieder erholen, doch leider war dies nicht der Fall. Gut, dass er sich entschieden hat, das Tier schießen zu lassen.«

»Wie ist es eigentlich mit der Schonzeit?«, fragte Nathalia, um sich bemerkbar zumachen.

Der Verwalter winkte ab. »Ein krankes Tier kann der Reviereigner jederzeit schießen.« Dann erst begriff er, wer da aus dem Dunkel aufgetaucht war, und deutete eine Verbeugung an.

»Willkommen auf Nehlen, Komtess. Haben Sie Herrn Göde begleitet?«

»Nein, ich wusste gar nicht, dass er hierher unterwegs war, sondern bin auf eigene Faust losgeritten. Auf Klingenfeld sind neue Gäste erschienen, und da wollte ich zurück nach Steenbrook, um den Transport einiger Möbel zu veranlassen. Ich hoffe, Sie gewähren mir hier Obdach, denn ich möchte ungern weiter durch die Nacht reiten.«

Nathalias Stimme klang ruhig, doch sie musste all ihre Selbstbeherrschung aufbieten. Für den biederen Verwalter reichte ihr Auftritt jedoch, und als sie kurz darauf Jürgen im Speisezimmer gegenübersaß und ein verspätetes Nachtmahl zu sich nahm, hatte sie ihre Nerven wieder in der Gewalt.

## IX.

Manfred Laabs wusste, dass er nicht ohne handfeste Informationen nach Berlin zurückkehren durfte. Daher opferte er einen Teil seines prachtvollen Bartes und rasierte ihn bis auf ein kleines Stück über der Oberlippe ab. Bei einem Altkleiderhändler kaufte er sich einen unauffälligen blauen Rock, karierte Hosen und einen Hut von einer Art, wie er ihn noch nie getragen hatte. Auch besorgte er sich zu seinem Schutz einen Gehstock, der kräftig genug war, um sich damit verteidigen zu können. Dann machte er sich auf den Weg.

Die Strecke von der Bahnstation zum Dorf legte er zu Fuß zurück und nahm in Sikkos Krug ein Zimmer. Ihm war ein wenig mulmig dabei, denn er war früher in Gesellschaft des jungen Klingenfeld bereits dort gewesen. Aber seine Verkleidung und ein etwas anderer Dialekt sorgten dafür, dass der Wirt ihn nicht mit dem Mann in Verbindung brachte, der Dela Wollenweber in die Stadt gelockt hatte.

Mit der Absicht, bei Ottwald von Trettin eine hübsche Summe

als Gefahrenzulage lockerzumachen, begann er sich umzusehen. Auf einer Wanderung, die ihn zum Gutshof von Klingenfeld führte, stellte er fest, dass dort kräftig gearbeitet wurde. Wie es aussah, richtete man das Herrenhaus neu ein, denn es standen mehrere mit Möbeln beladene Fuhrwerke auf dem Vorplatz. Zwei Frauen leiteten die Knechte an, die die Wagen entluden.

Laabs fragte sich, ob es sich bei einer davon um die Komtess Retzmann handeln konnte. Möglich war es, denn die eine Frau musste zwischen zwanzig und dreißig sein, während die andere sicher auf die vierzig zuging. Beide waren gut gelaunt und sprachen eifrig miteinander. Doch so nahe, um etwas verstehen zu können, wagte Laabs sich nicht an sie heran.

Während er sich überlegte, ob er vielleicht einen Knecht abfangen und mit ein paar Mark zum Reden bringen könnte, bemerkte er, wie zwei andere Damen in einem offenen Wagen und in Begleitung zweier Reiter das Gut verließen und geradewegs auf ihn zukamen. Laabs drückte sich an den Zaun, der am Rand des Weges entlanglief, und sah ihnen entgegen.

Auch diese Leute redeten unentwegt und recht laut, so dass er einiges verstehen konnte.

»… wird die Trettin es niemals schaffen, das Haus vollständig einzurichten! Ich würde mich schämen, auf Möbel angewiesen zu sein, die bei den Nachbarn erbettelt worden sind, damit ich überhaupt einen Stuhl und ein Bett besitze«, erklärte die ältere der beiden Damen höhnisch.

»Sie wird sich mit dem viel zu großen, alten Haus ruinieren, und das vergönne ich diesem arroganten Stück«, rief ihre Begleiterin aus, die Laabs der Ähnlichkeit wegen für die Tochter hielt.

»Ich hoffe nur, die Retzmann macht nicht den Fehler, die Trettins auch noch mit Geld zu unterstützen. Leisten könnte sie es sich. Ich …«
Obwohl Laabs schnell in die Richtung gegangen war, die die vier Leute eingeschlagen hatten, war er zu langsam, um weiter mithören zu können. Dabei hätte es ihn wirklich interessiert, was die ältere Frau noch von sich gab. Doch als er über das Gehörte nachdachte, glaubte er, auf der richtigen Spur zu sein. Rasch kehrte er in Sikkos Krug zurück, verlangte dort ein Bier und erhielt ohne Aufforderung einen Korn hinzugestellt.
Da er um die Zeit der einzige Gast war, winkte er den Wirt heran. »Schenken Sie sich ebenfalls ein und setzen Sie sich zu mir. Allein vergeht die Zeit so langsam!«
Der Wirt füllte den Krug, den er eben ausgewischt hatte, und goss sich einen Korn ein. Dann nahm er neben seinem Gast Platz und prostete ihm zu. »Auf Ihr Wohl!«
»Und das Ihre!« Laabs trank einen Schluck und stellte zufrieden fest, dass der Wirt einen guten Zug hatte.
»Guter Mann, ich habe eben einen Spaziergang zu diesem Gutshof da drüben gemacht«, begann er. »Dort scheint man sich neu einzurichten.«
»Das ist wohl wahr! Das Gut ist in neue Hände gekommen. Bei den Käufern handelt es sich um Leute aus Berlin, die zu viel Geld zu haben scheinen, denn sie wollen auch die Fabrik fertigbauen.«
»So viel Geld wohl auch wieder nicht, denn ich habe zufällig ein Gespräch mitgehört, in dem eine Dame meinte, diese Gräfin T… Tr…«
»Trettin«, half der Wirt freundlich aus.
»Ja, genau, so wurde sie genannt! Diese Leute haben bezweifelt,

dass es ihr gelingen könnte, das Herrenhaus einzurichten, und wenn, dann nur mit zusammengeborgten Möbeln.«

Laabs nahm an, dass der Wirt mehr über diese Sache wusste, und hatte sich nicht getäuscht. Sikko berichtete ihm vom Niedergang der Barone auf Klingenfeld und breitete alles, was er über die neuen Besitzer wusste, vor ihm aus. Es kostete Hedes Ehemann noch ein paar Krüge Bier und einige Korn, dann war er im Bilde.

Wie es aussah, wagte Fridolin von Trettin einen Ritt auf einem Tiger, indem er Gut Klingenfeld erworben hatte und die Fabrik fertigstellen wollte. Für die Einrichtung des durch Anno von Klingenfeld ausgeräumten Gutes selbst blieb ihm kein Geld. Einen Augenblick lang dachte Laabs an den verschwundenen Baron Anno, den er einige Jahre lang als Freund angesehen hatte. Inzwischen aber hatte der Kerl sich mit der gesamten Beute aus seinen Betrügereien in die Büsche geschlagen und war sowohl ihm wie auch Rudi Pielke die versprochene Belohnung für ihre Mithilfe schuldig geblieben. Das war doppelt fatal für ihn, weil er Anno von Klingenfeld an Pielke vermittelt hatte, und Letzterer die entgangene Summe nun von ihm verlangte. Nicht zuletzt deswegen durfte er diesmal nicht versagen.

Laabs schüttelte den Ärger über Klingenfelds doppelten Betrug ab und wandte sich den laufenden Plänen zu. Dabei formte sich eine Idee in seinem Kopf. Endlich wusste er, womit er die Komtess und deren Bekannte ködern konnte. Er wollte schon aufstehen und Sikkos Krug verlassen, entschied sich aber anders. Um den Wirt zum Reden zu bringen, hatte auch er selbst kräftig mithalten müssen, und er durfte seinen erkorenen Opfern nicht betrunken unter die Augen treten.

Zufrieden mit der Entwicklung ließ er sich von Sikko noch ein Bier und einen Schnaps einschenken und fand, dass sich das Leben für ihn endlich wieder von der besseren Seite zeigte.

## X.

In Berlin hätte Dirk Maruhn den Fall mit dem verschwundenen Schmuck zu den Akten legen und sich eine neue Aufgabe suchen können. Er war jedoch sicher, dass Anno von Klingenfeld bei seinen Betrügereien mehrere Helfer gehabt haben musste, und das ließ ihm keine Ruhe. Da die Behörden hohe Belohnungen für die Ergreifung einiger Gauner zahlten, wollte Maruhn sich auch dieses Geld verdienen. Aus dem Grund durfte er nicht warten, bis Klingenfeld zurück war und seine Kumpane der Obrigkeit preisgab.

Sein einziger Anhaltspunkt war jene Juwelierrechnung, die er im Schrank in Sikkos Krug gefunden hatte. Diese hielt er nun in der Hand und prüfte sie noch einmal ganz genau. Neben ihm auf dem Tisch lagen Zettel mit den Namen und Anschriften aller Juweliere und Schmuckhändler, die er im Adressbuch der Stadt Berlin gefunden hatte.

Einige sortierte er sogleich aus, denn die Männer kannte er und konnte sich nicht vorstellen, dass sie sich für einen solchen Schurkenstreich hergeben würden. Der Rest stellte eine harte Nuss dar, denn er hatte nur ein paar Buchstaben des Namens und der Adresse. Immer wieder schrieb er Namen auf und wechselte die Zeilen aus, um zu sehen, ob sie passten. Zwei Juweliere notierte er sich und beschloss, sie noch am selben Tag aufzusuchen. Da er aber noch nicht ans Ende seiner Adressliste gekommen war, wollte er das Haus erst verlassen, wenn er alle verglichen hatte. Selbst zum Mittagessen nahm er seine Notizen mit und widmete sich ihnen intensiver als der Fleischklößchensuppe und dem Kartoffeleintopf, die seine Haushälterin und Geliebte auf den Tisch stellte.

Frida sah ihm eine Weile zu und schüttelte schließlich den Kopf. »Die Sache beschäftigt dich noch immer?«

Der Detektiv hatte eben eine weitere Adresse gefunden, die passen konnte, und schrieb diese erst auf, bevor er Antwort gab. »Ich möchte alles lückenlos aufklären, meine Liebe. Vielleicht kann ich einen ganz großen Fisch an Land ziehen und die ausgelobten Belohnungen kassieren. Dann könnten wir heiraten.«

»Du hast diese Idee wohl noch immer nicht aufgegeben, was?« Frida lachte leise, doch als sie in sich hineinhorchte, spürte sie, wie sehr es ihr gefallen würde, ihre Einkäufe in Zukunft als Frau Maruhn zu tätigen. Vielleicht konnten sie sich sogar ein Dienstmädchen leisten, das ihr die grobe Arbeit abnahm.

»Nein! Und ich werde auch nicht aufgeben.«

Auch wenn Maruhn damit vor allem den Betrugsfall mit dem falschen Schmuck meinte, spürte Frida, wie es ihr warm ums Herz wurde. »Dann wünsche ich uns beiden Glück!«

»Ich glaube, du hast es mir eben gebracht. Hier habe ich nämlich einen Juwelier, bei dem die Buchstaben alle stimmen. Er hat sein Geschäft in … Moment!«, Maruhn beugte sich über seine Notizen. »In Lichtenberg. Den werde ich mir als Ersten vornehmen.«

Er korrigierte sich sofort. »Zwei weitere liegen fast auf dem Weg. Die kann ich noch zuvor aufsuchen.«

Zufrieden mit seiner Entscheidung, aß er seinen Teller leer, ging in sein Zimmer und vertauschte den Morgenrock mit seinem dunklen Straßenanzug.
Er hätte auf Grünfelders Kosten eine Droschke nehmen können, doch die Sparsamkeit, die er sich in all den Jahren angewöhnt hatte, ließ es nicht zu. Daher ging er zur Haltestelle des nächsten Pferdeomnibusses, stieg in einen Wagen, der in seine Richtung fuhr, und beobachtete unterwegs die ein- und aussteigenden Passagiere. Eine Frau, ihrer Tracht nach eine Amme aus dem Spreewald, war ebenso darunter wie zwei Soldaten eines in Berlin stationierten Regiments, die augenscheinlich Ausgang hatten. Weiter vorne saß eine vertrocknet aussehende Frau, deren Alter er zwischen fünfunddreißig und fünfundvierzig schätzte. Ihrem altmodischen, aber aus gutem Tuch bestehenden Kleid zufolge zählte sie zu einer Gesellschaftsschicht, die sich eine Droschke hätte leisten können. Ihr verkniffener Mund und die kalten Augen deuteten jedoch darauf hin, dass sie weder mit sich selbst noch mit ihrer Umwelt im Reinen war. Sie fuhr bis zur Palisadenstraße und stieg dort aus.
Der Detektiv sah noch, dass sie auf ein stattliches, aber nicht sonderlich gepflegt wirkendes Bürgerhaus zutrat, und fragte sich, weshalb er sich für die Fremde interessierte. Vielleicht hatte er in ihr eine ähnlich hilflose Wut gespürt, wie auch er sie nicht selten empfand.
Er beschloss, die Frau wieder zu vergessen, und stieg an der nächsten Haltestelle aus. In einer Seitenstraße fand er den ersten der drei Schmuckläden. Dieser zählte gewiss nicht zu jenen, die von der besseren Gesellschaft frequentiert wurden, denn im Schaufenster lagen billige Ringe und einfache Halsketten.

Als er das Geschäft betrat, sah er sich einem kleinen Männchen gegenüber, das ihn mit kurzsichtigen Augen anblinzelte. »Der Herr wünschen?«
In dem Augenblick beschloss Maruhn, Frida ein kleines Schmuckstück zu kaufen. Er sah sich um, entdeckte eine Brosche, die ihr gefallen konnte, und zeigte darauf. »Wie viel kostet die?«
»Fünf Mark.«
»Ich nehme sie!« Während Maruhn bezahlte, schämte er sich ein wenig, denn das Ding war wirklich nichts Besonderes. Gerne hätte er Frida ein wertvolleres Schmuckstück geschenkt, doch dazu bedurfte er der Belohnung, die der Bankier Grünfelder ihm versprochen, aber noch nicht ausgezahlt hatte.
»Können Sie mir eine Rechnung ausstellen?«, forderte er den Ladenbesitzer auf, da ihm dies als die beste Möglichkeit erschien, herauszufinden, ob der ominöse Rechnungsfetzen von hier stammte oder nicht. Dies war jedoch nicht der Fall, denn die Rechnung, die der Juwelier auf einen bereits vergilbten Block schrieb, sah anders aus als das Fragment in seiner Tasche.
Damit hieß es für ihn weitersuchen. Da der nächste Juwelier in erreichbarer Nähe lag, verzichtete er darauf, einen Pferdebus oder eine Pferdetrambahn zu benutzen, und ging zu Fuß. Allerdings tat ihm das verkrüppelte Bein bereits höllisch weh, als er den zweiten Laden betrat. Drinnen musste er nicht einmal nach einer Rechnung fragen, denn der Block lag offen auf dem Ladentisch, und er sah auf Anhieb, dass dies nicht das Geschäft sein konnte, das er suchte. Um sein Kommen zu rechtfertigen, fragte er nach einer Taschenuhr und wurde von dem Besitzer belehrt, dass solche hier nicht geführt würden.

Der letzte Laden lag in einer nicht besonders gut beleumundeten Straße, und im Schaufenster lagen nur einige billige, schon recht verstaubte Schmuckstücke, von denen Maruhn niemals eines für Frida gekauft hätte. Als er eintrat, fand er seinen ersten Eindruck bestätigt. Es gab keine richtige Auslage, sondern lediglich ein Regal an der Wand sowie einen alten Schreibtisch, der als Theke diente. Daran saß ein Mann mit einem traurig herabhängenden Schnauzbart und bearbeitete den mit Rubinen und Perlen besetzten Anhänger einer Kette, der ganz im Gegensatz zu dem Plunder stand, den Maruhn sonst im Laden entdeckte. Das Schmuckstück glich überdies einem der Falsifikate, die Baron Klingenfeld Grünfelder und den anderen Bankiers untergeschoben hatte.

Maruhn spürte, dass er kurz vor der Auflösung des Rätsels stand, und streckte sich, um den Rechnungsblock, der ganz hinten im Regal lag, betrachten zu können. Tatsächlich war es genau der, von dem die Rechnung stammen musste, die ihn hierhergeführt hatte.

Da der Mann hinter dem Tisch sich nicht in seiner Arbeit stören ließ, räusperte sich Maruhn und sprach ihn an. »Sind Sie der Besitzer dieses Ladens?«

»Ja«, klang es einsilbig zurück.

»Darf ich das Schmuckstück, an dem Sie gerade arbeiten, mal sehen?«, fragte Maruhn weiter.

»Wie käme ich dazu?« Der Schnauzbart wollte das Stück in ein Schubfach legen, doch da hielt der Detektiv ihm seine Visitenkarte vor die Nase. »Der Bankier von Grünfelder hat mich beauftragt, den Schmuck aufzutreiben, den Baron Anno Klingenfeld durch Imitate ersetzt hat. Entweder Sie reden mit mir, oder ich hole die Polizei!«

»Ich habe nichts Unrechtes getan!«, rief der Juwelier etwas zu rasch und zu laut.
»Sie haben den Schmuck für Klingenfeld kopiert«, stellte der Detektiv fest.
Der andere schüttelte den Kopf. »Natürlich habe ich das nicht getan!«
»Mit Lügen sollten Sie mir nicht kommen. Ich müsste sonst doch die Polizei einschalten.« Maruhn lächelte freundlich und nahm ihm das Schmuckstück aus der Hand. »Sie haben den Anhänger zwar verändert. Dennoch ist er gut zu identifizieren.«
Während er dies sagte, wurde ihm bewusst, dass er tatsächlich ein echtes Schmuckstück aus dem Besitz des Baron von Klingenfeld in den Händen hielt, auch wenn er dies noch nicht ganz begriff. Denn seines Wissens war Anno von Klingenfeld mit der *Aller* nach New York aufgebrochen und hatte sein gesamtes ergaunertes Geld und auch die Preziosen mitgenommen. Doch das Ding hier ließ vermuten, dass der Betrüger selbst betrogen worden war. Auch dieses Rätsel wollte Maruhn lösen.
Im Gesicht des Juweliers mischten sich Wut und Angst, und er versuchte vorsichtig, ein Schubfach mit dem Fuß zuzuschieben.
Maruhn bemerkte es, packte den Mann und zog ihn von dem Schubfach weg. »Das lassen Sie mal besser bleiben!«
Mit einem drohenden Gesichtsausdruck schob er den Mann, dessen Schnauzbartenden nun vor Wut und Angst zitterten, ganz zur Seite und öffnete das Fach. Ein mit Diamanten besetztes Collier und ein dazu passendes Diadem sprangen ihm direkt ins Auge. Er nahm beides heraus und musterte es.
»Das ist ebenfalls echt! Was wird hier gespielt? Reden Sie, sonst

muss ich den Herrn Polizeipräsidenten aufsuchen. Dessen Männer werden die Wahrheit aus Ihnen herausprügeln!«

Durch das Schaufenster hatte der Juwelier Maruhn kommen sehen und erinnerte sich nun an dessen Hinken. Mit einem Krüppel glaubte er fertig zu werden, und so schlug er überraschend zu.

Für einen Moment sah der Detektiv Sterne und taumelte rückwärts gegen den Schrank. Mit einem triumphierenden Ruf packte der Juwelier eine spitze Feile und stach nach ihm.

Gerade noch rechtzeitig drehte Maruhn sich zur Seite, die Feile schrammte an seiner linken Seite vorbei und bohrte sich in das Möbelstück. Bis sein Gegner sie aus dem Holz gezogen hatte, stand Maruhn wieder fest auf den Beinen. Er zog den Stockdegen und richtete die Klinge auf den Juwelier.

Dieser ließ erschrocken die Hand sinken und legte die Feile weg. »Verdammter Bluthund!«

Seine Miene verriet, dass er aufgegeben hatte. Er wusste, der Detektiv konnte ihn ohne Folgen niederstechen, wenn er auf den unterschlagenen Schmuck wies und erklärte, er habe in Notwehr gehandelt.

Maruhn ließ die Klingenspitze ein wenig höher wandern, bis sie den Adamsapfel des Schmuckfälschers berührte. »Diese freundliche Bemerkung will ich überhört haben. Und jetzt machen Sie endlich den Mund auf! Wie kommen Sie zu dem echten Klingenfeld-Schmuck?«

»Er gehört mir! Der Baron hat ihn mir verkauft«, behauptete der Juwelier mit schwankender Stimme.

Auf Maruhns Lippen trat ein spöttisches Lächeln. »Wir werden bald erfahren, ob das stimmt. Baron Klingenfeld wurde auf dem

NDL-Schnelldampfer *Aller* festgesetzt und wird nach Deutschland zurückgebracht. Also können wir euch beide in dieselbe Zelle sperren.«

»Nein! Nicht in dieselbe Zelle!«, kreischte der Mann auf. »Klingenfeld wird mich umbringen!«

»Weil Sie auch seinen Schmuck durch Imitate ersetzt haben.« Ein Blick in das Gesicht seines Gegenübers bewies Maruhn, dass er ins Schwarze getroffen hatte.

Der Juwelier nickte erbost. »Ja, zumindest einen Teil. Vier Mal musste ich den Schmuck für den Baron kopieren, und er hat mir nur ein paar lumpige Mark dafür bezahlt. Da er nach Amerika fahren wollte, dachte ich …«

»… er würde wohl kaum mehr die Gelegenheit finden, zurückzukommen und den Schmuck von Ihnen zu fordern. Sie sind recht geschickt, muss ich sagen. Aber allein mit dieser Angelegenheit haben Sie sich etlicher krimineller Handlungen schuldig gemacht, und ich glaube kaum, dass Sie unter zehn Jahren Zuchthaus davonkommen werden.«

Maruhn überlegte, wie er die Polizei rufen und gleichzeitig verhindern konnte, dass der Juwelier den Schmuck nahm und damit verschwand. Da schob dieser ihm alle Teile zu, die sichtbar in der oberen Schublade lagen.

»Hier, nehmen Sie das Zeug und lassen Sie mich in Frieden!«

Maruhn musterte die Stücke und schüttelte den Kopf. »Das ist höchstens die Hälfte des unterschlagenen Schmucks.«

»Den Rest hat Klingenfeld mitgenommen«, rief der Juwelier – für Maruhns Gefühl verdächtig rasch.

»Davon werde ich mich lieber selbst überzeugen!« Der Detektiv bedeutete dem Ladenbesitzer, ein Stück beiseitezutreten, und öffnete nun nacheinander alle Schubfächer. Wie erwartet, lagen dort etliche wertvolle Schmuckstücke. Da er sich für seinen Auftrag die falschen Stücke, die Grünfelder untergeschoben worden waren, genau angesehen hatte, konnte er sagen, was zu dem Schmuck des Barons gehörte und was nicht. Zuletzt fehlten nur noch eine kleine Brosche und ein Armband, die zusammen vielleicht dreihundert Mark wert waren. Obwohl Maruhn vermutete, dass sie sich ebenfalls in diesem Laden befanden, gab er sich mit dem zufrieden, was er gefunden hatte.

»Ich brauche einen Karton oder eine Tasche, um den Schmuck zu transportieren«, erklärte er dem Juwelier.

Dieser erstickte beinahe an seiner Wut, wagte aber nicht noch einmal, handgreiflich zu werden. Mit einem mürrischen Brummen reichte er dem Detektiv eine Schachtel und deutete zur Tür. »Verschwinden Sie endlich!«

Maruhn schüttelte lächelnd den Kopf. »Vorher habe ich noch ein paar Fragen. Sie haben zwar den Schmuck kopiert, doch um die echten Stücke durch Falsifikate ersetzen zu können, brauchte Anno von Klingenfeld weitere Helfer. Ich wüsste gerne deren Namen und wo ich sie finde.«

»Wenn ich Ihnen das sage, bringen die Kerle mich um«, rief der Juwelier entsetzt.

»Ich muss ihnen ja nicht auf die Nase binden, woher ich die Informationen habe.« Es war ein Spiel, bei dem es darum ging, wer über die besseren Nerven verfügte. Maruhn hatte es schon einige Male mit Gaunern gespielt und meist gewonnen.

Auch diesmal knickte sein Gegenüber ein. »Es waren drei. Einer ist der Hehler Rudi Pielke, der in einem Hinterzimmer der Gaststätte Roter Ochse sein Quartier aufgeschlagen hat. Er soll irgendwo in der Stadt eine Lagerhalle besitzen, doch wo die liegt, weiß ich nicht.«

»Pielke also! Ich glaube, den Namen habe ich schon gehört«, sagte Maruhn nachdenklich. »Und die anderen?«

»Von einem weiß ich den Namen nicht. Es handelt sich um einen Droschkenkutscher, der für Pielke oft Fahrten unternimmt. Dieser hat Klingenfeld auch geholfen, den Schmuck zu vertauschen. Der Dritte ist ein Einsteigdieb, der Maxe genannt wird.« Der Juwelier schwieg und fügte nach einer Weile hinzu: »Ach ja, einen Mann kann ich Ihnen noch nennen. Es handelt sich um einen Zuhälter, der ebenfalls krumme Geschäfte mit Pielke macht. Er heißt Manfred Laabs und ist der Besitzer des Bordells *Le Plaisir.*«

So ganz kann das nicht der Wahrheit entsprechen, dachte Maruhn, denn das *Le Plaisir* gehörte einer Frau. Der Name Laabs stimmte jedoch. Handelte es sich etwa um den Ehemann der Besitzerin, die er vor kurzem aufgesucht hatte? Er stellte noch ein paar Fragen, merkte aber rasch, dass der Schnauzbärtige nicht mehr wusste, als er bereits gesagt hatte.

Nun begann der Juwelier zu betteln. »Sie versprechen mir doch, mich nicht der Polizei zu verraten?«

»Ich habe bekommen, was ich wollte, und habe kein weiteres Interesse an Ihnen. Daher kann ich es versprechen.« Es fiel Maruhn nicht leicht, das zu sagen.

Doch wenn er die Polizei in die Sache hineinzog, würde diese den Schmuck beschlagnahmen, und ob Grünfelder dann je sein Geld sah, erschien ihm fraglich. Außerdem, so sagte er sich, war der Juwelier noch lange nicht aus dem Schneider. Sobald Rudi Pielke oder dessen Kumpan Maxe gefasst wurden, würden sie den Namen des Mannes preisgeben.

Mit dieser Überlegung verabschiedete er sich und war froh, als er kurz darauf in einem Pferdeomnibus saß, der ihn nach Hause brachte.

## XI.

Während Dirk Maruhn der Spur des Schmucks folgte, betrat die Frau, die ihm im Pferdeomnibus aufgefallen war, das Haus in der Palisadenstraße. Das alte Dienstmädchen der Besitzerin ließ sie ein und musterte sie tadelnd. »Sie hätten uns Ihre Ankunft telegrafisch mitteilen sollen, Fräulein Philomena!«

»Das habe ich aus gutem Grund vermieden«, antwortete Philomena in bitterem Tonfall. »Ich wollte nicht, dass die Klampt-Sippe zu früh von meiner Ankunft erfährt. Jetzt führe mich zu meiner Großtante, und zwar so, dass weder dieser unsägliche Gerhard Klampt noch seine ebenso unerträglichen weiblichen Anverwandten mich sehen.«

»Dazu müssen wir das hintere Treppenhaus benutzen. Dessen Tür ist auf der Etage, in der die Familie Klampt untergebracht ist, abgeschlossen.« Das alte Dienstmädchen wandte sich um und wackelte Philomena voraus. Diese folgte ihr mit einem Gesichtsausdruck, als stünde ihr ein Besuch in Luzifers persönlichen Gemächern bevor.

Die Hausherrin wohnte im dritten Stock, und den Aufstieg über die steilen, ausgetretenen Stufen, die früher von einem vielköpfigen Personal benutzt worden waren, vermochte das Dienstmädchen nur mit Mühe zu bewältigen. Der Besucherin ging es zu langsam, und sie erwog schon, die Alte zu überholen und sich selbst bei ihrer Verwandten anzumelden. Da sie jedoch deren Ansichten über einzuhaltende Umgangsformen kannte, bezähmte sie sich und wartete, bis die Greisin schwer atmend den oberen Treppenabsatz erreicht hatte und einen Augenblick nach Atem rang.

Immer noch keuchend führte die Alte sie zum Zimmer ihrer Herrin und öffnete die Tür. »Ihre Großnichte Philomena ist erschienen, gnädige Frau!«

Die Besucherin trat ein. Friederike Fabarius saß, ganz in Schwarz gehüllt, in einem wuchtigen Lehnsessel. Da die Vorhänge zugezogen waren, wirkte sie mit ihrem bleichen Gesicht, über dem ein altmodischer Hut thronte, und einem voluminösen Kleid, welches einer längst entschwundenen Epoche entsprungen sein musste, auf ihre Großnichte wie ein Gespenst.

Philomena hatte die Hausherrin mehr als zehn Jahre lang nicht gesehen und wäre wohl auch nicht freiwillig gekommen, doch da gab es eine Sache, die ihrer Ansicht nach der Klärung bedurfte. Als ihr die Greisin die Hand entgegenstreckte, knickste sie und berührte die Finger mit den Lippen.

»Du kommst ungerufen!«, begrüßte die Verwandte sie mit brüchiger Stimme, welche verriet, wie wenig sie es schätzte, gestört zu werden.

»Verzeiht, Frau Tante, aber da gibt es etwas Wichtiges zu besprechen«, antwortete Philomena ungehalten.

»Du meinst deine bevorstehende Heirat mit Gerhard? Ich war der Ansicht, das hätte noch ein wenig Zeit. Doch wenn es dir so eilig ist, unter die Haube zu kommen, werde ich die Angelegenheit beschleunigen.«

»Ich denke nicht daran, diesen Mann zu heiraten!«, rief Philomena mit Nachdruck. »Gerhard Klampt ist ein Kerl ohne jede Moral, der sich in zweifelhaften Häusern herumtreibt, über die Maßen trinkt und Glücksspielen frönt!«

»Das hast du mir bereits geschrieben, und ich habe mit Gerhard gesprochen. Er ist bereit, sein altes Leben aufzugeben und dir der Gatte zu sein, den du dir wünschst!« Friederike Fabarius hob beschwichtigend die Rechte und erwartete, Philomena würde sich nun ihrem Willen fügen.

So einfach gab ihre Großnichte jedoch nicht auf. »Ich denke nicht daran, mich an ein solches Subjekt zu binden! Gerhard ist der Liebe einer einfühlsamen Frau wie mich nicht wert. Er ist, um es offen zu sagen, ein Lump. Ich habe Bekannte in Berlin, die mir einiges über ihn berichtet haben. Er verkehrt als Stammgast in einem Haus, dessen Name eine wohlerzogene Dame nicht einmal in den Mund nehmen darf.«

»Er ist ein Mann, und als solcher hat er nun einmal leibliche Bedürfnisse. Darum ist der Ehestand auch so segensreich für die Männer, denn sie können diese Gelüste gottgefällig im Ehebett stillen und sind gegen Anfechtungen der Moral gefeit. Dir wird es mit Gerhard nicht anders ergehen.«

Philomena begriff, dass es ihrer Tante mit dieser Ehe ernst war, und schluckte einige wütende Bemerkungen, die ihr über die Lippen wollten. Stattdessen fasste sie die Hände der alten Frau und kniete vor ihr nieder.

»Ersparen Sie mir die Ehe mit diesem Mann! Sie kann nur unglücklich enden.«

»Unsinn!«, erklärte Friederike Fabarius scharf. »Du bist genau die Stütze, die Gerhard braucht. Wohl ist sein Charakter ein wenig labil, doch das ist bei dieser Mutter kein Wunder. Du wirst ihn mit sanfter, aber fester Hand leiten, auf dass er in Zukunft ein Gott wohlgefälliges Leben führt. Ich habe in meinem Testament bereits bestimmt, dass du das Vermögen, das ich euch einmal vermachen werde, verwalten sollst. Du wirst Gerhard als deinem Ehemann eine gewisse Summe als Taschengeld aushändigen. Er mag sich dafür am Sonntag eine Zigarre und einen Krug Bier im Gasthaus kaufen. Bordellbesuche und dergleichen sind für ihn tabu!«

Philomenas Miene entspannte sich bei diesen Worten, und sie lächelte zum Schluss sogar. »Wenn es Ihr Herzenswunsch ist, werde ich ihn Ihnen selbstverständlich erfüllen, liebste Tante.«

Innerlich atmete sie auf, denn das Schlimmste, das sie sich hatte vorstellen können, würde nicht eintreten. Hätte Gerhard Klampt über das Vermögen ihrer Großtante frei verfügen können, wäre sie zu einem elenden Leben an der Seite eines Wüstlings verurteilt worden. Zwar verachtete sie den Mann, den sie auf Wunsch ihrer Tante heiraten sollte, doch wenn sie die Macht über das Geld besaß, dann hatte sie auch die Macht über ihn.

»Ich sehe, du bist eine kluge Frau«, sagte Friederike Fabarius mit einem kaum merklichen Lachen. »Ich kenne Gerhard, und wenn ich ihm als Mann auch zugestehe, sich vor der Hochzeit die Hörner abzustoßen, so darf ihm dies nach der Trauung nicht mehr gestattet werden. Doch nun geh und suche deinen Verlobten und dessen Familie auf. Ich will ruhen. Das hätte ich schon längst getan, wärst du nicht gekommen.«

Leicht würde das Zusammenleben mit der alten Dame nicht werden, das war Philomena durchaus klar. Doch sie hatte bereits zu lange auf das Erbe warten müssen, um jetzt noch darauf verzichten zu können. In weniger als einem Jahr würde sie die vierzig überschreiten und dann vollends als alte Jungfer gelten. Da die Dame, der sie bisher als Gesellschafterin gedient hatte, aus Altersgründen in ein Sanatorium eingeliefert worden war und deren Verwandte ihr bereits erklärt hatten, dass man auf ihre weiteren Dienste verzichten müsse, blieb ihr nichts anderes übrig, als bei ihrer einzigen Verwandten Unterschlupf zu suchen. Wenn der Preis dafür eine Heirat mit Gerhard Klampt war, würde sie diesen zahlen müssen, zumal sie dadurch ein Vermögen erben konnte.

Sie knickste erneut vor der alten Frau und folgte dem alten Dienstmädchen nach draußen. »Ich bin froh, dass Sie gekommen sind, Fräulein Philomena«, sagte die Alte, kaum dass sie die Tür des Zimmers geschlossen hatte. »Diese Ermingarde Klampt muss dringend in ihre Schranken gewiesen werden, denn sie führt sich auf, als sei sie bereits die Hausherrin. Denken Sie nur, sie hat fremde Leute zu sich als Gäste eingeladen, wo die gnädige Frau das doch gar nicht mag.«

»Was für Gäste?«

»Irgendein Gutsbesitzer aus Ostpreußen samt seiner Mutter, die Ermingarde von früher kennt. Bis gestern war sogar noch eine Weibsperson bei ihr, ein Dienstmädchen, das diesen angeblichen Gutsherrn nachts in ihre Kammer eingelassen hat. Ich habe der gnädigen Frau aber nichts davon berichtet, sonst hätte sie sich zu sehr aufgeregt.«

Philomena lauschte aufmerksam und begriff vor allem eines: Das Dienstmädchen mochte fast so alt sein wie ihre Großtante, aber ihm entging nichts, was in diesem Haus geschah. Daher würde sie sich vorsehen müssen, damit ihr kein Wort entfuhr, das Friederike Fabarius verärgern mochte. Andererseits konnte sie auf die Hilfe der Alten zählen, um Ermingarde, deren Tochter und auch Gerhard zu überwachen. Daher lobte sie das Dienstmädchen für seine Umsicht und gab ihrer Hoffnung Ausdruck, Gerhard Klampt würde doch nicht so schlimm sein, wie ihre Freundinnen es ihr berichtet hatten.

Die Alte winkte voller Verachtung ab. »Den werden Sie nach Ihrer Hochzeit scharf an die Kandare nehmen müssen, Fräulein Philomena, sonst führt er sein sündiges Leben fort. Ich hoffe, dieser Ostpreuße und dessen Mutter verlassen bald das Haus. Die beiden tun weder Herrn Klampt noch seiner Mutter gut. Außerdem machen sie Lärm und trinken die besten Weine der Herrin weg.«

»Es ist gut, wenn jemand einen darüber aufklärt, was zu tun ist. Ich danke dir!« Philomena lächelte dem Dienstmädchen zu und folgte ihm zu der vorderen Treppe. Dort stieg sie ins erste Geschoss hinab und ließ sich von der Alten bei Ermingarde anmelden.

Nachdem sie bis zehn gezählt hatte, trat sie ein und stand gleich fünf Leuten gegenüber. Ermingarde Klampt hatte sie schon früher kennengelernt, ebenso deren Tochter Armgard, während sie dem Sohn noch nicht begegnet war. Daher musterte sie den älteren der beiden Männer im Raum mit einem prüfenden Blick und seufzte innerlich. Mit seinem schwammigen Gesicht und der fortgeschrittenen Glatze fiel Gerhard Klampt stark gegen seinen Gast ab. Bei diesem musste es sich um den Gutsbesitzer aus Ostpreußen handeln. Der Mann sah gut aus und war noch recht jung. Eigentlich wirkte er gar nicht wie jemand, der bereit war, mit ihrem zukünftigen Ehemann Freundschaft zu pflegen. Seine Mutter hingegen, eine untersetzte, mürrisch aussehende

Frau um die fünfzig, passte sehr gut zu der verbitterten Ermingarde.

Philomena küsste ihre weiblichen Verwandten auf die Wangen und sah sie lächelnd an. »Ich freue mich, dich zu sehen, liebste Großtante Ermingarde, und auch dich, Tante Armgard!« Ihre sanfte Stimme war mit Gift getränkt, und das entging den beiden Damen nicht.

»Verzeih, meine Liebe, doch ich bin deine Tante, wenn man den Verwandtschaftsgrad richtig berechnet«, wies Ermingarde sie zurecht.

»Und ich deine Base«, setzte Armgard gekränkt hinzu.

»Oh, habe ich etwas anderes gesagt? Da muss ich in Gedanken noch bei Großtante Friederike gewesen sein!« Philomenas spöttischer Blick sprach dieser halben Entschuldigung Hohn und ließ keinen Zweifel daran, wer hier in Zukunft das Heft in der Hand halten wollte. Danach wandte sie sich Gerhard Klampt zu und streckte ihm die Hand hin.

Der Mann wusste nicht, ob er diese jetzt drücken oder küssen sollte, und beließ es schließlich bei einem kurzen Kopfnicken. Da er Philomena bis jetzt nur von einem verschwommenen Foto kannte, hatte er gehofft, die Berichte seiner Mutter und seiner Schwester seien übertrieben. Doch nun sah er eine Frau vor sich, an der er beim besten Willen nichts Anziehendes zu finden vermochte.

Philomenas dunkelblondes Haar war im Nacken zu einem straffen Dutt zusammengedreht, ihr Gesicht schien ihm so scharf geschnitten wie das eines Raubvogels, und ihre Figur schien jegliche Kurven zu entbehren. Eine solche Frau heiraten zu müssen war ein Alptraum, und er flehte die Mächte des Himmels an,

Ottwald von Trettins Plan, Nathalia von Retzmann zu einer Ehe zu zwingen, von Erfolg zu krönen. Mit dem Anteil, der ihm von dem Vermögen der Komtess zufallen würde, konnte er Philomena und Großtante Fabarius eine lange Nase drehen und sein weiteres Leben so gestalten, wie er es sich vorstellte.
»Diese Herrschaften sind wohl heute zu Gast?«, fragte Philomena mit einem Seitenblick auf Malwine von Trettin und deren Sohn. Dabei musterte sie die Weingläser und die Karaffen auf dem Tisch und kniff die Lippen zusammen.
Ermingarde und ihre Tochter begriffen, dass der Kampf um die Macht bereits entbrannt war, und kochten innerlich vor Wut über Philomenas unzeitiges Auftauchen.
»Meine Liebe, welches Zimmer hat unsere Großtante dir angewiesen?«, fragte Ermingarde mit kaum verhohlenem Widerwillen.
»Liebste Tante, da Sie selbst so genau auf die Verwandtschaftsgrade achten, möchte ich Sie darauf hinweisen, dass unsere großzügige Verwandte Friederike Fabarius höchstens Ihre Tante sein kann, aber niemals Ihre Großtante«, korrigierte Philomena sie.
»Die gnädige Frau hat beschlossen, Fräulein Philomena oben bei sich wohnen zu lassen«, erklärte das Dienstmädchen, das sich über den Ärger freute, den Ermingarde und deren Kinder empfanden.
Philomena sah Gerhard Klampt mit einem kalten Lächeln an. »Ich habe mein Gepäck am Schlesischen Bahnhof in Aufbewahrung gegeben. Würdest du Sorge dafür tragen, dass es hierhergebracht wird? Entschuldigt mich jetzt bitte. Ich bin müde von der Fahrt und will mich etwas hinlegen.« Damit wandte sie sich zur Tür und verließ das Zimmer. Draußen rieb sie sich die

Hände, weil es ihr schon am ersten Tag gelungen war, Ermingarde und deren Brut klarzumachen, wer hier in Zukunft das Sagen hatte.

## XII.

Kaum hatte sich die Tür hinter Philomena geschlossen, fuhr Ermingarde wie von der Tarantel gestochen hoch. »Was bildet sich dieses Miststück ein, uns schurigeln zu wollen? Der werde ich …« Sie brach ab, denn ihr fiel beim besten Willen nicht ein, was sie der anderen antun könnte. Da Philomena oben bei Friederike Fabarius wohnen würde, besaß sie auch das Ohr der Hausherrin und konnte diese jederzeit gegen sie aufhetzen.

Mit einer energischen Bewegung wandte sie sich Ottwald von Trettin zu. »Sie müssen Nathalia unbedingt heiraten! Sonst sind meine Kinder und ich dieser impertinenten Person hilflos ausgeliefert.«

Ottwald von Trettin lächelte sanft. »Dafür muss Laabs erst herausfinden, wie wir uns der Komtess bemächtigen können.«

»… und dieser unsäglichen Lore!«, setzte seine Mutter düster hinzu. »Hast du einen Fotografen gefunden, der bereit ist, die Bilder zu machen?«

Ihr Sohn nickte. »Laabs hat ihn mir besorgt. Der Mann hat schon öfter Aufnahmen von nackten Frauen gemacht.«

»Dann ist ja alles bestens vorbereitet, sowohl das Zimmer im Bordell als auch der Fotograf und unsere Helfer. Jetzt muss nur noch die Falle aufgestellt werden. Aber wir benötigen einen Köder, und das Ganze sollte sehr rasch über die Bühne gehen.«

Malwines Stimme klang mahnend, denn die letzten Nachrichten, die ihr der Inspektor aus Trettin hatte zukommen lassen, deuteten darauf hin, dass das Gut wahrscheinlich noch vor dem Herbst den Banken zufallen würde.
»Ich hoffe auch, dass es schnell geht!« Gerhard Klampt hatte den Schock über Philomenas Aussehen und Auftreten noch nicht überwunden und sehnte sich nach einer aufmunternden Ablenkung. »Ich werde zum Hoppegarten fahren und den Pferden beim Training zusehen. Kommen Sie mit, Herr von Trettin?«
Ottwald schüttelte den Kopf. »Nein, Gäule sehe ich zu Hause auf dem Gut genug. Ich muss nachdenken!«
Insgeheim verfluchte er Klampt, der den Problemen des Lebens immer wieder aus dem Weg ging und nur jammerte, wenn etwas nicht so lief, wie er es wollte. Eine große Hilfe war der Mann ihm nicht. Weder konnte Klampt ihn dabei unterstützen, Nathalias habhaft zu werden, noch vermochte er ihm Geld zu leihen. Dabei nahm die Summe, die seine Mutter ihm gegeben hatte, mit jedem Tag mehr ab. Wenn es schlecht lief, würde er sich nicht einmal mehr die Reise nach Ostpreußen für sich und Nathalia leisten können. Als frisch verlobtes Paar war es jedoch unumgänglich, dass sie in einem Abteil erster Klasse fuhren, und sie durften auch bei den Mahlzeiten nicht kleinlich sein.
Einen Augenblick lang fragte sich Ottwald, wie es sein würde, mit einer Frau zusammenzuleben, die er dazu gezwungen hatte. Seine hohe Meinung über sich selbst ließ ihn jedoch zu der Überzeugung kommen, Nathalias Zuneigung innerhalb kürzester Zeit erringen zu können.
Während Gerhard Klampt das Haus verließ, um seinen Neigungen nachzugehen, zog Ottwald von Trettin sich ins Schlaf-

zimmer zurück. Er war gerade dabei, seine Barschaft zu zählen, als seine Mutter hereinkam.

Malwine blickte noch einmal nach draußen, schloss dann sorgfältig die Tür und sah ihren Sohn stirnrunzelnd an. »Hast du wirklich die Absicht, diesen Leuten ein Drittel des Vermögens zu überlassen, welches Nathalia von Retzmann in die Ehe mitbringen wird?«

»Das war die Bedingung für ihre Hilfe«, antwortete Ottwald zögernd.

»Ich kenne Ermingarde und ihre Tochter. Schon bald wird ihnen dieser Anteil zu gering sein, und sie werden wie Blutegel an uns hängen und uns aussaugen.«

Malwines Prophezeiung mochte vielleicht etwas übertrieben sein, doch ihr Sohn konnte ihr nicht widersprechen. »Die Klampts sind ein gieriges Pack, und wir werden ein Auge auf sie haben müssen. Aber mehr Sorge bereiten mir die Ganoven, die mir helfen sollen. Die könnten ebenfalls versuchen, uns zu erpressen.«

Malwine wischte den Einwand beiseite. »Wenn einer von diesem Diebsgesindel aufdringlich wird, gehst du zur Polizei und zeigst ihn wegen Verleumdung an. Jeder Richter wird dir recht geben. Anders ist es jedoch bei den Klampts. Sie sind immerhin Verwandte der Komtess und könnten uns schaden.«

Darüber hatte Ottwald ebenfalls schon nachgedacht, und sein Blick streifte unwillkürlich die Gaslampe, die von der Decke hing. Mit einem selbstgefälligen Lächeln sah er seine Mutter an. »Ich werde mich vorsehen, liebste Mama. Jetzt aber würde ich gerne wissen, mit wie viel Geld du unsere gemeinsame Sache unterstützen kannst. Unser betrügerischer Verwalter hat dir doch gewiss eine höhere Summe angewiesen. Ich werde einiges brauchen, um Komtess Retzmann an mich zu binden und standesgemäß mit ihr auftreten zu können.«

## XIII.

Dirk Maruhn blickte auf den Schmuck, der auf dem Küchentisch lag und im Licht der Gaslampe glitzerte. Nie hätte er sich träumen lassen, dass es ihm einmal schwerfallen würde, ehrlich zu bleiben. Zweifelnd sah er zu Frida auf. »Würden wir dieses Geschmeide verkaufen, wären wir in der Lage, in die USA auszuwandern und dort ein neues Leben im Wohlstand zu beginnen.«

Seine Geliebte schlug erschrocken das Kreuz. »Das meinst du doch nicht im Ernst!«

Mit einer resignierenden Geste senkte der Detektiv den Kopf. »Nein, natürlich nicht! Ich werde die Sachen gleich wieder einpacken und zu Grünfelder bringen. Für das hier wird er mir eine Prämie zahlen, die uns beiden das Leben eine Zeitlang erleichtern kann. Nach dem Besuch bei Grünfelder fahre ich nach Bremerhaven, um Anno von Klingenfelds Verhaftung einzuleiten. Der Bankier hat die notwendigen Papiere besorgt, so dass ich mit der Unterstützung der Bremer Behörden rechnen kann.«

»Hat das nicht noch ein paar Tage Zeit?«, fragte Frida. »Die *Aller* hat doch laut dem Fahrplan, den du mitgebracht hast, noch nicht einmal in New York angelegt.«

»An und für sich hast du recht. Es ist nur meine Unruhe, die mich zu einem frühen Aufbruch verführen wollte. Stattdessen

werde ich die Tage, die mir bis zur Rückkehr des Schiffes bleiben, ausnützen, um diesen Fall restlos aufzuklären.«
Maruhn beschloss, sich auf die Suche nach dem Hehler und Bandenchef Pielke zu machen. Wenn er auch diesen Ganoven dingfest machte, hatte er seine Aufgabe vollständig gelöst und erhielt wahrscheinlich nicht nur von Grünfelder, sondern auch von den preußischen Behörden eine Belohnung.
Vorsichtig packte er die Schmuckstücke in Zeitungspapier ein, verstaute sie in seiner Aktenmappe und seufzte entsagungsvoll. »Bevor ich zu Grünfelder gehe, würde ich mich gerne noch etwas stärken. Haben wir Bier im Haus?«
»Nein, aber ich könnte den Nachbarjungen zum Wirt schicken, damit er einen vollen Krug holt.«
»Nein, besser nicht. Ich habe den Lümmel ein paarmal dabei beobachtet, wie er von dem Bier getrunken hat, das er für seinen Vater holen sollte. Ich werde selbst gehen.« Maruhn wollte aufstehen, doch da schob Frida ihn wieder auf den Stuhl zurück.
»Du bleibst besser hier und bewachst den Schmuck. Ich habe flinkere Beine als du. Außerdem weiß ich dann, dass du nicht im Gasthaus hängenbleibst und hinterher vielleicht nicht mehr in der Lage bist, Grünfelder den Schmuck zu bringen. Wenn du es wünschst, werde ich dich zum Haus des Bankiers begleiten.«
Maruhn sah sie entrüstet an. »Vertraust du mir nicht mehr?«
»Doch, das tue ich! Aber es gibt Zeiten, in denen man besser nicht allein sein sollte. Was ist, wenn ein Dieb versucht, dir die Tasche zu entreißen?«
Bei diesen Worten strich Frida ihm zärtlich über die Wangen und küsste ihn. »Ich liebe dich und werde jeden Weg mit dir

gehen, selbst wenn du jetzt sagen würdest, du willst den Schmuck unterschlagen und damit ein neues Leben beginnen.«
Ihr war es ernst damit, das fühlte Maruhn, aber sie hoffte auch, dass er keine krummen Wege einschlagen würde. Gerührt schloss er sie in die Arme und bettete seinen Kopf auf ihre Schulter. »Ich weiß nicht, womit ich dich verdient habe. Du gibst mir immer wieder Mut.«
»Dazu sind Frauen doch da! Und jetzt hole ich dein Bier, damit du dich stärken kannst.« Frida entschwand mit einem fröhlichen Lachen, denn nun war sie sich sicher, dass ihr Geliebter die kleine Krise überstanden hatte. Natürlich würde sie ihn zu Grünfelders Haus begleiten, und mit etwas Glück durfte sie dieses sogar betreten und einen Blick darauf werfen, wie wahrlich reiche Leute lebten.

## XIV.

Manfred Laabs hatte sich gut auf seinen Auftritt vorbereitet. So war er nicht gleich am Morgen nach Klingenfeld gegangen, sondern hatte die Mittagsstunde verstreichen lassen und schritt nun, auf seinen Stock gestützt, auf das Gut zu. Auf seinem Notizblock hatte er einen Aliasnamen notiert, unter dem er sich Lore vorstellen wollte, ebenso eine lange Liste von Möbeln, die er angeblich zum Verkauf anbot.
Als er vor dem Herrenhaus stand, wählte er den Hintereingang und stellte sich Erna als Möbelhändler aus Berlin vor. Wie von ihm erhofft, führte die Alte ihn zur Hausherrin. Vor Lore deutete er eine Verbeugung an.

»Guten Tag, gnädige Frau. Dausend mein Name, meines Zeichens Händler mit gebrauchten Möbeln. Ich habe gehört, dass hier auf Klingenfeld der Haushalt aufgelöst wird, und wollte mal nachsehen, ob nicht etwas Brauchbares für mich dabei ist.«
Da Anno von Klingenfeld das meiste an Möbeln abgestoßen hatte, konnte er als angeblicher Aufkäufer sein Erscheinen am besten erklären.
Wie erwartet, schüttelte Lore den Kopf. »Da sind Sie einem falschen Gerücht aufgesessen. Wir verkaufen keine Möbel, sondern richten das Haus neu ein.«
»Das wusste ich nicht. Ich hatte nur gehört …« Laabs gab sich enttäuscht, sah sich dabei aber neugierig um. »Einige Zimmer haben Sie wohl noch nicht möbliert.«
»Das ist richtig«, antwortete Lore, die den Mann am liebsten wieder weggeschickt hätte, um weiterarbeiten zu können.
Mit einer theatralischen Geste zog Laabs sein Taschentuch und wischte sich die Schweißperlen von der Stirn. »Schade, dass ich umsonst von Berlin hierhergefahren bin. Wissen Sie, ich kaufe Möbel aus Haushaltsauflösungen, aber auch solche, die durch modernere Möbel ersetzt werden sollen. Manche wissen oft nicht, wohin mit den Sachen, die ihnen im Weg stehen, und geben sie mir für billiges Geld. Ich verkaufe die Möbel dann an Leute, die sich zwar feudal einrichten wollen, aber nicht viel ausgeben können.«
Damit war der Köder ausgelegt, und Lores Gesichtsausdruck zufolge stand sie kurz davor, ihn zu schlucken. »Sie verkaufen Möbel?«
Laabs lachte leise auf. »Gnädige Frau, glauben Sie etwa, ich brauche die alle für mich selbst? Natürlich verkaufe ich die Möbel

wieder. Ich habe in meiner Lagerhalle genug, um ein ganzes Schloss ausstatten zu können. Beste Möbel, sage ich Ihnen! Stühle zum Beispiel, auf denen noch keiner gesessen hat. Die standen nur an der Wand, bis der neue Besitzer meinte, sie wären nicht mehr modern genug. Für ein Herrenhaus wie dieses wären sie ideal. Hier auf dem Land richtet man sich doch etwas konservativer ein als in der Reichshauptstadt, in der der Zeitgeist auch bei Möbelstücken oft Purzelbäume schlägt. Wenn Sie wüssten, was sich die Leute dort in ihre Salons, die Speisezimmer oder – Verzeihung – in ihre Schlafzimmer stellen …«

»Danke, ich weiß es! Ich stamme nämlich aus Berlin«, unterbrach Lore ihn.

»Aus Berlin kommen Sie? Dann ist für Sie wohl auch nur das Neueste und Teuerste gut genug.« Es gelang Laabs, sehr betrübt auszusehen.

Lore wusste nicht so recht, was sie von dem Mann halten sollte. Er kam ihr windig vor, doch das musste er als Gebrauchtmöbelhändler womöglich auch sein. Wichtiger erschien ihr jedoch die Frage, welche Möbel er zu verkaufen hatte und was er dafür verlangte. Ein paar hundert Mark konnte sie ausgeben, das hatte Fridolin ihr bestätigt. Doch wenn sie das tat, sollte es sich auch lohnen.

»Ich hätte vielleicht Interesse an Möbeln. Immerhin muss ich das ganze Herrenhaus einrichten«, sagte sie zögernd.

»Es würde mich freuen, denn dann hätte ich den weiten Weg von Berlin her nicht umsonst gemacht!« Laabs ließ seine Blicke umherwandern und wies auf mehrere der hübschen Barocksessel.

»So etwas Ähnliches habe ich auch, und zwar genug, um einen ganzen Saal damit auszustatten. Alles im besten Zustand, aber heutzutage will so etwas keiner mehr haben. Wäre verdammt froh, das Zeug loszuwerden, und würde Ihnen einen guten Preis dafür machen.«

Lore rieb sich kurz über die Stirn und überlegte. Das Angebot klang verlockend. Allerdings wollte sie nicht allein entscheiden. Daher bat sie Dorothea, die im Nebenraum einige Mägde beaufsichtigte, welche den Möbeln dort mit Wachs neuen Glanz verliehen, kurz zu ihr zu kommen, und ging ihr entgegen, um unter vier Augen mit ihr zu reden.

»Was gibt es, meine Liebe?«, fragte Dorothea mit einem neugierigen Blick auf den Besucher.

»Der Herr dort ist Gebrauchtmöbelhändler. Eigentlich ist er gekommen, weil er dachte, er könnte auf Klingenfeld Möbel kaufen. Doch er verkauft auch welche und sagt, er hätte Barockmöbel ähnlicher Art, die er wegen der geringen Nachfrage gerne los wäre, und er würde mir einen guten Preis machen. Was hältst du davon?«

Rodegard von Philippsteins bissige Bemerkungen noch im Ohr, redete Dorothea ihr sofort zu. »Es wäre eine günstige Gelegenheit, es gewissen Leuten zu zeigen. Sollte dein eigenes Geld nicht reichen, so gebe ich dir gerne etwas von meinem Nadelgeld dazu. Da Fridolin noch ein paar Tage in Bremen bleiben wird, um mit meinem Mann und den an der Fabrik interessierten Herren zu reden, hätten wir Zeit, nach Berlin zu fahren und uns die Möbel anzusehen. Eine Katze im Sack solltest du nicht kaufen.«

»Das will ich auch nicht!« Lores letzte Zweifel schwanden, und sie zwinkerte Dorothea zu. »So machen wir es. Du wolltest doch ohnehin nach Berlin fahren, um dir in Mrs. Penns Modesalon ein paar neue Kleider anpassen zu lassen. Die, die du aus Bremen mitgebracht hast, sind, bitte verzeih mir, doch schon arg aus der Mode.«

»Das ist eine gute Idee! Damit schlagen wir zwei Fliegen mit einer Klatsche. Wir nehmen Mary und Nathalia mit, lassen die Kinder aber hier. Hier können sie sich besser erholen als in der Stadt.«

»Auch das ist ein Grund, um nach Berlin zu fahren. Wir könnten Betten für die Kinder besorgen und unsere Kleinen nach der Rückkehr von Berlin von Steenbrook hierherholen. Ich vermisse meine beiden.« Lore wischte sich kurz über die Augen und blickte dann ihre Freundin nachdenklich an.

»Wir sollten jedoch nicht ohne männliche Begleitung reisen. Aber Fridolin und Konrad sind in Bremen.«

»Graf Nehlen ist gewiss so freundlich, uns einen seiner Großneffen als Reisemarschall mitzugeben«, erklärte Dorothea, der eine Fahrt nach Berlin immer verlockender erschien.

»Dann bitte ich um Herrn Göde. Er versteht wenigstens etwas von Möbeln.« Lore nickte, als wollte sie sich selbst bestätigen, und drehte sich anschließend lächelnd zu Laabs um.

»Wir nehmen Ihr Angebot an, Herr Dausend. Wann können wir Ihr Geschäft in Berlin aufsuchen?«

Laabs tat so, als müsse er überlegen, und zog schließlich seinen Notizblock hervor. »Nun, hm, ich werde morgen nach Berlin zurückkehren. Wenn Sie einen Tag später kommen könnten?«

»Das wird gehen! Bis dorthin sind Nathalia und Herr Göde wieder hier. Welche Adresse müssen wir aufsuchen?«

Mit dieser Frage traf Lore bei Laabs einen wunden Punkt. Er konnte schlecht das *Le Plaisir* in der Stallschreiberstraße nennen

und ebenso wenig die Wohnung, in der Gerhard Klampt mit seiner Mutter und Schwester wohnte. Auch hielt er es nicht für günstig, die Adresse des alten Schuppens preiszugeben, in dem Rudi Pielke die weniger wertvollen Sachen aufbewahrte, welche über dunkle Kanäle bei ihm landeten.
»Nun, das ist ein bisschen schwierig, da ich mehrere Räumlichkeiten angemietet habe und nicht genau weiß, in welchen ich die Barockmöbel abgestellt habe. Wissen Sie was? Ich erwarte Sie übermorgen am späten Nachmittag am Bahnhof. Dann kommen wir so früh zu den Möbeln, dass Sie diese noch bei Tageslicht prüfen können.« Laabs atmete auf, als Lore nickte.
»Gut, machen wir es so! Können Sie uns Ihre Visitenkarte hierlassen?«
Da Laabs in Pielkes Auftrag bereits als Hehler unter diesem Tarnnamen tätig gewesen war, brachte ihn die Bitte nicht in Verlegenheit. Mit einem Lächeln zog er seine Brieftasche hervor, entnahm ihr eine der falschen Visitenkarten und reichte sie Lore.
»Hier, gnädige Frau. Dausend, Emil, Gebrauchtmöbelhändler, Berlin, Görlitzer Straße 134 zu Ihren Diensten.«
Die Adresse war ebenso erfunden wie der Name, doch da er Lore und ihre Begleiter am Bahnhof abfangen wollte, war das kein Problem. Mit dem Gefühl, für diesen Streich eine größere Belohnung von Ottwald von Trettin verdient zu haben als das, was sie ausgemacht hatten, verabschiedete er sich und kehrte zu Sikkos Krug zurück. Dort hielt er sich nicht mehr lange auf, sondern packte seinen Koffer, bezahlte sein Zimmer und ließ sich von einem Bauern zum Bahnhof fahren. Mit etwas Glück würde er noch in der Nacht in Berlin ankommen und hatte dann genug Zeit, um zusammen mit Ottwald von Trettin, Gerhard Klampt

und Rudi Pielke die Falle aufzubauen, in der sich Nathalia von Retzmann und Lore von Trettin verfangen sollten.

## XV.

An diesem Tag sehnte Lore Nathalias Rückkehr herbei. Der Gedanke, in Berlin für billiges Geld Möbel kaufen und damit Rodegard von Philippstein beschämen zu können, hielt sie fest im Griff, und sie bat Dorothea und Graf Nehlen, den sie von ihrem Entschluss unterrichtet hatte, nichts davon verlauten zu lassen. Sie vermied es sogar, Fridolin zu schreiben, denn es sollte auch für ihn eine Überraschung werden.

Dorothea verspottete sie, als sie bereits zum dritten Mal zur Einfahrt des Gutsareals ging, um zu sehen, ob Nathalia nicht schon am Horizont auftauchte. »Unser Komtesschen kommt gewiss bald! Sie hat versprochen, heute noch aufzutauchen, und sie ist zuverlässig, wie du weißt.«

»Das stimmt schon, aber es könnte ja sein, dass sie länger auf Steenbrook bleiben will, um weitere Möbel auszusuchen. Dabei ist das jetzt überflüssig«, antwortete Lore seufzend.

»Noch hast du die Berliner Möbel nicht gesehen, geschweige denn erworben. Wenn es schiefgeht, wirst du um jeden Stuhl froh sein, den Nati und ich für dich erübrigen können.« Dorothea lachte, doch im Grunde war sie ebenso begierig wie Lore, nach Berlin zu fahren und dort einzukaufen. Wenn Nathalia wider Erwarten an diesem Tag nicht zurückkam und sie am nächsten Tag nicht fahren konnten, war es jedoch auch kein Schaden. Schließlich hatte der Gebrauchtmöbelhändler Dausend ihnen seine Adresse hinterlassen. Das sagte sie auch zu Lore, doch ihre Freundin erwies sich als so störrisch wie ein widerspenstiger Esel. »Ich habe dem Mann versprochen, morgen zu kommen, und will ihn nicht versetzen. Wenn es nicht anders geht, fahren wir eben ohne Nati.«

»Sie wäre gewiss sehr enttäuscht«, warf Dorothea ein und ahnte nicht, dass jemand anders noch viel enttäuschter sein würde.

Da entdeckte Lore in der Ferne einen Reiter und gleich darauf mehrere Wagen. »Ich glaube, sie kommt«, rief sie und eilte auf den Weg hinaus.

Dorothea Simmern folgte ihr kopfschüttelnd. Im Allgemeinen war Lore von ausgeglichenem Gemüt, doch die ständigen Sticheleien von Mutter und Tochter Philippstein hatten sie in Rage versetzt. Nun wollte sie den beiden anmaßenden Frauen zeigen, wozu sie fähig war, und das besser heute als morgen. Ein paar Tage Berlin werden ihr guttun, dachte Dorothea bei sich und winkte Nathalia zu, die dem kleinen Wagenzug vorausgeritten war und eben ihre Stute vor Lore verhielt.

»Da bin ich wieder«, rief sie lachend. »Ich habe ein weiteres Gästezimmer ausräumen lassen, um es dieser Rodegard und ihrer Gottseibeiunsine zu zeigen! Außerdem habe ich die Kinder mitgebracht, die unbedingt sehen wollen, wohin ihre Mama und ihre Patentante entschwunden sind.«

»Ist auch Mary mitgekommen?«, fragte Lore.

Nathalia nickte. »Freilich! Der ist es ohne uns und ihren Mann trotz der Kinder auf Steenbrook langweilig geworden. Da wollte ich nicht riskieren, dass sie uns wieder nach Berlin entfleucht.«

Der Wagen, in dem Mary mit Fräulein Agathe und den Kindern saß, hatte inzwischen aufgeschlossen. Daher hatte Mary die letzten Worte gehört und lachte auf. »So schlimm war es nicht! Immerhin hatte ich Zeit, neue Kleider zu entwerfen. Wenn du sie dir ansehen willst, Laurie?«

»Natürlich, gerne. Aber sagt, wo ist Herr Göde geblieben? Ich hatte fest damit gerechnet, dass er mit euch kommt.« Lore blickte noch einmal suchend in die Richtung, aus der ihre Freundinnen gekommen waren.

»Es wäre mir unangenehm, morgen auf seine Begleitung verzichten zu müssen«, setzte sie hinzu und sah zu Nati auf, die stolz wie eine Amazone auf ihrer Stute saß. »Gestern war ein Gebrauchtmöbelhändler hier, der mir ähnliche Barockmöbel verkaufen will wie die, die wir beide auf dem Speicher gefunden haben. Ich habe mit ihm vereinbart, morgen nach Berlin zu fahren und mir die Sachen anzusehen. Du kommst doch gewiss mit und Mary auch! Dorothea will sich nämlich im Mrs. Penns Modeatelier neu einkleiden lassen.«

»Du willst nach Berlin? Dabei dachte ich, dir gefällt es auf dem Land«, rief Nathalia überrascht.

»Wir werden nur zwei, drei Tage in der Hauptstadt bleiben und dann wieder hierherfahren. Mir geht es nur um die Möbel und um Dorotheas Kleider. Sie will doch etwas darstellen, wenn sie nach Bremen zurückkehrt.« Lore strich sich die Haare aus der Stirn. »Aber was ist nun mit Herrn Göde? Wenn er nicht rechtzeitig erscheint, müssen wir morgen ohne männlichen Schutz reisen.«

»Ich glaube kaum, dass uns jemand im Zug nach Berlin belästigen wird, und wenn, würde der Kondukteur ihn rasch in seine Schranken verweisen. Aber um dich zu beruhigen: Herr Göde sagte mir, dass er heute Abend nachkommen würde. Es ist, als hätte er es geahnt, dass wir morgen nach Berlin fahren wollen, denn er möchte das Bild für Mary vollenden. Ich wollte sehen, wie weit er ist, aber das hat er nicht zugelassen.«

Nathalia klang ein wenig gekränkt, fand Lore. Nein, eher angespannt, so als wisse sie nicht, ob sie sich zurückgestoßen fühlen oder seine Weigerung als Marotte des Künstlers hinnehmen sollte. Und das war nicht alles. Der verbissene Zug um Nathalias Lippen verriet, dass das Mädchen derzeit mit sich nicht im Reinen war.

»Bedrückt dich etwas?«, fragte Lore besorgt.

Nathalia schüttelte den Kopf so heftig, dass sie beinahe den Hut ihres Reitkostüms verlor. »Wie kommst du darauf?«

Doch ihre Worte kamen etwas zu schnell, und ihre Stimme klang schrill.

Lore wollte ihre Freundin nicht drängen. Wenn tatsächlich etwas vorgefallen war, musste sie warten, bis Nathalia von sich aus bereit war, darüber zu sprechen. Aus diesem Grund trat sie an den Wagen, in dem Mary saß, half dieser herab und sah sich dann Wolfi und Jonny gegenüber, die zugleich und mit großer Lautstärke berichteten, was sie in den letzten Tagen alles erlebt hatten.

Fräulein Agathe versuchte, die beiden zu bremsen, konnte sich aber nicht durchsetzen. Mit einem verzweifelten Blick sah sie Lore an. »Gnädige Frau, es tut mir leid, aber die beiden Jungen mussten die ganze Fahrt über still sitzen und sind nun etwas heftiger als sonst.«

»Schon gut«, beruhigte Lore sie und fasste die Knaben scharf ins Auge. »Wenn ihr beide durcheinanderredet, verstehe ich überhaupt nichts. Ihr müsst euch schon einigen, wer von euch als Erster reden darf.«

Beide waren der Ansicht, sie kämen zuerst, und so dauerte es noch geraume Zeit, bis Jonny unter dem missbilligenden Blick seiner Mutter verstummte. Wolfi krähte heraus, dass Verwalter Zeeb versprochen hatte, ihnen das Pony zu schicken, auf dem er bereits prächtig zu reiten gelernt hatte.

»Sogar Doro und Pru sind schon darauf geritten!«, verkündete er weiter, setzte aber hinzu, dass seine Schwester arg gekreischt hätte.

»Doro wird nie ein Ulan«, kommentierte er verächtlich, während seine Mutter und Dorothea sich kaum das Lachen verbeißen konnten.

»Ich glaube nicht, dass Doro einmal die Absicht hat, ein Ulan zu werden«, erklärte Dorothea und strich allen vier Kindern über den Schopf. Danach wandte sie sich mit bedauernder Miene an Lore. »Schade, dass ich meine Kleinen zu Hause gelassen habe. Die Kinder könnten hier prächtig Ferien machen.«

»Lass sie holen!«, schlug Lore vor. »Unsere vier hier würden sich freuen, Spielkameraden zu haben, während wir das Herrenhaus einrichten.«

»Das ist eine gute Idee! Wenn wir morgen am Bahnhof sind, werde ich nach Bremen telegrafieren, dass Thomas unsere Kinder mit dem Mädchen hierherschicken soll. Ich werde sie aber erst nach unserer Berlinfahrt wiedersehen!« Dorothea seufzte. Obwohl die Kinder ihr gelegentlich lästig wurden, so vermisste sie sie doch.

»Wir bleiben ja nicht lange fort«, antwortete Lore und zeigte auf das Herrenhaus. »Kommt jetzt. Ich gebe euch eine halbe Stunde Zeit, damit ihr euch frisch machen könnt, und dann wird aufgetischt. Die Kinder können heute mit uns essen!«

»Aber nur, wenn du dafür sorgst, dass sie mein Kleid nicht mit Spinat beschmieren«, wandte Nathalia ein und hatte die Lacher auf ihrer Seite.

## XVI.

Manfred Laabs war bester Dinge nach Berlin zurückgekehrt und hatte sich sofort auf den Weg in die Palisadenstraße gemacht, um Ottwald von Trettin aufzusuchen. Gut gelaunt betätigte er den Türklopfer und sah sich kurz darauf einer mageren Frau mittleren Alters gegenüber, die ihn mit abweisender Miene musterte.

»Der Lieferanteneingang ist hinten!«, sagte sie in einem Ton, der unmissverständlich deutlich machte, dass er am besten gleich von dannen zog.

»Verzeihung, ich bin kein Lieferant. Ich will den Freiherrn Ottwald von Trettin sprechen!« Laabs setzte sein schmelzendes Lächeln auf, das seine Wirkung auf die Damenwelt selten verfehlte.

Die Frau vor ihm aber schnaubte und fragte nicht minder unfreundlich: »Was wollen Sie von Herrn von Trettin?«

Über Laabs' Gesicht zog ein verschmitztes Grinsen. »Das, meine Liebe, geht nur den Freiherrn selbst etwas an.«

»Ich bin nicht Ihre Liebe. Sie haben mich mit Fräulein Philomena anzusprechen!«

Friederike Fabarius' Großnichte erwog, diesem aufdringlichen Kerl die Tür vor der Nase zuzuschlagen, denn sie vermutete in ihm eine jener Kreaturen, mit denen ihr Verlobter seine sündigen Ausflüge unternahm. Schmierig genug sah er aus. Dann aber sagte sie sich, dass er nicht nach Gerhard Klampt gefragt hatte, sondern nach dessen Gast, den sie so rasch wie möglich loswerden wollte, mochte er nun von Adel sein oder nicht. Daher trat sie beiseite, erklärte dem Mann, dass er Trettin im dritten Zimmer des ersten Obergeschosses finden könne, und kehrte in die Wohnung ihrer Großtante zurück.

Das Dienstmädchen erwartete sie oben auf dem Treppenabsatz. »Wer war das?«

»Er hat seinen Namen nicht genannt, wollte aber zu Trettin.«

Philomena gab sich keine Mühe, ihren Abscheu zu verbergen. Seit sie erfahren hatte, dass Ottwald von Trettin mit einer jungen Frau, die für ein paar Tage als Gast bei Ermingarde untergekommen war, Unzucht getrieben hatte, ärgerte sie sich, dass sie diesen Mann im Haus dulden musste. Auf ihr Betreiben hin hatte ihre Großtante Friederike den Klampts bereits erklärt, dass sie sich nicht in der Lage sähe, auf Dauer so viele Leute zu beherbergen und zu verköstigen. Das Dienstmädchen war ganz auf ihrer Seite, denn sie nahm diesem, wenn jemand läutete, den Weg zur Haustür ab und erledigte auch andere Arbeiten.

Zwar war Friederike Fabarius reich genug, um sich weitere Dienstboten leisten zu können, doch anders als Ermingarde und deren Familie vermied es Philomena, ihrer Großtante dies zu raten. Die alte Frau war äußerst geizig und gab nur dann Geld aus, wenn es ihr unabdingbar erschien. Die Mahlzeiten in diesem Haus waren daher eher knapp bemessen, und seit Philomena im Haus war, gab es nur noch einmal die Woche eine Flasche Wein für die Klampts.

Der Einzige, der immer noch recht gut von dem Geld der

Großtante profitierte, war Gerhard, dem sie wöchentlich eine gewisse Summe bewilligte, weil er als Mann mehr Bedürfnisse hätte. Doch Philomena war es bereits gelungen, diese Summe auf die Hälfte zu reduzieren, um der Sünde keinen Vorschub zu leisten, wie sie ihrer Großtante erklärt hatte. Sobald sie stärkeren Einfluss auf die alte Frau gewonnen haben würde, wollte sie durchsetzen, dass das Geld, welches Gerhard erhielt, diesem von ihr zugemessen wurde. Danach würde sie ihn heiraten.

Zwar gefiel ihr der Gedanke nicht, ihm Rechte zu gewähren, die in ihren Augen sündhaft waren, allerdings erschien ihr dies immer noch besser als zuzulassen, dass er ihr Erbe mit schlechten Weibern durchbrachte. Doch um ihn so zu beherrschen, wie es ihr richtig erschien, musste sie alle zweifelhaften Subjekte aus seiner Umgebung vertreiben. In erster Linie waren das dieser Gutsherr aus Ostpreußen und dessen Mutter, die hier schliefen und das Brot ihrer Großtante aßen, aber so taten, als wären sie etwas Besseres.

## XVII.

Während Philomena ihre persönliche Ordnung für das Haus entwarf, das einmal ihr gehören würde, saß Laabs in Ermingardes Wohnzimmer, hielt ein volles Glas von dem Wein in der Hand, den Gerhard besorgt hatte, und stieß mit den drei Damen, Klampt und Ottwald von Trettin an.

»Auf unser aller Wohl und auf das Gelingen unseres Plans!«

Während ein breites Grinsen über Gerhard Klampts Gesicht

zog, sprang Ottwald von Trettin wie elektrisiert auf. »Also haben Sie etwas herausgefunden!«

Laabs nickte grinsend. »Das habe ich – und nicht zu knapp! Ich habe sogar die Leimrute ausgelegt, auf der die Fliegen sich fangen sollen.«

»Das sollten wir unter uns besprechen«, erklärte Ottwald, der die Klampts nicht in seine Karten schauen lassen wollte. Doch die waren damit ganz und gar nicht einverstanden.

»Sie können uns nicht einfach ausschließen! Wir waren es doch, die Sie erst auf den Gedanken gebracht haben, Nathalia zu heiraten«, brachte Ermingarde vor.

Ottwald von Trettin schüttelte den Kopf. »Diese Angelegenheit ist nichts für Damen!«

Nun aber widersprach ihm seine Mutter. »Bildest du dir ein, ich würde mich ins Nebenzimmer setzen und Strümpfe stricken, während du hier den Schicksalsfaden webst, der dem Haus Trettin zu neuem Glanz verhelfen und Lore und Fridolin endgültig in den Staub stoßen wird?«

Ottwald unterdrückte einen verärgerten Ausruf, denn ihm ging es vor allem darum, Nathalia von Retzmann dazu zu zwingen, ihn zu heiraten, und seine Verwandten zum Stillschweigen zu verurteilen. Seine Mutter wollte jedoch Rache für Dinge, die sich hauptsächlich in ihrer Phantasie ereignet hatten.

»Du solltest die Angelegenheit mir überlassen«, sagte er abweisend.

Malwine schüttelte den Kopf. »Ich will Lore vor mir im Staub liegen sehen, entehrt, verfemt von der besseren Gesellschaft und mit einem Schicksal geschlagen, das schlimmer ist als der Tod.«

»Was du forderst, würde einen Schatten auf unsere eigene Ehre werfen!«

»Lore ist schuld am Tod meines Mannes!«, herrschte sie ihren Sohn an.

Nachdem dieser ihre Familie im Feuer hat umkommen lassen, wollte Ottwald bereits sagen. Er wusste jedoch, dass es sinnlos war, mit ihr zu diskutieren, denn er würde für die reale Sicht der Dinge nur Beschimpfungen ernten. Seine Mutter hasste Lore und Fridolin nicht wegen des Todes seines Vaters. Den schob sie nur vor. In Wahrheit ging es um den Tod ihres Geliebten Heinrich von Palkow, den sein Onkel Fridolin im Duell erschossen hatte. Was genau damals vorgefallen war, vermochte Ottwald nicht zu sagen. Doch mit der Nachricht von Major Palkows Tod war in seiner Mutter eine Veränderung vorgegangen, die sogar ihm unheimlich war. Seit jenem Tag war diese Frau keiner vernünftigen Argumentation mehr zugänglich, und manchmal schien es ihm, als habe sie die Schwelle zum Irrsinn bereits überschritten.

»Ich möchte auch sehen, dass Lore von Trettin gedemütigt wird«, stimmte Ermingarde Malwine zu. »Immerhin hat sie uns aus dem Palais und dem Herzen Nathalias vertrieben. Dafür muss sie bestraft werden.«

Eine rachsüchtige alte Frau war schon schlimm genug, dachte Ottwald von Trettin. Gegen zwei zu bestehen war beinahe unmöglich. »Die Hauptsache ist, Komtess Retzmann so einzuschüchtern, dass sie unverzüglich einer Heirat mit mir zustimmt! Alles andere wird sich daraus ergeben.«

»Der Meinung bin ich auch!« Manfred Laabs gefiel die Entwicklung nicht. Es war schon eine üble Sache, ein junges Mädchen zu entführen und zur Heirat zu zwingen. Doch damit würde er leben können. Immerhin würde die Komtess es als Frau eines Freiherrn immer noch besser haben als Mädchen wie Dela Wollenweber. Aber wenn die Mutter des Gutsbesitzers sich durchsetzte, konnte die Angelegenheit aus dem Ruder laufen und auch für ihn fatal enden. Aus dem Grund klammerte er sich an die Hoffnung, es würde Ottwald von Trettin gelingen, sich gegen die beiden alten Weiber durchzusetzen.

Nun erläuterte er in kurzen Worten, wie er Lore von Trettin überlistet und zu einer Reise nach Berlin verlockt hatte.

Ottwald von Trettin nickte zunächst, brachte aber einen Einwand vor, als Laabs berichtete, Lore eine falsche Adresse genannt zu haben. »Und was ist, wenn Sie sie morgen verpassen? Dann fährt sie in die Görlitzer Straße, fragt im Haus Nummer hundertvierunddreißig nach einem Herrn Dausend und erfährt, dass es den dort nicht gibt. Danach wird es für uns fast unmöglich sein, ihr ein zweites Mal eine Falle zu stellen. Außerdem haben Sie die Komtess nicht erwähnt. Wenn die nicht mitkommt, schadet Ihre Aktion uns eher, denn die kriegen wir nachher bestimmt nicht mehr in die Hände!«

»Keine Sorge, Herr von Trettin! Ich werde rechtzeitig beim Bahnhof sein und die Dame nicht verpassen. Außerdem bin ich überzeugt, dass die Komtess mitkommt, ebenso wie eine andere Dame, deren Namen ich nicht kenne.«

»Das muss diese englische Schneiderin sein, für die Lore sich nicht schämt zu arbeiten«, gab Malwine zum Besten.

»Wie eine Schneiderin sah mir die Frau aber nicht aus«, sagte Laabs und erklärte, dass er noch ein paar Dinge regeln müsse. »Außerdem will ich mit unserem Freund Pielke sprechen. Ich brauche sein Lagerhaus, dazu den Klaas mit seiner Kutsche und noch ein paar Kleinigkeiten. Wenn wir die Weiber haben, bringen wir sie ins *Le Plaisir* und lassen sie fotografieren. Sie, Herr von Trettin, können sich anschließend mit Ihrer lieben Braut auf den Weg nach Ostpreußen machen.«

Er zwinkerte Ottwald von Trettin verschwörerisch zu und schob das schlechte Gewissen, das sich in ihm breitmachen wollte, energisch beiseite. Wenn er nicht andauernd auf Hedes Großzügigkeit angewiesen sein wollte, brauchte er dringend eigenes Geld – und das würde er sich von dem Gutsbesitzer holen.

Ottwald von Trettin begleitete Laabs noch bis vor die Haustür, ließ sich von ihm eine Flasche mit einer farblosen Flüssigkeit geben und sich deren Inhalt erklären. Dann ging er mit einem bösen Lächeln die Straße hinab, um ein paar Flaschen Wein zu besorgen, mit dem die Klampts, seine Mutter und er ihren Plan begießen konnten. Schließlich musste er seine Gastgeber vorerst noch bei Laune halten und gleichzeitig gewisse Vorkehrungen treffen.

# Siebter Teil

## *Juliregen*

# 1.

Dirk Maruhn hatte August von Grünfelder den Schmuck übergeben und den Bankier damit in den Zwiespalt gebracht, ob er die Preziosen selbst behalten und heimlich zu Geld machen oder die übrigen von Anno von Klingenfeld betrogenen Kollegen von dem Fund informieren sollte.
Im Gegensatz zu seinem Auftraggeber fühlte der Detektiv sich wie befreit, als dieser Gang hinter ihm lag. Da ihm der Fund des Schmucks einiges an Geld eintragen würde, überlegte er, ob er sich ein paar freie Tage mit Frida gönnen sollte. Die Reise nach Bremen musste er erst einen Tag vor der Ankunft des Schiffes antreten.
Ihm gingen jedoch die Informationen nicht aus dem Kopf, die er von dem betrügerischen Juwelier erhalten hatte. Ein Besuch im Polizeipräsidium ergab, dass Rudi Pielke als Hehler und Bandenchef zur Fahndung ausgeschrieben war. Die Belohnung für dessen Ergreifung war zwar nicht besonders hoch, würde es Frida aber ermöglichen, mehrere Monate lang alle Einkäufe davon zu bestreiten.
Die Sparsamkeit, die er sich hatte angewöhnen müssen, und der Reiz, dort erfolgreich zu sein, wo die Staatsmacht versagt hatte, brachten Maruhn dazu, sich auf die Suche nach Pielke zu machen. Als er den Weg zum Roten Ochsen einschlug, wusste er bereits, dass dieses Lokal in einem schlecht beleumundeten Teil der Stadt lag. Die Häuser standen eng zusammen und sahen schäbig aus. Auf der Straße tollten dutzendweise schmutzige Kinder herum, während ein krank und übernächtigt aussehender Mann, der seiner Kleidung und dem Geruch nach

von der Schicht in der Fabrik kam, in einem Hauseingang verschwand.
Der Rote Ochse befand sich im Erdgeschoss eines Gebäudes, welches sich, abgesehen von dem verblichenen Wirtshausschild, in nichts von den Nachbarhäusern unterschied. Maruhn trat ein und fand sich in einem Raum wieder, der nicht genug Licht durch die schlecht geputzten und im Schatten anderer Häuser liegenden Fenster erhielt. Da auch die Gaslampen abgedreht waren, herrschte ein Halbdunkel, das ihn zunächst nur Schemen erkennen ließ.
Einer dieser Schemen erwies sich beim Näherkommen als ein Mann mit einer Schürze, der eine runde Mütze auf dem Kopf trug. »Wollen Se 'n Bier?«
»Dagegen hätte ich nichts«, antwortete Maruhn.
Essen mochte er an diesem Ort nicht, denn er konnte sich nicht vorstellen, dass bei solchen diffusen Lichtverhältnissen in der Küche sauber gearbeitet wurde.
Der Wirt zapfte ein Bier und stellte es ihm hin.
Zu Maruhns Verwunderung schmeckte es gut. Offenbar waren Pielke und seine Männer Bierkenner. Noch wusste er nicht, wie er an den Hehler herankommen sollte. Laut Aussage des Juweliers hielt dieser sich meist in einem versteckten Hinterzimmer auf, das den Gendarmen bereits bei mehreren Durchsuchungen entgangen war.
Dieser Gedanke brachte Maruhn dazu, sein Bier auszutrinken, zu zahlen und die Kneipe zu verlassen. Er ging die Häuserfront entlang, bis er den Zugang zu den Hinterhöfen fand. Dieser bestand aus einer Einfahrt, die breit und hoch genug war, um Pferdegespanne passieren zu lassen. Im größten Hof fand Ma-

ruhn die Hintertür des Roten Ochsen, neben der ein Schild auf die Wirtschaft hinwies. Maruhn achtete jedoch nicht auf diesen Eingang, sondern auf die übrigen, die scheinbar in Nebengebäude führten. Am liebsten hätte er einen der Jungen für ein paar Groschen angeheuert, diese unter Kontrolle zu halten und ihn zu informieren, wenn Pielke sich sehen ließ. Doch da die Bewohner der umliegenden Häuser seiner Erfahrung nach eher zu den Ganoven als zu Vertretern des Gesetzes hielten, suchte er sich seufzend eine dunkle Ecke hinter den Müllkübeln, ignorierte den penetranten Gestank und legte sich so dorthin, als wäre er ein Obdachloser, der hier seinen Rausch ausschlafen wollte. Seine Kleidung war zwar zu gut für diese Rolle, aber das würde in diesem düsteren Hof nicht auffallen.

Zwei Stunden lang tat sich nichts, und Maruhn zweifelte zunehmend daran, ob er auf diese Weise tatsächlich an Informationen gelangen würde. Da tauchte ein älterer, wenig vertrauenerweckender Mann auf, den der Detektiv seines Mantels wegen für einen Droschkenkutscher hielt. Er blickte sich um, ohne Maruhn zu bemerken, und verschwand in einem der Hintereingänge. Kurz darauf folgte ihm ein Zweiter, dem Maruhn auf der Straße nicht die Hand gegeben hätte, ohne hinterher zu zählen, ob noch alle Finger vorhanden waren.

Der Detektiv war sicher, Ganoven beobachtet zu haben, die ihr Diebesgut an den Hehler verkaufen wollten. Er dachte an den vertauschten Schmuck, bei dem ein Droschkenkutscher als Komplize gedient haben musste, und kratzte sich am Kopf. Hatte der Kerl, der eben das Haus betreten hatte, Baron Anno von Klingenfeld geholfen, den echten Schmuck mit den Falsifikaten zu vertauschen? Der Verdacht war nicht von der Hand zu weisen.

Mit der wachsenden Gewissheit, auf der richtigen Spur zu sein, blieb er geduldig auf seinem Posten und wurde nicht enttäuscht. Nach einer Weile kamen der Kutscher und der zweite Gauner in Begleitung eines untersetzten Mannes zurück, den man für einen kleinen Geschäftsmann hätte halten können, wäre da nicht der unstete Blick gewesen, mit dem er seine Umgebung musterte.

Die drei verließen den Hinterhof durch die Einfahrt, durch die auch Maruhn hereingekommen war. Sofort stand der Detektiv auf, klopfte seine Kleidung ab und hinkte hinter den Leuten her. Er sah noch, wie der Mann, den er für Pielke hielt, und der kleingewachsene Gauner in einen geschlossenen Wagen stiegen, während der Kutscher auf dem Bock Platz nahm.

»Die haben ein Schurkenstück vor, und das am helllichten Tag!«, murmelte Maruhn und machte sich auf die Suche nach einer Droschke. Viel Hoffnung hatte er nicht, in dieser Gegend eine zu finden, doch als er in eine der Nebenstraßen blickte, sah er einen mit zwei Pferden bespannten Wagen direkt vor sich stehen. Der Kutscher schien sich nicht auszukennen, denn er fragte eine Horde lärmender Kinder nach dem Weg zum Schlesischen Bahnhof, erntete aber nur Gelächter.

Maruhn schob sich durch die Bengel und stieg in den Wagen. »Fahren Sie los, Mann. Sie kommen mir wie gerufen!«

Der Kutscher sah sich erleichtert zu ihm um. »Entschuldigen Sie, aber ich bin erst seit zwei Wochen im Dienst und noch nie in dieser Gegend gewesen. Wohin wollen Sie gefahren werden, und wie gelange ich dorthin?«

Da entdeckte Maruhn weiter vorne Pielkes Kastenwagen, der eben eine Schleife gezogen hatte und nun die Straße befuhr, in

der die Droschke angehalten hatte. »Fahren Sie erst einmal in diese Richtung«, befahl er dem Kutscher.
Dieser stieß erleichtert die Luft aus und knallte mit der Peitsche. Auch wenn er sich in Berlin noch nicht so recht auskannte, so kam er mit seinem Gespann gut zurecht.
Maruhn stellte fest, dass die Kinder hinter ihnen zurückblieben und auch sonst niemand mehr zuhören konnte. Daher stemmte er sich aus dem Sitz und klopfte dem Kutscher auf die Schulter. »Folgen Sie diesem Wagen dort vorne, aber so, dass die Leute darin es nicht merken!«
»Aber wieso …«, setzte der Mann an.
Maruhn hielt ihm seine Karte unter die Nase. »Ich bin Leutnant a. D. und Detektiv. Reicht Ihnen das?«
Der Mann nickte. »Ja! Worum geht es denn? Müssen Sie eine untreue Ehefrau beschatten oder steckt mehr dahinter?«
Offensichtlich las der Kerl in seiner Freizeit Kolportageromane – und zwar nicht die besten, befand Maruhn und brummte, dass sein Auftrag geheim wäre. Zu seiner Erleichterung gab der Kutscher sich damit zufrieden.
Dieser folgte dem Wagen vor ihnen in wechselnden Abständen, um nicht den Eindruck zu erwecken, er würde den Leuten darin nachspüren. Für diese Umsicht lobte Maruhn ihn innerlich. Da er selbst die Stadt recht gut kannte, gelang es ihnen, Pielke auf den Fersen zu bleiben. Nach einiger Zeit erreichten sie ein Gebiet mit alten Fabrikhallen und Schuppen. Hierher verirrten sich kaum Droschken, und es bestand die Gefahr, dass Pielke oder dessen Begleiter auf sie aufmerksam wurden. Daher wies Maruhn den Kutscher an, weiter zurückzubleiben, und behielt die Gauner mit einem Taschenfernrohr im Auge.

Als Pielkes Gefährt in eine Einfahrt einbog, klopfte Maruhn seinem Kutscher auf die Schulter. »Stellen Sie den Wagen in einer Nebenstraße ab und warten Sie auf mich. Ich engagiere Sie für die nächsten Stunden!«

»Mir soll's recht sein.« Der Mann hatte nach einer bezahlten Fahrt eine Abkürzung nehmen wollen und sich dabei verirrt. Nun hoffte er, wenigstens so viel Geld einzunehmen, dass er dem Besitzer der Droschke die Gebühr bezahlen und noch etwas übrig behalten konnte. Er suchte eine Stelle, an der sein Gespann genügend Platz fand, zog die Bremse an und wickelte die Zügel um einen Pfosten des Bocks. Dann stieg er ab und wollte Maruhn aus dem Wagen helfen. Der war jedoch schon ausgestiegen und eilte, so schnell er es mit seinem verkrüppelten Bein vermochte, auf das Gebäude zu, hinter dem Pielke verschwunden war.

Gerade als Maruhn das Haus erreichte, sah er einen Wagen aus der Einfahrt kommen. Im ersten Moment nahm er an, die Verfolgten hätten ihn bemerkt und wollten ihn austricksen. Dann aber stellte er fest, dass der magere Gaul diesmal nicht den geschlossenen Wagen zog, sondern eine schäbig aussehende Droschke. Auf dem Bock saß jedoch derselbe ältliche Kutscher. Da der Wagen leer war, mussten Pielke und dessen Kumpan sich noch in dem Gebäude befinden.

Maruhn überlegte, wie er ungesehen hineingelangen konnte, entdeckte dann zwei Männer und eine Frau hinter einem Fenster, an dem er gerade vorbeigehen wollte, und drückte sich an die Wand. Vorsichtig stellte er sich so, dass er die Leute drinnen beobachten konnte, ohne selbst wahrgenommen zu werden, solange niemand von innen direkt an das Fenster trat. Der jüngere der beiden

Männer war wie ein wohlhabender Gutsbesitzer gekleidet, der andere eher bürgerlich und die ältere Frau, die heftig auf ihre Begleiter einredete, wie eine Dame von Stand.
Nun war Maruhn restlos überzeugt, dass hier ein übler Streich vorbereitet wurde, der Anno von Klingenfelds Betrügereien noch übertreffen mochte, und er nahm sich vor, den Herrschaften dort drinnen die Suppe nach Kräften zu versalzen.

## *II.*

Obwohl Lore häufig mit der Eisenbahn fuhr, war sie diesmal so aufgeregt, als sei es das erste Mal. Bei einem weiteren Besuch auf Klingenfeld hatte Rodegard von Philippstein erneut etliche Boshaftigkeiten von sich gegeben, die sie nicht mit Worten, sondern mit schönen Möbeln beantworten wollte. Diese hoffte sie von dem Gebrauchtmöbelhändler Dausend zu erstehen.
Nathalia und Dorothea verspotteten sie wegen ihrer Nervosität, während Mary sich zurückhielt. Jürgen hatte sein Notizheft aus der Tasche gezogen und fertigte Skizzen von den vier Damen an. Auf Bedienstete hatten sie verzichtet, da Lore nur kurz in Berlin bleiben wollte. Auch ihre Zofe Nele und Nathalias Zofe Christa waren deshalb auf Klingenfeld zurückgeblieben.
Nathalia versuchte nun, den jungen Mann in das Gespräch einzubeziehen. »Was meinen Sie, Herr Göde? Werden wir in Berlin die Möbel bekommen, die unsere liebe Gräfin Trettin sich so wünscht?«
Nachdenklich blickte Jürgen auf. »Ich hoffe es! Leider habe ich diesen Herrn Dausend nicht gesehen und ihn daher nicht über

die Herkunft der Möbel befragen können. Auch kann ich es mir kaum vorstellen, dass ein Schlossbesitzer die alten, von seinen Ahnen ererbten Möbel verkauft, um sich neu einzurichten. Vielleicht hat ein weniger von Traditionen geprägter Herr ein Schloss gekauft und den alten Krempel, wie er es nennen dürfte, durch eine moderne Einrichtung ersetzt.«

»Jemandem wie Grünfelder würde ich das zutrauen, und Rendlinger gleich gar!« Lore lachte leise über die beiden Männer, die aus niederen Schichten aufgestiegen und zu Geld gekommen waren. Auch wenn sie sich jetzt Baron Rendlinger und Herr von Grünfelder nennen durften, merkte man ihnen immer noch den Parvenü an. Im nächsten Moment schämte sie sich ihrer boshaften Gedanken, denn diese beiden Männer hatten sich ihren Reichtum mit ihrer Hände Arbeit geschaffen und vermehrten ihn noch, während so mancher hochgeborene Herr sein stattliches Erbe mit Nichtstun verprasste.

»Ich wollte, wir wären schon da«, seufzte sie.

Jürgen blickte zum Fenster hinaus. »Es wird nicht mehr lange dauern, wir haben bereits die ersten Vororte von Berlin erreicht.«

»Hoffentlich erwartet Herr Dausend uns am Bahnhof! Ich würde die Möbel gerne so rasch wie möglich in Augenschein nehmen, um zu wissen, ob sich die Fahrt gelohnt hat.«

»Wenn er nicht wartet, suchen wir die Adresse auf, die er dir genannt hat. Wie war sie gleich wieder?« Nathalia sah Lore fragend an.

»Görlitzer Straße Nummer hundertvierunddreißig«, antwortete Lore.

»Bist du mir böse, wenn ich nicht mitkomme?«, fragte Mary.

»Du weißt, mit Möbeln kenne ich mich nicht so gut aus. Außerdem will ich Dorotheas Besuch im Modesalon vorbereiten.«
»Wir kommen zu dir, sobald wir die Möbel besichtigt und das gekauft haben, was uns gefällt«, versprach Lore.
Sie wusste, dass ihre Freundin sie selbstverständlich begleiten würde, wenn es ihr wichtig wäre. Doch Mary hatte ihre Beine am Vortag über Gebühr angestrengt, und man sah ihr an, dass sie unter Schmerzen litt.
»Übrigens brauche ich ebenfalls ein … nein, besser zwei neue Kleider«, ließ Nathalia sich vernehmen.
Dieser Wunsch kam für Lore überraschend, denn ihre junge Freundin hatte sich bereits im Frühjahr großzügig mit neuer Garderobe eingedeckt. Sie musterte Nathalia und stellte fest, dass diese zwar noch immer einen störrischen Zug um den Mund hatte, ihre Augen aber in einem Licht leuchteten, das sie bisher noch nie bei ihr entdeckt hatte. Wollte Nathalia mit den neuen Kleidern einem Mann imponieren?
Lore richtete ihren Blick unwillkürlich auf Jürgen. Dieser hatte in der kurzen Zeit, seit sie ihn kennengelernt hatte, viel an Selbstsicherheit gewonnen und sich bei der Einrichtung von Klingenfeld als unentbehrlicher Helfer entpuppt. Auch wenn er nicht der Mann war, den sie Nathalia gewünscht hätte, so schien er weitaus besser zu ihr zu passen als Leutnant von Bukow oder Edgar von Gademer, der ständig beweisen wollte, wie überlegen er anderen Menschen war, seinem Großonkel aber um den Bart ging.
»Worüber denkst du gerade nach?«
Mit dieser Frage brachte Nathalia Lore in Verlegenheit. Sie hüstelte, um Zeit zu gewinnen, und setzte dann ein verkrampftes Lächeln auf. »An Herrn Dausend und seine Möbel!«

Nathalia ahnte, dass dies nicht stimmte, wollte aber in Gegenwart der anderen nicht nachfragen. Daher wies sie durch das Fenster auf die Häuser, an denen sie vorbeifuhren, und erklärte, dass sie ihr Ziel gleich erreicht hätten.

Jürgen stand auf, weil er sich um das Gepäck kümmern wollte, während Lore sicherheitshalber den Zettel aus ihrer Handtasche holte, auf dem der Möbelhändler seine Adresse notiert hatte. Sie atmete tief durch und sagte sich, dass sie ihn schelten würde, wenn er sein Versprechen vergessen hatte und nicht auf sie warten würde.

Das war jedoch nicht der Fall. Kaum hatte der Zug den Lehrter Bahnhof erreicht, sah Lore Laabs auf dem Bahnsteig auftauchen und auf die Waggons der ersten Klasse zueilen. Sie stieg als Erste aus und hob die Hand, um sich ihm bemerkbar zu machen. »Hier sind wir, Herr Dausend! Es freut mich, dass Sie gekommen sind.«

»Aber das war doch selbstverständlich, gnädige Frau. So ein gutes Geschäft lasse ich mir ungern entgehen.«

Bei diesen Worten stellte Laabs sich die Belohnung vor, die Ottwald von Trettin ihm versprochen hatte, und er atmete erleichtert auf, als nach Lore eine junge Dame den Zug verließ, die der Beschreibung des Freiherrn nach nur Komtess Nathalia sein konnte. Es handelte sich um ein hübsches, zierlich gewachsenes Mädchen, das ihm unter anderen Vorzeichen als Hure ein Vermögen hätte einbringen können. Viele Männer, die in die Bordelle kamen, mochten Mädchen, die ihnen körperlich so offensichtlich unterlegen waren.

Er schob diesen Gedanken rasch beiseite und verbeugte sich erst einmal vor den Damen. Unterdessen winkte ein junger Mann mehrere Dienstmänner heran und befahl ihnen, sich der Koffer der Gräfin und ihrer Begleiterinnen anzunehmen. Laabs musterte ihn verstohlen und ordnete ihn als harmlos ein. Der Kerl würde Ottwald von Trettins Pläne nicht durchkreuzen.

»Wenn Sie bitte mitkommen wollen!« Laabs winkte, als wären Lore und ihre Begleiterinnen Schulkinder, die ihm anvertraut waren, und ging voraus. Dabei sah er sich immer wieder um, als wolle er sichergehen, dass sie ihm auch folgten.

Auf dem Vorplatz des Bahnhofs blieb Lore stehen und wollte eine Droschke heranwinken.

Da trat Laabs eilig auf sie zu. »Ich habe bereits eine Droschke organisiert, die Sie zu meinem Lager bringen wird!«

Lore wandte sich mit einem Lächeln zu ihm um. »Es geht nicht um mich, sondern um Mrs. Penn. Sie wird nicht mit uns kommen, sondern in ihr Modeatelier fahren, um alles für unseren Besuch dort vorzubereiten.«

Noch während sie es sagte, hielt Jürgen eine Droschke auf und half Mary hinein. Sie hatte nur ihren kleinen Reisekoffer bei sich, denn das Gepäck ihrer Freundinnen würde mit dem Wagen, den die Dienstmänner organisiert hatten, zum Palais Trettin gebracht werden.

Für Laabs war dies eine unliebsame Entwicklung, denn ihm wäre es lieber gewesen, die gesamte Reisegruppe mitzunehmen. So bestand die Gefahr, dass Mrs. Penn sich an die Behörden wandte, wenn die anderen Damen zu lange ausblieben, und nach ihnen forschen ließ. Er wusste jedoch selbst, dass er die Frau nicht dazu zwingen konnte, mit ihnen zu fahren.

Daher machte er einen Witz über die Putzsucht der Damen, die andauernd neue Kleider bräuchten, und sah zu, wie Marys

Droschke und der Frachtwagen anrollten. Diejenigen, die ihn begleiteten, führte er ums Karree zu dem Wagen, den der alte Klaas lenkte. Dieser Kutscher hatte auch Anno von Klingenfeld geholfen, die Koffer mit dem Schmuck zu vertauschen, und Ottwald von Trettin und Maxe nach dem Einbruch in Lores und Fridolins Haus gefahren.

Klaas saß mit mürrischer Miene auf seinem Bock und dachte nicht daran, den Frauen in den Wagen zu helfen. Dies blieb Jürgen überlassen, der anschließend mit Laabs zusammen gegen die Fahrtrichtung Platz nahm, währen Lore, Dorothea und Nathalia sich auf der anderen Seite drängen mussten. Dorothea rümpfte die Nase, denn der Wagenkasten roch modrig und war auch nicht besonders sauber.

Nach Lores Meinung war der Gebrauchtmöbelhändler ein sehr sparsamer Mann, weil er einen so herabgekommenen Einspänner gewählt hatte, und sie hoffte, nicht von Bekannten darin gesehen zu werden. Ihre Freude, passende Möbel zu bekommen, hatte einen ersten Dämpfer erhalten. Hoffentlich sehen die Stühle und Tische nicht genauso aus wie dieser Wagen, dachte sie, als die Droschke Fahrt aufnahm und der Kutscher sich zwischen zwei Wagen auf der Siegesallee einreihte.

Ein paar Querstraßen weit ging es nach Süden, doch dann bog der Kutscher nach Westen in die Charlottenburger Chaussee ab, verließ diese bald wieder südwärts, um kurz darauf erneut eine andere Richtung einzuschlagen. Obwohl Lore Berlin kannte, verlor sie bald die Orientierung und wandte sich an Laabs.

»Wo fährt der Mann mit uns hin, Herr Dausend? Fast hat man das Gefühl, er kennt seinen Weg nicht.«

Laabs hob in einer beruhigenden Geste die Hand. »Keine Sorge, gnädige Frau. Er weiß sehr wohl, wo sich mein Lager befindet, meidet aber ein paar Straßen, in denen die Stadtverwaltung den Boden hat aufreißen lassen. Dort staut sich nämlich der Verkehr und wir würden weitaus länger brauchen.«

»Ich wusste gar nicht, dass in Berlin so viel gebaut wird«, sagte Dorothea, als der Wagen schon wieder die Richtung änderte.

Lore nahm an, dass der Kutscher glaubte, drei unbedarfte Provinzlerinnen vor sich zu sehen, bei denen er die Fahrt ausdehnen konnte, um seinen Verdienst zu erhöhen. Allmählich bedauerte sie, diese Reise überhaupt angetreten zu haben. Stellten sich die Möbel nun als Ramsch heraus, würde sie diesem Dausend ein paar deutliche Worte an den Kopf werfen.

Es ging immer weiter stadtauswärts, und zwar, wie Lore feststellte, beileibe nicht durch die besten Viertel. Schon bald waren die Straßen nicht mehr gepflastert, und die großen Räder der Droschke wirbelten so viel Schmutz auf, dass es nach innen spritzte. Böse Blicke streiften Laabs, der zufrieden lächelnd neben Jürgen saß und die Hände vor der Brust verschränkte.

Eine Weile fuhren sie an rasch hochgezogenen, aber bereits schmuddelig aussehenden Häusern vorbei, dann fanden sie sich zwischen alten Fabrikhallen wieder, die längst nicht mehr ihrem ursprünglichen Zweck dienten, sondern als Werkstätten, Lagerräume und teilweise sogar als Wohnungen für diejenigen verwendet wurden, die sich nicht einmal mehr ein Zimmer in einer der Mietskasernen weiter drinnen in der Stadt leisten konnten.

Endlich hielt der Kutscher vor einem verfallen aussehenden Schuppen an, bei dem Lore keinen Pfifferling darauf gewettet hätte, dass er den nächsten Sturm überstand. Sie war entsetzlich enttäuscht und überlegte schon, ob sie den Kutscher nicht auffordern sollte, sie und ihre Begleiterinnen umgehend in eine belebtere Gegend zu bringen, um dort eine andere Droschke zu nehmen und nach Hause zu fahren.

Laabs ließ ihr jedoch keine Zeit zum Nachdenken, sondern öffnete den Schlag. »Wenn die Damen aussteigen wollen? Bitte ein wenig die Röcke anheben, denn der Boden ist matschig. Drinnen in der Halle können Sie sich erst einmal setzen und eine Erfrischung zu sich nehmen, bevor wir uns die Möbel ansehen.«

»Ich glaube nicht, dass ich hier etwas essen oder trinken möchte«, antwortete Lore mit herabgezogenen Mundwinkeln. Auch ihre Freundinnen sahen nicht aus, als fühlten sie sich hier wohl.

Es kostete Laabs einiges an Überredung, bis die Damen das Gebäude betraten. Lores Forderung, sofort die Möbel sehen zu wollen, bereitete ihm jedoch Probleme. Zwar hatte Rudi Pielke in seinem Lager einzelne Möbelstücke stehen, doch keines davon war auch nur im Entferntesten geeignet, den Damen vorgeführt zu werden.

»Hier bitte durch diese Tür!« Laabs eilte voraus, öffnete und wartete, bis die drei Damen samt ihrem Begleiter eingetreten waren. Da die Fensterläden geschlossen waren, war es in dem Raum so düster wie in einer Gruft. Lore schauderte es unwillkürlich, und sie blieb so abrupt stehen, dass Dorothea gegen sie prallte.

»Hier müsste Licht gemacht werden«, sagte sie in die Richtung, in der sie den Gebrauchtmöbelhändler vermutete.

»Das wird gleich geschehen, gnädige Frau«, hörte sie ihn antworten und sah, wie ein Patenthölzchen aufflammte.

Laabs entzündete eine Petroleumlampe und stellte sie auf den Tisch. Sie fanden sich in einem etwa fünf auf fünf Meter großen

Zimmer wieder, das halbwegs sauber gehalten wurde. Um den Tisch herum standen vier unterschiedliche Stühle, und auf einer verschrammten Anrichte warteten eine Flasche mit einem leichten Likör, wie er für Damen geeignet war, und einige recht große Gläser.

Ohne auf die abwehrenden Mienen seiner Gäste zu achten, füllte Laabs fünf Gläser und reichte sie herum. »Trinken Sie ruhig. Es ist guter Likör«, sagte er und hob sein Glas. »Auf die Möbel, die Sie kaufen werden! Es dauert noch einen Moment, bis mein Lagerverwalter hier ist. Lassen Sie uns trinken, und dann sehen wir uns meine Prachtstücke an.« Laabs lachte, tat dann so, als tränke er, ließ die grünliche Flüssigkeit jedoch den rechten Ärmel hinabfließen.

Lore zögerte ein wenig, trank dann aber doch einen Schluck. Der Likör schmeckte süß und hatte einen eigenartigen Nachgeschmack, der sich erst hinterher auf der Zunge breitmachte. Kurz entschlossen stellte sie das Glas ab und sah, dass Dorothea, Nathalia und Jürgen die ihren geleert hatten.

»Trinken Sie doch!«, forderte Laabs sie auf.

Dies erschien Lore als zu aufdringlich, und sie hob abwehrend die Hand. »Ich bedauere, aber der Likör schmeckt mir nicht!«

Verärgert musterte Laabs sie und warf dann einen Blick auf Nathalia, Dorothea und Jürgen. Nach den Angaben des Apothekers, von dem er das Betäubungsmittel erstanden hatte, war dieses besonders stark und sollte rasch wirken. Und tatsächlich taumelte Dorothea bereits, setzte sich auf einen Stuhl und rieb sich mit einer mühsamen Bewegung über die Augen. »Irgendwie wird mir schummrig«, murmelte sie noch, dann sank ihr Kopf auf die Tischplatte, und sie dämmerte weg. Nathalia schaffte es nicht einmal mehr zu einem Stuhl, sondern brach an Ort und Stelle zusammen. Jürgen gelang es noch, sie aufzufangen und auf einen Stuhl zu setzen. Dann wurde auch er von dem Betäubungsgift überwältigt und stürzte zu Boden.

Lore war dem Ganzen fassungslos gefolgt und versuchte zu begreifen, was um sie herum geschah. Obwohl sie nur wenig von dem vergifteten Likör getrunken hatte, fühlte sie sich wie in Watte gebettet und konnte kaum einen klaren Gedanken fassen. Verzweifelt versuchte sie zur Tür zu kommen, doch da stellte Laabs sich ihr in den Weg.

»Sie wollen uns doch nicht etwa schon verlassen?«, spottete er, packte sie und schleppte sie zum Tisch. Dort hielt er ihr mit einer Hand den Kopf fest, nahm mit der anderen das noch drei viertel volle Glas und goss ihr den Inhalt in den Mund.

Spuck es aus, befahl Lore sich, musste aber den größten Teil dieses ekelhaften Zeugs schlucken, weil es ihr sonst in die Luftröhre geraten wäre. Innerhalb kurzer Zeit fielen auch ihr die Augen zu, und sie sank bewusstlos in sich zusammen.

Laabs atmete erleichtert auf und trat zu der hinteren Tür des Raumes, die in die Halle hineinführte. Als er öffnete, sahen ihm Mutter und Sohn Trettin, Gerhard Klampt sowie Pielke und dessen Kumpane gespannt entgegen.

»Ist alles gutgegangen?«, fragte Ottwald von Trettin.

»Es ging wie geflutscht!«, antwortete Laabs grinsend. »Unsere lieben Damen und ihr Reisemarschall sind mir gefolgt wie Entchen ihrer Mutter, und jetzt sind sie alle im Traumland angelangt.«

»Aus dem es für Lore ein schreckliches Erwachen geben wird!« Malwine lachte gepresst und schob sich an den anderen vorbei nach vorne.

In dem Zimmer angekommen, in dem die vier Überrumpelten lagen oder saßen, gönnte sie Jürgen nur einen kurzen Blick und beachtete auch das Mädchen nicht, das nach dem Willen ihres Sohnes ihre Schwiegertochter werden sollte, sondern blieb vor Lore stehen. »So sehen wir uns wieder. Doch diesmal bin ich die Siegerin, und du wirst es für immer bereuen, meine Feindin geworden zu sein!«

Dann starrte sie auf Dorothea Simmern herab und lachte triumphierend auf. »Das ging ja noch besser als erwartet. Ich hätte niemals zu hoffen gewagt, dass uns auch noch Thomas Simmerns Ehefrau in die Hände fällt. Damit haben wir auch diesen impertinenten Kerl in der Hand. Unser Sieg ist vollkommen!«

»Noch nicht ganz, liebste Mama«, wandte ihr Sohn ein. »Erst müssen wir dafür sorgen, dass die Damen so fotografiert werden, dass wir sie und ihre Männer mit den Bildern unter Druck setzen können. Außerdem will ich Komtess Nathalia so rasch wie möglich heiraten. Ist das geschehen, kann sie vor Gericht nicht mehr gegen mich aussagen. Die anderen Frauen werden allein schon aus Angst schweigen, gewisse Bilder könnten ans Licht der Öffentlichkeit geraten.«

Malwine fuhr wütend herum. »Du weißt, was ich für Lore bestimmt habe. Davon lasse ich mich nicht abbringen. Ich will sie und Fridolin vernichten!«

Ottwald von Trettin war es sehr viel klüger erschienen, die beiden zu erpressen. Dann aber sagte er sich, dass die Ehe mit Nathalia von Retzmann ihm genug einbringen würde, um auf Fridolins Geld verzichten zu können.

»Tu, was du nicht lassen kannst!«, sagte er zu seiner Mutter und

wies dann auf Jürgen Göde. »Was machen wir mit dem? Ins Bordell würde ich ihn ungern mitnehmen.«
»Das erledigt Maxe auf seine Art«, erklärte Pielke. »Er wird den Kerl mit der Schubkarre zum nächsten Schrottplatz fahren. Dort wird der Bursche schlafen, bis er irgendwann aufwacht und dann merken wird, dass ein Mann ohne Papiere hier in Preußen erst einmal als Landstreicher gilt und einen Anspruch auf staatliche Unterkunft hat.«
»Und zwar mit echten schwedischen Gardinen!«, setzte Maxe feixend hinzu.
Gerhard Klampt hatte bisher stocksteif dagestanden. Nun aber zerrte er an seinem Hemdkragen und versuchte, seine aufgepeitschten Nerven zu beruhigen. »Ich weiß nicht, ob das richtig ist, was Sie vorhaben, Herr von Trettin. Ich meine nicht die Heirat mit Nathalia! Die ist ganz in meinem Sinn. Aber ich bin der Meinung, wir sollten die verfänglichen Aufnahmen gleich hier machen und die anderen Damen anschließend an eine Stelle bringen, wo sie gefunden und in Sicherheit gebracht werden können.«
Malwine drehte sich aufgebracht zu ihm herum. »Das werde ich niemals zulassen! Sie müssen alle ins Bordell, um dort fotografiert zu werden. Anschließend werden mein Sohn und ich Komtess Nathalia nach Ostpreußen bringen. Dorothea Simmern aber wird erst freigelassen, wenn meine Rache an Lore vollendet ist. Wie gerne würde ich zusehen, wie sie nackt auf einem Bett liegt und einen Mann nach dem anderen ertragen muss!«
»Meine Mutter hat recht. Wir können die drei nicht hier fotografieren. Wenn es in dieser tristen Umgebung geschähe, würde jeder Richter ihnen Glauben schenken, wenn sie behaupten, ent-

führt worden zu sein. Das ist mir zu gefährlich. Wenn sie sich jedoch nackt auf den Ottomanen des *Le Plaisir* räkeln, sieht die Sache anders aus.«

Ottwald von Trettins Worte entschieden die Sache. Ihm ging es dabei jedoch nicht um die mögliche Gefahr, von einem ihrer Opfer angezeigt zu werden, denn die Frauen würden sich viel zu sehr schämen und zudem Angst haben, Abzüge dieser Bilder könnten die Runde machen. Er wollte jedoch keinen Streit mit seiner Mutter, und der wäre unausweichlich, wenn er Lore verschonte.

»Ist der Wagen bereit?«, fragte er und sah zu seiner Erleichterung Rudi Pielke nicken. »Dann bringt die Frauen ins *Le Plaisir!*«

## *III.*

Ottwald von Trettin ahnte nicht, dass ein Lauscher unter einem der Fenster seine Ohren spitzte, um kein Wort zu verpassen. Zwar begriff Dirk Maruhn noch nicht, was da drinnen gespielt wurde, aber ihm war klar, dass es ein perfides Spiel war. Er hatte den Kutscher mit der Droschke zurückkommen sehen und die Passagiere beim Aussteigen beobachtet. Alle drei Damen zählten zur höheren Gesellschaftsschicht, waren vielleicht sogar von Adel. Der junge Mann in ihrer Begleitung machte hingegen den Eindruck eines weltfremden Künstlers. Nun fragte der Detektiv sich, warum diese Leute ins *Le Plaisir* geschafft werden sollten. Er hatte Hede Laabs kennengelernt und nicht den Eindruck gewonnen, als würde sie sich an unsauberen Geschäften beteiligen.

Ein Geräusch lenkte seine Aufmerksamkeit auf die Einfahrt. Dort entdeckte er den Ehemann der Puffmutter, der mit zufriedenem Gesichtsausdruck aus dem Haus trat und mithalf, drei reglose Gestalten in einen geschlossenen Wagen zu heben, vor den der gleiche Gaul gespannt war, der die offene Droschke gezogen hatte. Laabs bestieg mit dem Gutsherrn und der älteren Dame das Gefährt.

»Fahr du schon mal los!«, rief Pielke seinem Kumpan zu. »Wir gehen zur nächsten Hauptstraße und kommen mit dem Pferdeomnibus nach.«

»Beeilt euch aber! Wir wissen nicht, wie lange das Betäubungsmittel wirkt. Ich will nicht, dass die Weiber in meinem Wagen aufwachen und zu kreischen anfangen«, drängte der Kutscher.

»Dann sollten wir sie fesseln und knebeln«, schlug Malwine vor.

Ihr Sohn schüttelte den Kopf. »Bei all den Staus auf den Straßen muss der Wagen zu oft stehen bleiben. Wenn dann jemand durch das Fenster im Schlag schaut, sieht er die Frauen gebunden liegen und verständigt womöglich die Gendarmerie. So aber wirken die drei, als wären sie nach einem längeren Spaziergang eingeschlafen.«

»Das Mittel ist so bemessen, dass die Betäubung die halbe Nacht anhält. Also machen Sie sich keine Sorgen!«, beteuerte Laabs.

Maruhn beobachtete den Kastenwagen, bis dieser vom Hof verschwunden war, und wollte sogleich zu seiner eigenen Droschke zurückkehren, um dem Zuhälter und dessen Begleitern zu folgen. Doch sein Fuß stockte, als ihm der junge Mann einfiel, der die drei entführten Damen begleitet hatte. Er beobachtete, wie Pielke und einer der beiden anderen Männer sich auf den Weg machten. Also blieb nur noch jener übrig, den der Detektiv für einen Einsteigdieb hielt. Mit dem glaubte er, im Notfall fertig zu werden.

Maruhn probierte aus, ob sich der Stockdegen rasch ziehen ließ, und wollte schon um die Ecke in den Hof gehen, als Maxe mit einer Schubkarre aus der Einfahrt kam, deren Inhalt mit einer Plane bedeckt war. Obwohl die Karre offensichtlich schwer beladen war, schob der Mann sie mit einem fröhlichen Pfeifen die Straße entlang und bog ein Stück weiter vorne ab.

Ohne zu zögern, hinkte Maruhn hinter ihm her. Nicht lange, da verließ Maxe die Straße und wählte einen holprigen Waldweg, der nach wenigen hundert Metern vor einem großen Loch endete, das fast zur Gänze mit Abfall gefüllt war. Dort kippte er die Schubkarre um, und Maruhn sah, wie der junge Begleiter der entführten Frauen in das Schuttloch fiel.

»Die Schurken haben ihn umgebracht«, sagte der Detektiv zu sich selbst und überlegte, ob er den Kerl mit der Schubkarre festnehmen sollte. Doch wenn er das tat, würde er es sich selbst unmöglich machen, etwas zugunsten der drei Damen zu unternehmen. Deshalb zog er sich zunächst in den Wald zurück und sah aus der Deckung der Bäume heraus zu, wie sich der Dieb mit der leeren Schubkarre auf den Heimweg machte.

Kaum war Maxe außer Sicht, eilte Maruhn zur Müllkippe und sah hinab. Der junge Mann lag zwei Meter tiefer auf ein paar alten Säcken. Ächzend kletterte der Detektiv nach unten und presste die Finger auf den Hals des Mannes, um zu fühlen, ob noch Leben in ihm war. Als er das langsame, aber stete Pochen der Halsschlagader spürte, atmete er auf. Kurz entschlossen hob er den Bewusstlosen an und zerrte ihn nach oben. Er konnte ihn jedoch nicht weitertragen, denn nach dieser kurzen Anstrengung keuchte er bereits wie ein defekter Blasebalg. Daher legte er den jungen Mann auf die Erde und musterte ihn.

Die Schufte hatten ihr Opfer bis auf die Unterhose ausgezogen und einfach auf den Müll geworfen. Dort wäre er entweder umgekommen oder von dem nächsten Gendarmen wegen Erregung öffentlichen Ärgernisses festgenommen worden. In beiden Fällen hätte er nichts für seine Begleiterinnen tun können.

Da die Schurken unterwegs ins *Le Plaisir* waren, wollte Maruhn ihnen folgen, um das Schlimmste zu verhindern. Doch er konnte den Betäubten nicht neben der Müllkippe liegen lassen. Zunächst einmal musste er dafür sorgen, dass das Gift aus dem Magen des Mannes herauskam. Daher wälzte er ihn auf den Bauch, hob den Kopf und steckte ihm einen Finger in den Hals. Es war nicht ungefährlich, einen Bewusstlosen zum Erbrechen zu bringen, und Maruhn achtete sorgfältig darauf, dass der junge Mann nicht am eigenen Erbrochenen erstickte.

Nach einer Weile verebbten Jürgens Krämpfe, und er begann sich zu regen. Obwohl Maruhn ihm mehrere Ohrfeigen versetzte, wachte er jedoch nicht auf.

»Ich werde den Kutscher meiner Droschke zu Hilfe holen müssen«, sagte sich Maruhn und humpelte los, so schnell er konnte. So weit wie an diesem Tag war er schon lange nicht mehr gegangen, und er spürte den Schmerz in seinem Bein als ein dumpfes Pochen. Mit zusammengebissenen Zähnen lief er weiter und sah nach einiger Zeit erleichtert, dass die Droschke noch an derselben Stelle stand.

»Kommen Sie! Ich brauche Ihre Unterstützung!«, rief er dem Kutscher zu.

Dieser ließ ihn einsteigen, trieb sein Gespann an und wendete an der ersten Stelle, an der es möglich war. Dabei rümpfte er die Nase. »Besonders gut riechen Sie gerade nicht! Ich werde die Polster hinterher säubern müssen.«

»Das bezahle ich Ihnen«, versprach Maruhn und bat ihn schließlich, vor dem Waldweg zu halten. »Wir müssen dort hinein und einen Bewusstlosen herausholen. Anschließend fahren Sie mich ins *Le Plaisir.*«

»Was und wo ist das?«, fragte der Kutscher.

»Das werden Sie schon sehen. Und jetzt binden Sie Ihre verdammten Gäule an. Wir sind nicht zum Plaudern hier!« Maruhn wurde laut und eilte zur Müllkippe zurück. Der Fahrer folgte ihm und starrte kurz darauf erschrocken auf Jürgen. »Was ist mit dem?«

»Betäubt und ausgeraubt! Helfen Sie mir, ihn zum Wagen zu bringen.«

»Der riecht aber auch nicht besonders. Und mit einem fast nackten Mann fahre ich nicht durch Berlin!«

Verärgert fuhr Maruhn ihn an. »Sie haben doch gewiss eine Decke, in die wir diesen armen Kerl einhüllen können. Setzen Sie sich endlich in Bewegung.«

Der Kutscher schnaubte kurz, bückte sich und fasste Jürgen unter den Schultern, während Maruhn ihn an den Beinen packte. Gemeinsam schleppten sie den Bewusstlosen zur Droschke und wickelten ihn in eine Decke.

»Die ersetzen Sie mir aber!«, erklärte der Kutscher, als er wieder auf dem Bock Platz nahm.

»Von mir aus«, brummte Maruhn, der in Gedanken bereits im *Le Plaisir* war.

# IV.

Manfred Laabs fühlte sich nicht wohl in seiner Haut. Es war eine Sache, ein Mädchen vom Lande zu beschwatzen und gelegentlich auch mit gewissen Tropfen so willig zu machen, dass es alles mit sich geschehen ließ. Aber drei Damen von Stand zu betäuben und zu entführen, ging weit darüber hinaus. Außerdem hätte er spätestens an diesem Punkt des Geschehens Ottwald von Trettin gestehen müssen, dass eine vierte Frau mit nach Berlin gekommen war und ihre Begleiterinnen noch am selben Abend erwartete. Sein Mund blieb jedoch stumm, und er betete, dass alles Weitere so schnell wie möglich über die Bühne gehen würde.

Auch aus diesem Grund redete er dem Gutsherrn zu, sich noch in derselben Nacht mit seiner Mutter und der Komtess auf den Weg nach Ostpreußen zu machen. War dieser erst unterwegs, konnte er alles tun, um die anderen Damen so rasch wie möglich loszuwerden. Malwine von Trettins infamen Plan, den beiden Gewalt antun zu lassen, würde er nicht unterstützen.

Inzwischen bedauerte er es, sich mit Leuten vom Schlage eines Gerhard Klampt und Ottwald von Trettin eingelassen zu haben. Auch von der Sache mit Anno von Klingenfeld hätte er besser die Finger gelassen. Zu jenem Zeitpunkt hatte es ihm gefallen, sich vor Pielke und dessen Ganoven als jemand aufzuspielen, der Kontakte zu besseren Kreisen besaß. Nun musste er alles daransetzen, dass er keinen zu hohen Preis für diese Untaten bezahlen musste.

Pielke hatte bereits gedroht, ihn auch für die Summen verantwortlich zu machen, die der Gutsherr dem Ganoven versprochen

hatte. Daher hoffte er, dass Ottwald von Trettin auch bereit war zu zahlen.
»Wann sind wir endlich am Ziel?«, fragte Malwine, die es kaum erwarten konnte, ihre Rache zu vollenden.
Der Kutscher drehte sich um. »Nicht vor Einbruch der Nacht! Es darf niemand beobachten, dass wir drei hilflose Weiber ausladen. Daher solltet ihr euch nach unserer Ankunft sputen, sie ins Haus zu schaffen.«
Der Gutsherr kämpfte einige Augenblicke mit sich, weil diese Gauner ihn wie einen der ihren behandelten und nicht wie einen Edelmann, der meilenweit über ihnen stand. Das betraf besonders diesen Pielke. Irgendwann würde er sich auch dieses Mitwissers entledigen müssen. Zuerst aber war Gerhard Klampt an der Reihe. Was den Mann und seine weiblichen Angehörigen betraf, hatte er bereits seine Vorkehrungen getroffen, so dass die drei Klampts ihm nach dieser Nacht keine Probleme mehr bereiten sollten.
Bei dem Gedanken trat ein spöttisches Lächeln auf Ottwald von Trettins Gesicht. Gerhard Klampt wollte zwar die Hand nach einem großen Teil des Retzmannschen Vermögens ausstrecken, doch erhalten würde er das, was ihm gebührte.
In seine Überlegungen verstrickt, übersah Ottwald, dass der Kutscher das Gespann von der Straße weg in eine Einfahrt lenkte und mehrere Hinterhöfe durchquerte, bis er den Hintereingang des Hauses erreichte, in dem sich das *Le Plaisir* befand.
Der Wagen stand noch nicht ganz, da schälten sich Rudi Pielke und Gerhard Klampt aus einer dunklen Ecke. »Ihr kommt genau richtig!«, sagte der Hehler und deutete in die aufziehende Nacht.

Manfred Laabs hielt Pielke auf, der den Wagenschlag öffnen und das erste Opfer herausziehen wollte. »Wir sollten noch ein wenig warten, bis es vollständig dunkel ist. Sonst schaut noch jemand zufällig aus dem Fenster und sieht, welche Fracht wir ausladen!«

Ottwald von Trettin schüttelte verärgert den Kopf. »So viel Zeit haben wir nicht! Schließlich will ich den Nachtzug nach Königsberg erreichen.«

Ohne sich weiter um Laabs und dessen Einwände zu kümmern, stieg er aus, griff in den Wagen und hob die bewusstlose Nathalia heraus. Pielke und Klampt packten Lore.

»Gehen Sie voraus und zeigen Sie uns den Weg!«, forderte Gerhard Klampt den Zuhälter auf, da er die Sache so rasch wie möglich hinter sich bringen wollte.

Laabs warf einen raschen Blick in die Runde und beschloss, dass es mittlerweile dunkel genug war. Dennoch zitterten seine Finger, als er den Schlüssel aus der Tasche zog und die Tür aufsperrte. Er war nicht dazu geboren, ein großer Ganove zu sein, sagte er sich und zuckte zusammen, als in der Nähe ein Geräusch aufklang. »Seid leise, damit man euch in den Geschäftsräumen nicht hört«, mahnte er.

Wenn Hede erfuhr, was hier geschah, würde sie ihn kurzerhand auf die Straße setzen. Allein schon deswegen benötigte er dringend eigenes Geld. Mit dieser Überlegung führte er die Gruppe in eines der luxuriös ausgestatteten Séparées im ersten Obergeschoss, das ausgesuchten Gästen für die ganze Nacht zur Verfügung stand.

Ottwald von Trettin bettete Nathalia auf eines der Sofas, während Klampt und Pielke Lore auf den Boden legten und wieder nach unten gingen, um Dorothea zu holen.

»Wo ist der Fotograf?«, fragte Malwine ungeduldig.
»Er wartet um die Ecke. Ich bringe ihn gleich her. Inzwischen könnt ihr die Damen entkleiden!« Laabs verzog sein Gesicht zu einem schiefen Grinsen und verließ das Zimmer.
Am Beginn der Treppe musste er warten, bis Klampt und Pielke mit der dritten Frau heraufgekommen waren. Dann lief er so hastig hinunter, dass er beinahe gestolpert und in die Tiefe gestürzt wäre. Er mahnte sich, die Sache ruhiger anzugehen, denn er wollte mit dieser Aktion Geld verdienen und sich nicht das Genick brechen. Dennoch stürmte er blindlings aus der Tür und rannte in die Dunkelheit hinaus. Nach drei Schritten prallte er gegen den Wagen, der noch immer auf dem Innenhof stand.
»Hat es weh getan?«, fragte der Kutscher spöttisch.
Laabs verkniff sich einen obszönen Fluch und hastete weiter zu der Eckkneipe, in der der Fotograf auf ihn warten sollte. Dieser saß bereits an einem Tisch und hatte die Kamera und weitere Utensilien um sich herum aufgebaut.
Als er Hedes Ehemann hereinkommen sah, winkte er ihm zu. »Hier bin ich!«
»Rasch! Kommen Sie! Sie müssen sofort beginnen.« Laabs fasste ihn am Arm und wollte ihn hochzerren. Dabei schlug ihm der alkoholgeschwängerte Atem des Mannes ins Gesicht. Wie es aussah, hatte der Fotograf sich die Wartezeit mit etlichen Bieren und Schnäpsen verkürzt.
»Zuerst muss ich meine Sachen zusammenpacken. Sie können derweil meine Zeche begleichen.« Der Fotograf gab Laabs einen Schubs in Richtung Theke, stand auf und ordnete seine Ausrüstung. Es hatte sich gelohnt, hier in der Kneipe zu warten, denn mehrere Gäste hatten sich von ihm fotografieren lassen. Da er

die Bilder unten im Bierkeller hatte entwickeln können, war ein hübscher kleiner Nebenverdienst zusammengekommen. Und nun würde er noch eine weitaus größere Summe einnehmen. Laabs hatte ihm fünfzig Mark versprochen, wenn er ein paar nackte Weiber aufnahm. Dabei erledigte er solche Aufträge gewöhnlich sogar umsonst. Wenn es ihm nämlich gelang, weitere Abzüge anzufertigen, konnte er diese unter der Hand verkaufen und damit weit mehr verdienen als mit seiner eigentlichen Tätigkeit.

Unterdessen hatte Laabs die Getränke des Fotografen bezahlt, was seine Laune weiter verschlechterte. Bei der Menge, die der Mann konsumiert hatte, musste dieser voll sein wie eine Haubitze. Daher erschien es ihm fraglich, ob der Kerl noch in der Lage war, brauchbare Fotografien zu machen.

## V.

Im ersten Stock des *Le Plaisir* legten Klampt und Pielke Dorothea kurzerhand auf den Boden und sahen Ottwald von Trettin fragend an. »Wie geht es jetzt weiter?«

Der Gutsherr kaute auf seinen Lippen herum. Mittlerweile missfiel ihm der Gedanke, dass andere Männer seine zukünftige Frau nackt sehen würden, und er fragte sich, ob er die Aufnahmen von Nathalia überhaupt machen lassen sollte. Aber da er ein starkes Argument benötigte, mit dem er das eigenwillige Fräulein zum Gehorsam zwingen konnte, gab es wohl keinen anderen Weg.

Noch unentschlossen zeigte er auf Lore und Dorothea. »Zieht die beiden aus und legt sie dort in die Ecke. Sobald der Fotograf hier ist, werdet ihr das Zimmer verlassen und draußen auf dem Korridor warten.«

»Sie wollen uns den Anblick der Kleinen wohl nicht gönnen, was?«, spottete Pielke und winkte ab. »Was juckt es? Ich habe in meinem Leben genug Weiber gesehen, und irgendwie sehen sie immer gleich aus. Nur das Volumen variiert.«

Er lachte und klopfte Klampt auf die Schulter. »Dann wollen wir mal!«

Klampt nickte mit zusammengekniffenem Mund und kniete neben Lore nieder. Doch seine Finger zitterten so, dass er kaum einen Knopf aufbrachte.

Anders als er schälte Pielke Dorothea in kurzer Zeit aus ihrem Obergewand und den vielen Unterröcken. »Die hat aber ein hübsches Kleidchen an! So was kann sich meine Olle nicht leisten«, meinte er kopfschüttelnd, zerrte die Nackte dann in eine Ecke und half Klampt, Lore vollständig zu entkleiden.

Malwine musterte ihre angeheiratete Cousine mit einem Neid, der ihr schier den Atem nahm. Während die Jahre ihre Spuren an Dorothea zurückgelassen hatten, wirkte Lore so jung und straff wie eine Zwanzigjährige. Angesichts dieser Schönheit kam Malwine sich alt und verbraucht vor, und das schürte ihren Hass ins Unerträgliche.

»Dir werde ich alles heimzahlen, was du mir je angetan hast!«, drohte sie der Bewusstlosen und drehte sich dann zu Klampt und Pielke um. »Wenn wir mit der Komtess aufgebrochen sind, könnt ihr dieses Weibsstück haben. Am besten lasst ihr ein paar Fotografien machen, wenn es ihr einer besorgt!«

Klampt hatte Lores ebenmäßige Figur, die auch durch die Geburt zweier Kinder nicht gelitten hatte, mit hungrigen Augen betrachtet, doch bei Malwines Forderung verlor er jegliche Lust. Was dachte diese alte Hexe sich? Es ging doch nur darum, Nathalia dazu zu bewegen, Ottwald von Trettin zu heiraten, damit dieser über deren Vermögen verfügen und einen hübschen Teil davon an ihn abtreten konnte. Warum also sollte er sich der Rache der Gräfin und des Grafen Trettin ausliefern? Wenn dieser ihn nach der Vergewaltigung seiner Frau wie einen tollen Hund über den Haufen schoss, würde kein Gericht in Preußen dafür Rechenschaft fordern.

»Ich glaube, es ist besser, wenn ich jetzt gehe. Schließlich werde ich hier nicht mehr gebraucht.« Mit diesen Worten wandte Klampt sich zur Tür.

Malwine wollte ihn aufhalten, doch ihr Sohn trat dazwischen. »Lass ihn! Oder willst du, dass er ganz die Nerven verliert?«

Dann wandte er sich an Klampt. »Gehen Sie nach Hause und ruhen Sie sich aus. Ich melde mich bei Ihnen, sobald das Aufgebot bestellt ist.«

Da Ottwald einige Magistratsbeamte kannte, die ihm für ein Bündel diskret gereichter Geldscheine die Heiratsformalitäten erleichtern würden, sah er sich bereits als Nathalias Ehemann und als Besitzer ihres Vermögens. Daher kümmerte es ihn nicht, dass Klampt das Zimmer so eilig verließ, als befände er sich auf der Flucht. Wie er den Mann kannte, würde dieser sich unterwegs noch einen tüchtigen Rausch ansaufen und daher ungewarnt in die Falle laufen.

»Dieser Hasenfuß wird zu Hause eine hübsche Überraschung erleben«, sagte er zu seiner Mutter, ignorierte aber deren fragenden Blick.

Unterdessen kehrte Laabs mit dem Fotografen zurück und rang

seinen Lippen erneut ein Grinsen ab. »Da sind wir! Die Sache kann beginnen.«

Ottwald von Trettins Miene wurde abweisend. »Sie und Pielke werden jetzt das Zimmer verlassen. Dann werden meine Mutter und ich die Komtess entkleiden, und er hier wird sie fotografieren. Das Bild wird er sofort entwickeln, drei Abzüge machen und mir diese samt Platte übergeben!«

Malwine nickte heftig. »Die Platten mit den Fotos der beiden anderen Weiber können Sie behalten und sie so oft vervielfältigen, wie Sie wollen!« Dabei rieb sie sich ungeniert die Hände. Wie sie den Fotografen einschätzte, würden die Bilder der nackten Lore die Runde durch ganz Berlin machen und dafür sorgen, dass diese Diebin in jedem anständigen Haushalt zur unerwünschten Person wurde. Fridolin würde die Folgen ebenfalls zu spüren bekommen und in kürzester Zeit geschäftlich am Ende sein. Das war ihre Rache für Lores Intrigen, durch die ihr die Türen der besseren Gesellschaft in der Reichshauptstadt verschlossen blieben.

Ottwald von Trettin erwog kurz, seiner Mutter zu widersprechen, zuckte dann aber mit den Achseln. Wahrscheinlich war es besser, wenn Lore und Dorothea samt ihren Ehemännern so ruiniert wurden, dass Fridolin und Simmern nichts anderes übrigblieb, als sich entweder zu erschießen oder die Flucht ins Ausland anzutreten. Das würde ihm einen Kampf gegen seinen Onkel und Nathalias Vormund ersparen, die ihm die Verfügungsgewalt über deren Vermögen womöglich erst nach langwierigen Gerichtsprozessen überlassen würden. So lange aber konnte er nicht warten. Wenn er nicht bald an die hunderttausend Mark in das Gut pumpte, würde es absaufen wie ein löchriger Kahn auf dem Haff.

»Was ist jetzt?«, fragte er, weil Laabs zögerte, aus dem Zimmer zu gehen.
Dieser hatte schon die Entgegnung auf den Lippen, dass dies schließlich sein Haus sei, zuckte dann aber mit den Achseln und folgte Pielke nach draußen.
Während der Fotograf seine Kamera aufbaute und in einer Ecke des Raumes eine provisorische Dunkelkammer aus schwarzem Tuch errichtete, zogen Malwine und ihr Sohn Nathalia bis auf die Haut aus und drapierten sie so auf dem Sofa, als hätte sie sich nackt schlafen gelegt.
»Jetzt können Sie loslegen!«, forderte Ottwald von Trettin den Fotografen auf.
Der betrachtete Nathalia und schnaufte. Trotz der vielen Biere, die er getrunken hatte, erwachte seine Lust auf eine Frau, und er sagte sich, dass er anschließend dringend mit Laabs sprechen musste. Vielleicht würde dieser ihm eine der Huren des *Le Plaisir* kostenlos überlassen.
Seine Überlegungen hinderten ihn jedoch nicht daran, zügig die nötigen Vorbereitungen zu treffen. Malwine musste die Gaslampe höher drehen, während er auf beiden Seiten der Ottomane je eine Magnesiumfackel entzündete. Dann begab er sich hinter die Kamera, steckte den Kopf unter das Tuch und richtete den Apparat noch einmal aus. Schließlich nahm er die Kappe von der Linse, sagte das Sprüchlein auf, mit dem er die Aufnahmezeit maß, und steckte die Kappe wieder auf.
»So, das müsste geklappt haben«, sagte er angespannt. »Ich habe zwar schon einige nackte Weibsen fotografiert, aber noch kein so hübsches wie dieses hier.«
»Sie sollten am besten rasch vergessen, was Sie hier getan haben.

Und nun entwickeln Sie die Platte! Ich will so schnell wie möglich von hier weg«, drängte Ottwald.

Der Fotograf machte eine abwehrende Handbewegung. »Nun mal langsam mit den jungen Pferden. Wenn ich zu hastig an die Sache herangehe, verderbe ich die Platte. Außerdem müssen die Bilder hinterher trocknen.«

»Dann beeilen Sie sich!«, schnauzte Ottwald ihn an und forderte seine Mutter auf, ihm zu helfen, Nathalia wieder anzuziehen.

»Du kennst dich mit Damenbekleidung wohl besser aus als ich«, setzte er hinzu. Und tatsächlich wies ihn Malwine ein paarmal barsch zurecht, weil er etwas falsch machte, doch nach zehn Minuten war Nathalia wieder präsentabel. Zwar war sie immer noch bewusstlos, doch die Mundwinkel zuckten bereits, und sie wimmerte leise.

Ottwald von Trettin ballte die Faust. »Wenn es noch länger dauert, werden wir sie ein zweites Mal betäuben müssen!«

»Das sollten wir gleich tun!« Malwine wandte sich schon zur Tür, doch ihr Sohn schüttelte den Kopf.

»Wir müssen warten, bis sie halbwegs zu sich gekommen ist, denn sonst besteht die Gefahr, dass wir mit einer Toten in Ostpreußen ankommen, und dann wird es im ganzen Reich keinen Richter geben, der uns das Schafott ersparen kann.«

Der Fotograf hörte in seiner provisorischen Dunkelkammer mit, und ihm brach der Schweiß aus. Ein paar nackte Frauen abzulichten war eine Sache, doch was er nun belauschte, klang nach einer Entführung. Während seine Gedanken rasten, klang Ottwald von Trettins Stimme erneut auf. »Was ist jetzt? Warum dauert es so lange?«

»Es dauert eben, bis ich fertig bin«, antwortete der Fotograf verzweifelt und arbeitete konzentriert weiter, um diesen unguten Patron so schnell wie möglich loszuwerden.

Unterdessen holte Malwine Laabs und Pielke herein, die auf dem Flur gewartet hatten. Die Männer warfen einen enttäuschten Blick auf Nathalia, weil das hübsche Mädchen wieder vollständig bekleidet war.

»Kümmert euch um die beiden!«, befahl Malwine und wies auf Lore und Dorothea.

»Machen wir!« Trotz dieser Worte starrte Laabs Nathalia weiter an. Er hatte den Eindruck, als könnte sie bald erwachen. Wenn das im *Le Plaisir* geschah, würde sie mit Sicherheit um Hilfe rufen, und das durfte auf keinen Fall geschehen. Kam die Sache hier auf, würde man ihn einsperren und Hede gleich mit ihm. Ihren Sohn aber würde man in irgendein Waisenhaus geben, in dem er von Glück sagen konnte, wenn er die schlechte Behandlung überlebte. Es war das erste Mal seit langem, dass Laabs wieder an sein und Hedes Kind dachte, und ihm wurde der Hemdkragen eng. Er hätte klüger sein und sich von solchen Geschäften fernhalten müssen. Immerhin war er Familienvater. Nun hielt ihn nur noch die Hoffnung bei der Stange, Ottwald von Trettins Plan würde aufgehen und er eine größere Summe von ihm erhalten.

»So, ich bin fertig! Aber die Bilder müssen noch trocknen«, rief der Fotograf.

Ottwald von Trettin hatte auch in dieser Beziehung vorgesorgt. Er gab dem Mann drei Holzrahmen und befahl ihm, die Bilder in diese einzuspannen. Dann nahm er sie einzeln entgegen und legte sie in einen Koffer, in den sie exakt hineinpassten.

»Sehen Sie! So macht man das. Ein wenig kenne ich mich mit

der Fotografiererei doch aus. Das hier habe ich in dem Bericht über einen Weltreisenden gelesen, der seine Bilder auf diese Weise getrocknet hat. In den Rahmen berühren sie sich weder gegenseitig noch die Wände des Kastens, in dem sie stecken.«
Zufrieden nickte Ottwald von Trettin dem Fotografen zu und streckte die Hand aus. »Geben Sie mir die Fotoplatte!«
Der Mann reichte ihm die in einer Hülle steckende Platte mit enttäuschter Miene. Auch wenn ihm die ganze Angelegenheit nicht geheuer war, so hätte er gerne einen weiteren Abzug für sich selbst gefertigt. Als Ottwald von Trettin die Plane seines Zeltes aufschlug und genau kontrollierte, ob ihm auch alle Fotografien übergeben worden waren, war der Mann froh, nicht seinem ersten Antrieb gefolgt zu sein und einen vierten Abzug angefertigt zu haben.
»Sie haben Glück, Mann!«, erklärte Ottwald und sah dann Laabs auffordernd an. »Kommen Sie! Wir bringen die Komtess nach unten. Pielkes Wagen wird uns zum Bahnhof fahren. Dort helfen Sie mir, meine zukünftige Gemahlin ins Abteil zu bringen. Es muss so aussehen, als hätte sie einen Schwächeanfall erlitten. Ach ja – für die Heimfahrt brauchen wir noch etwas von Ihrem Betäubungsmittel. Die junge Dame soll erst in ihrer neuen Heimat aufwachen.«
Laabs fragte sich, wie der Gutsherr die Bewusstlose Hunderte von Kilometern mit der Bahn transportieren wollte, ohne dass es auffiel. Dann erinnerte er sich, dass Trettin ein ganzes Abteil erster Klasse für sich und seine Angehörigen gebucht hatte. Dort würde ihn niemand stören.
Doch nun kam ihm noch ein anderer verstörender Gedanke, und er sah Ottwald kopfschüttelnd an. »Ich habe Ihnen doch schon

gestern eine Flasche von dem Zeug abgefüllt. Wieso brauchen Sie noch mehr davon?«

Der Freiherr schnaubte. »Was ich von Ihnen bekommen habe, ist bereits verbraucht. Wofür, das geht Sie gar nichts an!«

Angesichts des hämischen Grinsens, das sich unwillkürlich auf Ottwald von Trettins Gesicht ausbreitete, fragte er sich, welches Schurkenstück der Mann noch begangen haben mochte. Möglicherweise war es besser, er wusste es nicht, und so beließ er es bei einer beschwichtigenden Geste. »Es tut mir leid, aber das Mittel darf auf keinen Fall zweimal hintereinander für die gleiche Person verwendet werden. Die junge Dame würde es nicht überleben.«

Ottwald kniff die Augen zusammen und überlegte. »Dann geben Sie mir so viel davon, wie Sie glauben, verantworten zu können. Die Komtess muss ja nicht direkt ohnmächtig sein. Es genügt, wenn sie benommen ist.«

Laabs war mittlerweile bereit, alles zu tun, um den Mann und dessen ihm unheimliche Mutter loszuwerden. Daher ließ er etwas von dem Betäubungstrank in ein kleines Fläschchen tropfen. Es war die gleiche Menge, die er benutzte, um frisch angeworbene Mädchen willig zu machen, ohne dass sie einschliefen.

»Hier«, sagte er überflüssigerweise und reichte es dem Gutsherrn. »Und nun kommen Sie!«

Je schneller die Komtess aus dem Haus ist, umso wohler wird mir sein, fügte er in Gedanken hinzu und packte Nathalia bei den Beinen. Als er sie gemeinsam mit Trettin aufhob und zur Tür trug, murmelte sie mehrere unzusammenhängende Worte. Wie es aussah, würde der Gutsherr das Mädchen gleich im Zugabteil betäuben müssen. Nun hoffte er, dass die beiden anderen Frauen nicht erwachten, bevor er vom Bahnhof zurück war.

Malwine trat an die Tür, drehte sich dort noch einmal um und sah Pielke, der mit dem Fotografen zurückblieb, auffordernd an. »Jetzt gehören die Weiber dir!«
Dann schritt sie mit zufriedener Miene die Treppe hinunter. Als sie die Hintertür des Hauses erreichte, hörte sie, wie jemand mehrfach hektisch am Strang der Türglocke des Bordells im Erdgeschoss zog.

## VI.

Der junge Mann wurde unruhig und schlug um sich. Anscheinend begriff er instinktiv, dass er in eine Falle getappt war, und versuchte, gegen das Mittel anzukämpfen. Maruhn beschloss daher, seinen Schützling in Fridas Obhut zu geben. Bis dahin musste er dafür sorgen, dass der Junge sich nicht verletzte. Er hielt Jürgen fest, so gut er konnte, und redete beruhigend auf ihn ein. »Es ist so weit alles gut! Sie sind in Sicherheit, und die Damen werden es auch bald sein.«
Da öffnete der junge Mann den Mund und sagte: »Nathalia!«
Maruhn glaubte, sein unfreiwilliger Begleiter wäre wach, doch als er ihn schüttelte, kam keine Reaktion. »Wir sind gleich bei mir zu Hause. Dort können Sie sich ausruhen«, murmelte er in der Hoffnung, der Betäubte würde wenigstens den beruhigenden Ton seiner Stimme vernehmen, und forderte den Kutscher auf, schneller zu fahren.
»Und wie stellen Sie sich das vor?«, antwortete dieser. »Können Sie die Wagen vor uns vielleicht fortzaubern?«
Die Straße war tatsächlich überfüllt. Weiter vorne regelte ein

Schutzmann den Verkehr und ließ immer nur ein paar Droschken oder Fuhrwerke über die Kreuzung fahren. Maruhn überlegte, ob er mit dem Beamten sprechen sollte, damit dieser die Gendarmerie alarmierte. Doch der Gedanke, dass Damen der Gesellschaft an einem so verrufenen Ort wie dem *Le Plaisir* aufgefunden werden könnten, hielt ihn davon ab. Diese Sache musste er selbst regeln.

Zum Glück ging es endlich weiter, und sie konnten die Kreuzung passieren. Kurz darauf bog der Kutscher in die Gräfestraße ein und hielt vor Maruhns Haus.

»Helfen Sie mir«, rief der Detektiv, stieg aus und fasste Jürgen unter den Armen.

Der Kutscher ergriff dessen Beine, und so trugen sie ihn gemeinsam zur Haustür. Frida hatte sie bereits durch das Küchenfenster gesehen und kam ihnen entgegen.

»Wen bringst du denn da mit?«, rief sie erstaunt.

»Jemanden, der von Schurken in eine Falle gelockt und betäubt worden ist, genauso wie seine drei Begleiterinnen. Um die muss ich mich jetzt kümmern.« Zusammen mit dem Kutscher schleppte Maruhn den jungen Mann ins Wohnzimmer und ließ ihn auf das Kanapee sinken. Doch als er sich abwenden wollte, spürte er, wie sich Finger um seinen rechten Unterarm schlossen.

»Was ist geschehen? Wo ist Nathalia, und wo sind die anderen Damen?«

Jürgen war zu Bewusstsein gekommen und fühlte sich schwach und zittrig wie ein alter Gaul. Gleichzeitig war ihm so übel, dass er glaubte, sich erbrechen zu müssen. Die Sorge um Nathalia und ihre Freundinnen aber gab ihm die Kraft, seinen jämmerlichen Zustand zu überwinden.

»Die drei Damen wurden entführt. Doch keine Sorge, ich weiß, wohin man sie gebracht hat, und werde sie befreien!« Maruhn hoffte, dass diese Erklärung dem jungen Mann genügte.

Der kämpfte sich auf die Beine und blieb schwankend vor ihm stehen. »Wer sind Sie?«

»Dirk Maruhn, Detektiv und auf der Suche nach ein paar Schurken, die zu jenen gehören, die Sie und Ihre Begleiterinnen betäubt haben.«

»Mein Name ist Jürgen Göde. Was ist mit Nathalia?«

Maruhn wurde ungeduldig. Er hatte nicht mehr die Zeit, hier Rede und Antwort zu stehen. »Das weiß ich nicht! Ich habe nur herausgefunden, dass alle drei Frauen ins *Le Plaisir* gebracht werden sollen.«

»Was ist das *Le Plaisir?*«, fragte Jürgen verblüfft.

»Ein Nobelbordell! Aber jetzt muss ich Sie allein lassen.«

»Ich komme mit Ihnen!« Jürgens Stimme klang erstaunlich kräftig. Zwar fühlte er sich wie durch die Mangel gedreht, doch der Gedanke, dass Nathalia, die Gräfin und Frau Simmern an einen solchen Ort gebracht worden waren, setzte ungeahnte Kräfte in ihm frei.

»Aber gewiss nicht in Unterhosen!«, warf Frida kopfschüttelnd ein. »Warten Sie, ich bringe Ihnen Sachen von Herrn Maruhn. Die müssten Ihnen halbwegs passen.«

Der Detektiv begriff, dass sie den jungen Mann an seiner Seite sehen wollte, damit er den Schurken nicht alleine gegenüberstand. Zwar war Göde so elend dran, dass er ihm keine große Hilfe sein würde. Aber zumindest würde der junge Mann ihm als Zeuge dienen können. Außerdem machte er nicht den Eindruck, als würde er sich abwimmeln lassen.

»Also gut, ziehen Sie sich an! Aber machen Sie rasch. Ich warte nicht lange.« Mit diesen Worten verließ Maruhn das Wohnzimmer und eilte in die Kammer, die ihm als Büro diente.
Durch die offene Tür sah Frida, wie er einen kleinen Wandschrank öffnete, eine Pistole herausholte und diese sorgfältig lud. Ihr Herz zog sich schmerzhaft zusammen, und sie flehte ihn in Gedanken an, vorsichtig zu sein. Rasch suchte sie Unterwäsche, Hose, Hemd, Weste und Schuhe heraus und brachte sie ihrem Gast zusammen mit einem feuchten Handtuch, mit dem er sich wenigstens Gesicht und Hände säubern konnte.
»Soll ich Ihnen helfen?«, fragte sie.
Auch wenn Jürgen sich genierte, sich vor einer fremden Frau nackt zeigen zu müssen, so nickte er, denn er hatte begriffen, dass sie keine Sekunde zu verlieren hatten.
Die Kleidung passte halbwegs, nur Jürgens Füße waren um einiges kleiner als die des Detektivs. So blieb ihm nichts anderes übrig, als dessen Schuhe mit Zeitungspapier auszustopfen, damit sie ihm nicht von den Füßen rutschten.
Als er das Zimmer verlassen wollte, reichte Frida ihm eine große Tasse Kaffee. »Hier, trinken Sie! Sie sehen aus, als könnten sie eine Stärkung gebrauchen.«
Jürgen leerte rasch die Tasse, reichte sie dankend zurück und folgte dann dem Detektiv, der bereits nervös an der Haustür stand.
Beim Einsteigen in die Droschke musste Maruhn seinem Begleiter zwar helfen, doch es war nicht zu übersehen, dass es diesem schon deutlich besser ging. Möglicherweise würde er doch noch eine wichtige Hilfe sein, denn für ihn allein wären es trotz der Pistole und des Stockdegens zu viele Gegner gewesen.

»Wohin jetzt, Meister?«, fragte der Kutscher, der längst Feierabend hätte machen sollen und sich nun fragte, ob er tatsächlich die Summe erhalten würde, die er für seine Dienste zu fordern hatte.

»Zur Stallschreiberstraße, und zwar bis kurz vor der Seydelstraße«, befahl Maruhn und musste dem Mann erneut den Weg weisen. Zuerst ging es den Cottbuser Damm entlang, dann die Cottbuser Straße, bis sie in die Oranienstraße abbogen und über diese die Stallschreiberstraße erreichten.

»Sie warten hier«, wies er den Kutscher an, als dieser vor dem *Le Plaisir* hielt, und kletterte aus dem Wagen.

Jürgen folgte ihm mit unsicheren Schritten, daher drückte Maruhn ihm seinen Gehstock in die Hand. »Hier, stützen Sie sich darauf. Passen Sie aber auf, es handelt sich um einen Stockdegen. Wenn Sie auf diesen Ring hier drücken, können Sie die Waffe ziehen!«

Während Jürgen noch verblüfft nickte, humpelte Maruhn die Freitreppe hinauf und läutete Sturm.

Keine drei Sekunden später wurde die Tür aufgerissen, und Anton schoss heraus. »Beim Teufel, was soll das?« Dann erkannte er den Detektiv und kniff die Augen zusammen. »Sie sind es!« Es klang wie: »Verschwinden Sie wieder!«

Diesen Gefallen tat Maruhn ihm jedoch nicht, sondern schob den uniformierten Türsteher einfach beiseite und trat ein. Jürgen folgte ihm auf dem Fuß.

Im Allgemeinen hätte Anton zwei so aufdringliche Männer rasch wieder an die Luft befördert. Doch Maruhn war Detektiv und Leutnant a.D., wie er der Visitenkarte vor ein paar Tagen hatte entnehmen können, und es mochte einen wichtigen Grund ge-

ben, warum dieser so hereinplatzte. Allerdings wollte er nicht, dass die übrigen Gäste des *Le Plaisir* belästigt wurden, daher stellte er sich Maruhn und Jürgen vor der Tür in den Empfangssalon in den Weg. »Warten Sie hier! Ich werde Madame holen.«
Jürgen wollte dennoch weitergehen, doch Maruhn begriff, dass dies das äußerste Zugeständnis war, das sie von dem Türsteher erwarten konnten, und hielt ihn zurück.
»Holen Sie Ihre Chefin, aber rasch!«, sagte er zu Anton. Dann flüsterte er Jürgen zu: »Denken Sie an den Skandal, der unweigerlich folgen würde, wenn wir uns hier wie die Axt im Walde benähmen. Wir müssen zusehen, dass wir diese Angelegenheit diskret aus der Welt schaffen!«
Dies sah Jürgen sofort ein. Sein Gesicht zeigte jedoch eine Härte, die seine Mutter und seine Schwestern mit Sicherheit noch nie an ihm wahrgenommen hatten. Er fasste mit der linken Hand die Scheide des Stockdegens und drückte den Ring, um die Waffe sofort ziehen zu können.
Vorerst aber kamen ihnen keine Feinde entgegen, sondern eine attraktive Frau zwischen dreißig und vierzig, die ein streng wirkendes, dunkelblaues Kleid trug und ihnen neugierig, aber auch leicht verwirrt entgegensah. »Guten Abend, Herr Maruhn. Sie kommen gewiss nicht ins *Le Plaisir*, um hier Geld auszugeben.«
»Nein, Frau Laabs. Ich bin auf der Suche nach drei Damen, die hierhergebracht worden sind.«
Hede schüttelte den Kopf. »Da müssen Sie sich irren. In mein Haus wurde niemand gebracht.«
»Ich habe deutlich gehört, wie einer der Schurken sagte: Bringt sie ins *Le Plaisir!* Die Damen sind betäubt worden, genau wie dieser junge Mann hier, der mich jetzt begleitet.«

Maruhns Stimme nahm an Schärfe zu, doch Jürgen sah die letzten Worte als Aufforderung an, sich vorzustellen. »Jürgen Göde, Madame. Was Herr Maruhn sagt, stimmt. Gräfin Trettin wurde von einem angeblichen Gebrauchtmöbelhändler nach Berlin gelockt. Ich hatte die Ehre, die Gräfin, Komtess Nathalia, Frau Dorothea Simmern und Mrs. Penn hierher zu begleiten, konnte den Damen aber nicht den Schutz bieten, den sie benötigt hätten.«

»Gräfin Trettin, sagen Sie! Aber wie kann das sein?« Hede krampfte erschrocken die Hände zusammen.

Da Maruhn befürchtete, sein Begleiter würde erneut einen längeren Vortrag halten, ergriff er das Wort. »Das ist doch jetzt nicht wichtig! Wir müssen zusehen, dass wir die Damen finden.« Er beäugte Hede misstrauisch. Allerdings machte sie den Eindruck, ehrlich bestürzt zu sein.

Hede rieb sich erregt über die Stirn und forderte den Detektiv und seinen Begleiter auf, mit ihr zu kommen.

»Ich bitte Sie nur, auf meine übrigen Gäste Rücksicht zu nehmen«, bat sie, während die Gedanken in ihrem Kopf einen wirren Tanz vollführten. Hatte Manfred nicht gefordert, eines der Zimmer im ersten Obergeschoss für erotische Fotografien verwenden zu können? Meist wurden für solche Aufnahmen noch hübsch aussehende Dirnen vom Straßenstrich oder aus billigen Bordellen angeworben. Nun sah es ganz so aus, als würden Lore von Trettin und deren Freundinnen dafür verwendet. Diese Vorstellung entfachte höllischen Zorn in ihr. Auch wenn sich ihr Kontakt zu Fridolin und Lore mit der Zeit gelockert hatte, nannte sie beide noch Freund und Freundin und würde alles tun, um ihnen zu helfen.

»Komm mit, Anton! Es kann sein, dass ich dich brauche«, befahl

sie ihrem Türsteher und durchmaß anschließend den Empfangssalon und den Korridor zum hinteren Flur mit energischen Schritten. Die Tür dort war verschlossen, doch sie trug den Schlüssel bei sich, um jederzeit zu ihrem Sohn hochsteigen zu können.
Hede öffnete, ließ Maruhn, Jürgen und Anton ein und sperrte die Tür hinter ihnen wieder zu. Nichts von dem, was im Obergeschoss des Hauses geschah, durfte in die Räume des Bordells dringen.
Gerade als Hede den Fuß auf die erste Treppenstufe setzte, wurde es oben laut. »Schneller!«, rief sie und rannte so rasch die Treppe hinauf, dass Maruhn ihr nicht mehr zu folgen vermochte.

## VII.

Lore schwebte zwischen Schlafen und Wachen. Mal glaubte sie, Stimmen zu hören, darunter auch die ihrer verhassten Verwandten Malwine, dann driftete sie wieder in Träume ab, in denen der angebliche Gebrauchtmöbelhändler Dausend ihr literweise eine übelriechende Flüssigkeit einflößte, während Malwine danebenstand und hämisch lachte.
Als sie das nächste Mal aus dem Nichts auftauchte, forderte ein Mann jemand auf, ihm zu helfen, die Komtess zum Bahnhof zu bringen. Komtess! Dabei konnte es sich nur um Nathalia handeln. Lore wollte die Augen öffnen, doch es gelang ihr nicht. Allerdings blieb sie wach und hörte den Rest des Gesprächs. Zuletzt vernahm sie noch einmal Malwines höhnische Stimme. »Jetzt gehören die Weiber dir!«

Dann wurde eine Tür geschlossen, und Schritte entfernten sich.

Wo bin ich?, fragte sich Lore.

Langsam bekam sie wieder Gefühl in ihre tauben Finger und bemerkte, dass sie bis auf die Haut ausgezogen sein musste. Kein Wunder, dass mir so kalt ist, durchfuhr es sie. Sie versuchte zu begreifen, in was für eine Situation sie geraten war. Dieser elende Dausend hatte ihre Begleitung betäubt und ihr den widerlichen Likör mit Gewalt eingeflößt. Diesen Auftrag konnte er nur von Malwine erhalten haben. Doch was bezweckte ihre angeheiratete Tante damit?

Da vernahm sie Worte, die sie das ganze Ausmaß der Intrige erkennen ließen. »Ich wollte schon immer eine der vornehmen Damen pimpern. Es wäre mir sogar gleichgültig gewesen, ob sie alt oder jung, hübsch oder hässlich ist. Die hier ist wirklich ansehnlich, und die ältere hat sich auch ganz gut gehalten!«

»Damit will ich nichts zu tun haben! Ich mache meine Fotografien, wie es vereinbart ist, und dann verschwinde ich«, antwortete ein zweiter Mann mit zittriger Stimme.

Lore gelang es, das linke Auge zu öffnen. Nicht weit von ihr entfernt stand ein magerer Mann, der an einem großen Holzkasten hantierte.

Das ist eine Fotokamera!, berichtigte sie sich. Fridolin und sie hatten sich selbst und die Kinder schon mehrfach ablichten lassen. Doch die Bilder, die dieser Kerl machen wollte, waren gewiss nicht in ihrem Sinn. Da sie immer mehr die Gewalt über ihren Körper zurückgewann, vermochte sie den Kopf ein wenig zu drehen. Auf dem Boden neben der Ottomane, auf der sie selbst lag, entdeckte sie Dorothea, die ebenfalls nackt war und noch in tiefer Ohnmacht zu liegen schien.

»Wir müssen die Frau so hinlegen, dass es aussieht, als spiele sie die Schlafende nur«, hörte Lore den Mann mit der zitternden Stimme sagen. Gleichzeitig packte jemand sie mit hartem Griff am Fußknöchel und bog ihr Bein nach außen.
»Man muss auf der Fotografie auch etwas von den weiblicheren Teilen sehen können«, sagte der andere lachend.
Lore durchfuhr es wie ein Blitz. Die Schwäche, die sie bis jetzt in ihren Klauen gehalten hatte, schwand, und sie trat mit dem freien Fuß so kräftig zu, wie sie konnte.
Der Kerl stolperte und musste sie loslassen. Dabei stieß er gegen die Kamera, stürzte und riss diese mit um. »Verdammt, das Weibsstück ist wach und Laabs nicht da, um es wieder zu betäuben!«, rief er wütend.
Inzwischen war Lore auf den Beinen und sah sich nach etwas um, das als Waffe geeignet war. Denn Flucht kam nicht in Frage, schließlich durfte sie keinesfalls Dorothea im Stich lassen, außerdem konnte sie auch nicht nackt auf die Straße laufen. Doch mehr als ein Sofakissen geriet ihr nicht zwischen die Finger. Sie packte es und ging auf die beiden Männer los.
Während der Fotograf kreischte und bis zur Tür zurückwich, zog Pielke ein Messer aus seiner Jackentasche und funkelte Lore wütend an. »Glaube ja nicht, dass du mir entkommst, du Miststück! Wenn ich mit dir fertig bin, würdest du dir wünschen, mir niemals begegnet zu sein.«
»Da wäre ich mir nicht so sicher«, klang hinter ihm die zornerfüllte Stimme einer Frau auf.
Pielke fuhr herum und entdeckte Hede. »An deiner Stelle würde ich das Maul nicht so vollnehmen, sonst muss ich meinem Freund Manfred zu seiner Witwerschaft kondolieren.«

Noch glaubte er, es nur mit Hede und Lore zu tun zu haben, und lachte hämisch. In nächsten Augenblick jedoch stürmte Jürgen herein und warf sich mit einem wütenden Aufschrei auf den Gauner. Obwohl er von dem Betäubungsgift geschwächt war, brachte er ihm einige schmerzhafte Hiebe bei.

Pielke taumelte, riss dann das Messer hoch und stach zu.

Jürgen konnte gerade noch ausweichen, begriff, dass er den Kürzeren ziehen würde, und versuchte, den bulligeren Mann mit gezielten Hieben des Gehstocks auf Distanz zu halten.

»Zieh die Klinge!«, rief Maruhn, der noch vor Anton die Treppe erklommen hatte, holte seinen Revolver heraus und schlug die Waffe auf Pielke an. »Stehen bleiben und Hände hoch, sonst schieße ich!«

»Nein, nicht, das würde man unten hören!«, wandte Hede ein.

Da sie sich zu Maruhn umdrehte, sprang Pielke auf sie zu und packte sie. Während er sie mit der Linken festhielt, setzte er ihr mit der anderen Hand das Messer an die Kehle.

»Stehen bleiben, ihr Witzfiguren, sonst ist das Weibsstück tot!«

»Bevor ich das zulasse, schieße ich Sie nieder«, rief Maruhn voller Wut, weil er sich so einfach hatte übertölpeln lassen.

Pielke hielt Hede so fest, dass sie ihn fast völlig verdeckte, und schüttelte grinsend den Kopf. »Das tun Sie nicht. Sie würden die Tante hier treffen. Außerdem wollen Sie doch gewiss nicht, dass die feinen Herrschaften unten im Puff mitbekommen, was hier gespielt wird!« Mit diesen Worten schob er Hede in Richtung Tür. Dabei achtete er darauf, dass sie sich zwischen ihm und Maruhn befand. Anton, der wegen der vor ihm Stehenden nicht so schnell hatte eingreifen können, wollte Pielke packen und dessen Arm zurückbiegen. Aber der Hehler versetzte Hede einen Stoß,

der sie gegen den Türsteher taumeln ließ, und rannte die Treppe hinab.
Jürgen folgte ihm, sah aber nur noch, wie der Gauner die Hintertür aufriss und in der Dunkelheit verschwand. Wutschnaubend kehrte er ins Zimmer zurück. »Ich hätte den Kerl niederstechen sollen, als ich die Möglichkeit dazu hatte.«
»Bevor der Mann Frau Laabs bedroht hat, wäre es Mord gewesen, und danach hätten Sie deren Leben riskiert. Doch der Kerl kommt nicht weit, dafür werde ich sorgen.« Maruhn war nicht weniger zornig als sein Begleiter, kümmerte sich aber zunächst um Hede, die mit zitternden Fingern ihren Hals berührte. »Sie sind unversehrt«, beruhigte Maruhn sie und wandte sich dann dem Fotografen zu. »Wenigstens ist uns einer der Schufte in die Hände gefallen.«
Der Mann sank auf die Knie und hob verzweifelt die Arme. »Damit habe ich nichts zu tun. Man hat mir nur gesagt, ich solle ein paar Bilder von nackten Frauen machen. Ich bin unschuldig!«
»Das sagen alle, auch wenn sie noch so viel Dreck am Stecken haben.«
»Ich kenne den Mann und glaube ihm sogar, dass er die Hintergründe dieser gemeinen Tat nicht kannte«, warf Hede ein, die ihren ersten Schreck überwunden hatte.
Sie ging zu Lore, die dabei war, sich wieder anzuziehen, und half ihr, die Knöpfe ihrer Kleidung zu schließen.
»Danke«, murmelte Lore. »Das war wirklich Rettung in letzter Sekunde. Der Kerl, der entkommen ist, wollte mir und meiner Freundin Gewalt antun.«
Da die Höflichkeit es verbot, Lore und Dorothea anzusehen, solange diese nicht vollständig angezogen waren, drehte Maruhn

ihnen den Rücken zu, bevor er Antwort gab. »Keine Sorge, den Kerl erwischen wir. Ich weiß, wo ich ihn finden kann, und werde umgehend die Polizei informieren.«

Jürgen interessierte jedoch etwas anderes. »Wo ist Komtess Nathalia?«

Unwillkürlich sah sich Lore um. »Anscheinend wurde sie weggebracht«, antwortete sie und versuchte sich verzweifelt daran zu erinnern, was sie während des Aufwachens belauscht hatte.

»Ich könnte ...«, begann der Fotograf, brach aber sofort wieder ab.

Einen Augenblick später hatte Jürgen ihn gepackt. »Sag, was du weißt, oder ich breche dir sämtliche Knochen!«

Der Fotograf kreischte auf. »Hilfe, nein! Ich habe wirklich nichts damit zu tun. Bitte, lasst mich gehen. Ich sage auch alles!«

Da Jürgen so aussah, als wolle er den Mann schlagen, zog Maruhn ihn zurück. »Lassen Sie den Kerl! Sie sehen doch, dass er reden will.«

»Das soll er – und wenn wir mit dem, was er sagt, zufrieden sind, kann er gehen.« Lore wechselte einen kurzen Blick mit Hede und sah diese nicken. Das erleichterte es ihr, dem Fotografen dieses Angebot zu machen. Nathalia zu retten erschien ihr wichtiger, als kleinliche Rache zu üben.

»Danke, gnädige Frau! Niemals hätte ich mich auf ein Verbrechen eingelassen. Doch bis ich gemerkt habe, was die Schurken vorhaben, war es zu spät. Die Kerle hätten mich nicht mehr gehen lassen.« Jetzt wagte es der Fotograf, Lore anzusehen, die gerade ihre Schuhe anzog.

»Sagen Sie endlich, wo Komtess Nathalia sich befindet, sonst übergeben wir Sie doch der Polizei!«, drohte sie.

»Der junge Herr, der anscheinend der Anführer der Bande ist, hat sie mitgenommen. Er will die Dame nach Ostpreußen bringen und sie dort mit den Aufnahmen, die ich für ihn machen musste, zwingen, ihn zu heiraten.«

Langsam begann Lore zu begreifen, was hier gespielt wurde. »Dieser Herr heißt Trettin, nicht wahr?«

Der Fotograf hob unsicher die Hand. »Er hat seinen Namen nicht genannt, aber er war der Sohn der Dame, die mit ihm nach Osten reisen will.«

»Malwine!«

Damit war für Lore alles klar. Dieser Frau traute sie alle Gemeinheiten der Welt zu. Gemeinsam würde es den beiden möglicherweise sogar gelingen, Nathalia zu erpressen, in eine Ehe mit Ottwald einzuwilligen. Dann hatten ihr Cousin und seine Mutter ihr Ziel erreicht.

»Das darf auf keinen Fall geschehen! Frau Pfefferkorn, besorgen Sie mir bitte eine Droschke. Ich werde diesen Entführer sofort verfolgen. Vielleicht erreiche ich sie noch am Bahnhof, und wenn nicht, folge ich ihnen notfalls bis nach Ostpreußen. Zum Glück sind die Schufte nicht dazu gekommen, meine Börse zu leeren. Damit habe ich fürs Erste genug Geld. Telegrafieren Sie Fridolin, dass er nachkommen soll. Er weilt derzeit in Bremen. Meine Freundin wird Ihnen die Adresse nennen, sobald sie aus ihrer Ohnmacht erwacht ist.«

»Das bin ich gerade«, stöhnte Dorothea und öffnete mühsam die Augen. Da Lore und Hede sie bereits angezogen hatten, blieb ihr die Peinlichkeit erspart, sich in der Gegenwart von Männern unbekleidet wiederzufinden.

»Ich komme mit Ihnen, gnädige Frau!« Jürgen hatte im Zimmer

seine Kleidungsstücke samt Schuhen, Brieftasche und Uhr entdeckt. Sofort sah er nach, wie spät es war, bevor er seine Schuhe anzog. »Wissen Sie, wann der Nachtzug nach Königsberg abfährt?«

Lore schüttelte den Kopf. »Nein, aber am Schlesischen Bahnhof werden wir es erfahren. Kommen Sie, wir brauchen dringend eine Droschke.«

»Nehmen Sie die, mit der Herr Göde und ich gekommen sind. Allerdings bin ich dem Kutscher einen halben Tag Fuhrlohn samt einem größeren Trinkgeld für seine Hilfe schuldig.«

»Kein Problem! Ich werde alles begleichen. Kommen Sie jetzt, Herr Göde. Frau Pfefferkorn, ich übertrage Ihnen die Sorge um meine Freundin. Sorgen Sie dafür, dass sie unbemerkt herausgeschafft und zu meinem Haus gebracht wird.« Damit hatte Lore alles gesagt, was ihr wichtig schien. Sie reichte Hede noch kurz die Hand und wollte die Treppe hinabsteigen.

Anton eilte ihr nach. »Sie können nicht durch das Bordell auf die Straße gehen! Kommen Sie, ich führe Sie durch die Hinterhöfe ins Freie.«

Maruhn hatte überlegt, ob er ebenfalls mitkommen sollte, sich aber dagegen entschieden. Bei dieser Verfolgung kam es auf Eile an, und er würde die Gräfin und Jürgen Göde nur behindern. Drohend wandte er sich an den Fotografen. »Sie werden jede einzelne Ihrer Fotoplatten zerstören, die Sie hier belichtet haben, und dann unauffällig das Haus verlassen.«

Der Mann nickte und machte sich sogleich ans Werk, heilfroh, mit heiler Haut davonzukommen.

Hedes Gesicht glich einem gewitterschwangeren Julitag, denn sie wusste genau, dass dieses Schurkenstück nicht ohne tätige Mithilfe ihres Mannes geplant und durchgeführt worden sein konnte. Es tat weh, daran zu denken, und als sie sich vorstellte, was das für sie selbst und vor allem ihren Sohn bedeuten konnte, wurde ihr Gesicht vor Entsetzen grau.

»Was ist eigentlich geschehen?«, fragte Dorothea, die noch immer mit den Nachwirkungen der Betäubung kämpfte.

»Ein übles Schurkenstück, das Sie jedoch ohne schlimme Folgen überstanden haben«, erklärte Hede tonlos.

»Wo bin ich?«

Nach einem beredten Blick auf Hede übernahm Maruhn das Wort. »Sie sind entführt und in dieses Haus geschafft worden. Zum Glück habe ich ein paar der Schurken überwacht und konnte daher eingreifen. Aber entschuldigen Sie, ich habe mich noch gar nicht vorgestellt. Mein Name ist Dirk Maruhn, Leutnant a. D. und Detektiv.«

Maruhn kontrollierte nun die Kameraausrüstung des Fotografen und übergab sie diesem erst, als er sicher war, dass weder eine Negativplatte noch Fotoabzüge der unbekleideten Damen vorhanden waren. »Sie können jetzt gehen!«

Der Mann, der mittlerweile ganz und gar nüchtern wirkte, ließ sich das nicht zweimal sagen, sondern raffte seine Ausrüstung an sich und verschwand über die Hintertreppe.

Maruhn wandte sich an Dorothea. »Wenn gnädige Frau erlauben, bringe ich Sie von hier weg.«

Dorothea nickte erleichtert. »Gerne! Ich glaube, meine Schneiderin, Mrs. Penn, wartet bereits auf mich.«

»Wo befindet sich deren Ladengeschäft?«, fragte Maruhn.

»Frau von Trettin sagte, Herr Maruhn solle Sie zu ihr nach Hause bringen«, wandte Hede ein. Dann wurde ihre Miene hart. »Ich habe eine Bitte an Sie, Herr Maruhn. Nachdem in meinen vier Wänden Dinge geschehen sind, die ich niemals geduldet hätte, fühle ich mich hier nicht mehr sicher. Könnten Sie mir Ihre Pistole für ein paar Tage überlassen und mir sagen, wie sie zu handhaben ist?«

Maruhn wollte schon den Kopf schütteln, sagte sich dann aber, dass die Puffmutter einen guten Grund für ihre Bitte haben musste. Immerhin hatte jemand die Frauen hierhergebracht, und das konnte seiner Ansicht nach nur ihr Ehemann gewesen sein.

»Sollte ich nicht besser hierbleiben?«, fragte er.

Hede schüttelte vehement den Kopf. »Nein, vielen Dank! Wenn ich Hilfe brauche, habe ich Anton. Auf ihn kann ich mich hundertprozentig verlassen. Außerdem können Sie Frau Simmern nicht zumuten, mitten in der Nacht in einer fremden Stadt allein den Weg zu suchen.«

»Das ist wahr!« Mit einer resignierenden Geste reichte Maruhn Hede die Waffe und zeigte ihr, wie diese abzufeuern war.

Dann wandte er sich an Dorothea: »Wenn Sie so weit sind, könnten wir aufbrechen.«

»Danke!« Dorothea reichte ihm den Arm und ging mit ihm zur Tür.

Unterdessen steckte Hede die Waffe so in ihr Kleid, dass sie nicht zu sehen war. »Warten Sie auf mich! Ich führe Sie durch die Hinterhöfe ins Freie und sehe zu, dass Sie eine Droschke bekommen.«

»Das übernehme ich, Madame!«, warf Anton ein, der eben zurückgekommen war. Er verneigte sich vor Dorothea und bat sie und Maruhn, ihm zu folgen.

Hede sah ihnen mit einem bitteren Gefühl nach. Lore und ihre

Freundin würden nach den Schrecken dieses Tages wieder in ihr normales Leben zurückkehren können. Sie hingegen stand vor den Scherben ihrer Existenz. Um nicht vollends in Verzweiflung zu verfallen, stieg sie in ihre Wohnung hoch und betrat das Schlafzimmer ihres Sohnes. Ein Lichtschein fiel auf sein Gesicht, und er gab einen Laut des Unmuts von sich. Sofort schloss Hede die Tür und blickte auf ihn herab. Alles, was jetzt folgt, tue ich nur für mein Kind, sagte sie sich, beugte sich über Fritz und küsste ihn auf die Wange.

Dann verließ sie die Wohnung und begab sich in ihr Bordell. Sie grüßte einige Stammgäste, schalt ein Mädchen, das sich in die Küche zurückgezogen hatte und dort ein Glas Wein trank, und sah anschließend zu, wie Rendlinger und Grünfelder ins Haus kamen und sofort auf Hilma und Dela zusteuerten. Diese begrüßten die Herren fröhlich und verschwanden kurz danach mit ihnen in zwei der besseren Séparées.

Hier geht alles seinen Gang, als wäre nichts geschehen, dachte Hede. Sie spürte jedoch deutlich, dass es ihr keine Freude mehr machte, dieses Haus zu führen. Vielleicht hätte es anders kommen können, wenn sie nicht auf Manfred Laabs hereingefallen wäre. Seufzend verließ sie das Erdgeschoss und setzte sich im ersten Stock auf die Ottomane, auf der Nathalia nackt fotografiert worden war. Während sie die Pistole in die Hand nahm, sagte sie sich, dass ihr nichts anderes übrigblieb, als hier zu warten, bis ihr Mann zurückkehrte.

# VIII.

Ottwald von Trettin und seine Begleitung erreichten den Schlesischen Bahnhof ohne Zwischenfall. Um keinerlei Aufsehen zu erregen, wies er Laabs an, Nathalia zu tragen. Seine Mutter musste ihr die Hand halten und so tun, als rede sie beruhigend auf die junge Frau ein. Er selbst schritt hinter den beiden her bis zum Waggon erster Klasse und winkte dort den Kondukteur zu sich.

»Meiner Verlobten geht es nicht gut. Migräne, verstehen Sie? Ich hoffe, es wird während der Bahnfahrt nicht noch schlimmer. Sorgen Sie bitte dafür, dass unser Gepäck eingeladen wird, und besorgen Sie mir nach Möglichkeit eine Flasche Kölnisch Wasser. Außerdem wollen wir in unserem Abteil bis zur Ankunft in Heiligenbeil nicht gestört werden.« Bei diesen Worten zückte er die Fahrkarte, ließ den Schaffner einen Blick darauf werfen und stieg ein.

Laabs folgte ihm mit Nathalia auf den Armen. Es war nicht leicht, die junge Dame durch die engen Gänge des Waggons zu tragen, und so war er froh, als sie das Abteil erreicht hatten, in dem Ottwald von Trettin sämtliche Plätze hatte reservieren lassen.

»Legen Sie die Komtess dorthin«, befahl Trettin und wies auf den Fensterplatz.

Laabs gehorchte und sah ihn grinsend an. »Man sollte nicht glauben, dass eine so kleine Person so schwer sein kann!«

»Sie können gehen!«, beschied ihm Ottwald von Trettin.

Als Laabs aufbegehren wollte, setzte er leise hinzu: »Keine Sorge, Sie bekommen den vereinbarten Lohn und noch einiges dazu.«

Er wies auf die Tür, denn er hatte nicht die Absicht, noch ein weiteres Wort an den Zuhälter zu verschwenden. Für ihn war alles, was sich hier in Berlin abgespielt hatte, bereits Vergangenheit. Nun galt es, die Heirat mit Komtess Retzmann so rasch wie möglich durchzusetzen. Notfalls würde er sie an dem entsprechenden Tag ebenfalls unter Drogen setzen, damit sie nicht rebellierte. Bei dem Gedanken fiel ihm das Fläschchen mit dem Betäubungsgift ein, das er von Laabs erhalten hatte, und er musterte Nathalia, um zu sehen, ob er ihr das Mittel verabreichen musste.

Obwohl es im *Le Plaisir* so ausgesehen hatte, als würde Nathalia bald aufwachen, lag sie nun regungslos auf ihrem Sitz, und er glaubte sogar, ein leises Schnarchen zu vernehmen. Zufrieden steckte er das Fläschchen wieder ein und setzte sich Nathalia gegenüber.

Malwine nahm neben ihr Platz. Ihre Augen glitzerten, und sie wirkte um etliche Jahre verjüngt. Da Nathalia von Retzmann in ihrer Gewalt und Lore gedemütigt war, sah sie sich als Siegerin jenes Familienkrieges an, der noch zu Lebzeiten des alten Majoratsherrn auf Trettin begonnen hatte.

»Wie ist es, sollten wir sie nicht wieder be…, ihr die Medizin geben?« Beinahe hätte sie Dinge gesagt, die weder der Kondukteur noch irgendein Bahnreisender, der zufällig draußen vorbeiging, mithören durfte.

Ihr Sohn warf ihr einen mahnenden Blick zu und schüttelte den Kopf. »Sie schläft noch süß und selig. Warten wir, bis sie richtig wach wird.« Dann sah er Laabs an. »Sie sind ja immer noch da!«

»Ich bin schon weg! Gute Reise noch!« Nach diesen Worten zog Hedes Mann ab. Obwohl er auf das versprochene Geld warten musste und auch keine feste Zusage bekommen hatte, war er erst einmal froh, diesem hochnäsigen Pack entrinnen zu können.

## IX.

Gerhard Klampt fühlte sich ebenfalls nicht wohl in seiner Haut. Zwar hatte er nichts dagegen einzuwenden, dass Nathalia zu einer Ehe gezwungen wurde, die auch ihm Vorteile brachte. Auch lag es in seinem Interesse, wenn Lore und Fridolin von Trettin genau so erpressbar wurden wie Dorothea und Thomas Simmern. Doch der Hass, mit dem Malwine ihre Verwandten verfolgte, erschreckte ihn. Was war, wenn die Ehemänner der beiden Frauen Rache übten? Zumindest Simmern traute er das zu. Der Kerl war Seemann gewesen, und das waren rauhe Gesellen.

Ein paar Biere und noch mehr Korn dämpften Klampts Sorgen jedoch, und als er mit unsicheren Schritten das Haus in der Palisadenstraße betrat, war er überzeugt, es würde doch alles gut enden.

Im Flur war es stockdunkel, wie er verärgert feststellte. Armgard wusste doch, dass er an diesem Tag spät nach Hause kommen würde! Bisher hatte sie in solchen Fällen stets die Gaslaterne für ihn angezündet, doch nun musste er sich in ägyptischer Finsternis vorantasten. Der Alkohol machte es ihm schwer, die Stufen zu finden, und so zog er sich mühsam am Treppengeländer hoch. Oben erlebte er die zweite unangenehme Überraschung, denn im Flur des ersten Stocks brannte ebenfalls kein Licht. Außerdem stank es so, dass es ihm den Atem raubte.

»Armgard, was soll das?«, rief er empört, erhielt aber keine Antwort.

Sich an der Wand abstützend, schwankte er den Flur entlang bis zum Zimmer seiner Mutter und öffnete die Tür. Zu seiner Verwunderung war es auch hier dunkel. Offensichtlich hatten sich die beiden Frauen bereits zu Bett begeben. Das verwunderte ihn sehr, war er sich doch sicher gewesen, sie würden auf ihn warten, um zu erfahren, ob der Streich gelungen war.

Da ertastete er den Sessel seiner Mutter und dann auch sie selbst. Offenbar war sie eingeschlafen, denn sie lag ganz still. Sie schnarchte nicht einmal, wie sie es sonst tat, wenn der Schlummer sie übermannte.

Gerhard Klampt grinste. »Das wird eine Überraschung werden, wenn ich sie wecke!«

Er zog die Schachtel Patenthölzchen aus seiner Jackentasche, die er sonst für seine Zigarren verwendete, und brannte eines an, um die Gaslampe anzuzünden. Im gleichen Augenblick gab es einen fürchterlichen Knall, und er wurde gegen die Wand geschleudert.

Die enorme Explosion des ausgetretenen Gases zerfetzte ihn sowie die Leiber der beiden bereits toten Frauen, drückte die tragenden Mauern ein und brachte das ganze Haus zum Einsturz.

Als es der Feuerwehr und hinzueilenden Nachbarn endlich gelungen war, das Hauptventil der Gasleitung zu schließen und den Brand zu löschen, lebte auch Friederike Fabarius nicht mehr. Deren Großnichte Philomena wurde schwerverletzt geborgen und hatte zeit ihres Lebens an den Folgen des Unglücks zu leiden. Aber da die alte Dame sie zu ihrer Universalerbin ernannt hatte, musste sie wenigstens keine materielle Not leiden.

Ottwald von Trettin, der die Gaslampen in Klampts Wohnung manipuliert und das betäubende Gift in die angebrochenen Weinflaschen gekippt hatte, die von dem kleinen Umtrunk übrig geblieben waren, saß im Augenblick der Explosion in seinem Abteil und wartete darauf, dass der Zug endlich abfuhr.

## X.

Anton hatte Lore und Jürgen auf dem schnellsten Weg zur Hauptstraße geführt und dort Maruhns Droschke vorgefunden. »Los, fahren Sie!«, rief Lore dem Kutscher zu. »Wenn wir den Schlesischen Bahnhof erreichen, bevor der Nachtzug nach Königsberg losgefahren ist, erhalten Sie fünf Mark extra.«

»Fünf Mark?« Das war eine Menge, doch der Kutscher wollte keinesfalls auf das Geld verzichten, das Maruhn ihm schuldig war. »Wo ist der Herr, den ich bisher gefahren habe?«

»Er hat noch zu tun und uns aufgetragen, den Fahrpreis für ihn auszulegen. Und jetzt fahren Sie endlich!«

Der Kutscher nahm die Zügel in die Hand, löste die Bremse und trieb seine Gäule an. Die waren zwar nicht die schnellsten, aber ausdauernd und hatten die langen Fahrten an diesem Tag gut überstanden. Außerdem kannte ihr Herr sich in dieser Ecke der Stadt aus und fand den Weg, ohne seine Fahrgäste um Rat fragen zu müssen.

Da um die Zeit nur noch wenige Fahrzeuge unterwegs waren, kamen sie gut voran und hielten nach kurzer Zeit vor dem Schlesischen Bahnhof. Lore hatte bereits das Geld gezückt.

»Behalten Sie den Rest«, rief sie dem Kutscher zu, als dieser herausgeben wollte, und ließ sich von Jürgen aus dem Wagen helfen. Beide eilten in den Bahnhof. Als sie den Bahnsteig erreichten, sahen sie den Zug nach Königsberg noch auf dem Gleis stehen. Ein Bahnbeamter gab jedoch gerade das Zeichen zur Abfahrt und wollte zurücktreten.

Da schoss Lore wie ein Raubvogel auf ihn zu. »Ich bin Gräfin Trettin und muss unbedingt noch in diesen Zug!«

Ihr Auftreten und ihr elegantes Kleid überzeugten den Mann, keine Hochstaplerin vor sich zu haben. Dennoch hob er bedauernd die Hand. »Leider kommen Sie zu spät. Der Zug ist bereits abgefertigt.«

Jürgen war weitergerannt und auf die Plattform des letzten Wagens gestiegen. Nun winkte er heftig. »Kommen Sie, Frau Gräfin, ich helfe Ihnen herauf. Aber beeilen Sie sich, der Zug fährt gleich los!«

Als hätte der Lokführer es gehört, betätigte er die Dampfpfeife. Ein paar Augenblicke drehten die Räder auf den eisernen Schienen durch, dann nahm die Lokomotive Fahrt auf.

Lore rannte so schnell wie noch nie in ihrem Leben und streckte die Hand aus, damit Jürgen sie ergreifen und ihr auf die Plattform helfen konnte. Für einige Augenblicke hing sie in der Luft, dann aber hatte er sie hinaufgezogen, und sie konnte sich am Geländer der Plattform festhalten.

»Das hätten wir geschafft. Jetzt müssen wir nur noch Nati finden«, erklärte Lore energisch und rüttelte an der Tür.

Diese war von innen versperrt, doch einer der Schaffner wurde auf sie aufmerksam und schloss auf. »Wissen Sie nicht, dass es strengstens verboten ist, auf einen Zug aufzuspringen, wenn dieser bereits abgefertigt ist?«, schalt er die beiden.

»Ich bin Gräfin Trettin und muss mit diesem Eisenbahnzug fahren!« Lore ließ sich auf keine Diskussionen ein, sondern trat in den Gang des Waggons und winkte Jürgen, ihr zu folgen. Erst als sie im Wageninnern standen, wandte sie sich an den Schaffner. »In welchem Abteil finde ich meinen Neffen, den Freiherrn Ottwald von Trettin, und dessen Mutter, Freifrau Malwine?«

Der Schaffner hatte gerade das verlangte Kölnisch Wasser in Ottwalds Abteil gebracht und war von diesem noch einmal mit barschen Worten aufgefordert worden, während der Reise jede Störung von ihnen fernzuhalten. Wie es aussah, gab es für diese Forderung einen gewichtigen Grund. Darauf deutete das unerwartete Auftauchen seiner Verwandten ohne Gepäck und Fahrschein hin. Nun überlegte der gute Mann, wie er sich aus der Affäre ziehen konnte. In einen Familienstreit wollte er wahrlich nicht hineingezogen werden.

»Ich bedauere, darüber kann ich Ihnen keine Auskunft erteilen«, sagte er schließlich zu Lore.

»Aber Freiherr von Trettin befindet sich hier im Zug?«, bohrte Lore weiter.

»Es tut mir leid, ich kann Ihnen nichts sagen. Sie werden zuerst einmal Ihre Fahrkarten nachlösen, sonst muss ich Sie beide im nächsten Bahnhof des Zuges verweisen!« Geschickt lenkte der Beamte das Gespräch auf das für ihn wichtigere Thema und nahm erleichtert wahr, dass die Gräfin und ihr Begleiter überlegten, für welche Strecke sie die Fahrkarten lösen sollten.

»Erst mal bis Küstrin. Dort sehen wir weiter«, entschied Lore und reichte dem Mann ein paar Geldscheine. Nun war sie froh, dass sie einen ordentlichen Geldbetrag eingesteckt hatte, um Dausends Möbel gleich anzahlen zu können. Ihr war jedoch klar, dass sie und Jürgen die Unterstützung des Himmels brauchten, um Nathalia und deren Entführer zu finden. Die Bahnbeamten Seiner Majestät waren leider keine Hilfe.

## XI.

Als Manfred Laabs sich dem *Le Plaisir* näherte, hatte sich seine Laune merklich gebessert. Er und Pielke würden die entführten Frauen noch einmal betäuben, aus dem Haus schaffen und an einen versteckten Ort verfrachten, der möglichst weit entfernt lag. Dort konnten die Weiber aufwachen und sich den Weg nach Hause suchen. Die Scham würde verhindern, dass sie jemandem von diesem Abenteuer erzählten, und damit war er aus dem Schneider.

Mit diesem Gedanken trat er zur Vordertür und zog am Klingelstrang. Es dauerte unverhältnismäßig lange, bis Anton öffnete. Dieser sah den Ehemann seiner Chefin an, sagte aber nichts, sondern trat nur beiseite, um ihn vorbeizulassen.

»Na, ist heute viel los?«, fragte Laabs mit gespielter Gelassenheit.

»Wie üblich«, antwortete Anton kühl. Auch ihm war bewusst, dass die Entführer Lore von Trettin und deren Freundinnen nicht ohne Laabs' Unterstützung in dieses Haus hatten bringen können. Daher hätte er den Mann am liebsten auf der Stelle niedergeschlagen, aber ohne Hedes Anweisung wollte er nicht handgreiflich werden. Er sah Laabs hinterher, als dieser durch den Empfangssalon ging und dabei einige Gäste launig grüßte, dann folgte er ihm so lautlos wie ein Schatten.

Laabs ging an den Séparées vorbei, sah, wie eine Tür sich öffnete, und blickte für einen Augenblick in Dela Wollenwebers verächtlich verzogenes Gesicht. Das Mädchen hatte sich jedoch in der Gewalt und forderte eines der anderen Mädchen auf, eine neue Flasche Wein und weitere Leckereien für sich und Herrn von Grünfelder zu bringen.

Unwillkürlich ärgerte Laabs sich über die kleine Hure. Immerhin hatte Dela ihn einmal so glühend geliebt, dass sie bereit gewesen war, für ihn auf den Strich zu gehen. Nun tat sie so, als existiere er nicht mehr für sie.

»Verdammte Weiber!«, murmelte er, als er die Tür zum hinteren Treppenhaus aufsperrte und ins erste Stockwerk hinaufstieg.

Oben war alles ruhig. Dies erleichterte ihn, denn wie es aussah, war nichts von dem Geschehen im Obergeschoss in das untere Bordell gedrungen. Er ging zu dem Raum, den er dem Gutsherrn zur Verfügung gestellt hatte, öffnete die Tür und erwartete Rudi Pielke und den Fotografen sowie die beiden nackten Frauen zu sehen. Doch auf der Ottomane saß Hede, die sich bei seinem Anblick erhob und ihn mit einem Blick musterte, als wäre er das Ekelhafteste, das ihr je über den Weg gelaufen war.

»Du hast dir Zeit gelassen, nach Hause zu kommen«, sagte sie mit beherrschter Stimme. »Daher ist dir entgangen, dass die beiden Damen befreit worden sind. Dein Kumpan – Pielke heißt er wohl – hat das Weite gesucht. Das wird ihm allerdings nichts helfen, denn die Gendarmen sind ihm bereits auf den Fersen!«

Laabs zog es den Boden unter den Füßen weg. Wenn stimmte, was Hede sagte, musste einiges schiefgelaufen sein. Er wollte seine Beteiligung bereits abstreiten, aber Hedes zornerfüllter Blick verriet ihm, dass sie ihm keinen Glauben schenken würde.

»Es sollte doch nur ein Scherz sein«, sagte er kleinlaut.
Hede lachte bitter auf. »Für dich mögen Entführung, das Erstellen entehrender Bilder und versuchte Vergewaltigungen ein Scherz sein. Ich aber – und die überwiegende Mehrheit der Bürger – nenne so etwas ein Verbrechen!«
»Hede, versteh doch! Das wollte ich nicht. Ich …«
Laabs brach ab, denn auf Hedes Gesicht zeichnete sich nun bodenlose Verachtung ab.
»Bis jetzt habe ich dich für einen letztlich sympathischen Gauner gehalten. Doch nun sehe ich, dass du ein jämmerlicher Schwächling bist! Um unseres Sohnes willen bedauere ich nicht, dich geheiratet zu haben. Doch in Zukunft werden sich unsere Wege trennen.«
Es fiel Hede schwer, es auszusprechen, und sie spürte, wie ihr vor Enttäuschung Tränen in die Augen stiegen.
Ihr Mann hob in einer verzweifelten Geste die Hände. »Hede, ich schwöre dir, ich werde mich ändern! In Zukunft werde ich mich von Leuten wie Pielke fernhalten und dir der Mann und unserem Fritz der Vater sein, den du dir wünschst.«
»Dafür ist zu spät«, antwortete Hede so leise, dass Laabs sie nur mit Mühe verstand. »Sobald Pielke verhaftet wird – und das kann noch heute sein –, dürfte er auch deinen Namen nennen. Dann werden die Gendarmen kommen und dich festnehmen.«
Hede schüttelte es bei dieser Vorstellung, und sie starrte ihren Mann an, als wäre er ihr ärgster Feind. »Wenn das geschieht, wird unser Fritz mit dem Stigma aufwachsen müssen, der Sohn eines Zuchthäuslers zu sein!«
»Und was ist er jetzt? Der Sohn einer Hure!«, brach es aus Laabs

heraus. Er trat auf Hede zu, um sie zu packen und so lange zu schütteln, bis sie ihm verzieh.

Da blickte er in die Mündung einer Pistole. »Er ist mein Sohn, und er soll unbelastet von den Sünden seines Vaters aufwachsen. Wäre Fritz nicht, würde ich keinen Finger für dich rühren, sondern zusehen, wie du verhaftet und verurteilt wirst. Doch dazu darf es nicht kommen.«

»Du hilfst mir also?« Laabs schöpfte Hoffnung, doch Hedes nächste Worte trafen ihn wie ein kalter Guss.

»Ich werde dir so viel Geld geben, dass du eine Zwischendeckspassage in die Neue Welt bezahlen und drüben die ersten Monate leben kannst. Als Gegenleistung erwarte ich von dir, dass du nie mehr zurückkommst und keinen Anspruch auf unseren Sohn erhebst. Letzteres wirst du mir schriftlich geben.« Mittlerweile hatte Hede sich wieder in der Gewalt, und ihre Stimme klang so kühl, als rede sie über ein gewöhnliches Geschäft.

Ihr Mann überlegte verzweifelt, wie er sich aus dieser üblen Klemme herauswinden konnte. Alles in ihm schrie, einfach davonzulaufen und ein paar Monate ins Land gehen zu lassen. Doch mit den paar Mark, die er in der Tasche hatte, würde er nicht weit kommen. Doch möglicherweise konnte er Hede überlisten, indem er das Geld von ihr nahm und vorerst nach Bayern oder Württemberg verschwand.

Noch während ihr Mann darüber nachsann, forderte Hede ihn auf, mit ihr nach unten zu kommen. Da sie nicht auf die Waffe verzichten wollte, legte sie einen Schal über den Arm, um die Pistole zu verbergen.

Laabs ging vor ihr her und bemühte sich, eine muntere Miene zu wahren. Lächelnd grüßte er ein paar der Mädchen und zog den

Hut vor Rendlinger, der Hilma für den ganzen Abend geordert hatte und nun im Salon Champagner mit ihr trank. Der Industrielle beachtete ihn jedoch ebenso wenig wie das Mädchen.
Hede führte ihren Mann ins Büro, öffnete dort ihren Geldschrank und nahm ein Bündel Banknoten heraus. Als sie dieses auf den Tisch legte, zuckten ihre Lippen schmerzhaft.
»Ich kann mir denken, was dir durch den Kopf geht. Doch du wirst den Weg nach Amerika antreten. Daher werde ich dieses Geld auch nicht dir geben, sondern Anton. Er wird mit dir nach Hamburg fahren und die Passage für dich buchen. Das Geld erhältst du ein paar Minuten bevor das Schiff ablegt. Da die Polizei dich bereits suchen dürfte, soll Anton dir seinen Pass geben.«
»Das hast du dir alles fein ausgedacht«, entfuhr es Laabs. »Du hast alles, den Jungen, den Rang einer Ehefrau, das *Le Plaisir*, während ich …«
»Es hätte anders kommen können, doch das hast du dir selbst verbaut!« Hede nahm eine kleine Klingel und läutete.
Sofort kam eines der Mädchen herein. »Was wünschen Sie, Madame?«
»Schicke Anton zu mir!«
Spätestens in dem Augenblick wusste Manfred Laabs, dass ihm nichts anderes übrigbleiben würde, als auf die Forderungen seiner Frau einzugehen. Anton war Hede ergeben wie ein treuer Hund und würde ihm eher das Genick brechen und dafür ins Gefängnis gehen, als zuzulassen, dass seiner Herrin etwas zustieß. Mit verkniffener Miene musterte Laabs das Geldbündel und versuchte zu schätzen, wie viel es sein mochte. Wenn er sparsam damit umging, konnte er sich in Amerika vielleicht so-

gar an einem Gasthaus oder Bordell beteiligen. Sich als Farmer den Buckel krummzuarbeiten, hatte er keine Lust, und er wollte auch nicht für einen Hungerlohn in einer der Fabriken arbeiten. Um seine Chancen zu erhöhen, setzte er noch einmal seinen ganzen Charme ein.

»Leg doch bitte noch ein paar Scheine drauf. Denke an unseren Sohn! Du willst doch nicht, dass er einmal hören muss, sein Vater wäre drüben in Amerika verhungert.«

Seine Frau sah ihn kurz an, nahm ein zweites Geldbündel aus ihrem Safe und steckte es mit dem andern zusammen in eine Tasche. Noch während sie den Wandschrank wieder schloss, trat Anton ein.

»Sie wünschen Madame?«

»Anton, du wirst meinen Ehemann nach Hamburg begleiten und dort eine Zwischendeckspassage auf deinen Namen buchen. Ebenso wirst du Herrn Laabs deinen Ausweis geben, damit er damit in die Neue Welt reisen kann.«

»Vergiss nicht das Geld!«, mahnte Laabs seine Frau.

Ein spöttisches Lächeln umspielte Hedes Lippen, als sie weitersprach. »In diesem Beutel steckt eine größere Summe. Kauf davon die Fahrkarten nach Hamburg und die Passage auf dem Schiff. Den Rest übergibst du Herrn Laabs in dem Augenblick, in dem er an Bord geht. Aber achte darauf, dass er das Schiff nicht mehr verlässt!«

Das klang ganz nach einem Verbannungsurteil, dachte Anton erleichtert. Er war froh, dass seine Herrin die Konsequenzen gezogen hatte. Seit Hede Manfred Laabs geheiratet hatte, war er ihr Ungeist gewesen. Nun würde sie endlich wieder die werden können, die sie vorher gewesen war.

Anton salutierte, als wäre er ein Soldat und Hede sein vorgesetzter Offizier. »Madame können sich auf mich verlassen!« Dann wandte er sich an Laabs. »Kommen Sie!«

Dieser sah Hede an. »Willst du mir zum Abschied nichts sagen?«

»Geh mit Gott!«, antwortete sie und legte die Pistole auf den Tisch.

Zum Glück hatte sie das Ding nicht gebraucht, möglicherweise aber würde Anton sie einsetzen müssen. Daher schob sie ihm die Waffe samt der Tasche mit dem Geld zu. Zwar war sie sich sicher, dass ihr Getreuer auch so mit ihrem Mann fertig werden würde, doch sie wollte Manfred zeigen, dass es keinen anderen Weg für ihn gab, als ihr in allen Punkten zu gehorchen.

Anton nahm beides an sich, verstaute die Pistole in seiner Jackentasche und fasste Laabs am Arm. »Kommen Sie! Wir packen jetzt Ihren Koffer, fahren zum Bahnhof und nehmen den ersten Zug, der nach Hamburg fährt.«

Zunächst sah es so aus, als wolle Laabs sich widersetzen, doch dann senkte er den Kopf und ging mit ihm.

Hede sah den beiden nach, schloss die Tür und ließ ihren Tränen freien Lauf. Trotz seiner Fehler hatte sie ihren Mann geliebt, und es tat ihr weh, ihn so scheiden zu sehen.

Sie öffnete das kleine Hängeschränkchen, holte die Cognac-Karaffe und ein Glas heraus und goss sich ein. Als sie trank, bemerkte sie kaum mehr als eine gewisse Schärfe im Mund und wollte nachschenken. Dann zuckte sie zurück. Um ihres Sohnes willen durfte sie keinen Trost im Alkohol suchen. Energisch stellte sie die Flasche wieder in das Schränkchen und setzte sich an ihren Platz. Da klopfte es draußen, und auf ihr »Herein!« schlüpfte Hilma in den Raum.

»Madame, kann ich kurz mit Ihnen sprechen?«

»Jederzeit!« Hede musterte ihr Gegenüber und fand, dass sie selten ein schöneres Mädchen unter ihren Schützlingen gehabt hatte, aber auch kaum ein eigensinnigeres.

»Was gibt es?«

»Herr Rendlinger ist doch seit einigen Wochen mein Stammgast. Heute meinte er, es gefalle ihm nicht, mich länger mit anderen Männern teilen zu müssen. Auch sein Freund Grünfelder wünscht sich eine Freundin, die nur ihm zur Verfügung steht. Gemeinsam haben sie überlegt, ob sie Dela und mir nicht so viel Geld geben sollten, dass wir uns ein kleines, aber exklusives Bordell einrichten können. Auf das Ambiente und den Reiz, den ein solches ausstrahlt, wollen die Herren nämlich nicht verzichten. Sie, Madame, müssten uns dafür aus Ihren Diensten entlassen.«

Ein Gedanke schoss Hede durch den Kopf, und sie beugte sich interessiert vor. »Dela und du, ihr wollt also, um es derb auszudrücken, Puffmütter werden?«

»Den Herren wäre sehr daran gelegen, dass die beiden Chefinnen nur für sie reserviert wären«, erklärte Hilma mit leuchtenden Augen.

»Das ließe sich machen, aber auf andere Weise, als du denkst!« Hede war schon länger klar, dass ihr nicht mehr viel am *Le Plaisir* lag. Lieber denn je würde sie das Bordell in andere Hände geben. Wenn Rendlinger und Grünfelder den beiden so viel Geld gaben, dass es ihr als Abstandssumme reichte, konnten Hilma und Dela das *Le Plaisir* übernehmen. Sie selbst war wohlhabend genug, um sich mit ihrem Sohn irgendwo in der Provinz ein Haus zu kaufen und dort ein bürgerliches Leben zu beginnen.

# XII.

Die Dunkelheit der Nacht machte es Lore und Jürgen fast unmöglich, nach Nathalia zu suchen. Die meisten Fahrgäste der ersten Klasse hatten sich in ihre Abteile zurückgezogen und die Lichter gelöscht. Auch waren fast alle Türen verschlossen, so dass sie nicht einmal heimlich hineinsehen konnten.

»Es ist zum Verzweifeln!«, stöhnte Lore, als sie den letzten Waggon der ersten Klasse ohne Ergebnis durchquert hatten.

»Es wird uns nichts anderes übrigbleiben, als bis zum Morgen zu warten. Daher sollten wir das Abteil aufsuchen, das uns der Kondukteur zur Verfügung gestellt hat, damit Sie ein wenig Schlaf finden«, schlug Jürgen vor.

Lore schüttelte den Kopf. »Ich bin viel zu angespannt, um schlafen zu können. Wir müssen Nati so bald wie möglich finden. Ich kann sie nicht in Malwines Klauen lassen! Kommen Sie, wir gehen noch einmal durch alle Waggons erster Klasse. Vielleicht fällt uns doch etwas auf.«

Auch wenn Jürgen sich nichts davon versprach, folgte er Lore durch die Gänge und hoffte, dass die Fahrgäste, an deren Türen die Gräfin rüttelte, nicht aufwachten und glaubten, sie wären Diebesgesindel. Einen Einwand wagte er jedoch nicht, denn er verging innerlich beinahe vor Sorge um Nathalia.

»Wir werden wohl bald einen Bahnhof erreichen«, sagte er, als der Zug langsamer wurde.

Lore nickte und zeigte nach vorne. »Wenn wir zusammenbleiben, können wir immer nur einen Waggon überwachen. Gehen Sie zum nächsten weiter und halten dort die Augen offen. Wenn Sie etwas entdecken, rufen Sie mich.«

Jürgen nickte und ging hinüber in den nächsten Waggon. Dort hätte er am liebsten gegen alle Türen geschlagen und die Passagiere herausgeholt. Da der Schaffner ihn jedoch spätestens beim dritten Abteil als Störenfried festnehmen würde, musste er darauf verzichten. Für sich aber schwor er, Ottwald von Trettin für die Entführung Nathalias büßen zu lassen, und wenn er ihn dafür zum Duell fordern musste.

## XIII.

Nur wenige Schritte von Jürgen entfernt musterte Ottwald von Trettin Nathalia besorgt. Diese lag noch immer mit geschlossenen Augen auf ihrem Sitz und rührte sich nicht. Ihre langsamen, aber steten Atemzüge zeugten jedoch davon, dass noch Leben in ihr war.

Malwine konnte ebenso wenig schlafen wie ihr Sohn. »Ich hoffe, sie stirbt uns nicht unter den Händen!«, sagte sie besorgt.

Ottwald legte die Finger auf Nathalias Hals, um die Schlagader zu prüfen. Diese pochte kräftig und recht schnell. »Nein, das glaube ich nicht«, antwortete er. »Wie es aussieht, kämpft ihr Körper gegen das Zeug an. Wir sollten daher noch ein wenig warten, bevor wir ihr die zweite Dosis geben. Allerdings müssen wir es vor Heiligenbeil tun, denn wir können uns keinen Aufruhr in unserer Kreisstadt leisten.«

»Vielleicht sollten wir ihr vorher die Bilder zeigen, die in dem kleinen Handkoffer dort stecken. Das würde sie demütig werden lassen«, schlug Malwine vor.

Ihr Sohn hatte von den Klampts einiges über Nathalia gehört, besonders auch über die Impulsivität des Mädchens. Daher schüttelte er den Kopf. »Nein, Mama! Das muss in aller Ruhe und in der Abgeschiedenheit unserer vier Wände geschehen. Hier im Zug könnte der Anblick der Bilder mit ihrem nackten Körper die Komtess zu Reaktionen verleiten, die wir unbedingt vermeiden müssen. Da fällt mir ein – ich muss noch unserem Inspektor in Trettin telegrafieren, dass er uns vom Bahnhof abholen lassen soll. Wenn ich einen fremden Wagen miete, gibt das nur Gerede.«

Seine Mutter horchte auf. »Der Zug wird langsamer. Wahrscheinlich werden wir bald einen Bahnhof erreichen.«

»Dann werde ich den Bahnhofsvorsteher auffordern, das Telegramm zu schicken!« Ottwald wollte sich erheben, doch seine Mutter hielt ihn auf.

»Das übernehme besser ich. Wenn die Komtess aufwacht, weiß ich nicht, ob ich allein mit ihr fertig würde.«

»Dann gehen Sie, Mama! Ich passe unterdessen auf diesen Goldschatz auf. Er ist wirklich zu wertvoll, um ihn aus den Augen zu lassen.« Ottwald begleitete seine Worte mit einem leisen, zufriedenen Lachen.

Weder er noch seine Mutter bemerkten, dass sich Nathalias Augenlider für einen Moment öffneten und gleich wieder schlossen. Sie war schon geraume Zeit wach, hatte aber rasch begriffen, dass sie betäubt und entführt worden war. Daher tat sie weiter so, als schlafe sie. Auch hatte sie Malwine erkannt, und daher schwante ihr nichts Gutes, zumal ihr die leise geführte Unterhaltung zwischen Mutter und Sohn nicht entgangen war.

Ottwald von Trettin wollte sie also mit irgendwelchen Fotografien zur Heirat zwingen. Es mussten schlimme Bilder sein, wenn er überzeugt war, sie mit ihnen erpressen zu können. Aber noch hatte er sie nicht zum Standesamt geschleppt. Im Augenblick machte sie sich mehr Sorgen um ihre Freundinnen. Malwine hatte Lore seit Jahren mit ihrem Hass verfolgt und bekämpft. Was mochte diese widerliche Frau ihr angetan haben? Ganz gleich, was es war – sie würde Mittel und Wege finden, Mutter und Sohn Trettin für jegliche üble Tat zur Rechenschaft zu ziehen. Dafür aber musste sie den beiden so rasch wie möglich entkommen. Hatte man sie erst einmal nach Trettin verschleppt, würde es beinahe unmöglich sein, die Pläne dieses üblen Pärchens zu durchkreuzen.

Als Malwine ihre Handtasche nahm und die Tür öffnete, überlegte Nathalia, ob sie die Gelegenheit nutzen sollte. Wenn es ihr gelang, Ottwald von Trettin zu überraschen, kam sie vielleicht aus dem Abteil, bevor dieser sie festhalten konnte. Gerade als sie ihre Muskeln anspannte, sah sie draußen im Gang die Umrisse eines Mannes, der ihr bekannt vorkam. Bevor sie jedoch einen weiteren Blick erhaschen konnte, hatte Malwine die Tür des Abteils von außen zugemacht.

Da Ottwald sich in dem Moment wieder über sie beugte, schloss sie die Augen und tat, als schliefe sie immer noch.

Mittlerweile hielt der Zug, und Nathalia hörte die Ansage eines Bahnbeamten, dass sie zehn Minuten Aufenthalt hätten. Malwine wird sich beeilen müssen, um ihr Telegramm loszuschicken, dachte sie. Gleichzeitig überlegte sie, ob sie draußen wirklich Jürgen gesehen hatte. Ihr Herz rief ja, doch sie hatte Angst davor, enttäuscht zu werden. Dabei hätte sie seine Hilfe so dringend gebraucht.

Nathalia wartete, bis Ottwald von Trettin sich wieder auf seinen

Platz gesetzt hatte und eine Zeitung zur Hand nahm, die er in Berlin am Bahnhof erstanden hatte. Im nächsten Augenblick sprang sie auf.

Ihre Gliedmaßen waren von der Betäubung und der langen Reglosigkeit steif, daher stolperte sie über die eigenen Füße und fiel gegen die Tür. Es gelang ihr noch, diese zu öffnen. Im gleichen Moment hatte Ottwald von Trettin sie gepackt und riss sie zurück.

»Hilfe!«, schrie sie, so laut sie konnte.

In dem Moment presste Ottwald ihr die Hand auf den Mund, erstickte den nächsten Laut und ließ auch nicht los, als sie ihn in die Hand biss.

Jürgen hatte den kurzen Ruf gehört und fuhr herum. Im Halbdunkel sah er schattenhaft, wie sich eine junge Frau verzweifelt gegen einen Mann wehrte, und begriff, dass es sich um Nathalia handeln musste. Er sprang hinzu, riss sie aus Ottwalds Armen und versetzte diesem einige Fausthiebe.

Ottwald taumelte nach hinten, fiel in einen Sitz, kam aber sofort wieder auf die Beine. Wutentbrannt warf er sich auf Jürgen. Dieser wich den Schwingern seines Gegners durch eine geschickte Drehung aus, schlug zurück und traf diesen am Kinn. Betäubt sank Ottwald von Trettin zu Boden.

»Verfluchter Mädchenräuber!«, zischte Jürgen und drehte sich mit einem verkrampften Lächeln zu Nathalia um. »Bin ich froh, Sie gefunden zu haben, Komtess!«

»Wahrscheinlich nicht halb so froh wie ich. Aber jetzt sollten wir verschwinden. Der Lokomotivführer bedient bereits seine Dampfpfeife. Gleich fährt der Zug weiter.«

Jürgen fasste sie bei der Hand und wollte sie mit sich zerren. Doch sie machte sich noch einmal los, schlüpfte ins Abteil und packte den kleinen Koffer, der Ottwald so wertvoll erschienen war, dass er ihn bei sich behalten hatte.

»So, jetzt können wir!«, rief sie Jürgen zu und wollte losrennen.

»Halt, hierher! Gräfin Trettin weiß noch nicht, dass wir den Zug schnellstens verlassen müssen.« Es gelang Jürgen, Nathalia festzuhalten und in die andere Richtung zu schieben. Die Tür des Waggons war noch offen, doch wenn sie jetzt ausstiegen, würde Lore allein weiterfahren müssen. Daher rannte er in den nächsten Waggon, wo er sie sogleich entdeckte.

»Frau Gräfin, Nathalia ist hier. Wir müssen aus dem Zug«, schrie er und winkte heftig.

In den umliegenden Abteilen schimpften Fahrgäste, die sich in ihrer Nachtruhe gestört fühlten, und der Schaffner steuerte auf ihn zu, um ihn zur Rechenschaft zu ziehen. Der gute Mann kam jedoch zu spät. Jürgen erreichte die Tür, half Nathalia hinaus und verließ ebenfalls den Waggon.

Weiter vorne sprang Lore auf den Bahnsteig hinunter und lief durch den eben einsetzenden Regen auf ihre Freundin zu. »Gott sei Dank haben wir dich gefunden!«

»Das war Herrn Gödes Verdienst. Du hättest sehen sollen, wie er mit diesem elenden Trettin – verzeih, ich meine den Schurken Ottwald – gekämpft hat. Ohne ihn wäre ich diesem widerlichen Kerl niemals entkommen.«

Ein flammender Blick Nathalias traf Jürgen. Der bemerkte gerade hinter einem beleuchteten Zugfenster eine Bewegung und glaubte, den Entführer zu erkennen.

»Wir sollten den Bahnhof schleunigst verlassen!«, riet er den beiden Frauen. »Sonst lässt dieser elende Tr… Ottwald uns noch verhaften.«

»Das wird er schön bleibenlassen«, zischte Lore, kam aber dann doch mit.
Es war tiefe Nacht, es regnete in Strömen, und keiner von ihnen trug passende Kleidung. Dennoch liefen sie, einander an den Händen haltend, lachend in den warmen Juliregen hinaus.

## XIV.

Malwine war es gelungen, das Telegramm an den Inspektor loszuschicken. Nun kehrte sie in den Waggon zurück, sah zu ihrer Verwunderung die Tür ihres Abteils offen stehen und rannte hinein. Ihr Sohn versuchte gerade, sich vom Boden aufzurichten. Von Nathalia war nichts zu sehen.
»Was ist geschehen?«, schrie sie entsetzt und half Ottwald auf die Beine.
Ihr Sohn schüttelte sich und betastete sein Kinn. »Plötzlich kam ein Mann herein und hat mich hinterrücks niedergeschlagen. Er muss mit der Komtess verschwunden sein!«
»Dort sind sie!«, rief Malwine und wies durch das Fenster ins Freie.
Ihr Sohn folgte ihrem Fingerzeig und fluchte. »Dieser verdammte Hund! Ich werde ihn …« Mit einem Satz war er auf dem Gang und rannte zur nächsten Tür. Unterwegs griff er in seine Jackentasche und atmete auf, als er das Fläschchen mit dem Betäubungsgift wie auch seine Pistole ertastete.
Ein schriller Pfiff ertönte, und der Schaffner schlug die Waggontür zu. »Halt, ich muss hinaus!«, schrie Ottwald.
»Es ist zu spät, Herr von Trettin. Nein! Nicht!«

Der Schaffner wollte sich Ottwald in den Weg stellen, doch dieser stieß ihn rüde beiseite und riss die Tür auf.
Der Zug rollte bereits. Dennoch trat Ottwald die Stufen hinab und wollte springen. In dem Moment verhakte sich seine Rocktasche am Türgriff. Er rutschte auf dem regennassen Metall ab und hing für einen Augenblick hilflos am Waggon. Dann riss der Stoff, und er stürzte mit dem Kopf voraus auf das Gleis. Das Letzte, was er in seinem Leben sah, war das auf ihn zurollende Rad.
Der Schaffner hatte das Unglück kommen sehen, dem Fahrgast aber nicht mehr helfen können. Im Schein der Bahnsteiglampen nahm er noch wahr, wie Menschen entgeistert auf Ottwald von Trettin zuliefen, dann machte das Gleis eine Kurve und der Bahnhof wurde seinem Blick entzogen. Der Mann überlegte, was er tun sollte. Da es sonst keine Augenzeugen gab und er sich höchstens Ärger einhandeln konnte, sicherte er die zugefallene Tür, schlich ans andere Ende des nächsten Waggons und ging von da aus seinen Pflichten nach, als wäre nichts geschehen.

## XV.

Lore, Nathalia und Jürgen hatten den Bahnhof so schnell verlassen, dass ihnen Ottwalds Unfall entgangen war. Draußen blieben sie auf der pfützenübersäten Straße stehen und sahen sich im Licht der Gaslampen fragend an.
»Was machen wir jetzt?«, fragte Nathalia.
»Vielleicht sollten wir die Behörden informieren«, schlug Jürgen vor.

Lore winkte ab. »Das halte ich nicht für klug. Was ist, wenn Ottwald von Trettin seinen Rang als Freiherr ausspielt und Nati und mich als überspannte, hysterische Frauen hinstellt? Sie als Bürgerlicher müssten sogar damit rechnen, auf seinen Wunsch hin verhaftet und eingesperrt zu werden. Ich halte unsere Beamten für dumm genug, ihm Nathalia gegen ihren Willen auszuliefern.«

Jürgen zog den Kopf ein. »Das sind wahrlich keine guten Aussichten.«

Da entdeckte er an einem Haus eine Aufschrift, die auf ein Fuhrunternehmen hinwies. »Wenn das so ist, sollten wir diese Ortschaft so rasch wie möglich verlassen. Vielleicht kann man uns dort drüben helfen!«

Er trat auf das Haus zu und schlug den Türklopfer an.

Ein Hund bellte, und einige andere Hunde im Ort antworteten darauf. Jürgen ließ sich jedoch nicht beirren, sondern klopfte so lange, bis das Fenster im Obergeschoss geöffnet wurde und ein Mann herausschaute. »Wo brennt es denn mitten in der Nacht?«

»Entschuldigen Sie, doch wir benötigen dringend Ihre Hilfe«, rief Jürgen. »Bei unserem Wagen ist unterwegs ein Rad gebrochen. Der Kutscher will sich darum kümmern, doch wir wissen nicht, wie wir nach Hause kommen, denn der letzte Zug ist bereits abgefahren. Wenn Sie einen Wagen und einen Kutscher für uns hätten, wären wir Ihnen dankbar!«

»Um diese Zeit und bei dem Regen?«, fragte der Fuhrunternehmer unwillig.

Lore sprang Jürgen bei. »Wir sind völlig durchnässt und können doch nicht ohne Gepäck in ein Hotel gehen!«

»Außerdem zahlen wir gut!« Nathalias Bemerkung gab den Ausschlag.

Der Fuhrunternehmer verlangte einen horrenden Preis, doch Lore nahm das Geld aus ihrer Brieftasche und zeigte ihm die Scheine. »Wie Sie sehen, können wir bezahlen. Und nun beeilen Sie sich! Auch wenn Sommer ist, ist es doch alles andere als angenehm, des Nachts im Regen herumzustehen.«

»Ich komme ja schon!« Der Mann schloss das Fenster, und für einige Zeit standen die drei vor dem Haus, ohne dass sich etwas tat. Gerade als Jürgen noch einmal klopfen wollte, wurde das Hoftor geöffnet und ein von zwei Pferden gezogener Landauer fuhr auf die Straße. Das Verdeck war geschlossen, und der Kutscher saß in einen dicken Lodenmantel gehüllt auf seinem Bock. Als Lore und ihre Begleiter einstiegen, fanden sie im Innern des Wagens zu ihrer Erleichterung Decken vor, in die sie sich hüllen konnten.

»Herzlichen Dank!«, rief Lore dem Fuhrunternehmer zu, der einen langen Morgenrock über sein Nachthemd geworfen hatte und sich mit einem Regenschirm gegen die von oben kommende Flut schützte. Während sie dem Mann eine hübsche Anzahlung auf das Fuhrgeld zahlte, half Jürgen Nathalia in den Wagen und reichte ihr fürsorglich eine Decke. Auch Lore erhielt eine, und die letzte schlang der junge Mann um sich.

»Die Herrschaften wollen nach Berlin?«, fragte der Kutscher.

Lore nickte, obwohl er es nicht sehen konnte. »So ist es!«

Ihrer Schätzung nach hatte der Zug kaum mehr als dreißig oder vierzig Kilometer zurückgelegt, und diese Strecke konnte das Gespann bewältigen.

Dem Kutscher schien es recht zu sein, und er trieb seine Pferde an. Schneller als im Schritt konnten die Tiere nicht gehen, da das Licht der beiden Lampen an den Seiten des Wagens kaum die Straße erhellte. Doch Lore war froh, dass es Richtung Heimat ging. Als sie die Decke fest um sich schlug und versuchte, die klamme Kälte ihrer Kleidung zu ignorieren, spürte sie, wie die Anspannung von ihr abfiel und sie in eine tiefe Erschöpfung versank. Sie schloss die Augen und gab sich der Erleichterung hin, dass es ihr und ihren Freunden gelungen war, dem infamen Anschlag ihrer Verwandtschaft unbeschadet zu entkommen. Darüber schlief sie ein.

Als sie erwachte, war heller Tag. Doch es regnete immer noch, und ihre Kleider waren unangenehm klamm. Dennoch rekelte sie sich zufrieden und zwinkerte Nathalia zu, die kurz vor ihr munter geworden sein musste.

»Bald sind wir zu Hause!«

»Wir haben bereits die Außenbezirke Berlins erreicht, und unser Kutscher will wissen, zu welcher Adresse er uns bringen soll«, meldete sich Jürgen zu Wort.

»In die Tiergartenstraße!« Lore atmete tief durch und genoss die Fahrt durch die feuchten Straßen wie sonst nur einen Ausflug bei herrlichstem Sommerwetter. Auch Nathalia wirkte so zufrieden, dass Jürgen sich seinen Skizzenblock wünschte, um den Ausdruck auf ihrem Gesicht festhalten zu können.

Da der Kutscher bisher nur selten nach Berlin gekommen war, musste Lore ihn leiten, bis sie ihr Haus in der Tiergartenstraße erreichten. Kaum stand der Wagen, wurde die Haustür aufgerissen, und ihr Mann, Konrad und Dorothea stürmten heraus. Hinter ihnen kam Mary, die sich schwerer als sonst auf ihren Stock stützte und offensichtlich geweint hatte.

»Endlich! Bei Gott, was sind wir froh, euch unbeschadet wiederzusehen!« Fridolin half Lore aus dem Wagen, zog sie an sich und küsste sie ungeachtet der Tatsache, dass sie mitten auf der Straße standen, auf beide Wangen.

»Ich bin gestern spät in der Nacht nach Berlin gekommen und habe erst hier durch Dorothea von Natis Entführung erfahren. Als ich dir heute in aller Frühe folgen wollte, bat sie mich zu warten. Sie war sicher, dass bald ein Telegramm von dir eintreffen würde.«

»Ein Telegramm habe ich zwar nicht geschickt, dafür bin ich selbst gekommen, und zwar mit Nathalia! Auch besitzen Ottwald und seine Mutter jene verhängnisvollen Bilder nicht mehr, mit denen sie Nati erpressen wollten, denn sie war so geistesgegenwärtig, ihnen das Zeug abzunehmen.«

Nathalia hob kichernd den kleinen Koffer hoch und deutete auf Jürgen. »Meine Freiheit habe ich Herrn Göde zu verdanken. Er hat diesen elenden Ottwald mit ein paar sauberen Boxhieben ins Land der Träume geschickt und mir damit die Gelegenheit geboten, samt den elenden Fotos zu entkommen. Er ist ein Held!«

Jürgen stieg das Blut in die Wangen. »Ohne das beherzte Wesen der Komtess und Gräfin Trettins weisen Rat hätte ich nichts ausrichten können!«

Nathalia lachte hell auf. »Sie sind eben ein bescheidener Held! Jetzt aber möchte ich ins Haus und mich umziehen. Mit der Decke ist mir zwar halbwegs warm geworden, aber trotzdem fühlt sich meine ganze Unt…, äh, Kleidung arg wässrig an!«

Lore seufzte. »Mir geht es ähnlich. Außerdem hätte ich gerne etwas zu essen. Schließlich habe ich seit gestern hungern müssen.«

»Ich auch!«, rief Nathalia und eilte ins Haus. Lore folgte ihr, blieb aber vor ihrem Hausverwalter stehen. »Herr Ferber, bitte kümmern Sie sich um unseren Kutscher und seine Pferde. Da er heute nicht mehr die weite Strecke zurückfahren kann, kommen die Gäule in den Stall und werden gefüttert und gestriegelt. Dem guten Mann weisen Sie ein Quartier an und führen ihn dann in die Gesindestube, damit er sich satt essen kann.«
Johann Ferber, der sich nur ungern an die Zeit erinnerte, in der er ein einfacher Domestik gewesen war und sich Jean hatte nennen lassen, verbeugte sich in vollendeter Manier.
»Ich werde das Entsprechende veranlassen, gnädige Frau!« Danach rief er einen Diener und übertrug diesem die Obsorge für den Kutscher und dessen Gespann.
Lore wandte sich lächelnd an Fridolin, Konrad und Jürgen. »Ich bitte die Herren, uns für eine gewisse Zeit zu entschuldigen. Meine Kleidung ist wirklich noch etwas feucht.«
Sie eilte die Treppe hinauf und winkte Nathalia, ihr zu folgen. Dorothea und Mary kamen ebenfalls mit, und so blieben die drei Männer allein zurück.
»Sie müssen ja einen richtigen Räuberroman erlebt haben«, sagte Konrad zu Jürgen.
Dieser nickte unsicher. »Da haben Sie recht, Herr Benecke. Aber das sollten Sie und Graf Trettin sich von den Damen berichten lassen. Ich selbst habe eine eher unrühmliche Rolle dabei gespielt.«
»Komtess Nathalia scheint das anders zu sehen – und meine Frau ebenfalls.« Fridolin legte seinen Arm um Jürgens Schulter und zeigte nach oben. »Kommen Sie mit! Sie sehen aus, als könnten Sie ebenfalls frische Kleider gebrauchen. Zum Glück

weisen wir beide eine ähnliche Figur auf, so dass Sie sich in meinem Kleiderschrank bedienen können.«

Während Fridolin Jürgen in sein Zimmer führte, waren Lore und Nathalia bereits dabei, sich der nassen Kleidung zu entledigen. Nathalias Mund stand kaum einen Augenblick still, denn sie berichtete Mary und Dorothea, wie es ihr gelungen war zu verhindern, dass Ottwald und Malwine sie ein weiteres Mal betäubten.

»Andernfalls wäre es mir nämlich unmöglich gewesen, Herrn Göde auf mich aufmerksam zu machen«, erklärte sie nicht ohne Stolz. »Ihr hättet ihn sehen sollen! Er hat die miese Ratte Ottwald vermöbelt, als übe er sich jeden Tag im Faustkampf!«

»Nati!«, riefen Lore und Dorothea beinahe gleichzeitig, da ihnen das Vokabular ihrer jungen Freundin zu drastisch wurde.

Nathalia lachte jedoch nur und entledigte sich der feuchten Unterwäsche. Im gleichen Augenblick trat Jutta Knoppke mit einem großen Packen Kleidung in den Raum. »Ich habe ein Mädchen angewiesen, warmes Wasser in die Wanne zu füllen, falls die Damen zu baden wünschen.«

»Jutta, du bist ein Schatz!«, rief Nathalia lachend und sah dann Lore feixend an. »Was meinst du, passen wir gemeinsam in die Wanne? Du bist schließlich genauso durchfeuchtet wie ich.«

Da Lore ihren Schützling kannte, nickte sie ergeben. »Wir können es ja probieren. Vorher aber würde ich gerne eine Tasse Kaffee oder Tee trinken.«

»Kommt sogleich«, erklärte Frau Knoppke. »Beides wird gerade in der Küche aufgebrüht.«

»Sehr gut!« Nun entkleidete Lore sich vollends, nahm den Bademantel von ihrer Mamsell entgegen und wollte ins Bad gehen.

»Halt!«, rief Nathalia. »Vorher müssen wir noch etwas tun.«
Sie nahm Ottwalds Koffer, öffnete diesen und holte die Rahmen mit den drei Fotografien heraus. Diese waren mittlerweile getrocknet, und so fand Nathalia sich als nackte Schöne darauf verewigt.
Dorothea starrte die Bilder an und schüttelte den Kopf. »So wollten diese Verbrecher uns alle fotografieren lassen? Ich danke unserem Herrn Jesus Christus im Himmel, dass es nicht dazu gekommen ist!«
»Ich sagte doch, Ottwald ist ein Schwein. Was soll ich nun mit diesen Bildern machen?«
»Verbrenne sie, sofort!« Mary wandte den Kopf ab, denn sie brachte es nicht einmal fertig, die Bilder anzusehen.
Da Lore und Dorothea nickten, blickte Nathalia seufzend auf die Fotos. »Ich würde sie ja gerne behalten, um später sagen zu können: So habe ich einmal ausgesehen!«
»Du wirst sie auch später niemand zeigen können«, mahnte Lore sie. »Und jetzt komm! Ich will in die Badewanne. Das Wasser wird sonst kalt.«
»Wenn du meinst.« Nathalia zerriss die Fotos und warf die Stücke in den Kamin. »Jutta soll ein Feuerchen anschüren und sie verbrennen. Hier im Zimmer ist es ein wenig klamm. Da wird uns die Wärme guttun.«
Jutta Knoppke wollte schon sagen, dass dies die Arbeit eines nachrangigen Dieners und nicht der Mamsell selbst sei, doch nachdem sie einen Blick auf die zerrissenen Fotos geworfen hatte, gehorchte sie ohne Widerspruch. So etwas durfte kein Diener zu Gesicht bekommen.

# XVI.

Der Himmel spannte sich in einem hellen Blau über der Stadt, und die Sonne versprach einen warmen Tag. Von der See her wehte jedoch ein scharfer Wind und ließ Dirk Maruhn wünschen, einen festen Mantel zu tragen. Er stand etwas abseits von den anderen Menschen am Kai und sah dem Schiff entgegen, das an der Leine der Schlepper langsam näher kam. Es war die *Aller*, jener Schnelldampfer des Norddeutschen Lloyd, mit dem Baron Klingenfeld nach Amerika hatte fliehen wollen. Nun kam das Schiff und mit ihm der Betrüger nach Bremerhaven zurück.

Das war sein Verdienst, und doch beschäftigten sich seine Gedanken weniger mit dem Mann, der mehrere Banken um viel Geld gebracht hatte, sondern mehr mit den Geschehnissen um Nathalia von Retzmann und Lore von Trettin. Beide Frauen waren Gott sei Dank ebenso in Sicherheit wie deren Freundin Dorothea Simmern. Auch am Scheitern dieses infamen Anschlags maß er sich das größte Verdienst bei. Dennoch wünschte er sich, er hätte bei der Befreiung der Komtess ebenfalls helfen können.

Es war ihm gelungen, die Polizei zu Pielkes Versteck zu führen und diesen samt einigen seiner Kumpane verhaften zu lassen. Doch für die Entführung der drei Frauen würde der Bandenchef nicht bestraft werden. Fridolin von Trettin hatte sich nach reiflicher Überlegung dagegen ausgesprochen, Anklage gegen seinen Neffen Ottwald zu erheben. Dies hätte nicht nur einen üblen Skandal gegeben, sondern die Opfer dieses Verbrechens auch noch vor der Öffentlichkeit bloßgestellt. Die feine Gesellschaft goutierte es nicht, wenn Frauen Opfer solcher Gewalt wurden, sondern behandelte sie, als seien sie selbst schuld daran.

Das Tuten der Schiffssirene durchbrach Maruhns Gedankengang, und er beobachtete das Anlegemanöver. In wenigen Minuten würde die *Aller* am Kai liegen. Oben an Deck ließen sich die Passagiere keinen Augenblick des Geschehens entgehen. Andere drängten sich bereits in der Nähe der Gangway. Bevor diese von Bord gehen durften, musste jedoch Anno von Klingenfeld an Land gebracht werden.

Maruhn bemerkte, dass sich einige sehr konservativ gekleidete Herren in strammsitzenden Sonntagsröcken und Zylinderhüten in seiner Nähe aufstellten. Unter ihnen waren Grünfelder sowie zwei weitere Bankiers, denen Klingenfeld gefälschten Schmuck untergeschoben hatte. Die Herren hoben sich mit ihren ernsten Gesichtern von anderen Wartenden ab, wirkten aber sehr zufrieden. Grünfelder winkte sogar zu ihm herüber. Der ältliche Bankier schrieb sich das Verdienst an der Gefangennahme des flüchtigen Betrügers zu, denn immerhin hatte er den Detektiv verpflichtet, dem es gelungen war, Klingenfeld auf die Spur zu kommen.

Hoffentlich zeigt sich Grünfelder bei der Belohnung, die er mir zahlen will, entsprechend großzügig, dachte Maruhn. Er hatte immer noch vor, Frida zu heiraten, mochte diese für einen ehemaligen preußischen Offizier auch alles andere als standesgemäß sein.

Sich selbst maßregelnd, weil seine Gedanken ständig abschweiften, richtete Maruhn seine Aufmerksamkeit wieder auf das Schiff, das eben anlegte. Kurz darauf wurde die Gangway befestigt, und dann trat der dritte Offizier der *Aller* mit dem Zahlmeister an Land. Ihnen folgten zwei Matrosen, die Anno von Klingenfeld zwischen sich führten.

Der dritte Offizier blickte sich suchend nach einem Vertreter der Staatsmacht um. Zwar waren Gendarmen erschienen, aber die hielten sich angesichts des Auftretens der geschädigten Bankiers im Hintergrund.
Maruhn erlöste den Mann, indem er auf ihn zutrat und ihm den Haftbefehl überreichte, den der zuständige Richter in Berlin ausgefertigt hatte.
Der Schiffsoffizier las ihn durch, reichte das Blatt anschließend an Maruhn zurück und salutierte. »Ich übergebe Ihnen auftragsgemäß den Gefangenen Klingenfeld.«
»Baron Klingenfeld«, warf dieser mit verzerrter Miene ein. Er schien immer noch nicht begreifen zu können, dass sein grandioser Plan gescheitert war.
Auf Maruhns Wink näherten sich die Gendarmen und stellten sich neben dem Betrüger auf. Unterdessen überreichte der Zahlmeister dem Detektiv ein Formblatt, auf dem die Besitztümer verzeichnet waren, die bei Klingenfeld gefunden worden waren. »Der Gefangene befand sich im Besitz einer größeren Geldsumme sowie einiger sehr hoher Wechsel, die er jederzeit in den Vereinigten Staaten von Amerika hätte einlösen können«, berichtete er. »Eigenartigerweise war der Schmuck, den er mit sich führte, gefälscht und nur wenige hundert Mark wert.«
Grünfelder lächelte selbstzufrieden, weil er den anderen Bankiers nicht verschwiegen hatte, dass sich die echten Klingenfeld-Juwelen gefunden hatten. Damit hatte er sich ihnen als zuverlässiger Geschäftsmann empfohlen und sie sich gleichzeitig verpflichtet. Nun trat er auf Maruhn zu und starrte auf den Vordruck. Seine Miene nahm mit jeder Zeile, die er las, einen strahlenderen Ausdruck an.

Schließlich lachte er wie befreit auf und wandte sich den anderen Bankiers zu. »Meine Herren, so wie es aussieht, bekommen wir so viel zurück, dass wir den größten Teil unserer Verluste abdecken können. Graf Trettin kann ebenfalls zufrieden sein, denn auch er hat Anspruch auf Entschädigung aus dem sichergestellten Vermögen dieses Betrügers. Wenn Sie erlauben, lade ich Sie zu einem Umtrunk ein. Sie sind natürlich auch mein Gast, Herr Maruhn, denn ohne Sie ständen wir nicht hier!«

Mit diesen Worten reichte Grünfelder dem Detektiv die Hand. Auch die anderen Bankiers drängten sich nun heran, um ihm zu diesem Erfolg zu gratulieren. Derweil wurde Anno von Klingenfeld zu einem geschlossenen Wagen gebracht und hineingeschoben. Einer der Gendarmen verriegelte den Schlag, dann schwang er sich auf den Bock und nahm neben dem Kutscher Platz. Der andere Gendarm stieg auf die Plattform am Ende des Wagens und gab den Befehl loszufahren.

Durch das vergitterte Fenster des Wagens sah Maruhn noch für einen Augenblick Klingenfelds bleiches Gesicht, dann starrte auch er auf die Liste mit den beschlagnahmten Besitztümern und las verblüfft die Summen, die der Betrüger ergaunert hatte.

Nun würde Lore von Trettin wohl nicht mehr gezwungen sein, sich an windige Gebrauchtmöbelhändler zu wenden, und damit Gefahr laufen, Schurken wie Laabs auf den Leim zu gehen. Die Tatsache, dass er den Bordellwirt nicht hatte fassen können, ärgerte ihn zwar, doch es lohnte sich nicht, weiter nach dem Kerl zu suchen. Maruhn war sich sicher, dass Laabs Preußen und wahrscheinlich auch das Deutsche Reich längst verlassen hatte und sich nun an einem ebenso fernen wie sicheren Ort befand, an dem er dem Arm der hiesigen Justiz entzogen war.

# Achter Teil

## *Finale auf Trettin*

# I.

Seit den aufregenden Ereignissen im Juli 1887 waren mehrere Monate vergangen. Lore, Nathalia und Dorothea hatten sich nach Klingenfeld zurückgezogen, um dort die Schrecken der Entführung zu überwinden. Vor allem die sensible Dorothea brauchte Ruhe und viel Zuwendung. Doch am wichtigsten für sie war eine Aufgabe, die sie von der Erinnerung an jene schrecklichen Vorgänge im *Le Plaisir* ablenkte. Auf dem Gutshof fand sie ein großes Betätigungsfeld. Fridolin hatte Lore von dem Geld, das er als Entschädigung aus Anno von Klingenfelds beschlagnahmtem Vermögen erhalten hatte, eine gewisse Summe zugestanden, und sie tat alles, um diese so sinnvoll wie möglich zu verwenden.

Dorothea war ihr eine große Hilfe, die wertvollste Unterstützung erfuhr sie jedoch von Jürgen Göde. Er unternahm die Reisen zu Händlern, begutachtete deren Möbel und führte die Verhandlungen so souverän, dass Lore ebenso beeindruckt wie zufrieden war. Nicht zuletzt seines ungewöhnlichen Einfühlungsvermögens wegen hätte sie ihm von Herzen gewünscht, bei Graf Nehlen besser angesehen zu sein. Der alte Herr jedoch kümmerte sich kaum noch um seinen jüngsten Großneffen, sondern schien Edgar von Gademer zu favorisieren. Dieser hatte seinen Konkurrenten Adolar von Bukow inzwischen bei Gottlobine von Philippstein ausgestochen, und so sah Lore ihre Intimfeindin Rodegard bereits als Nachbarin.

An diesem Tag saß Lore mit Nathalia und Dorothea auf der Terrasse des Klingenfelder Herrenhauses und sah den Kindern zu, die unter der Aufsicht von Tinke, Käthe und Fräulein Agathe im Park spielten.

»Lange wird es nicht mehr dauern, bis Graf Nehlen seinen Nachfolger benennt«, erklärte Nathalia mit einem missmutigen Schnauben.

»Dann werden wir wohl nicht mehr auf seinem Gut Rast machen können, wenn wir uns gegenseitig besuchen«, prophezeite Lore düster.

»Von Steenbrook bis hierher sind es gerade mal zwanzig Kilometer. Die kann ein gutes Gespann auch ohne Pause bewältigen. Als wir nach meiner Befreiung im Regen nach Berlin zurückgefahren sind, haben wir die doppelte Strecke zurückgelegt.«

Nathalias Worte ließen die Schatten des Geschehens wieder aufsteigen. Dorothea zuckte zusammen, und Lores Gesicht wurde zu einer Maske. »Seit jenem Tag haben wir nichts mehr von Malwine und ihrem Sohn gehört. Ich würde den beiden auch nicht raten, sich zu melden oder gar zu zeigen.«

Um ihre Worte zu unterstreichen, zog Lore die kleine Taschenpistole, die Fridolin lange Jahre begleitet hatte, aus ihrem verborgenen Futteral. Er hatte sie ihr gegeben, damit sie in gefährlichen Situationen nicht hilflos war.

Dorothea starrte die kleine Waffe entsetzt an. »Bitte, tu das Ding weg! Es ängstigt mich.«

Den Gefallen tat Lore ihr sogleich und versuchte dann, die trüben Gedanken mit einer Handbewegung fortzuwischen. »Was sind wir für jämmerliche Geschöpfe! Wir zittern bereits, wenn diese Namen nur fallen«, meinte sie mit einem missglückten Lachen.

Nathalia warf einem der frechen Spatzen, die die Terrasse belagerten, ein Stückchen Brot zu. »Es ist bedauerlich, dass wir die beiden nicht vor Gericht bringen können. Was ist das für ein Gesetz, das uns, die Opfer dieses infamen Verbrechens, dazu zwingt, den Mund zu halten, weil wir sonst unseren guten Ruf verlieren würden! Dabei haben wir uns wahrlich nicht freiwillig ins *Le Plaisir* schleppen lassen.«

Lore stellte sich schon auf einen längeren Vortrag über die in Nathalias Augen dringend notwendige Emanzipation der Frauen ein. Doch ihre Freundin sah sie neugierig an. »Hast du inzwischen etwas von Hede Pfefferkorn gehört?«

»Ich habe vor einigen Tagen einen Brief von ihr bekommen. Sie will das *Le Plaisir* aufgeben und mit ihrem Sohn in die Provinz ziehen, damit dieser dort unbelastet von ihrer Vergangenheit aufwachsen kann. Zwei ihrer Mädchen werden mit der Unterstützung zweier spendabler Herren ihr Etablissement übernehmen.«

»Können wir bitte über etwas anderes reden als über diesen Tempel der Sünde?« Dorothea hätte ihren erzwungenen Aufenthalt im *Le Plaisir* am liebsten aus ihrem Gedächtnis gestrichen.

Ungeachtet ihres Einwands fuhr Lore fort: »Frau Pfefferkorn bittet uns um Verzeihung für das, was uns in ihrem Haus widerfahren ist.«

»Gewährt!«, erklärte Nathalia großzügig. »Immerhin hat sie bei eurer Befreiung tatkräftig mitgeholfen und ist selbst dabei in Gefahr geraten. Ich wünsche ihr Glück.«

»Ich auch.« Lore dachte an die Frau, die unter anderen Umständen eine gute Freundin hätte werden können und die sie wahrscheinlich niemals wiedersehen würde. Dann wandte sie sich wieder Nathalia zu. »Es ist bedauerlich, dass Herr Göde noch immer nicht das Bild gebracht hat, das dich als stolze Amazone

zeigt. Ich hätte es wirklich gerne gesehen.« Lore sah überrascht, wie ihre Freundin errötete und den Kopf senkte.
»Ich habe es gesehen, heimlich, als wir letztens auf Nehlen waren. Der alte Drachen Philippstein hat doch eine abfällige Bemerkung über Jürgens Malkunst gemacht. Da habe ich es nicht ausgehalten und mich in sein Zimmer geschlichen.«
»Nati, wenn dich jemand gesehen hätte!«, rief Lore aus.
»Hat aber niemand«, antwortete Nathalia unbelehrbar. »Und es war der pure Neid, der den Philippstein-Drachen zu dieser Bemerkung trieb. Das Bild ist wunderschön. Ich werde Jü…, Herrn Göde bitten müssen, es zu kopieren, denn ich will es selbst besitzen. Mary kann die Kopie für ihren Salon haben.«
»Dazu müsstest du Herrn Göde erst dazu bringen, dir das Bild zu übergeben«, wandte Lore ein.
»Das werde ich auch. Spätestens dann, wenn er Nehlen wegen des Mutterdrachens verlassen muss!«
Nathalia klang so bestimmt, dass Lore schmunzeln musste. Dennoch wollte sie ihr die Bezeichnung »Drachen« für Rodegard von Philippstein nicht durchgehen lassen. Doch bevor sie etwas sagen konnte, erschien die alte Erna, die Nathalias unverblümten Worten zufolge ihr Gnadenbrot auf Klingenfeld erhielt, und wedelte schon von weitem mit einem Brief. »Den hat eben ein Bote aus Nehlen gebracht!«
»Aus Nehlen? Geben Sie her!« Lore nahm der alten Magd den Umschlag ab und schlitzte ihn ungeduldig mit dem Brotmesser auf.
Dorothea schüttelte den Kopf, denn es hätte sich gehört, die Bedienstete einen Brieföffner holen zu lassen, Nathalia aber kicherte nur und beugte sich zu Lore hinüber, um mitlesen zu können.

»Graf Nehlen bittet uns, morgen seine Gäste zu sein. Wie es aussieht, will er etwas verkünden«, entnahm sie den in steiler Schrift geschriebenen Sätzen.
»Wahrscheinlich will er uns seinen Nachfolger vorstellen!« Lore seufzte, denn ein mit Gottlobine von Philippstein verheirateter Gademer versprach nicht gerade ein angenehmer Nachbar zu werden.
Nathalia zischte leise. »Ich finde es empörend, dass immer die Erfolg haben, die nach oben buckeln und nach unten treten, während andere, die es weitaus eher verdient hätten, leer ausgehen.«
»Du meinst Herrn Göde?«, fragte Lore.
Nathalia antwortete mit einem heftigen Nicken. »Herr Göde hat nicht nur uns aus der Gewalt dieses Lumpen Ottwald gerettet, sondern sich auch als unersetzliche Hilfe bei der Einrichtung von Klingenfeld erwiesen. Ich hoffe, du bietest ihm Asyl, wenn Gademer und die Gottseibeiunsine ihn aus Nehlen vertreiben.«
»Nati, man verballhornt nicht die Namen anderer Leute!«, mahnte Dorothea, doch sie hätte genauso der Teekanne predigen können.
Nathalia war viel zu erregt, um diese Mahnung auch nur wahrzunehmen, und kämpfte sogar gegen die Tränen. Dann straffte sie sich, und auf ihr Gesicht trat ein entschlossener Zug. »Auch wenn Graf Nehlen eine Kriecherkreatur wie Edgar von Gademer vorzieht, so gibt es doch andere, die Herrn Göde durchaus zu schätzen wissen.«
Lore wechselte einen kurzen Blick mit Dorothea und fasste dann nach Nathalias Hand. »Soll ich das so verstehen, dass Herr Göde einen tieferen Eindruck auf dich gemacht hat?«

Ihre Freundin nickte erneut. »Ja! Und ich empfinde es als ungerecht, wie sein Großonkel ihn behandelt.«

»Ich würde dir ja wünschen, mit Herrn Göde glücklich zu werden«, warf Dorothea ein. »Doch gibt es da ein wohl unüberwindliches Problem. Er wird es niemals wagen, um deine Hand anzuhalten!«

»Das befürchte ich auch.« Lore überlegte, ob sie das Gespräch mit Jürgen suchen und diesem Mut machen sollte. Doch dann überflog sie Graf Nehlens Brief noch einmal und beschloss, das Thema auf einen Zeitpunkt zu verschieben, an dem sich die Aufregung über diese Einladung wieder gelegt hatte.

Auch Dorothea las nun den Brief und sah ihre beiden Freundinnen an. »Wir werden Herrn Göde mitteilen müssen, dass sein Oheim ihn ebenfalls morgen zu sehen wünscht. Zum Glück hat der junge Mann sich nie Hoffnungen auf das Erbe gemacht.«

»Dazu ist er ein viel zu edler Charakter!«, rief Nathalia aus und klammerte sich an Lore, wie sie es bereits als Kind getan hatte, wenn sie unglücklich gewesen war.

## *II.*

Gerade als Lore am nächsten Tag den Befehl gab, die Wagen anzuspannen, kehrte Fridolin von seiner Reise zurück, auf der er wieder einmal mit potenziellen Kunden der neuen Fabrik verhandelt hatte. Er sah die Damen in voller Garderobe und sah fragend in die Runde. »Wollt ihr ausfahren?«

Lore nickte lächelnd. »Gut erkannt, mein Lieber. Graf Nehlen

hat uns eingeladen, der Verkündung seines Erben beizuwohnen. Wenn du dich mit dem Umziehen beeilst, warten wir auf dich.«
»Ich bin gleich wieder da! Kommen Sie, Kowalczyk, wir werden den Damen zeigen, wie schnell wir fertig sein können.« Gefolgt von seinem Kammerdiener eilte er nach oben und kehrte tatsächlich in kürzester Zeit zurück.
Obwohl Lore ihn kritisch musterte, fand sie nichts an ihm auszusetzen. »Du siehst einfach vollendet aus, mein Lieber«, meinte sie lachend und hakte sich bei ihm ein.
»Eigentlich ist es an uns Männern, Komplimente zu verteilen, mein Schatz. Darum lass dir sagen, dass du der Verkörperung der Venus und der Minerva in einem gleichst!«
Obwohl Fridolin lächelte, blickten seine Augen so ernst, dass Lore beunruhigt aufsah. »Sind deine Verhandlungen nicht so vonstattengegangen wie erhofft, mein Lieber, oder ist sonst etwas geschehen?«
Fridolin rettete sich in ein gezwungen klingendes Lachen. »Aber nein! Wie kommst du darauf? Mit der Fabrik steht alles zum Besten. Sie ist bald fertig, und dann können wir produzieren. Ich habe genug Abnehmer gefunden, um sie noch weiter ausbauen zu können. Wir werden bald reich sein, meine Liebe, und können dann sogar über einen Rendlinger lächeln.«
»Ich glaube nicht, dass du das tust. Der Mann mag ein Emporkömmling sein, doch er hat ein Firmenimperium geschaffen.«
»Da hast du recht! Im Grunde sind mir Männer vom Schlage Rendlingers lieber als all die Herren von Adel, deren Verstand nicht über ihre Pferde hinausreicht. Nun aber kommt! Ihr wolltet doch aufbrechen.«
Etwas stimmte nicht mit Fridolin, das spürte Lore deutlich.

Doch als sie weiter in ihn zu dringen versuchte, hob er beschwichtigend die Hand. »Wir werden später darüber reden, meine Liebe. Mach dir keine Sorgen, es ist nichts Schlimmes, zumindest nicht für uns.«

Damit musste Lore sich vorerst zufriedengeben.

Ihr Landauer war das erste Gespann, das sich auf den Weg nach Nehlen machte. Nathalia, Dorothea und Jürgen saßen im zweiten Wagen, der von Drewes gefahren wurde. In der dritten Karosse saßen Lores Zofe Nele, Nathalias Zofe Christa und Krysztof Kowalczyk, einstiger Wachtmeister bei den Ulanen und nun Fridolins Kammerdiener. Gerne hätte Lore auch Mary und Konrad bei sich gehabt, doch Erstere befand sich wieder in Berlin, und Konrad war in Fridolins Auftrag auf Reisen.

Nachdem Lore mehrmals vergeblich versucht hatte, ein unverfängliches Gespräch zu beginnen, unternahm sie doch noch einen Versuch, Fridolin zum Reden zu bringen. »Willst du mir nicht endlich sagen, was dich bedrückt?«

Er atmete tief durch. »Also gut! Ich erzähle es dir, sonst fragst du mir bis Nehlen noch Löcher in den Bauch. Als ich vorgestern in Berlin war, lag ein amtliches Schreiben für mich vor. Es ging um Ottwald von Trettin.«

Lore fasste sich erschrocken ans Herz. »Mein Gott!«

»Keine Angst! Ottwald kann uns nichts mehr anhaben. Er ist in jener Julinacht, in der du und Herr Göde Nathalia befreit habt, von einem anfahrenden Eisenbahnwaggon gefallen und unter die Räder geraten. Das hat er nicht überlebt.«

»Er ist tot?« Obwohl Lore Fridolins Neffen seit dem Anschlag auf sie und Nathalia hasste, war sie doch erschüttert.

»Wahrscheinlich wollte er euch verfolgen und ist leichtsinnig geworden. Manchmal straft der Himmel schneller, als die irdischen Gerichte es könnten.« Fridolin fasste nach Lores Händen. »In dem gerichtlichen Schreiben steht, dass ich nach Ottwald von Trettins Tod der neue Majoratsherr bin.«

Zunächst begriff Lore nicht, was dies heißen sollte, dann aber warf sie ihm einen überraschten Blick zu. »Soll das heißen, Trettin gehört jetzt dir?«

»Uns, mein Schatz! Immerhin bist du die Enkelin des alten Herrn auf Trettin. Ich glaube, ihm da oben wird es gefallen, wie es gekommen ist. Er hat nie etwas von Ottokar und seiner Familie gehalten.«

»Aber wir haben doch hier und in Berlin unsere Heimat«, wandte Lore ein. »Außerdem will ich nicht nach Trettin zurück. Dort gibt es zu viele quälende Erinnerungen für mich.«

»Es zwingt dich auch keiner, zurückzugehen. Ich werde mich wohl oder übel hinbegeben müssen, um alles in rechte Bahnen zu lenken. Allerdings werde ich die Leitung des Gutes einem Verwalter überlassen. Und nun lass uns lieber von angenehmeren Dingen sprechen.«

Lore war jedoch noch nicht bereit, dieses Thema aufzugeben, bevor auch die letzte Frage beantwortet war. »Was ist mit Malwine? Sie wird uns weiterhin hassen und alles tun, um uns zu schaden!«

»Das ist zwar möglich, aber was kann sie noch unternehmen?« Fridolin seufzte. »Leider genießt sie als Ottokars Ehefrau und Ottwalds Mutter ein lebenslanges Wohnrecht auf Trettin. Auch das ist ein Grund, warum ich die Gegend dort nach Kräften meiden will. Aber zum Glück haben wir, wie du so schön gesagt hast,

hier in Klingenfeld unser Heim gefunden und sind nicht darauf angewiesen, nach Ostpreußen zu ziehen.«
»Was ist eigentlich aus Anno von Klingenfeld geworden?«, fragte Lore, die nun selbst des Gesprächs über die ostpreußischen Verwandten überdrüssig wurde.
»Ich habe in Berlin erfahren, dass er zu fünf Jahren Gefängnis verurteilt worden ist. Wahrscheinlich wird man ihn nach drei Jahren entlassen und ihm ans Herz legen, in die Kolonien auszuwandern, mit denen uns die Herren Lüderitz, Peters und Nachtigal so reichlich versehen haben. In diesem Landstrich wird man ihn gewiss nicht wiedersehen.«
»Es wird ihn so schnell auch keiner vermissen, ausgenommen vielleicht der Wirt von Sikkos Krug, denn Anno von Klingenfeld und seine Freunde haben zu dessen besten Gästen gezählt.«
Lore lehnte sich an Fridolin und atmete zufrieden auf, weil auch dieser Schatten von ihnen gewichen war.
Dann aber bemerkte sie, dass Fridolin nach wie vor sehr nachdenklich wirkte, und sah ihn fragend an.
Er lächelte beruhigend. »Ich habe Hede getroffen. Sie lässt dich grüßen und bittet dich um Verzeihung, denn sie hat es nicht übers Herz gebracht, ihren Ehemann der Polizei zu übergeben.«
»Sag bloß, dieser angebliche Gebrauchtmöbelhändler läuft immer noch frei herum!«, antwortete Lore empört.
»Frei ja, aber nicht mehr hier in Deutschland, sondern drüben in Amerika. Hede hat ihn dorthin schaffen lassen. Nun will sie das *Le Plaisir* aufgeben.«
»Das hat sie mir geschrieben.«
»Über einen Makler hat sie ein Haus in Thüringen gekauft. Dort soll ihr Junge ohne den Ballast der Vergangenheit aufwachsen.«

Lore nickte versonnen, denn sie fragte sich, wie sie an Hedes Stelle entschieden hätte. Wohl nicht anders als die ehemalige Bordellbesitzerin, sagte sie sich und vergaß ihren Unmut. Dafür war der Tag viel zu schön, und sie freute sich, endlich wieder mit Fridolin zusammen zu sein.

## *III.*

Grimbert von Nehlen hatte das Herrenhaus seines Gutes wie zu einem Fest herausputzen lassen. Lore staunte über den Blumenschmuck und die grünen Girlanden, die über der Tür hingen. Die zahlreichen Kutschen und leichten Wagen bei den Ställen wiesen darauf hin, dass vor ihnen schon etliche Gäste eingetroffen waren.

Knechte eilten herbei und hielten die Pferde fest, damit Lore und ihre Begleiter aussteigen konnten. Dann traten Mägde auf sie zu und boten ihnen Wein und kleine Leckerbissen an.

Lore nahm sich ein Schinkenschnittchen und ein gefülltes Weinglas. Danach folgte sie Fridolin zum Eingang des Herrenhauses. Neben ihr tauchte Nathalia mit einer Miene auf, die Lore nur störrisch nennen konnte. Auf die Erfrischungen hatte ihre Freundin verzichtet. Sie konnte nur hoffen, dass Nathalia ihre zu erwartende Enttäuschung über Graf Nehlens Entscheidung im Zaum halten würde.

Als sie das Hauptportal des Herrenhauses durchschritten, kam ihnen Graf Nehlen entgegen. »Willkommen!«, rief er. »Es freut mich besonders, Sie zu sehen, mein lieber Trettin. Wir werden heute Nachmittag wohl einiges zu besprechen haben. Ich hoffe, meine Damen, Sie entschuldigen, dass ich Sie nicht als Erste begrüßt habe. Doch ich bin neugierig auf das, was Trettin zu berichten weiß.«

»Wir sind Ihnen keinesfalls böse«, erklärte Lore.

Nathalia aber blies kurz die Luft durch die Nase und ging grußlos weiter. Sie hatte den Saal noch nicht erreicht, da stach Leutnant von Bukow auf sie zu.

In seiner neuen Paradeuniform bot er einen prachtvollen Anblick, doch sein Tonfall klang unecht. »Endlich sehe ich Sie wieder, gnädigste Komtess«, säuselte er und packte Nathalias Hand, um einen Kuss daraufzuhauchen.

Lore warf einen kurzen Blick auf Jürgen und sah, dass dieser sich zwar über seinen Vetter ärgerte, ansonsten jedoch völlig in sich gekehrt wirkte, als ginge das alles ihn nichts an. Dabei hätte sie ihm wirklich etwas mehr Mut gewünscht. Er schien Nathalia als strahlenden Stern am Firmament anzusehen, den er bewundern, aber nicht besitzen durfte.

»Herr Leutnant gedenken sich meiner wieder zu erinnern?«, fragte Nathalia kühl und entzog von Bukow die Hand.

»Werteste Komtess, meine Gedanken waren immer bei Ihnen!« Adolar von Bukow versuchte erneut, Nathalias Rechte zu erhaschen.

Sie versteckte beide Hände hinter ihrem Rücken und hob die Brauen. »Sind Sie etwa ein Hund, dass Sie meine Hand lecken wollen?«

Das war eine saftige Beleidigung, doch Lore zollte ihrer Freundin insgeheim Beifall. Immerhin hatte der Leutnant sich in den letzten Wochen nur noch um Gottlobine von Philippstein bemüht. Wahrscheinlich sah er seine Chancen auf das reiche Nehlener Erbe schwinden und versuchte daher nun bei Nathalia sein Glück.

Diese war jedoch nicht mehr das sich gelangweilt fühlende Fräulein, das ihren Ehepartner nach dem Gotha aussuchen wollte, sondern hatte gelernt, was Liebe bedeutet, und auch bereits deren ersten Schmerz verspürt. Daher kehrte sie von Bukow mit einer brüsken Bewegung den Rücken zu und folgte einem Diener zu dem Platz, auf dem ihr Namenskärtchen stand.

Lore entdeckte ihr Kärtchen zwei Plätze weiter und atmete auf, als sie feststellte, dass Fridolin zwischen ihr und ihrer Freundin sitzen würde. Neben Nathalia war Jürgen Göde plaziert worden, Adolar von Bukow hingegen wurde gerade weiter nach vorne in die Nähe des alten Grafen geführt. Dort saßen auch Rodegard und Gottlobine von Philippstein sowie Edgar von Gademer. Letzterer strahlte über das ganze Gesicht, als hätte Graf Nehlen ihn bereits zum Erben bestimmt.

Der alte Herr ließ sich keine Regung anmerken. Er nahm Platz, hieß seine Gäste sich ebenfalls setzen und wartete, bis die Weingläser gefüllt waren. Dann nahm er das seine zur Hand und erhob es. »Ich danke Ihnen, dass Sie alle meiner Einladung gefolgt sind, und bitte Sie, sich die Speisen munden zu lassen, die gleich aufgetragen werden.«

Lore fragte sich, ob der alte Herr die Spannung ins Unerträgliche steigern wollte. Außer ihr, Fridolin und Nathalia hatte Nehlen noch etliche Nachbarn des Gutes eingeladen, und sie warteten allesamt neugierig darauf, welcher Großneffe des alten Herrn Gnade vor seinen Augen gefunden hatte. Doch natürlich murrte niemand, sondern alle widmeten sich der Speisefolge, die nach und nach aufgetragen wurde.

In den letzten Wochen hatte Lore schlichte, aber bekömmliche Landkost vorgesetzt bekommen. Nun fühlte sie sich in eines der feinen Berliner Restaurants versetzt. Vorspeise, Suppe und drei Hauptgänge bewiesen ebenso den gehobenen Geschmack wie die Eisbombe, die als Nachtisch serviert wurde.
Zwischen zwei Gängen erklärte Graf Nehlen lächelnd, dass Fräulein von Philippstein für die Zusammensetzung des Menüs verantwortlich zeichne. Gottlobine erhob sich auch sofort und nahm die Glückwünsche der Anwesenden mit zufriedener Miene entgegen.
Nur Nathalia zischte leise und beugte sich an Fridolin vorbei zu Lore hin. »Soll ich sie gleich erwürgen oder bis nach dem Essen warten?«
Während es Lore gelang, ernst zu bleiben, entfuhr ihrem Mann ein kurzes Lachen. Sofort befand Fridolin sich im Kreuzfeuer der empörten Blicke von Mutter und Tochter Philippstein wieder.
»Ist Ihnen die Speisenfolge nicht genehm, Graf Trettin?«, fragte Frau Rodegard spitz.
»Oh, sie ist ausgezeichnet«, antwortete Fridolin und fügte im Stillen ein ›wenn es denn ein Galadiner in der Stadt wäre‹ hinzu. Für eine ländliche Tafel war ihm das Aufgetischte zu affektiert. Wenn dies jedoch in Graf Nehlens Sinn war, würde er sich daran gewöhnen müssen. Immerhin war der alte Herr sein engster Vertrauter in dieser Gegend und verfügte über beste Beziehungen zum Landrat und zu den Behörden.
»Meine Tochter wollte ihre hausfraulichen Fähigkeiten unter Beweis stellen.« Rodegard von Philippstein platzte fast vor Stolz.

Prompt entfuhr Nathalia ein weiterer unpassender Kommentar. »Hat sie etwa selbst gekocht?«

Diesmal gelang es Fridolin, sich zu beherrschen. Auch Lore verzog keine Miene, obwohl sie sich köstlich amüsierte. Der Blick, mit dem Graf Nehlen eben Frau von Philippstein streifte, wies ebenfalls auf heimlichen Spott hin.

Kaum waren die Teller abgetragen, hob der Graf erneut sein Glas. »Ich danke Ihnen allen für Ihr Erscheinen. Jetzt ist der Augenblick gekommen, an dem ich bekanntgeben will, wer nach mir den Titel eines Grafen Nehlen tragen und dieses Gut weiterführen wird.«

Edgar von Gademer straffte seine Gestalt, während Leutnant Bukow ein Gesicht zog, als habe er eben den Befehl zu einem Himmelfahrtskommando erhalten. Nur Jürgen saß ganz ruhig da und interessierte sich mehr für Nathalias Gesichtsausdruck, der ihn an eine zornige griechische Göttin erinnerte.

Grimbert von Nehlen fuhr nach einer kurzen Pause mit seiner Rede fort. »Wie Sie alle wissen, habe ich meine drei Großneffen hierhergeholt, um sie auf Herz und Nieren zu prüfen. Edgar hat sich als fähiger Landwirt erwiesen, dem ich meinen Besitz gerne überlassen würde.«

Das Klatschen einiger Gäste unterbrach Graf Nehlen, während Gademer sich bereits als Sieger fühlte. Doch da hob der alte Herr aufmerksamkeitheischend die Hand. »Allerdings habe ich mich trotz seiner unzweifelhaften Begabung für die Landwirtschaft gegen Edgar von Gademer entschieden.«

Während dieser seinen Großonkel ungläubig anstarrte, begann Leutnant Bukow zu strahlen. Gottlobine, die zwischen ihm und Gademer saß, rückte sofort ein Stück zu ihm hin.

Der alte Herr lächelte spöttisch. »Mein Großneffe Adolar von Bukow ist ein schneidiger Offizier und wird es in der Armee des deutschen Kaisers gewiss noch bis zum General bringen. Daher will ich ihn nicht mit der Leitung dieses Gutes belasten. Nehlen geht zusammen mit dem Titel des Grafen Nehlen auf meinen dritten Großneffen Jürgen über, dem ich mitteilen kann, dass Großherzog Peter II. von Oldenburg meinem Wunsch entsprochen hat, ihn in den Stand eines Barons Göde zu erheben. Diesen Titel wird er tragen, bis er den meinen nach meinem Ableben erbt!«
Es war, als hätte eine Bombe eingeschlagen. Die Gäste riefen durcheinander, während Jürgen auf seinem Stuhl saß, als begreife er weder die Worte seines Großonkels noch die Glückwünsche Lores, Dorotheas und Fridolins. Vorne aber kreischte Gottlobine von Philippstein ihre Enttäuschung lauthals heraus.
Ihre Mutter fuhr Graf Nehlen mit zornroter Miene an. »Das soll wohl ein Scherz sein?«
Der alte Herr schüttelte den Kopf. »Es ist mein Ernst!«
»Sie haben uns alle zum Narren gehalten! Oh mein armes Kind! Wir bleiben keine Minute länger in diesem Haus!« Frau von Philippsteins Stimme wurde bei jedem Wort lauter, und zu guter Letzt übertönte sie sogar das Weinen und Jammern ihrer Tochter.
»Wenn Sie es wünschen, lasse ich einspannen und Sie zum Bahnhof bringen«, bot Graf Nehlen ihr ungerührt an.
»Ich wollte, wir wären schon dort«, stieß Frau Rodegard hervor und fasste nach Gottlobines Arm. »Komm, mein Kind, wir verlassen diesen Ort, an dem wir so betrogen worden sind.«
»Betrogen habt ihr beide euch höchstens selbst«, kommentierte

Graf Nehlen trocken und forderte seine Gäste auf, wieder Platz zu nehmen.
»Dies gilt auch für euch beide!«, sagte er zu Gademer und Bukow, die so aussahen, als wollten sie dem Beispiel der Damen Philippstein folgen.
Die beiden setzten sich wieder, zogen jedoch Gesichter, als hätte man ihnen statt Wein Jauche in die Gläser gefüllt. Nehlen betrachtete sie über den Rand seines Glases hinweg, gab aber keinen Kommentar mehr ab, bis Rodegard von Philippstein samt ihrer Tochter ohne Abschied das Haus verlassen hatten.
Als draußen die Peitsche des Kutschers aufklang, lachte der alte Herr wie befreit auf. »Die sind wir los! Euch beiden sollte das eine Lehre sein, nicht auf berechnende Weiber hereinzufallen. Rodegard und Gottlobine wollten nur Gut Nehlen heiraten. Ihr habt ja gesehen, wie wenig sie euch beachtet haben, nachdem ich meine Entscheidung bekanntgegeben habe.«
Gademer, der nicht wusste, ob ihn Gottlobines Verhalten mehr ärgern sollte als der Verlust des Erbes, nickte seufzend. »Da haben Sie recht, Oheim.«
»Ich werde wohl meinen Urlaub beenden und zu meinem Regiment zurückkehren.« Leutnant von Bukow vermochte seine Enttäuschung nicht zu verbergen, auch wenn er sich zuletzt kaum noch Chancen ausgerechnet hatte. Doch es war etwas anderes, gegen einen ausgezeichneten Landwirt wie Gademer zu verlieren als gegen einen krassen Außenseiter wie Jürgen.
»Ich werde Nehlen ebenfalls verlassen«, meldete sich Gademer mit knirschender Stimme. Für ihn war es weitaus schlimmer als für Bukow, der wieder in seine Kaserne einrücken konnte, denn im Vorgefühl seines sicheren Sieges hatte er seinen gutdotierten

Posten bei Großherzog Peter II. aufgegeben und würde mitten im Jahr nichts Vergleichbares mehr finden.

Dies war Graf Nehlen ebenfalls klar, und so hob er die Hand. »Ich habe euch beiden noch etwas zu sagen. Es war nicht meine Absicht, euch hierherzuholen und dann ohne Dank wieder davonzujagen. Das hätte ich nur getan, wenn sich einer von euch als unehrlich erwiesen hätte. Doch das seid ihr nicht. Im Grunde halte ich euch für prächtige Burschen und will es euch im Leben leichter machen. Daher wirst du, Edgar, eine Summe erhalten, die es dir zusammen mit deinen eigenen Ersparnissen ermöglicht, dich um die Erbin eines passenden Landguts zu bewerben. Ich werde dir dabei helfen, die Richtige zu finden.«

Gademer atmete sichtlich auf, und der Leutnant wirkte auf einmal sehr interessiert.

»Für dich, Adolar, habe ich für die gleiche Summe, die dein Vetter erhält, Staatsanleihen erstanden, die dir jedes Jahr einen hübschen Gewinn einbringen werden, so dass du als Offizier nicht auf deinen Sold angewiesen bist. Du wirst sogar in der Lage sein, eine Familie zu ernähren. Heirate aber kein Mädchen wie Gottlobine von Philippstein, die ihren Vornamen wahrlich nicht verdient. Raffzahnine wäre passender für sie, doch dieser Name gebührt bereits ihrer Mutter.«

Graf Nehlen lachte und reichte den beiden jungen Männern nacheinander die Hand. Diese ergriffen sie und drückten sie erleichtert. Auch wenn keiner von ihnen der neue Herr auf Nehlen wurde, so hatte sich der Aufenthalt auf dem Gut doch für sie gelohnt.

»Graf Nehlen ist ein kluger Mann«, raunte Nathalia Lore ins

Ohr und wandte sich dann an Jürgen. »Wie fühlen Sie sich als Erbe Ihres Großonkels?«

Der alte Herr hörte es und lachte. »Das würde mich auch interessieren.«

Jürgen sah zuerst ihn und dann Nathalia mit einer Miene an, als hätte er statt eines reichen Erbes einen schweren Verlust zu tragen. »Ich weiß nicht … Ich fühle mich wie erschlagen und habe Angst, Ihre Erwartungen nicht erfüllen zu können.«

»Bescheiden wie immer«, kommentierte Nathalia nicht sonderlich zufrieden.

Ihre Miene glättete sich jedoch sofort wieder, und um ihren Mund spielte ein Lächeln. »Dabei sind Sie höchster Ehren wert, mein Herr, einschließlich deren, mein Ehemann zu werden.«

Nach diesen Worten wurde es so still im Saal, dass man ein Mäuschen hätte über den Boden huschen hören. Dorothea wirkte schockiert, der alte Graf war offensichtlich amüsiert, und Lore schüttelte nur schweigend den Kopf. Sie hatte Nathalia so oft von Emanzipation reden hören, dass die Worte ihrer Freundin nicht unerwartet kamen. Angesichts dessen erschien es ihr sogar stimmig, dass ihre Freundin Jürgen einen Heiratsantrag gemacht hatte, anstatt zu warten, bis dieser den Mut dazu fand. Jetzt war sie auf die Reaktion des jungen Mannes gespannt.

Jürgen starrte Nathalia so entgeistert an, als zweifelte er entweder an seinem oder an ihrem Verstand. »Gnädiges Fräulein, Sie sehen mich vollkommen überrascht. Nie hätte ich zu hoffen gewagt, Ihnen würde etwas an mir liegen.«

Nathalia beugte sich so weit zu ihm hin, dass Lore schon befürchtete, sie wolle Jürgen unter Verletzung aller Konventionen küssen. Doch so weit ging Nathalia nicht. Stattdessen flüsterte sie dem jungen Mann ins Ohr. »Weshalb glauben Sie, habe ich diesen Hirsch für Sie geschossen? Gewiss nicht, weil Sie mir gleichgültig sind!«

Jürgen zog den Kopf ein. »Wir werden es meinem Großonkel beichten müssen.«

»Aber nicht hier und jetzt! Heute feiern wir. Immerhin sind Sie der Erbe, und wenn Sie wollen, auch mein Verlobter.« Bei den letzten Worten klang Nathalias Stimme etwas scharf, denn sie erwartete doch ein wenig Einsatz von ihrem Gegenüber.

Jürgen stand auf, verbeugte sich vor ihr und sah sie dann mit strahlenden Augen an. »Gnädiges Fräulein würden mich überglücklich machen, wenn Sie die Meine werden wollten.«

Damit war auch Dorothea wieder versöhnt und eilte herbei, um dem jungen Paar zu gratulieren. Lore tat es ihr gleich und stupste Nathalia dabei auf die Nase. »Nun, bist du glücklich, Fratz?«

»Natürlich«, antwortete ihre Freundin mit einem zufriedenen Lächeln. »Herr Göde, oder wie ich ihn von nun an nennen werde, Jürgen, ist genau der Mann, den ich mir immer vorgestellt habe. Er ist zartfühlend und wird sich meinem Willen nur entgegenstellen, wenn ich Unsinn machen wollte, und das tue ich gewiss nicht!«

»Range!«, flüsterte Lore noch, dann wurde sie von weiteren Gratulanten abgedrängt.

Selbst Leutnant von Bukow rang sich einen Glückwunsch ab, überlegte aber schon, welche Tochter eines Vorgesetzten für ihn als Braut in Frage käme. Da er nun nicht mehr der mittellose Leutnant war, konnte er selbst bei einem General vorsprechen und mit Aussicht auf Erfolg um dessen Tochter oder Enkelin werben.

Nehlen wischte sich über die feucht gewordenen Augen. »Auch

wenn du selbst im Herzen bescheiden bist, so bist du doch fähig, das höchste Ziel zu erreichen. Vielleicht begreifst du jetzt, weshalb ich dich als meinen Erben erwählt habe.«

Jürgens Gesichtsausdruck zufolge schien dies nicht der Fall zu sein. Er wirkte sogar ein wenig unglücklich, als er zu sprechen begann. »Wenn Sie es wünschen, werde ich meinen Beruf aufgeben und nach Nehlen kommen, um von Ihnen zu lernen, Landwirt zu werden.«

»Papperlapapp!«, wehrte Nehlen ab. »Du tust das, was du am besten kannst, und das ist nun einmal, in alten Dingen zu wühlen. Reise in den Orient, grabe ein zweites Troja aus und mache dir auf diese Weise einen Namen. Auf Nehlen habe ich einen prächtigen Gutsinspektor, der einmal den Posten des Verwalters einnehmen kann. Und was mich selbst betrifft, so habe ich vor, deine Mutter und deine Schwestern auf das Gut zu holen. Ich hoffe, sie sind keine solchen Nervensägen wie Rodegard und Gottlobine von Philippstein. Deiner Mutter werde ich vorschlagen, vorteilhafte Ehen für die Mädchen zu arrangieren. Dieses Angebot kann sie nicht ablehnen.«

»Ich freue mich darauf, deine Mutter und deine Schwestern kennenzulernen«, warf Nathalia ein.

Ihre Augen glitzerten, und Lore begriff, dass ihre Freundin Jürgens weibliche Verwandte wahrscheinlich bald ebenso tyrannisieren würde wie diesen selbst. Doch wusste sie auch, dies würde so liebevoll geschehen, dass ihre neuen Familienangehörigen sie dennoch lieben würden – falls sie es überhaupt bemerkten.

Mit einem erleichterten Seufzer drehte Lore sich zu Fridolin um. »Was bin ich froh, Nathalia so gut unter die Haube gebracht zu haben.«

An seiner Stelle antwortete Dorothea. »Da kann ich dir nur zustimmen, meine Liebe! Wie oft habe ich befürchtet, Nati könnte einen für uns völlig inakzeptablen Ehemann wählen. Doch zum Glück hatte sie nicht weniger Verstand als du damals, als ich dir und Fridolin die Heirat angeraten habe. Ich hoffe, die beiden werden ebenso glücklich wie ihr beide oder wie Thomas und ich.«
»Das wünsche ich Nati auch!« Lore spürte, dass ihr ebenfalls die Augen feucht wurden, und nahm rasch ein Glas Champagner, um ihre Rührung zu verbergen.

## *IV.*

Hede ließ den Blick durch den Empfangssalon des *Le Plaisir* schweifen und seufzte. Ganz so leicht, wie sie es sich vorgestellt hatte, fiel ihr der Abschied nun doch nicht. Fast siebzehn Jahre lang hatte sie dieses Bordell geführt und dabei angenehme und weniger angenehme Stunden erlebt. Diese Zeit war nun mit einem Schlag vorbei. Selbst in ihren Papieren gab es sie nicht mehr. Hochrangige Gönner hatten dafür gesorgt, dass sämtliche Akteneinträge, die ihr Gewerbe betrafen, gelöscht oder so abgefasst worden waren, als beträfen sie eine andere Frau. Ihr war bewusst, dass dies nicht nur eine Gefälligkeitsleistung war. Die Herren wollten vorsorgen, dass sie nicht irgendwann über deren Besuche im *Le Plaisir* und ihre speziellen Vorlieben berichten konnte. Da sie offiziell kein Bordell besessen hatte, war man nun in der Lage, Äußerungen dieser Art als üble Verleumdungen abzutun.

Das war Hede gleichgültig, denn sie hatte nicht vor, in der Vergangenheit herumzurühren. Solange das *Le Plaisir* ihr Eigentum gewesen war, hatte sie es mit äußerster Diskretion geführt, und davon würde sie auch jetzt nicht abgehen. Immerhin war sie selbst nur mit viel Glück den Nachstellungen der Behörden entgangen. Da die Entführung von Lore, Nathalia und Dorothea nicht angezeigt worden war, wäre auch ihr Mann einer Strafverfolgung entgangen. Laabs hätte sogar aus dem Klingenfeld-Betrug mit halbwegs heiler Haut davonkommen können, denn Rudi Pielke und dessen Kumpane Maxe und Klaas hatten ihren Anteil daran kleingeredet und die gesamte Schuld Baron Anno in die Schuhe geschoben. Dies hatte ihnen zwar nicht geholfen, denn sie waren wegen etlicher anderer Delikte zu vielen Jahren Zuchthaus verurteilt worden. Der Name Manfred Laabs aber war nicht gefallen.

Um ihres Sohnes willen war Hede froh darüber, denn nun konnte Fritz unbelastet von der Schuld des Vaters aufwachsen. Bei dem Gedanken lächelte sie, und mit einem Mal fiel ihr der Abschied leichter. Sie nickte den Mädchen zu, die, von Dela beaufsichtigt, zu dieser Morgenstunde sauber machten. Die junge Frau war nun eine der beiden neuen Prinzipalinnen des *Le Plaisir.* Die andere war Hilma, die jedoch noch in jenem Zimmer im ersten Obergeschoss weilte, das bei Lores und Nathalias Entführung eine unheilvolle Rolle gespielt hatte. Baron Rendlinger war bei ihr und kostete sein Privileg, einer der heimlichen Eigentümer des Bordells zu sein, weidlich aus. Auch August von Grünfelder hatte einen stattlichen Betrag eingesetzt, um Dela ganz für sich allein zu haben.

Hede war mit der Abstandssumme, die man ihr bezahlt hatte,

hochzufrieden, denn die beiden Herren hatten sich großzügig gezeigt. Auch wollten sie die Renovierung des *Le Plaisir* nach ihren eigenen Vorstellungen finanzieren. Hede fand ihre Pläne ebenso schwülstig und pompös wie die Bronzestatue einer nackten Frau, die Rendlinger am Vorabend in den Empfangssalon hatte stellen lassen. Doch so war nun einmal die neue Zeit, die in Deutschland Einzug gehalten hatte.

Naserümpfend warf Hede einen letzten Blick auf die kitschige Statue und durchquerte den Saal so schnell, als befände sie sich auf der Flucht. Im Flur blieb sie stehen. »Ich wünsche euch allen Glück«, rief sie Dela und den putzenden Mädchen zu.

»Wir dir auch!«, antwortete die neue Mitbesitzerin des *Le Plaisir* und deutete damit an, dass sie sich auf gleicher Stufe wie Hede wähnte. Die übrigen Huren hoben nur kurz den Kopf und schrubbten weiter.

Nun kam Hede an ihrem Büro vorbei. Da sie es bereits ihren Nachfolgerinnen übergeben hatte, verkniff sie es sich, noch einmal hineinzuschauen, sondern ging weiter ins Treppenhaus und stieg nach oben.

In der Wohnung, die nun ebenfalls Hilma und Dela gehörte, wartete ihre Kinderfrau auf sie. Diese hatte Fritz schon in seine Reisekleidung gesteckt, die aus graukarierten Hosen und einer Jacke von gleicher Farbe bestand. Auf seinem Kopf saß eine ebenfalls graue Mütze, und darunter blickten die blauen Augen fragend in die Welt. Bislang war das Kind nur selten aus dem Haus gekommen und maulte, weil seine Spielzeuge in eine Kiste gepackt und nach unten gebracht worden waren.

»Mama!«, rief Fritz, als er Hedes ansichtig wurde, und streckte die Arme nach ihr aus. Sie hob ihn auf und trug ihn nach unten.

Da sie sich bereits von den Räumen verabschiedet hatte, die so viele Jahre ihr Heim gewesen waren, wollte sie nun so rasch wie möglich fort.
Kaum hatte sie mit dem Jungen auf dem Arm das Erdgeschoss erreicht, sah sie sich Hilma und Dela gegenüber. Die beiden wirkten etwas unsicher, traten dann aber lächelnd auf sie zu und streckten ihr ein kleines Päckchen entgegen.
»Die Mädchen und wir haben zusammengelegt und eine Kleinigkeit gekauft. Wir wollen uns bedanken, weil Sie uns immer gut behandelt haben«, erklärte Hilma.
»Ich wollte, ich hätte mehr für euch tun können.« Hede nahm das Päckchen entgegen und klemmte es sich unter den Arm, auf dem sie Fritz trug.
»Macht es gut!« Tränen stiegen in ihr auf, und sie spürte, wie ihr die Kehle eng wurde. Mit dem freien Arm drückte sie die beiden jungen Frauen kurz an sich. Dann nickte sie ihnen zu und verließ zum ersten Mal, seit sie denken konnte, das *Le Plaisir* durch den Hintereingang.
Auf dem Hof schälte Anton sich aus dem Halbdunkel. Er steckte in einem altmodischen Zivilanzug und wirkte auf Hede, die ihn zumeist in seinen Phantasieuniformen gesehen hatte, seltsam fremd, aber daran würde sie sich gewöhnen müssen. Anton hatte darauf verzichtet, weiterhin Türsteher im *Le Plaisir* zu bleiben, sondern kam als Diener mit ihr. Auch dies machte Hede den Abschied von ihrem bisherigen Leben leichter.
Anton nahm ihr den Knaben ab und sah sie lächelnd an. »Die Droschke steht an der nächsten Straßenecke bereit, gnädige Frau.«
»Danke!« Mit einer energischen Handbewegung wischte Hede

sich die Tränen aus den Augen und verließ den Hinterhof, ohne sich noch einmal umzudrehen.
Ihr Sohn strampelte in Antons Armen. »Mama, wohin gehen wir?«
»Nach Hause«, antwortete Hede und spürte, wie sehr sie sich auf ein ruhiges und von keinen Aufregungen getrübtes Leben freute.

## V.

Kaum war die ungewöhnliche Verlobung auf Nehlen gefeiert worden, schmiedeten Lore und Dorothea Pläne für die Hochzeitsfeier. Gelegentlich dachte Lore dabei an Ottwald von Trettins Tod, empfand aber kein Mitgefühl für den Toten oder dessen Mutter. In ihren Augen hatte Fridolins Neffe mit dem Anschlag auf Nathalia sein Ende selbst verschuldet. Noch immer war das Ausmaß der Intrige nicht restlos aufgeklärt, und daher hatte Fridolin den Berliner Detektiv Dirk Maruhn beauftragt, in aller Diskretion weiterzuforschen.
Ein paar Tage später kam ein Brief von ihrer Haushälterin Jutta Knoppke aus Berlin, in dem diese ihr mitteilte, dass ihre Schmuckkassette verschwunden sei. Zusammen mit Johann Ferber hatte die Mamsell sofort das restliche Personal befragt, und dabei war Luise, eines der neueren Dienstmädchen, zusammengebrochen. Wie es aussah, hatte diese Ottwald von Trettin dabei geholfen, den Schmuck zu stehlen. Nun schlug Lore sich mit der Frage herum, ob sie Luise den Behörden übergeben lassen sollte. Von Fridolin wusste sie, dass dieser die wertvollsten Schmuck-

stücke noch vor dem Diebstahl zur Bank gebracht hatte. Damit beschränkte sich ihr Verlust auf wenige hundert Mark und einige schöne Erinnerungen. Durfte sie deswegen das Leben einer jungen Frau zerstören? Wenn sie Luise anzeigte, würde diese unweigerlich auf die schiefe Bahn geraten.

Daher nahm sie Papier und Stift zur Hand und wies Jutta in ihrem Antwortbrief an, Luise erst ins Gewissen zu reden, sie dann zu entlassen und mit einem Monatslohn abzufinden. Wenn das Mädchen klug war, würde es den richtigen Weg wählen. Wenn nicht, so brauchte sie sich nicht mit der Frage zu belasten, ob sie Luise hätte retten können.

Auf Lores Läuten hin erschien die alte Erna. »Gnädige Frau wünschen?«

»Dieser Brief muss heute noch zur Post!« Lore reichte der Magd das Schreiben, lehnte sich auf ihren Stuhl zurück und schloss die Augen.

Plötzlich schlang jemand die Arme um sie, und als sie aufsah, stand Nathalia neben ihr. Das Mädchen wirkte bedrückt, und Lore fürchtete schon, dass es zwischen ihrer Freundin und Jürgen Zwist gegeben habe.

Da holte Nathalia ganz tief Luft. »Lore, du erinnerst dich doch gewiss noch an meine angeheiratete Verwandte Ermingarde.«

»Leider nur zu gut.« Lore zog ein Gesicht, als hätte sie in eine Zitrone gebissen. Diese Frau hatte vor Jahren alles versucht, um ihren Sohn Gerhard zu Nathalias Vormund zu machen und sich damit in den Besitz des Retzmann-Vermögens zu setzen.

»Dann wird es dich gewiss nicht betrüben, dass Ermingarde in die ewigen Jagdgründe eingegangen ist, und mit ihr gingen Armgard und Gerhard!«

»Ewige Jagdgründe! Nathalia, was hast du in letzter Zeit gelesen?«
»Ein paar Romane aus Jürgens privater Bibliothek. Sie wurden von einem Sachsen namens Karl May verfasst.«
»Gehört habe ich von dem Mann, aber gelesen noch nichts. Doch wenn er solche Worte wie ewige Jagdgründe verwendet, werde ich das wohl auch nicht tun.«
Jetzt erst drang der Sinn von Nathalias Worten zu ihr durch. »Was sagst du da? Ermingarde Klampt ist tot?«
»Samt Sohn und Tochter! Ich habe es gestern erfahren. Entfernte Verwandte von Ermingarde haben sich an mich gewendet und angefragt, ob ich ihnen die Kosten für die Bestattung ersetzen könnte. Sie selbst befänden sich nicht in so glücklichen Umständen wie ich.« Nathalias Schnauben verriet, was sie von solcher Bettelei hielt.
»Alle drei sind tot! Wie ist das geschehen?«, fragte Lore.
»Eine Gasexplosion! Das ganze Haus soll eingestürzt sein! Die Behörden nehmen an, dass sie unsachgemäß mit der Lampe hantiert haben. Auf die Weise sind wir sie endgültig losgeworden.«
Lore bedachte ihre Freundin mit einem strafenden Blick. »Nati, so etwas sagt man nicht! Auch wenn Tante Ermingarde und ihre Familie zugegebenermaßen keine angenehmen Zeitgenossen waren, so erschüttert es mich doch zu hören, dass sie ihr Leben durch ein solch schlimmes Unglück verloren haben!«
Nathalia machte eine wegwerfende Handbewegung. »Es tut mir leid, aber ich kann nicht um Ermingarde und deren Nachkommenschaft trauern. Dafür haben sie mir das Leben zu sehr vergällt. Übrigens soll Gerhard Klampt ein guter Freund dieses Manfred Laabs gewesen sein. Dazu kommt, dass Ottwald und

Malwine von Trettin mehrere Wochen bei Ermingarde gewohnt haben. Dämmert es dir langsam?«

Da Lore sie verständnislos ansah, lachte Nathalia bitter auf. »Ich bin sicher, dass Gerhard Klampt und dieser elende Ottwald den Plan meiner Entführung gemeinsam ausgeheckt haben. Gewiss war die Gasexplosion genau an jenem Tag, an dem Ottwald ums Leben gekommen ist, die Strafe des Himmels für dieses Verbrechen.«

»Gott sei Dank sind unsere Feinde von uns gegangen«, flüsterte Lore, die nun von den Bildern der schrecklichen Ereignisse eingeholt wurde, und zuckte zusammen, als sie an Malwine dachte, die noch immer auf Trettin weilte und nun auch den Tod ihres zweiten Sohnes zu betrauern hatte. Bei dem Gedanken, diese Frau könnte noch immer darauf sinnen, ihr und Fridolin zu schaden, lief es ihr kalt den Rücken hinunter, und sie beschloss, in Zukunft noch sorgfältiger auf ihre Kinder achtzugeben.

Sie führte Nathalia in ihren Kaffeesalon, den sie mit den Barockmöbeln vom Speicher eingerichtet hatte, bat Nele, in der Küche Kaffee und Kuchen zu besorgen, und unterhielt sich angeregt mit ihrer Freundin, die sich offensichtlich ebenso gerne von den schrecklichen Berlin-Erlebnissen ablenken ließ wie sie. Unwillkürlich kamen sie auf jenen Dezembertag vor fast zwölf Jahren zu sprechen, an dem sie sich kennengelernt hatten.

Nathalia wischte sich ein paar Tränen aus den Augen, als sie an ihren Großvater dachte, der sie Lore anvertraut hatte, bevor er selbst auf der *Deutschland* umgekommen war.

»Ich hoffe, er ist zufrieden damit, was aus mir geworden ist«, sagte sie ungewohnt kleinlaut.

Lore nahm die Hände ihrer Freundin in die ihren und nickte.

»Graf Retzmann wird stolz auf dich sein und sich oben im Himmel freuen, dass du dein Glück gefunden hast.«
»Das habe ich dir zu verdanken.« Nathalia umarmte Lore und schüttelte dann lachend den Kopf. »Als ich Jürgen das erste Mal auf der Straße getroffen und aus Mitleid mit nach Steenbrook genommen habe, hätte ich mir niemals träumen lassen, dass er einmal mein Mann werden würde. Erinnerst du dich noch daran?«
»Natürlich!«
Nathalia wollte etwas hinzufügen, doch da trat Fridolin ein, in der Hand ein eng beschriebenes Blatt. Seine Miene war sehr ernst.
»Ich hoffe, ihr verzeiht mir, wenn ich eure Unterhaltung störe. Doch der Postbote war eben da und hat diesen Brief gebracht. Er stammt von Malwine.«
»Dann will ich ihn erst gar nicht lesen«, wehrte Lore ab.
»Das solltest du aber! Das Schreiben ist bemerkenswert.«
»Was schreibt denn der alte Drachen?«, wollte Nathalia wissen.
»Sie bittet Lore und mich, nach Trettin zu kommen, weil sie sich mit uns aussprechen will, um Frieden mit uns zu schließen und ohne Gewissensbelastung in ein Stift eintreten zu können.«
»Glaubst du das?«, fragte Lore und nahm den Brief nun doch entgegen.
Malwine hatte tatsächlich von Aussprache und Frieden geschrieben, aber Lore erinnerten die Worte an den Wolf aus dem Märchen, der Kreide gefressen hatte. Sie brachte sie nicht mit jener Frau zusammen, die gemeinsam mit ihrem Mann den alten Herrn auf Trettin vom Gut verjagt und zu einem Leben in Armut und einem elenden, viel zu frühen Tod verurteilt hatte.

Damals hatte Lore die Bitternis des Lebens voll ausschöpfen müssen, während Malwine und ihr Ehemann Ottokar wie ein dräuendes Verhängnis auf Trettin gesessen und ihren Großvater und sie mit ihrem Hass verfolgt hatten.
Diese Erinnerung und auch der Gedanke an die Gräber ihrer Eltern und Geschwister, an deren Tod Ottokar von Trettin Schuld trug, verhinderten, dass Lore auch nur eine Spur Mitleid empfand.
Mit einer abwehrenden Bewegung reichte sie Fridolin den Brief zurück. »Mir wäre es lieber, Malwine würde Trettin verlassen haben, bevor ich das erste Mal nach so langer Zeit hinfahre.«
Fridolin nickte. »Mir auch. Aber wenn Malwine ihre Taten wirklich bereut, sollten wir nicht so grausam sein, ihr unsere Verzeihung zu verweigern.«
»Sie schreibt, wir sollen die Kinder mitbringen, damit sie diese segnen kann. Das will ich ganz bestimmt nicht!«
Lores Stimme klirrte vor Abscheu. Doch ihr war klar, dass Fridolins Beweggründe stichhaltig waren und sie sich dieser Reise nicht entziehen konnte. »Also gut, fahren wir. Aber die Kinder werden in Berlin bleiben!«
»Das wäre mir auch lieber, doch es geht nicht«, wandte Fridolin ein. »Da die Nachbarn nicht in die Auseinandersetzungen zwischen uns, Malwine und deren Sohn eingeweiht sind, würden sie kein Verständnis dafür aufbringen, wenn wir den Wunsch der Witwe und trauernden Mutter schnöde abschlagen würden. Und nach allem, was ich über Trettin erfahren habe, sind wir auf die Unterstützung der Nachbarschaft dringend angewiesen!«
Fridolin brachte noch weitere Gründe vor, bis Lore schließlich nachgab.

»Wann müssen wir fahren?«, fragte sie seufzend.
»Ich will es so rasch wie möglich hinter mich bringen. Du und die Kinder, ihr braucht nicht mehr als zwei, maximal drei Nächte auf Trettin zu verbringen, dann könnt ihr zurückkehren. Die restlichen Gespräche werde ich alleine mit Malwine führen.«
»Soll ich mitkommen?«, schaltete sich Nathalia in das Gespräch ein. »Zeit hätte ich, denn Jürgen ist zu seiner Mutter gereist, um deren Umzug nach Nehlen in die Wege zu leiten.«
»Ich weiß nicht, ob das gut ist. Malwine weiß schließlich, dass ihr Sohn umgekommen ist, als er dir folgen wollte«, wandte Lore ein.
Fridolin schüttelte ebenfalls den Kopf. »Mir wäre es lieber, du würdest hier oder in Berlin bleiben. Ich will nicht, dass Malwine durch deinen Anblick an Ottwalds Tod erinnert wird.«
»Ihr nehmt einfach zu viel Rücksicht auf diese rachsüchtige Giftnatter! Ich traue ihr um kein Haarbreit über den Weg. Seht euch lieber vor.« Nathalia sprach das aus, was ihre Freundin dachte. Dann aber sagte sich Lore, dass die Frau, die gesellschaftlich völlig isoliert war, ihnen nichts mehr anhaben konnte. Zudem musste man im Leben nun einmal Kompromisse schließen und in manch sauren Apfel beißen.

## VI.

Nachdem die Entscheidung für die Reise nach Ostpreußen gefallen war, wollte Lore das Ganze so rasch wie möglich hinter sich bringen. Als erster Etappenort war Berlin vorgesehen. Bis dorthin sollten sie Dorothea und Nathalia begleiten, die bei Mary das Brautkleid bestellen wollten.

Als sie an einem regnerischen Morgen aufbrachen, dachte Lore bedauernd, dass die Zeit der Ruhe und Erholung, die sie und ihre beiden Freundinnen auf Klingenfeld gefunden hatten, nun der Vergangenheit angehörte und sie sich wieder dem normalen Leben stellen mussten.

Nathalia schien die aufregenden Ereignisse im Juli am besten verkraftet zu haben, denn sie freute sich wie ein kleines Kind auf Mary und auf das Brautkleid, das diese ihr nähen sollte. In der Hinsicht war Nathalia nicht anders als andere Bräute. Auch Dorothea wirkte munterer als noch vor ein paar Tagen und machte begeistert Vorschläge, welche Nathalias Brautkleid wie auch die Hochzeitsfeier selbst betrafen.

Lore schüttelte innerlich den Kopf über den Eifer ihrer Freundinnen, die Fridolin mit ihren Ausführungen sichtlich langweilten. Dabei hätte sie sich gewünscht, ebenso fröhlich sein zu können, doch es gelang ihr nicht, die Schatten, die sie umgaben, zu verdrängen. Immerhin lag die Reise nach Trettin vor ihr und damit die schmerzliche Begegnung mit ihrer Vergangenheit.

Die Demütigung ihres Großvaters durch seinen Neffen Ottokar, der einen Richter bestochen hatte, um ein Urteil zu seinen Gunsten zu erreichen, und alles, was infolgedessen geschehen war, beschäftigte sie so stark, dass sie kaum auf die Versuche, sie aufzumuntern, reagierte. Als sie Berlin erreichten und von ihrem Kutscher am Lehrter Bahnhof abgeholt worden waren, wäre sie beinahe vor ihrem Haus im Landauer sitzen geblieben. Fridolin musste sie anstupsen.

»Entschuldige, ich war wohl in Gedanken«, sagte sie erschrocken und folgte Nathalia ins Haus.

Diese drehte sich in der Eingangshalle um und sah Lore kopfschüttelnd an. »Ich erkenne dich nicht wieder. Vielleicht solltest du besser hier in Berlin bleiben und Fridolin alleine zu dieser ostpreußischen Giftschlange fahren lassen.«

»Es ist meine Pflicht, als Ehefrau des neuen Majoratsherrn diesen nach Trettin zu begleiten. Das erwartet das Gesinde, und die Nachbarn legen noch mehr Wert darauf«, antwortete Lore mit verbissener Miene, während sie die Treppe zum Umkleidezimmer hinaufstiegen.

»Lass dir von Malwine nichts gefallen! Immerhin bist du jetzt die Herrin auf Trettin. Sie hat dort nichts mehr zu melden.« Nathalia versuchte ihrer Freundin den Rücken zu stärken. Denn Lore schien im Augenblick eher dem unsicheren fünfzehnjährigen Mädchen zu gleichen, welches sie auf dem NDL-Dampfer *Deutschland* kennengelernt hatte.

»Ich wünsche dir und den anderen eine gute Reise und eine glückliche Heimkehr!« Mit dem gleichen Überschwang, den Nathalia bereits als Kind gezeigt hatte, umarmte sie ihre Freundin und hätte sie am liebsten nicht mehr losgelassen.

Unterdessen war Jutta ihnen ins Zimmer gefolgt und meldete, dass ein Imbiss für die Herrschaften im kleinen Speisezimmer angerichtet worden sei.

»Danke!« Lore hatte zwar keinen Hunger, wusste aber, dass sie auf keine Mahlzeit verzichten durfte. Wenn sie nach Trettin kam, musste sie bei Kräften sein.

Die Mamsell hatte noch etwas anderes auf dem Herzen. »Wenn gnädige Frau erlauben: Ich habe jenes Dienstmädchen nach Ihren Anweisungen entlassen und ihr ein Zeugnis ausgestellt, mit dem sie eine neue Stelle finden kann. Ich hoffe, Luise nimmt sich die Sache zu Herzen. Sonst hätte ich das Gefühl, einem fremden Haushalt eine Diebin aufgedrängt zu haben.«

Jutta machte keinen Hehl daraus, dass sie das Dienstmädchen nicht so einfach hätte davonkommen lassen, doch Lore war erleichtert.

»Lass es gut sein! Wird das Mädchen gut behandelt, dürfte es treu zu seiner Herrschaft stehen. Bei uns hat Luise ja auch nur gefehlt, weil der Gutsherr auf Trettin sie dazu verführt hat. Das wird ihr gewiss eine Lehre gewesen sein.«

Lore nickte ihrer Mamsell kurz zu und bat Nathalia, mit ihr ins Speisezimmer zu kommen.

Fridolin und Dorothea saßen bereits am Tisch und versuchten während des Essens, Lores Anspannung durch amüsante Anekdoten zu vertreiben. Zwar verspürte Lore bei dem Gedanken an Malwine nach wie vor ein dumpfes Gefühl im Magen, vermochte aber zu lächeln und fand in der Nacht großen Gefallen daran, Fridolin wieder einmal ganz für sich allein zu haben.

## VII.

Am nächsten Vormittag fuhren Lore und Fridolin nach einem kurzen, aber heftigen Abschied von Nathalia und einem nicht ganz so tränenreichen von Dorothea zum Schlesischen Bahnhof und bezogen das reservierte Abteil. Da Fridolin dafür gesorgt hatte, dass sie nicht gestört wurden, hätte Lore in Ruhe lesen können. Dazu war sie jedoch viel zu unruhig, und so legte sie das Buch bald wieder beiseite, blätterte in einem Modemagazin und beobachtete ihre Kinder. Diesen wurde es auf der langen Bahnreise ebenfalls langweilig, und sie hielten Fräulein Agathe auf Trab. Schließlich wollte Lore Doro an sich nehmen, damit die Kinderfrau sich nur um Wolfi kümmern musste, doch Kowalczyk griff ein und übernahm den Jungen.

Lore wunderte sich über die Geduld, die der ehemalige Ulanen-Wachtmeister für das Kind aufbrachte, erinnerte sich dann aber daran, dass Kowalczyk einst Bursche bei Fridolins Vater gewesen war und während der Ferien mit ihrem Mann gespielt hatte. Damals konnte Fridolin kaum älter gewesen sein als ihr kleiner Wolfhard.

Die Städte blieben hinter ihnen zurück wie Wegmarken, die ihnen anzeigten, dass ihr Ziel immer näher rückte. Ab Danzig wurde Lore unruhig. Zu ihrer eigenen Verwunderung konnte sie es auf einmal kaum mehr erwarten, die Stätten ihrer Kindheit wiederzusehen. Sie versuchte, sich zu erinnern, wann sie das letzte Mal in dieser Gegend gewesen war. Es musste 1876 gewesen sein, also vor fast zwölf Jahren.

Auf den ersten Blick hatte sich in Heiligenbeil wenig verändert. Ein paar neue Häuser standen am Stadtrand, andere waren aufgestockt worden. Doch als der Zug hielt und Lore als Erste ihrer Gruppe ausstieg, kam es ihr so vor, als wäre sie in der Zeit zurückgereist. Sie ging langsam weiter, während Nele und Agathe ihr mit den Kindern auf dem Arm folgten und Kowalczyk davoneilte, um sich um das Gepäck zu kümmern.

»Nun, wie ist es?«, hörte Lore die Stimme ihres Mannes neben sich.

»Seltsam! Es fühlt sich so an, als hätte es die Jahre in Bremen und in Berlin nie gegeben.« Lore schüttelte den Kopf und zwang sich, daran zu denken, dass man das Jahr 1887 schrieb und sie nicht mehr das junge Mädchen war, das damals mit klopfendem Herzen in den Zug eingestiegen war, um in Amerika ein neues Leben zu beginnen.

»Bringen wir es hinter uns!«, sagte sie und schritt den anderen voraus zum Bahnhofsplatz. Mehrere Fuhrwerke und zwei Kutschen standen dort. Einer der Wagen trug das Wappen derer von Trettin auf der Seite. In der Großstadt war dies längst aus der Mode gekommen, doch hier, ein ganzes Stück östlich der Weichsel, herrschten noch die althergebrachten Sitten.

Der Kutscher sah ihnen entgegen und atmete sichtlich auf, als er Fridolin erkannte. »Willkommen in Ostpreußen! Ich bin überglücklich, dass Sie gekommen sind, Herr von Trettin, und Sie natürlich auch, gnädige Frau.«

»Hannes, nicht wahr?« Zwar hatte Fridolin Gut Trettin das letzte Mal vor fünf Jahren aufgesucht, erinnerte sich aber an den rechtschaffen wirkenden Mann. Damals war dieser Vorarbeiter gewesen, und daher wunderte er sich, ihn nun als Kutscher zu sehen.

»Alle sind glücklich, dass Sie endlich kommen. Nun wird es mit dem Gut endlich wieder aufwärtsgehen. Viel schlimmer, als es jetzt ist, kann es nämlich nicht mehr werden.«

Hannes verbeugte sich unbeholfen vor Fridolin und Lore und öffnete den Schlag.

»Wo ist Malwine – ich meine die Witwe meines Vetters?«, fragte Fridolin.

»Die gnädige Frau erwartet Sie auf Trettin. Sie geht kaum noch vor die Tür und ist, wenn Sie es mir erlauben zu sagen, in letzter Zeit arg seltsam geworden. Wenn sie Trettin verlässt, wird ihr kaum jemand nachweinen!«

Es war ein hartes Urteil, das hier über Malwine gefällt wurde, doch nach Lores Meinung hatte die Frau es verdient. Sie stieg ein und übernahm Doro, während Agathe Wolfi dazu zu bewegen versuchte, sich so hinzusetzen, wie es sich gehört. Der Junge war jedoch zu aufgedreht und gehorchte erst, als Kowalczyk den Kopf hereinstreckte und ihn mahnend ansah. »Was ist die erste Pflicht von Soldat, Rekrut?«

»Zu gehorchen!«, antwortete Wolfi und versuchte zu salutieren. Danach benahm er sich anständig und bat seine Hüterin, ihn auf den Schoß zu nehmen, damit er zum Fenster hinausschauen konnte.

Fridolin setzte sich neben Lore, während Nele und Kowalczyk auf das Fuhrwerk kletterten, mit dem das Gepäck nach Trettin gebracht wurde. Wenige Minuten später rollte der Wagen durch Heiligenbeil und fuhr schließlich in Richtung Bladiau.

Zwar näherte die Kutsche sich immer mehr Lores Heimat, und doch stellte sich nach und nach ein Gefühl der Fremdheit ein, das sie überraschte. Fast schien es ihr, als hätte eine andere Person das erlebt, was damals geschehen war.

Bald blieb auch Bladiau hinter ihnen zurück, und kurz darauf bog Hannes in Richtung Trettin ab. Sie durchquerten den Forst, der Lore so vertraut war, und sie entdeckte auch bald den schmalen Weg, der zum einstigen Jagdhaus ihres Großvaters führte. Mittlerweile gehörte es dem Sohn des einstigen Landarztes Mütze, der in Königsberg eine gutgehende Arztpraxis führte.

Viel Zeit, an den einstigen Freund ihres Großvaters zu denken, der diesem damals geholfen hatte, sie Malwines Zugriff zu entziehen, blieb Lore nicht, denn schon sah sie das Dorf vor sich, in

dem sie aufgewachsen war. Als sie am Pfarrhaus vorbeikamen, trat der Pastor heraus und starrte verblüfft auf die Kutsche.
Der Mann war alt geworden, doch das stimmte Lore nicht milder. Immerhin hatte der Pastor damals ihrem Großvater erklärt, der Tod ihrer Eltern und ihrer Geschwister beim Brand ihres Hauses sei die Strafe des Himmels für dessen sündhaftes Leben. Inzwischen wusste sie, dass Malwines Ehemann Ottokar von Trettin das Feuer gelegt hatte. Dieser war zwar schon seit Jahren tot, doch als sie zum Herrenhaus hinaufblickte, erwartete sie fast, er würde zur Tür herauskommen und sie und Fridolin verspotten, weil sie die Reise vergebens angetreten hatten.
Erst auf den zweiten Blick bemerkte Lore, wie schäbig das Herrenhaus wirkte. Etliche Fensterläden hingen schief, und an einigen Stellen war der Putz abgeblättert. Auch hätte sie nicht darauf gewettet, dass das Dach noch dicht war. Noch schlimmer empfand sie die Lücke, die die niedergebrannte Scheune hinterlassen hatte. Diese war schon vor Monaten dem Feuer zum Opfer gefallen, doch noch immer ragten verkohlte Balken in die Höhe.
»Das sieht nicht gut aus«, murmelte Fridolin neben ihr, und das war noch untertrieben. Trettin wirkte weitaus heruntergekommener als Klingenfeld zu dem Zeitpunkt, an dem er es das erste Mal betreten hatte. Zwar gab es hier noch Vieh, und auf den Feldern und Wiesen arbeiteten einige Knechte und Mägde. Doch zu Lebzeiten des alten Herrn war es hier sehr viel lebhafter zugegangen.
Hannes hielt den Wagen vor der Eingangstür an, wickelte die Zügel um einen Pfosten und öffnete die Tür. »Ich bitte zu entschuldigen, dass die Leute nicht angetreten sind, wie es sich gehört. Aber etliche Knechte haben den Dienst aufgesagt und sind

nach Königsberg oder Danzig gezogen, um dort in Stellung zu gehen, und für die wenigen, die geblieben sind, ist die Arbeit kaum zu schaffen.«

Fridolin entging nicht, wie hoffnungsvoll der Blick des Mannes auf ihm ruhte. Dieser schien in ihm den Retter des Gutes zu sehen. Doch da er jede Mark für die Fabrik auf Klingenfeld benötigte, würde er kein Geld in dieses Anwesen stecken können. Traurig streichelte er Lore die Hand. »Ich hätte dir ein schöneres Heimkommen gewünscht.«

»Das hier war nie meine Heimat. Ich bin dort drüben aufgewachsen!« Lore zeigte auf ein etwas abseits des Dorfes gelegenes Gebäude, das an jener Stelle erbaut worden war, an der einst das Haus ihrer Eltern gestanden hatte.

»Wenn es nach mir ginge, würde ich auf Trettin verzichten«, setzte sie hinzu und blieb vor der Tür stehen.

Eine Magd öffnete ihnen. »Die gnädige Frau erwartet Sie in ihrem Zimmer!«

»Führen Sie uns zu ihr«, befahl Lore und schritt hinter der Frau her. Diese war noch nicht alt, hinkte aber stark und stützte sich immer wieder auf einer Kommode oder einem anderen Möbelstück ab.

Lore hatte erwartet, dass Malwine Zimmer im ersten Stock des repräsentativen Mittelbaus bewohnte, die dem Gutsherrn und seiner Familie vorbehalten waren, doch augenscheinlich zog ihre angeheiratete Verwandte eine Kammer im Erdgeschoss vor.

Die Magd öffnete die Tür und blieb auf dem Flur stehen, während Lore eintrat und sich in einer fast undurchdringlichen Finsternis wiederfand. Die ohnehin recht kleinen Fenster waren mit dichten Vorhängen verhangen, und so dauerte es einige Augenblicke, bis Lore im Hintergrund ein Bett ausmachte und auf einem Lehnstuhl davor eine schattenhafte Gestalt, deren Gesichtszüge sie nicht erkennen konnte.

»Bist du es, Lore?« Malwines Stimme klang wie zerbrochenes Glas.

»Ja«, antwortete Lore nicht sehr freundlich.

»Mit Mann und Kindern?«, fragte Malwine weiter.

»So ist es!«

»Dann ist es gut.«

Lore fragte sich verwundert, woher die seltsame Zufriedenheit in der Stimme der alt gewordenen Frau rührte.

Da klang Malwines Stimme erneut auf, und diesmal wirkte sie sogar erfreut. »Nun kann ich Trettin beruhigt an seinen neuen Herrn übergeben. Darüber aber sprechen wir morgen. Es ist spät geworden, und ich gehe früh zu Bett. Schlaft auch ihr und genießt die erste Nacht als Herr und Herrin auf Trettin. Ursel wird euch einen Imbiss zubereiten. Ihr seid gewiss hungrig.«

Obwohl Lore unterwegs kaum etwas gegessen hatte, schüttelte sie den Kopf. »Nicht besonders. Was ist mit dir? Isst du mit uns am Tisch?«

»Nein! Ursel wird mir hier aufwarten. Ich verlasse mein Zimmer nur selten, denn hier sind die Toten um mich versammelt, mein Mann und meine Söhne, die alle nicht mehr sind.«

Lore lag auf der Zunge, dass Ottokar von Trettin und dessen ältester Sohn Ottwald den Tod durch eigene Schuld gefunden hatten, und Wenzel, der zweite Sohn, Malwines übertriebenem Ehrgeiz zum Opfer gefallen war. Da sie jedoch nicht den Dolch in der Wunde umdrehen wollte, verabschiedete sie sich und verließ das Zimmer.

Ihr Mann hatte das seltsame Gespräch von der Tür aus mitgehört und schüttelte den Kopf, hielt sich aber zurück, bis sie außer Hörweite waren. »Malwine kann nicht mehr ganz richtig im Kopf sein. Allerdings ist das nach all dem, was geschehen ist, auch kein Wunder. In einem jedoch scheint ihr Rat vernünftig: Wir sollten bald zu Bett gehen. Ich bin sehr müde.«

»Ich auch. Trotzdem würde ich es vorziehen, in einem Gasthof zu schlafen. Es ist eine schreckliche Vorstellung, mit dieser Frau unter einem Dach nächtigen zu müssen«, antwortete Lore.

»Mir gefällt es hier auch nicht! Wer Trettin von früher kennt, wendet sich mit Grausen. Ich frage mich, wie Malwine und ihr Sohn es geschafft haben, das Gut innerhalb von fünf Jahren zugrunde zu richten.« Fridolin schüttelte erneut den Kopf und folgte der Magd in das Zimmer, in dem diese alles für ein leichtes Abendessen vorbereitet hatte.

Als Ursel Brot, Butter, Wurst und andere ländliche Delikatessen herbeibrachte, fragte sich Lore, ob Malwine ihnen vielleicht Gift auftischen ließ, um sich an ihnen zu rächen, und hätte das Essen beinahe zurückgehen lassen. Doch als sie aus dem Augenwinkel sah, wie Ursel mit flinkem Griff ein Stück Schinken von der Platte stibitzte und es sich in den Mund schob, griff auch sie zu. Fridolin und sie saßen allein am Tisch, denn die Kinder ließen es sich mit Nele und Agathe in der Küche schmecken. Da die Atmosphäre in diesem Haus sie beide bedrückte, wechselten sie während des Essens kaum ein Wort.

Als Lore kurz danach das Zimmer betrat, das für sie vorbereitet worden war, kam ihre Zofe mit pikierter Miene herein. »Gnädige Frau mögen verzeihen, doch jeder größere Bauernhof ist besser mit Dienstboten bestückt als dieses Gut. Die hinkende Ursel ist

Köchin und Dienstmädchen in einem, und das auch nur, weil sie sich vor einigen Monaten das Bein gebrochen hat und der Knochen nicht mehr richtig zusammengewachsen ist. Die gesamte restliche Dienerschaft ist in den Insthäusern untergebracht.«

»Hier müsste vieles geändert werden«, sagte Lore, obwohl sie ebenso wie Fridolin wusste, dass ihnen auf längere Zeit die Mittel dazu fehlten. Doch wenn sie bescheiden anfingen, mochte es vielleicht gehen. Dieser Gedanke beherrschte sie noch, als Nele ihr beim Auskleiden half, und sie musste sich wieder in das Hier und Jetzt zurückrufen. »Wo ist mein Mann untergebracht, und wo du und die Kinder?«, fragte sie Nele.

»Graf Trettins Zimmer ist gleich nebenan. Es gibt eine Verbindungstür. Ich habe sichergestellt, dass sie sich öffnen lässt. Fräulein Agathe und ich haben ein Zimmer auf der anderen Seite. Graf Wolfhards und Komtess Dorotheas Zimmer liegt den unseren direkt gegenüber. Das ist eine ungünstige Aufteilung, denn wir müssen über den Flur, um nach ihnen zu sehen. Aber Herr Kowalczyk wurde neben den Kleinen einquartiert.«

»Wir schlafen also alle eng beieinander!« Lore war erleichtert, weil sie rasch bei ihren Kindern sein konnte. Dann aber fragte sie sich, weshalb Malwine den Gästetrakt im Westflügel des Hauses für sie hatte vorbereiten lassen und nicht die ihnen zustehenden Gemächer der Gutsherrschaft. Müde winkte sie ab. Letztlich war es ihr lieber, die erste Nacht auf Trettin nicht in den Zimmern und Betten zu verbringen, in denen Ottokar und Malwine geschlafen hatten.

Lore wollte nicht allein bleiben, daher öffnete sie die Zwischentür zu Fridolins Kammer. Dieser saß im Pyjama und Morgenrock auf einem Sessel und blätterte in einem Aktenordner. Als er

Lore sah, legte er die Unterlagen beiseite und streckte ihr die Arme entgegen.

»Ich wusste nicht, ob du schon schläfst, darum wollte ich dich nicht stören. Umso schöner, dass du von selbst zu mir gekommen bist.«

Lore setzte sich auf seinen Schoß und lehnte sich an ihn. »Ich hoffe, du hältst mich nicht für überspannt, aber ich werde froh sein, wenn wir dieses Gemäuer wieder verlassen haben.«

»Ich halte dich nicht für überspannt, sondern höchstens für ein wenig nervös – und dagegen weiß ich ein Mittel, das bis jetzt immer geholfen hat.« Fridolin schlang die Arme um Lore und drückte sie fest an sich.

Die Wärme seines Körpers blieb nicht ohne Wirkung, und sie gab sich ganz seinen Händen hin, die nun auf Wanderschaft gingen. Sie ließ ihren Morgenrock fallen und streifte mit einem raschen Griff das Nachthemd ab. Noch bevor sie das Bett erreichte, war Fridolin bei ihr und hielt sie fest.

»Ich bin glücklich, dich zu haben«, flüsterte er ihr ins Ohr und streichelte ihr über die Brüste. »Du bist immer noch so wunderschön! Man sieht dir die beiden Geburten nicht an. Wenn ich da an Grünfelders Tochter Wilhelmine denke! Die ist ein Jahr jünger als du und geht bereits aus dem Leim. Ich schätze, es dauert nicht mehr lange, dann wird Dohnke wie sein Schwiegervater die Abwechslung im *Le Plaisir* suchen. Bis dorthin habe ich jedoch noch ein paar Jahrzehnte Zeit.«

»Untersteh dich!«, drohte Lore halb ernst und halb im Scherz und öffnete den Gürtel seines Morgenrocks. »Den Pyjama ziehst du dir aber selber aus!« Mit diesen Worten legte sie sich aufs Bett und blickte ihm erwartungsvoll entgegen.

Was für sie galt, musste sie auch Fridolin zugestehen. Er sah noch immer wie ein junger Mann aus, auch wenn er die dreißig bereits überschritten hatte. Dies sagte sie ihm auch, was ihn sichtlich freute. Ein paar Minuten lang wechselten sie Komplimente und streichelten einander, dann vermochte Fridolin sich nicht mehr zu beherrschen und schob sich auf sie. Für einen Augenblick presste er sie mit seinem Gewicht nieder, dann stemmte er sich mit den Ellenbogen ab und drang ungestüm in sie ein.
Im ersten Augenblick zuckte Lore zusammen, doch dann schloss sie mit einem wohligen Stöhnen die Augen und gab sich ganz ihren Gefühlen hin.

## VIII.

Der letzte fahle Schein der Dämmerung war der dunklen Nacht gewichen, und im Herrenhaus von Trettin war es still geworden. Die alte Standuhr im Damensalon schlug gerade Mitternacht, da wurde eine Tür geöffnet, und Malwine trat mit einer Petroleumlampe in der Hand aus ihrem Zimmer. Das flackernde Licht beleuchtete ihr zu einer Maske aus Schmerz und Wut verzerrtes Gesicht. Während sie in die Dunkelheit lauschte, bleckte sie die Zähne in die Richtung, in der sie Lore und deren Familie wusste.
Dann huschte ein Lächeln über ihr Gesicht, und sie wandte sich halb um. »Bald ist es so weit, meine Lieben! Ich werde die strafen, die euch und mir dies alles angetan haben.«
In dem Moment sah sie ihren Ehemann, den sein ehemaliger Kutscher Florin erschossen hatte, in der Tür ihres Zimmers

Gestalt annehmen. Neben ihm erschienen Major Heinrich von Palkow, der einzige Mann, den sie wirklich geliebt hatte, und ihre Söhne Wenzel und Ottwald. Alle vier nickten ihr zu und schienen sie stumm aufzufordern, das Werk zu vollbringen.

Malwine spürte Trauer und einen alles verzehrenden Hass, der jenen galt, denen sie die Schuld an ihrem Unglück gab. Wäre Lore damals als junges Mädchen mit ihren Eltern und Geschwistern zusammen beim Brand des Lehrerhauses umgekommen, würde Ottokar noch leben, und an seiner Seite wäre sie die allseits geachtete und auch in Berlin gerne gesehene Gutsherrin auf Trettin.

Von diesem Gedanken erfüllt, schlich sie durch das Erdgeschoss und sperrte das Hauptportal und alle Seiten- und Hintertüren zu bis auf eine. Da mehrere Türen nur mit schlichten Riegeln verschlossen werden konnten, brachte sie an diesen Vorhängeschlösser an, um sicherzustellen, dass sie auch von innen nicht zu öffnen waren.

Als dies geschehen war, kehrte sie zu der Treppe zurück, die vom Mittelbau zum Gästetrakt im ersten Stock führte, und stieg leise nach oben. Dort strich sie mit einer zärtlichen Geste über die hölzernen Stufen und lächelte.

Sie wollte nicht nur Rache. Nach dem Tod ihres letzten Sohnes hatte sie geschworen, dass niemand außer ihr das Herrenhaus auf Trettin jemals sein Eigen nennen sollte.

Oben lauschte sie angespannt, doch von leichten Schnarchgeräuschen abgesehen, die aus dem Zimmer des Kammerdieners drangen, blieb alles ruhig. Zufrieden öffnete Malwine die Türe einer kleinen Kammer, trat ein und schloss den Schrank auf. Unter alten Lumpen zog sie eine große Tonflasche heraus, die

sie mit Petroleum gefüllt hatte. Dieses goss sie am Anfang des Korridors, in dem Lore und Fridolin mit ihren Kindern und Begleitern untergebracht worden waren, und auf der Treppe aus. Als sie im Erdgeschoss angekommen war, zog sie ein Taschentuch hervor, tränkte es mit dem Rest aus der Flasche und entzündete es an ihrer Lampe. Die Flamme schoss so rasch empor, dass sie sich die Hand verbrannte und das Tuch fallen ließ.
Mit einem schmerzerfüllten Stöhnen schob sie das Tuch mit dem Fuß nach vorne in die erste Petroleumpfütze und sah zu, wie das Feuer sich ausbreitete und über die Treppe nach oben schoss.
»Jetzt seid ihr tot«, murmelte sie und merkte erst dann, dass der am Boden schleifende Saum ihres Kleides Petroleum aufgesaugt und Feuer gefangen hatte. Erschrocken versuchte sie, die Flammen auszuklopfen, und versengte sich dabei die Hände. Mit brennendem Rock rannte sie den Flur entlang, um zu der letzten offenen Tür zu gelangen, geriet aber an die falsche und rüttelte verzweifelt am Griff.
Ihr Kleid brannte inzwischen lichterloh, und sie spürte, wie die Flammen sich in ihr Fleisch fraßen. Als sie sich umdrehte, um die rettende Tür zu erreichen, versperrte das Feuer ihr den Weg. Da erinnerte sie sich an die Weissagung der alten Miene und schrie so laut um Hilfe, als wolle sie die Flammen mit der Kraft ihrer Stimme ersticken. Im nächsten Moment bekam sie keine Luft mehr und brach zusammen. Ehe sie ohnmächtig wurde, fuhr ihr noch durch den Kopf, dass ihre Feinde gerade das gleiche Schicksal erlitten.

# IX.

Lore hätte nicht zu sagen vermocht, was sie geweckt hatte: der Ruf eines Vogels, ein Knacken im alten Gebälk oder der Wind, der an den Fensterläden rüttelte. Doch sie schoss hoch und blickte verwirrt um sich. Neben ihr lag Fridolin im tiefsten Schlummer, und sie wollte sich bereits wieder hinlegen, als Rauch in ihre Nase drang.

Mit einem Satz war sie aus dem Bett, tastete sich zur Tür vor und öffnete diese. Mit einem wilden Aufschrei prallte sie zurück, denn der vordere Teil des Flurs brannte, und die Flammen schlugen immer höher.

Fridolin schreckte hoch. »Was ist los?«, fragte er, dann sah auch er das Feuer. »Malwine! Lore, ich hätte auf dich hören sollen!« Er warf die Zudecke zurück, eilte ans Fenster und schrie wütend auf. »Verdammt, die sind vergittert!«

Lore rannte auf den Flur hinaus, trommelte mit den Fäusten an die Türen, hinter denen Kowalczyk, Nele und Agathe schliefen, und stürmte dann in das Zimmer ihrer Kinder.

»Aufwachen, schnell!«, rief sie und zerrte beide aus den Betten.

Als sie mit Doro und Wolfi auf dem Arm auf den Flur trat, sah sie Kowalczyk in einem monströsen Nachthemd aus seiner Kammer eilen. »Heilige Maria Mutter Gottes, es brennt!«

»Wir müssen raus!« Lore wollte zur Treppe, doch der Kammerdiener ihres Mannes hielt sie fest.

»Da Sie kommen nicht durch. Wir müssen durch Fenster!«

»Die sind vergittert!« Fridolin brüllte seine Panik hinaus. Er hatte die Gitterstäbe in der Schlafkammer herausreißen wollen, doch diese saßen fest. Nun stürmte er in das Kinderzimmer, um es dort zu versuchen. Obwohl Kowalczyk ihm half, zerrten sie vergebens an den Stangen.

Jetzt stürzten auch Nele und Agathe kreischend aus ihrer Kammer. Das Feuer kam näher und näher, und allen war klar, dass ihnen nicht mehr viel Zeit blieb, bis der Rauch sie ohnmächtig werden ließe. Fridolin eilte in die Kammer zurück und holte Schals und Tücher. »Wickelt euch etwas um den Mund!«

Lore kümmerte sich erst um die Kinder, die vor Schreck vollkommen verstummt waren, bevor sie sich selbst ein Tuch vor den Mund band.

Inzwischen waren Fridolin und sein Kammerdiener bei zwei weiteren Fenstern gescheitert, und Lore hört ihren Mann fluchen wie noch nie zuvor in ihrem Leben.

»Wir werden alle sterben«, flüsterte Nele mit schreckensbleicher Miene.

»Vielleicht finden wir weiter hinten ein Fenster, das nicht vergittert ist«, schlug Fridolin vor.

Lore schüttelte den Kopf. »Es sind alle Fenster vergittert, aber …« Da fiel ihr etwas ein, und sie winkte den anderen, ihr zu folgen. »Vor zwölf Jahren hatte Malwine mich im letzten Zimmer auf diesem Flur eingesperrt, und dort war eine der Stangen lose. Gebe Gott, dass das Gitter mittlerweile nicht repariert worden ist.« Sie rannte voraus, musste aber vor der Tür auf Fridolin warten, weil sie beide Kinder auf dem Arm trug. An ihr vorbei stürzte er in das Zimmer.

Während Wolfi mit weit aufgerissenen Augen zusah, wie die Flammen hinter ihnen herzüngelten, kreischte Doro nun, als stecke sie am Spieß.

»Es wird alles gut werden, meine Kleine!«, versuchte Lore ihre

Tochter zu beruhigen und sah zu, wie Fridolin das Fenster öffnete und an den Gitterstäben rüttelte.
»Die Stange hier ist tatsächlich lose!«, rief er hoffnungsvoll. Die anderen Stäbe saßen jedoch fest. Aus dem Dorf eilten bereits Männer und Frauen heran, blieben aber in achtbarem Abstand stehen und konnten nichts tun, da die Feuerspritze auf Trettin noch immer nicht repariert worden war.
Fridolin entdeckte den Vorarbeiter Hannes und schrie gegen das Tosen der Flammen an. »Hier sind wir. Rasch kommt, wir werfen euch die Kinder zu!«
»Gott sei Dank! Dann werden wenigstens unsere Kleinen gerettet«, stieß Lore hervor und reichte ihm Wolfi.
Ihr Mann musste jedoch warten, bis jemand nahe genug heran war, um die Kinder auffangen zu können. Daher drehte er sich zu Nele um, die in der Nähe der Tür an der Wand lehnte und offenbar bereits mit dem Leben abgeschlossen hatte.
»Mach die Tür zu! Der Luftzug facht das Feuer an!«
Nele rührte sich nicht, doch Kowalczyk war mit ein paar Schritten bei der Tür und schlug diese ins Schloss. Danach kehrte er zum Fenster zurück.
»Wenn Herr Hauptmann erlauben, wir sollten sehen, ob wir können reißen aus auch zweite Stange. Dann wäre möglich, Frauen hinauszulassen.«
Fridolin nickte. »Ja, aber erst, wenn die Kinder in Sicherheit sind!«
Inzwischen hatten sich mehrere Instleute unter dem Fenster eingefunden und streckten die Arme nach oben. Fridolin atmete tief durch, hob Wolfi auf und küsste ihn kurz auf die Stirn, dann steckte er den Jungen ins Freie und warf ihn Hannes zu.

Dieser fing das Kind auf und drückte es sogleich einer Magd in die Arme, um für Doro bereit zu sein. Als auch diese in Sicherheit war, wandte er sich dem neben ihm stehenden Knecht zu: »Vielleicht können wir ein Seil hochwerfen. Wenn dies um die Gitterstäbe gewickelt wird, sollten wir den Fensterstock herausreißen können.«

»So viel Zeit bleibt uns nicht«, rief der Knecht verzweifelt.

Hannes starrte das brennende Herrenhaus an und fragte dann, ob jemand Ursel gesehen habe.

Die Umstehenden schüttelten den Kopf.

»Wir müssen auch nach ihr sehen! Tut ihr zwei das! Wir anderen …« Hannes brach ab, denn er fühlte sich so hilflos wie noch nie in seinem Leben. Für eine Löschkette vom Teich her waren sie zu wenige, die Feuerspritze funktionierte nicht, und das Feuer hatte nun Teile des Daches erfasst.

»Beeilen Sie sich, Herr Graf!«, rief er Fridolin zu, der wie von Sinnen an einem Gitterstab zerrte. Kowalczyk half ihm dabei, während er die Schwarze Madonna von Tschenstochau anflehte, ihnen beizustehen.

»Sie rührt sich!«, schrie Lore auf, als die Männer die Eisenstange aus ihrer Verankerung rissen. Zu mehr kam sie nicht, denn Fridolin fasste sie bei der Taille, hob sie hoch und stopfte sie wie einen Sack durch die Öffnung. Eine Sekunde später fiel sie in die Tiefe, wurde von einem halben Dutzend Armen aufgefangen und fand sich auf sicherem Boden wieder.

Sie stürzte zu ihren Kindern und zog diese an sich. Dann starrte sie mit tränenden Augen zum Fenster hoch. Dort schoben Fridolin und sein Kammerdiener eben Fräulein Agathe zwischen den Gitterstäben hindurch. Die junge Frau kreischte und wollte sich

am Fenster festhalten, weil sie Angst vor der Tiefe hatte. Nele hieb ihr jedoch auf die Finger, und dann ging es ganz schnell. Agathe wurde aufgefangen und von einer Magd beiseitegeführt. Unterdessen schlüpfte Lores Zofe selbst durch den Zwischenraum zwischen den Gitterstäben und ließ sich fallen.
Nun waren nur noch Fridolin und Kowalczyk oben. Der Kammerdiener wies auf seinen Herrn. »Sie sind schlanker Mann, Herr Hauptmann. Vielleicht Sie schaffen!«
Fridolin schüttelte den Kopf. »Ich gehe nicht ohne Sie. Kommen Sie, wir werden doch noch einen Gitterstab ausreißen können!«
Beide packten zu, und für Augenblicke übertönte ihr Stöhnen sogar das Prasseln des Feuers. Fridolin wurde schwindlig, und er spürte, wie er die Besinnung verlor. Kowalczyk entging das nicht, und er zerrte unter wildem Gebrüll noch ein letztes Mal an dem Gitterstab, bis er sich tatsächlich löste.
Hinter ihm brannte die Tür, und die ersten Flammen züngelten bereits in die Kammer. Kowalczyk packte den bewusstlosen Fridolin, wuchtete ihn hoch und schob ihn durch das Fenster ins Freie. Er hatte nicht mehr die Zeit zu schauen, ob sein Herr heil unten ankam, denn das Feuer trieb ihn vor sich her. Obwohl er nicht mehr der Jüngste war, schwang er sich hoch, steckte die Beine ins Freie und hörte die Leute rufen. Die Flammen schossen nun auf das offene Fenster zu und versengten ihm die Haare. Zugleich schien die Welt sich um ihn zu drehen. Mit einem letzten Ruck stieß er sich ab und stürzte in tiefe Schwärze.

# X.

Lore hatte dem Geschehen zuerst mit Entsetzen und dann mit neu erwachender Hoffnung zugesehen. Jetzt reichte sie Wolfi und Doro an ihre Zofe und das Kindermädchen weiter und eilte zu Fridolin, den die Instleute ein ganzes Stück vom Haus entfernt auf den Boden gelegt hatten. Eine Fackel beleuchtete sein bleiches Gesicht, und für Augenblicke glaubte Lore, er sei tot. Ihr Herz zog sich schmerzhaft zusammen. Dann aber bewegte er die Lippen, und sie glaubte ihren Namen zu hören.

»Fridolin, dem Himmel sei Dank, du lebst!« Sie setzte sich zu ihm und nahm seinen Kopf in den Schoß. Die Angst wollte jedoch noch immer nicht weichen, daher sah sie sich nach jemand um, der ihr helfen konnte. »Mein Mann braucht dringend einen Arzt!«

Hannes, der für einen Augenblick rußgeschwärzt und mit Brandflecken auf der Kleidung neben ihr auftauchte, versuchte, beruhigend zu lächeln. »Ich habe einen Jungen zu Pferd losgeschickt, doch es wird dauern, bis er Heiligenbeil erreichen wird.«

»Hoffentlich kommt der Arzt nicht zu spät!« Lore bekreuzigte sich und blickte dann auf das Herrenhaus, dessen sämtliche Flügel lichterloh brannten. »Gibt es weitere Opfer?«

Ein Schatten trat auf Hannes' Gesicht. »Ursel ist nicht mehr herausgekommen. Die Leute sagen, die Türen waren alle verschlossen. Sie haben sie noch schreien gehört. Es muss schrecklich gewesen sein.«

»Unser Herr im Himmel sei ihrer Seele gnädig. Aber was ist mit Malwine von Trettin?«

»Die hat seit dem letzten Abend keiner mehr gesehen«, berichtete Hannes.

»Sie hat das Feuer gelegt. Da bin ich mir ganz sicher! Es ist tragisch, dass die Magd ihr Opfer wurde.«

Hannes konnte nicht mehr antworten, denn da tauchte eine uralte, gekrümmt gehende Frau auf, deren Gesicht einem Totenschädel glich. Mit zufriedener Miene wies sie auf das brennende Haus. Und doch klang ihre Stimme bedauernd. »Ursel hatte kein Glück. Im Frühjahr hat sie sich beim Brand der Scheune das Bein gebrochen. Das hätte sie als Zeichen ansehen und Trettin verlassen sollen. So aber wurde auch sie vom Verhängnis dieser Familie erfasst.«

Die Alte kam Lore bekannt vor, dennoch wusste sie sie nicht einzuordnen.

»Die da drinnen hat das Feuer gelegt!«, fuhr die Frau fort.

»Ja, ich bin sicher, dass es Malwine gewesen ist!« Lore atmete tief durch und blickte erneut zum Herrenhaus hinüber. Dort war nichts mehr zu retten. Zwar hatten sich inzwischen die Wehren aus Elchberg und Bladiau eingefunden, doch die Feuerwehrleute begnügten sich damit, die umliegenden Gebäude vor dem Funkenflug zu schützen.

»Ich spüre, dass sie noch im Haus ist«, fuhr die Alte fort.

Jetzt kam Lore eine Erinnerung. »Du bist Miene, nicht wahr?«

Die Greisin nickte. »Ich habe damals am Grab deines Großvaters geschworen, dass ich dabei sein will, wenn Ottokars Sippschaft zugrunde geht. Der Himmel hat es mir gegönnt! Jetzt kann ich beruhigt in die Grube fahren. Dir, Lore Huppach, wünsche ich alles Glück der Welt. Halte nicht fest an Trettin, denn ich sehe in der Ferne ein Feuer, das noch weitaus mehr verzehren wird als nur dieses eine Gut!« Nach dieser Mahnung drehte die Alte sich um und verschwand in der Dunkelheit.

Lore sah ihr einige Augenblicke nach, doch dann forderte Fridolin ihre Aufmerksamkeit. Er kam hustend und würgend zu sich und starrte sie verwundert an.

»Da ich dich sehe, muss ich wohl leben, denn wir haben dich früh genug aus dem Fenster geworfen.«

»Natürlich lebst du!«, rief Lore aus.

»Und die anderen? Was ist mit Kowalczyk?«

»Er ist ebenfalls aus dem Haus gekommen. Wie es ihm geht, weiß ich jedoch nicht, da ich sofort zu dir gekommen bin.«

Fridolin versuchte sich zu erheben, sank aber kraftlos zurück und hustete sich schier die Lunge aus dem Leib. »Mein Inneres fühlt sich wie geräuchert an«, stöhnte er, als die Krämpfe nachgelassen hatten, und fasste dann Lores Hand.

»Sieh nach Kowalczyk! Er hat mir das Leben gerettet. Ohne ihn wäre ich nicht mehr aus dem Haus gekommen.«

»Natürlich.« Lore blickte sich um, ob jemand in der Nähe war, der sich um Fridolin kümmern konnte, und entdeckte Nele, die zusammen mit Fräulein Agathe und den Kindern in der Nähe saß.

»Nele, können Sie nach meinem Mann sehen? Ich will in Erfahrung bringen, wie es seinem Kammerdiener geht.«

Während ihre Zofe herankam, ging Lore auf das Haus zu, wurde aber bald von einem älteren Herrn aufgehalten. »Gehen Sie nicht weiter! Das Gemäuer wird bald einstürzen, und dann gibt es hier einen Funkenhagel, der Ihnen mehr versengen kann als nur ein paar Haare.«

Lore erkannte den Besitzer des Nachbarguts. »Graf Elchberg!«

Dieser sah in die Flammen und schüttelte den Kopf. »Das ist kein gutes Jahr für Trettin. Erst ist die Scheuer abgebrannt und jetzt das Herrenhaus. Es wird viel Geld kosten, das alles zu ersetzen. Soviel ich gehört habe, sind die Prämien für die Versicherung nicht bezahlt worden. Die Berlinische Feuer-Versicherungs-Anstalt wird sich daher weigern, den Schaden zu begleichen.«

»Wir haben nicht das Geld, Trettin wiederaufzubauen, Graf Elchberg, denn wir haben vor kurzem ein anderes Gut übernommen. Das war zwar auch herabgewirtschaftet, aber wenigstens stehen die Gebäude noch. Doch nun entschuldigen Sie mich bitte. Ich möchte nach dem Kammerdiener meines Mannes sehen.«

Lore nickte Graf Elchberg noch kurz zu und ging auf einen Mann zu, dessen Tasche darauf hinwies, dass es sich um den Arzt handelte. Er war zu einem Kranken auf Elchberg gerufen worden und bei der Meldung, auf Trettin würde es brennen, sogleich mitgekommen.

Der junge Mediziner war gerade dabei, Kowalczyks Brandwunden mit einem Puder zu bestreuen und zu verbinden.

Lore atmete auf, denn bei einem Toten hätte er es nicht mehr tun müssen. »Wie geht es ihm, Herr Doktor?«

»Eigentlich müsste er bei dem Rauch, den er eingeatmet hat, tot sein. Aber er lebt, und sein Puls fühlt sich von Mal zu Mal kräftiger an. Sind Sie Gräfin Trettin?«

Lore nickte. »Das bin ich. Ich wäre Ihnen dankbar, wenn Sie auch nach meinem Mann sehen könnten.«

»Einen Moment, ich komme gleich!«

Da der Arzt den Anschein erweckte, als wolle er Kowalczyks Behandlung abbrechen, um zu Fridolin zu können, hob sie die Hand. »Helfen Sie bitte erst weiter Herrn Kowalczyk. Er ist schwerer verletzt als mein Mann.«

»Wie Sie wünschen!«, sagte der Arzt und wandte sich wieder dem Kammerdiener zu.

Unterdessen sah Lore den Pastor herankommen. Er wirkte verwirrt, erklärte dann aber einem der Knechte, dass Herr von Trettin und dessen Familie doch bei ihm im Pfarrhaus unterkommen könnten.

Dort hatte Lore nach dem Feuertod ihrer Eltern und Geschwister eine Nacht verbringen müssen, und sie erinnerte sich nur allzu gut an die wenig trostreiche Behandlung, die sie von den Pfarrersleuten erfahren hatte. Ein zweites Mal würde sie sich deren salbungsvollen, aber herzlosen Sprüchen nicht aussetzen. Daher drehte sie sich wortlos um, gesellte sich wieder zu Graf Elchberg und sprach diesen an. »Darf ich Sie um etwas bitten?«

»Gerne!«

»Ich würde mich freuen, wenn Sie meiner Familie und unseren drei Getreuen bei sich auf Elchberg Obdach bieten könnten, solange wir uns hier aufhalten.«

»Es wird mir eine Ehre sein«, antwortete der Graf und beschloss im Stillen, mit Fridolin über eine Angelegenheit zu sprechen, die ihnen beiden zum Nutzen gereichen sollte.

## XI.

Der Ostwind hatte den Brandgeruch fortgeweht, und nur noch Mauerreste und verkohlte Balken kündeten von der Stelle, an der das einst prächtige Herrenhaus von Trettin gestanden hatte. Lore blickte vom Friedhof aus den Hügel hoch und schauderte. Zwar waren sie und ihre Familie mit dem Leben davongekommen, und Kowalczyk würde sich ebenfalls wieder erholen, aber es hatte zwei Opfer gegeben. Eines musste Malwine sein, die seit dem Brand nicht mehr gesehen worden war. Um diese Frau vermochte Lore nicht zu trauern. Dafür aber tat es ihr um Ursel leid.

Graf Elchberg zufolge hatte man in der niedergebrannten Ruine die verkohlten Überreste von zwei Frauen entdeckt, ohne diese identifizieren zu können. Beide würden nun ein gemeinsames Grab im hinteren Teil des Kirchhofs finden. Lore war erleichtert, dass Malwine keinen Platz in der Gruft der Trettin bekam. So großherzig, der Frau nach ihrem Tod verzeihen zu können, war sie nicht. Es fiel ihr schon schwer genug, die Namen Ottokar und Ottwald von Trettin auf der Marmortafel zu dulden, die den Eingang in die Gruft bedeckte.

Auch der Name ihres Großvaters stand dort, doch Malwine hatte diesen ausspachteln und mit Farbe überstreichen lassen, so dass man ihn nicht lesen konnte. Das würde nun anders werden.

Mit einem Seufzer stand Lore auf und ging in den Teil des Friedhofs, in dem ihre Eltern und Geschwister begraben lagen. Dort sprach sie ein letztes Gebet und wandte sich zum Gehen. Der kühle Wind zerrte an ihr. Eine kleine Windhose wehte Staub der Straße hoch und trug ihn auf das Pfarrhaus zu. Der Pastor und dessen Frau standen vor der Tür und sahen ganz so aus, als wollten sie sie ansprechen. Doch der Staub trieb sie ins Haus zurück, und als sie wieder herauskamen, hatte Lore die Stelle bereits passiert.

Dort, wo einst ihr Elternhaus gestanden hatte, wartete Fridolin mit dem Wagen auf sie.

Lore lächelte ihm zu und ließ sich hinaufhelfen. »Wie geht es dir, mein Lieber?«
»Dem Arzt zufolge habe ich mich von meiner Rauchvergiftung schon halbwegs erholt. Es bedrückt mich jedoch, dass ich Malwine so blind in die Falle getappt bin und damit dein Leben, das der Kinder und das unserer Bediensteten aufs Spiel gesetzt habe!«
»Niemand konnte ahnen, dass es so kommen würde. Doch als wir in Gefahr schwebten, hast du die Übersicht behalten und uns alle gerettet!«
»Aber nur, weil du mir den Weg gezeigt hast! Außerdem hätte ich es ohne den braven Kowalczyk nicht geschafft.« Ein leichtes Lächeln spielte um Fridolins Lippen. »Ich bin so glücklich, dass ich dich habe!«
»Und ich, weil ich dich habe.« Lore lehnte sich mit einem versonnenen Blick an ihren Mann und begann plötzlich zu lachen.
»Was ist denn jetzt los?«, fragte Fridolin erstaunt.
»Mir ist eingefallen, dass wir Malwines Ränke von nun an nicht mehr zu fürchten haben, mein Lieber. Damit sind die letzten Schatten der Vergangenheit gewichen und wir endlich frei! Jetzt können wir glücklich und zufrieden leben, unsere Kinder zu guten Menschen erziehen und unsere Zukunft mit eigenen Händen gestalten.«
»Das werden wir!«, antwortete Fridolin mit feierlichem Ernst und gab dem Kutscher das Zeichen zum Aufbruch.
»Ich habe Trettin mit allen seinen Liegenschaften für zehn Jahre an Graf Elchberg verpachtet«, sagte er, als das Dorf hinter ihnen zurückblieb. »Er hat mir versprochen, alle Leute, die noch dort wohnen, zu übernehmen und für sie zu sorgen. Damit werden

Hannes und das übrige Gesinde von nun an ein besseres Leben haben.«

»Das freut mich! Es hätte mir weh getan, wenn die armen Leute Malwines letzte Opfer geworden wären.« Lore wischte über die Stirn, als wollte sie die Erinnerung an jene Frau wegwischen.

Fridolin seufzte. »Allerdings wird die Pacht gerade ausreichen, um die Zinsen für die Hypotheken zu bezahlen, die auf dem Gut lasten. Aber ich will uns Zeit lassen zu entscheiden, was wir mit Trettin anfangen sollen.«

Lore nickte stumm, so weit wollte sie im Augenblick nicht denken.

Kurz darauf passierte der Wagen die Stelle, an der der Weg zu dem alten Jagdhaus abging. Für einen Augenblick glaubte Lore, die alte Miene dort stehen zu sehen. Doch als sie sich umdrehte, um sich zu vergewissern, war die Stelle leer, und sie konnte nicht sagen, ob sie es sich nur eingebildet hatte.

»Hoffentlich sind die anderen rechtzeitig am Bahnhof«, nahm sie das Gespräch wieder auf.

»Das sind sie gewiss, vor allem, da Wolfi selbst kutschieren will!« Auch Fridolin lachte jetzt.

Lore begriff, dass ihr Mann den Schreck über den heimtückischen Anschlag überwunden hatte, und freute sich darauf, an seiner Seite nach Berlin zurückzukehren. »Lange werden wir uns dort jedoch nicht aufhalten können«, sagte sie nachdenklich.

Ihr Mann sah sie irritiert an. »Wovon sprichst du?«

»Du glaubst doch nicht, dass Nathalia ihre Hochzeit ohne uns feiern wird. Es soll eine gewaltige Feier auf Steenbrook geben und eine weitere auf Nehlen. Wir sollten, wenn wir wieder zu

Hause sind, das Tanzen üben, mein Lieber, damit wir eine gute Figur machen. Oder glaubst du, ich trage um Malwines willen Trauer?«
»Nein, das tun wir ganz gewiss nicht!«, antwortete Fridolin und freute sich auf den nächsten Tanz mit seiner Frau.
Zwar lag eine schreckliche Zeit hinter Lore und ihm, aber er sah eine golden leuchtende Zukunft vor ihnen aufziehen.

# Nachwort

Mit diesem Roman endet die Geschichte um Lore von Trettin und all ihren Freunden. Das Jahr 1887 ist gleichzeitig das letzte Jahr einer Epoche. Noch herrscht mit Wilhelm I. ein Sohn der Königin Luise von Preußen. 1797 geboren, hat er die Napoleonischen Kriege und tiefe Demütigung Preußens durch den Korsen nach der Doppelschlacht von Jena und Auerstedt ebenso erlebt wie den Wiederaufstieg Preußens nach dem Wiener Kongress. Er ist ein greiser, aber auch ein widerwilliger Kaiser der Deutschen und steht der rasanten Entwicklung, die das Land nach dem Deutsch-Französischen Krieg 1870/71 und der Reichsgründung nimmt, fassungslos gegenüber. Am neunten März 1888 stirbt Wilhelm I. Sein Sohn Friedrich III. (nach preußischer, nicht nach deutscher Zählung) trägt die Krone nur neunundneunzig Tage. Sein Tod beendet auch die Hoffnung der liberalen Kräfte in Deutschland auf eine konstitutionelle Monarchie nach englischem Vorbild.

Mit dem neuen Kaiser Wilhelm II. weht ein anderer Wind durch das Reich. Wilhelm II. ist durch einen verkrüppelten linken Arm behindert und gibt sich besonders martialisch, um dies zu überspielen. Auch verwechselt er Selbstbewusstsein mit forschem Auftreten, und seine Diplomatie besteht mehr aus dem Auffahren von Kanonenbooten als aus zähen und klugen Verhandlungen. Doch das ist eine andere Geschichte.

Bereits in den letzten Jahren Wilhelms I. nahm der Patriotismus in Deutschland immer mehr nationalistische Züge an. Nachdem man sich lange im Schatten anderer Staaten wähnte, fordert man immer vehementer einen Platz an der Sonne. Männer wie Adolf Lüderitz, Carl Peters und Gustav Nachtigal gründeten in Afrika Handelsposten, die sich zu den Keimzellen der Kolonien Deutsch-Südwestafrika (das heutige Namibia), Deutsch-Ostafrika (der Festlandsanteil von Tansania) und Togo entwickelten.

In Deutschland entstanden riesige Firmenimperien durch Männer wie Alfred Krupp und Werner von Siemens. Ihre Schöpfer gelangten als eine neue Schicht bürgerlicher Aufsteiger zu hohem Ansehen und wurden von den Herrschenden mit Auszeichnungen und Adelstiteln belohnt. Ihr Reichtum ermöglichte es den Mitgliedern dieser Familien, bis in höchste Adelskreise einzuheiraten, und so mancher verarmte Graf aus uraltem Geschlecht polierte auf diese Weise sein trüb gewordenes Wappenschild wieder auf.

Auch wurden eine Unmenge neuer Erfindungen gemacht. Die Elektrizität trat ihren Siegeszug an, Eisenbahnen durchfuhren die Lande mit einer bis dato nicht gekannten Geschwindigkeit, und wem das noch zu langsam war, konnte Telegramme bis in ferne Kontinente schicken. Dampfschiffe lösten mehr und mehr die Segelschiffe ab, und wer mit der Zeit ging, konnte anstelle eines Türklopfers oder Klingelzugs eine elektrische Klingel an seiner Haustür anbringen lassen.

Es war allerdings auch eine Zeit der Doppelmoral. Edelbordelle florierten ebenso wie die einfachen Etablissements für die unteren Schichten, doch nach außen hin galt es für das Bürgertum ebenso wie für den Adel, um jeden Preis den Schein zu wahren. Gelang dies nicht, so wurde die angekratzte Ehre der Herren rasch durch einen Kugelwechsel im Duell wiederhergestellt.

Allerdings konnte jemand, der zu Recht oder fälschlich der Unmoral bezichtigt wurde, rasch durch sämtliche gesellschaftlichen Raster fallen.
In dieser Zeit begann das Proletariat gegen die unmenschlichen Bedingungen in den Fabriken aufzubegehren, die deren Besitzer märchenhafte Reichtümer, ihnen jedoch ein Leben in Elend und Not bescherten. Und noch jemand begehrte auf, nämlich die Frauen. In England und in den USA forderten die Suffragetten, wie die Frauenrechtlerinnen genannt wurden, die gleichen Rechte wie die Männer, und auch in Deutschland traten mutige Frauen auf, um für ein Ende der Bevormundung und Rechtlosigkeit zu demonstrieren. So weit wie in England, wo es bei spektakulären Aktionen zu Todesfällen kam, ging man hierzulande jedoch nicht.
1887 näherte sich auch der Kulturkampf zwischen dem Papsttum und dem Reich seinem Ende. Waren 1875, wie in »Dezembersturm« aufgezeigt, noch katholische Lehrerinnen und Nonnen in die USA geflüchtet, weil ihnen in Deutschland die Erwerbsmöglichkeiten entzogen worden waren, so gelang es Papst Leo XIII. mit klugen Verhandlungen, die Stellung der katholischen Kirche in Deutschland wieder zu festigen.
Ein letztes Wort noch zu dem aufschäumenden Nationalismus dieser Zeit, der keine drei Jahrzehnte später in die Katastrophe des Ersten Weltkriegs mündete. Da die deutschen Behörden den französischen Zollkommissar Guillaume Schnaebelé als Spion verdächtigten, brachte man ihn mit dem Hinweis auf eine dienstliche Besprechung dazu, deutschen Boden zu betreten, und verhaftete ihn dort. Frankreich antwortete auf diesen Akt mit einer Teilmobilmachung seiner Streitkräfte, und so standen beide

Länder am Rande eines Krieges. Erst Bismarcks Anweisung, dass Schnaebelés Einladung mit der Zusicherung freien Geleits gleichzusetzen wäre und dieser daher freizulassen sei, entschärfte die Lage. Otto von Bismarck musste 1890 seinen Hut nehmen. Nach ihm gab es in Deutschland keinen Politiker mehr, der in der Lage gewesen wäre, Kaiser Wilhelm II. und die immer selbstherrlicher auftretenden Militärs zu bremsen.

*Iny und Elmar Lorentz*

# Die Personen

**Ostpreußen**

*Hannes:* Vorarbeiter auf Trettin

*Miene:* uralte Frau

*Ursel:* Magd auf Trettin

*von Elchberg, Irmfried:* Gutsherr auf Elchberg

*von Trettin, Malwine:* Mutter Ottwald von Trettins

*von Trettin, Ottwald:* Gutsherr auf Trettin

*von Trettin, Ottokar:* Vater Ottwald von Trettins

**Berlin**

*Agathe:* Kindermädchen bei Lore

*von Bükow, Adolar:* Leutnant

*von Dohnke, Emil:* Geschäftspartner Fridolin von Trettins

*von Dohnke, Wilhelmine:* Emil von Dohnkes Ehefrau

*Fabarius, Friederike:* Verwandte Ermingarde Klampts

*Ferber, Johann,* früher genannt Jean: Majordomus bei Lore und Fridolin von Trettin

*Gehrt, Frida:* Maruhns Haushälterin

*von Gierke:* Offizier

*von Grünfelder, August:* Bankier

*Hilma:* Hure im *Le Plaisir*

*Klaas:* Droschkenkutscher

*Klampt, Armgard:* Ermingarde Klampts Tochter

*Klampt, Ermingarde:* Verwandte Nathalia von Retzmanns

*Klampt, Gerhard:* Ermingarde Klampts Sohn

*Kowalczyk, Krysztof:* Fridolins Kammerdiener

*Knoppke, Jutta:* Mamsell bei Lore

*Laabs, Hedwig* (Hede), früher Pfefferkorn: Besitzerin des Edelbordells *Le Plaisir*

*Laabs, Manfred:* Hedes Ehemann

*Luise:* Dienstmädchen bei Lore

*Maruhn, Dirk:* Detektiv

*Maxe:* Ganove in Berlin

*Philomena:* Friederike Fabarius' Großnichte

*Pielke, Rudi:* Ganove

*von Philippstein, Gottlobine:* Rodegard von Philippsteins älteste Tochter

*von Philippstein, Rodegard:* Verwandte Grimbert von Nehlens

*von Retzmann, Nathalia:* Lores Freundin

*von Trettin, Dorothea, Doro:* Lores und Fridolins Tochter

*von Trettin, Fridolin:* Lores Mann

*von Trettin, Lore:* Fridolins Frau

*von Trettin, Wolfhard, Wolfi:* Lores und Fridolins Sohn

*Wollenweber, Adele,* genannt Dela: Hure

**Klingenfeld**

*Drewes:* Kutscher auf Gut Steenbrook

*von Gademer, Edgar:* Neffe Grimbert von Nehlens

*Göde, Jürgen:* Neffe Grimbert von Nehlens

*Gumboldt:* Gutsherr

*Hinner:* Vorarbeiter auf Klingenfeld

*Ida:* Köchin auf Steenbrook

*Erna:* alte Magd auf Klingenfeld

*Sikko:* Wirt bei Klingenfeld
*Tinke:* Magd auf Steenbrook
*von Klingenfeld:* Gutsherr
*von Nehlen, Grimbert:* Gutsherr auf Nehlen
*Zeeb, Volkmar:* Verwalter auf Steenbrook

*Simmern, Thomas:* Vormund von Nathalia
*Simmern, Dorothea:* Ehefrau von Thomas Simmern

# Glossar

*Chaiselongue:* Liegesofa
*Droschke:* Mietkutsche, wie heute Taxi
*Fauteuil:* Sessel
*Gazetten:* Zeitungen
*Gig:* kleiner, von einem Pferd gezogener zweisitziger Wagen
*Gotha:* Buch mit Aufstellung der Adelsfamilien
*Groom:* Reitknecht
*Insthäuser:* Katen der Gutsbediensteten
*Kommerzienrat:* Titel eines bürgerlichen Geschäftsmanns
*Kontor:* Büro
*Kondukteur:* Bahnschaffner
*Magistrat:* Stadtverwaltung
*Nadelgeld:* Summe, die einer Ehefrau für ihre persönlichen Ausgaben wir Kleidung, Bücher etc. zugestanden wird
*Séparée:* abgetrennter kleiner Raum in Nachtlokalen und Bordellen
*Wackelwurm:* Kaulquappe

*Ein neuer dramatischer und facettenreicher historischer Roman von dieser Meisterin des Genres!*

Iny Lorentz

# Dezembersturm

Roman

Ostpreußen 1875: Die junge Lore lebt nach dem Tod ihrer Eltern bei ihrem Großvater Nikolaus von Trettin. Lore hält diesen für verarmt und ahnt nicht, dass er sein Geld beiseitegeschafft hat, um es ihr nach seinem Tod zu vererben – sehr zum Ärger seines Neffen, der die Rivalin aus dem Weg schaffen will. Um sie zu retten, schmiedet Nikolaus einen tollkühnen Plan: Lore soll nach Amerika auswandern und so ihrem geldgierigen Verwandten entkommen …

»Iny Lorentz gehört zu den besten Historien-Ladys Deutschlands!«
*Bild am Sonntag*

Knaur Taschenbuch Verlag

*Die Fortsetzung des Bestsellers* Dezembersturm *–*
*Iny Lorentz' neue, sinnliche Reihe!*

Iny Lorentz

# *Aprilgewitter*

Roman

Glücklich und voller Hoffnung brechen Lore und Fridolin nach Berlin auf. Hier tritt Fridolin einen bedeutenden Posten in einem Bankhaus an, und Lore erfüllt sich ihren großen Traum, mit ihrer Freundin einen Modesalon zu eröffnen. Doch bald muss sie erkennen, dass sie von den Damen der Gesellschaft geschnitten, ja dass ganz offensichtlich gegen sie intrigiert wird. Dann beginnt es auch noch in ihrer scheinbar so glücklichen Ehe zu kriseln, denn Fridolin hat eine alte Bekannte wieder getroffen – die Besitzerin des Edelbordells *Le Plaisir* …

Knaur Taschenbuch Verlag